DADA à Paris

パリのダダ

ミシェル・サヌイエ

著者近影

パリのダダ

Michel SANOUILLET
DADA à Paris
1965

ジュールダン氏——ダ、ダ。なるほどそうだ！
こいつは面白い！　面白い！
（モリエール『町人貴族』第二幕第四景）

略号

B　引用文献（出典）が巻末書誌に掲げられていて、付いている番号が巻末書誌の整理番号に対応することを示す。その文献の新版、再版が原著書刊行後に出ている場合、および邦訳がある場合には、それらを同一番号のもとで掲出してある。

J・D　パリのジャック・ドゥーセ文学図書館。

D・P　ドゥーセ文庫蔵「ピカビア資料」（B・276）。

C・TあるいはT・T　パリ、コレクシオン・トリスタン・ツァラ（ドゥーセ文学図書館に併属）。

D・T　コレクシオン・ツァラ蔵「ツァラ資料」（B・278）。

C・P　「パリ会議」資料（B・273）、パリ、国立図書館蔵。

〔　〕　原著者が手を加えたり補足したりしたもの。

日本語版への序

今般、『パリのダダ』が日本で刊行されますことは、私にとって大いに喜びとするところであります。とりわけ、フランスから遠く離れた新しい読者のために、この膨大で繁雑なテキストを親しみやすい形にまとめられた日本の同僚諸氏には、深く感謝申し上げます。

この機会に二つのことを申し述べたいと思います。一つは、この原書が出版されてからすでに十年余が経過しましたが、この間に、当時は「運動」とか「流派」とかいうよりも、むしろパリの一般大衆のたんなる気晴らしであったものが、あいつぐ重要な政治的、社会文化的出来事によって、一躍、脚光をあびるようになった、ということであります。特に、一九六八年にフランスを襲った大変動は、一九一五年から一九二五年にかけて、ダダの名のもとに組織されたパリ、スイス、ドイツでのあの示威運動の驚くべき先駆形態を、広く一般に認識させました。ダダが、西洋文明の総体に蔓延している伝染病の深い病原であったことを、人々は知ったのであります。

文学や造形芸術の領域は言うに及ばず、思想史や哲学の領域でも、実のところ、ダダとの関係なしにはいかなる運動もありえなかったのであります。たとえば、一九五〇年代の「具体芸術」の場合もそうであります。道化と扇動のうしろで確実に進行していたものが、発展などというものでもなく、変革というようなものでもなく、まさに真の異変であったということは、時間の距りをおいてはじめて理解できることであります。われわれの芸術理論も、またその実践も、あの原始時代の洞窟画以来、ダダにいたってはじめて、根本的な変化をとげた、と言うことができましょう。ラスコーの壁画で野牛の形のもとにあらわされたあの人間の世界ヴィジョンと、バルラの未来派の犬がわれわれに伝える世界ヴィジョンとのあいだに、本質的にはなんの差異もないと言えるかもしれません。が、一方、このバルラの犬と、デュシャンの「便器」が提供する現代の神話とのあいだには、もはやいかなる共通点もない、ということです。

もう一つは、ダダの運動とシュルレアリスムの実験は、それぞれが固有の重要性を持つ、ということであります。この点で、私が客観的な観点から到達し、そして『パリのダダ』の最後に述べたいくつかの結論は、ブルトン支持者のあいだからいっせいに不満の声を引き起こしました。しかし、この二つの運動——つまり、他のもろもろの運動の中で、今世紀を震憾させた知的巨大地震の相関連しあう最も大きな二つの根源——に対する、総括的で弁証法的な私の見方は、今日、この問題に偏見なく取りくんできた真摯な研究者たちの大部分によって、受け入れられているように思われるのであります。それは、シュルレアリスムの歴史的重要性をいささかも減じる見方ではありません。シュルレアリスムは、ダダの爆発の思想的発展形式として、現代の社会文化的流動の中に一つの不定形な「哲学」を組み入れる試みとして、また、デュシャンが引き起こした異変を消化吸収する努力として、その相貌をますます明らかにしつつある、ということであります。

それはともあれ、ダダの武勲は、その潜在的エネルギーの多種多様な増幅作用によって、われわれを驚嘆させ、われわれに教訓をあたえ続けています。私としましては、日本の読者、研究者諸氏がこの書物の中に省察の材料と、さらには議論の材料とを見出してくださるならば、これ以上の喜びはありません。

一九七六年九月二十五日

ミッシェル・サヌイエ

まえがき

誰であろうと、このような広範囲にわたる仕事をなしとげるには、自分ひとりではむりであって、他人の力をかりてはじめて完成にこぎつけることができるものである。

この困難な仕事を通じて、精神的にあるいは物理的にさまざまな形で私を助けてくれたすべての人々に、ここで心から感謝の意を表したい。これらの、大小さまざまな、数多くの救いの手が喜んで差しのべられなければ、私の今度の仕事はおそらく不可能であったろうと思う。

私はまず、トロント大学のC・T・ビッセル、C・D・ルイヤール両氏、ジェラール・アントワーヌ氏に、さらには、さまざまな機関（コンセイユ・デ・ザールとカナダのヒューマニティーズ・リサーチ・カウンシル、サントル・ナショナル・ド・ラ・ルシェルシュ・シアンティフィック）に感謝したい。長い忍耐を要するこの仕事のさまざまな段階で、物質的な負担を軽減し、私の研究に全面的な協力をしてくださったのである。

他方、この論文の基礎をなしている貴重な資料の所有者、ニューヨークのモダン・アート・ライブラリーの博物館（ダダのすぐれた書誌学者であるバーナード・カーペル氏が能率的にしかも善意に満ちてここを管理しておられる）、そして特に、巨大化と自動化の支配する今日では奇蹟的とも言える図書館であり、無遠慮で、時には分をわきまえない研究者に対しても、まるでわが家の書庫のように、自由に最も珍しい資料の閲覧を許してくれるジャック・ドゥーセ文学図書館に負うところが甚大である。

このほか、私のために発見困難な原稿類や高価な原典をためらうことなく参照させてくれたかずかずの個人収集家の中で、すでに、いくらかの研究をともにしたイヴ・プパール＝リュースー氏の名をあげておきたい。

トリスタン・ツァラも、その類いない宝、半世紀にわたる文学的好奇心の賜物に目を通すことを許してくれた。彼が心にかけてくれたこの論文も、それなしには完成しなかったろう。残念なことにこの論文は彼の思い出にささげることしかできない。子息クリストフが、寛大にもほとんど処女地であるこのコレクションによって研究を続けさせてくれたのである。詩人が去ったばかりの書斎で、彼が身のまわりに置いて愛した品々と親しく、そして丹念に交わりながら過ごした長い日々は、私の生涯のうちで最も感動的で最も実り多いものとして残るだろう。

　また、ダダ運動の多くの活動家たち、証人たちが、私の執拗な注文や無遠慮な質問にあきもせずに答えてくれたことに感謝している。フランシス・ピカビアは、その晩年をわれわれとともに過ごして、私の研究の進み具合を注意深く見守ってくれたし、その家族は所蔵の資料をなんの制限もなく見せてくれた。アンドレ・ブルトンも、この運動からははるか以前に離れてしまっているのだから、関心など持たなくなっていても当然とも言えるのに、かつてかかわりを持った多くの事件について、まったく偏見なしに私を導いてくれるというエレガントな態度を示してくれた。私は、手にした資料を歴史家として使わざるをえなかった。そして、その結果、私が到達した結論がどれほど異論の余地があるものであっても、このダダイスムの年代記が、シュルレアリスムの重要性を過小評価したり、私の最も尊敬し、深い称讃をささげている人の偉大さに疑いをさしはさんだりするための口実にされるようなことが万一あるとしたら、これほど辛いことはない。

　最後に私の恩師へ感謝をささげたい。ルネ・ジャザンスキー氏はすでに一九五〇年に、先見の明をもって、当時まだ漠としたダダイスム研究という分野を探ることをすすめてくださったし、数年後、この面倒な指導を引きつぐことを引き受けてくださったピエール・モロー氏は、以来、恐るべき暗礁の中を老練に、そして、常に寛大な忍耐とほほえみをたたえた厳しさで私を導いてくださったのである。

目次

序論

確かに、ボードレールもロートレアモンもランボーも、そのほか多くの詩人たちも人々の意識の中で生き続ける権利を得るには自分たちの死という代償を払わなければならなかった。

さらに、この意識がおそまきながらの名誉回復という形であらわれてくるには、詩人の死と、その時代の死という、二重の死が、時の流れの中で必要とされるのだろうか。

トリスタン・ツァラ

一　法廷に立つダダ

現代文学や芸術の歴史家たちが、あらゆる種類の、そして、時にははなはだ微妙な対象に向かってさえ、ほとんどためらうことなく研究のほこ先を向けるのに、ダダ運動だけが、故意に彼らの研究からはずされているのは奇異な感がする。

しかし、一見不思議と思われるこの逃げ腰は、この問題の与件を明確にしようと試みるやいなや、かなり容易に説明がつく。実は、伝統的な論理の価値の老朽化が明らかになってしまうようなこのゆれ動く分野に、史的分析の手なれた方法を持ち込んでみても、失敗することは目に見えているのではないかという心配がつきまとうからである。最近もロンドンのある批評家は、「特定の一人物にも、一つの場所にも、一つの主義にも、特定のテーマにも結びつけることができない運動、すべての芸術にかかわり、その興味の中心が絶えず移り、その上、みずから、否定的で一時的で非論理的で無目的だと宣言しているような運動を、どうして、定義できると期待したり、まして、輪郭を描き出したりできようか」（B・2・六六九頁）と書いている。

つまり、ダダやダダイスムを扱うのは、ディドロや百科全書を扱うのと同様、一種の賭けのように思われたのである。実際的な次元でも、この仕事は研究者にとってそれほど魅力的にはうつらなかった。独学の知識人たちが大学に対して抱いている昔からの疑惑を呼びさますことはわかり切っている。「教授たちがダダに手をかけた」、「ダダがソルボンヌ入りした」ということに苦々しいあきらめを感じるに決まっている。他方、大学人たちも、変幻自在な上に、文学や諸芸術との関係が、どう考えても、ごく浅いような一つの運動を「認める」ことになるのに、なんらかの嫌悪感を示す危険がなかっただろうか。そればかりか、肝心のダダイストたち自身の支持が得られただろうか。博覧強記をことする専門家たちの能力を、生涯を通じて、疑って来た人々のことである。場合によっては、自分たちを手なづけようとする調教師を貪り食ってやることにひそかな楽しみを感じるかもしれないではないか。

本当のところ、これらの心配は、一見もっともらしかったとしても、実はあやまりだったということを言っておかなければならない。いくらかの例外を除けば、ダダのさまざまな年代記作者たちは、新米の研究者が彼らの足跡をたどって、彼らだけが最初に開拓した分野を探索することを、いやな顔もせずに認めてくれた。大学人たちの側も、フランスでも諸外国でも、最も広い好奇心を寄せ、またヒューマニズムにのっとって、人間精神がふみこむどんな冒険の場にでも探究を押し進めようという欲求を、強く支持してくれた。文学以外の分野へのダダの侵入も、それが表現となるためには結局、ふたたび文学を通らざるをえなかったということ、そして、この運動の主たる興味がまさに互いに相入れないとされていた知識の分野の相互侵透にあるということを大学人たちはよく理解してくれた。また、ダダイストたちも、科学的研究の教訓と方法をよく消化していて、ある人々が彼ら自身の物語をつくり上げるのに実に丹念な努力を重ねているのを見ると、論客としてのダダイストより歴史家としてのダダイストの方がさらに強敵ではないかと時に考えさせられるほどであった。

それに引きかえ、最初は容易に目につかず、それだけにかえって恐ろしい暗礁も横たわっていた。たとえば、ダダの挿話的側面が人々の心にかずかずのきまり切った形、習慣的な考え方を植えつけるのに役立ってしまっていて、それを変えるのは容易ではなかった。あるいはまた、ダダ的な態度を叙述するだけでは、それをよみがえらせることができないということもある。ありのままに語るだけでは、不条理どころか、無意味としか受け取られない。では、それなしにはもはやダダがダダでなくなってしまうあの熱狂、あの豊饒、あの自発性、あの無遠慮な高笑い、あの人間的なあたたかみを、どのようにしてわれわれの実験炉の中で再合成したらよいのだろうか。

そして、最後に、ダダイストのさまざまなグループの地理的分散や、資料の少なさ、その大部分のまったく一時的な性格、さらにはダダイスムがのちにシュルレアリスムの大きな影におおわれたという事実なども考え合わせると、パリにおけるダダの到来という劇的事件から四十年を経た今日まで、二十世紀の芸術史の決定的な挿話であるこの事件の多くの細部が不明であるか、あるいは曲解されているのも驚くには当たらないことに気付くのである。

しかし、このような調査のもたらす利益には異論の余地がないと思われる。ダダは、象徴主義から最も新しい知的芸術的傾向までを結ぶ流派のつらなりの中の不可欠な一環であって、伝記作家も、批評家も、社会学者も、哲学者も、芸術愛好家もそれに無関心ではいられないはずなのである。

有益であるとともに、この研究は時宜に適していたとも思われる。われわれにこれほど近く、また同時に、すでにかなり遠くなったあの時代に、最良の条件のもとで目を向けるには今が絶好の時期であろう。しばらく前にはまだ、ダダの直接、間接の活動家たちは、彼らのかつての仕事や態度の意味を個人的で主観的な思い出とからめて、強情にゆずらなかったにちがいない。

時の流れがこの状態をしだいに変えた。証人たちの記憶の中に書き込まれた思い出はまだ生き生きとしていて、歴史的に利用するのに充分でありながら、怨恨や後悔はゆっくりと薄れて来ている。時は自尊心の傷をいやし、昔の争いを忘れさせる。一九二〇年代のダダイストたちの大部分は、今日では相対的な心の平安を得ている。若き日のノスタルジーが、かつてのすさまじい対立をも、情愛のこもったからかい半分の目で見るようになって来ている。

しかし、一方ではこの運動の参加者たち、観客たちの隊列は日を追うにしたがってまばらになって来ている。新たな空席が生じて、かけがえのない生き証人の証言の源が年々かれていく。それが容赦ない宿命であり、それにおびやかされた年代記作者は、手おくれにならぬうちに、どんな機会も逃さず、真実の核心にできうるかぎり迫りたいと思うのである。宿命は彼の内的な確信などを無視して、早く仕事にかかることを強いるのである。

仕事をやりとげるのにぐずぐずしてはいられないという気持は、ある意味では有益だった。著者にインタビューの技術を完成するように迫り、それがきわめて実り多い結果を生んだからである。この技術のおかげで、習慣的な言い伝えや挿話の語り手たちによって変質されてしまっていた数多くの事実を、確信をもって正すことができた。近づくことのできるすべての証人たちを体系的に調査し、彼らの苦情や非難にも耳をかたむけて検討し、インタビューを系統的に導き、それも、必要なすべての検証に耐えるだけの数だけ行ない、現代的なアンケート調査法を援用することによって、共感、あるいは悪意による誤りの危険を最少限におさえることができたと思う。

しかしながら、これらのアンケートは十五年間にわたって、さまざまな人々に対してなされたものであり、ダダイストもやはり人間であるから、調査する側が、最初に坐っていた無色透明の水晶の中からわれにもなく、引きずり出されることもあったことを付け加えておくべきだろう。ある人々とのあいだには個人的なつながりが生まれ、さらにはそれが友情へと進むこともあった。著者はそれを名誉とも思い、結局は大いに満足もしている。なぜなら、この運動に関する限り、書き残されたものは記号以外のなにものでもなかったから、伝統的な注釈には耐えがたく、その結果、肉をはぎ取られた骸骨のような姿で後世に伝えられる危険が大きく、この、精神と精神、心と心の幸運な結びつきだけが、ダダの冒険に人間的な広がりを認め、それによって、外見的なイデオロギーの欠除に意味を与えることができるからである。

これらすべての声が黙し、墓地の無情な沈黙の中で、ここに集められた資料の中にのみ言葉が残ったとき、人々はあるいは、われわれの同時代人たちの大部分が充分に調べもせずに書かれた新聞記事や入門書を信じてダダについて描いて来た、きまり切っていて、単純で、滑稽に誇張されたイメージをやっと訂正するにいたるかもしれない。事実、それらの記事を読んだだけでは、次のような疑問を持たずにはいられまい。アラゴンからツァラまで、アルプからピカビアまで、われわれの時代の最大の詩人たち、最良の芸術家たちの多くを含んだあらゆる国の国の百人もの人々が、ダダ運動に加わったことを恥ずべき烙印として持ち続けなければならないのだろうか。彼らは本当に人が好んで描き出すような若者たちだったのだろうか。文壇に認められたいために騒ぎを起こすことにばかり汲々としていた日和見《ひよりみ》主義者たち、恐るべき独我論にとじ込もり、戦争で引きさかれた世界の叫びに無関心な悪ふざけの道楽者たち、才能と良心の欠除を形式の大胆さでごまかすことに長《た》けているだけのへぼ詩人、三文文士たちにすぎなかったのだろうか。

むしろ、美しき時代というより、飾り立てられた時代、一九一四―一八年の戦乱という汚らわしい不条理によって烙印を押された古き時代の悪臭に吐き気をおぼえた一世代の、最も才能のある最も感じやすい人々の代表だったとする方がはるかに正しいのではなかろうか。あらゆる手段を使って妥協への憎しみをかため、いかなる犠牲を払ってでも、生きるため、書くため、感じるための新しい道に通じる出口を探し求めていたのではないか。

これらの疑問には誰ひとりとしてはっきり答えることはできない。この論文もそれに決着をつけようとするものでないことはもちろんだが、そのかずかずの名辞を正確に定めることを目ざしている。あれほど多くのおとぎ話じみた記事やとんでもない解釈にさいなまれたダダにも、歴史の法廷への上告の権利は、何びとにも劣らずに与えられるべきだと思われたからである。

二　世界のダダ

ダダ運動を今世紀の他の文学芸術の諸派から区別する特徴の一つは、それがスイスとアメリカで同時に生まれ、一九一五年から二三年のあいだに、新旧両大陸の大部分の国々に急速に分房していったという事実にある。

ところが、各国のこれらダダから出た、あるいはそう主張するさまざまなグループはかなり類似していて、そのあいだに厳密な垣をもうけようと考えるのはおかしい。同じ本能の働き、同じ思想の成熟から生まれ、同じ社会的・政治的条件に支配され、時には同じ人々に導かれたのであるから、それぞれのグループは多面の屏風の一面一面であって、歴史家はその全体の輪郭を決して見失ってはならない。

しかし、一方ではパリから見たダダの現象は、この運動が達し、入り込み、通りすぎた諸国との関係におけるフランスの知的歴史の意味深い一章として一応切りはなすこともできるように思われる。わが国の国境内でこの運動が生まれたときの特殊な諸条件は個別の研究を許すばかりか、それを要求してもいた。外国のグループが平行的に存在し活動していて、その重要性がフランスでのそれにいささかも劣るものでないことを常に念頭におきつづけさえすれば、個別研究も全体的なコンテクストの中に容易に組みこむことができるはずである。

外国との照合は不可欠だが、本文の中ではたびたび紆余曲折を重ねることになるので、この運動の世界におけるさまざまな分派の図式的な概観は、本文に先立って述べておくべきだろう。

ダダ精神の起源

ダダ的反抗は、数世紀以来、ヨーロッパの歴史、文学、芸術にその存在が認められる絶対自由主義と虚無主義の流れに含まれる。長いあいだ潜在状態のままだったこの反抗は、これまで常に散発的な個人あるいは集団の乱行としてしかあらわれず、それもたちまち体制の力によって押しつぶされるか、本質的に保守的な社会機構のたんなる働きによって押しとどめられて来た。

ダダ運動の直接の起源は今世紀初頭までしかさかのぼれないが、その足跡は、一九一四―一八年の戦争の直前に、知的諸価値の全般的な危機を引き起こしたかずかずの混乱の中に容易に見出される。

しかし、ここでこの運動の現実的な前史、つまり、なんらかの意味でダダイストたちの行動を決定するのに力をかした検証可能な歴史的諸事実の連続と、想像上の前史とでも呼べるもの、つまり、芸術家や作家が一つの審美的伝統に加わって、一つの系図に名をつらねたがり、真の精神的帰属を代償として結果的《ア・ポステリオリ》に作り上げた「祖先の殿堂」に類するものとは区別しなければならない。たとえば、一九〇九年の未来派の諸刊行物は、その形式も内容もダダの雑誌に再録されているのだから、まさにダダの正統的前史に属すると言えるが、しばしば主張されるロートレアモンの役割は、デュシャン、ピカビア、ツァラをはじめ他の人々もその存在は知っていたとしても、その重要性に一九一六年には気づいていなかったのであるから、想像上の前史に含まれるのである。

したがって、ダダの歴史家としては、一九一〇年を中心とした時代に広がり、やがてダダやシュルレアリスムがそれの新たな形象化を行なう偉大な思想の歴史的、内容的批評は、他人にまかせて、これらの思想の「発明者たち」が、それを未来のダダの立役者たちに伝えたときの正確な事情の発見と描写だけを仕事とすることになんの不都合もない。

たとえば、パリの未来派、ユナニミスト、シミュルタネイストなどが彼らの宣言や絵画や文章で提案した新しいテクニックをつき合わせて見ることは、それらからダダがどれほど大きな借用をしたのかを見きわめるためにきわめて重要である。ラウル・ハウスマンやフーゴー・バルが『デア・シュトルム』あるいは、『ブラウエ・ライター(青い騎士)』といった表現主義の活動に実際に参加した程度を正確に知ること、ブカレストを発ってチューリッヒに向かう以前のツァラの最初の文学的諸習作を象徴主義との関連で位置づけること、今日では神秘的人物であるアルチュール・クラヴァンに最も釣り合いのとれた地位をふたたび与えること、エリック・サティの振舞いをその細部にわたって研究すること、さらには、今日なお神秘に包まれたマルセル・デュシャンとフランシス・ピカビアの歩んだ道に光を当てることなども同様である。

事実、先輩格のこの二人が芸術、思想の因習的な形式へのある種の反抗精神をつくり出すのにも、そして同時に、ダダ運動以前に存在したその精神状態を若い世代のダダイストたちに伝えるのにもどれだけ貢献したかということは、これまで一度も充分に強調されたことがなかった。ツァラやブルトンの世代は、やがてその精神状態を自分たちのものとし、一般化してゆくのである。

したがって、デュシャンとピカビアの歩みは、年ごとに追ってゆかなければならない。この二人が、印象派、立体派、未来派、抽象派、オルフィスムを次々に通り、網膜に映ったものの描写にしだいに愛想をつかしていったことを観察すること、時代に先がけていたことがあまりにも明白なピカビアの初期の詩作品の創作の事情を明らかにすること、デュシャンがはぐくんでいった言語理論にジャリ、ブリッセ、ラフォルグ、ルーセルの作品を読むことがどのような効果を与えたかをおしはかること、そして最後には、同じ冒険、したがってまた同じ非難の中で混同されているこの二人の芸術家を区別することなどが大切なのである。思想の世界を難なく動きまわる哲学者でありながら、造型芸術の世界に迷い込んだデュシャンは、まったく本能的で、衝動的にしかなにも創造しないピカビアの生きたアンチテーゼであろうか。それとも、欠くことのできない補完なのだろうか。

終わりには、これらのプロレゴメナの中で、ダダについて明白で簡潔な定義を与えることはできなくても、できるだけ近くからその輪郭をつかみ、ダダであったもの、なかったもの、あるはずだったものから、あれほど互いに相違した概念に共通のいくらかの原則を引き出すこと、そして、一作品、一思想、あるいは一つの行動が、他のあらゆる形容を拒否して、ダダと言われるのにふさわしいために満足しなければならない一そろいの基準を定めることが適当であろうと思われる。

チューリッヒ

ダダ運動がチューリッヒで誕生したことを想像するのは今では困難だ。このような運動をはらみ、はぐくむのにこれほどふさわしくない都市がかつてあっただろうか。だが、この矛盾はうわべだけのことだ。事実、戦争が始まると、ドイツ語圏スイスの静かな首都の知的雰囲気は甚大な変化をこうむった。それはちょうど、第二次大戦中に、わがフランスの南部地域のいくらかの村々が、偶然と疎開のために、精神の聖域という思いがけない役割を果たす選ばれた場所になったのに似て、予測もされなかった種々の事情から、昔からの銀行のための都市、ツヴィングリの思い出しか持たないリンマット河畔に、ヨーロッパのあらゆる国からの若者たち、それも、自分たちに軍服を着せた責任を持つ社会秩序への憎しみ以外には一見なんの共通点もないものたちが大勢集まったのである。ダダ誕生の核となる人々、ドイツ人のリヒャルト・ヒュルゼンベックとフーゴー・バル、ルーマニア人のマルセル・ヤンコとトリスタン・ツァラ、アルザス人のハンス・アルプなどが亡命者の潮の高まる中でどのようにしてめぐり合い、手を握るにいたったのか。それこそ、どんな歴史家にも十分に説明することができない歴史の奇蹟の一つである。未発表の個人のコレクションの中に含まれている手紙や原稿を辛棒強く探し出し、フーゴー・バルの天の賜物のように貴重な日記と照らし合わせ、これら立役者たちのそれぞれの時間割を日を追って再現しなくては、彼らをめぐり合わせた諸事件の複雑な仕組は理解できない。

そうすることによって、彼らが、『デア・ミストラル』（雑誌『ダダ』の前身。そこにヴァルター・ゼルナーの名がはじめてあらわれる）のような現地の前衛誌の或るものと最初に連絡をつけた過程も、フーゴー・バルによって一九一六年の最初の数週間中に開かれたキャバレ・ヴォルテールのはじまりも充分正確に描き出すことができよう。

フーゴー・バルはドイツ表現主義とフランスの闘争的な文学の両方に熱中していた（彼はバルビュス、ブロワ、ランボー、ラフォルグなどを訳している)。キャバレの毎日のプログラムもこの二重の忠誠をあらわしている。

キャバレ・ヴォルテールでの集会のまったく不思議な雰囲気を再現するには、書かれたものだけではむりだ。ただ、バルの『日記』だけは集会を主催したバルが、軽薄な娯楽という意識からはまったく遠く、当時の彼の活動に対してよく言われる空想的な解釈にはきっと賛成しなかったろうということを示している。彼にとって重要だったのは、自分のキャバレで生みだされたさまざまな芸術形式の前兆的な価値だった。彼はそこに一種の悪魔的な小宇宙を見ていた。それは外部世界を少しずつおおってゆく黙示録の反映であり、マルヌやソンムの戦場の上を一方の陣から他方へと交わされ、その下で知性が埋没してしまったあの絶叫のこだまであった。夜会と宣言集会《マニフェスタシオン》で巧みに培養されたヒステリー状態も、バルのうちでは自分が単純なニヒリズムに迷い込んでしまうのを絶対にさけようとする用心を示している。トリスタン・ツァラはキャバレー・ヴォルテールにあらわれるやいなや組織破壊の方式を経験によってわがものとしたが、バルは彼独自の建設的アナーキズムの概念をそれに対立させる。この概念は、巧みに応用された新しい武器をあらいざらい使うことに基盤をおいていた。『時代からの逃走』の中で彼はそれらの武器のカタログを書き上げている。フーゴー・バルとその友人たちがある一つの運動の中で結びつこうとした動機について重大な誤解をさけようとするなら、常にこのカタログのことを考え合わせなければならない。この運動に、人も知る伝説的で異論をはらんだ事情のもとに、一九一六年二月のある日、ダダという「宝石箱的名称」が見つけられるのである。

このダダという語はその意味内容があまり漠然としていたので、それを使ったのがツァラかヒュルゼンベックか、あるいはバルかによって解釈がひどく違ってもそれをカバーしてしまった。それは今日では疑う余地がない。しかしまた、チューリッヒのダダの最初の段階、つまり、一九一六年の最初の六か月間では、フーゴー・バルの解釈が優勢であったことも確かなのである。

キャバレ・ヴォルテールの創設者はこれまで歴史家たちによって彼が当然占めるべき地位を与えられたことが一度もない。しかし、本当は、チューリッヒでの挿話の最も魅力的な活動家の一人であり、熱烈なカトリック信者でありながらアナーキストのバクーニンの弟子でもあり、神秘主義者でありながら狡猾な事業家でもあり、平和主義者でありながら、祖国ドイツの熱っぽい擁護者でもあるという互いに矛盾した天性に同時に答えたのである。

事実、彼はすでに一九一六年から、自分だけでダダイスムのイデオロギーの基礎を定めていた。確かに、キャバレ・ヴォルテールの雑然として異様なプログラムの中で、『プラウエ・ライター』の表現主義の名残りでしかないものと、バルによって充分考えられた、根元的に新しい思想とを区別するのはなかなか困難だ。それに引きかえ、彼の文章では、ある種の根本的な概念が明瞭に展開されているのが見られる。ダダ的な原始主義の概念、その必然的帰結、創造的自発性の探究、芸術におけるあらゆる種類の捏造《ねつぞう》とありふれた方法の否定、それまであらゆる軽蔑の対象となった外部世界への緊密な従属を芸術家が自覚すること、そして特に、言語に対してダダが提起した一大訴訟の開始などである。「言語は社会の媒体であって、それを破壊しても創造の過程は被害をこうむらない。かえって利益を得るにすぎないとさえ思われる。」

「一、言語は唯一の表現手段ではない。最も深遠な経験は伝達できない。〔……〕」

「二、言語器官の破壊は個人的訓練の一手段となりうる。接触が断たれ、伝達が失われたとき、自己への沈潜が、解脱が、孤独が発達する。」

「三、単語を吐き出すこと。社会の空虚で片輪で退屈な言語を。陰気な遠慮か狂気を粧うこと。内部で緊張しつづけること。理解不能な、達しがたい領域に達すること。」（B・24・一〇七頁）

バルの言うこの内的緊張は、さぞものわかりの悪かったろう観客に毎日挑戦することで、チューリッヒ悲喜劇のほかの立役者たちも感じたにちがいないのだが、それが五月にはバルとその協力者のある人々とのあいだの軋轢《あつれき》を引き起こした。その軋轢はキャバレの閉鎖と、その支配人の一九一六年六月のチチーノ州への出発によってしかおさまらなかった。

その時から、主導権はトリスタン・ツァラの手に移った。彼はバルの思想のいくらかを自分のものとしながら、しかし、非常に異なった目的のために利用し、論争を公開の広場へと持ち出した。一九一六年七月十四日、ツール・ヴァーグ館で彼の組織した集会は、この種の宣言集会《マニフェスタシオン》としては最初のもので、虚無主義的で、攻撃的で、聖像破壊的で、ダダの典型的な企画のすべての特徴を示していた。ツァラの若々しい血気、やけっぱちなエネルギー、不動の意志による真向からの攻撃は事件の流れを決定的に転回するのに充分だった。

しかし、この時期にはこれらの若者たちの関心はまだ審美的な次元に止まっていた。ダダ（木馬）は跳ね始めていたが、それは梶棒の中でのことだった。この点については、チューリッヒでの初期の刊行物が拒みようのない証拠となっている。グループの中の造型派が、この時ばかりは文学派より一歩先を行く。すでに立体派と表現主義のパターンから抜け出していたアルプは、探究によってではなく、本性によって一気にその単純で純粋で抽象的な形状を発明していた。彼の「コラージュ」と「レリーフ」は、その伴侶ゾフィ・トイバーの織物と同様に、全面的に自発性にたより、偶然を盲目的に信頼する点で、カンディンスキーの同時代の作品とは一線を画していた。こうした観察はマルセル・ヤンコの彩色石膏彫刻や、感光板を対象に直接押しつけることによって得られる写真家クリスチャン・シャドの「シャドグラフ」にも等しく言える。

これらの芸術家の作品も広く発表されているのだが、歴史家たちはそうした人々を「脇役」か「端役」として埋もれさせたがる。だがダダの演出ではその人たちの演技も決してなおざりにはできない。そうした人々は、チューリッヒのカフェや画廊に少なくとも二十人はいて、その名はダダの雑誌の目次や当時の記事の中に流星のようにあらわれる。中にはいくらかの名声を得たことがわかっているものもいるが、今日ではまったく忘れられてしまっている人々も少なくない。その両方とも、せめてその存在が確認されるには値いするだろう。

キャバレ・ヴォルテールの開場から一年ののち、一九一七年の最初の何か月かに、ダダは活動の頂点を迎えた。すなわち、バルとツァラはバーンホフシュトラッセの或る画商の店をダダ画廊にするためにあらためて手を握った。ここでも、当時の資料があって、この新しいダダの本拠の雰囲気を再現し、展覧会、講演会、そのほか、一九一七年六月までそこで行なわれたさまざまな行事についてかなり正確な叙述をすることができる。フーゴー・バルがふたたびマガディーノにひきこもったのが、一九一七年六月で、この突然の脱党の理由は不明だが、種種な点から若い神秘主義者バルを生涯を通じて、時には全面的な社会的、詩的「アンガージュマン」へ、また時には一種の厳格な禁欲主義へと押しやった二重のささやきが、この時もまた働いて、目的がはっきりしないと思われて来た活動にブレーキをかける気にさせたのだろうとは考えられる。

一九一七年六月のバルとツァラの決別に、数年後パリで同じツァラとアンドレ・ブルトンとのあいだで起こった決別の前ぶれを見てもいいだろう。ブルトンもバルと同様にツァラの「反芸術のための反芸術」論を否定し、結局新しい道を切り開くのに役立たないような活動はすべて不毛な馬鹿騒ぎにすぎないと考えるにいたるのである。

この新しい道が、ブルトンにとってはシュルレアリスムだったが、フーゴー・バルにとっては政治的ジャーナリズムだった。夏のあいだ瞑想にふけったのち、彼はベルンの平和主義で自由主義の新聞『フライ・ツァイトゥング』への長く実り豊かな執筆の幕を切る。彼は、この時からダダの行方にはまったく無関心となり、ダダはこの脱党で運動の存在そのものさえおびやかされるのではないかと一時は思われたらしい。だが、それは違っていた。ツァラはふたたびたいまつをその手にかかげたのだ。

トリスタン・ツァラは、のちにパリの文学界で占めた地位によって、フランスの文学通にはフーゴー・バルよりはるかによく知られているが、それにしても、彼もまた謎の人であることに変わりはない。直接の資料がないので、「あらゆる点から見て立派な」この青年が、先行きの見込みがまったくあやふやな、とんだ道に足をふみ入れたのがどんな動機によったのかについては仮説にたよるしかない。しかし、ダダのいわゆる「教義」を定め、それを実行に移し、そして特にこの運動の「仕掛け」を働かせるのに彼が果たした役割の大きさをはかるには、この人物のひそかな動機をよりよく知ることが重要である。他の立役者たちの個人的な長所を過小評価するわけではないが、ツァラによって常に主張され、組織された集団的行動こそが、ダダに、経験による自らの定義を可能にし、前者の轍《わだち》をふんで文学上の一流派にすぎなくなるという宿命をさけさせたことは認めなければならないからである。一九一七年六月十二日に発行された「文学芸術選」『ダダ』の最初の二号は、ルヴェルディやアルベール・ビロが『ノール＝シュッド』や『シック』でその手に落ちたあの『エスプリ・ヌーヴォー（新精神）』の誘惑がチューリッヒでも勝利を収めかけていることをよく示しているのである。

だが、すでにこの時期から、ツァラのうちでは「反詩論」の最初の諸原則が結晶してゆくのが見られる。それについての発言は数か月にわたって続く。一般に信じられているのとは反対に、ツァラにとっても、そして、デュシャンやピカビアにとっても、ダダの「啓示」はなかった。当時のツァラの詩は過渡期のそれであって、彼のルーマニア語による最後のいくらかの詩をまだ特徴づけていた後期象徴主義の繊細さをしだいに、しかし決定的に拒否してゆく過程である。それは同時に、新しい言語、原始的で辻つまの合わない、構文法と論理から解放された、したがって、彼の内的存在の動きを裏切ることなくあらわすのに適した言語の魅力への傾倒の過程でもあった。「言葉なき韻文《ヴェルセ・オーネ・ヴェルター》」「音響詩《クラングゲディヒテン》」「音響的《ソノール》」あるいは「音声的《フォネティック》」「静止的《スタティツク》」「騒音的《ブリュイティスト》」「同時的《シミュルタネ》」詩がチューリッヒの亡命者たちの日日の糧であった。印刷物の中では、テキストはマリネッティの「自由な言葉《パローレ・イン・リベルタ》」や立体派の「言葉の貼り合わせ《コラージュ・ヴェルボー》」からよく霊感を受けている。しかし、ここでも、既成の詩法との類似は形式的でしかなかった。これらの一見無邪気な遊びにツァラが引かれたのは、それが時代の感受性に変更をもたらすことができるからというよりも、それが参加者、つまり、読者や聴衆や観客に態度の変更を要求したからである。この変更は一九〇九年の未来派の人々は予想もしなかったにちがいない。それに、別の根本的な相違が、ダダイストとマリネッティの仲間とを区別していた。後者の未来に対する信仰、技術的、科学的進歩に対する子供っぽい熱狂、近代的審美学の探究、そして特に盲目的愛国心などがそれであり、イタリアが参戦するやいなや、彼らが銃を花で飾り、唇に詩を口ずさんで、前線に発ったのはこの愛国心のためだった。

それはダダの目から見ると絶交にも値する欠陥だった。なぜなら、チューリッヒのダダイストのすべてに共通な、異論の余地のない唯一の点は、直接にしろ間接にしろ戦争とかかわることすべてに対する嫌悪にあったからである。

この点で、一九一六―一八年のあいだ、ささやかな平和のオアシスであったスイスで国家主義の挑戦に逆らって活動した多くの個人や団体とダダとのあいだに結ばれた関係について、まだかなり誤った見解が言い伝えられている。確かに、毎日のように交戦国に数千の生命を失わせる巨大な戦争の言語を絶した馬鹿馬鹿しさには誰もが反対していた。しかし、ある歴史家たちはダダイストが見て見ぬふりをして、この戦争とそれがもたらす諸問題に完全に無関心だったと言う。[1] また、別の歴史家たちは反対に、当時の革命的諸闘争に積極的な役割を果たしたという。だが、実際には、ダダ運動の中にはあらゆる形の平和主義が共存していたのである。亡命中のロシア革命の指導者たちやドイツの知的選良[2]と地理的に同居していたことで影響を受けたとは考えにくいにしても、フーゴー・バルやその友人たちの多くにとって、さまざまな平和主義のリーダーたちの提案するさまざまな解決策は毎日の瞑想と論争の種になったことも事実である。一九一五年九月にツィンマーヴァルトで、また、一九一六年四月にキーンタールで行なわれた社会主義者たちの呼びかけが、ダダイストの中にほとんど何の反響も起こさなかったのも本当だが、それは、この時期にはまだダダの運動がやっと生まれかかったばかりだったためだろう。だが、のちになって、少なくとも二つの行動が政治的立場の決定を示している。その一つは一九一八年バーゼルで、ダダ運動によって代表される知的潜在力を社会主義革命に奉仕させることを目的とする機関（アルプ、リヒター、ボーマン、エッゲリング、ジャコメッティ、ヘルビッヒ、ヤンコ）が創設されたことであり、もう一つは、一九一九年四月に、それと平行した結社（ブント・レヴォリテュティオネーラー・キュンストラー）の結成である。後者はハンス・リヒターの指導のもとにおかれ、ドイツのスパルタクス団の時代までずっと続いた。

したがって、チューリッヒのダダイストと左翼の反体制組織とのあいだのイデオロギー上の交流の重要性をあまりに誇張することは避けなければならないにしても、それが事実であったことと、興味深い点であることを否定することはできないだろう。なぜなら、この交流はダダの触角による侵透の仕組みをよくあらわしているからである。さまざまな接触の機会を数多く重ねることによって、ダダはスイスばかりでなく諸外国の非常に多様な階層に知られて行くにいたるのである。たとえば一般に知られていないが、キャバレ・ヴォルテールでの最初の論争のニュースは、パリやマントヴァやローマやベルリンに、事件後わずか数週間のうちに伝えられたのである。この宣伝工作（今日なら「パブリック・リレーションズ」というところだが）は主としてトリスタン・ツァラが受け持ち、熱心に、しかも、手ぎわよく、効率に対する生まれつきの感覚によって見事にやってのけた。外国の出版社の社長と詩や挿画の交換を行ない、しだいに自分の雑誌の販売網をつくり上げ、復写した手紙をばらまいて最初のあたりをつけてはヨーロッパで流行の先端にいる芸術家や作家のダダへの協力や参加をとりつけた。たとえば、パリではすでに一九一七年から、ポール・ギヨーム、コクトー、デルメ、アルベール＝ビロ、ルヴェルディ、スーポー、ブルトン、アポリネール、そのほか多数の人々が、こうした方法で内意をたずねられている。

もっとも、これらの最初の接触が容易に実現するとは限らなかった。戦争による物理的な障害（検閲、通信の遅れや事故など）も多かったし、チューリッヒでの活動が中立国内のものであり、フランス人もドイツ人も同じ目的に結びつけようとするものだったから、連合軍側でも、ドイツ、オーストリア側でも、当局や知識人たちの目に疑わしく映ったことも事実だった。

こうして、ツァラとバルの冒険は、しだいに大きな成功を収めていったが、もしフランシス・ピカビアが登場しなかったら、どんな終わりを告げていたかとも思える。事実、一九一七年二月にヒュルゼンベックがドイツへ発ち、特に、同じ年の夏バルが脱党してからは、ダダの活動は足踏み状態だった。戦友の煮え切らなさと、物質的欠亡のため、ツァラも一つの袋小路へ追い込まれていた。一九一七年七月から一九一八年七月のあいだには公開の催しは何もしていない。この間のツァラの手紙は、筆蹟鑑定家によると、かなり危険な神経の状態を示している。

そこへ、アメリカでの長い滞在を終えたピカビアが帰って来て、一九一七年の秋、スイスに居を定めた。エチル中毒の治療と同時に、徴兵逃れのためだった。ベックスで、退屈で長い毎日を過ごしながら、神経症の病人として強制された暇をつぶすのに、奇妙にもツァラの詩に形式も内容もよく似た詩をつくっていたピカビアは、一九一八年八月二十九日に、チューリッヒのダダイストのあの有名な回報に情熱をこめて答えるのである。以後の数か月、ツァラとピカビアは熱のこもった手紙を交換する。二人はそれぞれの孤独と失意の底から互いに歩みより、互いに精神的なつながりを発見する。

この結びつきが当事者二人の個人的な発展と共にダダ運動の以後の方向にとってどれほど重要だったかは見逃すわけにゆかない。一方では、事実、ピカビアの手紙の最初の数通はまるで鞭のようにツァラを叱咤する。『ダダ』の第三号はまだ下書き程度のままだったのを、彼は一挙に仕上げる。弱気と疲れから、ツァラはその前の二つの号にはよき趣味と文学への妥協を許してしまっていたが、『ダダ』第三号では一転して、あの激烈な『ダダ宣言一九一八年』を書き上げる。それがブルトンを引きつけ、今日われわれが知るダダイスムの出発点になるのである。

他方、二年来、絵筆と絵具を放り出したままだったピカビアは、元気を取り戻して、グラフィックの仕事にかかる。ツァラが彼の近作をチューリッヒのクンストハウスに展示することを提案したからで、画家は、まだ手紙でしか知らないこの新しい友と数日を過ごしに行くという喜びに抗し切れなかったのである。実際には、数日どころか、この滞在は一九一九年の一月二十二日から二月の八日まで、三週間に及んだ。このめぐり合いはあらゆる点でみのり豊かだった。昼も夜も続けられた会話や他のダダイストたちとの会合やいつまでも終わらぬチェスの勝負のあいだに、ピカビアとツァラはその友情の誓いをホイベルガー印刷社の鋳鉄台の上で結んだ。ピカビアの雑誌『三九一』の第八号をいっしょに構成したのである。その点でこの第八号はそれ以前の号（ニューヨークで発行された）と、『ダダ』第三号が第二号と異なるとの同じくらい違っている。そればかりか、ピカビアはツァラに、スイスを捨てて自分といっしょにパリに行くように強くすすめる（ピカビアは一九一九年三月十日にパリに帰ることになる）。エミール・オージェ街の自分のアパートの一室を提供するとも言った。ツァラはためらい、やがて断る。しかし、それはただの延期でしかなかった。

　さしずめは、ピカビアとの出会いが、ツァラにふたたび自信を取り戻させた。一九一九年の前半の六か月に新たなダダの炎がもえさかるのはこうした事情による。四月九日のカウフロイテン館での公開の宣言集会《マニフェスタシオン》は、以後のパリでの催しの祖型であったし、『ダダ詞華集』という形で出版された『ダダ』第四・五号にはじめてブルトン、アラゴン、スーポーが参加している。

　しかし、この再出発の昂揚は短命に終わった。ピカビアの出発後間もなく、グループが分裂するにいたったからである。一方は、アルプとヤンコに従って「革命的芸術家協会」に加わり、他方は（その大部分がオットー・フラーケやアルフレッド・ファクツのような新しい参加者だったが）ツァラを中心に集まり、政治的次元のあらゆる立場から自由なダダのグループを結成した。この最後の方陣の最終の示威運動は一九一九年十一月の『ツェルト・ヴェク』の創刊だったが、一般の無関心をくつがえすことができず、この号だけで終わった。

　この失敗がツァラに、もっと広い、自分の計画に適したほかの場所を探させることとなった。それに、戦争の終結で、この穏やかな街を四年間にわたって一変させていた亡命者たちが、潮の引くようにチューリッヒから出て行ってしまった。リンマット河畔がふたたび静まりかえってしまった以上、ツァラにはそこにぐずぐずしている理由はもうなかった。パリからはピカビアが終戦直後にすでにモンパルナスの小世界をゆり動かしている論争の片鱗を伝えて来ていた。新しい戦いが彼を待っていた。もう我慢がならなかった。一九二〇年の一月半ばに、彼は友人ピカビアの家の門を叩いていた。

　ツァラの出発はスイスにおけるダダの活動の最後を告げた。アルプ、ヤンコ、ゼルナーは確かにさらに数か月もちこたえたが、それは個人的でばらばらな活動にすぎなかった。

ニューヨーク

一九一五年から一九二三年にかけて、ニューヨークで続けられたアメリカのダダイスムの主な挿話はフランスの画家フランシス・ピカビアとマルセル・デュシャンをめぐって展開する。しかし、それはすでに今世紀の初頭から、写真家アルフレッド・スティーグリッツの軌道をめぐる前衛芸術家たちの行動によって準備されていた。スティーグリッツ自身、二つの画廊（「フォト＝セッション」、ついで「二九一」）を開き、多くの雑誌（『カメラ・ノート』、ついで『カメラ・ワーク』など）を発刊している。

一九一三年、「アーモリー・ショー」という名の方がよく知られている近代美術国際展がスティーグリッツのモダニズム論の勝利をたたえ、造型芸術家の一世代全体が待ち望んでいた芸術解放運動に火をつけることになる。ニューヨークの大衆はこの時はじめてヨーロッパの現代的な大勢を代表する諸作品に接する。デュシャンの一枚（「階段を降りる裸体」）とピカビアの二枚（「泉での踊り」と「セヴィリアの行列」）の絵は、スキャンダルという点で大成功を博す。ピカビアがわざわざニューヨークに来ていたことで、それは倍加される。

同時に、一九一三年から、詩の新しい波、イギリスのイマジスト」の潮が新大陸全体に押し寄せ、詩人たちもまたアカデミックな制約から自由になって、新しく熱っぽい冒険に体ごとつっ込んで行くようにあおられていた。

これらの現地の芸術家、作家たちに、一九一四年の宣戦布告以後、かなりの数のヨーロッパからの移民が、戦況の変化につれて自由の国アメリカの岸へ打ちよせられて加わった。

混じり合いのための予備的な時期ののちに、現地の人々と移民たちとは、それぞれの傾向にしたがって、ニューヨークにあった前衛芸術家たちのいくらかの共同体のいずれかに合流して行った。スティーグリッツの画廊はどちらかと言うと国民主義《ナショナリスト》的であり、芸術愛好家で収集家のウォルター・コンラッド・アレンスバーグのサロンは国際主義的、社交界的だった。ボヘミア的な文学小雑誌の編集室が、いくつか、グリニッチ・ヴィレジに開かれ、そのほかハーレムやチャイナタウンの無数のナイトクラブ、当時流行をきわめたチェスのクラブなどもたまり場となった。

それらの集まりは、その雰囲気も、目あてとする客種もそれぞれ違ってはいたが、反抗的で、好んで偶像破壊的、虚無主義的な精神、つまり、同じころチューリッヒのキャバレ・ヴォルテールを支配していた精神とごく近い精神に満ちている点で共通していた。そして、これらのちぐはぐな個人や団体が、スイスに同族がいることも、ダダという名自体を知ることもないまま、一九一五年六月にニューヨークに着いて間もないデュシャンとピカビアにダダ的性格の独自の一運動の最初の要素を提供するのである。

ニューヨークのダダ運動のうちのこれら現地の要素については、これまでほとんど知られていなかった。もっとも、すぐれた歴史家たちでさえ、その名を列挙するだけにとどめ、ダダ運動という挿話を、ある朝マンハッタンに、それも別々に降り立った二人の人間がやってのけた信じられないような手柄話に仕立ててしまっている。この二人は彼らが来たというだけで、ごく限られた手段によって、人口八百万の大都市の芸術生活をひっくりかえしたことになる。このおとぎ話じみた叙事詩の代わりに、かずかずの証言に注意を払う批評家なら、これらの事件について非常に異なった物語をおきかえたいと考えるだろう。

マルセル・デュシャンは宣戦布告と同時に退役になったが、パリを支配している好戦的雰囲気がいやで、一九一五年五月に合衆国行の船に乗った。数日後、フランシス・ピカビアが彼にいっしょになる。ピカビアは動員されるとまずド・ボワソン将軍の運転手となるが、ニューヨーク経由でキューバへ派遣されるように取りはからってもらう。彼の祖先のこの島で、軍の経理本部のために糖蜜の買い付けを行なうのが使命だった。だが、合衆国の土を踏むやいなや、この使命がそれほど急を要するものとは思えなくなってしまった。ピカビアはデュシャンのほかにも、一九一三年の「アーモリー・ショー」のためはじめてニューヨークに来たとき彼を大歓迎してくれた大勢の友人たちに再会することができたのである。あの時以来、彼はその友人たちと手紙で親しい関係を続けていた。その中には、スティーグリッツの「派閥」の三人のメンバー、マリウス・デ・ザヤ、ポール・ハヴィランド、アニェス・エルンスト＝メイヤーがいて、一九一五年三月に、スティーグリッツのギャラリーのある五番街二九一の番地を名にした雑誌の創刊号を発行したばかりのところだった。それは前衛芸術の店「モダン・ギャラリー」の商業上の支援の役も果たしていた。一方、デュシャンはピカビアを彼の保護者で友人のW・C・アレンスバーグの「芸術クラブ」へ引き込んだ。アレンスバーグは事業家だったが、余暇には詩を書き、何らかの意味で芸術や精神に興味を持った人々に取りかこまれているのが好きだった。戦いの庭を多かれ少なかれ合法的に脱走して来たヨーロッパ人たち（アルベール・グレーズとその妻ジュリエット・ロッシェ、エドガー・ヴァレーズ、ジャン・クロッティ、アルチュール・クラヴァン、アンリ＝ピエール・ロシェなど）、アメリカの近代芸術の先端を切っている画家たち（マン・レイ、モートン・シャンバーグ、ウォルター・パッチ、ジョン・コヴァート、アーサー・ドーヴなど）が集まっていた。フランシス・ピカビアとその妻ガブリエルはこの二つのグループと難なく調子を合わせることができた。そこでは人々は陽気に生き、アルコールやチェスの中毒にかかり、話題は戦況よりも芸術的価値の危機にふれることが多かった。事実「階段を降りる裸体」と「セヴィリアの行列」がアーモリー・ショーで引き起こしたスキャンダル以来、デュシャンとピカビアは、画廊の主人たち、スティーグリッツやアレンスバーグの客たち、グリニッチ・ヴィレジのインテリたちの目には、既成の芸術形式に対する造型芸術家たちの反乱の化身と映っていたのである。

最も常軌を逸したさまざまな芸術論と精神分析学における最新のかずかずの発見とがぶつかり合う会話から、気づかぬうちに、アメリカのダダイスムの主要な諸観念が結晶してゆく。マルセル・デュシャンがひとりアトリエにこもって辛棒強く制作している作品のことが、今日なお評論家たちを驚かせる秘かなノートをつけた、あの「大ガラス」(「その独身者たちに裸にされた花嫁さえも」)のことが、ある日、レディー・メイドという名で展示した最初の既成品のかずかず、「芸術家によって選ばれたという事実だけで芸術作品としての品位を与えられた日用品」のことが話題となる。これらすべては、イーゼルの上で描かれる画の圧倒的な威光にとどめを刺し、彼が「テレビン油中毒」と呼ぶものの恐るべき作用と「画布の奸商」たちの代わるがわるの専横から逃れ、そして、そのために彼の主張する新しい「芸術」を偶然の旗印のもとにおくという意志をはっきりとあらわしていた。一方、ピカビアも、デュシャンが彼に提案した友情あふれる競争に刺激されて、それまでの自分をのり越えた。結局、立体派的テーマによる事物の解剖の変奏曲でしかなかった「オルフィスム的」と言われる時代に決然と背を向け、機械形態的《メカノモルフ》絵画という厳しい道を歩み出した。現代人の脳みそから「母なしに生まれた娘」である機械が、ますます絵画的でなくなり、ますます厳格になって行く造型構成の材料となるのである。生まれつき血の気が多く情熱的なスペイン気質の彼が、技術者の氷のように冷たい正確さによって作られた機械的要素の再現を芸術作品と名づけて展示することを納得するには、自分に打ち勝つのが大変だったろう。ぎりぎりのところで、彼は、——マルセル・デュシャンが一九一四年にパリのデパート、バザール・ド・ロテル・ド・ヴィルで買った「瓶かけ」に署名したのと同様に——ただの図面にほんのわずか手を加えたものに署名する。もっとも、このぎりぎりの限界もやがて、一九二〇年のパリではのりこえることになる。

このように、一つの派と言っては正確でないにしても、ピカビアとデュシャンがつき合っていた芸術家たちのグループの中に、ある種の絵画的表現形式の実行が広まっていた。ピカビアのキャンバス画とゴム水彩画、『二九一』誌に数多く複製されたデッサンや、デュシャンの謎に満ちた精神によって、いかにも貴重そうに抽出された「レディー・メイド」に、ジャン・クロッティ、シャンバーグ、コヴァート、そして特にマン・レイの造型作品、絵画、あるいは「構成《コンストラクションズ》」がこだまをかえした。

マン・レイは、明らかに「現地の人々」の中では最も才能に恵まれていて、その気質から言ってダダのヴィールスに感染し、それを培養する宿命を持って生まれて来ているようだった。感染は一九一五年の夏のあいだに、マルセル・デュシャンとめぐり合ったことで果たされた。同じ年の十月、ギャラリ・ダニエルでの、この若いアメリカの画家の最初の個展が、ニューヨークの大衆に非常に独創的で想像力豊かで童心にあふれ、驚くべきユーモアの才能を持った彼の気質を伝えた。

文学の分野では、デュシャンとピカビアの友人たちは、かなり似たりよったりの小雑誌を通じて作品を発表していた。たとえば『ロウグ(ごろつき)』誌(アレンとルイーズ・ノートン夫妻発行)は、一九一六年十二月廃刊になるまで、三号にわたってダダ精神を迎え入れていた。あるいはまた『アザーズ(他人たち)』誌で、これは、アレンスバーグの経済的協力を得て、アルフレッド・クレインボーグが発刊していた定期刊行物で、アメリカ文学史の重要な道標であり、一九一五年七月に創刊されている。

一九一七年までは、これらの活動は数多く、また合流する傾向にあったとはいえ、明確な目的を持ってはいなかった。ダダの仕掛けは空転しているような印象を与えた。これらのエネルギーすべてを一つにまとめ、孤独の中で仕事をしながら仲間はいないと思っている個人に、互いの根本的な共通点を意識させ、さらには大衆と批評家の注意をそれらの人々に向けさせるためには、一つの外的な事件が必要だった。その事件が、一九一七年三月にグランド・セントラル・ギャラリーで、パリのアンデパンダン展を手本に、ジョン・コヴァート、ウォルター・パッチ、アルベール・グレーズ、ウィリアム・グラッケンズ、マルセル・デュシャンを中心にした委員会によって組織された展覧会だった。

このとき定められた規則によると、会員の唯一の義務は、会費として六ドル払い込むことであり、それによって、自分がよいと思うものなら何でも出品する権利があった。このたてまえとしての自由主義を試すために、デュシャンはリチャード・マットという仮名を使って、展示品として、ごくありきたりの琺瑯仕上げの壺型便器に「泉」というもっともらしい作品名をつけて送りつけた。そして、この出品が拒否されるや、デュシャンは大騒ぎして委員会を去り、ダダを近代美術の一派としか考えない人々との決別を高らかに告げた。彼の友人アンリ＝ピエール・ロッシェは、ダダの最初の雑誌であり、アレン・ノートンの『ロウグ』誌の直系である『ザ・ブラインド・マン(盲目の人)』に二号にわたって、この事件を大々的に宣伝した。この(一九一七年四月と五月の)二号のあいだに、デュシャン自身によって発行された『ロングロング』といふ小冊子が一度だけ発売されている。大新聞もこの事件をとりあげたので、一夜あけると、デュシャンの「便器」は、アメリカ美術年鑑で「階段を降りる裸体」の隣の席を陣取ってしまった。

間もなく、六月に、ピカビアは、自分の雑誌『三九一』のニューヨークでの三号(五、六、七号)の最初の号を発行する。

彼がスティーグリッツの雑誌『二九一』の思い出をこめて『三九一』という題名の小冊子を創刊しようと思いついたのは、健康上の理由で十か月ほどバルセロナに滞在しているあいだのことで——彼は合衆国の参戦の日、一九一七年四月四日にはふたたびニューヨークに帰って来るが——このカタロニアの首都に、偶然、友人たちのグループ（マリー・ローランサン、オットー・フォン・ヴェトイエン、グレーズ夫妻、アルチュール・クラヴァン、マクシミリアン・ゴーチエ……）がいて、その協力が得られたからだった。

ピカビアの雑誌は、リチャード・マットの「泉」に劣らず、背水の陣をしいたもので、ダダの本当の目的に対するあらゆる誤解を解消するのに役立った。事実、アメリカの大衆は、この『三九一』のおかげで、やっと、ピカビアとその協力者たちにとっては、芸術という観念そのものが疑わしく、画家や詩人に伝統的に帰せられている役割を考え直す気であること、そして、一般に「芸術作品」と名づけられているものをつくるための技術とか霊感とかを重要視するのがどれほど馬鹿げているかを、馬鹿馬鹿しいものによって証明しようとしているのだということを理解し始めたのである。

その代わりに、ピカビアは、『三九一』において、「生命」と「生きた経験」の詩的価値とを大いに尊重した。ピカビアとデュシャンの巧みな扇動にのせられて、一九一七年六月十二日にアルチュール・クラヴァンが行なった「近代芸術についての講演」も、こうした前後関係の中において見なければならない。この講演会の最中に「世界で最も髪の短い詩人」（そして、この直前、バルセロナで、世界チャンピオンのジャック・ジョンソンを相手に惨憺たる拳闘の試合をやったことでも有名になっていた詩人だが）は、社交界の婦人たちの多い聴衆の前で、裸になろうとして、この勇敢な行為のおかげで、シンシン刑務所に八日間ほどぶち込まれるにいたるのである。

アンデパンダンの展覧会のいわば余白で引き起こされたこれらの事件はその時かぎりのことで、一九一七年の秋になると、ダダの活動にはある種の停滞が見られるようになる。それは、ピカビアがこれを最後にニューヨークを去って、バルセロナ、パリ、そしてスイスへと向かう時期と一致している。ピカビアはこのすぐあとで、スイスでツァラとめぐり合うことになる。ピカビアの決心は突然だったが、一つには健康上の理由があり、一方では、ついに世界大戦にまき込まれたアメリカの精神的風土の重苦しさで説明される。しかし、ピカビアの仲間たちはショックを受け、運動の原動力を失い、自分たち自身の中に沈潜するほかはなかった。こうして、他の各国のグループの研究でも見られるように、ここでも集団的表現のあとで個人的な主導権の発揮へ進むという過程がたどられる。デュシャンとその友人たちははなばなしくはないが、それぞれ独創的な探究を続けるのである。

そうした中で、マン・レイは新しい仲間に呼びかけることで、やりかけのこの運動をもう一度もり上げようとした。一九一九年三月に「爆発的」な雑誌『TNT』の創刊号を絶対自由主義の彫刻家アドルフ・ウォルフと協力して発行したのはそのためだった。それに、フィリップ・スーポーという人が参加している。それもごくおだやかな調子での参加だった。

ウォルフはまたまた投獄されるが、『TNT』は息長く続く。マン・レイは新しい発想を次々と生み出し、イーゼル上の画布にエアーブラシという工業技術を採り入れることを思いつく。ほぼ同じころに彼は写真もはじめるが、それはもっぱら、自分の習慣から逃れるためで、のちにこの新しい芸術分野で名声を得るだろうなどとは思っても見なかった。

一方、デュシャンは、相変わらずその「大ガラス」に夢中で、同時に、しだいに手のこんだレディー・メイドを考えていた。だが、一九一八年八月周遊旅行の途につき、まずブエノス・アイレスを経て、(一九一九年七月から一九二〇年二月まで)パリに滞在する。そこでやっと、フランスのダダイストたちと、ニューヨークの一派の代表者との最初の具体的な連絡が彼を仲介として成り立つのである。(3) 事実、スイスにひっこんだピカビアが、ツァラのチューリッヒでの活動について、アメリカの友人たちに手紙で知らせているかもしれないのだが、一九二〇年二月デュシャンがニューヨークに帰るまでは、それら友人たちの発表したものになんの反響も認められない。

この帰国から数か月たって、デュシャンとマン・レイは、パリでの運動についての宣伝に勇気づけられて、互いの力を最後に合わせる。ツァラから送られた祝福と忠告に従って、二人はダダの「公式の」アメリカ支部を設立するためにさまざまな計画をめぐらす(ヨーロッパの諸雑誌の輸入販売、ダダの装飾品の商品化など)。それらの計画のうち、一つだけが一九二一年四月に実現している。機関紙『ニューヨーク・ダダ』の発行である。しかし、その確かな独創性と質の高さにもかかわらず、それはまったくかえりみられなかった。

それに、数週間前から、ダダのグループは崩壊しつつあった。終戦はアメリカの知的生活に深い変化をもたらした。かなりの数の芸術家たちがニューヨークをはなれてしまっていた。スティーグリッツも一九一七年には画廊を閉じねばならず、その妻ジョルジア・オキーフと共に、レイク・ジョージの家族の所有地へ引きこもって、そこから、かつての展覧会仲間の開く回顧的な性格の展覧会に作品を送っていたが、それもまれにだった。アレンスバーグも事業が思わしくなくなり、一九二〇年からは生活をきりつめる必要に迫られていた。彼は西部へ発ち、ロサンゼルスの郊外で、当時は名も知れていなかったハリウッドに、『ザ・ブラインド・マン』の「女支配人」だったベアトリス・ウッドを連れて移り住んでしまった。

運動の二人の主な金主が消えてしまったわけで、ダダイストたちは、経済的基盤も、集まる場所も失った。幸いなことに、デュシャンは、彼の熱烈なファンの一人であるキャサリン・ドライヤーとの関係をとり戻すことができた。ドライヤーは一九一七年のアンデパンダン展の主催者の一人で、確固たる婦人解放主義者であり、その上、ひどく下手な画家でもあったが、アレンスバーグのあとをつぐだけの財産と自由な精神の持主だった。彼女はデュシャンとマン・レイに、金銭を目的としない、前衛芸術推進のための会社を自分といっしょに設立することを提案した。これが、一九二〇年三月に創立され、二十年後にエール大学にゆずられた「株式会社」の起源である。この会社の所蔵品は六百点前後にのぼり、非常に興味深い。それというのも、そこに含まれた作品の作家たちの半数は、今日では名声を得ているが、一九二〇年当時、無価値で当然忘れられてしまう多くの作品と、これら未来に認められる作品とを区別できたのは、近代芸術のその後の発展に対する真の先見の明をそなえていたことを示しているからである。

デュシャンは一九二一年五月に、マン・レイは七月にパリへ来て、フランスのダダイストの戦列に加わった。その時から、芸術においても文学においても、八年間にわたって、アメリカの伝統的機構をゆさぶり続けて来た解放運動も足踏み状態におちいった。戦時中特有の不安定を利用して大あばれのできた「青年トルコ党」は、講和と共に戻って来た平静さのうちでは、画商や大衆がたちまちそっぽをむくのを見せつけられた。そして、反対に、アーモリー・ショー以来挫折したと思われていたアカデミックな保守主義の代表者たちが、この機会をとらえて、ふたたび手綱をにぎってしまった。アメリカの絵画は、以後、何年にもわたって、国粋的な具象的伝統か、すっかり時代おくれになった表現主義などの因習のうちにふたたびおち込むことになる。

画廊もその傾向を追った。スティーグリッツ自身さえ、「フォト＝セッション」の時代には最も論争の種になったヨーロッパの作品の最初の「輸入元」だった彼さえ、アメリカニズムのチャンピオンに変身してしまった。

文学の世界でも状況は同様に悪かった。大衆は、民俗的、地方的、懐古的文学の擁護者たちを熱烈に迎えた。最も独創的なアメリカ作家たちは、ピューリタニズムの新たな勝利——一九一九年に禁酒法が票決される——に失望して、一九一三年のエズラ・パウンドの例にならって、大西洋をこえ、ヨーロッパに移り住んだ。これらの「国外追放者たち」のある人々（たとえば、マシュー・ジョゼフソン、アルフレッド・クレインボーグ、ジェーン・ヒープ、マーガレット・アンダーソン）はモンパルナスで、かなり遠くからではあったけれども、パリのダダイストの活動に加わることになる。

したがって、デュシャンが発ったあとでは、ダダは合衆国に見るべきあとをほとんど残さなかった。わずかにある人々が個人的に（アーサー・ドーヴ、ジョセフ・ステラ、ジョン・コヴァートなど）、ダダの大家たちにしてはかなり異常な、しかし、結局はニューヨークの運動の特殊な精神にかなりよく合った遠慮がちな態度で、デュシャン、ピカビア、あるいはシャンバーグなどの新しいテクニックを応用したにすぎない。ニューヨークとパリのあいだをしきりに往復していたデュシャン自身も、「株式会社」の共同経営者としての役割は真剣に考えていて、収集品を新たに加えるときにはキャサリン・ドライヤーに有益な忠告を与えていた。しかし、ダダに続く革新運動に対しては常に慎重な態度をとり、たとえば、一九三二年にハートフォードでダリ、ミロ、マッソン、キリコの初期作品が展示されたときも、この、シュルレアリスムのアメリカにおける最初の展覧会に参加することをさしひかえている。

この留保は、合衆国において、ダダイスムの最後の痙攣《けいれん》（一九二三年）とシュルレアリスムの最初のあらわれ（一九三二年）とのあいだに中断があることとともに、ダダの運動の全体の歴史の中で、ニューヨークの支流が占める特殊な位置を説明する。事実、パリでは、ダダそのものもたらしたものと、その後シュルレアリスムの潮流がもたらしたとされているものとをはっきり区別することは実際上不可能であるのに引きかえ、ニューヨークのダダは、純粋な状態を示し、「シュルレアリスムの」干渉にまったく犯されていないので、比較の材料としては豊かな情報を含んでいるのである。

大西洋の彼方では、ダダが、一九一五—一七年という最盛期においてさえ短調の調べしかかなでず、アメリカの知的生活への影響も一九二五年以後は少なくなったとしても、その影響をとるに足らないとするのは間違いであろう。事実、ダダのさまざまな革新の効果が最も長く、また深く感じられるのもアメリカにおいてなのである。第二次大戦後にこの国で続々と登場する流派を並べて見ると、その過半数が、ダダの再興を標榜したものか（「ネオ＝ダダイズム」）、あるいは少なくとも、ダダの審美観に一致したもの（「ポップ・アート」）であることがわかる。だが、ニューヨークでダダの痕跡を捜すとすれば、こうした純粋な審美的領域ではなく、その他の、アメリカ人一人一人の日常生活の中にこそ求められる。アメリカ人が目を通す新聞の活字の組み方、挿画入り週刊紙の割りつけ、舞台やテレビの技術、建築と都市計画、装飾や広告、一つの言語を絶えず拷問にかけることによって引き出される異常な効果のかずかず、それに、あたりにただよう一種のユーモアなどは、いずれも、ダダの世界観を直接受けつぐものであることを示し、その世界観の化身が、市井の人々にとっては、かつて「便器」の詩人であり、今や、限りなく尊敬されている人物、あのマルセル・デュシャンなのである。

ドイツ

一、ベルリン

一九一七年、チューリッヒでの運動から派生したドイツのダダイスムは、はっきりした形で三つの中心都市であらわれた。ベルリンとケルンとハノーヴァーである。

ベルリンでは、ダダは芸術的、詩的でもあったが、特に政治的で過激だった。この特徴は戦争によって強いられた悲劇的な状況によるよりも、常に変わらぬゲルマン的な気質と、立役者たちそれぞれの人柄自体によるところが大きい。なぜなら、ベルリンでの生活条件や未来の展望がどれほどひどいものであったとしても、一九一七年二月に、リヒャルト・ヒュルゼンベックがそこに着いたころのそれは、当時のパリに見られたものと大差はなかったからである。労働者とスパルタクス団の革命の亡霊がドイツ領土で立ち上がったのは一九一八年以後のことであり、その年にはすでにダダはこの首都にしっかりと根をおろしていたのである。

ヒュルゼンベックがチューリッヒを発つ気になった理由は今日なおはっきりしない。予備役中だった彼は、おそらく、正式に兵役の片をつけたいと思ったのだろう。しかし、ダダの最も活動的な指導者たちのあいだに、すでにいざこざが起こっていたのも本当だった。一方、ある種の手がかりから、彼が心の底ではこの運動の重要性を本当には認めていなかったと思われるふしもある。それでこの運動を捨てたのかもしれない。激しく、一本気で、野心的で大胆な彼は、バルやツァラがどうしてもカンディンスキーを展示したがっているコライの小さな画廊に埋もれる気はなかった。

ベルリンに着くやいなや、ヒュルゼンベックは、革命的な確信と行動への意欲を彼とともにする何人かの若い人々とめぐりあう機会に恵まれた。その中でも最も積極的だったのがラウル・ハウスマンという名の詩人だった。同世代の作家たちの過半数と同じく、ハウスマンは表現主義との関連で自分の位置を定め、ヘルヴァルト・ヴァルデンの『デア・シュトルム』の機関紙で「勉強した」あと、宣戦布告の直後にそこをはなれ、自分の新しい政治観により合った、フランツ・プフェムフェルトの社会主義的傾向の雑誌『ディ・アクツィオン』に協力する。ハウスマンは、フランツ・ユングとリヒャルト・エーリングの『ディ・フライエ・シュトラッセ』にも書いている。この雑誌は一九一六年に創刊され、オットー・グロッスの精神分析の学説をとにもかくにも紹介し、戦争の勃発と継続の中でのブルジョワジーの政治的責任についての二人の編集長の難解かつ独断的な見解がのっている

フランツ・ユングは戦前に幻想的で不条理な短編小説を発表していたが（『ダス・トロテルブッハ』一九一三年）、彼もまた『ディ・アクツィオン』のグループに参加したばかりのところ

で、たちまちハウスマンにならってダダのよき便りを受け取ることになった。

ベルリンでのヒュルゼンベックの最初の「行動」は、前衛雑誌『ノイエ・ユーゲント』の一九一七年五月号に（ついで、パンフレットの形で）一記事を発表したことだった。『デア・ノイエ・メンシュ』というその題名からも容易に想像されるように、これは政治・社会的パンフレットで、ダダへの言及はまったくなく、筆者にとっては、チューリッヒでの活動のページは決定的にくられてしまったかのようだった。しかし、彼の新しい戦友たちはそうは考えなかったようで、ツァラがチューリッヒから直接送って来た出版物に大いに興味を持ったらしい。

しかし、劇的な活動は何も起こらないうちに一九一七年は暮れてしまった。グループは結成されていったが、公開の示威運動が本当に始ったのは一九一八年の春だった。最初の集会は四月十二日にノイヤー・ゼツェションの講堂で開かれ、ダダ運動の起源と目的についてのヒュルゼンベックの講演を聞くためのものだった。数日後にヒュルゼンベックはドイツのダダの最初の宣言を発表した。それは、前代未聞の激しさで未来派と、特にドイツ表現主義を諸悪の根源として攻撃した長い文章だった。ここで強調しておくべきなのは、ヒュルゼンベックによって書かれたが、ツァラ、ユング、グロッス、ヤンコ、プライス、そしてハウスマンによっても署名されているこの宣言が政治的次元の提案をいっさい含まず、ただ、伝統的な詩の形式の革新、周囲の現実との「最も原始的な関係」、「新しい人間」の表現様式として「騒音詩《ポエジー・ブリュイテイスト》」「同時詩《ポエジー・シミュルタネ》」「静詩《ポエジー・スタティック》」の採用などを主張するにとどまっているという点である。

一九一八年六月に、ハウスマンはカフェ・アウストリアで「音声詩《ラウトゲディヒテ》」の朗読会を行なった。これはパウル・シェールバルトとクリスチャン・モルゲンシュテルンの伝統をつぐ音声詩で、彼は当時この二人に学び、彼によると、この二人は年月をかけてのつっ込んだ研究と複雑な経験の対象に値いするという。この探究は、同時代のバルのそれとは別個に続けられたもので、したがって、たとえば「文字」詩（語ではなく、「直接、かつもっぱら、文字にのみ」頼る詩）や「ポスター・詩」などのように、かなりバルとは異なった結果を生んだ。

これらすべての示威運動は、ベルリンのダダイスムの最初の社名である「クラブ・ダダ」の後援で公開された。この「クラブ・ダダ」は一九一八年四月にベルリンでダダによって発行された最初の集団パンフレットの名でもあるが、実際には、『ディ・フライエ・シュトラッセ』の八号でもあった。

結局、ベルリンのダダイストたちが一気に政治的破壊活動に走ったかのように一般に言いふらされているが、そうした通説に反して、一九一七年から一八年のクラブ・ダダの初期は、一九一六年から一七年のチューリッヒでの運動に、いくらかのニュアンスの違いはあっても、よく似ていたことがわかる。

方向転換は、一九一八年の夏からしだいになされたのである。一方では、十一月の崩壊の前ぶれであった、ドイツの社会状勢の急速な悪化のためであり、他方では、新しい人々の参加のためである。事実、クラブ・ダダと、宣言集会をめぐっての宣伝のおかげで、ダダイストの戦列は急速にふくらんだ。先駆者たち(ハウスマン、ユング、ヒュルゼンベック)のもとに、一にぎりの若い芸術家たちが集まった。彼らは左翼の政治組織の中で、より直接的に活動していた人々だった。

その筆頭が今日、アメリカで名声を得ている漫画家のゲオルグ・グロッスで、その絵による辛辣な諷刺はダダの出版物の新しい時代の基調となる。グロッスはまず、一九一六年に『ディ・ノイエ・ユーゲント』誌の頁で頭角をあらわす。メスのように細く鋭いその鉛筆の線、腐敗した肉のような色の水彩は読者に正面からショックを与えた。彼自身の言葉によると、「共同便所のフォークロア」にインスピレーションを求め、ブルジョワ的な行儀よさに対して最も明白な軽蔑を投げつけたのである。彼によって、ダダの反抗は、その様式も活動範囲も一変した。審美学的論争という閉じられた分野を捨てて、それは、ドイツのブルジョワジーに対する激しい攻撃となった。政治的にブルジョワジーを代表するS・P・D(社会民主党)は、ダダに言わせれば、一九一四年に軍事予算案を通過させたことで、民衆を裏切ったのである。

逆に、ダダとの接触がグロッスにも刺激剤として働いた。彼はカリカチュアの残酷さを倍加し、新しい告発の標的を定めた。ドイツ国防軍、義勇兵たち、皇帝、そして、のちには、グスタフ・ノスケの弾圧勢力などを次々にやり玉にあげた。これらすべての、動物的で満ち足り、憎しみと情欲と破廉恥とをむき出しにしたかずかずの顔は、一九一六年から二〇年にかけてのドイツの醜悪で幻覚的な絵巻物をくりひろげる。ダダの「宣伝隊長」に推されたグロッスは、その職責を見事に果たした。彼がこの役割のための天分にめぐまれていたことは明らかで、その遂行のために何度も裁判所とやりあうはめになった。事実、ダダが撲滅しようとする制度や偏見や管理職に対して、ほかのどのような非難攻撃もこれ以上の大きな打撃を与えはしなかったのである。

グロッスはその傾向からと同時に必要から、ダダ運動のほかの二人の立役者と親密に結びついていた。ヘルツフェルデ兄弟のヴィーラントとヨハンネスで、二人とも筋金入りのマルキストだった。ヨハンネスは、愛国主義への軽蔑を明らかにするため、自分の名を英語化して、ジョン・ハートフィールドと名乗り、ベルリン・ダダのグループの中で唯一の共産党員だった。彼は攻撃手段として、ラウル・ハウスマンが発見したばかりの、「フォト・モンタージュ」の技術をわがものとし、あまりにそれに精通していたので、「ダダ組立工」というあだ名をつけられていた。彼はダダの雑誌の活字の組み方を革新し、ベルリン・ダダのポスターや作品や宣言文に、すぐそれとわかる特徴を与えた。のちに彼はその才能を、特にヒットラー政権下の共産党の宣伝のために役立てた。「フォト・モンタージュ」による本の表紙やパンフレットやポスターの数百の作品を残しているが、いずれも、こうしたジャンルの法則が要求する力強さと攻撃性と単純さとをそなえている。出版業をしていた彼の兄弟のヴィーラントはもっとひかえ目だったが、それでも、ベルリンにダダを根づかせるという歴史的に最も重要な役割を果たした。すでに一九一六年七月に『ディ・ノイエ・ユーゲント』を創刊していて、これが最初のダダイストたちの踏切り台となった。警察の組織的な手入れから逃れるために、偽の住所を持った出版社を設立し、それに、エルゼ・ラスケル＝シェーラーの小説から借りた『デア・マリック』という名をつけた。こうして、『ディ・ノイエ・ユーゲント』の第二号は、一九一七年六月に、この新しい社名のもとに、非合法で発行される。クラブ・ダダの発足後は、ヘルツフェルデがダダイストたちの正式の出版元となるが、彼は純粋に政治的な出版も同時に続ける。たんにダダの時期に限っても、彼は、ハートフィールド、グロッス、ハウスマン、ユングだけでなく、アプトン・シンクレア、S・フリードレンダー（ミノーナ）、オスカー・マリア・グラーフも出版している。戦争の終わりまで、これらの作品の大部分はひそかに売りさばかれ、数か月後には、ヘルツフェルデもグロッス同様に、ワイマールの民主主義体制下でもきびしく取り締まられることになる。だが、彼の勇気と執念がなかったなら、ダダがドイツであれほど多くの人々に呼びかけることができなかっただろうということは疑いもない。しかも、多くの前衛的な出版者に見られるように、彼もしばしば権限をこえ、ダダの定期刊行物の執筆にも事実上参加した。一九二一年には注目すべき小冊子『共同体と芸術家と共産主義』を書き、革命的状況から生じる諸要求と芸術家によって取り戻そうとされる知的自由の関係という問題を明確に提起している。

これらの社会主義活動家たちと、ヨハンネス・バーダーとのあいだにはどんな共通点があったのだろうか。かつて建築家であり、一九〇五年来ラウル・ハウスマンの友人であるこの壮年の男（彼は一八七六年生まれである）は、同時代の人々が異口同音に、天啓を受けた人だったと言う。風変わりではあっても、精神的にはまったく健康な人々であった世界中のダダイストの中で、おそらくバーダーひとりは、少なくとも間歇的な精神障害の疑う余地のない徴候を持っていた。彼は自分をイエス＝キリストの生まれ代わりであるとして、自分に「超《オーバー》ダダ」の称号を与えた。彼の奇嬌な行動は、常に罪がなく、滑稽なユーモアを示し、全体としてはかなり陰気なベルリンのダダイスムの絵柄にいくらかの輝きを添えている。彼のかたわらで小悪魔的メントール役をつとめ、ダダイスムを生き方の術にすることに主な関心のあったハウスマンを伴って、バーダーはかずかずの武勲で身をかざったが、時が経った今から見ると、それは学生の悪ふざけのようにも思われる。たとえば、彼は自分を中心に、新しい教派を開き、キリスト株式会社と称して、賛同者たちは、五十マルクの会費を払えば、ドイツの世俗的な権力に従う必要はなくなり、したがって徴兵も拒否できるとした。一九一八年十一月十七日にはベルリン大聖堂の牧師の説教を、キリストの真の教えを知らないと非難して中断させた。翌年には、ワイマール議会の壇上から、(「白馬ダダの上の緑の死体」と題する)チラシを代議士たちの頭上に播き、ダダによる政権奪取を告示した……これらの数例で、この人物を位置づけるには充分だろう。

ベルリン・ダダの雑誌の目次や集会のプログラムに多かれ少なかれ始終あらわれる五十ほどの名前のうちで最も代表的なものをここであげておくべきだろう。造型芸術家としては、一九一九年前後にラウル・ハウスマンの伴侶であり、モンタージュ写真と、がらくたを素材にした三次元のコラージュで彼とその才能と趣好をわかち合ったハンナ・ヘーヒ、画家のオットー・ディックス、ゲオルグ・コーベ、オットー・ファン・レース(チューリッヒからの亡命者)、オイゲン・エルンスト、ルドルフとマックス・シュリヒター など、ロシア人のイエフィム・ゴリシェフとセルジュ・シャルシューヌ(やがてパリでふたたび見出される『ダダ積かえ機』誌という小雑誌の発刊者)、それに写真家カルル・ベスナーがあげられる。作家の中では、一九二〇年ベルリンに極左のクラブ「ポリティッシェ・カバレート」を設立したヴァルター・メーリング、「ムンケプンケ」という筆名の方でよりよく知られているアルフレート・リヒャルト・メイヤー、職業は皮膚病の医者で、ダイモニードという名で、バロック的な詩を書き、ダダの夕べや「リサイタル」には、すすんで伴奏を引き受けたカルル・デーマン、それに、チューリッヒ在住だが、時により協力したオットー・フラーケ、フリードリッヒ・グラウザー、アルフレート・クノープラウホ、ゲルハルト・プライスなどがダダのグループの中にいたことを述べておくのが重要だろう。それに、はっきり定義のしにくい何人かの人々、たとえば、ゲオルグ・グロッスの義理の兄弟で、彼の宣伝活動の助手となり、ダダオズとかオズダダという名の後にかくれているあのオットー・シュマールハウゼンのような人々がつけ加えられる。

ダダイストたちは閉鎖的なグループをつくっていたわけではなかった。他の前衛運動とのあいだにかなり友好的な関係を、個人的、あるいは集団的にとり結んでいた。政治的性格の示威行動のためには、表現主義や立体派や未来派と同室に出品することもあった。ハウスマンとリヒターが、一九一九年と二〇年に、ベリング、ヘルツォグ、メルツァーたち「十一月グループ」の主催する展覧会に参加したのはそのためだった。しかし、戦後にドイツで花開いたさまざまな流派、たとえばバウハウス（ミース・ファン・デル・ローエ、グローピウス、タウト、マイヤー）、あるいは、ベルリンにその代表者（マレヴィッチ、ペヴスナー、ナウム・ガボー、リシッキー）がかくれ家を求めたロシアの構成主義とダダとの話し合いがみのり豊かだったことは一度もなかった。戦術的な協定はそこここで結ばれたが（たとえば、「第一回国際ダダ見本市」で、タトリンはほめちぎられたが）、おそかれ早かれ、こうした混同は解消されざるをえなかった。一九二二年の「ワイマールの会合」で、ツァラとオランダの『スティル』誌の設立者テオ・ヴァン・ドゥースブルグによって仕組まれた陰謀によって、リシツキーやモホリ＝ナギーを先頭とする構成主義の一派とダダとの決別が決定的となる。

今世紀の最初の四分の一のあいだ、ドイツの知的生活すべてを支配した『デア・シュトゥルム』に対しても、ダダの立場は最初のうちはかなり寛容だったが、間もなく硬化する。ダダの運動の政治路線は諸状況からしだいに左傾してゆくが、それは同時にヘルヴァルト・ヴァルデンのそれとわかれることであり、ヴァルデンを、是非はともかく、「プロシア主義」と「ブルジョワ的うぬぼれ」と非難するにいたる。『デア・シュトゥルム』との決別が、ダダイストになろうとするものが参加を許されるかいなかの踏み絵となる。シュヴィッタースの『メルツ』とベルリン・ダダのグループとのあいだに一九一八年以来試みられた提携の計画がつまずいたのも、主として、これが障害となった。

ヒュルゼンベックとその友人たちを社会的混乱にまき込んで直接行動へ向けさせたのは、ドイツの敗北の前後、一九一八年の終わりから、一九年のはじめに起こったいくつかの事件だった。十一月のキール軍港でのドイツ水兵の反乱であり、軍需品ストであり、政権奪取のための極左組織の時期尚早で、あまりにも即興的なことが明らかな攻勢（ケルン、フランクフルト、ハンブルグ、ミュンヘンでの労働委員会設置、U・S・P・D（独立社会民主党）の登場、スパルタクス団の反抗）であり、そして、それらを失敗に帰した厳しい弾圧と、その間に、スパルタクス団の二人の指導者カルル・リープクネヒト（一九一六年五月一日にすでに逮捕）とローザ・ルクセンブルグがノスケの監獄で虐殺されたことである。

厳しい現実にいきなり直面させられて、ダダイストは立場を明確にせざるをえなかった。そして、当然予想されたように、彼らは社会主義的暴動の指導者にしたがうことをはっきりと決意した。一九一八年十一月のコミュニストによる一時的なベルリン占領のあいだには、ヒュルゼンベックが文化的な面でのいくらかの責任を持たされたほどである（もっとも、ある歴史家たちが書いているような、「美術監督委員」に任命された事実はない）。しかし、これらの政治目的の追求が、ダダイストに造型的詩的実験を放棄させたとは思われない。政治的次元での転覆の成功は、ダダイストたちにとっては、芸術家の精神的解放に必要な前提条件でしかなかった。これは、一九二九年、フランスのシュルレアリスムが、その大きな危機に見まわれたときに直面したディレンマの前触れとも言える危険な弁証法である。

いずれにしろ、一九一九年の初頭に進歩的な雑誌やグループの発行した定期刊行物(『デア・ダダ』、『イエーダマン・ザイン・アイゲナー・フッスバル』、『ディ・プライテ』、『デア・ゲナー』、『デア・ブルティッヘ・エルンスト』)に発表された彼らの記事の趣旨とその激しさは、彼らの政治的信条の本質について、いかなる幻想の余地も残していない。彼らの好む標的は、一九一九年二月七日に最初の国会を召集して、一時的勝利をほこったあの「ワイマールの精神」だった。

『デア・ダダ』――ドイツにおけるダダ運動の唯一正統の機関誌、ドイツ・ダダイストの雑誌――は三号を数えている。そのうちの二号は一九一九年(六月と十二月)に、創立者ラウル・ハウスマンによって編集され、三号は一九二〇年四月に、フェルツフェルデの社から、グロッス、ハートフィールド、ハウスマンの共同編集で出版されている。グロッスとユングの共同作品である『イエーダマン・ザイン・アイゲナー・フッスバル』の唯一の号は主として、白色テロに対する反抗への正面切った激励と、特にドイツ国防軍に対して侮辱的なワルター・メーリングの淫猥な詩を載せている。メーリングはそのため、軍法会議にかけられることになる。

グロッスはまた『ディ・プライテ』と『デア・ブルティッヘ・エルンスト』の編集委員でもあり、前者ではヘルツフェルデと組むが、この雑誌は数号しか出ない(一九一九年―二一年)。また後者では、作家カルル・アインシュタインを手伝うが、これも一九一九年に数回出たのち中断される。

ベルリンでダダが最盛期を迎えるのは一九一九年から二〇年にかけてである。一九一九年の最初の数週間にすでに、ワイマール共和国の宣言が、マリク出版社のグループに、反政府の示威の機会を与える。政府は使い古された手で、プロレタリアの革命をブルジョワジーの利益のために利用したというのである。バーダーはワイマールにのり込んで、身をもって抗議し、ハウスマンは四月二十日に、その『ワイマール的人生観反対のパンフレット』を公表し、ヘルツフェルデは『イエーダーマン・ザイン・アイゲナー・フッスバル』をあえて出版したことで五週間の禁固刑に処せられる。デモが加速度的なリズムで繰りかえされ、しだいに激しくなり、したがって、警察もしだいに容赦しなくなる。一九一九年四月のノイマン画廊での展覧会、五月のマイスター館での、また十二月のディ・トリブーネ劇場でのダダの夕べ、宣言文や小冊子の発行(ラウル・ハウスマンの「万歳! 万歳! 万歳!」など)、ダダ革命中央委員会の設置、本当のところは荒唐無稽というべき、政治的行動計画の作成などが相次ぐのである。

一九二〇年の初頭に、ヒュルゼンベックはバーダー、ハウスマンと共にドイツ（ドレスデン、ハンブルグ、ライプツィヒなど）とボヘミア（テプリッツ＝ショーナウとプラハ）の各地での、ダダの「講演」とマチネと夕べの巡回を計画する。彼らが帰って来ると、グロッス、ハウスマン、ハートフィールドにひきいられたすべてのダダイストは力を合わせて、一九二〇年のシーズンの節となる行事を準備する。それが第一回国際ダダ見本市で、一九二〇年六月五日にオットー・ブルヒャルト博士の画廊で開場し、一七四点のダダ作品のみが、ケルン、カルルスルーへ、マグデブルグ、アムステルダム、アントワープ、チューリッヒ、パリ、そしてもちろんベルリンから集められる。ベルリンのグループの出品が最も多かったのも当然である。これは、ダダ運動の集大成としては最初の試みだったから、脱落した部分もたしかにあった。しかし、この幅広い統一のデモンストレーションは一般大衆に印象深かったばかりでなく、各当局にも不安を与えた。新聞は、出品作が故意に淫猥で反軍的で破壊的であることを激しく非難し、展覧会の閉鎖を要求したが、それはかえってダダイストたちの決意をさらに固めさせただけだった。

ヒュルゼンベックは一九二〇年に、ベルリンのダダ運動の起源と目的についての知識にとって基本的な四冊の書物を発表する。その第一の書『ダダは勝つ』はヒュルゼンベックによるダダイスムの分析であり、第二の『ドイツは没落せねばならぬ』は一九一八年から二〇年のドイツの政治的状況についての熱っぽい報告であり、第三の『ダダの前進を』はダダイスムの歴史についての試論で、傾向的でかなりあてにならない部分も多いが、やがて、「パリ会議」のおりヒュルゼンベックのこれらの説が「ぺてん師」ツァラの仮面をはぐのに役立つことになると、フランスのダダイストたちはこの試論を信用するにいたる。最後の書は『ダダ年鑑』で、これは、「ドイツダダ運動中央事務局のために」出版された詞華集であり、二十人ほどのダダの作家の文章を集めている（その中で最も重要なのが、ツァラの「チューリッヒ年代記」であることは異論のないところである）。

この一九二〇年という年に、歴史家としての作品を書いたことで、ヒュルゼンベックはすでにダダイスムが最盛期に達し、それを過ぎたことを暗々裡に認めていたことになる。事実、非常に明確な原因を見出すことはできないが、一九二一年以降、活動が停滞しはじめたということははっきりと認められる。相変わらず、グループは一体であり、人が変わったわけでもないのだが、それぞれの関心が分散して来たと思われる。ある人々は文学に戻り（ヒュルゼンベックは旅行をし、小説を発表している）、別の人々は造型上の探究に没頭する（グロッスは合衆国に渡って、漫画家として活躍しようとする）か、政治に走る（ハートフィールドは社会党の中で、いっそう積極的に活動する）。これらすべては、ダダ運動の指導者たちそれぞれの天分が、一時は革命的行動の必要に答えるために抑圧されていたが、平静さが帰って来るやいなや、いやおうなく発揮されたとでも言うようである。一九一九年八月十一日に宣言されたワイマール共和国の発足は、確かに、ダダの政治的計画を挫折させ、いつの日か地上の権力に加わるという希望をまったく失わせた。そもそも、たとえ、彼らの野心が具体化したとしても、勝利を収めた共産党がいつまでダダイストたちの秘教的な実験を容認していったかどうかは大いに疑問であろう。一九二四年にはリアリズムが党の公式の路線とされるのであり、ダダの実験はそれとまったく対立しているのである。

ベルリンのダダは、こうして、われわれには、審美上の新しい諸形式の創造の欲求と、目前の政治情勢と比べて芸術の重要性を過小評価しようとする欲求という、互いに矛盾した二つの欲求の板ばさみになっていたように見えてくる。運動の初期の段階（一九一七—一八）には最初の欲求が支配的であり、第二の段階では、後者の欲求が支配的となる。チューリッヒやニューヨークやパリでは明瞭な虚無主義的傾向がベルリンではそれほどはっきり認められない。ベルリンでは攻撃の的が有名な政治家の名にしばられ、革命が明確な目的を提案し、具体的な解決策を要求していたからである。ただ、時に、乱暴な行動やある種の示威運動の支離滅裂ぶりが人の目をまどわすことも確かにある。

ベルリンでの運動の負債の項に、行動手段の単純さや、思想表現における巧妙さの欠如、伝達における人間的あたたかみの不足などを書き込むことはできよう。絵画では、ベルリンのダダイストたちは、ある種の形の抽象的表現主義を脱しえなかった。文学では、彼らの好んだ形式は呪術的な散文であり、勝手気ままな長口舌であり、侮辱的な言辞であり、荒っぽい地口だった。ベルリンの雑誌は、手本であるツァラの『ダダ』のような、あのたくまざる優雅と体裁上の調和を見せることは決してなく、もっぱら有効であることだけをねらったパンフレットであり、その様式も、怒らせ、反抗に移らせるという機能に正確に一致していた。(4)

一方、債権の項には、活字と写真のレイアウトにおける新しい技術の創造と完成を書き込まなければならないだろう。この技術は今日も、ドイツ、あるいはドイツ系スイスの各出版社が始終用いている。それに引きかえ、詩の分野では、ヒュルゼンベックやハウスマンの実験はほとんど反響を引き起こさなかった。ただ、レトリストたちが「音声詩」の技法をぎりぎりまで追求したにとどまっている。

二、ケルン

ハンス・アルプとマックス・エルンストは戦争直前の時期から知り合いだった。二人とも表現主義から出発したのだが、ヴァルデンの運動理論の適用の仕方で、すでにそれぞれの気質の相異を示していた。マックス・エルンストは、そのドイツ魂から、神秘を好み、立体派のコラージュとキリコの謎に満ちた風景に引かれていた。一方、アルプは透明で晴れやかで、カンディンスキーとクレーの明るさと形式の軽快さに傾いていた。

宣戦布告後間もなく、アルプはスイスに避難し、その間に、砲兵のマックス・エルンストはドイツ軍と共に戦闘に加わった。一九一九年のはじめに除隊になると、彼は生まれ故郷のウエストファリアへと戻り、数か月後に、そこへ、チューリッヒでダダの経験をたっぷり積んだアルプが会いにやって来ることになる。

それまでに、エルンストはケルンでアルフレート・グルンヴァルトと知り合っている。それは多くの会社の重役をしている人の子でありながら、ライン地区共産党の設立者で、ヨハンネス・テオドール・バールゲルトという偽名で画家としても詩人としても知られていた。

ベルリンのダダイストたちと同様に、この二人も一九一八—一九年の革命運動に参加するようになる。二人は共産主義の雑誌『デア・ヴェンティレートル(通風機)』を発行する。この雑誌についてはほとんど何もわからないが、号によっては二万部以上も売れたこと、町かどや工場、兵営の門で立ち売りされたこと、結局、一九一九年にイギリス占領軍によって発売禁止にされたことだけが知られている。

もっとも、この同じ年の終わりにはすでに、あれほど立派だったマルクス熱が急にさめたようで、それがなぜかははっきりしない。ある人々は、ベルリンのダダイストたちの政治的行きすぎの反動だろうと考える。しかし、それより、アルプの影響がここで決定的だったためだとしたほうがよりほんとうらしい。事実、ケルンのグループの方向転換はあの若いアルザス人の到着と時期が一致している。そして、すでにチューリッヒでの経歴が充分示していたように、彼は自分の活動範囲を審美的な次元に限ることにしていたのである。

エルンスト、アルプ、バールゲルトがその知的才能を合わせたおかげで、ケルンのダダはコラージュの分野で最も見事ないくらかの成功作を残すことができた。エルンストは教訓的な書物から抜粋したカットの利用を基礎とした、独得の技術を完成した。それは発想において、立体派の「貼り紙」とも、ベルリンの「フォト・モンタージュ」とも違った「絵画」で、一九二一年にはブルトンとエリュアールの注意を引くことになる。これと似た手法も、アルプのいたずら好きな手にかかるとまるで違った結果を生む。ボール紙を勝手に切り抜いた抽象的なかずかずの形を使って、それらの配置を偶然だけにまかせて得られた彼の「輪郭」は、それでも彼の深い個性を、ヴァン・ゴッホのタッチがその流儀を示していると同じくらい忠実に表現している。一方、バールゲルトは融通無碍な精神で他に秀で、常に完全にダダ的なトーンでありながら、構成の非常に違った作品を次々に、あるいは同時に制作している。

しかし、ケルンで試みられたすべての実験のうちで、歴史的に最も重要であると今日も思われるのは、「ファタガガ」（「ファブリカシオン・ド・タブロー・ガランティ・ガゾメトリック」保証付ガスメーター的絵画制作というふざけた名を与えられている一連の無署名の作品で、そこにはさまざまな才能が融合している。右の三人は、こうして、集団制作のコラージュを生み出すための会社をつくったわけで、それらのコラージュは、前もって相談されて作られる場合も、そうでない場合もあった。それは、やがてシュルレアリスムが発展させて成功したテクニック（「優美なる死骸」）を創始したものだった。この会社はW／3センターと呼ばれ（「Wはヴェストステュピーディエン（西の馬鹿ども）、3は三人の共謀者、すなわちハンス・アルプ、J・T・バールゲルト、そして、M（マックス）・E（エルンスト）のことである」）、機関紙として雑誌『ダダ・W／3』を発行したが、この雑誌も夭逝した。

この天才的な三人のまわりに、一九一九年から二〇年にかけて、五、六人の芸術家たちが集まったが、その人々にはそれほどたしかな独創性は見られなかった。「プログレッシヴ・キュンストラー」のグループの一員のハインリッヒ・ヘルレとその妻アンジェリカ、彼らの友人のオットー・フロインリッヒ、アントン・レーダーシャイト、ヴィルヘルム＝フィック、それに彫刻家のフランク・W・ザイヴェルトである。これらの人々はすでに「ステュピッド」と名づけられたダダ的なグループを作っていて、一九二〇年にケルンで展覧会を催したが、その後「ゲゼルシャフト・デア・キュンステ」の中でダダイストと合流した。この合流は、一九一九年十一月の合同展覧会と『回報D』という挿画入りの興味深いパンフレット・カタログの発行で具体化した。これが成功したのに勇気づけられて、エルンストとバールゲルトは力を合わせてもう少し念を入れた、次の小冊子を出すことを考えた。それが『ディ・シャムマーデ（恥ずべき蛆）』、あるいは『ダダメーター』で、その体裁も、挿画の性格も、記事の全体的な調子も、チューリッヒの刊行物に非常に近づいている。しかし、これが興味深いのは特に、ケルンのグループとパリのダダイストたちとのあいだに連絡がついたことを具体的に示している点であろう。パリからツァラが送った『うぬぼれ抜きの宣言、ダダ一九一九年』のほかに『ディ・シャムマーデ』はピカビアとリブモン＝デセーニュの機械的なデッサンや、ブルトン、アラゴン、スーポーの詩作品を含んでいるのである。

一九二〇年の初頭には「国際的」ダダのさまざまな刊行物が非常に多く出されるが、そのいつもながら気まぐれな広告とならんで、『ディ・シアムマーデ』も、マックス・エルンストのリトグラフィーの第一集『フィアット・モーデス』と、アルプの最初の詩集『ディ・ヴォルケンプンペ（雲のポンプ）』の発刊を予告している。

まもなく、一九二〇年四月に、ダダは、ケルンでの運動の頂点を示し、いわばベルリンのブルヒァルト展(一九二一年二月)の先駆をなす行事を開いた。ヴィンター・ビヤホールの裏庭で行なわれてスキャンダルの種になったこの示威行動についてはすでに多くの歴史家たちが語っている。展示品の特異な性格(たとえば、シュルレアリスムの最良のオブジェの先駆である『フルイドスケプトリック・デア・ローツホイテ・フォン・ガウダーシャイム(ガウダーシャイムの赤白の液体彫刻)』や、そこから発散する気味悪く、陽気な、あるいは陰気な、しかも常に錬金術的なユーモアや、主催者たちの挑発的な態度などが観衆の激怒を買い、警察の介入を引き起こすのである。

このようにして、ケルンでのダダの公開の場での存在は終わりを告げる。しかし、『ディ・シャムマーデ』を通じて当時白熱状態にあったパリのグループとのあいだにでき上がった連携は、一九二〇年を通じてますます強められ、マックス・エルンストがブルトンに招かれ、ダダの後援を得て、パリで個展を開くにいたる。もっとも、さまざまな行政上の障害のため、この企画が実現するのは一九二一年の五月になる。その上、ヴィンター・ビヤホールでのスキャンダルを理由に、ドイツ当局はエルンストにパスポートを与えなかったので、彼は自分の個展に出席できない。一九二一年七・八月にツァラがチロルで主催した会合を待って、やっとフランスの仲間たち、ブルトンやエリュアールと、友情の握手をすることができたのである。

翌年、エルンストはエリュアールとガラのあとを追ってパリに移り住む。アルプが彼を真似るのは一九二六年だが、その間に、アルプはチューリッヒに移っている。したがって、一九二一年以後、ケルンはダダの活動の中心には数えられなくなった。三人組の最後の一人であるバールゲルトは一九二七年に雪崩《なだれ》にあって亡くなってしまう。

三、ハノーヴァー

ハノーヴァーでは、ダダ運動の歴史は、一人の人物の伝記と結びついている。それはおそらくほかの誰よりもダダの極端に個人主義的で、アナーキーで、奇想天外な精神を代表しているクルト・シュヴィッタースである。

一九一八年までは、シュヴィッタースは典型的な『デア・シュトゥルム』派の出身と思われていた。一八八七年にハノーヴァーで生まれた彼は、一九〇九年から一四年のあいだ、ドレスデンとベルリンのアカデミーでデッサンの授業を受けた以外には生地をはなれず、その絵は、初期には具象的でおとなしいものだった。しかし、当時流行のあらゆる前衛運動(フォビスム、立体派、表現主義など)の影響を次々に受けることになる。戦争中はある事務所に勤め、詩に没頭するが、その霊感は相変わらず『デア・シュトゥルム』の仲間たち、特に、アウグスト・シュトラムとゴットフリート・ベンに求めていた。

だが、一九一八年、ハノーヴァー技術学校に通っていたとき、シュヴィッタースはいきなり伝統的な絵画に背を向けた。

彼はしだいに個人的な審美観を形成し、絵画の高貴な材料(油、絵具、顔料)の代わりに、ごみためや町かどや小川で集めた汚物の集積から拾い上げたあらゆる種類の砕片を用いはじめた。バスの切符、ポスターや新聞のきれはし、ぼろ布、ボタン、さまざまな布地などである。これらの廃物が、シュヴィッタースの霊感のままに、その器用な手で集められると、見事な「抽象的」絵画に変わり、そこでは、色とヴォリュームが魔術的な調和のうちに結びついた。彼はその作品に適当な題を付したが、多くの場合、それは、この新しいジャンルの「コラージュ」[5]の構成に加えられた印刷物の断片からとったものだった。それらのうちの一つが、この手法によりメルツと名づけられた(どこかのコムメルツバンク(商業銀行)の頭書づきレターペーパーの中央の部分からとられた)。このメルツが、一九四八年に死ぬまでのシュヴィッタースの運動と作品に与えられた、「ダダ」と同じくらい不条理で、同じくらい不条理な偶然から生まれた名前となった。シュヴィッタースは自分の発見したこの名前のコピーライトを一徹に独占して、がんとしてダダからは独立し、ダダという名で呼ばれることを決して受け入れなかった。ダダイストたちと並んで出品することは拒否せず、そのうちのある人々とはごく親密な関係も持ち続けたが、一九一九年一月に、「メルツビルダー」の最初の数作をベルリンの観衆に示すのは、『デア・シュトゥルム』の企画のもとで、クレーやモルツァーンとともにだったという点も見逃せない。

彼はやがて、メルツという「全体芸術」の観念を他の分野にも、特に建築と演劇と詩にも押し進めようとする。ハノーヴァーのワルトハウゼン街の自分の家で、一九二〇年に、プラスターと木とさまざまな材料で作られた巨大な架構の建築を企て、十六年間にわたってそのために働く。このゲザムトキュンストヴェルク(全体芸術作品)の見本は、地下室から立ち上がって屋根にまで達し、あらゆる部屋に広がって、住人に、彫刻の内部で暮らすことを許すはずだった。

彼の有名な詩「アンナ・ブルーメ」(一九一九)を掲載したのも『デア・シュトゥルム』で、この詩は表現主義者のあいだでもダダイストの戦列でも激しい論争を引き起こした。実際、「アンナ・ブルーメ」はドイツの感傷的な小唄のパロディーであり、種々雑多な文章や、諺や奇異な引用のごった煮だったから、ダダの反審美主義に合致している。しかし、ヴァルデンを後循にしたことで、「文学的」目標を掲げている運動に仕えていると非難され、ダダは「アンナ・ブルーメ」を破門に処す。しかし、実際にはこの詩が抒情的な美しさをたたえていることを認めねばならない。

孤独であることがシュヴィッタースの宿命だった。自分の町にはわずかな友人しかいなかった。「アンナ・ブルーメ」の論争で彼を弁護したクリストフ・シュペングマンや、「ダダ小説」『セクンデ・デュルヒ・ヒルン(脳を通る秒)』の作家メルヒオール・フィッシャーほか数人ぐらいのものだった。

したがって、彼は非常に早くからダダイストたちと連絡を取ろうとした。彼の名は一九一九年十一月にチューリッヒで発行された『デア・ツェルトヴェーグ』の目次にすでにあらわれている。そして、彼はその信念から言って、ベルリンの過激派よりも非政治的ダダイスムのチャンピオンだったツァラの方に傾き、ベルリンのグループはヒュルゼンベックのごまかしによって、彼のクラブ・ダダへの参加の却下を通告している。ケルンやパリのグループとの関係もそれほど良好ではなく、彼の労作は、これらのグループにほとんど無視された。ニューヨークのダダイストだけがためらうことなく彼を仲間として認めた。デュシャンとキャサリン・ドライヤーはシュヴィッタースのコラージュを「株式会社」の最初の展覧会から受け入れている。

もっとも、ラウル・ハウスマンはシュヴィッタースに対するヒュルゼンベックの敵意に同調せず、一九二一年九月には、彼とともにプラハへの講演旅行を企てている。「ダダゾフ」の『音声詩《ラウトゲディヒテ》』はシュヴィッタースの最もはなばなしい作品の一つである『ウルソナータ』がもとになっていた。『ウルソナータ』はダダ的な音声構成の完成した例で、人間の声の響きの系統的な開発を基盤にした、原初的で、前代未聞で、神秘的な言語の再創造の試みだった。幸いにして、作者自身による真似ようのない録音が残っている。

自分の思想をつたえ、造型作品の複製を広めるために、シュヴィッタースはこのころまで外部の論壇を利用していた。それがたとえば『デア・シュトルム』であり、一九二〇年にパウル・ステーゲマンが創刊し、ダダにも好意的だった雑誌『デア・マルシューール』であり、クリストフ・シュペングマンとハンス・ハインリッヒ・シーベルフートによって一九一九年十一月から一九二〇年七月まで編集されていた『デア・スヴェーマン』だった。ついで、ダダの定期刊行物がほとんどみんな廃刊となってしまった一九二三年、シュヴィッタースはもう他人をあてにできないことを理解して、自分の雑誌を創刊し、もちろん『メルツ』と命名した。この小冊子は特に元気旺盛で、二十四号も続き（そのうちの十二号は一九二三年一月から二四年十二月までのあいだに出ている）、廃刊になったのは一九三二年だった。初期の数号はダダ的な基準をまったく満足させるものだったが、やがて、ほかの影響が加わってゆくのがわかる。すでに一九二三年末（第六号）からは、『メルツ』にモンドリアンとリシツキーの新造型論、構成主義論の反映が見られ、ついで、バウハウスと『デ・スティル』が、この雑誌のダダ的性格を、建築や活字利用についての技術論というわき道を通じて徐徐に変えていっている。

ダダがすでにかつての立役者たちにとってさえ思い出にすぎなくなったころでも、シュヴィッタースはあきることなくメルツビルダーの水脈を探検し続ける。この忍耐のおかげで、彼は今日、マックス・エルンスト、フランシス・ピカビア、マルセル・デュシャン、ハンス・アルプなどと並んで、ダダイスムの最も偉大な芸術家の一人に数えられている。彼の「音声」詩、あるいは抒情的ダダの詩の試み以上に、また、その建築的造型構成以上に、同時代人を魅了し、来たるべき世代の関心も引き続けると思われるのが、まさに、あの思いもかけぬ「三文コラージュ」であり、見事な「醜悪の華」であることは明らかである。

他の諸国

ダダの冒険のうちで最も知られていないのが、これまでに述べて来た以外の国で起こった事柄についてであることは疑いもない。それはダダが一見して、目につく業蹟を何もあげていないような国々まで、その痕跡を探って見ても無駄だと歴史家たちが考えて来たからである。確かに、これからその大略を述べようと思う調査の果てで、枚挙された資料の量は圧倒的だが、獲物は意外につまらないという感じがしないでもない。しかし、国際的な枝葉を広げた運動の全体像は、われわれが扱う時期（一九一五―二四年）だけでもあちこち生まれ、多くの場合、他の場所に起こった事件の反映でしかない多くのグループについての報告を除外しては、完全なものになりえないだろう。

それに、一九一四年から一八年の戦争の終結直後にヨーロッパで誕生した数え切れぬほどの「若い雑誌」では、多くの場合、当時存在した他の前衛的な流派（立体派、未来派、表現主義、構成主義、そして、一九二四年以降は、シュルレアリスム）と共存状態で姿をあらわしているので、読者や観衆がそのどれかを他と区別することはまれだった。したがって、ダダの影響は、ある雑誌のある号、あるいはある個人の「伝染」によることが多く、その期間もまちまちで、多くの場合、かなり短い。

ベルギーでは、ダダ運動はパリのグループの延長でしかなかったから、のちの各章でたびたび扱うことになるが、ここでクレマン・パンセルスという不当に忘れられている人物についてちょっと述べておくべきだろう。彼は悲痛な姿の呪われた詩人であり、一九二二年十月三十一日にブリュッセルのある病院で悲惨な死を遂げている。

パンセルスのダダイストとしての経歴はごく短かった。パリでの最初の活動のことが彼の耳に入ったのが一九二〇年のはじめで、彼がベルギー王立図書館の下請けとして、『レシュレクシオン（復活）』という名の小雑誌を主宰しているときのことだった。しかし、数か月のあいだ、彼は数多くの記事と三つの作品を発表し、今日なお未発表の他の四つの作品を書くにいたる。

パンセルスのダダイスムを花開かせた温床は、アントワープ出身のフランス語による若い詩人ポール・ヌーユイスによって一九二〇年に創刊された『サ・イラ』誌を中心とした小さいサークルだった。この『サ・イラ』誌は一九二三年に二十号を出してから消えるが、アントワープではモリス・ヴァン・エッシェが主筆となり、そのパリでの代表を、クレマン・パンセルスに依嘱していたのである。また、同じ名の出版社も一九二〇年に設立され――現在もあるが――アンリ・ミショーの『夢と足』と同時に、パンセルスの『怠惰の擁護』や、『売春婦たちよ、怒りの十五分間か、それとも帽子なしの太陽か?』というはなばなしい題名の小冊子を出版している。これは立体派系で、ダダの影響を強く受けた画家ポール・ヨーステンスが書いたものである。

パンセルスが死んでからは、ダダの精神がベルギーに吹き込まれるのは止んでしまったようだ。しかし、不死鳥のダダが、パリでも他の各地でも死に絶えてしまっていた一九二五年三月になると、ここで灰の中から生きかえるのである。それは、E・L・T・メザンス、ルネ・マグリット、ポール・プロッケ、ピエール・デュピュイ、ヴィクトール・ビューテンホルツを含んだブリュッセルの小グループの呼びかけによるもので、このグループは『ウーゾファージュ(時期)』という名の雑誌の発刊で姿をあらわし、続いて、一九二六年六月から、「月二回発行の美しき青春のための雑誌」である『マリー』を四号出している。もっとも、『マリー』の方はツァラ、ピカビア、リブモン＝デセーニュ、ピエール・ド・マッソが執筆してはいるが、ダダ的傾向は弱まっている。

C・ゲーマンス、P・ヌージェ、M・ルコントが中心の『コレスポンダンス』や、『ディスク・ヴェール』、『シテ』のような前衛誌も、ダダの影響を徐々に脱して、シュルレアリスムの影響を受けるようになる。しかし、アントワープでは非常に活動的な二か国語使用のグループが一九二二年に、詩人のヘルベルト・ベーレンス＝ハンゲラーとミッシェル・スーフォール、画家のヨーゼフ・ペーテルスを中心に結成されている。彼らの推進力のおかげで、正統的なダダの雑誌『ヘット・オヴァージヒト』が誕生し、二十号以上も続いたばかりか、スーフォールの『テーパリ・イン・トロンペ』、『ヴェンデウイン・アン・ゼー』(一九二四年)をはじめとする多くの作品が日の目を見た。そのほかにもアントワープの雑誌『ブーブクンデ』、『デ・ドライヘック』、『アントロジー』などが、ひかえ目ながらダダの流行に貢献している。

次はオランダに移ろう。そこではダダが『デ・スティル』の運動とその創始者であるクリスチャン・E・M・クーパーに緊密に従属しているのが特徴である。それは、M・クーパーが、まるで『守銭奴』のジャック親方のように、『デ・スティル』の創始者としてはテオ・ヴァン・ドゥースブルグ、オランダのダダの大将としてはI・K・ボーンセットという二つの筆名を自由に使い分けたことによる。ドゥースブルグとダダとの関係は、一九二一年に彼がベルリンに旅行し、画家ハンス・リヒターとめぐり合う機会を与えられたことにはじまる。ツァラに劣らぬ熱っぽい扇動家である彼は翌二十二年にはシュヴィッタースを伴って、オランダ中を宣伝旅行するばかりか、雑誌『デ・スティル』も使ってこの新しい運動を広めようとする。何号かにまったくダダ的な色刷の別冊『メカノ』を付し、その発行人と主な執筆者になる。一九二二年から二四年にかけてライデで四号発行された(青、黄、赤、白)この小冊子はツァラ、アルプ、ハウスマン、リブモン＝デセーニュ、シュヴィッタース、そして、オランダの建築家フリッツ・ヴォルデンベルゲ＝ギルデヴァルトなどの熱心な協力を得る。I・K・ボーンゼットはそこに、正統的なダダ精神によるさまざまな宣伝を発表した。『メカノ』はこうして、ダダの雑誌の優れた標本の一つとなっている。

ヴァン・ドゥースブルグはまたダダイスムについての適切な理論的文献の著者でもあった。その一つ『ダダとは何か』は一九二三年にハーグで紙表紙版で出版されている。ドゥースブルグ＝ボーンセットは数年にわたってダダと『デ・スティル』を両天秤にかけることができた。一九二二年にワイマールで開かれた構成主義会議のときまで仮面ははがされなかった。前述の騒ぎを起こしたときのことである。

ドゥースブルグの司令部があったライデを除くと、オランダではダダの活動はほとんど見られない。ただ、アムステルダムでは、画家のポール・シトロエンが個人的にパリやベルリンの立役者たちと継続的な関係を保ち続け、フロニンゲンでは、印刷屋の親方のヴェルクマンが自作、自費で興味深い小冊子『次の呼び声』を出版している。

中央ヨーロッパでは、ドイツとスイスのダダの影響を、程度の差はあっても、まったく受けなかった国はごく少ない。しかし、その興奮は一般におだやかで長続きもしなかった。

たとえば、ユーゴスラヴィアでは、一九二一年二月に創刊された構成主義的な傾向の雑誌『ゼニット(天頂)』が、一九二二年五月にザクレブで八頁のパンフレット『ダダジョーク(ダダの冗談)』を出している。ポリヤンスキ兄弟ヴィルジルとヴァレリー、それに、リュボミール・ミツィチが執筆している。この小冊子の乱暴な調子からは、その著者たちが果たしてツァラの運動の味方なのか敵なのかをはっきりと定めることはできない。

同じく一九二二年に、リューブリヤナでは別の一社で『タンク』という雑誌を出し、ドラガン・アレクシッチという名の詩人が原動力となっている雑誌と同名の出版社が特集号『ダダ＝タンク』を売り出している。執筆陣は十人ほどの現地の人々のほか、ツァラ、シュヴィッタース、ヒュルゼンベックが加わっている。この雑誌ではクラブ・ダダが開かれていることと前ダダ的なさまざまな出版物について書かれているが、その痕跡は今ではもう見出せなかった。最後に、トリエステでは『エネルジー・フューチュリスト』が、当時パリで未来派のリーダーのマリネッティとダダイストとのあいだに論争があったことをよそに、ダダの目標に共感を寄せている。

チェコスロヴァキアでは、外国人の「アジテーターたち」(ベルリンから来たハウスマン、ヒュルゼンベック、バーダー、ハノーヴァーから来たハウスマンとシュヴィッタース)がプラハで行なった宣言集会のほかには、現地での運動は何もなかった。小説家のメルヒオール・フィッシャーは遠くからベルリンやケルンの活動に加わり、パリとも連絡を持ったが、自国で活動することはなかったし、画家のフーゴー・ドゥックスも、ヒュルゼンベック臨席のテプリッツ＝ショーナウの二月二十六日の会合では「チェッコスロヴァキアのダダの指導者」に祭り上げられながら、同様だった。ただ、『パスモ(地帯)』という雑誌だけが、一九二二年から二五年にかけてブルノでカルチアン・セルニッチとカルル・テーゲ[6]によって出版され、マン・レイ、シュヴィッタース、リブモン＝デセーニュの記事や作品の複製を収めて、モラヴィアの人々にダダの存在を知らせている。

ウィーンでは、カサーク・ラヨスが一九一八年以来前衛雑誌『マ(今日)』を出していて、この雑誌はダダの機関誌に変身したわけではなかったが、最も革命的な現代的諸傾向の代表者たちに多くの紙面を与えている[7]。

ダダイスムの生みの親の生地であるルーマニアも、チューリッヒの草分けの一人マルセル・ヤンコが一九二二年ブカレストに帰ったことによって、はじめて、逆輸入の影響を受けた。すでに一九一九年、反逆的グループ「ダス・ノイエ・レーベン(新生)」と、「急進芸術家協会」の創立に当たって、ヤンコはツァラに反対して、「構成的」ダダイスムに味方していた。一九二一年のパリ滞在によって、彼はダダイストたちが、ニヒリズムの袋小路へ迷い込んで抜け出せないと見て取った。そして、そのような状態になった責任をグループ中の「文学者たち」に帰した。造型芸術家たちと違って、素材そのものの制限というくつわのない彼らが、馬鹿げた審美論をでっち上げてしまったためだというのである。

したがって、ヤンコがルーマニアにもたらそうとしたのはかなり特殊な形のダダイスムで、うっかりすると構成主義に一致しそうだった。すでに構成主義はブカレストでは、イラリー・ヴォロンカの『七五H・P』とか、一九二一年十一月にスカルラット・カリマキ、ヴォロンカ、ヴィクトール・ブラウナーによって創刊された『プンクト』などの雑誌によって代表されていた。

ルーマニアのダダイスムのこの穏健で安全な傾向が、少なくとも部分的には、一九二二年、ヤンコがブカレストで始めた雑誌『コンテンポラヌル(同時代人)』の成功と長命を、そしてまた、同じ年に彼が画家イオン・ヴィネア、ジャック・コスタンとともに創立し、一九二三年からは、B・フンドイアーヌ、S・エリアッド、F・コルサ、ロタール・シ・ガッド、ミリタ・パトラスクも加わった同名のグループの数多くの活動を説明している。一九二二年十二月から一九三九年まで、『コンテンポラヌル』は展覧会、講演会、公開の示威運動、演劇などを主催し、最も著名な外国のダダイストたちがこれに参加している。

ポーランドでは、ヨーロッパでの有名な前衛運動はすべて熱烈な参加者を得て来ていて、ワルシャワの若いインテリたちは自己主張の場として、ヘンリック・ストラゼフスキの『ブロック』(一九二四年)とか、タデウス・ペイペルの『ズヴォトニカ』などという雑誌を持っていたので、ダダも、クラコヴィア出身の若い詩人、ティトゥス・チゼンスキのおかげで陽の当たる場所を占めることができた。この詩人は「トロマチル・ロ＝ダダ」という筆名で『フォルミシチ』という小冊子を数号出している。もっとも、それはかなり折衷的で、リブモン＝デセーニュ、アナトール・シュテルン、コンラッド・ウインクラーなどと並んで、アポリネール、ピカソ、マヤコフスキーなどの名も目次に見られる。

イタリア。イタリアの未来派の人々がダダに対してどう考えるかを、ツァラがすでに一九一六年のキャバレ・ヴォルテールでの初期の催しのときから打診していることは前述のとおりで、未来派の最初の反応は非常に熱っぽかった。個人的でかつ商売上の関係(ダダの手をかりてスイスで未来派の絵画を売ること)が、ツァラとマリネッティ、メリアーノ、ソフィツィ、カンジウロ、ブッツィ、パピーニ、キリコなどのあいだに結ばれた。マリネッティとツァラの見解の相違が、大ぴらな喧嘩にいたったのはずっとのちの一九二一年になってのことである。そのときまで、ダダにとってイタリアは特に好都合な地域だった。イタリアの大衆は、すでに一九〇九年の未来派のスキャンダルのかずかずによってあらゆる過激主義に慣れていて、その思い出は、この運動のいくつかの機関誌、たとえばジョヴァンニ・パピーニの『ラチェルバ』によって保たれ続けていたのである。

戦時中のツァラの書簡を調べて見ると、彼の意見が特にナポリのニコラ・モスカルデルリとマリア・ダレッツオの雑誌『レ・パギーネ(ページ)』、一九一七年からツァラとヤンコの記事を掲載しているフェララの雑誌『アルテ・ノストラ(われらの芸術)』などの同人たちによって歓迎されたことがわかる。しかし、それ以上だったのがローマとマントヴァだった。

もともとは未来派の正統だったローマのグループのかなりの数が、少なくとも一時的にはダダの誘惑に負けた。たとえばM・ブロリオの小雑誌『ヴァローリ・プラスティチ(造型価値)』は創刊号(一九一八年十一月十五日)にはカルラ、サヴィニオ、フォルゴーレ、キリコの作品が収められているのに、六か月後の一九一九年三月には、ブルトン、スーポー、デルメをはじめ、パリの若い文学者たちが受け入れられている。また、エンリコ・プランポリーニによって一九一七年に創刊された月刊誌『ノイ(われら)』はパリの『シック』や『ノール＝シュッド』の対のようなものだった。

イタリアでのダダの最初の展覧会は、一九二〇年にカサ・ダルテ・ブラガリアで開かれた。ここは、パリのサン・パレイユ書店と同様の役割をローマで果たしていた。その軌道の中を詩人ジュリオ・エヴォーラがめぐり、「ダダ叢書」を発刊、その最初の二号を自ら執筆した。『アルテ・アストラッタ(抽象芸術)』(一九二〇年)と『内的風景の漠とした言葉』(一九二一年)である。彼はまた一九二一年一月のジャズ・ダダ・バルのようなダダのスペクタルも催した。

しかし、イタリアのダダイスムの最も代表的な機関誌は、なんといっても一九二〇年七月にエヴォーラが別の前衛雑誌『プロチェラリア(疾風)』から脱退した二人の詩人ジノ・カンタレルリとアルド・フィオッツィとともにマントヴァで創刊した『ブルー』である。『プロチェラリア』は一九一七年にこの二人の詩人を指導者としてはじめられ、数号続いたが(その中にはすでにダダイストも執筆している)、戦争のため若い人々が召集されたので中断し、一九二〇年一月に復刊されている。しかし、このときの編集者たちが、カンタレルリにはあまりに反動的だと思われたので、彼は『プロチェラリア』の定期購読者や一般読者に、そこから脱退して、大挙して彼に従い、新しい冒険に乗り出そうとすすめた。それが『ブルー』で、その三つの号(一九二〇年七月、八・九月、および二一年一月)は、ピカビア、リブモン＝デセーニュ、アラゴン、エリュアール、エルンスト、ゼルナー、ツァラの協力を得て、同時代のパリでの活動のこだまをイタリアにひびかせることができた。

スペイン。ピカビアが一九一六年から一七年にバルセロナに滞在し、しかも友人たちの小グループの助けを得て彼の雑誌『三九一』の最初の何号かを出したにもかかわらず、このエピソードはスペインのダダイスムのその後の発展の起源ではなさそうである。事実、年代的には『三九一』からバトンを受けついだ雑誌『トロソス』――これはピカビアの雑誌のバルセロナでの最後の号から六か月後の一九一七年九月に発刊されている――が同じ出版社ホセ・ダルマウから出ていたり、その第一号がアルベール＝ビロの詩を載せ、『シック』と『ノール＝シュッド』の最近号の報告もしていながら、ピカビアについては、まったくふれていず、もちろん、彼がカタロニアの首都に滞在していることも無視している。したがって、スペインにダダのヴィールスが持ち込まれたのはパリからであって、ニューヨークからではなかったことになる。戦争末期からすでにスペインの若い文学者の多くがフランスに移り住み、彼らの国の小さな文学雑誌の「パリ特派員」に任じられたり、自ら志願したりして、長いあいだ新しい情報に飢えていた同時代人たちに最新の流行を知らせていた。たとえば、J・ペレス＝ホルバは、バルセロナの隔月刊でホアキム・オルタの出していた雑誌『アンスタン（瞬間）』（一九一八―一九年）のために、ルヴェルディ、スーポー、アルベール＝ビロなどの記事を獲得してやっている。また、ビセンテ・ウイドブロは、自分の雑誌『クレアシオン（創造）』の出版元を一九二二年にマドリッドからパリに移している。

スペインへのダダの侵入に最も効果的に貢献したのが詩人ギレルモ・デ・トーレであったことは異論がないだろう。この疲れを知らぬリーダーは主義のために熱っぽい活動を展開した。宣言の記事を書き、世界中へたえまなく、しかも、せきたてるような手紙を書き、売り込めるところにはどこへでも外国のダダイストの記事をスペイン語訳して発表し、会合を組織し、スペクタルを演出して、彼は数か月のうちに、ヨーロッパのありとあらゆる前衛的グループに、評価は別としても、名前だけは知られるようになった。彼のおかげで、ブルトン、ツァラ、ピカビアと歴史的に重要な多くの雑誌の指導者たちとのあいだにつながりができた。たとえば、一九一九年十一月にオヴィエドでアウグスト・グアルトによって創刊されたが、一九二一年には、ラファエル・カンシノス＝アセンス、ラファエル・ラッソ・デ・ラ・ベーガ、ラモン・ゴメス・デラ・セルナ、ホルヘ＝ルイス・ボルヘスなどを含む匿名で厳格な編集委員会の手に委ねられたあの『ウルトラ』や、セビリアでルサオクデル・デル・バンド＝ビラールによって発刊され、ピカビアやツァラの影響がはっきりと感じられるようになる『グレチア（ギリシア）』もその例である。

ギレルモ・デ・トーレの名はいたるところに見出される。『セルバンテス』や『ペルセオ』（マドリッド、一九一九年）の目次にもあらわれるし、のちには「ダダイスム＝ウルトライスムの機関誌」である『ヴェルティカル（垂直へ）』（マドリッド、一九二〇年）の中でジャック・エドワールの名と結びついている。さらに、一九二二年にはA・エルナンデス・カータの雑誌『コスモポリス』の編集室長として顔を出す。

このようにして、ダダの大波によって引き起こされた運動や返す波の様子を国から国へと、地球の裏側まで調べてゆくことはできよう。しかし、すでにこの運動の広がりと、それが世界に広がるにつれてまとった形式の多様性を充分明らかにできたと思う。

こうして、水平線の彼方を一望したことによって、現代文学や美術の歴史家たちのある人々がダダをパリのそれだけに止めようとするのがどれほど正しくないかがわかる。そうしてしまえば、彼らの調査からは、一つの知的冒険の最も意味深いいくらかの側面が故意に除かれてしまう。それらの側面については、パリの活動が断片的、表面的な観念しか与えてくれないからである。

われわれの世紀においてダダ運動が占めた位置について正当に評価するためには、関係書類のすべてを手にしていなくてはならないだろう。「発明者」バルとツァラの精神がダダの哲学的、美学的概念を徐々に懐胎してゆく有様を研究し、これらの概念が、競合する強力な前衛運動のかずかず（未来派、立体派、表現主義、抽象主義、構成主義、他）によって示される同化の脅威に抵抗するために、たえまない区別の過程を通らなければならなかったことを分析し、ベルリンではマルクス主義と行動主義の教条に激しくぶつかったが、その総決算を行ない、そして、最後に、デュシャンとピカビアをめぐって、ニューヨークで起こった「創造行為」という概念そのものの変貌に起因する計りしれぬ結果をも数え上げなければならないだろう。

　事実、ダダがその根を張った時代の絶望と同様に深い、この哲学的実体の存在だけが、今日、半世紀の昔のこの運動、しかも一九二五年以来決定的に見限られたかに思われた運動にふたたび興味が持たれはじめたことを説明しうるのである。それは、ダダイスムが当時の他の文学運動と異なって、新しい生き方を含んでいたからである。態度や行為を詩的に価値づけることと、あらゆる知的桎梏《しこく》を無条件に拒否し、あらゆる野心を放棄する点で既成の多くの道徳よりはるかに厳格な弁証法的無道徳とを主張したからである。

　ところが、これらの根本的な事実はパリの運動の歴史の中には偶然見出されるにすぎない。パリの運動はその輝しい経歴で、それがこの広大な知的傾向の中では中心でも先端でもなく、ほとんど支流であり予備軍でしかなかったということをつい忘れさせる。以下の章で明らかにするつもりだが、フランスのダダイストたちのイデオロギー的基盤はごくつつましい。ブルトン、アラゴン、エリュアールの仕事は新しい思想をつくり出すことではなくて、それを明確にし、開発し、おし広げ、そして、特に、文学におきかえることだった。

　それでも、それは非常に重要な役割ではあった。なぜなら、一般の精神状態が意識されるのは、それが文学的表現を得てからだからである。人々が文学的なささえと、表現のもとになる感情とのあいだの関係を認めなくなってから随分になるとしても、それは変わらない。ツァラは言っている。「今日なお湖や風景や性格をロマンチックであると形容したりして文学を考えるものがいるだろうか？〔同様に〕しだいに、だが確実にダダの性格もでき上がってくる。」「もっとのちに、歴史の流れの中で〔……〕ダダは明確で普通の語となるだろう。そして、〔……〕民衆が繰り返すことによって、この語に有機的な一語としての意味がその必要な内容とともに与えられることになるだろう。」（ツァラ「ダダ講演」、一九二二年九月二十三日、於ワイマール（B・201・一四一頁））

　確かにまだそうした結着には遠い。このツァラの言う意味論的な「内容」は今日なお不明瞭で、門外漢にとっては、芸術と文学の最近のすべての「主義」を包含しているように思える。それというのも、ダダはその定義からして「動きつつある」運動であって、互いに矛盾する観念や、同一尺度ではかれない個人や、言語の差異によってへだてられている国別のグループの混合物であり、正確な定義を求める言語学者の手からは常に逃れてしまうからである。しかし、たとえば「ロマン主義」という名詞も同様に漠然としたものではあるまいか？　そして、批評家たちはこれまで、そのさまざまな近似値と折り合って来ているのではあるまいか？

分析的な学者がダダイスムを一つの論理的な概念の体系に還元することができないということ、それがかえって二十世紀的な人間精神を誘惑するのかもしれない。社会的にも知的にも強固な規則の枠をはめられた中でしか行動も反応もできないのがわれわれの精神だからであろう。その意味で、以上の概観はむだではなかった。それは、ある時期に世界中のいたるところで、われわれの存在の奥底に住む魔術的で神秘的な力に扉を開いてやりたいという、ときには誰でも感じるあの子供っぽいがさからいがたい欲求をいっしょに感じ、そして、それぞれの仕方でそれを表現した人々がいたということを示しえたと思うからである。また、ことに、パリでの挿話の立役者たちが好んでやって見せた大物ごっこや道化ごっこの裏にあるものすべてを理解するのに役立つであろう。

三　パリのダダ

以上の考察との関連で、本書の範囲、区分、内容はおのずからきまってくる。実際上ほとんど手つかずであったパリのダダイスムの記録を、一次資料をもとにして作ることが何より大切だと考えて、著者はできうる限り、ダダの実験の内在的、あるいは付帯的な価値を判断することは差しひかえ、あらゆる次元での資料の収集とその公表と原典批判に努力を向けた。それら資料の大部分は未発表のものであり、この運動の歴史にそれぞれ貢献しうると思う。

ダダイスムの起源はスイスであり、一九一六年であるから、なによりもまず、チューリッヒでの誕生と一九二〇年のパリの舞台でのこの運動の「公な」デビューとのあいだの四年間に起こった諸事件を考え、同時に、この運動の地理的な移動が行なわれたときの諸条件を調べることが重要だった。

それが本書の最初の五章の目的である。それはまず戦争中のパリの精神状況の概観から始まる。この戦時下の数年にこそ、前衛的な作家の一世代、特に、やがてパリのダダの中核となる「三銃士たち」（アンドレ・ブルトン、ルイ・アラゴン、フィリップ・スーポー、およびテオドール・フランケル）の世代が美学的「懐胎」を果たしたのである。彼らがチューリッヒのグループと最初の接触を持つにいたった諸事情を再発見し、予備的な関係の性質をはっきりさせることに努めた。特に不安定なこの領域へ足をふみ入れるについて大きな助けになったのは、未発表のままさまざまなコレクションの所蔵になっているいくらかの重要な手稿に目を通すことができたことだった。中でも、ブルトンとピカビア、ツァラとピカビア、ブルトンとツァラの三者間の往復書簡は役立った。同じ条件で披見できた他の資料も、これまで一度も突っ込んだ研究の対象にならなかった『リテラチュール(文学)』誌の創刊由来について、あるいは、ダダに関連するある種の作品、たとえばブルトンとスーポーの『磁場』のような作品の成立をめぐる状況についていくらかの光明を与えてくれた。

前半の最後の数ページはフランシス・ピカビアのパリでの最初の活躍にあてた。ピカビアは一九一九年の春にチューリッヒから来て、エミール・オジエ街に居を定めている。彼がブルトンと手を結んだのは同じ年の十二月以後のことだが、それまでの数か月、フランスの首都におけるツァラの非公式な使者の役を演じたのである。

一九二〇年一月に、ツァラがピカビアの住居に着いたときから、序曲は終わって、ファンファーレとともにダダの不協和音に満ちた交響曲が始まり、その最後のこだまが一九二三年のツァラの引退を伴奏するまで続くことになる。したがって、本書の中心は(第六章から二十二章)、一方ではこの二つの日付けのあいだに運動の旗印のもとで、組織された諸活動の年代的な記述、他方では、それに加わった人々の振舞いを、それぞれの個人的な発展の中でと同時に、グループ内での行動の中でとらえてゆくこと、さらに、この期間の出版と造型作品の記述的分析を目的とすることになる。

この運動がパリでは短期間に終わったので、ややもすれば単一の形式を持っていたという印象を受けがちだが、時期によってその強度に変化があることを認めるのに暇はかからないだろう。一九二〇、二一、二二年のそれぞれの最初の三か月に熱狂の三つの頂点があること、そして、同じ数だけの相対的な不振の時期がそれに続くことも観察されよう。

最初の激動期は、一方ではピカビアとツァラの出合い、他方では『リテラチュール』のグループとの接触によって触発され、その特徴は突然の過剰な集会にある(『リテラチュール』の金曜集会、グラン・パレでの示威集会、クラブ・デュ・フォーブール、メゾン・ド・ルーヴルの集会等)。そして、それを通じて、ダダははじめてパリの大衆にぶつかった。荒れ狂う観客の罵声の中で、さまざまな異質の要素が認められ、数えられ、計られた。

この戦火の洗礼をくぐり抜けた上で——一九二〇年七月頃——ダダイストたちは休息期間を取り、力をとり戻すと同時に、最初の総括を行なった。そして、まもなく、敵を前にして結んだ協力関係が思ったほど深いものでないことに気がついた。最初の行動のときの見事な結束が、しだいに、理論的な疑惑と、ダダの珍重した武器であるぶちこわしの精神によっておびやかされはじめた。

しかし、この内部の不和はまだ少しも表面化はしなかった。雑誌や宣言文や作品の開花によって、ダダはパリと対決し、挑発し、誘惑していた。熱狂的な経験の思い出と、世論の圧力とに押されて、夏休中に別れ別れになった若者たちも一九二一年末にはふたたび集まって「一九二一年大いなるダダの季節」の売り出しにかかった。

だが、この運動の内部にはすでに奇妙な変化が起こっていた。かつては支配的だったツァラとピカビアによる「行動的」傾向が弱まり、ブルトンの代表する方向が、逆に地歩を占めて来たことが一段とはっきりした。あらゆる組織化を敵視し、真実と偶然の戯れの熱烈な支持者である「チューリッヒ人」たちは『リテラチュール』の指導者に対して有効な反論を提出することができなかった。ブルトンの方はその冷静な決断力と見事な弁証法に助けられて、しだいにダダの活動を自分の主張する方向へ曲げてゆくことに成功した。

「一九二一年ダダの季節」の二つの会合（「サン＝ジュリアン＝ル＝ポーヴル訪問」と、特に「バレス裁判」）がすでにさまざまな程度にブルトン自身の才能の印を示しているのもそのためである。それでも、第三回の会合（「サロン・ダダ」）に先立ってこの危険を感じたツァラは、態勢を取り直して難なく仲間を引きつけ、ブルトンをひとりぼっちにすることができた。

一方ピカビアはこれに先立つ数か月間も仲間と同じような腐蝕性の活動をグループの外で続けていたが、ダダとはしだいに距離をおき、一九二一年五月十一日には、『コメディア』紙に爆発的な一文を寄せて脱退の決意を公表した。この行為は別のいくつかの行為を誘発し、運動の構造と発展に深く影響した。このときから集会がへり、その次元もかわった。共同の示威から個人的な主張へ、また、集団的な出版から個人の作品の発表へと移っていった。

一九二一年の秋は、したがって、重要な事件はなしに過ぎた。ついでアンドレ・ブルトンは当時の前衛運動の一大対決としての「パリ会議」の開催計画を考えた。ダダイストたちは、それが彼ら好みのマキャヴェリ的原理の新たな実行であると考えてこれに協力した。しかし、彼らが期待していたような韜晦《とうかい》のしるしがいっこうにあらわれないので手を引いてしまった。彼らが立場を正当化するために用いた論拠はかなりあやふやではあったが、世間に戸まどいを引き起こすには充分で、そのため「会議」の計画は流れ、それとともに、パリでの運動全体も崩壊してしまった。

以後、いくらかの一時的な飛躍は見られたがツァラ式ダダはブルトン式ダダに席を譲り、それが数か月後には、こみいっていて、今後はっきりさせる必要のあるさまざまな事情のもとで、シュルレアリスムという新しい名を取ることになるのである。

ひとたび、いわゆる歴史的与件といわれるものが確認されたら、次にはダダ運動を一九二〇年前後の諸思想の一般的な潮流の中でどう位置づけるかが大切となる。まず、伝統的に疑ぐり深く悪ずれしているフランスの首都の聴衆に思いがけない歓待を受けることができた理由を理解しなければならない[8]。そのために、本書では、できる限り多様な階層の反応をタイプ別に記録し分類した。事実、この調査が価値を持つには、精神や芸術についての専門家たちの反応のみにしぼることなく、ダダが本能的に呼びかけた、より広くより教養の低い一般大衆の世論という部分にまで手をつけなければならない。この仕事は当然煩雑であることが予想されたが、いくらかのコレクション（特にドゥーセ蔵書）に、ダダイスト自身によってつくられた新聞記事のスクラップがあったことで大いに単純化された。おかげで、ダダの攻撃に対するパリの反撃が集中した主なテーマを資料とひき比べながら明らかにすることができた。

この短命な運動の長い歴史から、いくらかの結論――そのあるものは国際的なダダイスム全体にあてはまるが、大部分は特にパリでの支流について言えるものだが――が自然に導かれてくる。あとはそれを整理し、全体の総括の中へ組み入れてゆけばよかった。

何よりも歴史的であることを目的とした研究では、このグループの哲学的「教理」について、あるいはその社会的適用について長々とエピローグを書くことは不必要と考えた。しかし、論争の種となったこの運動のある種の側面について整理しておくことは無意味でも不適当でもなかろうと思われる。たとえば、ダダを実際上シュルレアリスムに吸収したあの浸透現象について起こってくる諸問題、あるいはこの運動のニヒリスティックな弁証法にどのような解釈を与えるべきかという問題、さらには、この運動のさまざまな活動や作品が今日の芸術家、文学者の行動にどのように投影しているかの問題など、いずれもさけて通ることはできなかった。

これらの問題を本書が解決していると主張するつもりはまったくない。ただ、それらの問題に、これまでよりもいくらか歴史的真実に合ったアプローチを試みたというだけのことである。このパリのダダイスムについての調査が他の研究者を刺激し、同じような知的誠実さによって、本書の欠陥を埋め、弱点を指摘してくれれば本書の目的は達せられたと考えているのである。

第一章　大戦中のパリと「エスプリ・ヌーヴォー」

取れ、わが詩行を、おお、わがフランスよ、未来よ、
　群衆よ
歌え、わが歌を、純なる歌を、聖なる歌の
前奏を、今の世の美が君たちに吹き込むそれは
この夕べわが弾《かな》でんとする歌よりもすみわたり、輝く
名誉の名誉にかけて義務の美しさを
　一九一五年十二月十七日
ギヨーム・アポリネール

一九一五年パリの精神状況――戦意高揚――知識人たちの「裏切り」――「エスプリ・ヌーヴォー」の起源――ギヨーム・アポリネール――『シック』――『ノール＝シュッド』――ダダのうわさ――映画――モデルニスムの曖昧さ

ダダは戦争から生まれたのではないにしても、日の目を見たのは戦争中だった。したがって、何人かの若いパリっ子たちがチューリッヒのダダイスムのあとを追うにいたる深層の歩みを理解しようとするならば、これらの若者たちが十字路に立った青春時代を特徴づけている非常に特殊な状況を考えに入れないわけにはゆかない。

事実、ブルトン、アラゴン、スーポー、エリュアール、フランケル、イルサムはいずれも一八九五―一八九七年生まれの同年兵に属している。いずれも開戦のとき二十歳だった。いずれも、当然、期待に胸をふくらませて成人となり、その瞬間に、突然、自分たちの未来が戦争の勃発によって危殆に瀕する目に合う。それは、いつまで続くか結果がどうなるのか誰にも予想できない戦争だったのである。

しかも、なんという戦争だったことか！　一九三九―四四年の戦争の恐ろしさを身をもって生きたわれわれでさえ、フランスが二百万人の生命を失い、その負傷者の最後の人々がいまだにわれわれの町を切断された足を引きずり、傷ついた顔を見せて歩いているというほどの恐るべき絵巻物を想像するのは困難である。

だがあえてここでは、一九一五年のパリを、当時の若い知識

人の目で一瞥《いちべつ》して見る必要がある。それはまさに悲しむべき光景だ！　軍と国民の士気を高揚するためにラインの両岸で念入りに準備されていた電撃的勝利の希望は、アルトワとエーヌの塹壕《さんごう》の中に、空色の軍服の歩兵たちとともにみじめにも埋まってしまっていた。銃後のフランスはまず事態の思いがけないなりゆきにうちのめされ、ついで、あきらめとともに戦時体制の中にどっぷりつかってしまった。出征兵士たちがあけた穴は、しだいに女性や、「後方部隊勤務者」や特別任務者、外国人、それに若すぎるもの、年取りすぎたものによって埋められた。パリは警報や、空襲や、ツェッペリンと「タオベン機（鳩の意）」の来襲や、物資の欠亡、軍服、そして、戦争遂行のために余儀なくされる不便と強制がしだいに増大することになれていった。アラゴンは書き残している。

「〔当時警官が〕ワグナーを演奏しているアパートへ登って行き、隣近所ではもう少し愛国的なものにしたらどうだと言っているぞとおどかした。フランスの絵画も、それがミュンヘンを描いているというだけのことで地下室へしまわれた。母親たちは『ジャン・クリストフ』を息子たちが読むのを聞いて涙を流した。芸術は、それがメーテルリンク、ポール・フォール、あるいはポール・クローデルでも国旗をまとったシュナル夫人の一面を持っていた。」（B・14）

検閲が悲観主義者や口うるさい人々を黙らせた。「密告屋《エスピオニット》」が大手を振っていたる所に出没し、誰もが自分の言動に注意せざるをえなくなった。一発屋たちは民衆の信じやすさと、国全体の軍備不足につけ込んで、防毒面や「野戦用アルコール・コンロ」を売り出して巨万の富を手にした。その一方で、貧しい市民たちは、物資欠亡に黙って耐えていた。

今日の新しい「洗脳」と比べれば手工業的ではあったが、しかし驚くほど効果的でもあったのが政府と軍による「うその詰め込み《ブーラージュ・ド・クラーヌ》」で、それは市民の一人一人の精神に、祖国フランスが同族で、文化的で、「聖なる統一」によって全面的勝利へと導かれることが自明の理であり、近い将来の事実だという幻想、そして、それと並んで、敵は野蛮で、悪者で、ビールと血に飢えた汚らわしい連中で、飢饉《ききん》に見まわれているという幻想を植えつけた。その証拠として、ウインドーに「糞《カカ》」というドイツのパンと称するものが飾られ、パリの野次馬たちに復讐の快感を味わせたのである。

グラン・ブールヴァールから数時間の距離で激しい戦闘が行なわれていようと、イプル県で毎日のように何万という兵士が榴散弾の下で倒れていようと、野戦病院がばらばらになった「肉弾」であふれていようと、首都の町という町に喪服の人々が行きかおうと、どうにもならなかった。一度動き出した戦争の歯車はすべてを破壊するまで止まらなかった。

今日から見て驚きに耐えないのは、戦争を前にしてのフランス国民のこのような一致団結した熱狂ぶりだけではない。銃に花を飾り、「マドロン」を口ずさみ、三色旗と真紅のズボンで色あざやかな隊列を組んで、ヴォージュ山地の前線に向かうパリ東駅の出発風景は、まるでフォークロアのような非現実性に彩られているかに思われる。考えも及ばぬような服従を、まるで羊の群れのように受け入れたことも、人間の命を粗末にするのが日常茶飯事であったことも同じく本当とは思えない。だが『砲火』や『木の十字架』や『西部戦線異常なし』をはじめ、すべての戦争文学がそれらのいまわしい実例をいやというほど残しているのである。

地上で最も知的だと思われてきた一国民が、突然何かの狂気に襲われ、殺人狂となって、計画的にみずから望んで白痴化するのを喜んだとしか思えない――そして、ブルトンとその友人たちもそう思ったにちがいない。それは、戦事中の新聞をめくりかえして見るだけでわかる。銃後の新聞は一九一四年末にはすでに苦もなく「正しい」調子を見つけ出している。前線の兵士たちが、出したり、あるいは兵士たちのために出されたりした、数知れない定期刊行物（『勇士《ポワリュ》』『交通壕《ボワイヨー》』『臼砲《クラプイヨ》』など）に愛国心を教えられたわけである。一方、大小の雑誌も一時休刊したあとで次々と復刊し、やはり、国粋的愛国的な新しい潮流にさきほどの困難も示さずにのり移る。発行部数のかなりの伸び、それも補助金がもらえることを理由として、いくらかの雑誌は、たとえば『ディヴァン』のように、前線で書かれたものならすべて無差別に掲載した。

さらにあきれかえるのは、嵐のあとの枯れ葉のように、時とともにかえり見るものもなくなった千一夜的資料を調べて見たときである。それら資料は残念なことにうそをつかない。馬鹿げた愛国小説、あだ討ち気分の小唄、幼稚なポスター、教訓ぶった漫画、才気のかけらもない戯画、芸術性を欠く戦争画、そして、大義名分と猥雑と加虐趣味が単純な象徴の中でせめぎ合っている数多くの絵葉書、どれをとっても、その素朴さは笑いをさそうより胸の悪くなる代物である。

雄弁な指導者たちが大衆の怒りをかき立てて、それを自分たちの目的に利用するために、フランスでは常に燃えやすい愛国心に訴えたということは、ごく最近にも例があるので憤慨することとさえできない。しかし、この秩序と節度を重んずる国で、あのような自殺への道をつきすすむ狂気に対して、誰一人反対の声をあげなかったことは、まさに想像を絶している。

たとえば、理解されず追放になったロマン・ロランの次のような苦悩に満ちた怒りに共感することは今日ならごく自然だろう。

「何百万という人間をまるで蟻塚のように互いに盲目的に戦わせるのは、たんに民族的な敵意だけではない。〔……〕理性も、信仰も、詩も、科学も、あらゆる精神力がそれぞれの国家で連隊に組まれて、軍隊のあと押しをしているのだ。それぞれの国のエリートたちの中で、自分の国民の立場こそ神の立場、

自由の立場、人類進歩の立場だと主張しないもの、そう信じ込んでいないものはただの一人もいない。」(B・158・一三頁)

おそらくこの伝統的諸価値の全般的な破産、そして、異状な事態の中で冷静な頭と心とを保ちえなかったエリートたちの無能さ、それが未来のダダイストたちの下意識に刻み込まれて消えることなく、やがて彼らにあらゆる思想体系をまとめて放棄させるようしむけたのだろう。司祭たちが軍服を着るよう求めるとき、福音書がなにになろう。ジョレスのしかばねを前にしながら、リーダーたちが軍事予算に賛成投票をするとき、社会主義の大いなる理想がなにになろう。われがちにトーガを脱ぎ捨て、武器を手にする知識人とはいったいなになのか。

事実、一九一四年以前のパリの特徴であったフロンド的批判精神は、「国家の大事」の無条件の尊重に席を譲ってしまっていた。文学者たちは、自分たちなりに、国をあげての戦争努力に参加するのだという口実のもとに、詩人も小説家も、動員されたものもされないものも、戦争の美しさ、同胞の英雄的武勲、カイザーに対する素朴な憎悪、そして、フランスの勇士たちの軍人としての徳をたたえるために、先を争ってその抒情性を吐露したのである。スーポーは書いている。

「(当時は裏切り者といわれ、われわれにはその記事を読むことができなかったロマン・ロランのようなごくまれな例外を除けば)すべての文学者が第一次世界大戦の原因でもあり結果でもあった悲劇的な誤解のかずかずを受け入れ、そして、称讃すらしていたのだ。」(B・191・一四五頁)

確かに、言葉による愛国主義のせり上げは、一九〇〇年代のブルジョワ文学のある種の「スターたち」、ジャン・エカール、エドモン・ロスタン、ヴィクトール・マルグリット、ジャン・リシュパン、アナトール・フランス、ポール・ブルジェあるいはド・ノアイユ夫人のような人々にとってはなんら驚くべきことではなかっただろう。モーリス・バレスが一九一四年七月にポール・デルレードのあとを継いで愛国主義者同盟の会長になり、やがて『大戦の年代記』全十四巻にまとめられる民衆扇動的記事を毎日一編書くことを心にきめていたことも、『兵士への呼びかけ』の作家について世間が持っていた観念にかなり合っていた。同様に、『わが祖国』を書いたペギーと、プレーシス=レヴェークの血まみれの土地のために命をささげる前に、「これまでにも、戦争には国民のはらわたそのものからわき出て来るものがかずかずあった」と宣言し、「一つの言語、一つの魂が花開く土地の分量をはかる」兵士の役割をたたえたひとりの歩兵とのあいだには明らかに精神的なつながりが見られたのである。

最も恐ろしい人間の現実に直面させられたあとでヴァル=ド=グラース陸軍病院からの帰途、医学生たちは、ブルトンとともにクリーム・コーヒーを前にして集まったが、心の広い彼らは、彼らとは別の世界に住んでいる一群の人々があって、その人々にとっては戦意高揚がさけがたいということを容認はしていた。しかしまた、若い詩人のジャン・コクトーや、それほど若くもないポール・フォールが彼らの先輩のしり馬にのって「フランスの歌」をくりかえし、「進め、アルベール王、そして、君、ジョフルも進め！　それはわれわれの土地だ」などと叫んでもそれほど心を動かされはしなかった。

一方、社会的因襲に対する反逆の生きた手本であったヴァレリー、ジード、クローデルのようないくらかの「先端的な人人」にも彼らは失望した。ある人は沈黙を守り、他の人々は「間違った」主義のために身を売った。だが、そうした人々に彼らはなにを期待していたのだろうか。すでに名声を得ていたそういう人々が脱走したり、監禁されたり、大衆を扇動したり、生命の危険を冒してまで、軍隊や「徹底抗戦主義」をからかったりすると本当に思っていたのだろうか。おそらく彼ら自身もなにを期待していたのかまったくわからなかったにちがいない。ただ、なんらかの合図があるものと思っていたのに、それはとうとう来なかったのだ。

一八九六年以来頑固に詩的沈黙を守って来ていたポール・ヴァレリーは『テスト氏との一夜』に含まれていた破壊的諸観念を今も熟考し続けていると思われないでもなかったのに、ランボーによって照らし出された彼岸に行きつくどころか、ふたたびマラルメ的変奏に落ち込んでしまったことが、『若きパルク』の一九一七年の刊行によって、事情に通じたものには明らかになってしまった。青年たちの失望は言いようもなかった。しかも、内容は曖昧で形式は無味乾燥なこの作品はほとんど注目されることがなかった。[1]

また、ジードはその権威を傷つけるものはなにもなく、少なくともラフカディオ[2]の名残りを彼のうちに見出せるはずだったが、もっぱら若い世代の信用を保つために巧みに紆余曲折することに汲々としていた。

「ジード氏はなんにでも興味を持っている。それはたんに自分の楽しみのためではなく、偶像を前にしてのボードレールと同様の不安にかられているからである。もしそれが本当の神だったら、気をつけた方がいい。」（筆者名なし、D・P）

ヴァレリーより要領がよく勤勉なジードは、彼の行為と作品に対して巧妙な誤解[3]をつくり上げさせる術を心得ていた。そのおかげで、やがて「リテラチュール」の同人たちは、いささかのためらいはあったものの、ジードに後援を頼むのが正しいと信じ込んでしまう。一九一九年にブルトンはツァラへの手紙で「あなたにはジードがどれほどわれわれとともにあるかわからないでしょう。私の見たところでは彼は文学と絵画における現代的な試みに驚くほど興味を持っています。彼が黒人たちについて語るのをもしあなたも聞いていたら！」（未刊書簡、一九一九年二月十八日、C・T）と書いている。しかし、今のところ、つまり、一九一六年には、ジードは宗教的次元のさまざまな問題の中でもがき、人道主義的な務め（フォワイエ・フランコ＝ベルジュ）に献身し、「アクシオン・フランセーズ」の後循にもなっているのである。

このようにして、前衛の最も確かな詩的価値、この混乱の時代の危険にもゆらぐことなく耐えると思われていた価値が、具体的な世界との厳しい対決によってこなごなになってしまったのである。数年前、いや数か月前までは革命的と思われた諸作品が新しい事態の中では消え去った社会の遺物としか見えなくなったのである。たとえば、一九〇二年にはドビュシーとメーテルリンクの名を一挙に世論の非難攻撃の的としたあの同じ『ペレアスとメリザンド』が、一九一七年のオデオン座の再演ではもはや慈悲深い沈黙しか引き起こさなかった。ブルトン、アラゴン、エリュアールなどの世代にとって、この上演の失敗は、それ以前の彼らの作品すべてにとって光明だった象徴主義の最後の輝きと思えたのである。

だがそれでも、この崩壊を、そして、ご都合主義と暴力の表面的な勝利を前にしても、青年たちは漠然とながらすべてが失われたわけではないと感じていた。際物《きわもの》的な文学の影で、いきいきとした新しい力がしだいに形をとって来ていた。それは、孤独と排斥と沈黙のうちに生まれ、白日のもとにその姿をあらわすことだけをめざしていた。

事実、デルレードの『兵士の歌』も、戦争直前の芸術的、文学的なかずかずのすぐれた活動のこだまを完全にかき消すにはいたらなかった。それはまだごく最近の出来事だったのである。未来派も、立体派も、「ソワレ・ド・パリ」も考えて見ればまだわずか五年前の話だった。したがって、マルヌの勝利によってもたらされた希望が長続きせず、一九一四年から一五年にかけての冬の全面的犠牲によって大衆の好戦気分がいくらか収まると、前に触れた雑誌のうちのいくらかは職業的愛国主義者たちとは距離を置き、純粋詩に奉仕するところまではいかないが少なくとも討論を盛り立て、芸術に市民権を返すようになった。

この傾向は、はじめは恐る恐るあらわれた。たとえば、一九一四年の十一月にジャン・コクトーの協力を得て、ポール・イリブによって創刊された政治的諷刺的雑誌『モ（単語）』、あるいは、画家アメデ・オザンファンの健気な隔月刊の雑誌で、一九一五年の四月から十二月までに二十冊あまりの分冊を出した『エラン（飛躍）』などにである。

これと平行して、造型芸術の発展は戦争の初期に短い休止をしただけだった。モンパルナスでは画学生の姿こそまばらになったが、キスリングとモディリアーニ、サルモンとマックス・ジャコブが君臨していた。ジャコブは、彼がパリに居て、同世代の仲間の大部分が前線へ行ってしまったということだけで、銃後の知的世界の希薄になった雰囲気の中で、彼自身の実際の状況とはまったく不釣合な重要性を与えられてしまった。一九一四年二月十八日に洗礼を受けたとき、ピカソが代父役を引き受けたことが大評判となり、マックス・ジャコブは以来、公式に立体派の領袖となる。そして、立体派の成果はしだいに若い画家たちに吸収されてゆき、特に、アポリネールの帰国とともに——正しいか正しくないかは別として、アポリネールはその『美学瞑想録』以来、若い画家たちの思想上の師と見なされていたから——なお数年間、その評価は続くことになる。

もちろん、『アルコール』の詩人の影響がパリの文学や芸術に感じられなくなったということは実際上一度もなかった。一九一四年末の従軍志願から一九一六年三月十七日の負傷によるパリでの入院までには数か月しか経っていない。しかも、その間もまったく姿を見せなかったのではなく、何度も休暇を取って友人と会ったり、モンパルナスにあらわれたりしている。その上、詩人の名はずっと教養ある読者の目には触れつづけていた。一九一五年六月一日から、『メルキュール・ド・フランス』への執筆を再開し、友人たちには『カーズ・ダルモン（横木の小屋）』の謄写刷りを送り、当時の若い雑誌のいくつかにも、戦争と恋と冒険を歌った韻文を発表していたのである。

それでも、一九一六年七月、いつも火曜の六時ごろに通っていたカフェ・ド・フロールのテラスにふたたびアポリネールのがっしりした姿があらわれたことは、知的活動の再生を象徴していた。古い友人も若い詩人たちも、ジャコブもカルコもルヴェルディもデルメもブルトンも、自然にふたたび、あるいははじめてそこに集まり、愛すべき師を取り囲んだ。今ではその師は、額のまわりにたっぷりと巻きつけた繃帯という形で、栄光と血の後光を背負っていた。十二月三十一日の夜食のために、未来のダダイストのポール・デルメが、アポリネールを主賓として、パレ・ドルレアンで晩餐会を準備した。「虐殺された詩人」は今や国民的英雄に祭り上げられていた。それは、弟子たちのうちの最も厳しい人々の抱いていた称讃の念にいくらか水をさした。前線で作られ、モンパルナスに流れていた彼の詩には「相変わらず同じ炎が燃えている。だが、そこには、事態に対するしっかりした自覚はまったくない」（B・46・二五頁）さらに『カリグラム』の中でも、「当時の最悪の現実からは逃げて、〔……〕最も当然と思われる不安でさえ、遊びのためにそらされている。〔……〕戦争という恐るべき事実を前にして、アポリネールは子供時代に戻ろうとする意志によって身を守ろうとした。〔……〕私は、彼の人格の中で、詩がこの試練をのりこえることができなかったと考える。私にはその詩が物足りなさに満ちていると見えた。おそらくそれが、その後の私を、まったく異なった次元の使命に対して非常に用心深くさせたのだろう。」[4]（B・46・二五頁）とブルトンも指摘している。

しかし、アポリネールに対して、どれほど留保をつけたからといって、それでブルトンもその友人たちも彼を信頼するのをやめようとは夢にも思わなかった。それは「戦争中の乾き切ったフランスで、〔彼らに〕貴重なアルコールをそそいでくれることのできる唯一の人」（B・14）だった。『リュアール・デ・ティール(射撃の薄明)』の詩人を攻撃する人々に、アラゴンは激しく反論している。

「私も知っている。アポリネールはレジョン・ドヌールをほしがっていた。昔の友人と手紙を交して立場が悪くなりはしないかと心配もしていた。検閲の目を恐れて、スイスへ送る絵葉書には連合軍万歳！　とも書いた。彼は白という人々には白と言い、黒という人々には黒と言った。空襲の日には彼のピカソを地下室に運んだ。自分の傷を見せつけるために黒い繃帯も巻いた。私はまだほかにもたくさんのことを知っている。だが、私にとってそれがなんだというのだ。」（「カリグラム」『エスプリ・ヌーヴォー』一号、一九二〇年十月、一〇六頁（注））

そもそも、アポリネールの権威は大したもので、文学で世に出ようとするものなら、彼の傘下に入らないわけにはゆかなかった。事実「現代的」傾向は数多く、しかも漠然としていて、誰も正確にはどの方向へ足を踏み出せばいいのかわからなかった。『美学瞑想録』の中でそれらの諸傾向の一つ一つのめんどうをあれほど巧みに見てくれたこの偉人がすべてに君臨しているというのは安心でもあり、よい刺激でもあった。

当時の「若い文学」はすべて彼の後援を得ようとした。特に詩の小雑誌がそうで、そのうちでわれわれにとって最も重要な二つが『シック』と『ノール＝シュッド』だった。

『シック』の創刊（一九一六年一月）は、年代的には『エラン』（最終刊が一九一五年十二月）からバトンを受けついでいる。その題名（S・I・Cすなわち「音《ソン》、観念《イデ》、形態《フォルム》、色《クルール》」）にはその同人の意図が革命的だというような感じはない。

事実、『シック』が以後の三年近くも前衛雑誌としてまかり通ったことは、おそらく今後も不思議と思われ続けるだろう。だが、実際は、この雑誌の第一の功績はそれが発刊されたということであり、その積極的な主筆ピエール・アルベール＝ビロの功績も、戦争中の非常に困難な条件のもとで、あらゆる傾向の詩人や芸術家たちに一つの表現の場を与え続けた点にある。

最初、未来派的、国粋的であった『シック』は一九一六年六月から「ニュニスム」（「ギリシア語nun、すなわち、今」から）の機関誌に変わる。それはマリネッティの主義にとって代わるためにアルベール＝ビロによってはじめられた生命論じみた一主義だった。アポリネールはこの雑誌に対して必ずしも賛成ではなかったが、一瞬のためらいも見せずにその後楯となり、自分の作品も掲載させた。[5] もっともうちうちでは、この若い友人の努力を愛情をこめてからかうこともあった。アルベール＝ビロはこの雑誌の紙面の大部分を自分のために使って、詩を発表した。それらは「エクラ（破片）」のように象形文字的であったり（アポリネールのカリグラムのやき直しで「ポエム＝

ペイザージュ（風景詩）」と名づけ直された）、音響詩的であったり（「叫び踊るべき詩」）、つつましくニュニックで、「貼り合わせ言葉」によっていたりして（「ヴェルテイジュセレスティアルデジマンシテスパシアル（空間的広大の天上的めまい）」）、まったく興味を引かないこともない。そのほか、毎月の事件の報告を韻文とした「物語詩的」なものもある。

『シック』が生き残った、あるいは成功したと言ってもいいかもしれないが、その理由としてはさまざまなことが考えられる。だが、文学上の理由は少ない。まず、アルベール＝ビロは（あまりにも多くの若い雑誌の指導者たちが忘れていることだが）、出版というものの基本的な仕組みをよく理解していた。ついふくらみがちな経費を見逃すことなく、彼は妻（音楽家ジェルメーヌ・アルベール＝ビロ）とポーランド人の詩人アリ・ユストマンの助けだけを借りて、つつましい数頁を全部自分でつくり上げ、印刷も最低限の費用ですむようにした。彼はまた、定期刊行物の物質的精神的存在は印刷がすんだところで終わるのではなく、そこから始まるということも承知していた。したがって『シック』の配布はゆきとどいていて、どんなに小さな店でも依託販売され、また、友人たちのグループが絶え間なく定期購読者を集めていた。発刊期日は厳格に守られ、しかも、『エラン』と『ノール＝シュッド』の合い間に、パリで出版されているこの種の唯一の雑誌だったので、その障害となっている貧しさと子供っぽさを軽蔑してはいても、詩人の卵たちは『シック』を一度は通らないわけにゆかなかった。それに、アルベール＝ビロは実に人あしらいがよく、どれほど怪しげな大胆さにもおじ気づかず、威勢のいい若者たちのどれほど常軌を逸した苦心の作も掲載するのをためらうことはなかった。

『シック』の評判はたちまち国境を越え、チューリッヒのツァラの耳にまで達した。ツァラはただちに、ダダの協力を申し出た。また、いくつかの事件（『ティレシアスの乳房』の上演、フランケル＝コクト事件(6)、アポリネールの死）が大新聞にも取り上げられたのと、違大なるギヨームが、アルベール＝ビロを第二のアンリ・ルソーと思っているようなふりをして公然と支持したのと、新聞記者たちがなにもわからぬまま、彼の詩を次々とやり玉に上げたのとが重なって、アルベール＝ビロは、その思惑どおりに、前衛のチャンピオンとして通るようになってしまった。

しかし、とにかく、フランスの未来のダダイストたちの大部分(6)はこの『シック』のおかげで世間に名を知られたのである。まず、ドリュ・ラ・ロシェル、ついで、デルメ、スーポー、ツァラ、アラゴン、ラディゲ、そしてピカビアと続く。こうして、反抗的であろうとしたり、そう信じていた画家や作家なら誰でもめぐり合える場として、はっきりした綱領を持たず、それだけに偏見に左右されなかったので、『シック』は、パリのダダの雑誌がやがて手本とする典型をかなりよく代表している。

一九一七年三月に、『シック』は強敵があらわれるのを見ることになる。詩人ピエール・ルヴェルディが率いる『ノール＝シュッド（南北）』[7]で、やはり、文学でも芸術でもはっきりと現代的な傾向を持つものならすべてを糾合することを目的とすることを明言していた。そして、この糾合ももちろん、『カリグラム』の詩人の保護のもとで果たされたが、それはダダの初期の歴史にとって重要な意味を持つ。一九一七年三月十五日付のこの雑誌の創刊号は、ルヴェルディの次のような巻頭言ではじまっている。

「［……］かつて若い詩人たちはヴェルレーヌを暗闇から引き出すために探しに行った。われわれが今こそギヨーム・アポリネールを中心に集まるときだと考えたとしても、なんら驚くには当たるまい。」（『ノール＝シュッド』一号、二頁）

この雑誌の主筆はまだ若い詩人で（一八八九年生まれ）すでに尊敬を受けてはいたが、作品としては一九一六年に自費出版で薄手の詩集を一冊出していただけだった。ただ、ブルトンとその友人たちは、当時読むことができたもの、つまり、ほんのわずかなものだけで充分この詩人に感服してしまっていたので、『ノール＝シュッド』があらわれるやいなや『シック』には拒絶した好意的先入観をただちにこの新雑誌に与えた。

確かに『ノール＝シュッド』は最初の数号で彼らの期待が正しかったことを証明した。全体的な姿勢がある種の文学上の経験の豊かさを示していて、『シック』の新しい号を読むたびにアポリネールをあきれさせたあの感動的な子供っぽさは皆無だった。もっとも雑誌の体裁は、先輩で競争相手の『シック』とそれほどかけはなれているわけでもなかった。その代わり、執筆者の選択は『シック』ほど折衷的でなく、より厳格だった。実際には、ルヴェルディのこの雑誌十六冊は三つの主要な名によって支えられていた。ギヨーム・アポリネール（彼は『ノール＝シュッド』に対する興味を決して失わなかった）とマックス・ジャコブとルヴェルディ自身である。だが、この雑誌の路線をはっきり定義することはむずかしい。編集者たちはしだいに立体派絵画に好意的な場をとるようになり、それを詩の世界へ移そうと試みているようだが、しかし、この新しい現実の探究が合言葉にされようとしたことは一度もない。エッティンゲン男爵夫人の（署名はロック・グレイとかレオナール・ピューとなっている）かなりしばしばいたましいかぎりの創作、チリのビセンテ・ウイドブロやポール・デルメの詩、マックス・ジャコブの文章などを通して、一つの統一ある主義を思い浮かべることはむずかしい。そもそも、それが「文学的立体派」という名で呼ばれたのも、ほかによりよい呼び方がなかったからであり、一つの主義としては雑種でありバロック的なのである。もっとも、すべてを取り入れることからなるこの主義がすべてを拒否するダダの歩みとは相入れないにもかかわらず、この雑誌の立体派的方向のきっかけをつけたのが未来のダダイスト、ポール・デルメ（その名は『ノール＝シュッド』の最初の十四号までの目次に必ず出ている）の最初の巻頭記事「象徴主義が死んだとき」であることは興味深い。

この雑誌の合本を読み通すと、奇妙な統一感と退屈を与えられる。おそらく、それは、執筆者の数が少ないことと、彼らに集団的なダイナミズムが欠けていることに由来しているのだろう。新しい「六人組」（アポリネール、ジャコブ、ルヴェルディ、デルメ、ロック・グレイ＝レオナール・ピュー、ウイドブロ）以外の作家の記事は十指に足りない。だからこそ、スーポー、ブルトン、ツァラ、アラゴンの例外的な参加は、一段と意味深長である。もっとも、その理由ははっきりしない。これらの青年たちを受け入れることによって、ルヴェルディはなにを期待していたのだろうか。彼らを「文学的立体派」の精神に引き入れようとしたのだろうか。この仮説は案外可能性がある。未来の『リテラチュール』の同人たちが『ノール＝シュッド』に発表した詩は、他の執筆者たちの詩とそれほどはっきり違っていないので、その後の彼らがどのような発展をとげるかを示すには不充分だからである。彼らの側からすれば、アポリネールが後楯であること、アポリネールに対する称讃、そして、ルヴェルディに対する深い友情が、マックス・ジャコブの悪ふざけやデルメの審美学的能書やロック・グレイの『ティタニック』へのオードの与えるいら立たしさを補って余りあったのだろう。

それに、これらの若い詩人たちは『ノール＝シュッド』だけに寄稿していたわけではなかった。まったくの折衷主義で、相変わらず『シック』にも書き続け、そのほかのフランスや外国の小雑誌にも、彼らの詩が名も知らぬ作家たちの詩と並んで掲載されていた。彼らが非常に奇妙な美しさを持ついくらかの詩的なテキストに注意を引かれたのもこうした事情があったからで、そのテキストに署名されたトリスタン・ツァラという名前はそのひびきだけでも想像力を刺激するのに充分だった。気になった彼らは、あちこちに連絡して情報を探し、やがて、それほど苦労もせずに、チューリッヒのダダイスムについてのかなり正確な観念を持つことができた。

事実、キャバレ・ヴォルテールの催しの反響はすでに一九一六年にはパリに達していて、一九一七年のはじめには、あちこちの文学者仲間のあいだで、ツァラの挙動についてのうそのような話が口から口へと伝えられていた。また、ほぼこのころに、フランスの小雑誌の大部分がそれを取り上げている。ただ、その情報は一般にはなはだ漠然としていた。一九一七年の春にはマックス・ジャコブが「ルーマニアの詩人トリスタン・ツァラ（Ｔｓａｒａと綴っている）の誕生」を告げ、アドリエンヌ・モニエは、『ダダ』の最初の二号（一九一七年七月と十二月）を発行と同時に受け取ったこと、そして、ジャン・ポーランに、ひどいものだと言って見せたことを書き残している。

ほぼ同時に、アルベール＝ビロは『シック』に次のような小記事を載せる。

「誕生。ダダ、共感の持てる姿勢と質素さを持った芸術誌。ルーマニアの詩人トリスタン・ツァラと画家ヤンコによって、チューリッヒで発刊された。引きつづき『ダダ2』が出るはず。」（二十一・二十二号合併号、一九一七年九・十月、一一頁）

そして、その号が出ると、次のような言葉で迎える。

「退屈はある日単調さから生まれた。この念入りに作られた雑誌での作品の割りつけを見ていて、ついこの詩の一行が私の唇に浮かんだ。詩、記事、参考文献、編集後記という進行のまったく機械的な規則正しさは、まるで分列行進の足なみのように思われる。詩とは、まさに、この雑誌のルーマニア人の主筆が考えているとおり、一つの構築であり、記念碑であり、全体である。なぜそれを無理に行列におしこめ、一部分とするのか。詩にはそれぞれの表情がある。なぜそれに単調な形をとらせるのか。そして、詩も芸術作品であるのなら、彫像や絵画のように、一つの台座、一つの額縁によって他と区別しないのか。一言にして言えば、ダダは画家に対しては個人主義を、詩人に対しては集団制作主義を主張するのか。」（P・アルベール＝ビロ、『シック』二十五号一九一八年一月、一一頁）

一方、『ノール＝シュッド』ははるかにつき放した調子で（時期もおくれて）、一九一八年二月の第十二号で、ルヴェルディのゴンザグ＝フリックおよびロジェ・アラールとの論争に関連して、『ダダ2』の発行を報じている。

また、ピカビアの雑誌『三九一』の存在も知られていた。『シック』がその読者に次のような感動的な言葉でそれを知らせているからである。

「われわれは『三九一』の最初の二号を受け取った。それは正しい立場に役立とうと意図している。われわれはそれを大いに歓迎する。バルセロナから到着したフランス語の雑誌である。それは正しい立場に役立とうと意図している。お互いに愛し合おうではないか。」（『シック』十五号、一九一七年三月、八頁）しかし、このような紹介のされ方をしたのでは、ダダの刊行物が、パリでの数少ない読者のうちにいきなり大騒動を引き起こすわけにはゆかなかっただろうということも想像にかたくない。

それに、この頃にはまだ、のちにパリで「ダダ運動をする」ことになる人々は、チューリッヒ、あるいはバルセロナの光芒にごくひかえ目な関心しか持たなかった。苛責のない日々の現実のしめつけに苦しめられて、彼らは不慮の出来事から身を守ることしか考えられなかった。彼らには皆、それぞれの文章の中で、この暗い年月のあいだパリを支配していた雰囲気の信じがたいような特徴を強調している。当時の青年は、東部戦線ではじまった恐るべき戦闘も自分たちには関係がなく、陰惨な空虚としか感じていなかった。精神的な兵役のがれで、逃避ばかりを考え、あらゆる手段を使って、押しつぶされている世界と正反対の世界への入口を探していた。もっとも、現実の世界は道徳的、愛国主義的抵当を負わされ、個人的市民的美徳に没頭し、空間的にはいじけ、先行きの見通しに欠け、軍事的要請の重荷に押しひしがれていたのだから、むりもないとも言える。(8)

「これらすべての中で、戦争の恐ろしさ、馬鹿馬鹿しさとともに、ある種の調子の声がまるで密輸のようにしのび込んで来て、死に脅かされている未来になど関心を持たなかったわれわれブルジョワ青年の心の底奥にある禁断の木の実への嗜好を呼びさましたのだ。」(B・14)この密輸品による陶酔、それはまず、アメリカ軍とその黒人のジャズ・オーケストラによってフランスに持ち込まれた一種の異国趣味によって満たされた。次には映画、チャップリン、マック・セネット、ダグラス・フェアバンクス、トム・ミックス、リオ・ジム、パール・ホワイトの映画だった。さらに、宣戦布告以前にすでにフランスに入っていた漫画映画や、西部劇映画、新聞でのニック・カーターのやり方を手本に示した終わることのない連続映画、そして特にミュジドラ(9)の映画である。

「美しいポスター《彼らは帰って来る——誰が? ——吸血鬼たちさ》そして、灯の消えた小屋の中で、赤い文学《その晩》。」(A・ブルトン、『ジャック・ヴァシェ』、B・42・六九—七〇頁)

ダダとシュルレアリスムの起源にこの神秘の人物がどれほどの影響を与えたかを知るには、当時の若い作家たちの手紙や私的な文章を参照しなければならない。映画雑誌やポスターで何百万枚もの写真がまかれている今日のわれわれのスターたちも、このミュジドラほどに風俗をかえることはできないだろう。ルイ・フイヤードの挿話映画『吸血鬼』で一九一四年頃にパリのスクリーンにあらわれたミュジドラは青年すべてにとって女そのものであり、しかも、虚構的であると同時に現実的であり、淫乱で洗練され、神秘的で無道徳な世界を、その黒いタイツ姿のおかげで自由に動きまわる現代的な女なのである。彼女は礼儀作法を軽蔑し、冒険心を持ち、死を怖れないことを教えた。だが、彼女はなによりも恋の道の偉大なる先導だった。ボードレール流のどんよりとした目の黒いヴィーナスであり、あまりに「欲望の達人」であったので、やがてシュルレアリスムはその新しい愛の技術の独得の観念を彼女から借りることになるくらいである。まだエロティスムという名が与えられていなかったが、まさにそれだったのである。

美学的冒険を求める精神にとっては、戦争中にもかかわらず、このほかにも「気晴らし」の機会は多かった。あまり多すぎて、一九一八年になったとき、どれもこれも負けず劣らず「現代的」な試みなので、その取捨選択をすることが大問題となったほどだった。ひとりの詩人の卵にとって、前の時代の生き残りでしかないものと、やがてダダに行きつくがまだはっきりとした形をとらない創意との区別をはっきりさせることがどうしてできようか。コクトーの社交界的現代性——ピカビアは彼に

「ジャズ・バンドのパルマンティエ」[10]というあだ名をつけた——と、サティの根元的な独創性とをどう区別できただろうか。しかも、その両方が手を組んで、ピカソの「立体派」ともいっしょになって『パラード（客寄せ）』を作り上げているのである。[11] 半世紀経って見ると、それぞれの領域はかなり容易に区別できる。しかし、当時はそうはいかなかっただろう。スウェーデン・バレーのこの上演に向かって放たれた悪罵と脅迫的な批評の波は、コクトーも含めた全スタッフをめざしていた。そして、サティがある批評家を侮辱したために執行猶予付きの八日間の禁固を申し渡されたとき、モンパルナスにたむろする「新しい若者たち」[12]はいっせいに彼のあとに従ったのである。この全面的な立場の表明は、結局、本当の改革者たちのためにはならず、一種の曖昧さを残すのに役立ち、それはダダでさえも完全に吹き消すことができなかった。

したがって、前衛と言われる作家や芸術家が出入りするパリの、しだいに数を増すサークルでは、すすんで誰もかれも受け入れるようになった。最も人気のなかった馬が「ダークホース」となってレースをさらわないとも限らないからである詩の夕べ、芝居の上演、講演会、あるいは現代芸術展などが、「リール・エ・パレット（竪琴とパレット）」とか「アール・エ・ヴィ（芸術と生命）」（のちにアール・エ・アクシオン（芸術と行動）になる）[13]などのような芸術的グループによって「六人組」の家や、ユイジャンス街の画家ルジャーヌのアトリエでぞくぞくと開かれた。また、オレル夫人、バトーリ夫人、ヨーク夫人、エッティンゲン男爵夫人などといったしっかり者の女たちの努力で、毎日のように、そのサロンやヴィユー・コロンビエ座で戦争に関連した慈善事業のための興業も催された。そして、それら、いたるところで、人々は、レオン＝ポール・ファルグと同時にルイ・アラゴンに、ポール・フォールと同時にアンドレ・ブルトンにアンドレ・サルモンと同時にフィリップ・スーポーにめぐり合うことができた。オデオン街のアドリエンヌ・モニエの書店は、アルベール＝ビロ、ロマン、サンドラルス、ジード、ルヴェルディなどばかりでなく、ブルトンも含めたすべての人人の「現代的努力」の踏み切り台となった。かなり子供っぽい運動でも世間は好意的に迎えた。たとえばあの信じられないようなビスムもそうで、これは「ダダ以前の一種のダダ」で、アドリエンヌ・モニエの友人でオールドミスのレイモンド・リノシエが始めたものだった。モニエによるその定義は引用に値いしよう。

「ビスムはバロックとプリミティフに対する嗜好を再興しようというものだった。それは野性的な芸術、民衆的芸術のさまざまな形式に名誉を与えたビロードの上に描かれた奇想とか、貝でできた小箱とか、びっくり箱的絵葉書とか、切手大の絵とか、コルク栓を素材とした構成といったものである。ダダが悲劇的なものを持ち込んだところに、ビビはやさしさをもたらした。レイモンドは、赤ん坊の泣き声のような、足もとのおぼつかない芸術形式を愛した。まるでひとりの母親のように、そうしたものがあまりに早く大きくてもったいぶったものにかわってしまうこと、はじまりの頃の戯れとまじり合いは何物にもかえがたいことをよく知っていたのである。」（B・127・四八頁）

たとえ一時であれ、ダダがこのような知恵おくれの小娘の暇つぶしと混同されたということは理解を越えるが、当時はエズラ・パウンドでさえ、彼が共同責任者だった『リトル・レヴュー』にピビスムの「宣言」を掲載することをためらわなかったのである。いずれにしろ、それは戦争の終わり近くに、最も優れた精神さえまぬかれえなかった一つの混乱をよく示している。そして、ダダが根を下ろそうとしていたのもこのまったくパリ的な環境、文学芸術のサークルがむやみに生まれ、身振りや言葉づかいや、さらには衣装などを誇張してでも、なんとかして目立たなければならないという環境の中だったのである。

第二章 「三銃士」

二十歳《はたち》の頃、私にとっての大問題は
学ぶことではなくて忘れることだった
心と精神のたんなる拒否によって
地獄の扉がふたたび開かれそうに思えた

新しいドン・キホーテたちだったわれわれは
その怒りを石膏の神々と銅像の影ぼうしに向け
何人かあのころ集まった仲間たちは
罵倒の中に奇妙な美徳を含めようとした

アラゴン

アンドレ・ブルトン――ジャック・ヴァシェ――ルイ・アラゴン――フィリップ・スーポー――テオドール・フランケル――トリスタン・ツァラとの詩的対決――アポリネールとダダ――『アントロジー・ダダ（ダダ四一五）』

アラゴンは『現代文学史案』の中で電報的な――そして、暗喩的な――文体でアンドレ・ブルトン、フィリップ・スーポー、テオドール・フランケル、そして彼自身、またのちにはルネ・イルサムとポール・エリュアールがどんな事情で同じ場所に集まり同じ人々とつき合い、同じ雑誌に執筆し、同じ問題に関心を持つにいたり、その結果、彼らのめぐり合いに役立ったかを述べている。この人間関係の図式の各断片を一瞥《いちべつ》するだけでも、その細目の一つ一つが明らかになる。その網は、若い人々をとりかこみ、ついには一つに集まらせ、同時に彼らを他の世界からへだててしまったである。網の目になった問題は「エスプリ・ヌーヴォー」であり、「文学的立体派」であり、「モンマルトル論争」だったし、雑誌は『シック』、『ノール＝シュッド』のほか『トロワ・ローズ（三輪のばら）』、『エヴァンタイユ（扇）』、『キャラヴァーヌ（隊商）』などで、さらに人は、アポリネール、コクトー、サティ、ヴァレリー、ルヴェルディ、ジャコブ、アラール、ジェルマン、ベルタンなど、そして場所は、カフェ・ド・フロール、劇場、サロン、画廊[1]、書店などだったのである。

「私がブルトンと知り合ったころ、彼は軍医助手の空色の制服を着ていた。彼はどこだったか忘れたが地方都市にいて、しかし、始終パリに来ていた。彼はまだアラゴンやスーポを知らず、この二人と同様、ふりの客だったが、やがて私の書店(2)の常連のひとりとなった」（B・127・九六頁）とアドリエンヌ・モニエは書いている。

シュルレアリスム理論家で信仰指導者というはなばなしい経歴は、二十歳《はたち》そこそこの青年で、心の底に燃えている反抗をすこしも表にあらわさないこのころのブルトンを陰に追いやってしまったが、当時の彼は外面的には流行に従い、アポリネール(3)を称讃し、しかし、より深くヴァレリーやマラルメに傾倒して文学の師と考え、この二人をうまく真似ることにつとめてさえいたのである。丸みを持ち、いささかも乱れることなく常に同じで、明瞭そのものの驚くべきあの筆蹟、また、凝りに凝って、まったく古典的で構文法の純粋さを熱心に求め、ダダ的な誇張にはほんのわずかふれただけというあの文体はそこから来ている。ポール・ヴァレリーにささげられたソネ『笑い上戸の』を含む発表された初期の詩は、マラルメ趣味があまりにはっきりしているので、これを、『美しき今日』の詩人(4)に帰すことも容易にできそうなほどである。したがって、ブルトンの最初のソネ、あの『笑い上戸の』についてヴァレリーが「私がもう口にできないが、まだ耳には聞こえる言葉」と言ったとしてもなんの不思議もない。

笑い上戸の、そしておそらくあまり軽率に若さを誇り、
かけつけた牧神に腰を抱かれかねぬ
岩にもたれたニンフ、その魂（描かぬにしても
少なくとも私はそれを森の辺の青味にとらえた）

運まかせの夢の金のゴンドラの上で
——何に希望をつなぐのか？　生への信仰はどこから来るのか？——
両の目は映すだろう、絶え間ない昇天を
鮮やかな空の下、つぶやく光の中を……

——いやむしろその身振りが招く楽園よりも
衣を捨てた裸身の白さに陶酔し
現実がいまだかつて服従させたことのない

暁の愛撫、像の予感的感動
めざめ、口にしえぬ告白とかくしおおせぬ羞恥、
黙した祈りの純潔な無邪気さ

（『ファランジュ』誌、九十三号、一九一四年三月）

大部分の青年たちと同様に、ブルトンも「秩序」と「冒険」という矛盾した欲求に同時に引きさかれていた。一方では「漠とした呼びかけ」の対象であり、「これらの壁に囲まれながら、

外で起こるすべてに対する不明瞭な食欲を感じて」(B・46・一〇頁)いた。また、他方では自分が否認している社会の中で一つの場を占めなければならないことも充分に感じていた。しかし、ブルトンが当時のポスト・サンボリスムの雑誌を次から次へとさまよっていたことと、『対話』(一九五二年)で、当時自分をとらえていたのは、文学的悪霊ではまったくなく、書きたいという欲望にさいなまれることもなかったと言っていることとをどうしたら両立させられるだろうか。そもそも、この年ごろでは師と仰ぐ人を見出し、それをあがめる方がよほど正常なのである。そして、その師に対して持った敬愛と同じ激しさで、次には師に反抗するのもまったく正常である。だが、この反抗のためには、師に借りた武器だけが頼りとなる。ことに文体という武器についてはそうだろう。この一般的原理は、ブルトンが絶体的で全面的で衝動的な情熱の持主であっただけにいっそうよくあてはまる。そして、この情熱が、彼の意志とはかかわりなく、彼をさまざまな大家のもとへと引きずっていったのだろう。それらの大家はいずれも魅力的な人々ではあるが、しかし、互いに矛盾する多くの美学の代表なのである。たとえばヴァレリーとマラルメ、アポリネールとルヴェルディ、ランボーとヴァシェのような人々だった。

困難な青春時代を終えながら、自らの意志で方向を定めることができないでいる一九一六年のこのブルトンの肖像をアドリエンヌ・モニエは次のように描いている。それが結局はいかにもブルトンらしい。「彼は美しかった。それも天使のようなというより、大天使のような美しさだった。〔……〕顔は大きく、整っていた。かなり長くオールバックにした髪には気品があった。まなざしは世界にも、自分自身にも無関心で、沈んだ硬玉色をしていた。ブルトンはほほえむことはなかったが、時に短く皮肉な笑いが話の最中に湧《わ》き上がる。しかし、表情はかわらず、それは美貌を意識する女たちに似ていた。〔……〕ブルトンの顔付きでおそらく最も特徴的なのは重く、極端に肉づきのよい口もとだったろう、ほとんど異常なほど発達した下唇は、古典的な人相学の条件に従えば、性的要素によって支配された強い官能性をあらわしていたが、この口もとの固さ、また、極端なためにかえってきびしいその形は義務と快楽と奇妙にまぜ合わせた、というか、むしろ並列させた、非常に凝縮した人格を示していた。」(B・127・九九―一〇〇頁)

この戯画の誇張と不完全さの裏にも、確かにブルトンの人物像が認められる。この根本的な不変性は、彼の生涯のうちに急激な変化を見出そうとする試み(特にヴァシェとの接触による変化)をいささか無理だと感じさせる一方、彼が外的な振舞い以外の影響を受けずにダダを通り抜けたことをかなりよく説明してくれる。

当時、ブルトンはナントのボカージュ街一〇三の二の補助病院の神経科センターの臨時インターンだった。彼は宣戦布告直後に動員され、最初アポリネールの隊である砲兵隊に入れられたが、一九一三年以来医学の勉強の準備であるP・C・N（物理、化学、博物学修了証書）のコースに学んでいたので軍医部に転属になったのである。

　そのナントで彼はひとりの若い軍人と知り合った。病院でふくらはぎの傷の後遺症の手当をしたことがきっかけだった。それがジャック・ヴァシェだった。背の高い、栗色の髪の立派な体格の青年で、美術学校を見捨てて、別の美術、つまりは無為を楽しんでいたが、余暇を強制されている中で交されたブルトンとの最初の会話から、彼は若い友人を独得の「哲学」と同時に、態度や振舞いによってとりこにしてしまった。その哲学は、すべて彼の「ユムール umour」という概念（「ユムールの中にはまた多くのすさまじいユビックがある。ユムールはサンサシオン（感動）〔から出てくる〕——ほとんどサンス（感覚・意味）からと言ってもいい——そしてまた——すべてのものの無益な（そして喜びもない）芝居から出てくる」」（B・208a・〔五〇〕頁）と文学と芸術に対してほとんど全面的に誇り高い軽蔑を粧うこととを基盤にしている。ブルトンがこのめぐり合いをどれほど重視しつづけたかはよく知られている。それはシュルレアリスムの伝説の中でとんでもない比重を、はっきり言ってしまえば、度を越えた比重を持ってしまった。それというのも、ヴァシェの死後、彼が残してブルトンが発表した数通の『戦争中の手紙』の文学的価値は、この人物がブルトンのうちに、また、伝染によって、当時のブルトンの友人たちのうちに引き起こした並はずれた熱狂を説明するには決して充分ではないからである。ブルトンは書いている。「私は彼が鎧におおわれているのを見た。いやおおわれているという言葉はよくない。それは空の如く澄み切っていたからだ。彼は輝いていた。頸にはあの流れをかけて。それは今もなおペルーをうるおすあのアマゾン川だったと思う。彼が処女林の大部分を焼き払ったことはその髪を、そして彼のうちにかくれ家を求めた見事な動物たちすべてを見ればわかった。」（「ジャック・ヴァシェ」、B・42・六七—六八頁）しかし、本書にとっていくらかの興味が持てるのは、この書簡集の終わりに載っている詩的なテキスト「白はアセチレン」と短編の草稿「血染めの象徴」のみである。事実、この二編はダダ的なうわ言である。もっとも、おそらくそれは阿片を吸って書かれたものだろう。[5]

　ここで起こってくる一つの疑問は、果たしてヴァシェがツァラとチューリッヒのダダイストたちの活動を知っていたかどうかということだろう。ヴァシェがわれわれに残した手紙の中ではダダについての記載はいっさいないので、そこからブルトンはこの点についてはっきりと「ダダはまだ存在していなかったしジャック・ヴァシェは生涯ダダを知らなかった」（B・208a・〔一二〕頁）と言っている。しかし、ブルトンの記憶はこの時ばかりは間違っているようだ。いくらかの事実がこの断言と矛盾するからである。すでに一九一六年以来、ダダはチューリッヒで存在していたばかりでなく、そのことは前述のように間もなくパリでも知られていた。したがって、一九一六年以来ブルトンの友となったヴァシェが自分の関心にこれほど近い活動についてまったく知らないでいた珍しい人たちの一人だったというのは驚くべきことだと言わねばならない。もっとも、今まで、この点について確実な証言をするに足る当時の資料はまったくなかった。だが、この空白は今日、一九一九年一月十七日付の(6)フィリップ・スーポーからトリスタン・ツァラへの手紙が発見されたことによって埋められたと言えよう。「それから、あなたに私の称讃のすべてを送らねばなりません。あの宣言(7)は本当に素晴らしく、まったく気に入りました。私は大勢の友人たちに読んで聞かせました。アンドレ・ブルトン、ルイ・アラゴン、それにジャック・ヴァシェなどにです。〔……〕私の友人のジャック・ヴァシェはあの宣言にとても夢中になっていますが、彼こそあなたに一番近い男ではないかと思います〔……〕おそらくそのうちに、あなたに書いたものをいくらかお送りするでしょう。(8)」(未刊、C・T)

この手紙から次のような結論が得られるだろう。まず、この若い阿片常習者はおそくとも死ぬ日までにダダイスムの基本的な文章の発表について知らされていた。また、前記の彼のテキスト(『白いアセチレン』と『血染めの象徴』)も雑誌『ダダ』かあるいは別のところに載ったチューリッヒのダダイストの作品に刺激されたかもしれない。そして、彼もまたその友人たちと同様文学の道に入ろうとしていたということである。この最後の結論は、『戦争中の手紙』の中のブルトン宛ての一通(9)によっても傍証される。それには、ヴァシェ自身が「評判の悪い雑誌」(『リテラチュール』かそれとも『ダダ』を指すのか)にその手紙が掲載されるための「注」をつけている。この手紙のふざけた調子、そこに含まれたジャリ的なユーモアは彼の死因を自殺で説明しようとする仮説と矛盾するように思われる。事実、彼は一九一九年一月六日にナントで、一、二の友人といっしょにいたとき、あまりに多量の阿片を吸ったために死んでいる。医学的な検死結果でも、警察の報告でも事故とされ、この青年の最後の手紙もすべてこの説を裏づけている。ただ、事件のいくらか前にヴァシェが何度か言明していること、手紙の中には死が目前に迫ったことにふれているものがあることなどから、ブルトンは自殺の可能性、さらには犯罪の匂いも感じたのだろう。いずれにしろ、この事件はまだ不明で今後の解明が待たれる。

シュルレアリスムの最初の「自殺者」であるヴァシェの文学的遺産についてどれほど留保したところで、その人物が注目に値することは言うまでもない。ある人々にとっては、彼は名が生まれる以前のダダの化身そのものだった。「身振りの重要性を主張したのは、彼が〔……〕最初だった」(A・ブルトン「侮蔑的告白」、『リテラチュール』一九一九年九月(七号、〔一二〕

頁）」とか、「ヴァシェ、それはダダ以前のダダであり、まったく純粋で、妥協なしの、いかなるスノビスムにも汚されていないダダだった。人間の苦悩は言葉や音や色によってあらわされはしないということを最初に断言したのは彼だった〔……〕彼はダダの精神を容認したかもしれない。しかし、ダダの文学を認めはしなかっただろう」（B・56・三三および三五頁）と言われる。

だが残念ながら伝説とは違って、芸術を軽蔑するヴァシェもまた文学的野心を抱いていたのである！　この最初の「態度の詩人」はその振舞いのすべてにスノビスムへの関心が示されていた。そのような関心は本当のダダイストたちにはほとんどなかったところだった（リゴーが例外だったとするはっきりした証拠もない）。本当のところ、ヴァシェの甘ったれた子供のようなやり方、中毒患者によくある小心なダンディスム、初歩的な英国趣味などを寄せ集めたのでは、典型的なダダイストというイメージからはかなり遠くなってしまう。彼の活躍の物語も客観的な観察者にはからかい半分のいら立ちしか与えない。たとえばジョン・リチャードソンは容赦なく「彼の手紙だけに基づいた場合、この精神病質者を天才とあがめることは不可能である」（B・2・二頁）と言っている。

一九一七年六月二十三日の『ティレシアスの乳房』の上演における彼の振舞い[10]をシュルレアリストたちはのちにあれほど重視したが、それも多くの帰休兵たちのそれとあまり違わない。いくらか飲んで、武器を持たない一般の人々の前で戦争用の武器を見せびらかして得意になり、ついには留置所で一晩あかすことになるなどという振舞いは、詩人たちにインスピレーションを与えるにはほど遠い。与えるとしてもそれに反対してのことだろう。したがって、あれほどたびたび広言されているブルトンの彼に対する称讃を理解するには、いくらかの心理的次元の要素を考えに入れなければならないと思われる。

まず注意すべきなのは、ヴァシェ神話がブルトンによってつくられ、しかもほとんどブルトンひとりの手になるという点である。ヴァシェと知り合った人はごく少なく、まして、それについて語った人はより少ない。彼に関して書かれたものもごく珍しい。[11]『手紙』を除くと、彼の行動の痕跡はほとんどないし、その死自体も神秘に包まれている。だからと言ってここからすぐヴァシェのケースがブルトンによって「でっち上げられ」、彼をダダの先駆者として後世に認めさせるか、あるいはそのほかのいかがわしい目的に使われたという説は導きだされない。『失われた足跡』の著者の知的道徳的公正さがこのような仮説を立てることを禁じている。むしろ、ヴァシェのケースがあのように解釈された上で、ブルトンという非常に特殊な心理的複合の中へとり入れられたのは、今世紀初頭の文学にいくらも例が見られる一種の昇華現象によっているのである。人生の最も困難な時期を過ごし、望みが果たせるとは限らないことに気づきはじめ、感受性は相変わらず極度に豊かな一人の若い詩人にとって、ジャック・ヴァシェは、男の友情の属性すべてを備えた磁極であったのだろう。「私は葦笛より美しい男を知った。彼はゴール人たちのような真面目な手紙を書いた。私たちは（キリスト歴の）二十世紀にいる。そして、導火線は子供たちの踵《かかと》から発している。特別に死亡記事のためにインク壺の中で開く花々がある。その男は私の友だった。」（A・ブルトン「ジャック・ヴァシェ」、B42・七・一―七二頁）生活態度がブルトンのそれとはまったく対称的で毒気を持ったこの人物がいまだ白紙の一精神にとってどれほど魅力的だったかは想像がつく。ブルトンは礼儀の手本のようだった。それに引きかえ、ヴァシェは挨拶一つ言わず、面倒な手紙には返事も出さず、前日の友にも一夜あければ知らん顔をした。また、ブルトンとその仲間たちはロマン派の作家たちに親しんだことから、女性を理想化して崇拝する信仰を持っていたのに、ヴァシェはその恋人ルイーズに対して、尊大な無関心を示した。さらには、人生のさまざまな必要」を前にして詩の助力と「夢の影響」を深し求めている最中だったブルトンに、ヴァシェは「詩製」の人生、すなわち徒手空拳で精神力のみをたのんでみずからの奇想の極端な要求に日々人生を合わせてゆくという生き方の手本を見せたのである。

「漠とした呼び声の対象」であった詩人ブルトンが、彼の大切なヴァレリーに疑いを抱かせ、しかし、どうあっても自分と同一視はできないあのランボーに、あるいは「世界一髪の短い」ボクサーで詩人のクラヴァンに漠然と求めていたのはヴァシェの祖型だった。さらに、ダダの破壊主義の中にしつっこく探し求めていたのもヴァシェ的なものだったことは間違いない。

それというのも、ヴァシェがブルトンにとって存在していたのはほんの一瞬のことだったからである。ナントの町での数回の散歩と、一九一六年五月以後は（ヴァシェがイギリス軍第五一七師団の参謀本部付通訳として前線へ送られたので）、休暇のときに五、六回あわただしく会ったにすぎない……思い出としてはわずかなものだったが、「神話化」の進行のきっかけになるには充分だった。

事実、歴史的にはうまい時に死んだのがヴァシェの幸運（それを才能という人もいる）だった。彼の最後の手紙にはぎこちない嘲弄とパタフィジック的表現を通して、ある種の不安がうかがわれる。それは、これ以上こんな大変な役割を続けられないかもしれないという不安である。他の多くの連中と同様に、ブルジョワになり下った英雄というみっともない姿を友人たちに見せているよりも、[12] 死を準備することを選んだのだが、それがブルトンのように情熱的な想像力を備えた人々は、最後の「滑稽な悪だくみ」、一種の悲劇的壮大に達しえたと受け取られたのだろう。

いずれにしろ、ここでは、ヴァシェの生死に関する事実の真偽は問題ではない。結局、神話の誕生のきっかけがなんであろうとかまわない。現実のエルヴィールがどんな人かはどうでもいい。大切なのは『瞑想詩集』が生まれたことだろう[13]。つまり、考えねばならないのは、ヴァシェとのめぐり合いがなかったとしたら、ブルトンがさらに破壊的な行動の方向へ向かうことはなかったかもしれないということである。たとえば、ツァラの合図に答えるための準備が充分でなかったかもしれないのである。

しかし、ブルトンのこの変化はいきなり起こったわけではない。戦争末期にはまだヴァシェの影響がブルトンの文学観に目だった変化を与えてはいない。『信心の山』は一九一三年から十九年のあいだに書かれた作品のうちから、作者自身が年代的に選んで編んだ詩選集で、一九一九年六月十日に発表されているので、この時期のブルトンの文学観に関する道標となってしかるべきものだが、その調子はまだほとんど一様にマラルメ的であり、あるいはわずかに立体派的である[14]。

この詩集を読んだところでは、あえてくりかえすが、ブルトンの詩風に、ヴァシェとのめぐり合いによる急激な変化は認められない。しかし、ヴァシェの死はブルトンを強く打ち、他の影響、特にダダのそれに対しても感じやすくしたとは思われる。ダダの到来がヴァシェの最後の文章によってあまりにぴったり予告されているからである。「〔……〕そうだ、われわれは世界を、充分な、そしておそらくスキャンダルに満ちたいくらかの示威行動がなされるまでは、あっけにとられた半ば無知な状態のままでおくことに決定した。しかし、もちろん、期待はずれで、やや嘲笑的で、とにかく怒ろしいこの神の到来の道を準備することを僕は君たちに任せる。きっと面白いことになるのじゃないか、もし本物のエスプリ・ヌーヴォーがあばれ出したら！〔……〕アポリネールはわれわれのために多くのことをしてくれた。そして、確かにまだ死んではいない。そもそも彼はいい時に立ち止まったのだ。これはもう何度も言われたことだがくりかえさなければならない。彼は一時代を画した。だが、われわれがこれからできることの素晴らしさといったら、今こそ！」（ブルトン宛書簡、一九一八年十二月十九日、B・208a・〔八〇〕頁）

これまで見てきたところは、大筋では、ダダの未来の建築の土台である「クラブ・デ・メトサン（医師クラブ）」の第二のメンバーだったルイ・アラゴンにも当てはまる。一九一六年には、アラゴンも一歳年上のブルトンとまったく同様に、「文学者」、それも社交界的文学者といった外見を具えていた。同じくブルジョワ出身で、同じような大学教育を受け、子供の時から筋金入りのバレス崇拝者でルソー主義者だったアラゴンは、軍隊と戦争を通して、いきなり人生の現実に直面した。魂の底ではロマン主義者の彼はいわゆる世紀病とほとんど変わりない二十世紀病に冒されていた。ただし、それはスタンダールによって改訂校閲された世紀病とでも言える。アラゴンは早くからスタンダールを、その美学を、その「モラル」を尊敬したばかりでなく、あまり好感の持てない人柄だが、円熟期にいたっても政治行動を霊感のもととした人間ベールに対しても崇拝の念を失わなかった。

当時のアラゴンは、青年時代を過ごしたあの輝かしく、あまりに洗練されて衰弱に向かう社会の中にひたり切って、その細部、その欠点と堕落をごく微細なものまで卓抜した記憶力にきざみつけることで満足していた。しかし、外側から見る限り、アラゴンは洗練され優雅な、限りなく繊細でフランス語をあやつることに長じた青年にすぎなかった。「ルイ・アラゴンはそのころ、いかにもルイという名にふさわしく、薄い口髭も似合っていた。これまでに会ったこともないほど親切で、感じやすい青年だった。それに頭も一番よかった。彼となら話が合った。」

「彼は詩を愛し、それにあまり異常さは求めなかった。彼を知ったころ、確か彼はP・C・Nの一年生だったと思う。ポケットにヴェルレーヌやラフォルグの詩集を入れ、仲間の野卑には憤慨していた。最初のころに交した会話の中で、彼が教室で愚劣なことと卑猥なことを耳にすると涙が出そうになると打ちあけたのを覚えている。」（B・127・一〇二頁）

こんな良家の落とし子、見事なスタイリスト、心優しい坊やがいったいどうして、どんな「道筋」を通って、ダダの喧嘩に参加することになったのだろうか。おそらく、子供のころの不思議な抑圧のかずかず、あるいは、ブルジョワ青年の一世代の感じやすい精神に戦争が与えた傷が出発点になったのだろう。P・C・Nの一九一四—一五年の学期に登録した彼は、数か月間はそれでもまだ当時の学生の特権的な生活を続けた。ソルボンヌの講議と海洋学研究所の授業の合い間に彼は初期の詩を書くが、それを集めて発表するのは一九二〇年のことである。彼にとって戦争はまだ遠い地鳴りでしかなかった。

「そして人がヴィミーで死んでいたとき
僕は解剖学を習っていた。」
（『終わりなき小説』、ガリマール、一九五六、四六頁）

結局彼はあの悲劇に加わることを求められなかった。二度（一九一五年と一六年）徴兵延期が認められたが、人的出血が悲劇的状態となったので、ついに一九一七年六月二十日召集を受ける。前線では医者が不足していたから、訓練ののちに、第二二看護兵少隊に配属され、ついで、九月十五日、パリに派遣され、「軍医補」の早急な養成のためにヴァル＝ド＝グラース陸軍病院に設けられた講議に出席することを命じられた。二等兵に与えられる称号としては「軍医補」というのは仰々しいが、看護兵の役割ばかりでなく、恐ろしいことには、本当の医師としてもしばしば使われたのである。このヴァル＝ド＝グラースでアラゴンはアンドレ・ブルトンと知り合った。やがて一九一八年四月九日軍医補に任命されると、この若い召集兵は軍隊にすっかり打ちこみ、六月二十日に第三五五歩兵連隊に配属されて、英雄的に振舞う。[15] だが、彼がしばしば描写している、虐殺される肉体と非人間的な苦しみのダンテ的地獄絵に真正面から鞭のように叩かれると、たちまち、最も原始的な生存本能の反応によって、アラゴンは、それまで自分を縛っていた規制をすべて軽蔑しようと企てる。誰の目にも明らかなのは、この威丈高な気取りと、ダダイストとしての、また、シュルレアリストとしてのアラゴンの文体を特徴づけることになる荒々しく磨かれた言語の暴力のもとに、傷ついた子供の嘆きと現代のファブリス・デル・ドンゴの自尊心とがかくされていることである。愛と苦悩といったロマン主義のかずかずの偉大なテーマ、崇高で苦汁に満ち、同時にプラトニックで官能的で、極限まで人を溺れさせる恋が、気違いじみた一種のドン・ジュアニスム[16]の下心を伴っていたのである。このドン・ジュアニスムはおそらくアポリネールに吹き込まれたもので(『ヴィタム・イムペンデレ・アモーリ(愛にすべてをささげて)』)、シュルレアリスムの歩みの一歩一歩に認めることができる。

痛めつけられた感受性の曲折、詩と愛の交歓の世界への「ふりかわり」は、アラゴンの場合、より複雑で守りのかたいブルトン以上に生々しくあらわれてくる。しかし、この二人は同じような崇拝を当時の大家、ヴァレリーやルヴェルディやアポリネールにささげていた。もっとも、アラゴンは時にはこの崇拝に留保をつけることもあった。しかし、同時にその反抗もいつもまったく真面目だったわけではない。

実際にはブルトン同様(この二人の探究に積極的な意味をあとから与えようとする試みのすべてにもかかわらず[17])アラゴンも一九一六から一七年にはどの方向に自分を賭けるべきかを正確には知らなかった。ただ、少なくとも無意識のうちで、背後の橋を切って落とし、背水の陣を敷いたのだった。

アラゴンと同じく一八九七年に生まれ、同じく、いや、より強く裕福なブルジョワジーと結びついていたフィリップ・スーポーも、立派なダダイストになるための予備的な条件を何一つ具えていないように見えた。父が病院の医師で、ルノーという大家の親類でもあり、最高の家柄の人々との交際を許されていた彼は、階級意識がまだ強く残っているこうした家柄の人々が認めるいくらかの職業のうちの一つにつき、パリのどこかの病院の「大将」か、弁護士会会長か、ことによったら大臣になって「終わる」はずだった。ところが、若いフィリップは明らかに生まれついての反逆児だった。手当りしだいの多量な乱読と地方やドイツへのたびたびの旅行は、自分に約束された生活の窮屈で因習的な面を明らかにした。一九一四年七月に「貨物船を運ぶテムズ川を前にして」(B・186・四六頁)、「愛されぬものの歌[18]」のきっかけとなったあのロンドンのシティでスーポーは、突然自分が「詩人になる」(同)ことを感じる。『ウエストウイゴー』（一九二二年）に再録される彼の初期の詩には、アラゴンやブルトンのそれと同様に種々の影響があらわれている。ただ、アラゴンとブルトンがそれぞれアポリネールのくりかえしとマラルメの緻密に想を得ているのに対して、戦争直前および戦中にスーポーの書いた詩はむしろ「ニューヨークの復活祭」や「シベリア鉄道の散文」のサンドラルスを思わせる。

戦争……一九一四年八月二日、フィリップ・スーポーはちょうど十七歳になる。彼にとっても衝撃は大きい。家族もすぐにその影響を受け（二人の兄が召集される）たが、この殺し合いに論理的な理由を見出すことができぬまま、その結果は銃後の病院で目のあたりに見せられ、思春期のこの青年は、まだ会ったことのないアラゴンやブルトンと同様に、詩の世界に隠れ家を求める。一九一六年に一度徴兵延期を認められたが、六か月後には軍務に適すと宣告される。大して興味もないままはじめていた法律の勉強を捨てて、彼はアンジェの第三三砲兵連隊に砲手＝操縦士として配属される。ついで、士官候補生の小隊にまわるが、一等兵になっただけでそこをはなれる。もとの中隊に戻って、戦友とともにチフスの新しい予防注射の実験台にされた上で前線へ送られる。だが前線へはたどりつけない。新ワクチンと称するものの副作用があまりにひどく、それをまぬがれたものもクレイルの病院に入れられ、やがてパリへ連れ戻されたからである。こうして、スーポーはラスパイユ街一七二番地の臨時病院で数か月を過ごすことになり、この衰弱期の合い間に、勉強と著作にはげむ。そして、一九一七年二月、ギヨーム・アポリネールに最初の詩「出発」をフィリップ・ヴェルヌーイ[19]という筆名で送るのである。

時……
別れ
群衆は渦巻き、
男がひとりさわぐ
女たちの
叫びが私をかこみ……
だれもが殺到し
私をつきとばす
こうして
日は暮れ
寒い
男の言葉とともに、そのほほえみを私は持って行く。

この詩には『カリグラム』の作家を感激させるところはまったくなかったけれども、アポリネールはいつもの面倒見のよさで、P・アルベール＝ビロに話をつけ、その雑誌『シック』に掲載させる。

スーポーがブルトンに引き合わされたのもアポリネールのはからいによるものだった。ブルトンはアポリネールが開頭手術を受けた翌日の一九一六年五月十日にモンモランシー街のモリエール館病院に見舞いに行った。そして、この日以後熱心にアポリネールのもとへ通う。カフェ・ド・フロールの火曜の会合の常連となり、サン・ジェルマン街二〇二番地のてっぺんの「レデュイ(わび住居)」の内々の集まりにも出入を許された。

一方スーポーもアポリネールには同じように夢中になった。「私は感動なしには思い出せない。それほどあの人には世話になったのだ。一九一七年冬の灰色のある朝、私はピエール・ルヴェルディが主筆だった『ノール＝シュッド』のある号を買った。そして、そこに次の数行の詩を見出したのだ。

君の舌
君の声の
ガラス鉢の中の金魚。
(G・アポリネール「ロケット信号」、『ノール＝シュッド』二十号、一九一七年四月)

スーポーは一九一七年に、スーポーの詩が朗読されたＯ・Ｓ・Ｔ(軌壕の中の兵士の作品)のためのあるマチネ・ポエティックでアポリネールと握手する機を得た。大家は若い崇拝者にフロールでの次の火曜の会合に招き、何人かの詩人たちに紹介した。その中にピエール・ルヴェルディ、マックス・ジャコブ、そして、アンドレ・ブルトンがいた。ブルトンは本能的にスーポーに共感を持ち、スーポーも同様だった。ブルトンはその第一印象を次のように述べている。「彼は彼の詩そっくりで、極度に繊細で、ちょっとすまして、愛想よく、そして、すがすがしかった。日常生活では彼を長いあいだ同じところに引きとめることはできなかった。彼は大した区別もなくすべての旅行者が好きで――ランボーも大部分はその点で愛していたし、「バルナブース」のヴァレリー・ラルボーや「シベリア鉄道」のサンドラルスも同様だった。彼はサンドラルスを個人的に知っていて、サンドラルスのおかげでアルチュール・クラヴァンを発見したのだった。スーポーは英文学にかなり強く影響されていたが、その割りにはあまり本を読んでいる方ではなかった」(B・46・三七頁)

アポリネールが考えたような(たとえば「会話＝詩(ポエム＝コンヴェルサシオン)」の)「やって来るままの」「あらゆる後悔から守られた」(B・46・三七頁)詩から、後で述べなければならない自動筆記への変遷はおそらくスーポーによるだろう。彼の創作方法は、自由で独創的で新天地を開拓することを決意した精神をよくあらわしている。(20)

ブルトンは新しい仲間を「本の友の家(アドリエンヌ・モニエの書店の名)」に連れて行った。(21)そこの女主人はスーポーの愛すべき肖像を次のように書き残している。

「スーポーは三人(アラゴン、ブルトン、スーポー)のうちで一番優雅で鋭かった。彼のいたずらはたぶんあまり自然なものではなかったのだろう。よく考えて見れば自然なのだが、彼の場合はむしろ個人的な神経症から発しているようだった。神経質なことが鋭い爪を与えていたのだ。しかし、同時に彼はやさしさと教養を身につけていて、それが互いに助け合っていた。だから、彼は他人を傷つける以上に自分が傷つき、したがって、社会に対する戦争に身を置くことは、ほかの人々とは違った苦しみを伴ったにちがいない。私は、出発点では彼こそ誰よりも英雄的だったのではないかと思う。」（B・127・一〇三頁）

この無邪気な書店の女主人は、その女性的直観で、スーポーという人物の根元的な原動力、多くの批評家たちの注意深い目にも映らなかった彼の「神経症」をよく見抜いている。この「神経症」が、自分の精神を「融通無碍にしておく」という異常な能力と合致して、スーポーを、パリのダダ運動の中で新しい着想を、おそらく最も豊かに具えた人物にしたのであろう。

三人のうちで最初に作品を出版したのも彼だった。それは彼の戦争の詩を集めた薄い詩集『水族館』で、一九一七年にポール・ビロー印刷所から、自費出版された。しかし、そこにはブルトンの言う「近代の鋭い感覚」はまだあまりはっきりとはあらわれていない。

ダダの中核になるはずのグループの第四の銃士は、テオドール・フランケルという名の不思議なそしてよく知られないままの一人物である。彼はブルトンの幼なじみで、一九一一年にコレージュ・シャプタルで机を並べたときからブルトンと知り合う。年もまったく同じで、その後も同じ進路をとり（P・C・N）、一九一五年四月の動員では、やはり衛生班に入れられる。二人の青年は一九一六年にはナントに、そして、一九一七年にはヴァル＝ド＝グラースとアドリエンヌ・モニエ書店にいっしょにあらわれる。だが、この時から、しばらくのあいだ、二人は異なった道を歩む。ブルトンがサン＝ディジエの精神科センターへ移ったのに対して、フランケルはスラヴ語によく通じていたので、三つの移動野戦病院のグループとともにロシアに送られる。そこでは革命闘争が熾烈《しれつ》をきわめている。一九一七年七月に発って、彼は、ソビエト体制が確立される一九一八年三月までロシアにとどまり、その後、ペトログラードから船でノールウエーに向かい、ドイツに対する最後の総攻撃に参加するのにちょうどいい時にフランスに帰って来る。ロシアにいたあいだを除くと、彼は月に二、三日は規則正しくパリに来ているが、一九一八年十二月に除隊になると、ダダの示威運動により積極的な役割を果たす。

もっとも、すでに一九一七年以後、フランケルは、ものを書かないから、文学への忠義だてなどの疑いを持たれることもなく、「アルフレッド・ジャリを愛し、メスのように切れる冷たいユーモアの化身」（B・726・二八頁）で、どんな振舞い、どんな冒険にもしりごみしなかったので、運動にとって理想的な新兵と認められていた。

したがって、一九一八年末に身を置いて見るとブルトンとアラゴンとスーポーの感情と精神にとって大切だった数多く多様な願望は、まだ何一つ彼らの文学的所産にも、外面的な行動にさえもあらわれていなかったことが容易にわかる。青年たちは毎朝、ヴァル＝ド＝グラースを出ると落ち合って、パリ駐屯中の他の軍人と同様に、サン＝ミッシェル街のミルクホールへカフェ・オ・レを飲みに出かけていた。ブロキュスの次官室勤務ルイ・ド・ゴンザク＝フリックもロジェ・アラールも、フェのルナン・フルレも、そして、陸軍病院の向かい側に家族が住んでいながら、詩と現代劇について同じ趣味を持っていた一医学生のピエール・ベルタンもその仲間だった。

文学創造の次元で考えて、未来のパリのダダイストたちの相対的な位置をはかるためには、一方で『リテラチュール』のグループのメンバー、他方ではツァラによって、一九一七年から一八年にフランス語による雑誌[22]、特に『シック』と『ノール＝シュッド』に発表された詩や記事を比べて見る——もちろん、この比較に無用の重要性を与えることはしないでだが——ことは興味深い。まず、これらの雑誌への執筆が、数か月の前後はあってもいずれも一九一七年にはじまっていることに注目しなければならない。スーポーの名は『シック』には三月、『ノール＝シュッド』には九月、ブルトンの名は『ノール＝シュッド』に五月、デルメはそれぞれ一九一六年十二月（『シック』）と一七年三月（『ノール＝シュッド』）、アラゴンは両方の雑誌に一九一八年三月、そして、ツァラは『ノール＝シュッド』に一九一七年七月、『シック』に十月にあらわれている。

スーポーの場合、時期的に最初の詩は、フィリップ・ヴェルヌーイという署名の、あの『出発』だが、ここで扱うにはあまりにはっきりと習作としての弱点を見せている。それに続く詩は形式がさまざまで、若い詩人の不安定さと同時に驚くべき同化能力を示し、時にそれはコクトーを思わせないでもない。一九一七年八月に発表された『失望—三声のための詩』はシミュルタネイスムへ横目を使ったものであり、ほぼ同じ時期の「散歩」は「裏返しのバラード」でルヴェルディを思わせる。

二つの声ははねかえりぶつかる
まるで海のようだ
そして木立があり
足音、言葉、それにざらつく幹
上には太陽が枯れ葉を選ぶ〔……〕
（『ノール＝シュッド』六・七号合併号、一九一七年八・九月、二八頁）

のちになって——この時はもうダダとの接触を持ってからだが——スーポーは「アニメーション写真」とともにシネマ的探究に興味を持つ。一九一七年十二月の「ポエム・シネマトグラフィック」である「無情」は『磁場』の一年以上前に、すでに「オートマティックなシナリオ」という前駆的な副題をつけている。事実、スーポーはこの時期には「三銃士」の中で最もはっきりと現代的であり、少なくとも最も冒険的であったように思われる。それというのも、彼が最も自在で、過去の文学運動や大家に縛られることが最も少なかったからである。

ブルトンの場合はそうはいかなかった。一九一四年にジャン・ロワイエールの雑誌『ラ・ファランジュ(軍隊)』に発表された最初の数篇以来、彼ははっきりとサンボリスムの系譜に身を置いていた。一九一七年五月の『ノール＝シュッド』に発表された「藪の雄鶏」はこの若い詩人の例外的な詩的天稟を確認させると同時にさまざまな影響を感じさせる。そのあるもの、サン・ポル＝ルー、スチュアート・メリル、フランシス・ヴィエレ＝グリファン、ルネ・ギルなどの影響は減少してゆくが、ヴァレリーとマラルメのそれはまだ直接的で強力である。

藪の雄鶏……それは媚態か
危険の
それともすもも色の軍帽の？
ああ！　ことに
彼女はあたたかいスウェードの手袋をつけるがいい
どんなベンガルの火にも子供だましにも耐えるよう
ティロルでは、森が色づくとき、すべての
存在はある天命を譲位し
せいぜい、味わい深い着色石板ていどになりさがる
私の
悔恨、その荒々しさ、悪業
私はとりのぞく彼女の手紙からナスターチュームの花を
(『ノール＝シュッド』三号、一九一七年五月、七頁)

天稟と影響はその後の詩にさらによく感じられる。ことに三か月後に発表された「馥郁たる年」に著るしい。

お前の寒がりの肩を犯すショールは
意地悪くわれわれに繰り言をせまる。羊飼よ、
お前は私にとってようやく手のとどく紡ぎ女となる
(俗な遊びとかかわらぬこの至福〔……〕)
(『ノール＝シュッド』六・七号合併号、一九一七年八・九月、二七頁)

ことにそれが目立つのは、『ノール＝シュッド』の次の号に、フランスの雑誌にのったツァラの最後の詩があらわれるからである。

わが暗闇の大いなる嘆き歌
見よ私の髪が生えた

頭脳のねじはときに液化する黄ばんだとかげだ
穴のあいた首吊り男
木
ぬかるみ地帯の兵士
そこでは鳥たちは沈黙のうちに身を寄せ合う
星の騎士色あせた壁布
(『ノール＝シュッド』四・五号合併号、一九一七年六・七月、二七頁)

この詩行がブルトンに驚きのまじった称讃を引き起こしたことは想像される。しかも、これら初期の詩は、ツァラがルヴェルディに送ったもののうち、最もおだやかなものをルヴェルディが選んだのであって、一九一七年十月に『シック』が掲載したものから見るとまるで毒気がない。

引退

〔……〕お前は、月世界から来たような諺をかさぶたの
　上に釘づけにして持ち運ぶ
渋色の月は地平線にお前の膜を広げる
月は黒くねばねばした液体の中でなめされた片目
音のない震動
重い動物たちは互いに接する筋肉の円となって
逃げるコールタール暑さ
管は曲がり内臓を
織りなす
青い
(『シック』二十一・二十二号合併号、一九一七年九・十月、五頁)

特に、ダダの特徴である稲妻のような飛躍と言葉の花火があらわれ、しだいに構文法のための努力がすべて失われてゆく。

ヴァイオリン　ランプ　尻尾　白い光
非常に白く　太陽と　星のかたつむりを避ける〔……〕
(「話す森あるいは復活祭島の解読可能記号」、『シック』二十八号、一九一八年四月、六頁)

一九一七年から一八年のツァラのいくらかのテキストは、すでに『磁場』との比較を迫っている。

切られた機関車のランプの無きずな首飾りは時にわれわ
　れのうちに降りて来る。
(「シベリアの小さな町」、『ノール＝シュッド』一三号、一九一八年三月、一七頁)

このような新しいジャンルの詩との接触によって、また奇妙

な浸透作用によって、ブルトンの友人たちのうちに起こったゆっくりとした進展の軌跡はこうした比較によって容易にたどることができる。彼らの詩は気づかぬうちに、ツァラのもっとはげしい詩に近づいていく。

時には明らかな平行も見られる。たとえば『シック』の第三十二号にはチューリッヒのダダイストの美しい長詩「弓」と、すでにフィリップ・ヴェルヌーイの印象主義的表記とはすっかりかけ離れたスーポーの次のような「アニメーション写真」の一つとが向かい合って並んでいる。

ベンチが、ついには天にとどくであろうポプラによりかかっている。
乳母たちはいつかは爆発するだろう
私はたった今私の帽子のまわりを飛んでいた雀を一羽つかんでそれを
でぶの紳士の顔めがけて投げた。その片目をきっとつぶしてやろうと思って私は今ほほえんでいる
だがやがて
また明日！
（「すでに」、『シック』三十二号、一九一八年十月、四頁）

同じような見方はアラゴンについても可能である。雑誌に発表された彼の初期のテキストは読むには楽しいが独創性に乏し
い。たとえば、次のようなサンドラルスの生まれかわりもある。

西部への渇き
絶え間なくドアが
風で開くこのバーで
真紅のポスターが一枚
別の石鹸を売り込んでいる
（踊れ、踊れ、いとしい人よ、
私たちにはバンジョーがある）〔……〕
（『ノール＝シュッド』十三号、一九一八年三月、一四頁）

また、次のようなヴェルレーヌ的メロディーも見出される。

フーガ
喜びが湧《わ》くたて琴の
三拍子に合わせて
喜びが湧く　森で
どことも知れぬ森の中で
まわれ、頭よ、まわれ、笑いよ
誰を愛して？
何を愛して？
私を愛して？
（『シック』三十号、一九一八年六月、二頁）

だが一九一八年のはじめから、アラゴンは違った方向へ足を踏み出す。『シック』に渡した（ブルトンとの共作の）「十三のエチュード」はすでに完全にダダ的な精神状態を思想的にも形式的にもあらわしている。アラゴンもまた非常に早く脈絡のない「詩」の基本原理を吸収し、それを規則正しく実行に移して、「綜合的批評」を書き、毎月、アルベール＝ビロの雑誌に送る。

未来のパリのダダイストたちがこの時期に受けた他の影響のうちで、文学以外の分野のものはほとんどない。

ブルトンは一九一七年にラウル・ルロワ博士の助手として、サン＝ディジエの第二軍団精神科センターに勤め、ブルトン自身はそれが「人生に大きく作用し〔……〕、〔自分の〕思想の展開に決定的な影響を与えたと思う」（B・46・一二九頁）と述べているが、それが意識的な理論の確立に実際に役立つのはずっと後の、シュルレアリスムの第一『宣言』のときになってのことである。このころはまだ、ブルトンとその仲間たちは相変わらずヴァレリー詣でを続け、その自宅に押しかけたり、この大詩人が自分の詩が読まれるのを聞くために喜んで出かけた社交的な集まり、たとえばジャコブ街のクリフォード・バーネー夫人の家などに通っていた。ブルトンは『対話』の中で述べているような留保と、『若きパルク』の詩人との個人的な関係とをうまく調和させていたのかもしれないが、少なくとも、当時の彼の公言しているところからは、そうした留保は少しも感じ取れないし、ヴァレリーとの往復書簡は熱っぽく、情にあふれている。また「彼は常にその父母、すなわちアポリネールとルヴェルディを崇めていた。」（B・127・一一五頁）ジャリ、ランボー、そして特にロートレアモンに対する崇拝も極点に達し、ブルトンは国立図書館の手稿閲覧室で未発表や散逸したテキストを書き写し、そのいくらか（ロートレアモンの「ポエジー」とランボーの「ジャンヌ＝マリーの手」）を翌年『リテラチュール』に掲載したほどだった。

遅くとも二、三か月前から、ブルトンとその友人たちは、すでに述べたように、ダダの旗印のもとにチューリッヒで開かれたさわがしい会合のことを知っていた。ツァラはまず『キャバレ・ヴォルテール（一九一六年五月二十五日）』、ついで『ダダ1（一九一七年七月）』と『ダダ2（一九一七年十二月）』をはじめとして出版物をギヨーム・アポリネールに送っていた。一方、昔の恋人マリー・ローランサンもバルセロナから『三九一』の最初の号（一九一七年一月から三月の一号から四号まで）を送って来ていたし、またニューヨークからはガブリエル・ビュッフェがそれに続く三号（一九一七年六月から八月の五号から七号まで）を持ち帰っていた。

『アルコール』の詩人は、その友人ピカビアの革命的な大胆さに対しては、それほど熱もあげず、だが、恐れおののく様子もなくノートをとっている。それにひきかえ、チューリッヒのダダの指導者たちに対しては非常にはっきりした留保を示している。フーゴー・バルがその『キャバレ・ヴォルテール』に前もって許可を求めることもせずに、アポリネールの詩「木」を掲載したとき、アポリネールは正式の抗議はしなかったが、自分の詩がドイツ語圏スイスで印刷され称讃されるのを非常に心配した。そこはもちろん中立国ではあったが、なにしろドイツ語圏で、したがって、要心深くて盲目的な愛国主義に傾いていた軍人であるアポリネールにとっては信用できなかったのである。それでも、『キャバレ・ヴォルテール』を見て、その不安はいくらかおさまったらしい。

　ツァラは一九一六年に何度もアポリネールに手紙を書いて[23]、『ダダ』に彼の作品を掲載しようとしたようだ。十二月十四日に、再度の嘆願に彼はついに答える決意をする。

親愛なるトリスタン・ツァラ

　私はずっと以前からあなたの才能を愛しています。ことにその才能を、私が切り開き、しかし、あなたほど先へは行けない道に向けておられるからなおさらのことです。

　もっと早く手紙を差し上げなかったのは、これまで、あなたが紛争を対岸の火と見ておられるのではないかと恐れていたからです。そのような態度は、物質的芸術的精神的進歩が脅かされ、それを守るために勝利を得なければならない今の時代には許せないと思います。

　それを前提として、金曜日、つまり明後日には、詩を数篇送ります。また、もし、散文の何かが見つかれば、それも送りましょう〔……〕（未刊書簡、C・T）

　だがたちまち、つまり、翌年、『ダダ1』と『ダダ2』を受け取るやいなや、アポリネールは自分の信頼が誤っていたことを悟り、それをブルトンに打ちあける[24]。そして、一九一八年二月六日付で、「ソワレ・ド・パリ」[25]の頭書のある便箋に、次のような返事を書いてツァラに送る。

親愛なる詩人よ、

『ダダ2』を確かに受け取りました。私のためにノートを書いてくださってありがとう。しかしながら私はコピーは送りませんでした。この雑誌のドイツに対する立場があまりはっきりしていないと思われたからです[26]。私は別にこの雑誌の態度そのものを非難しようというのではありません。そんなつもりはないし、それは私にはかかわりがないことです。全体的な傾向はルーマニア人たちの見解と愛国心に合っているように思えます。そして、あなたはまさにルーマニア人です。あなたの見解、あなたの愛国心は協調でしょう。だからといって私はあなたに教訓をたれることなどできません。ただ、私自身に関する限り、兵士であり負傷兵であり、志願兵でありながら、やはり、帰化人であって、したがって非常に慎重でなければなりません。特にこの多様な形をとる戦争の現時点では私にとって、いかにすぐれた精神の雑誌だからといって、ドイツ人たちが、それもいかに協調主義の人々だからといって、執筆している雑誌に協力することは立場を危うくするものと思われます。それが自分の意見、自分の行動そのものに対する責任であり、もし私が別の行動を取ったら慎重を欠くことになるでしょう。

親愛の情をこめて

ギヨーム・アポリネール

（未刊、B・T）

アポリネールに石を投げる前に、彼が恐れていた危険が決して架空のものではなかったということを思い出すべきだろう。「洗脳」と「密告」の結果は市民の日常生活にも感じられていた。「検閲の網の目は日一日としぼられ、手紙はおくれ、没収され、写真に取られた。」（B・98・五一頁）外国語の刊行物の受取人がきびしい訊問にかけられることもしばしばで、まして、それらの印刷物が、秘教的だったり、前衛的だったりして、疑り深い軍当局の目に暗号文とでも映った場合には大変だった。アポリネールは職務上、そのような場合をよく知ることができる位置にいた。もっとも、このような外的配慮を捨象した上でも、彼がチューリッヒの若い運動に共感を示したことが一度もなかったということは残る。また、のちになってより多くの理解を示したという証拠もまったくない。[27]

したがって、この大詩人が自分に与える影響を充分感じていたブルトンが、少なくとも最初のうち、ダダに対するアポリネールの用心にならっていたにちがいないと考えることはできる。いずれにしろブルトンがチューリッヒの運動が行なわれているときに、それを知らないでいたということはありえない。そして、この事実はのちの事態にとって重要である。

雑誌『ダダ』の第三号は一九一八年十二月に発刊されている。したがって、アポリネールはそれを見ずに終わったが、彼にとっては幸運だったと言える。ツァラとピカビアの手紙による合流から生まれたこの号をもって、ダダはけたたましい登場を果したからである。ギヨームは十一月九日に死んで、その悲しい知らせが休戦を歓迎する大衆の歓呼にたちまち消し去られたことはよく知られている。だが彼の死は、パリの文学界に巨大な空虚を生じさせ、ブルトンとその友人たちをまったく行動不能におとしいれた。数週間後の一九一九年一月にはジャック・ヴァシェの死のうわさも伝えられたのだからなおさらのことだった。これらの事件が引き続いて起こったことが、ブルトンに、『一九一八年ダダ宣言』[28]にあれほどの重要性を与えさせたのだと思われる。『ダダ3』に含まれたツァラのこの決定的なテキストは、若い詩人たちを新しい方向に向かわせ、行動への欲求を集約し、ヴァシェの言行と態度を昇華するのに格好な時に到来したのである。[29]ところが、一九一九年三月十九日に発刊された『リテラチュール』の第一号には、まさに、ツァラの『二十五の詩篇』の紹介が載っているのである。不思議なことに、これまで、著者の知る限りではこの奇妙な符合を指摘した批評家は一人もいない。それまでヴァレリーとアポリネールに奉仕的な関係を保っていたブルトンが、前衛雑誌の創刊という数か月前からの古い計画を突然実行に移そうと考えたこと、それも、『ダダ』のチューリッヒでの各号を手にし、彼自身もその爆発力を認めた『一九一八年宣言』を読んだわずか数週間後のことだったということである。スーポーは、そのいつもながらの無邪気さで、おそらく無意識のうちに、秘密を洩らしてくれている。彼は『過ぎ去りし横顔』の中に次のように書いている。「反抗は醱酵していた。私たちは同じ怒りに燃えていた。ちょうどその時、まるで別の遊星から来たかと思われるほどの、驚天動地の信号を受け取ったのだ。しかし、私たちはまず自分たちの独立を確立しておきたかった。〔傍点著者〕そのために、私たち自身が指導者である〔……〕雑誌を出すことを考えた。」（B・191・一五〇頁）

確かに、パリにもすでに反逆に都合のいいある種の空気がただよっていて、ブルトンはそれを充分感じ取っていた。

「〔……〕前線からの帰還兵たちが私的な集まりを持つことは避けられず、それはたちまち、さまざまな忿《ふん》懣《ぬ》の種を見出させる結果となった。あれほど多くの生命を犠牲にしたのが無駄になったという感情、「徹底抗戦」という勇ましい精神が、あまりにも長く良心のかけらもない金もうけ主義と手を組んで来ていた銃後と「片をつけ」ねばならないという気持、それに数知れぬ家庭の崩壊、希望の持てない未来などである。軍事的勝利の酔心地は水をかけられて、くすぶり続けた……」（B・46・四九頁）

だが、爆発は、文学に関する限りだが、起爆剤との接触なしには起こらなかった。それが、ダダに与えられた役割だったにちがいない。(30)

第三章『リテラチュール』

そして、その他はみんな文学だ……

ポール・ヴェルレーヌ

前置き、すなわち『ネーグル（黒人）』から『カルト・ブランシュ（白紙委任状）』へ——創刊号、発刊、執筆者、反響——ポール・エリュアールの登場

雑誌『リテラチュール』の起源を最も正確に（しかも、ほとんど同時代といってもいい一九二三年に、発表する予定もなく、したがって、あらゆる束縛から自由なテキストの中で）書きしるしたのはやはりアラゴンである。

「アンドレ・ブルトンとフィリップ・スーポーと私で雑誌を創刊しようという計画がはじめて出たときのことは今でも覚えている。あれは一九一七年から一八年にかけての冬のことで、フランドラン通りを歩きながらだった。アンドレ・ブルトンがジャック・ヴァシェの手紙を何通かフィリップに見せたばかりで、私たちは循環線の汽車の煙の中を汚れた軍服を着てぶらつきながら、上官に敬礼することも、どんな身なりをしているかも、何時なのかも、そして、自分たち自身のことも、かなりきびしい寒さのことも忘れはてていた。本当に新しい一つの精神、それが私たちのすぐ近くにあるという意識、そしてまた、そうした精神がぶつかるであろう敵意についての意識、それが姿をあらわすような場がどこにもないという意識が私たちをとらえていた。当時、生きのよい雑誌といったら『ノール＝シュッド』一誌だけで、しかも、私たちがいくらルヴェルディを認めていたとしても、彼が『ノール＝シュッド』に新しい試みを受け入れるはずが決してないことも確信していた。私たちは、いくら質のいいものであっても檻《おり》に入るのはいやだった。」

「私たちにはいくらかの共通の好みがあった。ロートレアモン、ジャリ、ランボーなどだった。ところが、私たちに一番近いルヴェルディでさえ、ランボーに対してまだあまりにも無遠慮に思われた（「ランボーもイエス＝キリストではない」など。）まして、ほかの人々は言うまでもない。誰もが、ジャリには『ユビュ』しかないとか、彼の傑作は『メサリーヌ』だと

か言っていた。あの貧弱な作品のことをである。ロートレアモンは、図書館の隅の奇書でしかなかった。したがって、私たちにはわかっていて、ジャック・ヴァシェの見方でもあったユーモアの視点などは、当時の最もすぐれた人々にも反感しか呼ばない運命にあった。それに、私たちは現実の生活にとけこみたいという欲求を感じていたが、それを満たすには『ノール＝シュッド』では不充分だった。私たちはその現実の生活の反映を、一種格別な大気が支配するパリの夜、歩道を縁取るカフェの強烈な照明、パスポートなどなしに、肌の色にも、いかがわしい目付きにもかかわりなく、誰もが出入りできる夜に見出していたのである。」（草稿J・D）

一九一七年から一八年のこの最初の計画による雑誌は『ネーグル（黒人）』と名づけられるはずだったが（若い人々が通ったサン・マルタン街のパレ・デ・フェット（遊戯場）にあった力量計の名から取られた）、とうとう実現にはいたらなかった。敵意がむき出しになったのである。それに、アラゴンとその友人たちは規則正しく会うこともできなかったし、彼らのうちの誰も、この事業に金を出せるほど裕福ではなかった。しかし、これは僥倖《ぎょうこう》だったとも言える。この雑誌は出たとしてもおそらく『戦争中の手紙』と『パリの夜』の中途半端な落とし子ぐらいにしかならなかったであろうから、むしろ、出ない方がよかったのである。

こうして、その後は誰も『ネーグル』のことは口にしなくなっていたが、ある日、アラゴンは、アルザスのオーバーホーヘンで「一九一九年二月五日水曜日、朝六時」[1]という日付のアンドレ・ブルトンからの手紙を受け取った。それは、遅くとも五月一日に月刊誌『ヌーヴォー・モンド（新世界）』の第一号を出すことを知らせていた。アンリ・クリカノワという人物を主筆にして、編集はブルトンとスーポーと、もし承知ならアラゴンの三人で行ない、その場合、アラゴンは書評の部を受け持つ。〔……〕雑誌は独立している上に、フィリップ・スーポーが千フラン前後の金はかき集めたので、場合によっては「三銃士」は、いわば一匹狼にもなれるというものだった。

アラゴンは当然、もっとくわしく知りたいとは思ったが、とにかく折り返し参加の意志を表明した。しかし、いったい、どんな奇蹟が起こって、昔の計画が急に息を吹きかえしたのかはっきりとはわからなかった。事実は、一人の若い詩人で批評家のアンリ・クリカノワが、自分のやっていた大したこともない雑誌『ジュンヌ・レットル（若い文学）』をブルトンにささげにやって来ただけのことだった。この若い詩人はブルトンに心酔していると公言し、主筆としての自分の責任で、自分の雑誌を改革し、必要な資金も出すと約束した。ブルトンは、すでに見たように、これに心を動かされたのである。

それからは事は急速に運んだ。「新世界」という名がすでに別の新聞に使われていることがわかり、代わりの誌名を選ぶのに大混乱が起こった。（アンダーライン付の）「リテラチュール」

という名をブルトンにすすめたのはポール・ヴァレリーだったらしい。この名の意味についてはこれまでさまざまな論議が続いている。解釈が人と時代によっていろいろに変わって来ている。アラゴンによると、ヴァレリーは、ヴェルレーヌの有名な詩によって開かれた場を、この若い雑誌に割り当てようとしたのだが、彼とその友人たちはそれをたんに反語ととって、それが混乱を引き起こす力、流行の「文学」をも巻き込む力を持っているので選んだという。

そもそも、ブルトンも決心するまでにかなりためらっている。彼からそれを打ちあけられたピエール・ルヴェルディは、もっとはっきりした『カルト・ブランシュ』という誌名を提案する。しかし、それはあまりに因襲的で、かなり幼稚な象徴性のために、まさにはっきりしすぎていて、文学的立体派のさまざまな傾向が好んで用いた「実験的小雑誌」風にあまりに近すぎるために退けられた。とどのつまり、ほかに名案がないということで『リテラチュール』が承認され、二月十五日ごろ予約申込書がアンリ・クリカノワによって、彼を主筆として配布された。だがすぐに彼との見解の相違が表面化した結果、彼の力は借りないことに決められた。スーポーが集めた金で第一号の印刷費をまかない、あとは最初の資金の回収を待とうということになった。

ブルトンとアラゴンとスーポーは大急ぎで目次の作製にかかった。彼ら自身の執筆（アラゴンによる「石も割《さ》ける寒さ」と『シック』に持ち込んだがアルベール＝ビロにことわられたツァラの『二十五の詩篇』の「綜合的」批評、ブルトンとスーポーの詩）以外に、ヴァレリーの詩（「ル・カンティック・デ・コローヌ（柱廊の雅歌）」）とルヴェルディの詩（これも別に驚くほどのことではない）、サンドラルスのアポリネール論、マックス・ジャコブの「ラヴィニャン街」、アンドレ・サルモンとジャン・ロワイエールの文章、オデオン街のあの書店の常連のひとりだったレオン＝ポール・ファルグのヴァレリー研究など、また、この書店の代表としてはレイモンド・リノシエ（『ビビ＝ラ＝ビビスト』の作者）がその筆名（「X姉妹」）で雑誌評を受け持った。ブルトンとスーポーにとって、ラフカディオはやはり登場人物の手本であり、ヴァシェの兄弟であったので、ジードにも伺いをたてた。ジードは、二月十九日にレオンス・ローゼンバーグの家でエリック・サティとブレーズ・サンドラルスのために催されたマチネのときに、雑誌に賛意を示した。

『リテラチュール』の編集者たちのひそかな意図、裏側の意味と術策がどんなものであったにしても、一九一九年二月に考えられた限りでのこの目次の性質には曖昧さはまるでない。この新しい雑誌は現代的ではあるが伝統的でもあり、『シック』と『ノール＝シュッド』のあとをつぐ文学雑誌以外の何物でもない。

この明白な事実は、一九一九年三月十九日に発刊された雑誌そのものを検討するとさらにはっきりする。まず物質的な点で、『リテラチュール』は簡素な小冊子であり、黄色の表紙に古典的な黒い文字で誌名が書かれている。

第一号の背にはジャン・コクトーの名がのっている。ところが中にはこの若いパリの詩人の文章はまったくない。こんな奇妙なことになったのには説明がいるだろう。もともとブルトンとその友人は、社交界に調子よく自分を売り込んでいた(「コクトーは衆目をあつめている」とアラゴンは皮肉っている)(B・8)『喜望峰』の作者に対してまったく称讃を口にしなかったし、彼らの反感をかくしもしなかった。一九一九年十二月二十六日にツァラにあてて、ブルトンは「誓って私の気持はまったく無私無欲ですが、やはりあれは、現代の最もいむべき人物です。くりかえしますが、彼は私になにをしたわけでもなく、また、憎しみは私の得意とするところでもないのです」と書いている。(C・T)

コクトーは、彼の常套手段であったらしいかけ引きを使って、アラゴンに手紙の洪水を浴びせ、ついに口説き落として執筆を承知させ、アラゴンがその友人も承知させた。そこで、コクトーは『雄鶏とアルルカン』を持ち込もうとしたが、サティがアドリエンヌ・モニエのところでこの文章を知って、サティに対してはお世辞に満ちている文章なのに、発表を絶対に承知しなかったため、どたん場になって記事を引っこめなければならなかった。これが、コクトーとダダとの最初のいざこざとなる。

この号の巻頭を飾るジードの参加ははなばなしかった。彼が出したのは『新しき糧』(第一と第五の書)の未発表の断片で、その高い調子は新しい雑誌の大胆さを充分示していた。

「御破算で、私はすべてを一掃した。ついにやった。私は今、処女地に裸で立つ。前にはふたたび人を住まわせるべき大空が広がる。」

これに、ヴァレリーの「柱廊の雅歌」、ファルグのかなり「立体派」的な「台所での書」、サルモンの「人間の時代」と題する「疲れたヒーロー」ふうの一「序曲」、ジャコブの『ラヴィニャン街』、ルヴェルディの硬質な美しい詩「白紙委任状」が続く。サンドラルスは「服の上に身体を持つ女」を、また、ジャン・ポーランは散文「厳しい回復」を書いている。主筆たちはつつましく、最後の五頁に、「石も割《さ》ける寒さ」といっしょにまとまっている。アラゴンによるツァラの『二十五の詩篇』について(八行)とルヴェルディの『カモフラージュをした騎手たち』の批評(十八行)とブルトンの「地の鍵」である。レイモンド・リノシエ(R・L)の雑誌評(『メルキュール』、『エクリ・ヌーヴォー』と『ダダ3』)には二頁を割り当てられているが、一段活字をおとしてある。

これで、ジードによってかけられた「すべてを一掃」という掛け声は主として文体についてであることがわかる。ことに、最後のページにある次のような追記は、その調子からも、またその存在自体からも、前衛雑誌としては不思議と言わなければならなかった。

「教養人に高い評価を得ている作品を擁していた前衛雑誌『ヌーベル・ルヴュ・フランセーズ(新フランス評論)』が、アンドレ・ジード氏の主宰のもとに、近く再刊されることになった。このニュースをわれわれが最初にお知らせできるのは幸せである。[2]」

それどころか、『リテラチュール』はその裏表紙に、第一号の目次にある作家たちのほか、コクトー、リュック・デュルタン、アレクサンドル・ガスパール＝ミシェル、ジャン・ジロドゥ、マックス・ジャコブ、ヴァレリー・ラルボー、ポール・モラン、C・F・ラミューズ、モリス・レイナル、ジュール・ロマン、ジャン・ロワイエール、サン＝レジェ・レジェ、アンドレ・サルモン、アンドレ・スピール、ミッシェル・イエールなどの「詩や散文」を掲載するつもりだと予告している。まさに才能の大盤振舞いだが、いずれもマダム通りの大雑誌[3]のページにかくれ家を求めることのできたはずの人々ばかりである。

『リテラチュール』に対する新聞や一般の反響は好意的であるにとどまらず熱狂的だった。目次に並んだ立派な名が役立ったことは明らかで、若い詩人が文壇に出るのに、これほど文句のない保証を取りつけたためしはなかった。

おかげで、三人の編集者とその友人たちはたちまち首都の文学界に飛び込むことになった。そして、それからの数か月、彼らがいささか酔い心地になったのもむりはないと思われる。事実、作品を活字にする力を持った人々すべてが受ける尊敬のしるしが、彼らにいたる所で示されたのである。「目次に名が出なかったマルセル・プルーストは、私に十二頁にもおよぶ手紙をくれて、雑誌の予約申込みをしてくれ、私たちの勇気をほめてくれた」とスーポーは書いている。(B・19・一五一頁)彼らは数知れぬ、さまざまなさそいを受けた。そして、彼らの外面的な態度もその影響を受けざるをえなかった。

「『リテラチュール』の三人の共同編集責任者たちは、それぞれあれほど人柄が違うのに、ある種の気取りを示す点では一致していて、それで同じ仲間と知れた。ことに音節一つ一つをゆっくりと切りはなすブルトンのしゃべり方を真似て、あとの二人も口先でしゃべった。やがて、このグループに近づいた若い知識人たちが皆同じような調子を気取った。」(B・89・一四〇頁)

人々ははっきりと、新しい文学の一派が形成されようとしているのを感じていた。『リテラチュール』は第二号以後(このような小雑誌にしては)驚くほど規則正しく発刊されることになるが、ブルトンとその友人たちは、その誌面を埋めるのに、パリがいくらか認めている文学者には現代的なある一線のこちら側にいさえすれば、直接ぶつかるか、誰かに紹介してもらうか、あるいは多くの場合手紙を書いて、片端から呼びかけた。この雑誌を、「質を求める感覚は〔それぞれ満足させるが〕、互いにまったくかけはなれた作品のあいだの不可能な綜合」（B・46・五一頁）にしようと試みられたのだったが、それは結局は無駄だった。しかし、『リテラチュール』のこの「詞華集」的な性格はすっかり消えることはなく、一九二〇年のはじめになって、やっといくらか和らいだにすぎなかった。

すでに第二号から輪は広がった。三月半ばには、連隊が解散しつつあったザールブリュッケンからアラゴンがほとんど完全に帰還し、雑誌の編集により積極的に参加できた。平和の蘇った最初の春のはじめの雰囲気は浮かれ気分と一種の混乱を招き、それが、第二号の目次の作製にも反映している。ブルトン、アラゴン、スーポーの了解範囲、「共通分母」は、アポリネールの一文でその妻ジャクリーヌから送られた「乞食」、（ブルトンが国立図書館で写した）イジドール・デュカスの「ポエジー」、ランボーの「ジャンヌ＝マリーの手」（この手稿はランボーの義理の兄弟のパテルヌ・ベリションが手に入れていた）などが代表している。この最後の二作品にはブルトンが序文をつけるはずだった。また、ジャリのある手稿がどうしても見つからなかったので、その穴を埋めるために、まだいささか怪しげな、「ダダ」と称するチューリッヒのあの運動の血の気の多い大将トリスタン・ツァラの詩を一編[4]載せることにした。予備としては、無名の一兵士から送られた詩（「見せものになる」）もあった。兵士の名はポール・エリュアールといった。それに、アラゴンが書評を書き、スーポーはポエム・シネマトグラフィック「栄光」を発表する予定だった。[5]

以上は現代派のためで、それほど進んでいない読者も等しく大事にされる。ユナニミスムの長として相変わらず影響力の大きいジュール・ロマンが詩を寄せる約束をしてくれた。それが「恋はパリの色」だった。ダリウス・ミヨーは（JACAREMIRIMという署名で）『屋上の牡牛』について、また、ジョルジュ・オーリックは『ソクラテス』についてのノートを書いてくれる。チャーミングな「ビビスト」のレイモンド・リノシエがその雑誌評も続けるはずだった。[6]

こうした種類の雑誌なら、パリの文学的社交界の賛同をえないわけはなかった。人も知るように、よき趣味という規則に従ってさえいれば、この社交界は大胆さにたじろぎはしないからである。そして、数か月後には、ダダの鞭に駆られて、公衆の面前で罵倒されることになる同じ人物たちが、この時はまだ、細心の注意を払ってよき趣味の規則を守っていたのである。動員を解除され、自由の身となったブルトンとその友人たちは、あちこちの社交的な詩の会や文学の集いに顔を見せる。もっともそれは追手に風の雑誌の編集者たちにとっては欠かすことのできにくい義理でもあった。いずれにしろ、それは文学界の出来事に精通し、昔の顔とめぐり合い、新しい顔を知るための最も「経済的な」方法であった。

『リテラチュール』が一見したところでは不思議な執筆者を得たのはそうしたことによっていた。たとえば、レイモン・ラディゲである。彼もちょうどジャン・コクトーと知り合ったばかりのところで（一九一八年）、パリの文学界に顔を出していた。アラゴンは彼に一九一九年の三月、レオンス・ローゼンバーグの家で会い、すぐにこの未来の『肉体の悪魔』の作者の激しさに引かれた。ここでも、ヴァシェの幽霊は常につきまとっていて、化身する肉体を探していたといえよう。とにかく、コクトーが載せてもらえなかった『リテラチュール』で、ラディゲは詩人として初登場し、その名は以後、五回も目次にあらわれるのである。

すでに第一号にも執筆したジャン・ポーランも、フェリックス・フェネロンの弟子で、まだ『N・R・F』の有力な主筆（一九二五—四〇年）ではなかったが、ブルトンは一九一九年に二人を近づけた理由をポーランの「言語に関する学識豊かな異議申立て」にあるとしている。「ポーランの言っていること、さらに、その裏の意味、彼が巧みにあらわす下心、それらは現在、非常にわれわれに近い。彼の極端な節度、発言のものやわらかな調子、事物にそそぐ鷲のような視線の奇妙な鋭さは、私を、そして、エリュアールを同じくらい引きつけている。」（B・46・五二頁）そもそも、ポール・エリュアールを『リテラチュール』のグループに、一九一九年四月か五月に引き合わせたのがポーランだった。エリュアールはただちに受け入れられ、体ごと冒険に飛び込んでいったのである。

第四章　最初の小ぜり合い

サロン・ドートンヌはその扉を万聖節《トゥッサン》の日に開いた。翌日は死者の日だった。象徴。

ジョルジュ・リブモン＝デセーニュ

ピカビアがパリに落ち着く――言語なき思考――アンドレ・ブルトンとの関係――ジョルジュ・リブモン＝デセーニュ――パリのマルセル・デュシャン――一九一九年のサロン・ドートーヌ――『三九一』再刊――『リテラチュール』の続刊――「なぜあなたは書くのか」

同じころ、正確には一九一九年四月二十八日に、フランシス・ピカビアはパリで、オデオンの片隅のユジェーヌ・フィギエール出版社に、彼の最新の小詩集の原稿を手渡していた。スイスからは『三九一』の第八号の発刊の直後の一九一九年三月十日に帰って来ていて、女友だちのジェルメーヌ・エヴェルランのエミール＝オジエ街のアパートに落ち着いていた。『言語なき思想』はパリで出版されたが、ベニヤンで構想され、また書かれ、まったくダダ的な精神状態をあらわしていた。事実、この詩集は、ダダに関係し、その名でフランスの首都で出された最初の作品となる。

内容も形式も『母なく生まれた娘の詩と素描』や、スイスで出版された他の四つの詩集（『美しき滞在の小島……』、『葬儀屋たちの運動選手』、『プラトニックな棚』、『詩ロン＝ロン（ごろごろ）』）をつぐのにふさわしかったが、誇張と狂気の中にも、この詩人の根元的なリズムが透けて見える部分を含んでいないわけではなかった。

私は立ち去る低くかがんで優雅に
まるで黒のビロードのように
私の恋人柳は
私の胸の上で歌う
花嫁の部屋の中で
私の肉の中で
春が待ちぶせ

私のように牝猫の舌を探す。

（B・141・一三頁）

ただし、スキャンダルを起こそうという意図は、これ以前の作品よりはるかに明白で、この詩集の発表は、作者自身によって行なわれた宣伝のおかげで、[1]新聞にかしましい反対の火の手をあげさせた。批評家は誰ひとりとして、注意深く原文を読むような手間をかけなかったので、このわけのわからないうわ言も、レイモン・ルーセルの読解のときに用いられるのに近い手法によって、手順をふんだ「暗号解読」をすれば、透明で感動的なイメージに脱皮するということには気づかなかった。そもそも、この時代に誰がルーセルなどを気にかけただろうか。

一九一九年を通して、一つの妙な現象が起こる。すなわち、ピカビアはこの年、ダダ的な性格のさまざまな活動にとりかかり、新聞はそれをいやでも知らされる。ところが、この画家と『リテラチュール』のグループとのあいだに接触ができるのには何か月もかかるのである。すでに述べたように『ダダ3』に載った『ダダ宣言一九一八年』にあれほど感動したブルトンも、『三九一』の第八号を丹念に読んだことがわかっているアラゴンも、ピカビアと連絡を取ろうとしなかったとはどうも考えにくい。ことに、ピカビアはツァラには称讃の限りを受けているのだから、ツァラの密使であってもおかしくない。それにもかかわらず、事実は前述のとおりで、資料がはっきりとそれを証明し、異論の余地がない。

ブルトンとピカビアの最初の出合いは、一九一九年十二月以前にさかのぼることはない。それは十二月十一日木曜日の日付の『リテラチュール』の主宰者から画家への未発表の手紙が証明している。

この資料からはまず、一九一九年末には、ブルトンがピカビアの住所さえ知らなかったことがわかる。つぎに、『リテラチュール』へのピカビアの協力がかなり遅くなってからのことだということも知れる。この日付以前にピカビアはブルトンの雑誌を手にしていたのだろうか。その証拠さえまったくない。たまたまある号が手に入ったとしても、彼がそれに興味を持ったということはあまり考えられない。この時期にピカビアは七冊の詩集の作家ではあったけれども、彼自身の目からも、パリの一般の目からも、彼は何よりも一九一四年以前の「オルフィスム的な」画家であった。したがって、パリへ戻ると本能的に足を向けたのは、モンパルナスの画家の卵たちのところだった。中断された一年のリズムを取り戻して、「サロン・ドートンヌ」の準備を（彼なりに）はじめることが急務だったろう。つまり、本質的に知的な雑誌である『リテラチュール』が彼にはうさん臭く思えて当然だし、チューリッヒのダダの組織の洗礼を受けて来たばかりで、自身も最先端の前衛的「反詩人」をもって任じ、『葬儀屋たちの運動選手』の作家であるピカビアが、ポール・モランやレオン＝ポール・ファルグなどのような人の近作に好奇心を持たなかったとしてもなんの不思議もない。

ブルトンとピカビアのあいだにつながりができなかったことについては、ほかにもいくらかの理由が加わった。一九一九年二月十八日付と十二月二十八日付の二通のブルトンの未発表の手紙の中の二つの文章（「デルメ、ピカビア、ビロ、コクトーなどを、『リテラチュール』の目次から」省略したのはわれわれがよく考えた上でのことでした」と「あまり彼に対して用心するように言われたので」（未刊・C・T））は、ピカビアがパリに着く以前に、『リテラチュール』のグループ内で、この画家に対して強い偏見があったことを示しているように思われる。この偏見の内容については仮説に頼るしかないが、この手紙でピカビアと同列に並べられているデルメ、ビロ、コクトーに対してブルトンとその友人たちが抱いていた明らかな反感から判断すると、何か重大で秘密の動機があったと信じてよさそうである。

しかし、互いに同席して見ると、[2] ピカビアとブルトンは難なくそれを乗り越え、結局は誤解でしかなかったと水に流すことができた。その後の二人の協調がそれを示している。だが、二人がそれぞれ働きかけるのを急ごうとしなかったことに加えて、事のなりゆきが二人をへだてていた。『リテラチュール』の主筆の方は、まだ軍籍があってオルリーに引きとめられ、深刻な虚脱状態の中でもがいていたので、パリへはたまに、しかも「おしのび」で侵入することしかできなかった。そもそも、二人の行動範囲は、互いの基本的な趣味と同様にずいぶん違っていた。ブルトンの友人たちはいずれも四年間、戦争の影におおわれて生き、彼らの振舞いは意識的にせよ無意識的にせよ、それによって根本から変質されてしまっていた。それに引きかえ、ピカビアの方は、砂あらしに会った駝鳥程度に苦難にいくらかは耐えたが、それが過ぎると普段の生活の回復を、昔の豪華な暮らしをもう一度取り戻す機会としか考えなかった。パリにつくやいなや、彼は自動車熱にとりつかれる。往時の貴族たちが良い儀杖馬を持つことを誇りにしたように、ピカビアは、他人のかげ口を無視し、また、一九一九年にフランス経済が要求していた重要な制限を尻目に、早速新車を買い込み、以後、次々に買い続ける。ブルトンとアラゴンとスーポーが、必ずしも赤貧というのではなくても、軍隊でもらった給料を注意深く数えて、生活と『リテラチュール』のための出費にまわしていたのに対して、ピカビアは大名暮らしだった。ドライヴはひっきりなしだし、ブーローニュの森を散歩し、ブルターニュに旅行に出かけた。子供が二人、一人は正妻の腹から一九一九年九月に、もう一人は恋人の腹から翌年一月に生まれる予定だったことも大して心配の種にもしていなかった。

それよりはるかに彼の気に障ったのは、ふたたび訪れた平和と自由に浮かれた芸術家や文学者のうずまく「蟹《かに》（つまらぬ奴）の籠」の有様だった。「パリではもう何も起こらない。馬鹿騒ぎだけだ。すべての天才は憤慨することで時を過ごし、やがて妥協してゆく。〔……〕まるで大勢の料理人がイタリア通り風のソースでそれぞれの料理に味つけしているとしか思えない。」(ツァラ宛未刊書簡、一九一九年三月二八日、C・T)

こうして、四年間にわたる世界を股にかけての放浪の末に、ピカビアがふたたび見たのは、戦争による恐ろしい荒廃にもかかわらず、一九一四年そのままの芸術の都パリで、そこでは相変わらず、喧嘩とけち臭い悪だくみが続き、「誰もが知性と芸術を売り物にし、誰もが大家になるために精を出す。そして、それだけだ」(ツァラ宛未刊書簡、一九一九年五月二十一日、C・T)ったのである。したがって、彼にとって、最初の数週間はつらかった。ただ、幸いなことに昔の友人の何人かと旧交をあたためることができた。たとえばジョルジュ・ド・ゼヤ、ポール・デルメ、そして特に、その「作品が比類ない価値を持ち、彼自身の逆流であり、太陽の豊かさを具える」ジョルジュ・リブモン＝デセーニュとの再会である。

ダダの化身として最も成功した一人のリブモン＝デセーニュは、一九一一年から一二年のピュトーでのセクション・ドールの会合の折に、マルセル・デュシャンの紹介でピカビアと知り合い、その時から家族ぐるみの付き合いとなった。ディレッタントの彼はすべての芸術を少しずつ試み、まずゴム水彩画をはじめたが、一九一三年には「ある方法よりこれこれの方法で描くべきだという理由はまったくないという結論に達した」(B・155・五〇頁)ために、すべての芸術活動を捨て、ある感情的な危機をきっかけに詩にのめり込むかと思うと、作曲も試み、ピカビアの影響でふたたび絵に帰り、最後にまた文学に戻る。

宣戦布告と同時に予備役に編入され(おそらく、父が社交界で有名な産科医だったことが役立ったのだろう)、一九一五年になってやっと召集される。それも陸軍学校の生徒の家族向け案内部への配属である。この時期に、彼は初期の詩を[3]、勤務中の事務所で書く。この事務所ではどうも戦争への熱意が支配的ではなかったらしい。なにしろ、リブモン＝デセーニュに近い数多くの知識人、たとえば、アンドレ・ビイやバルッチ兄弟などの書いた敗北主義的傾向の地下新聞が回覧されていたのである。

同時にリブモン＝デセーニュは韻文劇の執筆にかかる。この作品の歴史的重要性は論をまたない。それはたんにダダの最初の劇作品であるばかりか、外国の影響をまったく受けずに[4]フランスで生み出された[5]正当な意味でのダダの(言葉以前の)最初のあらわれだからである。この戯曲『シナの皇帝』はのちにダダの集会で何度も上演され、運動の後楯で出版されることになる。

一九一九年七月にピカビアは、ニューヨークからブエノス・アイレス経由で着いたマルセル・デュシャンの訪問を受ける。デュシャンは一九一八年八月からブエノス・アイレスにいたのである。ピカビアは二年間の苦労の末にかつての戦友でもあり放蕩仲間でもあったデュシャンに再会できて、大喜びで彼を自分の家に泊める。だが、デュシャンと『リテラチュール』のグループやツァラとの接触は、一九二〇年二月に彼が出発する数週間前までなかった。一九一九年の後半は主としてピカビアや旧友のリブモン＝デセーニュやモンパルナスのいくらかの画家と付き合っていたからである。デュシャンは泰然として「レディー・メイド」をつくり続けていた。まず、あの有名な「修整された」ジョコンダで、のちにダリが不滅のものにする自転車のハンドル型の口髭と、短い顎髭とをモナリザにつけ加えたのである。次に、縦二十二センチ横四十センチの大きな紙に、全部手描きでつくった一一五ドルの小切手で、彼はそれを一九一九年十二月三日、歯の治療費の支払いにダニエル・ツァンク博士に渡す。[6] また、フランスの首都の「空気を伝えて」くれるようにデュシャンに頼んだW・C・アレンスバーグのために、生理学用の血精アンプルをあけて、「パリの空気を五〇CC」つめ、ストローに固定する。そして、「不幸なレディー・メイド」が、（まだブエノス・アイレスにいた）デュシャンに代わって、その妹によって製作される。デュシャンは画家ジャン・クロッティと（一九一九年四月に）結婚することになった妹に、自分の結婚祝を作るのに必要な指示を書き送る。幾何学の概論書を一冊、ラ・コンダミーヌ街の彼女のアパートのベランダにくくりつけて、風雨にさらし、ゆっくりと「古びさせる」というものである。

その間、リブモン＝デセーニュはピカビアに協力していた。彼はピカビアにアメリカとスイスから持って来た。機械的形態《メカノモルフ》の絵やデッサンを見せられて以来、一段とピカビアに心酔した。ピカビアはさまざまな暇つぶしの合間を縫って、特にサロンドートーヌのために製作をはじめていた。夏のあいだに、彼は聖像破壊の熱にかられて、何点かの革命的な絵を描いていたが、そのうちから、この時代の最も典型的な作品を四つ（「子供の気化器」、「日まわりのヴィーナス」、「蛇形管」、「時計」）を選んだ。それらは反絵画のすさまじい実例であり、この合成画では視覚的ユーモアが手がきの文字によって蒸溜された頭脳的皮肉と緊密に織りなされて、前代未聞の一ジャンルのある対位法をつくり出している。これらの作品は「ダダ」と言われたが、ニューヨークのグループの中で行なわれ、スイスでの数か月の孤独の中でねり直された探究の結着を示している。そして、それらは、前衛の最先端が『リテラチュール』という形を取ったにすぎなかったパリでは、まさにダダの打ち上げた最初の花火であり、威嚇射撃だった。ある批評家は、「ピカビアは、まるで技術屋のように機械を描くことで満足せず、その画布に本物の銅や鋼鉄の遮蔽板や、本物の金属管をぶらさげる」と憤慨している。

この事件の重要性をさらに強調するために、ピカビアは彼の雑誌『三九一』をパリで復刊することをきめる。パリでの第一号（一九一九年十一月）の「巻頭言」はリブモン＝デセーニュが受け持って、サロン・ドートーヌの主催者と出品者たちをこきおろすことになる。彼はこの役目を、アルチュール・クラヴァン調の「美術批評」的文体で見事にやってのける。あからさまな言葉であるものは侮辱し、あるものには立場をなくさせる。そのためお人好しの数人が騒ぎ出し、新聞がこの事件にとびつき、リブモン＝デセーニュとルイ・ヴォーセル、モリス・ドニ、フランツ＝ジュールダンが二か月にもわたってつかみ合いを演ずるのをいちいち喜んで書きたてたので、喧嘩の売り手たちにとっては願ってもない幸運となった。

ピカビアはこのスキャンダルの成功に大喜びで[7]、自由に振る舞うために、以後は『三九一』の「管理」をリブモン＝デセーニュにまかせた上で、ある近代美術展が十二月に開かれるシルク・ディヴェール（冬のサーカス）に二点の「リポリンエナメル画」[8]を送って新たなスキャンダルを巻き起こした。サーカス小屋の支配人はM・サンドベールという人物で、この二点の絵を展示はしたが、前もって、ガムテープで猥褻な書き込み文字をおおってしまった。リブモン＝デセーニュとピカビアは、前の成功で味をしめた新聞への投書という手をふたたび使って、自分たちに加えられた偏見を世論に訴えた。たちまち、新聞も世論も「湧き立った」。ならし運転はすんでいたのである。

この間、これらのさわがしい示威運動にもかかわらず、それは確かに非常に遠い世界での出来事でもあったので、『リテラチュール』は規則正しく、忠実に、一九一九年一杯、その歩みを続けていた。

「偉大な物故者たち」あるいは抜きんでた生存者たちの未発表作品を多くの場合、批評的な注釈付で発表するという、ロートレアモンの「ポエジー」以来の政策がとられ続けていた。それらの作品の大部分は非常に文学的で、『リテラチュール』も当時の専門誌と似たりよったりだった。

それでも、いくらかの新しい名が目次に加わった。第三号（一九一九年五月）には最初のエリュアールの参加、「ヴァシュ（牡牛）」があり、第四号にはラディゲの「アンコグニト（おしのび）」と、ドリュ・ラ・ロシェルの美文「おっとせいたち」が載り、ついで、ポール・モラン、モリス・レイナル、ベルナール・ファイ、税関吏ルソー、アンリ・オップノ、イゴール・ストラヴィンスキー、イレーヌ・イレール＝エルランジェなどが加わる。

最初の段階では『リテラチュール』は無意識的にだったかもしれないが、――申告洩れも罪のうちだから――はっきりと国粋的である。この断言は意外かもしれないが、目次がそれを充分裏づけている。興味はフランス文学、それも、ほとんどパリの文学に集中している。あちこちに、ウンガレッティの批評（第四号）だとか、ラモン・ゴメス・デ・ラ・セルナの（ヴァレリー・ラルボー訳の）三頁ほどの文章が第七号にあったりするが、そうした例外はかえって原則をあらわにしている。ツァラだけが毎号、外の広大な世界をひとりで代表している。

　この雑誌は、造型美術の分野にもおそるおそる手を伸ばす。しかし、その見解は非常に頭でっかちで、考え方も借り物である。音楽では六人組に好意的だが、彼らの主張する理論（といってもまったく漠然としたものだったが）に対してよりもミヨーや、特にオーリックなどの個人に共感を持っていた。

　アラゴンは文芸批評家という自分の役割を非常に真面目に考えていた。号から号へと、彼の読む本の数は増し、批評の調子も高くなっている。そこにはすでにダダとシュルレアリスムの大夜会での懲罰係としてアラゴンがうかがえる。彼の鞭は誰も容赦しない。――シャドゥールヌも、ゴンザグ＝フリックも、デルメも、スピールも……彼はしだいにはっきりと、他の書評家、常に屈託がなく蝶のように浮気なラディゲや、むやみと大学臭のするベルナール・ファイなどに対立する。ユーモアを忘れはしないが、彼はいわば自分自身の橋を次々に切り落として、しだいに一つの文学的範囲を定め、未来のダダイストとしてその外へは足をふみ外さないようにしていく。たとえば、ギュスターヴ・ルージュのある作品は、本の印刷の一行の字数を数え上げただけで断罪し、別の作品については「『メルキュール・ド・フランス』誌にこの紹介はまかせよう」とやる。『アトランティッド』を発表したピエール・ブノワには「とんでもない旅行はおやめなさい。このジャンルはあなたには荷が重すぎますよ」と忠告する。プルーストやクローデル、さらにはオスカー・ワイルドに対して、アラゴンがどんなに高飛車に出たかは想像もつく。あるいは、逆に、アポリネール、ブルトン、ルヴェルディ、スーポーなどに寛容だったことも言うまでもない。だが、ポーランやサンドラルスやサルモンに対してはどうだったろうか。個人的な友情がしばしば、ダダの正統から見れば疑わしいような作品をも認めさせてしまうが、すでに『リテラチュール』でその萌芽が見られるのである。それは、やがてダダがその最も厳格な時期でさえそうであった「同志たちの共和国」のはじまりなのである。

　『リテラチュール』には革新的な思想も少なく、その体裁も単調だった。「コルセ・ミステール（コルセット玄義《ミステール》）」などはむしろ記念すべき例外だったが、それも内容よりはむしろ、印刷用活字の力（ルヴェルディの「綜合的批評」にかなり近い）によっていた。そのほかの印刷上の奇想といったら、チューリッヒからツァラが送った宣伝文「『リテラチュール』も良し《ウィ》、しかしダダだ」があるだけである[9]。

　しかし、初期の号で見られた全体の調子の完全な統一は間もなく崩れていく。記事や主題の多様さに一種の困惑と不安、さらには混乱さえうかがわれる。最初の八号まではアラゴンの批評だけがいくらか生きのいい掛け声だった。だが、第八号（一九一九年十月）の最後のページで、『N・R・F』の編集部に、その七十二号（一九一九年九月一日）に出たある記事[10]について激しく嚙みつく（ただし、用心深く、アンドレ・ジードにはふれないようにしている)。その記事は「ドイツの新聞のおあまりを頂戴して、かつて立体派が十年がかりでやっと払いのけることができたのと同じ卑劣な陰謀をわれわれの友人であるダダ運動の人たちに対してふたたびたくらもうとするもの」だというのである。あまり幸先のよいとは言えないこのマダム街の雑誌とのあいだではじめられた対話の続きとして、ツァラ自身が反論の権利を行使してジャック・リヴィエールに、とても満足とはいえないフランス語で書かれた「ジャック・リヴィエールへの公開状」を送り、その掲載を要求する。この資料はおそらく、『N・R・F』の編集室にも届けられたのだろうが、『リテラチュール』もその第十号(一九一九年十二月)に発表する。内容に見るべきものはないが、これがフランスで発表された最初のダダ運動の歴史(簡略で、しかも不正確な点もあるが)である。

同じ号で、『リテラチュール』は、「イタリア国家の安全を脅かした罪で、数年の強制労働の罰を受けようとしている」未来派のF・T・マリネッティを強力に擁護している。ときが経って見ると、この主張は皮肉である。二年後にはダダとかつて未来派だった人々とは激しく対立することになるのである。

同じく、時代の文学生活に参加しようという精神から、『リテラチュール』は一九一九年十一月に、「なぜあなたは書くのですか?」という簡単なアンケートを「現代文学の諸傾向の最も価値ある代表者たち」に送る。雑誌『リテラチュール』にどのような意味を認めるかという問題にからんで、このアンケートを企てた編集者たちの真意についても、長いあいだ論争が続けられて来ている。のちに『対話』の中でブルトンが書いているように、文壇を支配している全般的な愚かさをあばくつもりだったのだろうか。あるいは、今日では『フィガロ・リテレール』や『ヌーヴェル・リテレール』の読者たちにはなれっこになっているこのアンケートという方法を利用して、ただ自分たちの存在を知らせ、それによって雑誌の売行きを伸ばそうとしただけだったのだろうか? 解答の分類の順序が、ブルトン、スーポー、アラゴンの好みの反対になっているというが、そこにも曖昧さは残る。確かに、ダダが始終やり玉にあげた批評家であるルイ・ヴォーセルがトップに置かれていることはかなり自然だとしても、リストの最後を飾るのがヴァレリーで、その返事が(「弱さゆえに」)陪審の票を全部さらったことになってしまう。

このアンケートの起源を説明し、真の次元、つまり、個人の形而上学的関心という次元に置くためには、最近発見されたブルトンからツァラへの手紙によらなければならない。「死体の唇に浮かんだほほえみほど厄介なものはありません。この束の間の表情は自分のあとに残した二、三冊の本という恐るべき証明の重みに対して何かができるのでしょうか。私はまた、時に思います。もし、トリスタン・ツァラが書かないときには、なぜ書かないのかをよく承知しているにちがいないと。」

「実はそれが私に、近く『リテラチュール』で、なぜあなたは書くのですか?」というアンケートをやって見ようと思い付かせたのです。」(ブルトン、ツァラ宛未刊書簡、一九一九年十月七日、C・T)

もっとも、ブルトン、アラゴン、スーポーがダダに加入した一九二〇年のはじめになってもなお、『リテラチュール』のスターだったのはジードとヴァレリーだった。ただ、ダダ的な要素の侵入は(この操作に内在する技術的なさまざまな困難を考えた場合)かなり急速に実現したといえる。二月以降、ブルトンが自分の雑誌の方向を転換する意図を持ったことは確かである。事実、十二号(一九二〇年二月)からは、目次に「馬鹿者ども」の名があらわれることはめっきり少なくなり、十三号(一九二〇年五月)では完全に消えている。この号は、アンデパンダンとクラブ・デュ・フォーブールとユニヴェルシテ・ポピュレール(民衆大学)での宣言集会で読まれたダダ宣言が二十三篇掲載されているので、『ダダ特集号』と呼ばれた。[11] しかし、これはまだ一時的な屈折で、本当の「ダダのシリーズ」のはじまりではない。なぜなら、次の号(第十四号、一九二〇年六月)では、ツァラとスーポーのあいだに、ふたたびジャン・ポーランが顔を出しているからである。その後も、『リテラチュール』はダダとはへだたりを置く。掲載された文章の精神は近かったとしても、それは、競争相手のいくらかの雑誌にあらわれた文章ともかなり近かったし、少なくとも、ブルトンが表明してきていた、独立を脅かされまいという意志がそうさせたのであろう。ブルトンの主導権はずっとうかがえるからである。したがって、『リテラチュール』の有名な第十三号は、雑誌の生命を賭けた闘争の号というよりも、一種の詞華集的「特集号」であって、読者に作品を紹介はするが、雑誌そのものは必ずしもその責任を負わないという態度がはるかに強いように思われるのである。

第五章　『磁場』

私は急に、偶然によって、非常に美しい文章、未だかつて書いたこともない文章を発見した。

クヌート・ハムスン

『リテラチュール』の第八、九、十号（一九一九年十月、十一、十二月）は、なかんずく、ブルトンとスーポーの署名で、『磁場』と題された文章の最初の三章を掲載していた。以後、この文章には大きな重要性が与えられ続ける。スーポーはこの作品の起源を次のように報告している。「われわれの探究の過程で、あらゆる批判的な圧力と学校での習慣から解放されると、精神は論理的な命題ではなく、イメージを生み出し、もしわれわれが、精神科医ピエール・ジャネの言う自動筆記を使うことを受け入れれば、これまで開拓されたことのない「宇宙」を描写する文章を書きとめることができるという事実を認めたのである。そこで、われわれは二週間かかって一つの作品を共作すること、そして、われわれの「労作」に手を入れることも削除することも禁ずることにした。われわれにはこの期限を守ることは少しも苦痛ではなく、でき上がっていく文章を知ると喜びはしだいに増した。〔……〕」（B・191・一六六―一六七頁）

また、ブルトンは、「それは間違いなく最初のシュルレアリスムの（そしてまったくダダでない）作品だ。なぜなら、それは自動筆記の最初の秩序立った応用の成果だからである。この作品はすでに数か月前に完成している。毎日自動筆記を行なうことで――八時間から十時間も連続で行なうこともあった――ある大きな意味を持ったさまざまな観察が導き出されたが、これを整理し、その全面的な結果を引き出すのは今後のこととなる」（B・46・五六頁）と言っている。この証言にはいくらかの注釈が必要だ。まず、そんなに断固として、『磁場』を最初のシュルレアリスムの作品と言えるかという点である。なにしろ、シュルレアリスムが一つの主義として生まれたのは五年後のことであり、この二つの事件のあいだにはまったくの中断があって、その穴をダダ運動だけが埋めているのである。ブルトンが自動筆記について書いた最初の理論的文章は『シュルレアリスム宣言（一九二四年）』そのものであり、『磁場』はこの日付以前に、ダダ運動の外で発表されたこのジャンルの唯一の実作なのである。その上、もし、『磁場』を「シュルレアリストの作品」と呼びうるのが、その文章の「オートマティック」な性質という長所のためだけだとしたら、このようなタイプの作品は、はるか以前[1]のダダイストの詩や作品の中にも見出せる。事実、一九一〇年のものも含まれるピカビアの初期詩集はすべて、治療以外の目的で、秩序立って行なわれた下意識の直接的な表現法に属している。また、ピカビアの『理想的奇異（サンギュリエ・イデアル）』（一九一七年三月発表）、ウォルター・コンラッド・アレンスバーグの『ピカビアとロッシェのチェスの試合』（一九一七年八月）、トリスタン・ツァラの『アンティピリーヌ氏の最初の天上冒険』（一九一六年）の一部などはいずれも時間的には『磁場』より以前で、その形式を予告している。またもし、『磁場』の独創性が、共作によってなされた自動筆記的作品という性格にあるのだというのなら、その点でも、すでに発表されている同じ種類の先行作品があることを指摘しなければならない。それは一九一九年にチューリッヒで、ツァラとピカビアが二人の合流を具体的に示すために、同時に書き下した題名のない一頁である。[2]この頁の調子は『磁場』のそれとはあまりに違うという反論も出るかもしれない。しかし、自動筆記が個人の最も根元的な恒数をあらわすものだということを認める以上、それは当然のことといわなければならない。ピカビアとツァラのように特異なそして強烈な構造を持つ人物が自己の外面化にブルトンやスーポーと同じ「文体」を用いるわけがない。結局、使われた技法はまったく同じなので、その影響を『磁場』の作家たちが、意識的かどうかは別として、受けたかもしれないという仮説を退けるわけにはいかないということになる。とにかく、ブルトンとスーポーが、ツァラとピカビアの詩を収めた雑誌を手にしていたことは確かなのである。

彼らがそれにどれほど敏感だったかは、ダダの冒険への全面的な参加が示すことになる。ブルトンとスーポーは、ランボーの言語の魔術とロートレアモンの詩的狂乱を再発見したまさにその時、ダダの「自動的」作品を読み、それこそ『イリュミナシオン』や『マルドロールの歌』と等価な現代の一形式だと思った。これらの影響が一定の時期（一九一九年の前半）に集中したことが、『磁場』の起源も、それが、年末に『リテラチュール』に発表されたことも充分に説明している。また、『リテラチュール』のこれらの号の全体を参照すれば、ダダの助力がなく、ロートレアモン、ランボー、あるいはルヴェルディのみによったのでは、ブルトンがダダの示威運動という危険な道に、そしておそらく、われわれが今日知っている形でのシュルレアリスムの道に足を踏み出すことはなかったろうということも充分に証明される。『リテラチュール』の同人たちは、おそらく、シュルレアリスムへの素質を具えてはいただろう。だが、それは非常に潜在的であって、そのままでは、一九二四年の運動とはかなり違った文学運動の基盤になっただけだったろう。いずれにしろ、ツァラがパリに着く前に、アラゴン、ブルトン、エリュアール、スーポーの小グループがすでに「シュルレアリスト」のグループだったとするロジェ・ガロディのような説は（B・91・一一一頁）、たとえ括孤付きのシュルレアリストであっても成り立たない。

したがって、前に引用したブルトンの記述は、いささか我田引水の（しかも結果論的）趣きがあって、事実と日付の検討を経ると認めがたくなる。「シュルレアリスム的」精神が、この運動の創始者の人格と先天的に結びついていて、それは、一つの緊密で、ダダとはっきり区別される運動となる以前からのことであるということは確かに認められる。[3] しかし、運動としてのそれがダダより歴史的に先行するとは認めがたい。たとえ、『磁場』が最初のシュルレアリスムの作品であると断言することが、『悪の華』を最初のサンボリスムの作品と見ることと同じくらいには合法的であるとしても、この作品が「まったくダダでない」という公理には異論の余地がある。自動筆記はダダの精神に完全に合致する表現方法であるし、すでに見たように、運動の主役たちによって一九一六年以来、生な形で始終行なわれて来ていたのである。[4]

ブルトンは、そのかなり内攻的な性格から言っても、医学の勉強をし、戦時中、精神病センターに勤めたことから言っても、無意識の諸現象の観察に興味を持っていたことは確かである。しかし、その興味も、『磁場』の時期にはまだ公表の段階にはいたっていない。フロイトに対して「熱烈な称讃」を示すまでは彼の文章には証拠になるものはなにもない。逆に、この著名な精神分析学者を一九二一年に訪問したことは、両者にとって大きなマイナスになる。ブルトンは『リテラチュール』に猛烈な報告文を発表するし、フロイトの方もはじめからこの若い話し相手を非常に警戒する。この挿話は、すでに『磁場』の時代からシュルレアリスムがフロイト学説にしっかりとした基盤を置き、『磁場』はその秩序立った文学創造への応用であるとする説の信憑性をいっきょに奪ってしまう。そもそも、「自由連想」という方法自体がはるかにフロイトより先行している。一八二三年にハイネの友人のドイツの作家ルードウィッヒ・ベルネが、その原理を『三日で独創的な作家になる法』と題された小論の中で次のように要約しているのである。「数葉の紙を用意して、三日間、頭に浮かんだことをすべて、変えることなく、嘘をつかずに書き止め給え。君自身について、奥さんについて、トルコ戦争について、ゲーテについて、最後の審判について、君の上司について思っていることを書きたまえ。そうすれば、三日経たのち、君は、どれほどの新しい思想、かつて口にされたことのなかった思想が君自身のうちから湧《わ》き出たかを知ってあっけにとられることだろう。これこそ、三日で独創的な作家になる方法だ」（ピエール・コボールの「ジークムント・フロイト、あなたは誰か」に引用、『万人のための読書』一一八号、一九六三年十月、一二三頁）

以上の留保をつけたからと言って、『磁場』が根本的で決定的な作品であることを否認することはできない。ただ、それはシュルレアリスムの四十年の伝統が作り上げたのである。『磁場』自体は、その題名までそこから霊感を得たあの『マルドロールの歌』と比べて、それ以上にも以下にもシュルレアリスム的ではないかもしれないのである。事実、さまざまな点で、この作品はもう少し注意深い解読と検討に値している。まずその豊かな分量によって、それは、それまでのものすべてを越えている。次に文体で、それは、スーポーの手になるらしい熱っぽく高揚したロマンティスム、たとえば、

「大きな鳥たちが飛び立つとき、鳴き声はあげない。そして、線を引かれた空はもう彼らの呼びかけをひびかせない。彼らは湖の上を、豊かな沼の上を越える。その翼はあまりにけだるそうな雲を引きさく。」(B・35・一〇頁)

から、苦もなく、『信心の山』のマラルメ的ブルトンの明確でしかも巫子的なイメージ、

「怒りの多様な光彩のあいだから、私は一つの扉が、花のコルセットか生徒の消しゴムのように音を立てて閉まるのを見つめる。」(同・八一頁)

に移るのである。

この「内部の大狩猟」の調子は、このように、ヴァシェの『手紙』からも、シュルレアリスムの黄金時代の諸作品のそれからもほど遠い。その美しさは否定できないが、これらの頁には電撃的な渦巻にまじって、ロートレアモン、ランボー、さらにはシャトーブリアンの幻惑的な作品から、今まさに成熟に達しようとする青年たちによってはぎとられて来た思い出がたっぷり含まれている。これらの荘重な呼びかけと回想的な飛翔、そして、この祭儀的な態度に、これに近く、しかも『リテラチュール』の中で大声で語り続けていた声、ヴァレリーとジードの声を聞かないわけにはゆくまい。(5)

それに、『磁場』がその名を連ねるのは、やはり、この伝統の中にである。この作品の最初のいくつかの歌「錫泥なしの鏡」や、特に「季節」は、ブルトンから出ていて、ダダ的混乱のないことを教えてくれる。ロートレアモン、ランボー、ヴァレリー、マラルメにもかかわらず(あるいは、彼らゆえに)、われわれがブルトンによって、偉大な現代詩人を持ちえたかもしれなかったことも示している。ただ、『シュルレアリスム宣言』以来、ブルトン自身は二度とそのような大詩人にならないように努力したのである。

それに引きかえ、最後の方の歌(「蝕」や二篇の「やどかりは言う」)では、詩的高揚が文学的配慮を除いた詩句選択に席をゆずり、ダダが好んだ精神解放の諸手法のあるもの(名詞の羅列など)も認められる。たとえば、

「シュザンヌの硬い胴無益、ことに雅趣豊かな村とそのえびの教会」(『リテラチュール』十号、一九一九年十二月、一四頁)

「高等脊椎動物の司教座の滲出」(同、一三頁)などである。

『磁場』の中でのこのような、ダダの方向への明らかな「推移」は、疑いもなく、それが解放のメカニズム自体の結果であるということを物語っている。そのメカニズムの不可逆性こそダダイストのそれぞれが感じて来ていたものなのである。一九一九年末のブルトンとスーポーは、精神に一つの方式(ないしは、黄金時代のシュルレアリストたちのような、作業計画)を押しつけることとなしに、それまで詩的操作に内在していると思い込んでいたある種の規則から(そのすべてとは言わないまでも)解放されたのである。「これらの経験は彼らに、詩をマラルメ流の一方式としてではなく、一つの解放、精神に自由を与える可能性として考えさせるようになった。それはこの時まで一度も彼らの目に映ったことのない自由で、彼らを論理の機構から解き放ってくれることがわかった。」(B・190・二〇頁)

もっとも、『磁場』の中に、ブルトンの詩的発展の中断や飛躍を見ようとするのも誤りだろう。『信心の山』の象徴主義的な詩から、「自動的」といわれる最初のいくらかのテキストへの移行はいつとはなしに行なわれた。マラルメから受け継ぎ、「十二月」のような作品で明らかになってくる錬金術的秘儀も生まれつきの傾向に添ったもので、ブルトンはその詩的本能に助けられて、ごく自然に無意識の呼びかけに応じて行なったのである。

これらテキストの内部からの原典批判——それは実に興味深い仕事になるだろう——は、これまであまりにはっきりと区別されがちだった文学上の二つの時代、二つの技法、二つの感受性の境が実はそれほどきわだったものでないことを明らかにしてくれるだろう。本書の枠内ではその研究にまで進むわけにいかないが、少なくとも、『磁場』の創作においてもまだマラルメの影響が現にあったこと、自動筆記が一見そう思われるほどに無償ではないことを証明し、そして、この技法の秘密をあかし、いわばその鍵を与えてくれる一つの資料を紹介しておこう。それは『磁場』の(ライスペーパーの)初版第一号で、これだけが今日なお未発表の多くの加筆を含んでいる。その様子を出版元のジョルジュ・ブレゾは次のように描写している。「これら未発表の加筆は非常に貴重なものである。二頁半にわたって、ブルトンは行間のつまった細かい筆跡で、シュルレアリスムの詩の原理に則ったこの本の成立の事情を説明している。この本の鍵を与え、自分の果たした役割をはっきりさせ、自分の技術的な能力に必要な速度表も作っている。その速度はもちろん、作品の各部分によって異なっている。ついで、多くの頁の余白に、肉筆の覚え書き、注釈、評価、いくらかの文章の解釈などが興味深く読まれる。さらに、ブルトンは自分が書いた部分にはすべて緑色のアンダーラインをほどこし、余白には赤鉛筆で注意を引きたいと思い続けている部分に印をつけている。彼は、二人の作家がこの作品を創作した折に、彼らの承認を最も得た命題のかずかずも灰色の線で囲んでいる。(8)」この余白の注釈は、決定的な重要性を持つものと思われる。なぜなら、それは一方では『磁場』の謎のような記述の大部分が全体としては近い、あるいは遠い思い出を明白に語っていることを示し、他方では、二人の作家、特にブルトンが、マラルメの好んだ手法に従って、それらの思い出を並列、混合することによって、故意に出所を「神秘化」したこと、そして、この神秘化によって、作品が異常なまでの詩的迫力を得たということを示している。したがって、『磁場』がシュルレアリスムの精神のある一つの形態の最初の応用であると同時に、最もよい意味での象徴主義の最後の花束であり白鳥の歌であったと言っても必ずしも言いすぎとはならないだろう。

言葉をかえれば、この肉筆の加筆を調べることで、われわれの最初の印象が確かめられるのである。すなわち、『磁場』の文章は、その出発点ではいわゆる「自動筆記」の純粋な産物とは言えない。なぜなら、まだそこには一つの論理的構造から来る諸要素を見出すことができるからである。われわれの考えでは、もし、ブルトンにとって、ある「合図」があったとしても、一九一九年においては、彼がその合図を認めたのは、ピカビアの詩、そして特に、「理性によるあらゆる支配のないところで、審美的、あるいは道徳的なすべての配慮の外で行なわれる思考の書き取り」の好個の標本であるツァラの詩を読むことによってだったのである。

第六章　ダダの登場

私をよく見てくれたまえ！
私は白痴だ、私は道化だ、私は食わせ者だ。
私は醜い、顔は無表情で、背は低い。
私はあなた方みんなと同じだ！

トリスタン・ツァラ

ダダの前駆症状、ポール・ギヨーム、ピエール・アルベール＝ビロ、ポール・デルメ、ジャン・コクトー、レイモン・ラディゲ――『ダダ宣言一九一八年』――ツァラの名声――ヴァシェ神話の転移――トリスタン・ツァラのパリ到着――『リテラチュール』グループとの出会い――キック・オフ「『リテラチュール』の第一金曜」――『ダダ通信』

十二月十一日付のブルトンの手紙に答えて、ピカビアは面会の約束をおそらく十二月の末に決めたらしい。ところが、子供たちが病気になったため、ぎりぎりになってその約束を変更し、ブルトンに失礼を詫びた上で、次の週にいつでも来てくれるようにと頼む。ブルトンは一月四日の日曜日にピカビアを訪ねる。その場に居合わせたジェルメーヌ・エヴェルランは、この記念すべき会見の模様を次のように語っている。

「〔……〕内気で同時に華やかそうな青年が近づくのが見えました。栗色の豊かな髪を、ロマン主義時代の人のように、「ライオン」風に整えていました。べっ甲の大きな目鏡が真面目くさった様子を与えていましたが、それをねらっていたにちがいありません。〔……〕気取ってゆっくりと話し、言葉はその厚い唇からまるで蜜の滴のように落ちて来ました。洗練された礼儀正しい物腰を、皮肉な目つきが裏切っていました。」（B・89・一三四頁）

最初の出会いから、この二人のあいだの対話は活気に満ち情熱にあふれていた。ニーチェを、ロートレアモンを、ランボーを、ツァラを語ってつきることなく、ピカビアは自分の恋人が産褥にあることを忘れたほどで、産婆はやむをえずこの二人のおしゃべりを追い出したほどだった。二人は次の木曜に再会を約した。

すぐその翌日の五日に、ブルトンは長い手紙で、彼がこの出会いをどれほど重要視しているかを示し、中断された話をできるだけ早く続けたいと書き送っている。明らかに、この話し合いは、知的にも生理的にもこの二人をへだてている深淵をあらわにしたが、しかし同時に、さし当たって二人を結びつけるものも示してくれたのだろう。ブルトンはおそらく、『リテラチュール』でも詳述しているロートレアモンとルヴェルディに対する称讃をテーマに熱っぽく話したにちがいない。ところが、おそらくこのどちらをも読んでいない、(そして、それをすこしも恥じる様子のない)ピカビアは、それにはあまり乗り気にならず、その代わりに、いくらかは親しんでいたニーチェをぶつけて来たのだろう。それで、ブルトンは急にダダの反抗の本質に気づき、自分自身の文学的冒険を別の角度から見直すことができ、これまでの冒険が『シック』や『ノール＝シュッド』の後塵を拝していたことを認めたのだろう。

この後も会見はくりかえされる。一月八日木曜日の一日はこの新しい交友関係を固めるのに費される。ブルトンはジェルメーヌ・エヴェルランの食卓の友の一人となる。青年はピカビアとの交際から新たな決意を汲み取り、以後の自分の行動に与えるべき意味の啓示を受けたかのようである。事実、ピカビアとの出合いを、パリのダダの真の登場の非常に正確な日付とすることが可能なのである。つまり、それが、一方では、それまでの六年間にニューヨークでピカビアとデュシャンによってゆっくりと練られて来ていた、そして、チューリッヒのダダの行動の湯浴みを受けたかずかずの破壊的思想と、他方では、まだ明確なものではないがしかし強力で、『リテラチュール』のグループを代表とする解放の潮流との合流点なのである。

実際、一九二〇年のはじめから、事態は急速に進み、潜在的だった諸傾向は表面化し、漠然としていた憧れが形をとり、下心は勇敢な行為として花開くのである。ブルトンの振舞いに重くのしかかっていたらしく、そのあいまいな立場にあらわれていたためらいは決断力に席を譲り、まるで、『リテラチュール』にその戦場を見出したかのようだった。あとはマッチ一本で火薬は爆発する。そのマッチ、それがツァラのパリへの到着だった。

チューリッヒの詩人はすでにパリで異常な評判をとっていた。フランスの雑誌に載ったチューリッヒでのダダの行動だけでも、この破壊的な運動の指導者に呪われた詩人という後光を与えるのに充分だった。彼の詩は、すでに見て来たように、前衛的な小雑誌にどっと紹介され、ようやく老いてゆく立体派の影をいまだに引きずったり、アポリネールの千変万化の天才に迷わされたりしていた当時の詩作品全体とはっきり手を切って見せた。大衆の心を打つのに適した種々の要素を嗅ぎわけるのに生まれつきの感覚を具えていたツァラは、遠くから自分自身の宣伝を巧みに組み合わせた。すでに一九一六年の「キャバレ・ヴォルテール」のはじめから、彼は計画的にフランス、ドイツ、イタリアの作家や定期刊行物と連絡をとり、回報やタイプ印刷の手紙を使って、言葉の少々の間違いなど気にせずに、協力や交流を要請して来ていた。

連絡相手がダダイストとしてどれほど正統的かはあまり問題にせず、それよりも、ダダの利益に当面役立ちそうかどうかの方を重視して、ツァラは協力の申し出をすべて心よく受け入れたのである。ツァラがフランスの作家たちについて、その価値や立場をよく知らないという事情もあった。

協力の最初の一つは、一九一六年四月二十二日にポール・ギヨームから申し出られたものだった。ギヨームは自分の画廊を開いたばかりで、外国との接触を熱心に求めていたから、自分の知り合いを動員してツァラを助けることを承知した。ただし、「もちろん、あなたの活動のうちで、フランスに友好的なもの、あるいは連合国的な性格のものにしか賛成はできませんん」と注文をつけている。ツァラ・コレクションに保存されているポール・ギヨームの手紙は、この収集家が戦時中の知的芸術的諸勢力を引き合わせるのに果たした役割の重要さをあらわしている。ツァラがアポリネールに自分を売り込んだのもこの人を通してであったことはよく知られている。また、一九一六年九月にニューヨークのダダイストのチームの一人であるマリウス・ザヤスとツァラとのあいだを取りもったのもこの人の仲介によっている。

数か月後、『シック』の初期のある号を受け取っていたツァラはアルベール＝ビロと連絡をつけた。その実際活動には自分とのつながりがあると考えたからである。以後、長い文通が続く。二人は互いに立場は異にしても、礼儀正しいお世辞と、豊かな意見の交換をしていることがわかる。

ついにはツァラがアルベール＝ビロにフランスでの『ダダ』の配布を依頼するほどになる。この提案に対してアルベール＝ビロが結局不承知だったにもかかわらず、二人の関係はいささかも乱されなかった。少なくともツァラが自らパリにのり出してなにもかもひっかきまわすのを遠慮している限りは平穏だったのである。

ツァラはフランスでの代理人を探し続けたが、そのすさまじい雑誌を売りさばいて火中の栗をあえて拾う商業出版社はどこもなかったので、ルヴェルディの雑誌『ノール＝シュッド』の中心的な執筆者だったポール・デルメとの交渉に入った。人並みはずれて野心的、行動的だったデルメはダダの思想と機関誌を広めることからどんな利益を引き出すことができそうかを充分理解した。しかし、彼ははっきりと条件を出した。たんなる配給元ではなく、自分を共同主宰者あるいは主筆にしろというのである。ツァラはそれを承認した。それで、パリ左岸にはデルメがダダの地方総督に任命されたといううわさが広まった。不運なことに、このニュースは、デルメがマックス・ジャコブについて行なったあの有名な講演の数日後に伝えられた。その講演は、かなりの数の詩人や芸術家、少なくともブルトンの友人たちの支持を一挙に失わせたものだった。そこでたちまち『スピラル(渦巻)』の作者に対する反対運動が起ってしまった。「ルヴェルディ、ブルトン、アラゴン、スーポーは、もし雑誌『ダダ』の次号がポール・デルメの詩を掲載するなら、自分たちの詩が発表されないよう願っています」(未刊、C・T)と一九一九年三月十五日付で、ラディゲがツァラに書き送っている。ツァラはこの突然の、しかもいっせいの敵意に驚いた。彼の目から見ると馬鹿馬鹿しく思えたが、とにかく、ブルトンとルヴェルディに事情を説明し、デルメとの協力計画を無期延期にした。

実を言えば、ツァラが文学的なつながりを求めるのにかなり移り気だったことが、『リテラチュール』のグループには前々から気に入らなかったのである。――『リテラチュール』の連中だとてその点ではまったく非の打ちどころがないというわけでもなかったのだが。――スーポーはその不満を一九一九年一月二十八日付の手紙でツァラに打ちあけている。「あなたに対する私の友情と、『ダダ3』に対する私の称讃はよくご存知だと思いますので、その上で、ぜひ率直にお話ししたいと考えます。〔……〕私は、あなたが『ノール＝シュッド』とか『シック』とかに作品を発表している作家、詩人の多くに次々と手紙を書かれていることをあまりにも矢つぎ早やに知りました。それらの作家のうちの何人かは確かに豊かな才能を持ち、あなたが書かれたあの見事な宣言に続いて作品を掲載されるのにふさわしい人々です。その人々の中に、たとえばルヴェルディ、ブルトン、ピロ、ラディゲ、アラゴン、ウイドブロなどを入れてもいいと思います。――ただ、行きすぎた折衷主義は『ダダ』が当然受けるべき評価を傷つけかねません。」(C・T)これは前に引用した雑誌の目次から「良い」作家を抜き出すことによって、たとえば、ブルトンがそのごった煮的文体を嫌っていたマックス・ジャコブや、前述の理由でデルメや、その他大勢の一人と考えられていたロック・グレイ＝レオナール・ピューや、そして特に、ジャン・コクトーなどを暗に指している。

『喜望峰』の著者は、いつもながらの調子よさで、彼に『二十五の詩篇』を送り、代わりに彼の最近刊を求めて来た若いルーマニア人の提案に熱っぽく答えている。「お手紙をありがとう。そこには詩情がおのずから水晶のように凝縮しています。私はダダの努力すべてに注目しています。」(未刊書簡、一九一九年二月九日、C・T)また、自分がダダ風だと思っている流儀でそつなくまとめた「小さな手のためのやさしい三曲」を送り、それが『ダダ4・5(ダダ詞華集)』に掲載されたが、ひどい誤植だらけで帰って来ても、物わかりのよいところを見せている。そして、いの一番に――勇み足ではあったが――ツァラのパリ到着を知らせてもいる。「近くトリスタン・ツァラがパリに来て、スイスで発行し、スキャンダルを巻き起こした雑誌『ダダ』を二号発行する予定だ。私自身はこの雑誌にはカジノ・ド・パリの幕間のあの刺激的な雰囲気が見出せると思うだけだ。あの幕間には国際的な群衆があらそってジャズ＝バンドを聞きに集まるではないか。もし、ジャズ・バンド（それはわれわれの愉快な一人オーケストラの子孫でしかない）を受け入れるなら、精神のためのカクテルである一文学をも歓迎しない法はない。」（「白紙委任状」、『シェークル』、一九一九年四月八日）そして、ツァラの到着が延期されると、その失望をかくさない。「私は冒険者同士の幸運なめぐり合いを期待していました。きっとお互いに気が合ったにちがいないのに残念です。」（未刊書簡、日付なし〔一九一九年クリスマス〕、C・T）

もし『リテラチュール』の目次からコクトーをはずした「三銃士」の厳しい監視がなかったら、そうなっていたかもしれない。だが、「三銃士」が、同盟を結んだ雑誌の頁をコクトーの作品が飾ることを我慢するはずはなかった。スーポーはすでに『ダダ4・5』のために送った『喜望峰』の批評さえボツにしてくれるようにツァラに頼んでいるのである。

コクトーに対してこれほど厳しかったブルトンとその友人たちは、ラディゲに対しては不思議なほど寛容だった。義兄弟のちぎりを結び合っていることは誰もが知っているのに、その二人をこれほどはっきり区別したのは、あるいはなにか権謀術策のためだったかもしれない。いずれにしろ、ツァラはそんな微妙な差別には気もとめず、一九一八年十二月にアルベール＝ビロの橋渡しで若き天才ラディゲに手紙を書き、ラディゲもすぐにいくらかの詩と原稿をツァラに送っている。

『ダダ』の主宰者と、フランスの「現代的」諸傾向の代表者たちとのあいだの多くの、そして実質的な手紙のやりとりは、その第一の結果として、ツァラをパリの狭くるしい文壇のさまざまな問題やいがみ合いに親しませるのに役に立った。そして、一九一九年の末には自分に味方する芸術家や詩人たちの大部分について正しい判断が下せるようになっていて、結局、『リテラチュール』のグループの立場が自分のそれに一番近いこともわかっていたと言えるだろう。それに呼応して、「三銃士」の心のうちで、ツァラの人物像はしだいに超人的な広がりを持つにいたった。チューリッヒから伝わるうわさは戦争のために真偽を確かめることがむずかしかったこともあって、史実に伝説が付け加えられるのはやむをえなかった。とても本当とは思えないような逸話までパリの雑誌や、ひそかにパリへ持ち込まれたダダの刊行物が書き立てていた。人のよいアドリエンヌ・モニエが恐れをなしたほどだった。休戦とともに使者たちがそれらの逸話を裏書きし、さらに、面白おかしい尾ひれをつけて美化した。すでに、一九一八年には、パリで知られているダダの誕生の事情は現実とほど遠かった。一九一九年の秋に画家マルセル・ヤンコがパリに数週間滞在した。生まれつきのほらふきで、その上、ツァラとはあまりそりの合わなかった彼は、ツァラをかなりいかがわしい人物として描き出して見せた。ところがそれで、ブルトンやスーポーはダダの大将に幻滅を感じるどころか、かえって、阿片の煙と銅羅のひびきと食器の割れる騒音の中で放蕩におぼれる一群の人々のたむろするキャバレーに君臨し、騒然たる中で霊感に満ちた『ダダ宣言一九一八年』を読み上げる光り輝く悪としてのツァラの姿を植え付けられてしまった。

一九一九年の初頭に、パリにはじめて伝えられたこの宣言(ツァラは一八年七月二十三日にマイゼ会館で読んだのだから、すでにかなり前のものなのだが)は「三銃士」を完全に征服してしまった。彼らばかりでなく、パリのかなりの詩人も同様だった。『宣言』は一九一八年十二月にチューリッヒで発行された『ダダ3』によってフランスにもたらされた。それは、この号の大型の最初の三ページを占めていた。今日読みかえして見ても、これがブルトンとその友人たちにどれほどの驚きと熱狂を与えたかは容易に理解できる。

ツァラの『二十五の詩篇』、あるいは、前衛的小雑誌にその後に発表された詩でさえ、それらがどれほど新しくとも、やはり詩であり、確かに魅力的な人物のものではあっても、その表現であって、人物そのものとはへだたりもあるし、いわば肉体を持たない。それに引きかえ、『ダダ宣言一九一八年』は、生身の、それも激しく生きている一人の男の息吹きを、思想を、直接つたえる熱気を示している。わずか数段落だが、密度の高く、活気あふれる文章で、ツァラは当時の形式にも趣味にも妥協することなく、一つの哲学、一つの倫理、一つの生き方を述べることに成功している。そして、それは、戦争から解放されたばかりで、自分の進むべき道を求めていた一九一九年の知識人たちの耳に、奇妙に魅惑的にひびいたのである。

「ここにわれわれは錨を下ろす。沃土の中に。ここにわれわれは宣言する権利を持つ。戦慄と覚醒を知ったからだ。エネルギーに酔う亡霊のわれわれは三叉の戟《ほこ》を呑気な肉体にうちこむ。われわれはめまいを起こす熱帯の植物の豊かさにも劣らぬ呪詛の泉だ。ゴムと雨がわれわれの汗だ。われわれは血を流し、渇きに燃える。われわれの血は力だ。」〔……〕(『ダダ』三号、二頁)

「私はあなた方に告げる。はじまりはない。だがわれわれはびくつかない。われわれは感傷的じゃあない。われわれは荒れ狂う風のごとく、雲や祈りのシーツを引き裂き、崩壊の一大光景を、火災を、腐敗を準備するのだ。」(同、二頁)

この『宣言』はチューリッヒのダダのさまざまな傾向の終着点であり、同時に綜合でありながら、その重要性がこれまでずっと過小評価されて来ている。だが、これこそダダイスムの最初の、真の、そして偉大な福音書なのであり、そこには以後のダダとシュルレアリスム、『磁場』からごく最近の集団的示威運動までのあらゆる発展の萠芽が含まれているのである。それはまた、ちょうどシャトーブリアンの『ルネ』の場合がそうであったように、多くの民族の感性の歴史の一瞬を代表することを歴史的に予定されている文章の数少ない仲間に属している。その素朴さや誇張や、アナーキストの印刷屋ユリウス・ホイバーガーのとんでもない誤植にもかかわらず、あるいはそのおかげで、『ダダ宣言一九一八年』が、ニーチェ的な叱咤のめくるめく渦の中に、ある種の芸術観と人生観の最後の名残りを奪い去ったことは認めるべきである。――そして当時の最もすぐれた精神はその点を見過ごすことはなかった。――自由、「それはダダ、ダダ、ダダ、痙攣《けいれん》する色の叫び、相反するものとあらゆる矛盾の抱擁、グロテスクなもの、でたらめなもの、すなわち生だ。」（『ダダ』三号、四頁）

この新しいランボー、サドとロートレアモンとマリネッティの混血児は、したがって救世主のように待ち望まれていた。これはすこしも誇張ではなく、数多くの資料がそれを証明している。まず、一九二二年のもので最近公開されたアラゴンの非常に美しい文章がある。

「いつかはわれわれの熱狂、われわれの怒り、われわれの野蛮が理解されない日も来るだろう。その時にこそ、今ここでこうして、私が生涯で受けた結局最大の詩的打撃のあかしを残しておいてよかったと思うにちがいない。それというのも、ランボーやロートレアモンやヌーヴォーは、恥ずかしいことに、私が彼らにめぐり合った瞬間からすでに偉大な詩人としてしか受け取らなかったからである。今になってわかることだが、私は彼らに、まるで大学教授たちがラマルチーヌに近づくようにしか近づかなかった。何よりもまず、彼らはそそり立つ銅像だったのである。

ところが、ツァラは、まだ誰も彼を私に指さして示してはくれなかった。だが、この巨大な野獣が犬のむれの中ですっくと立ち上がったとき、われわれはやっと、詩の将来がかかっていると知った。ある種の絵画について書かれたように、そして、私にとってはそれ以上に確かに、ツァラの詩、当時、批評とも宣言とも区別のないその詩は宣戦布告と同じ価値を持った。われわれは何人かで彼がパリに来るのを待っていた。まるで彼が、コミューヌのときに荒れ果てたパリにおそいかかったあの年若い野性の人、今日なお、会った人々が青白い恐怖を抱きつづけているあの人、いつもその夢を見てはフォランがあれこそ悪魔だと言い、彼が自分の足をひっぱるといった人、つまりランボーであるかのように待ったのである。

この前兆ののちになにが起こったか、今はそれを語る時でも場所でもない。勝利か敗北か、この灼熱の火災から出て来るものがなんであろうとかまわなかった。ただそれは、ヨーロッパ全体の破産の上に、ある日、比類のない爆発として光り輝いたのである。〔……〕」（J・D蔵。B・91・八二頁に引用）

一九四六年五月二十四日の『レットル・フランセーズ』紙に載ったスーポーの記事にも同じような高鳴りがうかがえる。

「ついにトリスタン・ツァラがやって来た。ある日彼はパリに着いた。（だが、小太鼓とトランペットとそれに巨大なドラムスまで背負い込んでだった)〔……〕彼はパリがはじめてだった。しかし、いっこうにおじけづかず、むしろ引かれたらしい。チューリッヒとかヨーロッパとか世界とか言うのは昔話だと思っていたのだろう。彼にはラスチニャックとかフレデリック・モローとか、あるいは、エセネ派の一人のようなところはまったくなかった。お上りさんらしいところもまったくなく、パリは彼にとってこだまに満ちた町だった。この巨大な迷路ではちょっと大きな声を立てれば、いたるところに聞こえる。そして、トリスタン・ツァラは雷のような声を持っている。神の雷鳴[1]のような。」(B・72・三五頁)

さらに、ブルトンとピカビアの気持を理解するには、二人が一九一九年を通じてツァラと交した手紙を読めばいいが、これらの呼びかけ、告白、非難の一つ二つを全体の主旨にそむかぬように引用することもできよう。それらはまるでライト・モチーフのように、手紙ごとにくりかえしあらわれて、どれほどの情熱をもってツァラが待たれていたかを、今日なお最も雄弁に物語ってくれる証人である。

ところで、ツァラを知っていて、その友情の価値を知っていたピカビアがツァラとの再会をしびれを切らして待っていたことは想像に難くないが、ブルトンの興奮はまったく観念的であって、なかなか納得しにくいだろう。それを理解するには、彼の人柄の心理的な恒常的要素の一つであると思われるあの感情昇華への傾向を考えに入れなければならない。この現象の最初の効果はすでに見たように「ヴァシェ神話」の創造にあらわれた。ところが、そのヴァシェが一九一九年一月のはじめに死んだので、『ダダ宣言一九一八年』のショックからまだ抜け切れないブルトンはツァラにヴァシェの新しい化身を見たかのような具合になった。事実、ツァラとの最初の接触もヴァシェの影のもとでなされていることが注目される。

「あなたに手紙を書こうと思っていたちょうどその時、大きな悲しみがそれをさまたげました。私の最も愛していた人が世を去ったのです。友人のジャック・ヴァシェが死にました。彼とあなたとはどれほど意気投合することかと私はついこのあいだまでとても楽しみにしていたのです。彼はきっとあなたを精神上の兄弟と考え、私たちは一致協力して大きなことができたにちがいないのです。」(未刊書簡、一九一九年一月二十二日、C・T)

二人の人物の重ね合わせは、時にヴァシェの死を疑うほどにブルトンにつきまとうが、一九一九年のツァラへの手紙の中でも、少なくとも二度にわたってあらわれている。四月二十日(「私があなたに気違いじみた信頼を寄せるのは、あなたが私にある友だち、私の最愛の親友、数か月前に死んだジャック・ヴァシェを思い出させるからです。しかし、私はあなた方が似ていることにあまりに依《よ》りかかってはいけないのかもしれません」）と七月二十九日（「私はあなたのことを、ジャック・ヴァシェ以外には考えたこともないくらい思っています。つまり、何かする前に、ほとんどいつでも、あなたが賛成してくれるかどうか考えるのです」）の手紙である。そしてまた、かつて、その『対話』の中で、ブルトンは一九一九年の権力移譲を率直に思い出してもいる。「（ツァラの）外面的な態度はジャック・ヴァシェに非常に近かったので、後者に託すべき信頼と希望の大部分を彼に与えるようになってしまった。」（B・46・五三頁）

　さて、そこで、一九二〇年一月十七日の午前中に、[2]「彼の友人のアルプの木版画に似て、黒と白だけの」（B・89・一三七頁）身なりの未知の一青年が、エミール・オジエ街の（数日前にピカビアとブルトンがはじめて会ったのと同じ場所の）ジェルメーヌ・エヴェルランのアパートの戸口で名刺を差し出した。「フランス語が下手で」、「背が低く、いくらか猫背でぶらりと下げた短い腕の先の手はぽってりしていた。肌は蠟《ろう》のようで、近眼の目が鼻目鏡のうしろで視点を求めてきょろきょろしていた。額にかかる黒く長い髪を始終持ち上げるのがくせだった。」（B・89・一三七頁）彼はためらいがちなフランス語で、自分はフランシス・ピカビアの家に身を寄せに来たので、ピカビアが一年前にそうすすめてくれたのだと説明した。ジェルメーヌ・エヴェルランはトリスタン・ツァラに（というのも、彼女はすぐツァラだとわかったのである。なにしろ、しばらく前から、そこではツァラの話でもちきりだったからである。）アパートは今すっかりふさがっていて、数日前に子供が生まれたばかりなのだということをわからせようとした。しかし、青年は金を持たず、ほかに住む所もなかったので、泊めてやるほかはなかった。そして、トリスタン・ツァラはこのアパートのロココふうの客間でダダの宣伝用の大量の書類の荷造りをほどいたのである。

　数時間後にはこの客間にブルトンとエリュアールとアラゴンとスーポーが駆けつけた。いっしょにやって来たのは、これほど長いあいだ熱心に待ち望んだだけに、もし期待はずれだった場合、互いに力になり合うためだったろう。そして、こうした場合によく起こるように、最初の出会いには一種のぎごちなさがつきまとった。彼らはつい精神的な偉大さには肉体的な偉大さが必ず伴うものだと想像してしまっていた。ところが、この偉大な男は、小男で片鼻目鏡をかけている。それだけでもうこの小グループを戸まどわせるのに充分だった。その上、ツァラの方も相手たちと同じくらいおどおどしていた。事実、彼のフランス語はまずまずというにもほど遠く、ルーマニアふうの訛りがひどくて、わずか二シラブルの「ダダ」という言葉の発音さえ、まるで機関銃のようにパチパチはねて聞こえ、――パリっ子たちの耳には――滑稽そのものだった。つまり、一世の語り草とまでなっていた彼の魅力はいっこうに発揮されず、ピカビアの家を出たときに、『リテラチュール』の同人たちの心は、それぞれの期待の大きさに相応した呆然自失に支配されていた。

それでも、みんな若かったから、この落胆もそれほどあとを引かなかった。そして、容易に意見は一致した。第一印象がよくなかったからといって、それを気にしてはいけない。それより新たな現実に適応すべきだ。その現実にはいささか面くらったとしても、それだけにあるいは、思いがけない幸運がひめられていないとも限らない。とにかくあの小男を信頼することが大事だというわけだった。それに、彼らはすでに一つの新しい企画にすべてを賭けてしまっていて、その成功のためにはチューリッヒのダダイストの経験は欠かすことができなかったのである。

事実、彼の到着以前に、『リテラチュール』の指導者たちはこの雑誌が落ち込んでしまった惰性から抜け出すために「なにか」をやって見ることに決めていた。「それは一九二〇年のはじめを支配していた完全な混乱のただ中でのことだった。前衛的と言われる作家たちを誰もかれもひとからげにして判断するのを見あき、好むと好まざるとにかかわらず文学的立体派の後継ぎを粧うことにもあき、結局、先輩たちとのあいだには根本的な違いがあって、どうしようもない溝のあることに気づき、われわれが黙っていることで、たとえば自由詩についてのような文学論争を支配し、技術的な論議を果てるともなく続けている子供っぽく、視野のせまい精神を容認しているかのように思われるのをこれ以上ほっておけないと決意し、そして、不思議なことだが、何か言いたいことを持っていたわれわれ、アンドレ・ブルトンとフィリップ・スーポーとポール・エリュアールと私は公開の行動に出る決定を下したばかりのところだったのである。」(アラゴン、J・D蔵草稿、B・91・八〇―八一頁に引用) 公開の行動というと、いかにも危険に思われるが、当時ドイツのダダイストたちが宣言していたような革命の意図をはらんだものではなかった。たんに、半月に一度マチネ・ポエティックを開いて、このころ盛んだった数多くの同じような催しと差をつけるために、現代絵画と彫刻の展示、「六人組」によるオーケストラ曲の演奏を同時に行なうというものにすぎなかった。

最初のマチネは一月二十三日の金曜日に予定されていた。そのためにパレ・デ・フェットの小ホールが借りてあった。それはサン・マルタン街の「時計宝石商、かつら、ドーラン店の並んだ通りと技術職業学校(コンセルヴァトワール・デ・ザール・エ・メティエ)のあいだにあって、芸術や文学に毒された地域からは遠かった。」(B・166・五四頁) プログラムの作製にはいろいろと困難があった。まず、この催しに『リテラチュール』に名の出た詩人たちすべてを招くべきかどうか? 論理的にはそうだった。しかしそれではこの企画が冒険ではなくなってしまう。だが結局はほぼ誰でも受け入れることにして、自然にふるいがかけられることを期待することになった。相談を受けたルヴェルディは選ばれた詩人たちについては強い難色を示し、友人のソレール・カザボンに音楽を演奏させたがった。だが、六人組にボイコットされているカザボンを舞台に立たせるわけにはいかなかった。それに、プログラムはすでに印刷中だったので、ルヴェルディは、きっぱりとこの催しに加わることをやめてしまった。

こうして準備が着々と進んでいる最中にツァラがパリにあらわれたのである。彼をプログラムに加えることはただちに決められたが、さまざまな理由から、(3)彼がピカビアの家にいることは一月二十三日の金曜日まで秘密にされた。それでも二十一日水曜日には、カフェ・セルタでの例会におしのびで出席し、そこでオーリック、ドリュ・ラ・ロシェル、ラディゲ、ルイ・ド・ゴンザグ＝フリック、それにいくらかの画家たちと会っている。

すでに述べたように、マチネのプログラムはツァラの到着以前に刷り上がっていた。だがその本性をいよいよあらわしはじめていたこの青年との接触で、急にこれまでの計画があまりに素朴で平凡であると思われてしまった。前日の夜（木曜）に、ピカビアの家で参謀会議が開かれた。ツァラはその舞台処理の技術と観客の反応の予想によって新しい友人たちを驚かせる。キャヴァレ・ヴォルテールやマイゼ、カウフロイテンのホールなどでの前例が貴重な役に立つ。競争心に助けられて、出席者たちはすさまじいせりを展開する。この競争心はみのり豊かだった。それがパリにおけるダダの活動の真の原動力になるのだからである。ルーマニア出の一青年を前にしておくれをとりたくなかったブルトンは、ヴァシェ、ピカビア、クラヴァン、デュシャンなどを「持ち出し」た。これらの人々は、たとえ擬音詩でも詩を人前で読んだりせず、人生を芸術の上に置いていたのである。こうしてしだいにダダの振舞いはしばらくのあいだ、純粋行動へと屈折していった。

翌日の催しのために、この新しい反文学的傾向を具体化する目的で一連の詩の朗読を意外な「身振り」によって中断し、雰囲気の一変を計ることが考えられた。その身振りとして、ピカビアは爆弾を、スーポーは公衆の面前でひとりずつ、あるいは集団で手を洗うことを提案した。まさにダダ的精神がパリに舞い降りて来たのである。最終的にツァラがこの精神の化身となり、したがってプログラムの核となることを承知したのである。

実際的な細部の仕事を受け持ったアラゴンが、「現代派」に共感を持つことで知られているいくらかの俳優たちに詩を読む役を持ちかけた。ヴァランティーヌ・テシエ、エヴ・フランシス、ピエール・ベルタン、マルセル・エランなどである。だが承知したのは最後の二人だけで、それも朗読する詩は自分で選ぶこと、登場する時期も自分の考えですることを条件にした。そのため『リテラチュール』の指導者たちは、レイモン・ラディゲ(4)、ドリュー・ラ・ロシェル、それに断わるわけにもいかないジャン・コクトーなどとともに、たとえばポール・デルメやピエール・アルベール＝ビロのような読み手に敬遠された詩人たちのテキストをかなりたくさん、自分たちで読まざるをえなかった。

こうして、マチネは予定どおり、一月二十三日に催された。それはダダのパリでの宣言集会の原型となった。したがって、詳しく調べて見るだけの価値がある。

金曜日の朝、ツァラとその友人たちは、場所の下見分に行った。ごく狭い舞台の上に彼らは、アマチュア劇団が置き去りにして行った大道具を使って、半分がサロン、半分が森という馬鹿げた舞台装置を建てた。

前日の『アントランジジャン』紙に出した広告では、アンドレ・サルモンが『クリーズ・ド・シャンジュ（為替相場の危機）』について講演することになっていた。新しい絵画についての権威で、ジャーナリストたちにもよく知られていたサルモンが後楯で、しかも題目が題目だったから（この地区の商人たちにとってはつい最近のフランの平価切り下げは身にしみていた）、催しは雑多な群衆を引きつけた。罠にかかった野次馬たち、事情に通じた知識人たち、それに、必ずぶちこわしてやると心にきめた新聞記者たち、つまり、すでにダダの観客たちだった。戸口ではサン・パレイユ書店主のルネ・イルサムがもぎりの役を引き受けた。

催しは二部に別けられ(5)、その間に音楽の間奏と絵画の展示が挿入されていた。「偉大なる先祖たち」（アポリネール、サンドラルス、ルヴェルディ、ジャコブ）にささげられた第一部はサルモンの予告どおりの講演ではじまった。ただし、相場の危機にはちがいないが、それはサンボリスム以来の文学的価値の転倒のことだった。この荒っぽい戦術は聴衆に対して思ったほどの効果を与えなかった。誰ひとりとして抗議するものがなかったばかりか、終わりには儀礼的な拍手さえいくらかあった。ただ、聴衆の大部分を占めていたこの地区の小売商人たちはひとり、またひとりと静かに消えてゆき、出口で金を返せというものもなかった。ほかの連中はこのぺてんに味方して、なにが起こっても我慢しようと決心し、そろそろ喜劇的になって来た事態に適応しようとしていた。ひとりの年寄りの相場師が、補聴用のらっぱを耳に当てて、辛棒強く、先行きの危機について話してくれるのを待っていたからである。一方、主催者側も事のなりゆきにいささかあわてていた。なにしろ、サルモンの話が、『リテラチュール』をほめちぎったものだったのが、かえってブルトンをあっけにとらせた。これでは仲間はみんなアポリネールの亜流であり、『リテラチュール』は「ソワレ・ド・パリ」の二番煎じとなってしまう。こんなに文学的な良い得点をもらってしまったことを、ダダの大将はどう思っているだろうか。

絵画の展示というのもいっこうに成功しなかった。ブルトンがレジェ、グリス、キリコ、あるいはリプシッツについての文章を読み上げ、ついで、それぞれの画布や彫刻を出して見せた。だがこれらの立体派を前にして、観客は冷たく、あくびをしていた……ピカビアとリブモン＝デセーニュの絵が掲げられたのはこの時だった。ブルトンがまずピカビアに触れたアポリネールの『美学瞑想録』の一節を読んだのだが、この時の異様な雰囲気にいら立っていたのと、それに病気でもあったため、かなり穏やかなこの文章を読み方によってすっかり挑戦的にかえてしまった。ついで行なわれたピカビアの絵画「二重の世界」の紹介は、パリで公に行なわれた最初の正統的なダダの行為として記録される。このスケッチはまさに聴衆の趣味に対する侮辱そのものだった。明るい地色の上にリポリンエナメルで描かれた黒い線の単純なもつれ合いにすぎなかったが、全体が奇想天外な文字「上」（下に）、「下」（上に）、「こわれもの」、「宅扱い」、「そこまで私を連れて行って」などという書き込みでおおわれ、さらに、上から下へ赤く巨大な一連の五つの文字、L・H・O・O・Q[6]がつけ加えられていた。観客がこの猥褻な地口の意味[7]をのみ込むには数秒で充分だった。俄然、大騒ぎとなった。そして、それは次の作品が舞台に引き出されるとさらに倍加した。今度は一つの「黒板」で、その上にチョークでいくらかの線が引かれ、錬金術の記号が書かれ、「リ・オー・ネ」（鼻先の笑、あるいは米）と題していた。この不作法がわかると、あちこちで怒りの叫びが上がった。だが、この瞬間に、ブルトンは黒板ふきですべてを消し去った。それはピカビアが考えた筋書きどおりだった。[8]「六人組」の音楽が雰囲気を和らげるために待ってましたとばかりにはじまるのである。

プログラムの第二部は若い世代にあてられていた。ラディゲ、ブルトン、スーポー、アラゴンなどの詩が読みはじめられた。そして、観客がすっかり退屈しはじめたとき、アラゴンがツァラの火花を散らす詩（「風景の癲者」）を朗読し、ついで一大ニュースを発表した。チューリッヒのダダイスト自身がここで自作の詩を一篇朗読するというのである。あっけにとられてしんとした観客の前に進み出たツァラは、衆議員でのレオン・ドーデの最後の講演を読みはじめる。そして、ただちに舞台の袖ではブルトンとアラゴンがその日の朝一時間もかけて探し出して来た二個の鈴を力一杯鳴らしはじめる。観客もだが、それより、この催しに力を籍したサルモンやホアン・グリスのような人々がとんでもない罠にはまったと感じ、これでは自分たちの名声が危うくなると激しく反対した。彼らは自分たち自身が侮辱されたと思い、三人の立役者たち、特に黒い髪の小男に喰ってかかった。だがこの背の低い詩人はそんなことには慣れていて、平然と、喉にrの強くひっかかるしゃがれ声で朗読を続けた。[9]

しゃべり出したら止まらないその勢いを前にして、悪口雑言が爆発し、それに国粋的な叫びが加わった。「チューリッヒへ追いかえせ。首吊り台へ送り込め」と『アクシオン』の主筆フロラン・フェルスは叫んでいた。

この見事な花火で幕を降ろしてしまえばよかっただろう。だが、アラゴンには興業師としての精神が欠けていた。そのために、催しは竜頭蛇尾に終わってしまった。ふたたび詩の朗読がはじめられ、時が進むに従って、客はしだいにまばらになってしまった。友人たちもこそこそ抜け出すか、挨拶のしようもなく、困惑を笑いでごまかして立ち去った。

がらがらの客席を前にして、アラゴンがアルベール＝ビロのテキストを読んだのを最後に幕が降りた。主催者たちは荒れ模様の夜の中で、疲れ切って、砂を噛んだような味を口に感じながら顔をあわせた。その味こそ、実は、雷のような挑発より以上に、消し去ることのできないダダのしるしだったのである。

この息苦しいような共犯の雰囲気、集団で非難を招く行為をあえて犯したという感情、恐るべき冒険にいっしょに賭けたという意識から、チューリッヒにおいてと同様に、パリのダダのグループを結びつける一種の誓約が生まれるはずだった。まるで、パレ・デ・フェットの催しがこのいくらかの人々のあいだにゆるぎなく、またはるかに強靭な感情的枠を編み上げたかのようだった。彼らは、初日を終わった俳優たちなら誰でも知っていることだが、緊張感から一挙に解放されて神経がたかぶり、晴れの舞台をあとにしながら、くだらないことで言い争った。これまで、あまりにしばしば、これらの示威運動は、ダダという名の一枚板の結社を組んだ作家や芸術家たちの意識的な努力の結果としてその表看板だけが紹介されて来たので、ここでは、その裏側を描かないわけにはゆかない。心の底ではまだロマン主義の震えを感じ続けている青年だったブルトン、あるいはエリュアールは夜の白むころ、家路につきながら、骨折り損ではなかったか、この冒険はどこまで続くのだろうかと自問自答していたにちがいないのである。おそらく、「ツァラとピカビアとリブモン＝デセーニュ（今の所、この三人だけが本物のダダであった）」（B・46・六五頁）だけが年も取り、性格も強く、そしておそらく非情なところもあって（ツァラにとっては重なる苦労と慣れによって、あとの二人は年のせいで[10]）、恥も外聞もなく、また何の不安もなく観客にぶつかることができたのであろう。そもそも、観客など頭から軽蔑していたのである。それに、おそらく、彼らは革命への意志もより強固で、過去から受け継いだ規則や制限を全面的に破壊したいという気持もより深刻だったのだろう。とにかく、ブルトンは確かにそう感じた。そして、こうした公開の示威運動の試練が重なるにつれて、「ダダイスト」と「シュルレアリスト」のあいだに亀裂が生じていくのである。

最初の（そして唯一の）「『リテラチュール』の金曜集会」のすぐ翌日からすでにダダイストたち（以後は彼らをこう呼ぶこ

とにする）はどうしてよいかわからず、迷いに迷っていた。前夜の事件にもかかわらず、まるでその経験と生活を「共有」することだけが救いの道であるかのように、一日中パリの町をいっしょにさまよい歩くことで過ごす。[11]

だが、彼らの意図がどうあろうと、もはや考えこんでいる時ではなかった。ダダの歯車が回り出してしまっていて、誰にも止めることはできなかった。逃げるためにも前進し、攻撃するほかはなかった。

一同はツァラが居ついてしまったピカビアの家に集まるのが習慣になっていた。それに、ツァラはチューリッヒで得た実力によって、ピカビアとともに作戦の指揮にあたっていた。以後の六か月のプログラムを読むと、参加者たちが感じた一種の酔い心地がよくわかる。ツァラ自身はまったくのびのびとしていて、情熱にあふれ、チューリッヒでも一度もこれほど幸福だったことはないくらいだった。時間を無駄にせず、パリ到着後、ただちにダダの運動の「リーダー」としての活躍が再開できた上に、この運動はしだいに国際化していた。[12] また、数日のうちに（一月十八日から二月五日のあいだに）『ダダ』の新しい号、第六号を、『ダダ通信』と名づけて出すこともできた。

ツァラがこれほど容易に新しい役割と新しい環境に適応することができたのと同時に、あれほどちぐはぐな多くの人々のあいだにつながりができ上がっていった有様も驚嘆に値する。事実、パリの運動が軌道にのるのにはごく短い期間しか要せず、一方ではブルトン、アラゴン、エリュアールが、他方ではピカビア、リブモン＝デセーニュがいっせいに、ツァラの発想になるコメディア・デラルテの役柄をそれぞれつくり上げてしまったのである。ここでは一つの文学上の流派の初期に普通に見られるたどたどしさとか、ゆるやかな進展とかはいっさいない。最初の宣言集会（グラン＝パレでのもの）から、そして、『ダダ通信』から、ダダの特徴的性格と本質的な中心原理[13]が白日のもとにあらわれて来る。アンデパンダンでのマチネのプログラム（とその実演）と『リテラチュール』の金曜集会」のそれとを比べて見れば、また『リテラチュール』の第十一号（一九二〇年一月）を『ダダ通信』（二月はじめ）と比べて見れば、わずか数日のあいだに達した「進歩」がどれほどかがわかる。ブルトンの雑誌がそれまでの流れに添っている（文学雑誌を「改宗」させることは容易でない）のに対し、ツァラのパンフレットは『三九一』の様式を取りながら、その調子も、テーマも、割り付けも改良されている。

実際、当時流行の文学雑誌の知性派ぶり、固苦しく、言葉巧みで、偽善的な様式と、ピカビアのような人のこの上ない洒脱とはなんと対照的だろう。『ダダ通信』にはいわゆる記事は含まれず、ただあの金言と嘲罵と綴りや文字の置きかえ《コントルペトリ》（デュシャンの得意）とただ馬鹿げた文章とがえんえんと続く。それはおそらくダダイスムが生んだ最良の、そして最も独創的な作品であろう。

　相変わらずのピカビアは『ダダ通信』にいくらかの短い錬金術的章句を渡した。それは時には確かに美しい。「虹は人々にあらゆる喜劇を演じさせる。お前は得意らしいな、ピカビアよ、だがお前の皮膚は怪しい、そこにはライオンが浮かんでいる」とか、あるいは、「私はいままで自分の水しか水割りにできなかった」[14]などである。デルメはそれに歩調を合わせて「傑作はかつらに似ている。髪の毛一本はみ出さない」とやり、リブモン＝デセーニュは「壁のない牢獄から逃亡するのはむずかしい」で応ずる。ルスティック（道化役者）という称号を名乗っていたピカビアを真似て、ツァラは「不吉な笑劇役者」という署名を次のようなわけのわからない文章につける。「われわれはフラスコ入りの綱渡り師たちの文法的天職にあれほど非難を受けた友人たち、そして他のものを探している。」また、おそらくピカビアの作だろうが、次のような故意の虚報もある。「フィリップ・スーポーがジュネーヴで自殺した。」あるいは、事情に通じたものだけにわかる冗談（それは『三九一』の初期以来はっきりしている特徴だが）を仲間の誰かが言ったことにしている。たとえば（ここでは、アルチュール・クラヴァンの言ったことになっている）「リブモン＝デセーニュはルイ・グロ・セル[15]、あるいはメイエ流なら、グロ・コンによって決闘の反則を宣言された。」さらに、間抜けをひっかける広告のパロディ「H＝L・夫人の投書――『三九一』を二週間とりましたところ、驚くほどの効果があってとても満足しています。病気のため垂れ下がっていた胸が、元どおりになったのです」などがある。

　これらの文章の調子はすべて、『リテラチュール』の同人たちの書いたもの、その最も新しいもののそれとは相入れない。彼らの跋句も、割り付けの上では、他のダダイストたちの警句と緊密にまぜ合わされているし、彼らが調子を合わせるために称讃に値する努力をしていることも認められるが、まさにその努力が見えすぎ、借り物で、技巧的で、よく消化されていない技術を、あまりに秩序立って使っていることがわかってしまう。ブルトンは『磁場』から抜き出したいくらかの文のほかに、次のような多義的な金言「われわれは一種の感傷的ツーリング・クラブに加入する」とか、「労働災害は、誰も異存なかろうが、政略結婚より美しい」をのせている。アラゴンの載せた唯一の文章も同様に謎のようである。「感情に関しては、笑うべき何物もない。われわれは米を喰べるには箸《はし》を使う。」それに対してエリュアールはあくまでエリュアールで、その詩は以上の前後関係から見るとかなり思いがけないものである。

　　孤児
彼を養う乳房は闇に包まれ
　彼を洗うまい
　汚れ

それは冬の夜の森に似て
　死
歯は美しく、だが美しい目はじっと
　見つめ
　彼の人生は蝿同然
　それは彼の死の蝿たちの母

しかし、物質的な体裁の点では、『ダダ6』が最もはっきりと、同じ種類の同時代のあらゆる企画に一線を画している。すでに見たように『リテラチュール』の割付けは『メルキュール・ド・フランス』から『N・R・F』にいたる当時の真面目な雑誌のそれと似たりよったりだった。これらの雑誌はいずれも印刷されたものを、特にそれが「文学」に属している場合、尊重していた。外面的な体裁は大して問題にならず、テキストの価値はすべて内面にあると考え、読者の注意をテキスト自体以外に、堕落した方法で引きつけるのは場違いだと判断していたらしい。マラルメと未来派の人々の手本に従うにしても極端な用心深さをもってなされたのだから、印刷されたページを解放する務めと手柄は文句なしにダダに帰せられなければならなかった。『ダダ通信』はもちろんチューリッヒ時代の号と『三九一』の発想を受け継いで、専門家たちによって知らぬうちにドグマ化されていた印刷上の諸規則と、ラジオやテレビ以前に、書籍や新聞がほしいままにしていた馬鹿馬鹿しいまでの特権に対するツァラとその協力者たちの軽蔑をはなばなしく象徴している。

ただし、ダダの小冊子類が今日ではかなりなまぬるく、見て楽しいものに思われたとしても、それはダダのせいではない。ツァラとピカビアの意図は新しい印刷上の美学を創始することでも、さらには一連の故意に支離滅裂なやり方によって既成の機構を破壊することですらなかった。ただ、偶然だけが、ダダの偉大な主人である偶然だけが各号の製作を支配し、そこに審美的次元のいかなる論理もさしはさまないということでしかなかった。不釣合いな活字の思いがけない出会いも、活字の大きさのはっとするような対称も（六ポイントの活字とポスター用の文字が隣り合わせになっているような）、余計な印刷記号や、色と形の勝手な重ね合わせや、メカニックなデッサンのまわりの滑稽な字配りや、挿画の上に、印刷所の校正係のミスや善意により、あるいはそのときどきの思いつきにより無秩序に加えられた書き込みも、さらには、これらちぐはぐな全体にダダの印刷物に特有の形式的統一と、極度の軽快さと、否定しがたい美しさとを与えている空白も、そこから来ているのである。

第七章　大いなる宣言集会《マニフェスタシオン》

ダダ、それは、なにも、なにも、なにも望んではいない。なかになにかするのは、観客に「われわれにはなにもなにもなにもわからない」と言わせるためである。

フランシス・ピカビア

グラン・パレ――クラブ・デュ・フォーブール――フォーブール・サン・タントワーヌの民衆大学――「セクシオン・ドール」

『ダダ通信』はその最初の頁に、グループが開く第二回の宣言集会のプログラム(1)を予告している。それは、一九二〇年二月五日の木曜日のマチネときめられた。『リテラチュール』の「金曜集会」のやっと十五日たつかたたぬうちである。この十五日間にダダイストたちはこぞって体当たりで準備にかかり、いわば、てんやわんやの騒ぎだったにちがいない。催しは、サロン・デ・ザンデパンダンが恒例によって開かれているシャンゼリゼのグラン・パレの広間の一つで行なわれるはずだった。

主催者たちに当てられた時間は短かったけれど、集会の準備はパレ・デ・フェットのときよりはるかに早く進んだ。新聞をおびきよせることにかけては名人であるツァラは、大新聞にさまざまな情報を流した。新聞記者をよく知っている彼は、彼らの誰ひとりとして、情報の真偽を確かめることなど考えないということを承知していた。たとえば、一九二〇年二月二日に『ジュルナル・デュ・プープル』紙の購読者たちがエミール・デュアルム署名の次のような記事を読まされたのはそのためだったのである。

「あの有名なシャルロ、チャーリー・チャップリンは最近パリに着いたばかりで、われわれにも称讃の機会が与えられることとなった。彼の友人たちの「ダダ運動の詩人たち」が主催するマチネに行けば〔……〕この有名なアメリカの俳優の話が聞けるのである〔……〕最近の情報によるとチャーリー・チャップリンは「ダダ」運動に加入し〔……〕ガブリエーレ・ダヌンツィオ、アンリ・ベルグソン、モナコ王子もダダイスムに改宗(したという)。」(D・P)

グラン・パレの入口にすでに正午から群衆が押しかけたことを考えると、この大ぼらに誰も気づかなかったことになる。元気一杯のダダイストたちは、すさまじいことになりそうなこの対決に備えて充分身を固めていた。事実、観衆はパレ・デ・フェットの催しと、それに対する新聞の反応以来、なにがはじまるのかをほぼ承知していた。ダダは分類ずみだったのである。戦後に雨後の筍のように生じた前衛的文学あるいは芸術運動のどれかと混同されることはもうありえなかった。それらの運動が誰よりも先に後難を恐れてダダと手を切っていたからである。催しにはサロン・デ・ザンデパンダンに来た数多くの芸術家もまじっているはずだった。主催者たちは手のつけられぬ若いあばれん坊たちに主導権をとられるつもりはまったくなかった。

催しの最初から、これらの心配は現実となった。シャルロの出席、あるいは欠席については陰にも陽にもそれを匂わす言葉がまったくなかったのはもちろんである。したがって、「多様な運動」とでも呼ぶのがふさわしいようなもので常に湧いている客席を前にして、宣言は次々と読み上げられはじめた。それらの宣言は「表面的には子供だましだったが、文章が極端に激烈だったり、（プログラムとは異なって）作者自身によってもぐもぐと、あるいは滑稽に、そして、特に挑発的に読まれたので、観客は度をこした反応を示した。最大の目的は達せられた。陰険な馬鹿者たちと思われようとも、とにかく敵意を引きおこさなければならなかったのである。」[2]（B・155・六七頁）

これらの宣言の連続[3]は、もし朗読者の側と同時に客席に緊張がみなぎっていなかったなら、死ぬほど退屈なものになりかねなかった。ダダイストたちによって読まれ、朗読され、あるいは即興的に作られたテキストのジャンルは「宣言」という呼び名で定義するのにはふさわしくなかった。それらはどんな好みにも合うというか、むしろ、どんな嫌悪にも合っていた。そのあるものはアナーキーな弾劾《だんがい》の様相を呈してさえいた。

「画家も、文学者も、音楽家も彫刻家も、宗教家も、共和主義者も、王党派も、〔……〕警察も、祖国も、もうこんな馬鹿げたものはたくさんだ、もうなにもかも、なにもかも、なにもかもたくさんだ、たくさんだ、たくさんだ。」（発表者名なし、『リテラチュール』十三号、一頁）

あるいは別の、アラゴンがジャック・ヴァシェの思い出に霊感を得たかのように読みあげた文章は次のようにはじまっている。「私――すべて、私でないものはわけがわからない。」（同号、一―二頁）また、「貯蔵瓶ダダ」という題のブルトンの宣言はボードレールの散文詩「異邦人」をダダの文体で剽窃《ひょうせつ》した見事な茶番劇だった。

「君の名は？　（彼は肩をすくめる。）
どこにいる――シャンゼリゼのグラン・パレさ。
今日は何日だい？　――一九二〇年二月……木曜さ。
君の仕事は？　――力仕事さ。葡萄の木を切っている。

両親は？　――親父は無邪気で、無知な男さ。似たもの夫婦でお袋も御同様。俺がなんでもして来たんだ〔……〕」（同、四頁）

エリュアールのは、「〔……〕われわれは気晴らしを必要としている。われわれはこれからも今のまま、あるいは先ゆきのままだ。われわれは自由でからっぽの体を必要としている。われわれは笑うことを必要としている。そして、われわれはなんにも必要としない」。（同、七頁）

スーポーのは、「なぜ君は宣言なんか書いたんだ？　と誰かが叫んだ。
宣言を書いたのはなんにも言うべきことがないからさ。
文学は存在する。しかし、馬鹿者どもの中で
作家たちをよいのと悪いのにわけるのは馬鹿げている。一方には私の友だちが、他方にはあとの連中がいるだけだ」。（同、八頁）

リブモン＝デセーニュのは、「ダダは、ドアのベルを鳴らすのが、マッチをすって、髪や顎ひげを燃やすのが好きだ。ダダは洋がらしを聖体盒に入れ、小便を聖水盤に注ぎ、マーガリンを画家の絵の具のチューブにつめこむ」。（同、一一頁）

アルプのは、「彫像型のランプが海の底から突き出て、ダダ万歳と叫び、通りがかりの大西洋航路の汽船に挨拶をおくり、ダダ会長、ダダ氏、ダダ夫人、ダダ複数、ダダ男性単数、ダダ女性単数と墨絵の三匹の兎にも〔……〕」（同、一二頁）

デルメのは、
「ダダ　神殺し
ダダの最も古く最も恐るべき敵は神と呼ばれる！〔……〕どれほどの詩人、画家、音楽家――ほかのすべての人々より以上に無知蒙昧な連中――が毎朝神をコンドームのようにはめて、それで変装し連中の卑猥な下っ腹を群衆に拝ませて来たことか！」（同、一三頁）

W・C・アレンスバーグは（ピカビアの口を借りて）、「ダダはアメリカ的、ダダはロシア的、ダダはスペイン的、ダダはスイス的、ダダはドイツ的、ダダはフランス的、ベルギー的、ノールウェー的、スウェーデン的、モナコ的だ。格式にこだわらずに生きる人、美術館で好きなのは床だけという人はすべてダダだ。美術館の壁はペール・ラシェーズ[4]かペール・ラ・コリック[5]で、絶対にペール・ダダになれない。本物のダダ作品は六時間以上生きてはならない〔……〕」。（同、一五頁）

セリーヌ・アルノーは、「詩――つま揚子、百科辞典、タクシーあるいは日傘そして、もしご満足がゆかないなら、ネールの塔へどうぞ」。（同、一九頁）

催しは、「てき屋の親分[6]」の演説ではなばなしく幕を閉じた。観客はダダイストの若僧どもに、本当の才能がどこにあるかを教えるために、この演説に絶大な拍手を送らざるをえなかったのである。

観客は、それぞれの宣言に対してさまざまな悪口や卑猥な野

次をとばしただけでは満足せず、グラン・パレの出口で朗読者たちをつかまえ、ドイツの宣伝工作の手先だとなじった。いくらかの文学者たちと、それまでの努力に疲れ切り、緊張がいきなりほどけて士気の低下したダダイストとのあいだにも激しい論争がはじまった。毛皮飾りのついたコートを着た非常に礼儀正しい男がひとり、ブルトンに近寄った「レオ・ポルデスです」と名のり、自分が主宰しているクラブ・デュ・フォーブールの舞台でダダが、さらにこの論争を続けてくれまいかと申し出た。鉄は熱いうちに打たなければならない。あさっての二月七日ではどうだろうというのである。

このクラブは革命期の数多くの偉大なクラブの退化した子孫で、ピュトーの「フォーブール」の使われなくなった小教会で例会を開いて来ていた。この小教会はもとはパドヴァの、聖アントニオにささげられたものだったが、今ではレオ・ポルデスの政治活動の踏み台に使われていた。ポルデスは自分が後援して、「自由で、公開の、矛盾に満ちた前衛的一大宣言集会」を開かせれば、新聞記者は一団となってやって来るから——一文も使わずに——どれほどの宣伝になるかを充分感じ取ったのである。

原則としては、新しい催しをこれほど短期間のあいだにもう一度準備することは、ダダイストたちにとって少しも魅力的な話ではなかった。しかし、彼ら若いブルジョワは左翼的政治思想に感情的にさからえず（この点では、このクラブ・デュ・フォーブールとユニヴェルシテ・ポピュレールでの二回の催し[7]は歴史上の代表的な実例としての価値を持つ）、民衆に理解されたいという夢を——すでにこの時から——持っていた。そこで、彼らはレオ・ポルデスの賭けに応じてしまった。ただ、面倒を避けるため、そして、おそらくいささか虚勢を張って、グラン・パレのプログラムをそのますっかりくりかえすことに決めた。そして、テキストだけを別のものに変え、もし必要なら、また、観客の反応がその暇を与えてくれるなら、即興の詩を加えることになった。それというのも、ポルデスがおそらくダダイストたちは自分たちのこと、彼らの主義主張、彼らの運動について説明する必要が起こるだろうと言ったからである。モノローグから脱出し、白日のもとで挑戦に移り、ついに敵が姿をあらわすのを目前にし、彼らの「エルナニの戦い」を持つこと、それも、前もって計画を立てることも、さくらを使うこともせず、まさにコメディア・デラルテの偉大なる伝統に則って行なうこと、それは、われわれの青年たちの気に入らないわけがなかった。

この催しに参加したのはブルトン、アラゴン、リブモン＝デセーニュ、ツァラだけだったが、クラブの教会がそそり立つピュート街六番地にやって来たとき、彼らは有頂天になった。本堂には千人以上の人々がつめかけていた。ただし、その観客は彼らが期待していたのとは違っていることがひと目でわかった。作業服が釜焚き用の青い制服を着た典型的な労働者たちの一群ではなくて、左翼知識人と組合のリーダーと政治家の混合体だった。

そもそも、この催しの楽しみはダダだけではなかった。プログラムは、裁判上の混乱で新聞が大喜びをしていた「ピエール・ブノワ事件と「アトランティス大陸」」についての論争ではじめられた。次に、「美についての論争」に益するために、レイモンド・ダンカン(8)が白い長衣をまとって、ソクラテス的精神を論じて催しに格調を与えた。次に、学校の先生のポール・ペレがバルビュスとドストエフスキーについて話した。数多くの聴衆が発言し、議論は平和主義や脱走などという大きな問題に移っていった。こうして、論議は果てしなく続いた。その間に客席に『ダダ通信』が配られ、観客は「ダ＝ダ、ダ＝ダ！」と叫び出した。ドラマの「俳優」たちはレオ・ポルデスをかこんで演壇に立った。まだ何も言われないうちから、笑いと野次と罵声が爆発した。一つの伝統がここで生まれようとしていたのである。怒ったアラゴンが口火を切って、人も知るあの比類のない雄弁で、自分を招いてくれたこのクラブを激しくやっつけた。また観客に向かっても、政治的にこんないい加減な催しにのって自分を「通俗化」するのは情けない、本物の社会主義は君たちのふぬけなヒューマニズムなんかとは別物だと叫んだ。たちまち芝居は客席に移ってしまった。アナーキストの一群がアラゴンの非難の意味を取り違えて、ダダにすっかり共鳴し、演説者に味方して、社会主義者たちとなぐり合いをはじめてしまった。

このようになにか特定の解放運動と混同されるのはダダにとって危険だった。

幸いなことに、そこでブルトンが立ち上がって、トリスタン・ツァラの『ダダ宣言一九一八年』を読み上げた。この文章は朗読には打ってつけの材料だが、やや長ったらしく、難解で、こうした場では突飛だった。それだけにまるで魔法のようにこの場の騒然たる雰囲気を和らげる力を持っていた。だがそれは一時休戦でしかなかった。事実、しばらくすると、アナーキストもソシアリストも独立派も、自分たちが皆からかわれていることに気づいて、声を合わせてダダを罵倒し、『リテラチュール』の主筆にただではすまないぞと脅しさえした。しかし、ブルトンは真面目くさって読み続けた。

「理想、理想、理想、
知識、知識、知識、
ブンブン、ブンブン、ブンブン」

ここで、レイモンド・ダンカンが割って入り、自分はこれは一つの誤解だと思うので、それを解消したいと言い出した。そして、短気な観客に向かって、彼なりにダダの主要な路線を説明した。「もっとも、彼も大してわかっているわけではなく、それが一つの新しい文学運動であると思い込み、他の運動よりもいくらか威勢がよく、なんとなくアナーキーであるにすぎな

いのだから、それにも市民権を与えるべきだというのだった。」（B・155・六九頁）

ダンカンは長い髪を風になびかせ、その長衣を自由に操って、一方ではダダイストたちの若々しさを称讃し、他方では観客にジードやヴァレリー同様のものわかりのよさを示すべきだと説いた。結局、自分、ダンカンは、ダダ以上のダダイストだとも言える。自分の意見の目に見えるしるしとして、古代の長衣をまとう勇気を持っている。それに引きかえ、ダダイストたちはいまだに、替えカラーで首をしめ上げているではないかというのである。これはいささかゆきすぎだった。四人の青年は、共感の持てるダンカンの立場をなくしてでも、大急ぎで事をはっきりさせないわけにはいかなくなった。幸いなことに、優雅なクロード＝アンリ・マルクスがダンカンの自由思想の揚げ足をとって、秩序の擁護者をもって任じた。たちまち、「進歩的」新聞記者のジョルジュ・ピオッシュとジャン＝ミッシェル・ルネトゥールがその尻馬にのった。

こうして、このマチネは以後混乱のうちに終わり、馬鹿げた議論が表通りでもまだ続けられた。

ピュトーでは得られなかった労動階級との接触を、十日ほどのちの二月十九日木曜日に出席を求められたフォーブール・サン＝タントワーヌのユニヴェルシテ・ポピュレール（民衆大学）では得られただろうか。この時は、アナーキー的傾向のこの古い組織の観客は確かに「目ざめた労動者たち」で構成され、「彼らは素直で、注意深く、ブルジョワ的価値にさからうものでありさえすればどんな新しいことでも受け入れる用意があった。しかし、ダダが、まさにブルジョワジーから持ち込まれたものだけに用心もしていた。」（B・155・六九頁）

したがって議論があまり先まで進まなければ、協調の余地はあるはずだった。たとえば、労働者たちの側ではダダの出身がブルジョワジーであることにこだわりすぎず、ダダの方も、その偶像破壊の衝動をマルクス・レーニン主義の前ではひかえることにすればうまくゆくはずだったのである。だがそんな妥協はとても不可能で、それをダダイストたちは本能的に理解したようだ。彼らが新聞に流した次のような声明は招待側に対する挑戦としかとりようがないのである。

「ダダ運動の二九一名の指導者および女性指導者は、ブルトン、アラゴン、デルメ、エリュアール、フランケル、ピカビア、リブモン＝デセーニュ、スーポー、そしてツァラの諸氏に、次の諸問題を解決することを依頼した。すなわち、ダダの移動、生活、スケート、ダダの生菓子、建築、道徳、ダダの化学、いれずみ、財政およびタイプライター。フォーブール・サン＝タントワーヌの民衆大学において、今週木曜八時三十分から。」

この集会は前の二つ以上に意気のあがらぬものになった。構成はまったく同じパターンによっていて、まず『ダダ通信』を配り、宣言を読むか即興で述べ、議論をふっかけて、観客をその「受け手」という消極的な役割から抜け出させるというものだった。ところが、平土間に並んだのはいずれも信頼感にあふれ、立体派にも芸術論争にも現代詩にもまったく無関心な顔ばかりだったので、大部分の宣言は浮き上がってしまって、おだやかな驚き以外のどんな反応も引き起こさなかった。

それでも、数日前マルティーグ[9]の太陽のもとで書かれたピカビアの宣言はすがすがしく抒情的な美しさに息づいていた。

「ダダの哲学は悲しく楽しく寛大でゆったりしている。ヴェニスのクリスタル、宝石、通気弁、愛書家、旅行、詩的小説、ビヤホール、精神病、ルイ十三世、ディレッタンティスム、最新のオペレッタ、輝く星、農夫、一滴一滴こぼれるビールのジョッキ、新しいバラの標本、これがダダの表情だ！

不複雑化と不確実。

変わりやすく神経質で、ダダはやさしい揺れを引き起こすハンモックだ。

第二章

星が川に落ちて見事な軌跡を残す。幸福と不幸は静かな声で、私たちの耳もとでささやく。

黒い、あるいは輝く太陽。

小舟の底ではどの道を選んでよいかわからない。

トンネルが一つ、そして帰ること。

恍惚も炉ばたの牧歌では苦悩となる。

寝台は、人間の絶望の叫びにもかかわらず、常に死者よりも蒼白い。

ダダは泉の水の中で抱擁し、その接吻は水と火のふれあいでなければならない。〔……〕」(「哲学者ダダ」、『リテラチュール』十三号、一九二〇年三月、五—六頁)

ブルトンにささげられた[10](そして、静かに聞いていられる)この一頁にツァラの煮えたぎる『アンティピリーヌ氏の宣言』が呼応した。この溶岩の奔流を頭の上にぶちまけられた聴衆は、あっけにとられ、動揺した。それに続く宣言も優劣はつけがたかった。しかし、プロレタリアは憤慨するかわりに、まっ正直に説明を求めた。なにしろ、ダダの文章は読むのは楽でも、注釈をつけるのは容易なことではないので、すっかり泡をくったアラゴンとリブモン＝デセーニュはダダの目的や方法についてくだくだと弁護したが、これは失敗で、次から次へと、マルクス主義者で辛棒強い反対者に追求されてしまった。

あまりよい結果が出たとは言えないこの最後の経験で、パリにおけるダダの最初の宣言集会三部作が終わる。ここまでですでにどれほど事情にうとい人々の目にも宣言を読み上げるという方式がかなりだらだらと続きすぎたということがわかって来た。ダダはその本質に内在する要請、絶えず新たに生まれかわらねばならないという苦しい必要にも追われはじめていたのである。

運動にとっては外的な一つの事件が数日後に起こって、ダダを通常の文学や芸術の世界の外におき、パリのさまざまな流派や主義にとけこむことを禁じているその例外的な性格を強調することになる。

立体派「分派」は、一九一二年十月にラ・ボエシー画廊で開いた「セクシオン・ドール（黄金分割）」という展覧会の甘い思い出を捨て切れず、戦後ただちにグループの再建を計画した。そのおみこしをかついだのは、アルキペンコとシュルヴァージュと、特にニューヨークから帰ったばかりのグレーズで、他の「古参」たちははっきりとそれに反対したり、ピカビアのように無関心だった。

一九一九年十一月に最初の集まりを開いて、さまざまな意見が交換されたが、春に、かつて彼らの最初の武勲の場だったラ・ボエシー街の栄光の画廊で展覧会を開くという原則が承認された。一般の興味を引くために、グレーズは運営委員会の幅を広げ、立体派本流に漠然と属してはいるが主従関係までは結んでいない「周辺」の数多くの画家たちに呼びかけ、アンデパンダン展の原則（「審査も賞もない」）を借り、また、「文学部門」をもうけることにきめた。この「文学部門」はポール・デルメが担当することになり、彼の仲介と、絵画部門でのピカビアの仲介で、この催しにダダの参加が求められた。

こうして、文学部門の集まりが一九二〇年二月二十一日に開かれ、翌月に決まった展覧会の会期中に、詩と文学の集いを三回開くことが決定された。運営委員に選ばれたポール・エリュアールはそのうちの一回がダダだけの会となるように要求し、それが承認された。こうして、『ダダ通信』（四頁）に次のような予告が載った。「一九二〇年三月二日、セクシオン・ドールの第二の催し。反文学ダダ――反音楽ダダ――反絵画ダダ。パリではじめてダダの絵画が展示される。」しかし、画家の委員たちはそれを聞き入れようとはしなかった。グレーズの前でダダといういかがわしいを振りまわして見せ、パレ・デ・フェット、グラン・パレ、クラブ・デュ・フォーブールでの催しのスキャンダルを例に引き、そこでは立体派まで泥沼に引きずりこまれたと主張して、ダダを除外することを要求し、もしこのままダダを参加させるなら、自分たちは手を引くとおどかした。

この危機的状況に、グレーズは臨時総会を召集した方がいいと考え、それは二月二十五日水曜日の九時から、クロズリー・デ・リラの宴会場（そこはこうした種類の会合用だったらしい）で開かれた。ダダを代表したのはツァラ、ブルトン、スーポー、デルメ、セリーヌ・アルノー、ピカビア、リブモン＝デセーニュだった。サロン・ドートーヌの委員会に対する最近の攻撃以来、そのかんしゃく玉がすっかり有名になっていたリブモン＝デセーニュがここでも表現の自由を主張した。皆がいっせいにしゃべり出し、すさまじい騒ぎとなったが、その中でピカビアが、ダダの参加辞退を提案した。ただし、その場合、彼とその友人たちは「セクシオン・ドール」という商標の所有権と展覧会場の借用権は自分たちにあるとすぐさま付け加えた。この宣言で騒ぎがさらに一段と激しくなったため、クロズリーの店主がガス灯を消させ、薄くらがりの中で評決が行なわれた。ダダイストの追放が圧倒的な多数で決められ、そのために生じる空席はもっとおとなしい画家たちに配分された。なんでも許されるが、ゲームの規則だけは守らなければならないというのが当時の前衛芸術家たちの大家族で、ダダはその一員とはなれなかったのである。

第八章　大いなる宣言集会《マニフェスタシオン》（続き）

観客は一般に倦怠に犯され……

ルイ・アラゴン

ジュネーヴ――制作座――「サン・パレイユ」――ピカビア、リブモン＝デセーニュ展

一九二〇年の最初の何か月かのあいだ、ダダイストたちは息つく暇も持てなかった。宣言集会は加速度的なリズムでくりかえされた。

一九二〇年三月五日、ジュネーヴのプランパレ公会堂で、ヴァルター・ゼルナーによって開かれ、スーポーが派遣された「ダダ大舞踏会」もパリで計画されたのだから、ここで述べておくべきだろう。プログラムは、パリのダダイストたちによってはじめられた突飛な方式によって、「ジャズ・バンド〔……〕引き戸式シロフォン、弦つき太鼓、鍵盤なしのグランド、あるいはアップライトピアノのための新曲、かものはしと連邦新聞の愛の二重唱、羽根つき鰯三匹のバレー、ツァラの愉快なモノローグ「捨てられた古代怪獣雷竜の夢想」（プログラム抜粋、B・106・七四頁に引用）を予告している。同時にゼルナーは、ピカビアとリブモン＝デセーニュの絵、アルプの浮き彫り、写真家クリスティアン・シャッドの「シャドグラフ」、その他ジュネーヴのダダイストの作品（その中にはギュスターヴ・ビュシエ[1]の「抽象A・B・C・D」などが含まれていた）の小展覧会をサロン・ネリーに用意した。

それに対する批評の様子を知るには、この催しについての『ウーヴル』紙の気のきいた報告がある。

「催しの主宰者は白痴派の哲学者W・ゼルナー、またの名トルモイレナー[2]で、『トム・チーズとルブロッション・チーズの対話』の著者であり、プラトンに個人的に教えを受けた弟子である。

「日没に瞑想するゴルゴンゾラ」（原型質と血管状の綜合）と題した一画布（蠟引き）。それは黄色の交響曲、角――明白……足の指……憲兵……鼻孔……プフー……

「一対の二台の機関車により踊られるワン・ステップ」は、フランク＝ノーハインも言ったように、うしろに雄の機関車を従えている。注釈家ブロスヤーダムはこれを新未来派好みの擬音語によって巧みに説明している。すなわち、フー……フー…

ブルルル。シュ……シュ……ウイ……――ここでは文学が接吻の音を真似ている！　――ブルン、プン、プン……トラ……ボワ……！

このほか「飛行機上の裸婦」、「孤独者の叙事詩を読む眼鏡をかけた蛇」、「ホルン岬の沖での鯨と火喰い鳥の平手打ちの格闘」などがある。」（「統合ダダイスムについて」、筆者名なし。『ウーヴル』、一九二〇年二月一六日、D・T）

さらに同時に、同じモン・ブラン街にあるモース画廊が一時的にダダ画廊と名づけられて、そこで立体派展が開かれ、ピカビアの絵も出品されていた。髪をそり片眼鏡をかけた主催者に参会者たちが二スー銅貨の雨を降らせ、ゼルナーが紹介演説の途中でホールに降りてその場に来ていた映画スター、フランチェスカ・ベルティーニとタンゴを踊らざるをえなくなったにしても、温和なジュネーヴの人々は、四年前、キャバレ・ヴォルテールでの奇行に興奮したチューリッヒの同国人たちほどこの過激な示威に心を動かされた様子はない。いずれにしろ、この地方の新聞はごく儀礼的な反響しか伝えていない。

ところが、パリで開かれた次の夜会はまったく別だった。それは当時前衛的な演出家だったオーレリアン＝マリー・リュニエ＝ポーの率いる制作座の劇場で行なわれた。今度の集会の構想はツァラが考えたものだった。彼は、モノローグの朗読だけでは、それがいくら驚天動地のものでも、いつまでもパリの人人をかき集めるわけにゆかないことを充分理解していた。そこで、プログラムにもっと変化を与えることが考えられた。もちろん、そのために一種の「見世物」に堕してしまって、キャバレーのショーが引き起こすような爆笑のうちに、肝心のダダが消えてしまう危険はあった。その危険はさまざまな技巧によって避けられた。そして、それらの技巧が観客をいら立たせることが大いに期待された。(3)

明らかに、この番組はダダイストにこれまでにない仕事を課した。実際、彼らのうち誰ひとりとして舞台の経験はないし、この公演ではテキストも音楽も演出もすべてが新作なのである。

三月二十七日土曜の八時十五分から、十二、三人の素人俳優たちは、(4)彼らのさまざまな余興の中で観客の側の即興劇に身をまかせた。これらの余興は特にわれわれの興味を引くものである。なぜなら、それらはダダイスムの音楽と演劇への最初の応用だからである。事実、これら約束事を糧にしている芸術形式のごく普通の手段を使いながら、その種をあばき、「聖性を剝奪し」、つまりは馬鹿らしさによって、古代からの厳粛な伝統の馬鹿らしさを明らかにして見せたのである。

リブモン＝デセーニュの『ちぢれきくじいいじゃのステップ』は偶然によって集めたいくつかの音譜から出発して作曲された曲だった。この作曲法は当然いくらかの調子はずれを生む。今日ならそれは気づかれずにすむ程度のものだが、シェーンベルク、ヴァレーズ、あるいはサティの労作よりもモーリス・イヴァンのやさしいメロディに慣れていた当時の音楽狂たちは鼓膜が破れる思いをした。しかも、この不調和音は、大リサイタルの動かしがたい儀式に則って、ピカビア夫人のいとこで、専門の音楽家であるマルグリット・ビュッフェによって演奏された。彼女は非のうちどころのない技術でこの珍妙な譜面を忠実に弾き、作曲者自身がピアニストの横に坐って、神妙に譜をめくっていた。この時の主役リブモン＝デセーニュはのちに、二人とも「恐ろしいほど不協和な音楽と客席のたえまないささやき、叫び、口笛がいっしょになって、まるでガラスが割れるような奇妙な効果の前代未聞の一大騒音に」（B・55・七〇―七一頁）包まれたと語っている。

一方、ブルトンが彼独得の真面目くさって静かだが激しさをこめた調子で、やはり忠実なマルグリット・ビュッフェの弾く攻撃的な伴奏にのって朗読したピカビアの「人喰い人種宣言」は、かつて銃後の大衆の士気高揚のために使われた愛国的演説の残酷なパロディだった。

「君たちは皆被告だ。立ちたまえ。君たちが立ち上がらなければ演者は話すことはできない。

立ちたまえ、ラ・マルセイエーズのように〔……〕

そうだ、立ちたまえ、生命を代表するダダの前で。値段さえ高ければなんでも好きだというきざな君たちを告発するダダの前で〔……〕

君たちはここでなにをしているんだ、まるでかきのように閉じこもって、真面目くさって――そうだ、君たちは真面目なんだ、そうだろう？

真面目、真面目、死ぬまで真面目だ。」

そして、このあとひどい悪口雑言が一くさり続いたあとで次の結論が来る。

「ダダはなんにも感じない。ダダは無だ、無だ、無だ。

ダダは君たちの希望と同じだ、無だ。

君たちの天国と同じだ、無だ。

君たちの偶像と同じだ、無だ。

君たちの政治家と同じだ、無だ。

君たちの英雄と同じだ、無だ。

君たちの芸術家と同じだ、無だ。

君たちの宗教と同じだ、無だ。

口笛を吹け、叫べ、私を撲れ、それで、それでどうした！

私はそれでも言う、君たちはみんな間抜けだ。三か月もたてば私たちは、私の友人たちと私は、私たちの絵を、数フランで君たちに売ってやる。」（『ダダフォーヌ』、B・226・三頁）

これらの挑発に、しばらくするとリブモン＝デセーニュの悟り切った「宣言」がこだまする。

「ダダはすべてを疑う。人は言うかもしれない、それも一つの原則だと。違う。疑いは原則ではない。だがたとえそうだとしても、ダダが疑いを信じるとしても、それはダダが原則を持たないことを証明するだけだ。〔……〕
美とはなにか。醜とはなにか。偉大とか強さとか弱さとはなにか。カルパンティエ、ルナン、フォッシュとはなにか。知っちゃいない。私とはなにか。それも知っちゃいない。知っちゃいない。知っちゃいない。」

そのほか、スーポー、ツァラ、アラゴン、エリュアールの宣言の朗読も、同じテーマによる変奏曲だった。それは前もって最少限度の打ち合わせはなされていたことを示している。

「演劇」の部門には四つの小戯曲がプログラムにのっていた。ポール・デルメの短い茶番《ボシャード》『調子外れの腹話術師』では、三人の登場人物が一人の腹話術師によって、また娘の役が男によって演じられた。ついで、一年前に書かれ、急にこの時に利用されたリブモン＝デセーニュの『唖のカナリア』一幕、ブルトンとスーポーの共作で、登場人物が多く、劇芸術の最良の諸規則に従っていながら、まったく辻つまの合わない一連の茶番で構成されている喜劇『お気に召すなら[5]』、そして最後に、ほぼ同じ八人のダダイストによって演じられ、あまりに為体が知れないので、舞台にかけるのは危ない賭けだったツァラの長い対話劇『アンティピリーヌ氏の最初の天上冒険』が続いた[6]。

この間の客席の反応は穏かだった。とにもかくにも舞台の上でなにかが起こり、人が話し、動き、身振りとせりふの馬鹿らしさからは、今日われわれがイヨネスコやベケットやアダモフに見出すのと似た一種の喜劇の形が生じたからである。それは明らかに上演についてのダダ的「概念」からのみあらわれて来るものだった[7]。たとえば、『最初の天上冒険』の舞台装置はマルセル・デュシャンから借りて来た自転車の車輪のような異様なオブジェによって構成されていたし、衣装は（登場人物はみなさまざまな色の大きな紙袋につつまれ、それぞれの名がプラカードに書かれていた）オブジェとしての俳優の世紀を開くのである[8]。

プログラムの終わり近くにはピカビアの絵の展示が予定されていた。『リテラチュール』の最初の「金曜集会」でL・H・O・O・Qが成功を博したからだった。今度は、ピカビアは現代絵画と言われるもの全体を侮辱することを考え、一枚の画布にビロードの猿をとめ、それを次のような文章で囲んだ。「セザンヌの肖像――レンブラントの肖像――ルノワールの肖像――静物[9]。」

催しのしめくくりとして、プログラムには小さな活字で、有名な歌手「ハニア・ルーチン嬢が歌う宣言」という記載があった。この宣言というのは実は、彼女がモリス・ブショールの詩によるデュパルクの『月の光』を歌うことで、それで観客の心を静めるはずだった。ところが、『最初の天上冒険』の言葉の花火の連発が比較的静かなうちに終わったあとだったので、彼女の（「お願いですから私の歌を聞いてください」という）頼みにもかかわらずヴォードヴィルのスターの甘い歌声が形容しがたい大騒ぎをまき起こしてしまった。歌手は野次り倒された。彼女は曲を歌い終わることを拒否して、わっと泣き出した。なぜ観客はこんな反応をしたのだろうか。それを知るのはむずかしい。その場の全体的な雰囲気のせいか、ダダがすることなら、たとえそれが美しいと思っても野次るくせがついてしまったのか。デュパルクを冒瀆したと感じたのか、あるいは、ある人々は、あまりに同じ節がくりかえされるのであきたのか。だがそれより、そのこの曲も作曲家もまったく知らないで、それがダダのものだと思い込んだという方がほんとうらしい。「この怪物どもはなにをしでかすかわからない[10]」というわけだったのだろう。

いずれにせよ、ダダは観客の趣味を完全に狂わすことに成功した。そして、それは確かにねらいの一つだったのである。制作座での催しは物質的に言えば申し分がなかった。観客たちは今度はスキャンダルにまき込まれるために金を払い、確かに払った分だけのものを得、リュニエ＝ポーも専門家としてこの利益を高く評価した。この現実的な点には、ダダの歴史家たちは、まるで恥ずかしいことでもあるかのようになかなか触れたがらない。しかし、宣言集会を聞いたり、雑誌を発行したりするためにはそれが絶対的な重要性を持っていたのである。その点をブルトンだけは率直に書いている。「プログラムの一つ一つをつくることがどれほど骨の折れる仕事だったかはすでに述べたとおりである。だが、その実行は（まったく断片的であっても）さらに大変だった。物知り顔で言うなと言われるかもしれないが、ひとたびプログラムがどうにかでき上がると、少なくとも仲間うちでの同意が得られると、それが含んでいる最少限度の約束は果たされるようにと（著者傍点）一番苦心惨胆したのは私だったのである。ツァラ、ピカビア、リブモン＝デセーニュ（さしずめ彼らだけが本当の「ダダ」だったが）の三人はこうしてでき上がった計画に大喜びするか、あるいは調子を合わせていたが、他の連中はそこにかなり良心の苛責を感じていた。観客を釣るのに必要とはわかっていても、露天商人なみの見えすいたごまかしをやるのはあまり威張れたこととは思えなかったのである。だが、会場費は高く、われわれはほとんどが貧乏だったから、入場料は会場費をきちんと埋めるように決められた。ただし、客席を一杯にするというのが絶対条件だった。」（A・46・六四―六五頁）

なにか催し物の制作を手がけた人なら、たとえ素人でも、みなブルトンに同情するだろう。だが、この打ち明け話が特別な意味を持つのは、それが精神的《モラル》[11]な約束（前記傍点の部分）を問題にしているからである。ツァラやピカビアにとっては、催しがあろうがなかろうが、あるいはまた、それが大失敗に終わろうが大したことではなかった。彼らはこの仕事になんの責任も感じてはいなかった。それに引きかえ、ブルトンは――そして、わずかながらアラゴンも――予告した番組を観客に見せる責任を負っていると考えていた。こうした、具体的なある問題に対する態度の違いに、ダダの死の前兆であるいささかいと決別の萠芽が見られるように思われるのである。

翌日の『コメディア』紙上で、若い批評家のG・C（ジョルジュ・シャランソル）はこの催しについての驚くほど明晰な報告を行なっている。半世紀を過ぎた今読みかえすと、それはほとんど予言的とさえ言える。しかも、パリの全新聞のうちで、感情に左右されなかったのはこの記事だけだったと言ってよい。G・シャランソルは、たとえば『ボンバンス王』（あるいは『ユビュ王』でさえ）のような前衛的な示威運動が芸術や文学のある種の形態に再検討を迫っただけだったのに、ダダがあらゆる芸術、文学の抹殺をめざし、しかもこの目的追求を使命としているわけではないことに着目して、両者をはっきり区別している。また、ダダを旗印にしている人々も、その価値がさまざまであることを理解している。――当時、それにはかなりの洞察力が必要だった――ブルトンにならって、彼は「ダダの名に値するのは二人だけで」（「ダダ宣言」、『コメディア』、一九二〇年三月二十九日、二頁）そのほかは、「自分だけが面白がっていて、われわれには面白くもおかしくもない（それでもかまわないと思っている）若者たち」（同）でしかないことを認めてもいる。そして、トリスタン・ツァラこそ「信念を持ち、天啓を受け、馬鹿げていて、無意識な本物のダダであり、彼は明らかにつなぎ合わせると意味がなくなってしまうような言葉を集めて喜んでいる」（同）と言っている。

これより数週間以前に――正確には一月十日に――パリに一軒の本屋が店開きした。それがパリのダダとシュルレアリスムの歴史には重要な役割を果たすことになる。その店主ルネ・イルサムはブルトンの同級生で友人であり、前の年の『リテラチュール』の創刊にも参加していた。『ジャンヌ＝マリーの手』（一〇〇頁参照）の特別出版が数日のうちに売り切れ、いくらかの利益も得られたので、ブルトンとその友人たちは『リテラチュール』の叢書」という叢書をはじめることに決め、イルサムにその編集をまかせ、『ジャンヌ＝マリーの手』をその第一巻とすることにした。

同時に、やはり『リテラチュール』の後援で、この叢書や雑誌類の販売の実務を引き受ける出版社の設立も決められた。そして、その商号が探しはじめられた。十ばかりの名の中から、ブルトンとイルサムはサン・パレイユ[12]を選んだ。二人はそれが『リテラチュール』によって引き起こされた曖昧さを保持するのに適していると考えた。次は場所探しで、最初に使われたのはシェルシュ＝ミディ街一〇二番地のアトリエで、マルセルとジェルメーヌという姉妹が住んでいた。このグランジュ姉妹は、当時アンドレ・ロートが校長だった絵画アカデミーの会計係をしていて、アマチュア画家でもあったイルサムはそこでこの二人に会い、新しい雑誌の仕事に引きずり込んでいたのである。一九二〇年のはじめ、マルセルと結婚することを考えていたイルサムは生活の手段を得ることに心を砕いていたが、いくらかの金をはたいて、エトワール広場近くのクレベール街三十七番地、ブロワ街との角に造作抜きの店を借り、アドリエンヌ・モニエの「本の友の家」を手本にして現代文学全体を扱う書店を開いた。書籍（の販売と賃貸し）のほかに、イルサムは前衛的な雑誌類を豊富にそろえることと、ここでパーティーや講演会や展示会を催すことを考えていた。

事実、サン・パレイユ書店の質素な家具と、塗りたての書棚にかこまれて、一九二〇年四月から六月にかけて、二つの展示会がシリーズとして開かれ、この場がダダの宣言集会その他の活動に使われた。

最初の展示会はフランシス・ピカビアが自費で開いたもので（戦後のパリでの「最初」の個展）、この書店を一九二〇年四月の十六日から三十日まで会場とした。ダダ的性格の二十点あまりの作品をそろえたが、（絵画七点、デッサン十五点）、そのうちいくらかは、すでに一九一五年にニューヨークで、あるいは、数週間前にアンデパンダン展に出品されたものだった。

招待状は見事なダダ的文体で書かれた。「ダダ運動は半音階的ウィスキーソーダの注射にその資本を投じ、あなたをおマネきして、云々……」といったもので、トリスタン・ツァラの作品解説を含んでいた。それはいつもほど難解ではなく、次のような文章を含んでいる。「言葉、色、喜びを続けさせるものすべては死と科学の消化です。議論、マスタベーション、説明、激高、みなそうです。

フランシス・ピカビアはふくらんだ救命帯をコルモン氏の音楽的な腹に送りこみます。〔……〕これらの絵画にはなにも探さないでください。主題と方法は、すなわちフランシス・ピカビアです。ダダの絵画は赤い水の宇宙的なシャワーです。自然は目と指から出て来るものです――自由に〔……〕

芸術は肋骨の折れた詩人で――ピカビアはすべての骨とガラスのバラを打ち砕きます。〔……〕

これらすべての頭蓋の箱の中には純粋な線と、日当たりの地理の表現があり、それらに注をつけるための秘密はありません。――単純さがダダと呼ばれるのです〔……〕」

この展示会が大成功を博したとは思われない。ダダの宣言集会といえばどっとおしかける批評家や三面記事の記事たちにも大した反響は呼ばなかった。

三週間後に同じサン・パレイユ書店はリブモン＝デセーニュの作品を迎え入れる。リブモン＝デセーニュは人も知るように長いあいださまざまな芸術形式のあいだで迷った末、結局どれにもきめられないまま、たまたま画家にもなっただけだった。彼には、そのときどきに夢中になった対象を見習う傾向があり、その上、二十年来、同世代のピカビアと友情を結んで来ていて、一九一九年に再会してからは、『三九一』の主宰者に従ってダダイスムへの道へ入っていた。もっとも、ダダは彼の深い憧れと、怒りっぽく復讐心の強い性質に特に合ってもいた。一九二〇年にはピカビアとの友情がその頂点に達していて、リブモン＝デセーニュはピカビアの「支配人」、つまり雑用係を、その前衛雑誌の出版でも、公式な美術界との戦いでも（たとえば一九一九年のサロン・ドートーヌ事件）務め、事態があまりに悪化したようなときには、たまよけの役も果たした。こうした事情のもとでは一種の模倣現象が起こるのもかなりよくあることで、リブモン＝デセーニュはまるでピカビア同様の文章を書き（ただし、彼の先生であり友であるピカビアにはない、神経質な激しさと、豊かな猥語[13]を加え）、そして、特に絵はそっくりだった。事実、その題名や精神や構成で、この時期のリブモン＝デセーニュのデッサンが、パリ中の新聞の嘲笑の的となったばかりのピカビアの機械形態的《メカノモルフ》作品のできる限りの模写であることを認めるのに、それほど長い経験も必要がないくらいである。

したがって、サン・パレイユ書店の第二の展示会はいかなる意味でも興味を引かなかった。あるいはそこにこそ純粋なダダ的意図と態度を汲み取るべきだったのかもしれない。しかし、一度やけどをした客はもう顔を見せず、新聞も、カタログにはまたまたツァラ流の序文が載っているにもかかわらず、リブモン＝デセーニュの造型芸術の分野での最後の労作である絵画八点とデッサン十五点にふくれ面をして見せただけだった。

第九章　運動の生命

運動を尊重すること。派閥を避けること。
ジャン・コクトー

ガヴォー・ホールでの「ダダ祭」——「セルタ」——わき役たち——エリック・サティ——ピエール・ドリュ・ラ・ロシェル——ルネ・クルヴェル——ロベール・デスノス——ロジェ・ヴィトラック——ジャック・バロン——「エヴェルランのサロン」——ピエール・ド・マッソ、セルジュ・シャルシュース——バンジャマン・ペレ——ジャン・コクトー——勢力争い——最初の休息

リブモン＝デセーニュの展示会に先立って、一九二〇年五月二十六日水曜日に「フェスティヴァル・ダダ（ダダ祭）」が開かれた。これは、ダダの歴史の中で、最大の成功ではなかったとしても、少なくとも、最も波乱に富んだ宣言集会だった。その前の宣言集会（制作座での三月二十七日のもの）からは二か月経っていた。この間、パリの生活は植字工のストライキのために日刊大新聞が休刊になって半身不随だった。ダダイストたちは、前回のリュニエ＝ポーの劇場が狭すぎたことを思い出して、今度は、ラ・ボエシー街四十五のガヴォー・ホールという広い会場を借りた。この選択そのものが、すでに観客の目には、サン・トノレ界隈のよき趣味に対し、また、バッハやモーツァルトのような偉大な音楽のために使われるパイプオルガンとフルコンサートピアノを具えたこのホールの権威に対する侮辱とうつった。ある新聞記事はこの出来事を次のような文章で伝えている。「前代未聞の出来事。すべてのダダイストが公衆の面前で頭を剃るという。そのほかにもいろいろな余興、痛くない撲り合いや、ダダの魔術師の芸、本当の山師、巨大なオペラ、男色的音楽、二〇声の交響曲、不動のダンス、二篇の戯曲、宣言、詩がある。最後に、ダダのセックスも見られる。」(1)

サンドイッチ・マンによって町角で配られたプログラムもこれらのいかがわしさをやわらげるものではなかった。「すべてのダダイストが舞台で頭を丸坊主にする」、「あなた方はそれぞれ心の中に、一人の会計係と、一つの時計と、小さな包のくそ

を持っている」、「ダダは殻つきの幸福だ」というような警句がのっているのである。憤慨したラシルド夫人はその雑報で戦時中の勇士たちに呼びかけ、大挙して押しかけ、破廉恥な若僧たちに制裁を加えようとうながした。だが、どんなマゾ的傾向に従ったせいかわからないが、驚くべき数の群衆が批評家の意見に逆らって、二フランから二〇フランも払って入口の階段につめかけ、プログラムにはっきり書かれている欧打と悪罵の的になりにやって来た。しかし、このプログラムと制作座の催しの前日に配られたそれとを比較検討して見ると、すでにダダが息切れを起こしていることがわかる。演出にも番組にも舞台装置にも新しい案はほとんどない。アラゴンの「手品の妙技」が「有名な魔術師フィリップ・スーポー」になり、ブルトンとスーポーの小戯曲『お気に召すなら』が同じ二人の共作の『あなたは私を忘れるでしょう』になり、ビュッフェ嬢演奏、デセーニュ作曲の『ちぢれきくじしゃのステップ』が、同じ作曲者、同じ演奏者の『あやしげな臍《へそ》』に、『第一の天上冒険』が『第二の天上冒険』にかわっているにすぎない。これが反復であることはいなめない。今度の催しの方がより長く退屈なだけで、それはプログラム制作に熱意が欠けていた明らかな証拠である。[2]事実、錯乱状態の観客にやじられに出かけるというのは、ダダイストの中でも冷酷な心の持主でなかった人々にとっては、決して楽しみではなかったろう。すでにこの時から、彼らのうちの何人かは、ツァラとピカビアの気違いざたに引っぱりまわされて、ぬきさしならなくなっていることに悩んでいたのである。

しかし、とにかく催しは開かれた。そして、それははじめから終わりまで、舞台と客席との二重唱だった。記念碑的であると同時にさんざんだった。なぜなら、ダダは確かに客席に期待したものを得ることができたが、だがその反応の愚さは予想をはるかに越えたからである。翌日、ロベール・ケンプは『リベルテ』紙の読者に次のように報告している。「昨日三時から五時まで、われわれはダダの葬式に参列した。小者《こもの》のダダ、ダダイスム、ダダごっこの、そして、ダダ的に言えば、「ピカビア、雨傘、廊下、赤、青の風船、トランク、人間の馬鹿さ加減、口笛、人参、ワセリン交響楽、アメリカ人の乳母、かずかずの子供だまし、ない、ない、もうおしまい、お休み」というような。」(「ダダは瀕死である、ダダは死んだ」、『リベルテ』一九二十年五月二七日(D・P)

ケンプ氏のこのいささか先走った判決に観客は賛成せず、面白がって有頂天になった。おそらく、普段なら居眠りしかさせてくれないこのホールで、はじめて積極的な役割をになうことができたからだろう。舞台の上でダダイストたちがなにを言おうがなにをしようが、問題ではなかった。新しかったのは彼らに向かってどうなると答えが得られ、つまり、舞台からちんぴら侯爵たちが追い出されて以来[3]忘れられていた演劇における客席と舞台の交流が成り立ったことだった。観客の不満は舞台上の

「あわれな気違いたち」に対してというより、古くさい興業の形態に向けられたと見るべきだろう。幕間には、ガヴォー夫人のパイプオルガンで、歯科医ダニエル・ツァンクの息子が、流行のフォックス・トロット『ペリカン』を弾いた。別の日なら、指揮者の合図に従って、燕尾服を着た六十人の楽士たちがうやうやしく頭を下げているその同じ壇上で、黒い服を着た六人のダダイストが、白いボール紙の巨大な円筒で顔をかくし(それはまるで、彼らの替カラーが急に巨大化したようだった)[4]いずれ劣らず陰々滅々な様子で動きまわっていた。つまり、すべてを馬鹿にしていた！

それに、いくらかの番組はこの種のユーモアが好きな人にとってはなかなか面白いものだった。独得の思い付きに長《た》けていた「有名な魔術師」スーポーは、非常に単純だが効果的な茶番を考えた。白いゆったりとした部屋着をまとった偽の黒人(スーポー自身)が、片手に匕首《あいくち》を持って、おごそかにトランクの蓋をあけると、そこから五つの風船が舞い上がる。赤と青がそれぞれ二つと緑が一つで、それにブノワ十五世、ラシルド夫人、クレマンソー、ペタンの名が書かれている。黒人は最後の、ジャン・コクトー[5]と書かれた風船を匕首のすさまじい一撃で破裂させる。観客はこの新たな殺戮《さつりく》ゲームに大喜びで、他の風船を懸命に割ろうとした。また、リブモン＝デセーニュは『国境の(そして不動の)ダンス』でじょうごの中に首をつっこみ、観客の中の弾道学のエキスパートたちの振舞うさまざまな弾丸の受け手にまわった。前述の『第二の天上冒険』はすこしだらだらしていたので、それほど熱っぽく迎えられはしなかった。六人の「登場人物」はまっ白で大きな蠟燭のように並んで、単調なお経のように「サチュルヌ氏」のようなとりとめのない文章をしゃべった。

「最も内部の中心へ戻れ
最も内部の中心を探せ
中心の上に中心がある
そして、中心の上に中心がある
そして、中心の上に別の中心がある。」

これでは長いあいだ、観客を沸かせるわけにはゆかなかった。観客がその闘争心を取り戻したのは、次の、ブルトンとスーポー共作の小戯曲の主役で、黄色い薄地モスリンの袋に入って、羊毛のかつらをつけたエリュアールをやじるためだった。だが、この戯曲『あなたは私を忘れるでしょう』には確かに演劇的価値があるのである。「舞台装飾」――今日なら舞台配置というところだろう――は今度もピカビアの考案だった。フランス式に刈り込まれた偽の生け垣が平行に、そして階段状に並び、そのうしろ、パイプオルガンの上に、黄色と白の縞模様の巨大なストーヴの煙突があり、それに、一本の開いた雨傘が帽子のようにかぶせてあって、傘には石灰で白く「フランシス・ルスティック(道化)」と書かれていた。また、あちこちに不思議な包みが散らばり、その包み紙には「ツァラ、アラゴン、スーポー」などという名が書き込まれている。フットライト近くには、グランドピアノと並んで、大樽が一個置かれていた。

一部は招待で、また一部はピカビアがおうようにも「料金」を免除したせいで満員となった客席は、「ダダのセックス」があらわれるやいなや怒号の渦となった。それは白い紙の巨大な円筒で男根をかたどり、風船の上にのっていた。これはプログラムの最初の出し物だったが、最後の「ワセリン」までよく持ちこたえた。どんな見せものにめぐり会えるのか見当をつけていた観客は、まるで動物園に行くのに落花生を持って行くようにポケットにさまざまなものをつめ込んで来ていた。催しのあいだずっと、人参やかぶやキャベツや腐ったトマトやオレンジや卵、それに二スー銅貨や古典的な紙つぶてが優雅な抛物線を描いてとびかい、その中で動物の鳴き真似や民衆的な集会(8)でごく自然に生まれる気のきいた洒落が盛んに放たれた。最初は仲間割れしていた観客も、ダダイストをやっつけるために手を握り、「ラ・マドロン」を大声で合唱し、女優マルト・シュナルに、彼女を有名にしたラ・マルセイエーズを歌えと迫った。

こうした中では、観客があきもせずにくりかえした「床屋の小母さんを出せ」という叫びにもかかわらず、ダダイストの髪がすべて安全だったことは言うまでもあるまい。

新聞は、しぶしぶながら、この催しのことを書きたてた。批評家たちは特にダダイストが喜劇的感覚とすぐれたユーモアに欠けていると非難した。だがまさに、これら「陰気な道化たち」と陽気な観客との闘いで、その生真面目さだけが、彼らをミュージック・ホールの通俗的な芸人たちと区別していたということを誰も理解しなかったのである。ある新聞はピカビアのずるさを強調した。彼は例によって上演には積極的には参加せずに、女優マルト・シュナルと並んで桟敷におさまり、高見の見物をきめこんでいたのである。また、ある扇動家を追い出すのに警官を呼んだとして、スーポーの態度もやっつけられた。(7)

以上に述べたかずかずの宣言集会がどれほどかしましいものであったとしても、それだけで一九二〇年のダダの活動を理解するわけにはゆかない。おそらく、それほどはなばなしくはなかったが、本当はより意味が深いのが自然発生的な多くの集まりで、そこでの意見の交換や反論や知的対決を通じて、ダダの教条といえるものが打ち立てられ、運動の特徴的な精神が育ったのである。

初期にはこれらの集まりは二か所で持たれた。オペラ小路のカフェ・セルタと美しいミュエット界隈のエミール＝オジエ街にあるジェルメーヌ・エヴェルランの(当時ピカビアが住んでいた)アパートである。ブルトンとアラゴンがオペラ小路の小さなバスク風の酒場を発見したのは、彼らの人生にダダが出現するわずか数週間前のことだった。この店はポルト酒で有名で、持主は同じ小路の隣り合った画廊の中に「プティ・グリヨン（小さなこおろぎ）」という看板をかかげた支店も持っていた。ブルトンとアラゴンは、そこを、『リテラチュール』の、同人のたまりとすることにきめた。ダダとシュルレアリスムがパリのあちこちの界隈のカフェを次から次へと本拠とするという伝統（そして今日なおシュルレアリスムが守っている）はこれが起源だった。知的には中心からはずれているこんな界隈をなぜ彼らは選んだのだろうか。それは「モンパルナスとモンマルトルへの憎しみから、そしてまた、この怪しげな小路への好みからであり、おそらく、のちにはすっかり慣れっこになったが、その奇妙な飾り付けのせいだったろう。」（B・13・九一頁）ツァラがパリに居を移したときにも、ごく自然に「この場所がダダの本拠となり、ここであの恐るべき結社は、その栄光と腐敗の原因となる嘲弄的な、だが伝説的な宣言集会の一つを謀議し、疲れた、暇だ、退屈だといっては集まり、あるいはまた、時にメンバーの一人が穏和主義だと非難されでもすれば、たちまち激しい発作におそわれたかのように身震いして、ここに結集したのだった。」（B・13・九一頁）

　ダダは金はなかったが数が多く、忠実な常連だったので、しだいに店の中での市民権を得て、ここの電話番号（ルーヴル五四＝四九）は当時の夢物語や多くの資料にしばしば書かれている。店が満員のときは、ダダの先生方はプティ・グリヨンの方へどうぞといわれたり、あるいは、そこから五、六百メートル先のモン＝タボール街のソーニエ夫人のレストランへ腹ごしらえに出かけたりした。

　ダダは人に会うのにもセルタを使った。いくらかモダニズムかぶれの作家や芸術家たちは皆一度はここへ来て、ブルトンやツァラやアラゴンと握手した。誰か面白い外国人がパリに来ていると知るや、たちまちセルタに連れて来た。たとえば一九一九年七月にピカビアの家に着いたデュシャンが、名前もろくに知らないパリのダダのメンバーと接触したのも、この店でだった。一方、デュシャンのニューヨークでの評判が、ピカビアによって、ほらをまじえた独得の話しぶりで伝えられ、「階段を降りる裸体」の作者をダダの手本とするのに貢献していた。デュシャンのひかえ目な態度や無口なこと、それに、セルタに最初にあらわれたときはごく短期間しかいなかったこと（二月にはふたたびニューヨークへ発つことになっていた）も手伝って、ツァラ、アラゴンなどはたちまちその人柄に魅了されてしまった。そして特にブルトンはこの日以後称讃をこめた変わることのない友情を彼に抱き続ける。ひきつづいて、外国からのダダイストたちが次々とここを訪れる。マックス・エルンスト、ジャン・アルプ、ヴァルター・ゼルナー、クレマン・パンセルス、マン・レイなどである。

　また、新しい加入者が、ダダの「会長」の一人に連れて来られて紹介されるのも、このセルタでだった。運動が急に有名になったため新加入者の数もふえ続けた。これらのうちいくらかはすでに多かれ少なかれ名の知れた人々だったが、地方から出て来たり、出身不明のものも多かった。そして、誰もが、それぞれの力に応じてダダの冒険の一翼をになったのである。

まだブルトンやツァラが象徴主義のほかに新しい道を模索していたころ、一八六六年生まれのエリック・サティは五十歳に近かった。したがって、この作曲家がダダの遊びに、確かにかなり距離をおいてではあったが、しばらくのあいだ身を置いた一九二〇年にはすでに成熟した大人であり、その外見は一九〇〇年代の地方の中学の校長先生といったところで、とても繊細なユーモアを駆使する天才的作曲家とは見えなかったらしい。「常に折カラーと鼻眼鏡をかけ、きちんとした身なりのこの人、あれほどいたずらっぽい目つきをして、何かというと顎ひげをゆすって吹き出すこの人は、めぐり合うことのできる音楽家のうちで一番まっとうな人だった。」（B・106・九四頁）彼はまた偉大な詩人でもあり、このころになっても世に認められていなかったが、その音楽の注釈と短い文章（「哺乳動物の手帳」、「健忘症患者の覚書」など）は戦前からあちこちの小雑誌に載り、喜劇『メドゥサの罠（同氏による音楽付）』が、デュシャンの『花嫁』のためのノートやレイモン・ルーセルの『アフリカの印象』と並んでダダ運動先史に属することは議論の余地がない。

ルーセルとピカビアとリブモン＝デセーニュの三人はいずれも一八九〇年前後に生まれているので今世紀の初頭から少なくともサティの評判は知っていたであろうが、「三銃士」たちは若すぎて、しかも音楽にはあまり詳しくなかったから、一九一七年五月二十日バレー『パラード（客寄せ）』の上演で引き起こされたスキャンダルまでは、『ジムノペディ（裸足）』（一八八八年）や『西洋梨の形をした数曲』の作曲家のことを耳にしたことはなかったと思われる。『パラード』は、ピカソとコクトーとマシーヌの名を結びつけたこと、アポリネールがこれこそ「新精神」の高揚をあらわすものだと公にほめちぎったこと、批評家たちが並はずれた反応を示したこと、それに続いてサティが新聞記者ジャン・プーエを相手どって民事訴訟を起こしたことなどすべてがこの事件を記念碑的にした。だが、本当のところ、サティに対するダダイストたちの感情は年とともに上がったり下がったりする。ある人々は「オルドル・ド・ラ・ローズ＝クロワ・デュ・タンプル」（「タンプルのバラの十字会」）でのサティの過去の活動を非難し、他の人々はアルクーイの不潔な部屋にひとりでこもっていることを、また別の人々は、ジャン・コクトーのような軽蔑すべき——ダダから見てのことだが——人物と妥協し、自衛のためとは言え、流派の長をもって任じていることを非難した。しかし、世間から見ると、一九二〇年はじめのサティの活動は、ダダイストのそれと奇妙に似て見えた。ド・ポリニャック皇女のために、プラトンの『対話篇』（サティはプラトンが共作者として申し分なかったと言っている）からとった台本をもとに作曲された、声楽と管弦楽のための交響劇『ソクラテス』は一月に初演され、その突飛さより、グレゴリア聖歌的な簡潔さの方が話題となったが、三月八日にバルバランジュ画廊で行なわれた『場つなぎの音楽』の考え方は、制作座やガヴォー・ホールの宣言集会の主催者たちが思いついても不思議はないようなものだった。それは耳をすまして聞いてもらうつもりはまったくなくて、コンサートの幕間の穴埋めであり、休憩室の四隅《すみ》にいろいろな楽器をおき、それが『ミニョン』や『死の舞踏』から借用した非常に単純な旋律のいくらかの曲を絶え間なく、こだまのようにかわし合うのである。サティの希望ではその間に、聴衆がこうした場所でこうした時にいつもするように好き勝手なおしゃべりをはじめてくれればいいということだった。

ダダイストのいくらかの人々が彼を必ずしも認めていなかったので、エリック・サティは運動の集団的な催しにはまれにしか出席しなかったが、雑誌には執筆し、宣言にも署名し、それほど排他的でなく教条的でもなかった人々とは友情を結んでいた。フランシス・ピカビアは常にその『三九一』の紙面を彼に喜んで提供したし、マルセル・デュシャン、マン・レイ、ピエール・ド・マッソなども彼と親しかった。

一九二〇年の末にセルタにあらわれたジャック・リゴー（一八九九年生まれ）の人柄は、どこかにヴァシェと共通の性格を具えたところがあった。この謎に満ちた人物についての証言は、それが愛情から出ているか、憎しみに基づいているかによってはっきりとわかれるといっても過言ではない。彼は確かに、そのいずれかを人に感じさせたのである。たとえば、ルネ・イルサムは彼がかなりいやな男で、ダンディで道楽気分で女のことしか頭になく、流行の女優のひもになるのがぴったりだったという思い出を持っている。ところが彼の友人だった人々（それも大勢いる）はこうした人物像に激しく反対して、まったく間違っているという。スーポーはリゴーが挑戦的で、非常に話上手で、家族に愛想をつかされていたが、芯はそれほど不思議な男ではなく、女にもほどほどの興味しか持たず、何よりも詩を人生に移しかえることに腐心し、スーポー自身と同様に、日常の馬鹿げたことからユーモアを噴出させようとしていたのだという。確かに彼の人柄を知るのによい挿話がある。スーポーとリゴーはある時コンスタン＝コクラレ街のアパートに住む知り合いに夕食に招かれたが、階を間違えてしまった。ドアを開けたのは見ず知らずの夫婦だった。ところが、リゴーは持って来た花束をすぐその奥さんに差し出し、夕食にお招きいただいてありがとうございますと礼を言ってしまった。あっけにとられたその夫婦は、半信半疑のまま、二人を食卓に案内せざるをえなくなったというのである。

リブモン＝デセーニュによると、また見方が違ってくる。彼の証言では、リゴーは鉄道検査官の息子で、「非常な美男子で、服装はすばらしく優雅で、態度は誠に神秘的だったが、耽美的だったり悪ずれしたところはまったくなかった。」（B・155・九三頁）そして、一時、ジャック＝エミール・ブランシュ[8]のような作家の秘書をしていながら、自分はほとんど書かず、書いても満足がいかないと平気で破り捨てた。「時に彼は希望の完全な欠如をかくし、あるいは表に出した。それは虚無への嗜好といったものだった〔……〕」（B・155・九三頁―九四頁）その点について、彼の打ち明け話の相手だったピエール・ド・マッソはリゴーが麻薬を糧としていたことを著者に教えてくれた。ダダの集まりでは彼は「風俗壊乱という大役を演じ、みずからがまったくダダ的である最も純粋な内的破滅の一標本であることを示した。彼は弁証法に固執していた。しかし、それをとことんつきつめてしまった。つまり、ダダの力の生きた証拠である公開の宣言集会でなら示されるかもしれないが、人は決して固定の膿瘍を誘発することはできないということである。」（B・155・九三頁）行為に手本としての価値があるということを完全に意識していた（「本は一つの身ぶりでなければならない」（B・156・九二頁））リゴーは、明らかに自分の人格を工夫し、その幻想を保つためにしだいにヘロインに頼るようになった。彼が百個あまりのマッチ箱と、世界中の喫茶店から盗んで来た灰皿やコップやさまざまな品物とで「美術品」コレクションをしているといううわさもあった。また、社交的な芸も心得ていて、話相手の三つぞろいや制服から、はさみ一丁を使って巧みにボタンや徽章をちょろまかした。しかし、ダダイストたちがリゴーに接して感じた魅惑は特に自殺の問題に対する彼の屈託のない態度だった。彼は自殺を「美術の一つと考える」と言っていた。この問題に常に悩まされ続けていたブルトンは、リゴーが口頭で、あるいは『リテラチュール』の紙上で、人生に対する人間的軽蔑の最高の形としての「無償の」自殺という説を述べたとき、その言葉に感嘆したことだろう。それは思春期の少年の口から出たらなんということもない言葉だったが、まだ若いくせに「人生を知り、死についても生きているものが知れることは知りつくして」（アポリネール「美しき赤毛の女」、『カリグラム』所収、B・3・三一三頁）あまりに早く成熟してしまったこの青年の口から洩れると別のひびきを持ったろう。しかも彼はすでに一度自殺を試みてその意図がいい加減でないことを示していたのである。[9]

一方、リゴーの友人であったドリュ・ラ・ロシェルは、その名をパリのダダの初期の雑誌にはいつも連ね、セルタのグループの結成に参加していながら、ダダに対する立場はずっとあやふやだった。一八九三年生まれで、従軍し、勇敢な行動で知られたが、初期の作品は平和主義とは言わないまでも、主戦論に反対し、押えた抒情性に満ちている。

「だがある日、死が四季の長い循環で区画された前線へ、落ちくぼんだ道を通っていっしょにたどりつき、いっしょに人を殺したわれわれは、たけだけしい兄弟となり、虚無と闘うため

に死すべきものの同盟を結ぶだろう。」（B・66・一〇一頁）

彼はダダイストのある人々とは親交を結んだが（特にアラゴンとは親しく、小説『オーレリアン』の主人公はドリュ・ラ・ロシェルがモデルである）誰とでもつき合ったわけではなかった。妻のコレット・ジェラメックやよりすぐった友人たちと「屋上の牡牛」で気前よく散財したり、気が向くと宣言集会に参加したが、運動に加入することは拒絶し、常に独立を大切だと考えて、それを失わないように用心していた。

本当のところかなり危険なリゴーのニヒリズムと比べて見ると、ドリュ・ラ・ロシェルのような人の青臭い情熱は、同じグループの中では異常で、ほとんど逆説的に思われただろう。だが、この二人の道は同じところに行きつき、高潔で純真なルネ・クルヴェルの道とも一致した。クルヴェルもまた時代の子であり、伝説的な美男子であったが、本当は別の時代のロマン主義者だった。彼が実際にダダの隊列にしがみついたのは、一九二二年秋の、「眠り」の時期がはじまったところになってのことだったが、すぐ優等生と認められ、やがてシュルレアリスムの天空で、彼の星は時に明るく時に暗く輝くはずだった。したがって、一九三五年に、意見が割れて二つのグループに別れてしまった友人たちの和解に失敗して彼が自殺したとき、運動に加わっていた人々すべてが茫然自失したのである。

クルヴェルはすでにダダの創始者たちの世代には属さず、のちにブルトンを中心にして、一九二四年の最初のシュルレアリストのグループの中核をなす若い詩人たちの世代に属していた。彼らが実際に文学活動に入るのはこの年からだが、彼らがセルタの時代にもすでに運動の中にいたことは考慮に入れておくべきだろう。なぜなら、第二次の『リテラチュール』で彼らは重要な位置を占め、そのうちの何人かにとっては、この見習い期間が決定的となるからである。

ロベール・デスノス、ロジェ・ヴィトラック、ジャック・バロン、ジョルジュ・ランブール、マックス・モリーズなどの場合がこれに当たる。

ロベール・デスノスは今世紀と同時に誕生し、ブルトンやツァラの四歳下で、ダダに加わる以前に、すでに十六歳のときから、多量の作品を書いていた。一九一七年には、社会主義的傾向の雑誌『トリビューヌ・デ・ジューヌ（青年の演壇）』に、ついで一九一九年には『トレ・デュニオン（連結線）』にまだランボーとアポリネールの影響の色濃い詩を発表していた。ただ、この時すでに、自分の夢を、それがどれほどバロック的であっても、詩に書き込む習慣を持っていた。

当時彼は新聞記者ジャン・ド・ボンヌフォンの秘書をしていたが、一九二一年にペレの仲介でダダとのつながりを持った。デスノスとペレは、ジョルジュ・エルゼアール・グザヴィエ・オーボー・ド・ラ・オート・シャンブル・デュ・レモレオン・

ド・ラ・ガシェーヴといううけたはずれな名のカトリックの作家の家でめぐり合ったのだったが、デスノスがモロッコで兵役をすませなければならなかったので、二人の関係は一時中断し、休暇で帰ったときにやっとペレは彼をセルタの友人たちに紹介することができた。

デスノスは戦争中に、カルティエ・ラタンで同じ年ごろでやはり詩人の若い学生ロジェ・ヴィトラックと知り合っていた。ヴィトラックは象徴主義的な詩集『黒い野獣』（一九一九年）を書き、一九二〇年に第一〇四歩兵連隊の予備士官学校分隊に配属され、そこで、未来の文学者の一大グループと知り合った。その名（マルセル・アルラン、ジャック・バロン、マックス・モリーズ、ジョルジュ・ランブール）はやがて『アヴァンチュール（冒険）』誌の目次でお目にかかることになる。

一九二〇年に二十歳だったこの世代（ヴィトラックは一八九九年生まれ）にとって、冒険とはダダのことだった。彼らは初期の宣言集会のとき実際活動に参加はしていなかったが、興味を持って見守り、その精神を消化していった。[10] 翌年、ヴィトラックは勇を鼓して、ジャック・バロンとともに、「サン＝ジュリアン・ル・ポーヴル訪問」（一九二一年四月十四日）に参加した。ジャック・バロンが彼をアラゴンに紹介し、アラゴンは二人の青年をタヴェルヌ・デュ・パレへ引っ張って行った。これでダダとの接触はできた。『祝砲』の作者は『アヴァンチュール』に寄稿し、その代わり、ヴィトラックも『リテラチュール』（第二次）に風変わりな詩と、特に辛辣で馬鹿げた小喜劇を載せることになる。

ジャック・バロンは、グループ中最年少で――一九〇五年生まれ――青い目の内気な少年で、いわばダダイストの養子であり、ブルトンは彼に対してまるで父親のように振舞った。サン・マリー・ド・モンソー校の通学生だったが、坊さんたちが与えてくれる授業よりも、セルタの教義会の方へ喜んで出席した。彼の書く詩や散文を、ブルトンは認めていて、『リテラチュール』の第二シリーズの最初の号（一九二二年三月）から必ず掲載している。実の父親はこの放蕩息子の交友関係が息子の将来に及ぼす影響を心配して、彼を寄宿舎に入れようとした。それがかえって、この若い詩人を決意させて、彼は一人の娘と駈け落ちした。そして、通学生のままでおいてくれること、それももっと厳しくない学校へ入れてくれることを約束しない限り家には帰らないと頑張った。この英雄的喜劇的騒動では、ブルトンとアラゴンもメロドラマの傍役を演じさせられたが、結局、父親が折れて収まり、こうして、ジャック・バロンはふたたび心の友たちの隊列に復帰することができた。

セルタのほかに、ダダイストたちは集合場所としてジェルメーヌ・エヴェルランの客間を自由に使うことができた。十六区のこのアパートのブルジョワ的成金趣味の室内装飾はわれらの

「カルボナーリ[11]」の秘密会を開くのに向いているとは思われなかった。しかし、ここにピカビアとツァラがいて、古くさい木彫の壁にピカビアの機械形態的絵画が何枚もかかっていることで充分雰囲気が変わり、招かれた客たちもほっとすることができた。それにこの家の女主人の魅力と愛想よさが所を得て力を発揮し、物事の角をとる才能が大いに貢献して、エミール＝オジエ街のこのサロンは一九一九年から二四年にかけて一種のノーマンズランドとなり、筋金入りのダダイストたちだけでなく、まったく似たところのない組織に属する人々、さらには、立場のはっきりしない人々まで、ピカビアの好みで呼び集められた。ピカビアの家を訪れたこれらのさまざまな友人たちのリストは結局、当時の社交的芸術的パリが有名人と認めていた名をすべて含むことになる。だが、文学者は意識的に除外され、それが絶えずブルトンとその友人たちの強い反論を生み続けることとなる。

　トリスタン・ツァラがエミール＝オジエ街にいたので、ダダ運動に関する手紙は、少なくとも初期には、すべてここの宛名となっている。

　したがって、一九二〇年二月のある日、ピカビアが、リヨン郊外の小村ポンシャラ＝シュール＝テュルディーヌから、次のような手紙を受け取ったのも、ここだった。

拝啓

反動と俗物の一団が、最近、ダダに限界を定めているように思われますが、（ダダはその本質から言って、限界を我慢しえないはずで）それがかえって、私のような地方の、いやあえて言えば田舎者の若い作家を異常にひきつけます。

　そうです。私の宣言がどれほど幼く思われましょうとも、さかさまの「絶対の巡礼」である私はあなたとともにあります。もし許していただけるなら、あなたにささげた、非常にささやかな一篇のダイナミックな詩、「ハ短調の滑稽な組曲」をお送りしたいと思います。

　私はあなたとともに喜んで、素晴らしい戦いに参加したいと思います。」〔……〕（未刊、D・P）

「田舎者の若い作家」はピエール・ド・マッソという名だった。彼はやがて運動の中で、本流とは言えないまでも、おろそかにできない役割を演じる。いずれにしろ、その役割はこれまで過小評価されている。

　ピエール・ド・マッソ・ド・ラフォンはリヨンの名家に一九〇〇年四月十日に生まれた。六人兄弟の末子で（兄が三人、姉が一人、彼と双子の姉がひとり）、サン・テレーヌ街のサン＝ジョゼフ通学校の神父さんのところで教育を受けた。スポーツ好きで、しかも文学の素質に恵まれたよい生徒だった。好奇心の強いことと知識の広さによって早くから先生たちを驚かせていた。心の広い一人の女中が彼に禁じられた作品（フロベール、ボードレールなど）を貸してくれ、象徴主義の詩人、ラフォルグ（彼は好きではなかった）や、ヴェルハーレン、マラルメなどを読んでいたのはクラスで彼ひとりだった。コクトーやアポリネールやサンドラルスの名が入りこむことはなく、青年たちは互いに女のことか勉強のことしか話し合わない、このおとなしく反動的な環境の中で、マッソはすでに自分の詩的宇宙を創り上げていた。

病院の会計係だった父が引退を認められて家族をつれて、ポンシャラに持っていた田舎の家に引きこもった。二つのバカロレア（ラテン・ギリシア語と哲学）に合格した青年は、ついになんの気がねもなく、文学への嗜好に身をゆだねることができた。だがそれにはとにかく「パリに上らなければならなかった」。心の中で不安と期待とがまじり合ったまま、彼は一九一九年十一月二十日の夜にパリに着いた。フレデリック・ルフェーヴルの推薦で、郊外向きの新聞、あるいは小さなスキャンダル専門紙（『エクアン＝ヌーヴェル』、『クリ・ド・ラ・バンリュー（郊外の叫び）』、『ヴァッシュ・アンラジェ（怒れる牝牛）』など）の文学評の欄を受け持たせてもらえた。それで一応食べてゆけるはずだったし、なにより、彼にとってまったく新しい世界へ自由に出入りすることができた。

実際、首都に着くやいなや、文化に飢えたこの若い田舎者は、パリの与えてくれるものすべてにむさぼるようにとびついていった。無経験からくる情熱と折衷主義がそれに輪をかけた。ヴェルサイユにライサとジャック・マリタン夫妻に会いにいったり、日曜ごとにルイ・ド・ゴンザグ＝フリックに会ったり、重罪裁判の傍聴とミスタンゲットのインタビューのあいだに『夜明けの交替』を発見したりした揚句、ジャン・コクトーと結び付いた。パリ到着後の数週間のあいだに、『リテラチュール』の数号を手に入れ、サロン・ドートーヌでひと騒ぎやったばかりのピカビアのことも耳に入ったはずなのに、その名も事件もマッソの印象には残らなかったようで、彼がダダとめぐり合うのは二月になって、それもとんだまわり道をしてのことだった。

まだリヨンで学生だったころ、パリの詩壇の様子を知りたくて、彼は当時の最大の文学日刊紙『コメディア』を取っていた。ピエール・ド・マッソがダダの存在を知ったのは、この日刊紙にあらわれた、ピカビアの「大司教自転車」を載せた『三九一』の十号のかなり批判的な紹介のおかげだった。そしてたちまち自分の天職に気づいた。あとは彼には先に引用した手紙にあるように、ピカビアのかたわらではじまろうとしている戦いに参加するという野心しかなかった。

それより数週間後（五月に）、別の若い参加者もピカビアに手紙を送っている。

拝啓
あなたの絵画および詩の作品はずっと以前から興味深く思っています。ぜひお目にかかって私の仕事も見ていただきたいと思います〔……〕（未刊、D・P）

手紙の送り主はセルジュ・チャルチューン（やがて「シャルシューヌ」とフランス化するが）と言って、画家で詩人だった。彼はピカビアが『三九一』を創刊したとき（一九一七年）、ちょうどバルセロナにいた。出身はロシアで（一八八八年にクイビシェフの近くのブーグースランに生まれた）、パリには一九一二年に、アカデミー・ド・ラ・パレットでル・フォコニエの授業に出るためと兵役を逃れるためにやって来ていた。戦争が始まると、フランスを追われ、一九一六年から一七年にかけてバルセロナに滞在し、アメリカから来たグレーズや、ホセ・ダルマウ画廊のあたりにたむろしていたクラヴァン、マリー・ローランサンやその友人たちの小グループと知り合った。しかし、彼らの過激さは当時のシャルシューヌにはあまり影響しなかった。彼はそれ以上にスペイン＝モール的芸術形式に興味を持ち、それが装飾的立体派という、そのころの彼の様式に霊感を与えた。十月革命の報に接すると彼はたちまち情熱にかられて、フランス駐屯ロシア派遣部隊に志願入隊するが、一九二〇年に除隊になるとほっとしたらしい。その年にモンパルナスに落ち着くことになる。生活のために書店の仲買人として働き、この廻り道によって、ある日、トリスタン・ツァラと知り合い、ツァラが彼をピカビアに紹介した。ピカビアは彼を親切に受け入れ、その最初の個展を開くのを援助する。こうして、シャルシューヌはダダの宣言集会で第一線に出ることはなくても、積極的な参加者の一員となるのである。

相変わらず同じ年の三月九日付の手紙でマックス・ジャコブがピカビアに次のような文面で別の新人を紹介している。

君にバンジャマン・ペレを紹介する。〔……〕彼は筋金入りのダダイストで〔……〕バンジャマン・ペレ君はおそらくダダイスムを日刊大新聞に持ちこむことを夢見ているらしい。だが、さしずめは、自分がそこにもぐりこめれば満足のようだ。〔……〕（未刊、D・P）

ピカビアは『ジュルナル・デュ・プープル』と『コメディア』に関係していたので、この青年に何かつとめ口を探すために努力したが、その間に、彼と会い、自分のまわりの人々にも引き合わせた。

ペレは一八九九年七月四日にナントの南の人口一万五千の小都市レゼに生まれた。ナントはブルトンとヴァシェの霊感に満ちためぐり合いの場であったから、シュルレアリスムの温床として宿命づけられていたわけである。ペレの父は南仏出身の官吏で、母はヴァンデ県の出だった。一九一四年に、息子があまり反抗的で手がつけられなくなったので、兵役には不良を直す力があるという庶民のあいだの馬鹿げた迷信を信じた母親は彼に志願することをすすめる。若い新兵は生涯を通じて、編入された第一装甲騎兵隊の生活のさんざんな思い出を抱き続けることになる。彼の全作品には、兵隊生活が分泌する低俗、粗野、不正なものすべてにいきなり直面させられた思春期の青年の苦悩と怨恨がすかし模様のようにあらわれている。慢性の病気を抱えて、病院から病院へ、そして、サロニックからロレーヌの前線へと引っ張りまわされながら、彼は戦争を続ける。ブルトンやエリュアールやスーポーのように、彼も、ひそかにマラルメ的な詩を書いたが、どれも発表されず、今日では何も残っていない。

したがって、一九二〇年のはじめに、文学の世界で運をつかもうとパリに出て来たこの青年はかなり典型的だった。彼はごく自然に、自分の「故郷」だったマックス・ジャコブを頼った。ジャコブは作家志望の青年たちの面倒を見ることでも知られていて、ペレを多くの友人たちに紹介してくれた。そのひとりが、すでに述べたようにピカビアだった。貧乏に苦しみ続けていたペレは胃袋と頭脳の互いに矛盾する要求になんとか折り合いがつけられるような職を探すのにかかり切りだった。一時、アンドレ・サルモンの友人で或る種のガスマスクを作っていたルネ・ジョニエの工場の会計係に雇ってもらったこともあった。そのガスマスクにやがてペレは思いがけない使い途を発見するのである。

ダダのグループとの接触で、ペレはそれまでの古い韻文家というくせをたちまち洗いおとした。そして、生まれつきの反抗精神と六年間抑圧されていた怒りとを運動のために役立て、最も積極的で最も信念の堅いメンバーのひとりとなった。彼の最初の文学的「武勲」はランドリュ讃だった。

ジャン・コクトーとダダ運動が最も親しかった（あえて協力したとは書けない）のもこの時期だった。それもごく短い間奏とでもいったもので、若くはなばなしいこの詩人はすぐに自分の存在がダダ運動ではそれほど強く望まれてはいず、せいぜい端役しか与えてもらえないこと、むしろ、いつもながらの自在さでダダの花壇から摘み取ったいくらかの思想をよそに植えかえに行った方がましであることを理解した。

人も知るように、はじめて長ズボンをはいたのと同時にすでにパリの文壇に出入りしていたジャン・コクトーはずっと以前からピカビアを知っていた。常に新しさにとびつき、恐るべき子供であり、職業的前衛主義者だという評判を落とすまいと心掛け、何よりも左翼に先を越されるのを恐れていたコクトーは、チューリッヒのダダの存在を知り、ことに、ツァラがパリに来ることを知ったときに、いささか不安をかくし切れなかった。

『リテラチュール』発刊のうわさが広がったときも、この船にのりおくれないためには手段を選ばなかった。彼の努力の結果がどうなったかはすでに見たとおりである。

この無言の、あるいはあからさまな敵意を前にして、若い詩人は、その間にラディゲとめぐり合ったこともあって、一時独立を保ち、書いた詩の中で最も現代的なものを『ダダ詞華集』（一九一九年五日十五日）のためにチューリッヒへ送り、六人組の擁護者をもって任じ、一九一九年四月一日から四か月間、『パリ＝ミディ』紙に『カルト・ブランシュ（白紙委任状）』と題した欄を担当した。これらかずかずの活動をしながらも、コクトーはパリのダダのグループに属したいという強い要望を失いはしなかった。セルタの大樽よりも、この社交的な詩人には親しみが持てたピカビアのサロンへ彼は足しげく通った。当時の目撃者は次のように彼を描写している。「彼は、すらりとして、繊細で、かよわい様子で、首に派手な絹のネクタイを巻いて入ってくるや、たちまちその場の人々を魅了してしまう。いつも立ったままで、まるで踊っているようであり、たぐいない才気で、また独得の活気で次から次へと、マリネッティ、ブルトン、ツァラ、ララ夫人、クロムランク、ピカビア、ラシルド夫人、コクトー自身などの物真似を演じて見せ、みんなを微笑させたり、時に爆笑させる。コクトーの話を聞いているピカビアのほほえみの魅力を誰が描けようか！」（P・ド・マッソン、B・89・一五一頁に引用）

このほほえみの意味ほどはっきりしているものはない。確かピカビアはコクトーの道化ぶりを面白がったかもしれない。しかし、その社交界でのはしゃぎぶり、文学的芸術的ディレッタンティズムに対しては皮肉まじりの軽蔑を示してもいたのである。「アン・コクテル、デ・コクトー（一つのカクテル、いくつかのコクトー）」という洒落を無名の三面記事の記者が言い出し、この言葉は大流行となった。もう、ダダイストのうちのいくらかの人々がこの詩人に対して見せたささやかな意地悪などは問題にならなかった。コクトーはすべてを甘んじて受け入れているかのようだったが、しかし、自分の仲間を組織し、その司令部をデュポン街のガヤ（セルタのあったオペラ小路とは遠くない）に置き、二月二十一日には、テアトル・デ・シャンゼリゼでフラテルリーニ兄弟主演の黙劇『屋上の牡牛』を上演して、すぐあとで開かれた同名のキャバレーにパリ中の名士を引きつけ、六月七日にはエヴラール会館でエリック・サティ祭を催した。これらすべては、ダダがその初期の宣言集会にとりかかったのと時期を一にしているのである。

つまり、ダダイストとコクトーがそれぞれ歩んだ二つの道はいわば平行になっていた。そして、コクトーはダダに、言葉と身ぶりの声援を送った。それもおそらく熱烈なものだったろう。だが、『リテラチュール』への戸口を彼には閉ざし、その若い友ラディゲには開いたブルトンの冷たさに、コクトーのこうした情熱は急速にさめ、一九二〇年三月二十九日、「ガヴォー・ホール」の翌々日、他の人々以上にこっぴどくやっつけられた[12]コクトーはダダとの決別を告げる親展の手紙を送り、ピカビアはそれをすぐさま『カンニバル(食人種)』に公表してしまった。[13]

それでもピカビアはその後も何年かのあいだ、個人的にはコクトーと会い続けていた。一種の示談が成り立ったらしい。ツァラ自身も、ダダの時代を通じて、『ポトマック』の作者とどうにか温和な関係を保っている。コクトーは、彼には珍しくない衝動の一つと自分自身の雑誌を持ちたいという(侮辱を受けたばかりだったことを考えると当然の)欲求とに押されて、ラディゲと手を組んで、カルケーランヌから帰るとすぐ『ル・コック(雄鶏)』を創刊する。素人目には、この雑誌は、その体裁(大きさ、色つきのポスター用紙の使用、印刷上の割付け、活字の選び方など)からも、また、精神からも、当時数多く出ていたダダの雑誌にそっくりである。余白のあちこちに散りばめられたサティの警句(「ラヴェルはレジオン・ドヌール勲章を拒否する。しかし、彼の全音楽はそれを受け入れている」とか「若いころ私はさんざん言われた。今に君が五十になったらわかるさと。私は五十になったがちっともわからない」など)は、『三九一』のピカビアの金言との比較をうながす。また、コクトーがそこで掲げた超克と折衷の旗印はダダの標榜《ひょうぼう》した計画的な解放と無縁ではない。「気をつけろ!　雄鶏は三度鳴いた。われわれはわれわれの師を否認する」とか「われわれは動物だ、だがわれわれは崇高ではない」などと言う。だからといって、この雑誌が毎号、ダダに対する巧妙でかつ精力的な反対の態度を表明しないわけではない。ダダは、それまでコクトーの成功のもとであった奇矯さの価値[14]を、彼らのそれによって下落させたという許すべからざる罪を犯したというのである。そして、攻撃は最大の防禦とばかり、若い主宰者はすさまじいせりをいどむ。「ダダに対するわれわれの主たる非難、それはあまりに臆病なことである。ゲームの規則が越えられてしまったというのに、なぜこれほどなにもしないのか?　ダダのうち誰ひとりとして、自殺するものも、観客を殺すものも出て来ない。「芝居」を見せたり、「音楽」を聞かせたりするだけだ。」「ダダよ、がんばれ!　キャンブロンヌのあの言葉ぐらい誰にでも言えるのだ。」(『ル・コック』一号、一九二〇年五月、四頁)

極端な巧妙さと屁理屈の力をかりて、コクトーにみずから「典型的反ダダイスト」と自称したが、「世界の果ての隣人であるツァラとピカビアとは話し合える」とも述べる。いずれにしろ、すぐれた執筆者(オーリック、モラン、ラ・フレネ、コクトー、そして、ツァラまで)をそろえながら、『ル・コック』は四号(一九二〇年十一月)を越えることができなかった。

ガヴォー・ホールでの武勲を最後に、パリでダダによって開かれた宣言集会の最初の波は力を失う。だが一九二〇年の上半期は運動に栄光をもたらさなかったとしても、有名にするには充分だった。火は驚くほど簡単に燃え広がり、その炎は主謀者たちのうちの最も熱っぽいものでさえ期待しなかったほどに、赤く輝き、首都の文学の地平を一瞬照らし出した。

だが、ダダは荒れ狂うのも突然なら、息切れするのもあっと言う間だった。批評家たち、それもその道の大御所たちがダダの弔辞を述べ、一九二〇年六月のはじめには、相変わらずダダは話題になってはいたものの、次の宣言集会の予告はまったくなく、事実、この年の末まではなにも開かれなかった。それまでの何か月間かにわたって絶え間なく戦果をあげ続けて来たのに、ここでぱったりと静かになっては驚かないわけにはゆかない。ダダの味方も敵も考え込んでしまった。この静けさは次の嵐の前ぶれなのだろうか。それともこれからは平穏無事な夏なのだろうか。いったい、謎だらけのダダの表看板のうしろにはなにがひそんでいるのだろうか。

それというのも、事件についての報道は、もともとゴシップを好む一般大衆に、この芝居の主役たちの心の底までほじくって見せる結果にならざるをえなかったからである。ある新聞などは、彼らのうちの多くの人々の無意識や本能の世界にまで立ち入り、不満に火をつけ、位《くらい》づけ遊びに興じ、打ち明け話をさそいさえした。

それまでは新しいものを発見した熱狂と、日に夜をつぐ沸騰が、一つにして分かちがたいダダという仮面の下で、さまざまな行き違いをどうにかこうにかおしかくしていた。だが、出身も言語も教育も別々の多くの差異を持った個性的人物たちが、いきなり、なんの前置きもなく集まり、(15) 強いスポットライトに照らし出された中で、極端ではなばなしい意見の表明を求められたのでは、そうした行き違いが起こらない方が不思議である。

そして、特に、『リテラチュール』のグループのメンバーたちとトリスタン・ツァラとの関係でいざこざが起こりはじめた。すでに述べたように、遠くにいたツァラがブルトン、アラゴン、スーポーに与えた魅力は、最初のめぐり合いの時から期待はずれにかわり、ただ、共通の行動を迫られていたため、彼らはそれに目をつぶって来ていた。しかし、それはたちまち無言のいらだちに進んだ。とるに足らない行き違いやつまらぬ誤解が、あるいはまた、性格の反対な夫婦のあいだで、言葉の訛り、ちょっとしたくせ、握手の仕方一つがとりかえしのつかない敵意を生み、離婚にいたらせるのと同様、毎日のわずかだが決定的となる不満がそのいらだちをますます強めていった。それにはもっと深い理由もあった。ダダの主役たちはそれぞれ、ひそかにだが、この新しい運動の手綱を自分がとりたいという気持を抱いていた。ことにそれが期待以上の規模を持ちそうだったからなおさらのことだった。

ダダの雑誌が誰もがダダの長であるとか、運動には二九一人、あるいは三九一人の会長がいるとか書いたのは、ダダとしてまさに正統的な考え方によるものだった。だがそれはまた一時的にしろ、誰にも入閣の道を開き、それにより、いくらかの「志望者」がそれぞれの運だめしを、それに必要な仲間の共感を得ることなしにも、やってのけられるという利点をも具えていた。

実際、ダダの主導権争いは最初の『リテラチュール』の金曜日」からすでにはじまっていて、のちにダダの内部で起こった分裂と、コクトー、ピカビア、パンセルス、そしてついにはブルトンの脱退の前兆はこのときにもう見出せるのである。もし、ブルトンが一九二〇年以後、ダダの方向を自ら定めることができていたら、シュルレアリスムは（流派としても、さらには商標としても）日の目を見なかったか、あるいはまったく違った形を取っていただろうと考えても行きすぎとは言えないだろう。

いずれにしろ、この仕事で主役を演じたいと思っていた人々は二十人を下らなかったが、そのうちで、一九二〇年のはじめには、ツァラとピカビアとブルトンの三人だけが精神的な権威を持ち、グループに堅固で明確な方向を与えるのに充分な行動力を具えていたのである。ところが、不幸なことに、ひとたび幻想が消え、共謀の緊急性がうすらぐと、この三人が同じ行動に対して、それぞれ異なった価値と意味を与えていることがわかってくる。

初期の宣言集会の方式を発見し、完成した功績がトリスタン・ツァラに帰すことは異論の余地がない。それはチューリッヒでの催しをかなり忠実に真似たものだった。ところが、ブルトンとその友人たちは、ダダの「創始者」という名声を鳴り物入りで高く掲げるこの新しい登場人物の要求にすすんで調子を合わせてしまった。それは認めざるをえない。ただ、『リテラチュール』の側に自尊心を逆なでされたいささかの歯ぎしりがなかったとはいえない。一方、ピカビアは率直に役割を演じた。「ベッドとパンと塩」を気前よく与え、その財産と知人関係によってパリの新聞と芸術界、社交界に対して持っている絶大な勢力を運動のために使った。外から見ても、運動は彼とその住居を中心に具体的な形をとっていると感じられていた。新聞は彼を法王とは言わないまでも、黒幕の大物として扱い、ツァラやブルトンの役割を二の次とした。ツァラは一文なしのただのルーマニア移民だし、ブルトンも、ついこのあいだまで象徴主義の流れの中でうろうろしていただけの男で、その上、ピカビアのような如才なさもはなばなしい社会的地位も持ってはいないというわけである。

したがって、半ば共同体的な生活の頭がいたくなるような五か月間が過ぎると、休息と沈潜の時期がどうしても必要となったと思われる。そして、この間に、一人一人が、ダダの公の行動の意味についていくらかの見解の相違があることを意識し、最も中心的な人物たちのあいだにさえ潜在的な気質の不和があることを認めた上で、それまで歩んで来た道をふりかえり、自分を他のダダイストと結びつけている点、引きはなしている点を明確にする必要に迫られたのである。

事実、虚無的で、偶像破壊的で、人間の吃水線以下の部分にねらいを定めたこの運動の性格は、外部の敵――あるいはどっちつかずの人々――に対する風俗壊乱の企てにはすべて見事に適合していたが、それはまた、ダダイストたち自身に対しても言えることだった。この運動の攻撃、意地悪いあてこすり、そして特に疑惑の打撃からその役割や人柄によって、身をかわすことは誰ひとりとしてできなかった。時には胸の悪くなるような、常に疑惑に満ちた雰囲気、あの友情と感情の乱舞、それに堪えうるのは、そして、それをいつまでも続けようと望みうるのは、ただかたくなな精神の持主たち、心を鎧でかためてしまった人々だけだったのである。

第十章　ダダと『N《エヌ》・R《エル》・F《エフ》』

あまりオペラグラスの焦点を合わせすぎて、『N・R・F』には舞台がまったく見えなくなっている。

エリック・サティ

匿名の手紙——「ダダ」（ジード）——「ダダのために」（ブルトン）——「ダダへの感謝」（リヴィエール）

ダダがこれこそ絶対的な武器だと信じたあの計画的疑惑の悪の芽は、ブーメラン同様に、その使用を主張した人々自身のうちに最もはっきりした猛威をふるうことになった。『リテラチュール』を使ってジードとかヴァレリーという大家の名声を引きずりおろすと主張したブルトン自身が、リブモン＝デセーニュには、彼のまわりには「秘密結社の臭いが支配している」（B・155・八〇頁）と言われるようになる。

確かに、ブルトンは極度に感受性の強い気質を持っていたので、ややもすれば、友だちの振舞いの中にほんのわずかな変動を見ただけでそれを自分に対する個人的な侮辱と感じる傾向があった。ピカビアは、『リテラチュール』の主宰者の感情的な要求と、個人的、あるいは集団的な次元のさまざまな義務にかなり早くからうんざりしていたらしい。こうした義務のもとにある倫理的な厳格さをブルトンは決して放棄しない。それに引きかえ、ピカビアは、ツァラと同様に、曖昧な環境を好み、必要とあればこの二人は手を組んでそれを維持しようとした。最初のいくつかのいざこざは、ツァラのパリ到着直後から起こった。その到着についても、『リテラチュール』のグループのあいだに手ばなしの熱狂を起こしたわけではなかったことをすでに見てきたが、春になって、正確には、フォブールの催し（二月七日）とガヴォー・ホールの催し（五月二十六日）のあいだに、「匿名の手紙」事件をきっかけに、危機は頂点に達した。

まず、大新聞にピカビアの署名で、ダダ的な構成の詩が数篇掲載された。ところが、その直後に、編集室に怒り狂って悪態のつきほうだいの手紙が次々と届いた。そんな詩はにせものだ。ピカビアは新聞などに決して書かない、誰かわからないが卑劣漢が先生をかたったのであり、その稿料を先生は正式な手紙で受け取ってしまっているのだというのである。

だが事件はさらに悪化した。この抗議も詩と同様ににせものということがわかった。同じ人間が――別人かもしれない。誰だったかわからないままである――両方の犯人だった。

挑発の源についての憶測はさらに広がった。ツァラがピカビアの家で一通の匿名の手紙を受け取り、それが同じように粗野で侮辱的な言葉で綴られ、しかも、その文面から、ダダイストか、少なくとも「関係のある」人物のものと考えられたからである。ダダの健全さを守るためには犯人の仮面があばかれなければならなかった。ことに、筆跡が似ていることから一時問題にされたエリュアールが夢中になって弁解した以上、このままではすまされなかった。疑惑は次から次へと、グループのほとんど全員に向けられた。ブルトン、スーポー、フランケル、ピカビア、デルメ、そしてツァラ自身や、ついにはルヴェルディまでやり玉に上げられた。ルヴェルディは難なく身の明かしを立てることができたにもかかわらず、このことで深く傷ついた。

それ自体としてはとるに足りないこれらの手紙が、関係者の大部分のうちにしだいにいらだたしさ、押え切れない困惑を植え付け、特に感じやすい人々には苦いあと味を残した。ところが、ピカビアとリブモン＝デセーニュとツァラは、グループ全般に広がってしまった猜疑《さいぎ》の雰囲気をかえって有益だとした。人間の心の中で最も尊いとされている価値、つまり、友情とか尊敬は、遺伝的な生存力によって、これまでしつっこく生き残りダダもこれを許して来てしまったが、それをこの雰囲気が破壊するからだと言うのである。だが、ブルトンにとって、これらの価値は、少なくとも理論上は、ダダの「なんにも」に結びついてやがてシュルレアリスムへの抜け道と再出発を許してくれるはずの「ただし」に含まれていたのである。

ピカビアとツァラが『リテラチュール』の同人たちに一種の疑惑を抱いた理由の一つに、彼らのパリの文壇に対する、そして、特に『N・R・F』に対するはっきりしない態度があった。(1)戦争で休刊になっていたこの雑誌は一九一九年六月に復刊し、ジャック・リヴィエールを主筆として、ジード、ゲオン、シュランベルジェなどの創立メンバー(2)を含むブレーンがそれを助けていた。すでに見たように『リテラチュール』の第一号（一九一九年三月）はこの高名な雑誌の復刊を尊敬をこめて得意気に報じている。文筆の専門家の目から見ると、この雑誌は、その内容も編集も、さらには様式も雄弁と文学の結晶だったのである。また『N・R・F』の巨匠たちは、心よく、そして、すすんで『リテラチュール』に協力もしてくれた。したがって、「ダダ運動」に対する批判的な記事が『N・R・F』の第七十二号にあらわれたときも（一九一九年九月）、ブルトンの雑誌に威勢のいい反論は出たが、それはわずか数行の無署名の寸評にすぎなかった。そして、事実、マダム街三十五番地を支配していた当時の精神は寛大で、前衛とのかかわり合いについても開かれた精神をたてまえとしていた。スーポーの『羅針盤』の発表を歓迎するロジェ・アラールの数行はそれをよくあらわしている。

「この告白的な詩（「炎」を引用した上で）は『羅針盤』から引いたものである。作者フィリップ・スーポー氏は自由な言葉の群を「前衛的な」詩の共有地へ導いて牧草を与える愛すべきセラドン(3)の一人である。ランボーという特効薬をあまりに若いうちにいきなり飲んだために酔ったようにふらふらになった韻文家の数は今や三千をくだるまい。だが、それも、はじめてパイプ煙草を吸ったようなもので、いずれは落ち着くだろう。」

これは誠に家長主義的で、ものわかりがいい。ただし、この批評が載ったのは最後のページで、しかも小さな活字で組まれている。『N・R・F』はこうした若者たちをあまり重要視する気はなかったわけで、ダダがパリの流行児になり、ジャーナリズム全体がこの二音節の言葉をそれが日常会話に移るまでくりかえし続けた時になっても、リヴィエールや、ジャン・シュランベルジェのような保守的な執筆者たちは事態の圧力に折れることを拒んだのである。それでも、三か月間、疑い深く様子を見た上で、なによりも読者が関心を持っている事態の進展について、当代随一の文学誌がなにも報じないのでは読者も承知しまいということになったらしい。そこで、アンドレ・ジードに、事態を見きわめ、フランス現代文学の公式な雑誌としての決定的な見解を開陳することを依頼したのである。ジードはそれに、一九二〇年四月一日号の巻頭の記事で答えた。その才気は言うまでもないだろう。まず、自分がこれまで「常に最も若い人々の傾向や運動を真面目に考えて来たこと」を回顧し、表面的にはどれほど極端に見えようとも、その意図に正当な理由のあることは認め、その上で、ダダが言語の分解を試みたことを非難し、巧みにその有害な部分の境界線を描いて見せる。

「ダダという言葉が発見された日に、もうなにもすべきことはなくなった。その後に書かれたすべては、私にはやや蛇足だと思われる。〔……〕すべてが無価値、つまりダダだった。この二音節は「ひびき渡る虚無」という目的、絶対的な無意味に到達した。「ダダ」というこの一語だけで、彼らはいっきょにグループとして言うべきことすべてをあらわしてしまったはずだ。そして、不条理の中にこれ以上のものを見出す手段はないから、今では、凡庸な人々はそれを続けそうだが、同じ場所で足踏みをするか、それとも、そこから脱出するほかはない。」（『N・R・F』七十九号、四八〇頁）

ほのめかし――というより、ほとんど誘い――は明らかで、文中に名前は一つも出て来ないが、凡庸な人々とは「われわれのフランス文化をあまり尊ばない」（同、四七八頁）傾向のある外国人たちのことで、その中には「ダダの創始者」（同、四七七頁）もいるというのである。

私の聞いたところでは、それはごく若い人だそうだ。

私の聞いたところでは、なかなか魅力的な人らしい。（マリネッティも同じく逆らいがたい魅力を持っていた。）

私の聞いたところでは、その人は外国人だそうだ。なるほどそうであろうと思う。

ユダヤ系だそうだ――私もそう思っていたところだ。

私の聞いたところでは、その人は本名で署名しないという。そこで、私も喜んで信じよう、ダダというのも同じように一つの筆名なのだということを。」（同、四七七頁）

それに引きかえ、「他の人々」（同、四七八頁）のグループはフランス文化の「正嫡子たち」（同、四七八頁）を含んでいて、本物の作者としての篝火《かがりび》をいつかふたたび取り上げる希望をダダの戸口でも捨てなかったというのである。事実、ブルトンとアラゴンの文学的才能については『N・R・F』でもすでによく知っているか、感じ取っていて、(4)二人がそれに身を入れさえすれば、彼らよりはるかに先輩の才能の持主たちが拒否されている『N・R・F』への道が、いつかはダダと『リテラチュール』の論理的な表現のおかげで、開けてくるという見通しもあった。

由諸正しいクラブと同様に、『N・R・F』に入るには二つの条件を満たさなければならなかった。一つはそれに値する証拠を見せることであり、もう一つは確かな推薦者のいることである。第一の条件のためにブルトンはダダに関する批評を書き、第二の条件はジャック・リヴィエールのおかげで満たすことができた。(5)リヴィエールはブルトンの名を第八十三号の目次に、クローデル、ジード、シェイクスピア、ヴァレリー・ラルボーと同列に並べてくれたのである。

『リテラチュール』の主筆のこの文章は少なくともその形式上ダダイスムの法規にそってはいない。『N・R・F』の読者に自分が運動を代表するととられている点を配慮したのか、確かに、スーポー、ツァラ、エリュアール、ピカビア、アラゴンなどの詩を総花的に引用してはいるのだが、選ばれたのはいずれも最も「美しい」ものばかりである。「ダダのために」は『カンニバル』誌に載ったすでに有名なリブモン＝デセーニュの文章でしめくくられている。あの「美とはなにか？〔……〕知っちゃいない。知っちゃいない、知っちゃいない」である。だが本文で書かれているダダの解釈は、ツァラやピカビアやリブモン＝デセーニュがおそらくただちに否認するようなものだった。ランボー、ロートレアモン（「文学的子供だまし」（「ダダのために」、『N・R・F』八十三号、一九二〇年八月一日、二〇八頁）に終止符を打った）、ジャック・ヴァシェ（「二十三年間、私の知るかぎりで最も美しい視線を宇宙にめぐらしたあとでかなり神秘的にわれわれに別れを告げた」「死後の魂を引きとどめるくびきである芸術作品を足蹴にした」（同、二一〇頁））

が通りがかりに称讃されるのは予期されたところだとしても、それにジードとヴァレリーもつけ加えられているのである。また、特に、この文章にはまだ胚芽の状態ではあるが、シュルレアリスムの基本概念のいくらかも見出される。無意識の豊庫（「今日このレッテル〔ダダ〕を受け入れているものは誰も錬金術的難解を目的にしてはいない〔……人間精神が〕他人にとって支離滅裂ということはありえない。」（同、二一二頁））や「霊感」の擁護（「たとえば、ほとんどすべてのイメージの発見は、私には自然発生的創造の印象を与える。アポリネールが、「珊瑚の唇」といったきまり文句も、それをどう思うかは価値規準ととられるが、実は彼が「超現実的」と形容したあの活動の産物であると考えたとき正しかった」（同））である。[6] そして、ことに問題なのは、現在の運動の性質について深い不満を持ち、ブルトン自身の考え方に合わせるためにその方向をかえるか、あるいはそれを捨てるかしたいという希望が明らかにされていることだろう。

「人は、ダダが個性を高揚するという見せかけのもとに、かえってそれを危険にさらしているとまで主張する。それは、われわれを結びつけているのが主としてそれぞれの相違だということを見ようとしないからだ。われわれは、芸術的あるいは道徳的規則に対して共通の例外をつくり出しているが、それには一時的な満足しか感じていない。われわれはよく承知している。これから先は、抑えつけることのできない個人的な奇想が自由にのびていって、それは現在の運動以上に「ダダ」になるはずなのである。J＝E・ブランシュ氏が書かれた「ダダは、ダダであることをやめることによってしか存続しない」という言葉はそれを理解するよい助けになる。」（『N・R・F』同号、二一四頁）

結局、『N・R・F』の善良な読者たちが、歯に刃をくわえ、全身血まみれの姿を想像していたダダイストのひとりが書いたものにしては、この文章はむしろおだやかだったのである。「ダダイストたちは、なにも知りたくないということをやっきになって言い張ることからはじめた。だが心配はいらない。保存本能が必ずあちこちで勝利を占めてしまうものである。」（『N・R・F』同号、二一五頁）ブルトンは見事に図星をついている。しかも、本能的に、リヴィエールが彼に答えうるような調子を発見しているのである。

事実、これにただちに続く記事の中で、『N・R・F』の若い主筆はブルトンが触れたテーマをふたたび取り上げ、ジードが『リテラチュール』のグループと「ツァラ氏、あるいはピカビア氏」のあいだにもうけた区別をさらに発展して、この二人の「お経のような文章には開いた口がふさがらず、最後まで読んだり聞いたりするものは誰もいなかろう」（「ダダへの感謝」、『N・R・F』八十三号、二一七頁）と言っている。リヴィエールの記事全体も、この二人の創意の功績は認められるが、それを文学の範疇に入れることは拒否されなければならないこと、それに引きかえ、『リテラチュール』のグループ、特に、アラゴン氏とブルトン氏には、外見は暴れん坊だが、その裏に、『N・R・F』が喜んで認めうるのに充分な保証が見てとれるということを証明しようとしている。

しかし、ダダの目的と方法についてのリヴィエールの分析が、一九二〇年にダダによって引き起こされたさまざまな論議のうちで最も適切で、かつ明晰であることは確かである。彼にとって、この若者たちは決して馬鹿でも気違いでもなかった。彼らは、魂とは複雑なもので、そして、しばしば矛盾する欲求を同時に満たそうとするということを意識し、一つの選択をすることを拒否しただけだというのである。

「存在を、それが両立性に支配される以前でとらえること、その不統一、むしろ根元的な統一に達すること、矛盾という観念があらわれて、それを制限し、構成してしまう前でとらえること、どうしても後天的とならざるをえない存在の論理的統一を、唯一原初的であるその不条理な統一に向きかえること、これこそ、ダダの全員が書くことによって追求している目的であり、彼らの苦心惨憺の作品すべての意味なのである。〔……〕構文法から見放された語の連続、叫び、舞台の上で手を頭に当てたり、鼻をかんだりする動作、それらは、われわれのうちにその観念が生じて来た以上、最も崇高な詩情の吐露と同様の意味と力を持つのである。まったく意味の無いことを言うことは人間にはできない。〔……〕」(『N・R・F』同号、二一八―二二〇頁)

当時、この最後の一文以上にうまくダダが発見したものの重要性をあらわすことはできなかっただろう。ついでリヴィエールはこの一般原則を言語という特殊な問題にあてはめる。

「ダダたちは語を偶有性としてしか考えない。彼らはそれが生じるにまかせる〔……〕。言語はダダにとってはもはや一方法ではない。一存在である。構文法に対する懐疑主義は、ここで一種の神秘主義と重なり合う。ダダたちはあえてそうだと正直に告白しないときでも、アポリネールの野心だったあのシュルレアリスム[7]に向かい続けているのである。」(同、二二二頁)

文学における創造の問題に対するこの新しい態度に、リヴィエールはとまどうどころか、その起源をごく古い時代にまでさかのぼって求め、その発展をロマン主義、象徴主義、立体派、アポリネールの作品に添って、一連の章に分けて述べている。それはそのまま、この「ダダの歴史」の序文にぴったりなくらいである。「われわれの文学のように、百年来ほとんど全面的に遠心力に従って来た一文学は、必然的に帰着点を文学外に持つことになる。ダダは、不定形で、不定的で、芸術の外にあることによって、多くの世代の作家たちのひそかな夢だったものを、徹底してあらわしているのである」(同、二二三頁)と彼は指摘している。
細かい点での留保はいくらかあったとしても、リヴィエールの結論はダダに対して非常に好意的だった。彼は、この若い運動の主張する最も過激ないくらかの原則にさえ同調している。「芸術と美は私にとって神ではないし、そうした偶像を破壊しようとする人々にいささかも憤りを感じたりはしない。〔……〕それどころか、あの極端な謙虚さ、アンドレ・ブルトンが〔……〕ダダの美徳の一つとして強調する人間の偉大さに対する無理解にかなり共感する。」（同、二三五頁）そして、リヴィエールがフランス文学の未来のためにここから引き出した結果は、はっきりと肯定的なのである。

ジードの「ダダ」についての記事も『N・R・F』の編集内部で問題とならざるをえなかったが、リヴィエールの記事はそれどころではなく、指導部の分裂を招きかねないところまでいった。国粋的で、まだ苦難の道を歩んでいる祖国への義務を感じている「固い」一派は、ツァラ＝ブルトンのグループを悪く言えばならずものの若僧の集まり、よく言ってもせいぜい端数であり、この際切り捨てるべきだと考えた。それは、当時のインテリの大多数の感情でもあり、マダム街の編集者たちのうちで最も厳格だったジャン・シュランベルジェは、ダダを滑稽だと言うことさえ名誉の与えすぎであり、結局、「ただの悪ふざけを文学的事件にまで引き上げて」（B・175・二〇一頁）しまうことだと主張した。

腹に一物はあっても、シュランベルジェはすでに「スター」になっているジードに対してはあまり表立った文句もつけかねていた。しかし、その数週間のちに、ダダイストのアンドレ・ブルトンが『N・R・F』の扉をこじあけ、それを手引きしたのがジャック・リヴィエールであり、しかも、リヴィエールがその記事を「ダダへの感謝」と題したとき、さすがに腹にすえかねて、激高した手紙を若い主筆に送り、『N・R・F』との協力関係をいっさい断つと通告した。（そして、事実、一九二〇年九月の第八十五号の「ノート」を中断した。）シュランベルジェほど落ち着いた文学者がこんなにかっとなったのは、それもダダに対してちょっと甘すぎる文章がいくらか掲載されたことだけで、いきなり爆発したのは不思議と思われるかもしれない。しかし、それには理由があった。

「偶像破壊」に対するこれほど無邪気な提燈もちは苦笑いしてすませばよかったかもしれない。だが、それが出たのはちょうどあの苦悩に満ちた一九二〇年八月のことだった。ボルシェヴィキがポーランドに侵入し、ワルシャワに向かっていたのである。ピルスズキ[8]とヴェイガン[9]がやっと首都だけは救ったが、彼らの反撃が侵入軍を退却させるという保証はどこにもなかった。このような時に、「ぶちこわしの専門家たち」に文学的な聖別を行なうのは時機をわきまえぬ挑発と私には思えたのである。」（同、二〇二頁）

アンリ・ゲオンも、リヴィエールによってとられた新しい方向に対して黙りこくっていたが、シュランベルジェに組した。「そうだ、ダダの『N・R・F』における叙任は当然のなりゆきだ。そして、『ジュルナル・デュ・プープル』が軍事的にマダム街の事務所を占領するまで、『N・R・F』はボルシェヴィズムに、媚を売ることだろう。実際には、ブルトンの宣言はこの雑誌のアナーキーな性格になにを付け加えたわけでもなかったのである。」（シュランベルジェ宛書簡、B・175・二〇三頁）

リヴィエールはこれら協力者や友人たちの怒りを前にして驚きをかくさなかった。彼は友人たちに「これらの青年たち」がまったく可愛らしく、才能豊かで、彼らに対してほかの扱い方をするのは下手なやり方だということを説明した。そして、アラゴンにも彼なりの才能があり、次の号にはその『アニセ』の二つの章を掲載するつもりであること、雑誌全体の路線が一つの記事によって変わることはないし、それどころか、この記事は『N・R・F』と前衛とのつながりを保つというはかりしれない利益をもたらすはずだなどとも説いた。

シュランベルジェはぶつぶつ言いながらもこの説明に負けた。のちになると彼にもその正しさがわかったらしい。ジードは、リヴィエールのいうあまりにも可愛らしい青年たちに用心する理由も充分にあったのだが、いっさい口を出さなかった。

こうして、ダダも、この大雑誌の執筆者たちを結びつけている半ば家族的な強い絆には歯が立たなかったことになる。時が経って見ると、この騒ぎの帳尻をまわされたのはダダの方だとも思える。リヴィエールはダダのグループの中の文学者たち、ブルトンとアラゴンをえこひいきして、そのような利点をツァラとピカビアには計画的に拒否し、それによって世間に――いつもながらの先見の明によって――明日の偉人たちを指さして見せたのである。そればかりでなく、彼は、彼らをいや応なくダダから遠ざける運動の時期を早め、リヴィエール自身がその輝かしい未来をかいま見たあの「シュルレアリスム」へと向かわせたとも言えるのである。

第十一章　ダダの出版物（第一期）

はっきり言えることだが、当時としては、司祭を罵倒するよりもジョコンダに髭をつける[1]ほうが勇気のいることだった。

アンドレ・サルモン

雑誌『三九一』――『カンニバル』、『ダダフォーヌ（ダダ七号）』、『プロヴェルブ』――『Z』、『プロジェクトゥール』――単行本『羅針盤』――『シネマ・カレンダー……』、『ユニーク・ユーニューク』――『山師イエス＝キリスト』――ビラ

いくつかの小雑誌が一九二〇年前半にパリの舞台に登場し、宣言集会《マニフェスタション》やそのほかのダダの活動とともに、なんらかの形でダダ運動を支える働きをした。この開花現象は三月ごろ最盛期に達したが、秋のはじめにはもうなにも残っていなかった。

『リテラチュール』は、すでに見たように、ライノタイプ職人のストライキのために三月と四月は発刊を中断していたが、ブルトンと友人たちは次の号を精力的に準備していた。これは五月号になる予定で、それまでの大衆へのデモンストレーションの過程で噴出した言葉の波の精髄を「二十三のダダ宣言」という形で収載することになっていた。

ピカビアのほうは一九一九年にパリへ来てから『三九一』の発刊を再開しようと考えていたが、最初の号（第九号）を十月になるまで出せなかった。彼は、定期的な月刊誌を出そうと苦慮していたのだが、いろいろ手を広げすぎていたため、この望みもたちまち幻想に終わらざるをえなかった。特筆すべき内容がなにもない二つの号が十二月と二月に出たあと、三月に、当時の重要な出来事を掲載していたために他のあらゆる表現手段よりも適切にダダの性格を反映したこれら小冊子の中でも、最もすぐれた一つの見本が出された。第十二号の表紙は愛情をこめて「L・H・O・O・Q」と題したデュシャンのあの有名な髭のついたジョコンダで飾られ、三頁目は、すばらしいインクのしみで表わした「聖母」で飾られていた。この号全体はまさに商業主義的伝統的芸術に対する激しい告発になっていた。

傑作を冒瀆しようとするこの企てをさらに攻撃的性格にするため、ダダの大擾乱活動の期間、ピカビアは『三九一』をあまり「大衆的」でないという理由で中止し、その代わりに『カンニバル（食人種）』と名づけた新しい雑誌の二つの号を出した。最初の号は四月二十五日に発刊されたが、これはザラ紙に刷った十八頁のもので、のちに有名になるさまざまな個性を網羅していた。「セザンヌの肖像」でつくった剝製の猿、デュシャンがツァンク博士に発行したあの贋小切手を描いた「ダダの絵」、フォルク子爵と称する詩人の「崇高なる偶然」と題した詩、ルイ・アラゴンの「レトリスム」の詩、

自殺

a b c d e f
g h i j k l
m n o p q r
s t u v w
x y z

さらに、五月二十六日のフェスティヴァル・ダダで上演する前のブルトンとスーポーの寸劇『あなたは私を忘れるでしょう』のテキスト、当時脚光を浴びていた文学者や画家、とくにピカソに対する習慣化していた罵詈雑言。[2] というのもピカソの名前は大新聞などでしばしば不名誉なことにピカビアの名前と結びつけて書かれていたからである。[3]

エリュアールは「友だち？　いや、あるいはポエム・エリュアール」という非常にすばらしい詩「われわれの集まりは食前のテーブルに置いたグラスのように清らかだ……」と、ダダの冒険のつかの間の状況をうまく要約した半ば詩的で半ば諷刺的なテキストを載せていた。

状況報告

トリスタン・ツァラ。火山に挿す地下の花の考案者。Aa氏の公証人。A・B、P・B、L・A、B・B、P・E、G・R・D、P・P、等々「狂ったダダ同盟」の諸氏の友人。

アラゴンの思考の天井まで鳥たちは歌いながら昇り、餓えて死ぬ。

フィリップ・スーポー。瓶の破片。友人たちのよろず承り屋。口笛を吹きたまえ。彼の気に入らねばならない。

フランシス・ピカビア。娘たちが一つの魅力、すなわち白い髪しか持たぬことをうまうまと認めさせた。彼は海の水とひとでの涙を流す。彼は教会の看板に手を染めねばならぬ。

ブルトン。悲劇のシャルロ、ブルトン。十一人の小さな死人。この心臓すなわち、彼のドアの押しボタンと決して縁を切らぬことは確か。

ポールとデルメ。われわれの仲間で最もすばらしいスポーツマン。一つの栄光。

セリーヌ・アルノー。船と鸚鵡《おうむ》の帽子をかぶり、夜光虫の睫《まつ》

毛《げ》をつけて。

リブモン＝デセーニュ。空の沼。青い紙の上の床板《ゆか》と木の枝を称讃する。拷問者と聖女の作者。十万枚の下着をつけたダダ。

ポール・エリュアール。気の抜けたぶどう酒の販売人。四輪馬車の五番目の車輪。エリュアールは悪のために善ができず、善のために悪ができない。倦怠の数学者。仲間たちはすべての言葉を口笛で吹いて彼に教える。

すでに

ポール・ドロール
休息街　一、三、五、七番地

第二号は五月二十五日に出た。つまりガヴォー・ホール・フェスティヴァルの前日である。外観はこれまでよりも専門的に見えた。この号は「世界のすべてのダダイスト」を集めることをめざしていた。だが実際は、いつも同じ協力者で、自分たちの方法に熟達したものばかりであった。グレーズ（B・96参照）や新聞のコラムニストたちに対するピカビアとリブモン＝デセーニュの激しい罵倒。電話帳に並んでいるすべての「ブルトン」の一覧表（モデル酪農家のブルントにはじまって石炭卸商ブルトン商会株式会社にいたるまで）、これらすべて（アンドレ）ブルトンの署名で掲載されていた。そして、あらゆる種類のゴシップの掃きだめとなった、なんらかの変名（キュキュラン、エザン、等々）で署名した「覚え書」欄、もあった。

同様に、二月と三月には『ダダ』の二つの号が出た。『ダダ』は一九二〇年にはこの二つだけである。第六号（『ダダ通信』）はサロン・デ・ザンデパンダン（一九二〇年二月五日）でのダダの発表会に対するプログラムの代用になっていた。第七号（『ダダフォーヌ』）は三月の日付になっている。これは『三九一』の十二号と対《つい》になるもので、文学的内容が中心を占めていた。そこには、すべてのダダイスト、つまりブルトン、ピカビア、ツァラ、スーポー、エリュアール、アラゴン、リブモン＝デセーニュ、デルメ、セリーヌ・アルノー、アルプ、ゼルナーらの宣言や声明（および彼らの写真）が見られる。しかしまた、他の名前（ジャック・エドワール、ジュール・エヴォラ、エズラ・パウンド）も見えていた。『ダダフォーヌ』は今日でもまだ面白い十頁の読み物を提供している。ダダイスムの種々な成分、諷刺、ユーモア、暴言、率直さなどが、全体に均質でしかも最高の純度で混じり合っている。

ブルトンは『磁場』の特徴である峻厳さとは違った、魅惑的な「贋金」をわれわれに見せてくれる。

ボヘミア水晶でできた花瓶の
叫び声の花瓶の
叫び声の花瓶の

水晶の
その花瓶の
ボヘミア水晶でできた花瓶の〔……〕

（B・226『ダダフォーヌ』、三頁）

ツァラとリブモン＝デセーニュとピカビアは、錯乱のうちに語り、わめき、恍惚状態で罵倒する。エリュアールは「強固な言葉――第五十八」の中ですでに『プロヴェルブ（箴言）』の文体を見出していた。

もろもろの小路は小刀だ
すべての詩人たちは知っている
魚たちの床を描くすべ
暁に坐り、別のところに寝るすべも

この四行は次の匿名（実はフィリップ・スーポー）のぶっきらぼうな「状況詩」を四隅から囲っている。

「郵便局は正面ですよ。」
「だったらどうしろとおっしゃるのですか。」
「失礼、あなたが手紙を持っているのを見たものですから。たぶん……」
「たぶんじゃだめです。かんじんなのは知ることとですよ。」

（B・226『ダダフォーヌ』、三頁）

各頁はそれぞれ、謎めいた託宣や秘めやかな警句や独断的な宣言、さらにはこの雑誌の協力者たちにも遠慮しない、知人や同種の運動に対する批判、そして『ダダ』以外の定期刊行物およびダダの擁護のもとに出されたフランスと外国の出版物に関する嵐のような宣伝を掲載していた。

ダダイスム以前からあって、ダダ運動がパリで勝利してからさらに活発になったこれらの「大きな」雑誌と並んで、一九二〇年の火の手の一種独特な産物であることを示す、他のもっとつつましい雑誌がいくつかある。当時刷られたダダ運動の青い用箋の頭書きに（『リテラチュール』、『三九一』、『ダダ』を除けば）次の四つが記載されている。『$D^{d}O^{4}H^{2}$』（主宰者、リブモン＝デセーニュ）、『マムネジー』[4]（主宰者、セリーヌ・アルノー）、『プロヴェルブ』（主宰者、ポール・エリュアール）、『Z』（主宰者、ポール・デルメ）。

これらの雑誌が同時に発刊されたのはなにも共通した理念の結果ではなかった。ダダ運動の指導者たちにとって、重要なのは大衆の注意を引くためにそこで協調的な姿勢を示すことであった。十頁ほどの雑誌が五つ六つあれば六十頁の雑誌一つよりもはるかに大きな効果を生みだすという原理から出発していたので、それぞれのダダイストが「自分の」小冊子を発行するよう努める方が好都合だったわけである。そしてあまり資金の豊かでない人たちは、グループの「擁護者」、この場合ピカビアとポール・エリュアールから金銭的援助を受けていた。このもくろみは要するに非常に巧妙であって、事実の経過につれてそれは証明されていった。新聞はこれら駆けだしのパンフレットの一つ一つに協調的で友情にみちた論評を行なった。大衆の方は、買いもしなければましてや読みもしなかったが、これらの雑誌はなにか神秘な言葉の響きを持っていて、ダダという名の限りなく膨張していく怪物の無数の触手のように見えたのであった。

それら一群の雑誌の中で最もきわ立って興味深いのは疑いもなく『プロヴェルブ』である。これは「言葉を正当化するためにしか存在しない」ことを標榜していた。「私は『プロヴェルブ』という雑誌を出すつもりです。たぶんあなたの気に入っていただけるだろうと思います。私たちが互いに自由に書けるような、小さな告知欄を持った四頁のものです〔……〕。フランス語（それに、もちろんその思考表現）がもはや文学の道具ではないということを示すことが、新しい秩序の到来するまで必要でしょう」（未刊、C・T）と彼は一九一九年十二月十九日、トリスタン・ツァラに書き送っている。同じくまた一九二〇年一月三日には「私たちは最良の方法で言葉を辱しめるでしょう」（未刊、C・T）とも書いている。第一号（一九二〇年一月一日）はクラシックな外観をしていたが、次のようなアポリネールの二行詩を銘にかかげていた。

> おお　ロよ、人間は新しい言語を求めている。
> いかなる国の言語学者もかかわることのできぬような。
> （『カリグラム』（「勝利」）、B・3・三一〇頁）

エリュアールは年少のときからすでに語彙と言語活動の問題に熱心であった。彼はずっと前から形はまだはっきりしないけれども一つの文集を出そうと考えていた。そこには方々ですすんで書きためてきた「文体錬磨」の習作を集めるつもりであった。彼はブルトンと同じように文体論者のマラルメやヴァレリーに忠実であった。[5] 彼はまた『カナール・アンシェネ』紙が一九一五年に創刊されて以来の熱心な読者であったが、新聞紙上に散見する洒落や言葉の遊びを詩の面に置きかえようと試み、予期しない二つの言葉の結合が生みだす爆発によってときどきかいま見られる、あの思いがけない地平線に驚嘆していたのだった。そこには、まだ萌芽状態だが、シュルレアリスムの得意の技法の一つが認められる。しかしながら、それはとりわけ画家マルセル・デュシャンがニューヨークのアトリエの秘密の中で打ちこんでいた作業と同じもの、つまり創造行為の基本的要素に対する根本的探究という作業、表現の源泉にまでさかのぼるという作業であった。奇妙な一致だが、[6] 一九二〇年ごろマルセル・デュシャンはみずからの原理のいくつかを適用して『ローズ・セラヴィ』の最初のコントルペトリ（文字や綴りを入れかえて言葉をつくりかえる技法）を編んでいるのである。（B・73・九九―一〇五頁）

『プロヴェルブ』は、「花嫁」の覚え書[7]と同じく第一号のジャン・ポーラン署名の巻頭論文の中で「言葉は使うにつれて磨耗する。言葉はひとたび成功すれば多くの余力を持たなくなる」（B・251『プロヴェルブ』一号、一頁）という事実を指摘している。また、「それも、おそらく最後には忘却に付されるであろう」とポーランは付け加えている。言葉の忘却、既知の文章構成法の破壊、である。

『生の必要事』[8]への序文で、この同じポーランは次のような考えを明らかにしていた。

「ヴィクトル・ユゴーやステファヌ・マラルメやマチウ・ド・ノアイユ夫人の奇妙な誤りは、われわれに次のように考える余地を残したことである〔……〕。つまり、言葉は味や香りや音楽を持たぬだけでなく、言葉にとっては意味すらもそれほど確かな特性ではないので、作家が言葉をおろそかにしたり、安易な気持で扱ったり、さらには、言葉の脈絡、つまり言葉の筋やその固有の抵抗の仕方を考慮しなくなるやいなや、言葉はたちまちその特性を発揮しなくなるのである、と。箴言《プロヴェルブ》というのは最初の掘り出しものというしるしが永遠についた範例文であり、それに類した言葉であるが、箴言にとって、その周囲の空隙がどれほどそれを不条理で純粋なものにし、また、それを創りだしがたく維持しがたくしていることであろうか。ポール・エリュアールが箴言をあるがままに受け取り、かつまたそれを探究するのを、私は好む。彼の詩はそののちはじまるのである。」

ポーランは確かにエリュアールと『プロヴェルブ』の形成とに決定的な影響をあたえたように思われる。

「私が証明しようと専念していたのは、言葉が（電報記号や速記記号におけるような）たんなる思考の翻訳ではなくて、それ自身一つのものであり、本質に還元されるべき困難な素材である、ということである。」（エリュアール宛未刊書簡、日付なし〔一九二〇年〕、B・238所収）

エリュアールはみずからこの証明に専念することになる。

そこにはダダイスムの特性があらわれていないではないか、と人は言うかもしれない。実際、『プロヴェルブ』は最初のころは、協力者の中にモリス・レイナルのような文芸ジャーナリストがいたことでも明らかなように、他の姉妹誌に比べれば、あるいは少なくともデュシャンの当時の作品に比べれば、ずいぶん控え目なものである。しかし、ツァラ、ピカビア、ブルトン、アラゴン、そしてエリュアール自身の文章がダダ特有の不協和音をそこへ導入してもいるのである。「コルセット玄義《ミステール》」の作者の次のような発想などはよい例である。

「父なる神の偉大な自由意志はフランスでは海抜標高四八一〇メートルを越えない。」（B・251『プロヴェルブ』一号、四頁）

しかしながら、『プロヴェルブ』はその後あっさりと当初の理念を消散させていった。第二号（一九二〇年三月一日）は印刷の技法を駆使したものであった。ピカビアの評論は、もともと非論理的であったが、「私はかつて自分の体液に水を加えることしかできなかった」（B・251『プロヴェルブ』二号、二頁）という一文などは大文字の活字で重ね刷りをしていたために、ほとんど読めなくなっていた。エリュアールはわれわれの今様ジュールダン[9]先生たちの流儀にしたがって大哲学者に変貌し、（ダダに関して）『アントランジジャン』紙に出た不愉快な一文を六つの時間に分離、敷衍していた。

規則は破ら《ヴィオレ》ねばならない。しかり。だが破るためには規則を識らねばならない。

規則は識らねばならない。しかり。だが識るためには規則を破らねばならない。

認識は規定しなければならない。しかり。だが規定するためには認識を破らねばならない。

強姦罪《ヴィオル》は規定しなければならない。しかり。だが規定するためにはそれを識らねばならない。

強姦罪は識らねばならない。しかり。だが識るためにはそれを規定しなければならない。

認識は破らねばならない。しかり。だが破るためには認識を規定しなければならない。（B・215『プロヴェルブ』二号、一頁）

エリュアールはこのようにして、モリエールの気には召さないが、「最初の方法」は必ずしも最良の方法ではないことを証明する。

『プロヴェルブ』はこれと類似の手法でつくり出されたブルトンのまばゆい真珠を収めている。

「増殖する怒りの輝きの中で、花のコルセットのように、あるいは小学生の消しゴムのように扉がきしむのを私は眺める。」

（B・251『プロヴェルブ』二号、三頁、『磁場』からの抜粋）

だがこれらの覚え書の中のリリスムもピカビアの才気にまかせた非論理的言葉のかげで色あせていた。

「ダダ運動の大統領夫妻は、パリはエトワールの広場で、おのれの彫像を見たい欲望に身をかられ、ブロンズの小便をたれ流す。」

（B・251、二号、四頁）

このような非論理的表現は第三号からは一般に行なわれるようになった。第三号ではきわめて傾向の異なった協力者たちでさえ、しばしば無意識に、しかし時には技巧的に、このダダの愉快な舞踊に相ついで加わっていった。

次の号は四月に発刊されたが日付はなかった。この号は号数もつけず「芸術と詩の特別号」という豪華なタイトルを掲げた一枚の紙の形で出され、予約者を集める目的でダダのさまざまな宣言集会の機会に無償で配られた。ただ一つ特筆すべきことは、この紙には直径二センチの丸い穴があいていたことである。これは「少女、人生の腕環」と題したピカビアの作品で、その原型はいまでもツァラ・コレクションの中に収められている。

『プロヴェルブ』はあまり読まれなかった、と考えるべきであろう。というのは第五号（五月一日）で一九二〇年に発刊されたシリーズを終わっているからである。[10] この廃刊は時期的にはダダの組織する公開集会の停止と一致している。[11] エリュアールはしかし再刊しようと努めていた。最後の号は「単純なるものはダダと呼ばれる」という一文を銘に掲げた、無署名の寄稿文からなる四頁のものであった。このような刊行方法がダダイスムの作品全般に広がっていたなら、多くの自尊心の爆発を避け、運動の方向をもおそらくは変ええたかもしれない。しかし、著者のない雑誌というのはすべての編集者が夢みるものであるけれども、周知のように、これまで誰も刊行したことはないのである。[12]

その他の雑誌については一言触れるだけで充分であろう。

『Z』はポール・デルメが――いずれも三月に――発刊したものであるが、二号しかなかった。一つは八頁の細長い形のもので、もう一つは日付はないが、同じ時期のもので、ロネオタイプで謄写した、たった四頁のものであった。主宰者はそこで初心者でもわかるような簡単な論理的な言葉でダダを説明しようと試みていた。そのほかのこと（形式とか協力者とか）は『プロヴェルブ』とほぼ同じと言えるであろう。

五月に、デルメの夫人、セリーヌ・アルノーは夫が捨てた松《たい》明《まつ》をふたたびとりあげた。彼女は小説『補助索』や詩集『透かし戸のついた詩』の作者であり、またデルメが書くすべての雑誌に名前を出す活発なダダイストであった。彼女は『プロジェクトゥール（投光器）』を発刊した。これが『Z』と違っていた点は特にそのサイズで、同様に細長いものであったが、これは横へ細長いものであった。セリーヌ・アルノーの意図は純粋であった。「『プロジェクトゥール』は盲目のための照明灯である。それは光を売らない。光は無償である。『プロジェクトゥール』はすべてを軽蔑する。金を名誉を宣伝を。」（B・250『プロジェクトゥール』一号、一頁）しかし雑誌の中では、文章は二つの欄に分けて巧みに刷られており、ダダのあの同じ配合で、要するにすばらしい配合でねりあげられていた。協力者の常連のほかに、大新聞から一時的に離れていたルネ・デュナン夫人の名前が加わっていた。『ダダ通信』がアンデパンダン・ホールでのマチネの集会（二月五日）のプログラムとして使われていたのと同様に、『プロジェクトゥール』の最後の頁はガヴォー・ホールでのフェスティヴァルを詳しく予告していた。

これがこの号を販売した決定的な理由であったと思われる。この号はしかしながら、ポール・デルメがダダの営利を無視した活動領域を離れて、野心的な企画をひそかに考えていたこともあって、ユニークなものとして残った。彼は、大部数の雑誌『エスプリ・ヌーヴォー（新精神）』[13]の刊行を主な目的とした「十万フランの株式会社」（のち十五万フランに引き上げ）の設立をまわりの人に予告していた。そしてこの雑誌の第一号は一九二〇年十月に発刊された。デルメ夫妻の作品を出版するために一九二〇年のはじめにつくられた「プロジェクトゥール」社はこの活動を引きつぎ「エスプリ・ヌーヴォー」社という名前をつけた。

『$D^dO^4H^2$』の方は宣伝されるばかりで、まだ企画の段階にとどまっていた。リブモン＝デセーニュはその頁の中に、この化学式が表題で誇示していた硫酸塩をついに流しこむことができなかった。

ついでにここで、他の二つの幻の雑誌のことも覚え書のために触れておこう。一つは『ムーヴマン（運動）[14]』である。これは（その企画について）一九二〇年のエリュアール―ツァラ、およびブルトン―ツァラの往復書簡で問題にされている。もう一つは『マムネジー』である。これはいくつかのダダの雑誌やダダ運動の用箋の頭書きに予告されていて、セリーヌ・アルノーの主宰で出されるはずであった。しかし『マムネジー』は同一の雑誌のためにアルノー夫人の想像力豊かな精神が考えだした一連のいくつかの予備的タイトルの最初のものにすぎなかった、と考えてよいであろう。そしてこの雑誌は最後には――あまりうまくなかったが――『プロジェクトゥール』と名づけられることになったのである。

これらダダの雑誌はすべて、『リテラチュール』を除いては、同じ鋳型にはめられていて、似たような性格を示していた。このジャングルの中で、ジャングルを構成する異なった木々を見分けるには熟達した眼が必要であった。

さまざまなダダイストたちの形成と気質の差異がはっきりと認められるのは、ダダの公認の出版者となったルネ・イルサムが一九二〇年の一月から七月までに出版した六冊ばかりの本によってである。すべてが「サン・パレイユ（比類なく）」という共通の社名をつけていながら、これらの作品は実際にはほとんど共通の性格を持っていなかった。『羅針盤』という題名で集めたスーポーの詩は、アポリネール風のあるいはサンドラルス風の響きを持っていて、ダダも人間の深奥は少しも変えなかったということを見事に示していた。

家並みは大西洋定期船となり
海の音は私のところまでのぼってきた
私たちは二日のうちにコンゴに着くだろう
私は赤道を横切り南回帰線を横切った
そこには数多くの丘があることを私は知っている
そしてノートルダム寺院はガウリサンカール[15]と極北のオーロラを隠す〔……〕

（「水平線」、B・178〔三二―三三頁〕）

これと反対に、『抽象的な心臓のシネマ・カレンダー』の歌に見られるツァラの狂気のような言葉の稲妻は、ダダ的な即興の最も完全なフォルムをあらわしている。それは何よりもまず、たとえば、伝統的詩行為の空しさの証明として示されたものである。がしかし、作者自身の意図にもかかわらず、読者はそこに一つの意味を見出さないわけにはいかない。それは確かに調子はずれで、突飛で、滑稽で、断続的で、滅裂した意味かもしれない。が、いずれにしても一つの意味であることには変わりはないのである。

塩坑の催眠術にかかったランプは
用心深い口のなかで痰を蒼ざめさせる
黄道帯の中で凝固した車輛
一匹の怪獣が焼け焦げたガラスの脳髄をさらけだす
心こめた挨拶から逃れだした
ラグタイム・ジャズの雉鳩にも似た真実がそこにある
〔……〕
（B・195、二十番目の詩篇）

ルネ・イルサムは、意識的かどうかわからないが、この二つの傾向をはっきりした二つの作品集に分けた。つまり『リテラチュール』を中心とした作品集（これは一九一九年にすでにランボー、ブルトンの初期作品、ヴァシェ、サンドラルスを収めている）と新しく開花した『コレクション・ダダ』の作品集である。前者は『羅針盤』、アラゴンの『祝火』、ブルトンとスーポーの『磁場』、そして最後にエリュアールの『動物たちとその人間』の順番で出版された。これらのテキストはすべて独特なものであったが、それにしてもやはり本来の文学的意図を濃厚に持っていた。それに反して、後者はツァラ（『シネマ・カレンダー』）やピカビアの「売れない」題目を含んでいた。

ピカビアは『言語のない思考』以来、絵の制作と『三九一』の編集に忙殺されていて、本はなにも出版していなかった。『唯ひとりの宦官《ユニーク・ユーニューク》』（言うまでもなく、類似音的な面白さを持つこの表題は作品の内容とはなんの関係も持っていない）は一九二〇年二月二十日に上梓された。最初に、単純な曲線と鉤《かぎ》線に還元したタッチで描いた自画像があり、そのあとに二つの序文が掲げられていた。一つはツァラの序文であり、もう一つは予想外ともいえるブレーズ・パスカルの一文である。

「〔……〕なにものも言わぬ方がよい。そうすれば、人間は、あるがままに、つまりそのとき自分があるがごときものによって、さらにはこちらが作り出したものではない他のもろもろの状況がそれに付け加えるであろうものによって、ものごとの判断をするであろう。しかしとにかく、少なくとも、そこにこちらはなにものも加えないですむであろう[16]〔……〕」
（B・142・一五頁）

ツァラの序文はこれほどわかりやすいものではないが、より直接的である。

「〔……〕ひそかな愉しみで生を満たすように努めること。これは時には愉快な冒険になる。〔……〕しかし、悪ふざけの冗談に永遠の性格を与えたり、絶対的なものとして渇望したりすることは、滑稽である。それは、オナニストの単純な挨拶や救世軍の音楽のようなものである。〔……〕思想は絵を毒する。ピカビアは絵をあらゆる問題を排した一つの様式に還元した。各人はそこに彼の生の線を見出すだろう。」（B・142・一二一―一四頁）

そして、ワイルドとニーチェとピカビア（「すべての確信は病いである」）の三つのエピグラフのあとで、いわゆる本文がはじまる。これは際限のない形状しがたい構成のもので、あらかじめ述べられた注釈以外の解釈は想像もできない。

逆に、ピカビアの二冊目の本はおそらくそのころ出たダダの文献で最も重要なものであろう。実際、文学創造の領域で当時あらわれた他の作品と違って、『山師イエス＝キリスト』は、その瀆神的表題が示すようなものではなくて、ダダの「哲学」に関する論文なのである。それは、間違いなく特異なそして人を面くらわせるような論文ではあるが、大筋では理解可能であり、芸術と文学と人生に関する独創的な思念にあふれている。文体そのものも、さほど饒舌ではなく、むしろ神秘的であり時には抒情的で、『磁場』のブルトンの影響をみとめることができる。とはいってもピカビアの独創性が消えているわけではない。短い辛辣な文章にあふれており、引用に値する突飛なあるいは思いもかけない比較の表現など、ここに書きだせば数頁は簡単に埋めることができるであろう。

ガブリエル・ビュッフェ（ピカビア夫人）が序論を書いているが、彼女はまず読者に警告を発し（「なにもかも説明する習慣から人はいつ抜けだすことができるだろうか。生を一つの辞書と考えよ。動詞《ある》を削除せよ」）、そのあと、この作品の表題を正当化しようと努めていた。表題はピカビアが自分の悪名高い美徳に対する賭けとして選んだものであった。賭けというのは、彼が、最高の自由の或る種の理想を、それでうまく言いあらわそうとしていたからである。[17]

「山師とはダイヤモンドを食べる欲望にかられたものである。彼はいくつかの不似合いな安ぴか物と素朴な感情の持主である。彼は単純でやさしい。彼は手に入るすべてのものを手品で巧みにあやつる。だが、彼はその使い方を知らない。ただ手品であやつることしか望まないのである――彼はなにものも学ばなかったが、しかし、創造する〔……〕原理がないからといって生の支点がなくなった、と考えてはいけない。」（B・143・九頁）

秩序もなく文学的配慮もなく書きとめたこの六十四頁の省察の中から、なんらかの明確な線を、哲学的あるいは形而上的建築のために無意識に提起される基盤を、とりだすことができるであろうか。

全般に、この新しいジャンルの「福音書」はかなりはっきりとニーチェの作品からその精神を得ている。つまり現実的人間の活動は、基本的なものを除いてはすべて、激しいそしてしばしば衝撃的な言葉で批判されているのである。ピカビアは全的自由の探究を、すなわち見かけよりもさらに困難な快楽主義的禁欲の探究を、読者にすすめるのである。

「働いてはいけない。愛してはいけない。読んではいけない。私のことを考えても見よ。私は新しい笑いを見出した。それはすべてに対する通行許可証となっている。君の快楽のために生きよ。理解しなければならないものはなにもない。なにもないのである。君自身がすべてのものに与えるであろう価値以外にはなにも、なにもないのである。（B・143・一八頁）

幸福はわれわれの影の残骸を触れて通る。人生はその残骸の手足をのばすための入浴のごときものにすぎないであろう〔……〕芳香性植物の枝に薫る金銀の中に諸君の手をひたせ。両脚を交互に腕にかけて心臓を脚ではさみ、私をさがしに地平線まで訪ねよ。（B・143・三〇頁）

私はといえば、身を隠すために人の姿を装っている〔……〕地上には、われわれの哲学がわれわれに信じこませているほどの、多くのものはない〔……〕スピノザはスピノザを読まなかったただ一人の人間である。（B・143・四六―四七頁）

最大の快楽は欺くことである。欺き、欺き、欺き続けることである。なによりもまず欺け、だが、それを隠してはいけない。失うために欺け。決して得るために欺いてはならない。なぜなら、得るものは自らを失うからである。（B・143・五七頁）

障害はなにもない。唯一の障害は目的である。目的なく歩け。（B・143・五八頁）

私は幸福から逃れる。幸福がまっとうされないように。」（B・143・六三頁）

芸術に関して、ピカビアははじめてダダイスムの基本原理の一つを確立する。すなわち、人間の手になるすべての作品は本質において芸術的である、ということである。

「絵画であれ、文学であれ、音楽であれ、いかなる作品においても、他より上位の創造というものはない。すべての作業は同じものである〔……〕また、伝統の一部をなさぬ作品はない。巨匠たちの絵をできる限り巧みに模写しようとするルーヴルの模写画家たちの作品でさえそうである。それはシャルダンが卵の殻やコーヒー・ミルをできる限り巧みに模写したのと同じである。」（B・143・六四―六五頁）

この真実が理解できなかったがために、芸術家は専門家つまり失敗者になったのである。

「抒情詩人たち、劇詩人たち、諸君は芸術を憧憬するあまり文学から脱落しているのである。しかも諸君は文学者以外のなにものでもないのである。のろまな画家たちよ、諸君が探究している領域はもはや古くなった逸話なのだ。音楽家たちよ、諸君は水切り遊びの石なのだ。（B・143・一四頁）

われわれの美術館に展示されるすべての画家は絵画の失敗者である。人は失敗者についてしか語らない。世界は二つの種類の人間に分けられる。すなわち、失敗者と未知の者である。」（B・143・三四頁）

このように『山師イエス＝キリスト』のおかげで、ダダはそれまで欠けていた理論的基盤の一つが与えられることになった。この運動メンバーの総意を集めるというにはほど遠かったが、この作品は、文体の活発さ、天衣無縫な調子、思想の新しさ、そしてとりわけ全篇にわたる抒情的な息吹きによって、パリのアヴァン・ギャルドの文壇を魅了したのであった。

この一九二〇年はまた、ダダ運動の最も独創的な表現様式の一つがあらわれた年である。それは夜ごと首都の壁に貼られる色彩ゆたかなビラという形をとっていた。「これらのビラは美しい」と一九一九年十二月十九日、エリュアールはツァラに書き送っている。「すべての人々は例外なくそれを受け取っています。そしてすべての人々はあなたのためのこの広告に満足しています。[18]」

「でもどうして公衆便所にまで貼るのでしょうか。しかし、それでもやはり悪くはありません。」（未刊、C・T）パリの文壇が非難したような方法に訴えてはいたが、ダダはこのそうぞうしい宣伝を安あがりに行なおうと考えていただけではない。ダダは、とりわけ、新進の詩人や芸術家を世に出す慣例的な舞台、つまり劇場やサロンや画廊や講演会場や特殊な雑誌を離れて、彼らのなまの作品を大衆の手にとどけようという望みを示していたのである。

ツァラはチューリッヒで運動のうぶ声をあげて以来、狂いのない直観に従って、不特定な聴衆と直接交流しあうあの宣言集会という方法をとってきていた。ポスターや趣意書やパンフレットの大部分はダダの名のしるされたものであったが、これは印刷技法上大成功のもので、図版家や印刷専門家の眼にも、今日なお模範的な価値を持っている。通行人はそのめずらしい構成形式に眼を引かれ、またその用語の韜晦《とうかい》的側面に深く印象づけられたのである。この成功は、簡単なように思われるかもしれないが、実は例外的であった。当時やそれ以後の無数の模倣作品が実証したとおりである。形式は同じであっても、衝撃のエネルギーが消滅していたからである。

しかし、ポスターが常にダダの兵器庫の一部をなしていたとはいえ、[10] ビラの出現はむしろ終わりのころであった。ツァラが最初にビラの形式で刷らせようと思いついたのは、おそらく、学生や各種政党やあるいは中古ストーヴの買い手を求めるたんなる個人が教会の壁や立て樋《とい》に貼った、この種の掲示を見たからであろう。

今日までいかなる資料もないので、最初それがいつあらわれたか、はっきり日付を定めることができない。しかし、ツァラとダダイストたちが友人や新聞社にそれを大量に郵送しており、そしてまた新聞社が一九二〇年一月以降それらの存在を読者に（おそらく）時をうつさず伝えていたところを見ると、その着想と実行の日付を一九一九年十二月にさかのぼらせることができる。さきに引用したエリュアールの手紙はこの仮説を証明するものであろう。

最初の印刷には四つの文面が載っていた。これは小さな長方形の紙に六色刷りしたもので約千部刷られた。

㈠　ダダ
　⬇語彙開発のための株式会社
　社長　トリスタン・ツァラ

㈡　もし好んで「知る」という語を説明しようとするなら、聴衆は誰でも術策家である。
次の文を説明すること。⬇空っぽの頭蓋の風車に住む赤腹どもの楽しみ。
トリスタン・ツァラ

㈢　ダダはなにも意味しない
⬇もしくだらぬと思い、何も意味しない言葉のために時間を費やさないなら……
トリスタン・ツァラ

㈣　もう一つ、お黙りなさい。言語活動は速記術でもなければ、犬どもに欠けているものでもない。

これらさまざまな文章は野次馬たちを充分驚かすに足るものであったが、その意味はつかみがたい。最後の文章が少なくともエリュアールの文章であるということがわかったとき、またこの色どりゆたかな開花を『プロヴェルブ』発刊（一九二〇年二月一日）のためにエリュアールが企てたキャンペーンに結びつけたとき、いくらか理解できる程度である。実際、エリュアールの雑誌と同様、ここでも「言葉」あるいは「語彙」しか問題になっていないことがわかる。[20]

この成功に力を得て、ビラの様式とそれに似た趣意書の様式とがダダの支配のもとに一般化していった（そしてまたシュルレアリスムがそれをさらに体系的に発展させたということは周知のとおりである）。これと類似の他の手段も集中的に行なわれた。近々行なう宣言集会や発行予定の雑誌を刺激的な言葉で予告するチラシ。当時の趣味をさかなでするような用箋の販売。[21] ダダを化粧石鹸や煙草の商標なみに下げることになったが、パリや地方の新聞にはさみこんだ有料のチラシ、などである。

「誰もが自分の車を持っているわけではない。しかし、誰もが自分のダダを持っている。——ピカビア」(『ル・プティ・ブリュ』紙、一九二〇年七月四日)

「ダダの絵で仕事をする額縁《ドルール・アンカルドゥール》屋は恐怖の職人《アンカルドゥール・ドルール》となる。——アンリ・ラポーズ」[22](『ル・プティ・ブリュ』紙、一九二〇年七月四日)

これらさまざまな手段を使って、ダダは、一九二〇年の夏以後、コマーシャリストたちの誰もが持つ夢を実現させていった。ダダは、アメリカで「イメージ」と称せられるものを、この時すでに作りあげていたのであり、大衆の精神の奥深く実体として存在したのである。わざわざ読まなくとも、一瞥《いちべつ》するだけで、通行人や読者は、壁の上に、新聞の中に、さしだされた紙切れに、ダダ特有の爪を見たのである。

第十二章　一九二一年の「賭け金」

ブラシにはいくつかの種類がある。そのうち、不完全なものではあるが、私はヘア・ブラシと靴ブラシとを付け加えたい。また、日光浴のための太陽と、馬の尾で編んだ摩擦用の手袋もある。しかし、これは固有の意味でのブラシではない。

アンドレ・ブルトン

一九二〇年夏——ベルギー遠征の失敗——『山師イエス＝キリスト』の苦悩——マリ・ド・ラ・イールの『フランシス・ピカビア』——ポヴォロズキー画廊のピカビア展——弱い愛と苦い愛に関する宣言——「ダダはすべてを持ち上げる」——マリネッティと触覚主義《タクテイリスム》——『パラード』の再演——ダダと恐怖政治

外部から見ると、この一九二〇年の夏には、ダダは、あえて言えば、翼におもりをつけていたように見えたかもしれない。若いダダイストたちがヴァカンスのために散って行ったとき——というのは、彼らは正真のダダイストではあったが、やはり夏の日々をこのブルジョワの祭典にささげたのである——人は、確かに、この夏の出発がダダにとって眼に見えぬ痛みのない崩壊の原因となるかもしれない、と考えることができた。

しかし、実際の経過は逆であった。精神を高揚させる相つぐ激しい宣言集会《マニフェスタション》や熱い連帯意識をかもしだす人間的接触のあと、急に地方や外国で沈黙と孤独の中にはめこまれたとき、ダダイストたちは、誰もが、しかも同時に、同じような複雑な気持を味わったのである。これは、倦怠と孤立感のおかげで、共に生きた強烈な日々へのノスタルジアから生まれたものであり、ある場合には恐慌状態にまでなりかねないものであった。

ブルトンは七月の終わりに突然『N《エヌ》・R《エル》・F《エフ》』誌を離れ、ロリアン（ブルターニュ地方の郡都）の家族のもとに引きこもっていたが、彼の心は、リヴィエールのこの雑誌(1)をとおして著名度をましたという当然の自負心と、一方では、まさにそのことによって友人たちの眼には信頼感を半減させたという気持で、相半ばしていた。彼は七月二十八日に次のようにピカビアに書き送っている。「私が『N・R・F』にどれだけいや気がさしていたか、あなたは誰よりもご存知です。私は自分の行動のまずさのために友人たちや、あなたさえも、いら立たしい気持にさせてしまいました。でも、そんなことは長続きするはずはありませんでした。私は大丈夫だということをときどきお知らせしましたが、あなたは私について日増しに批判的なお考えをもたれるようになってきました。」[2]（未刊、D・P）ブルトンは、首都パリでの権謀術策から遠く離れて、ブルターニュの陽の光にあふれる海岸で、少しずつ本来の均衡をとりもどし、同時に、行動への新しい欲望をとりもどしていた。

エリュアールもまた病んでいたが、彼は次のようにツァラにうち明けている。「〔……〕ぼくはダダの新しい宣言集会を熱望しています。十月にはパリへもどってきてください。宣言集会は以前と同じように成功するでしょう。あのすべての集会がこの六か月間ぼくをささえてくれもし、また、楽しませてくれもしたのです。」

「パリへもどったらなにかをしなければならないでしょう。しかし、いったいなにを？〔……〕」（一九二〇年八月十六日付未刊、C・T）

最後に、アラゴンはペロス＝ギレック（フランス北岸の郡都）からピカビアに告白していた。「わたしはトリスタン・ツァラの住所を忘れました。ここでは、ルナン[3]の家とボトレル[4]の家を見にいきました。また、ガブリエル・ヴィケール[5]に心酔した老人にも会いました。私はまったくといってよいほどひとりぼっちです。」（一九二〇年八月二十一日付未刊書簡、D・P）

しかし、疲れを知らぬツァラはそのダダのリーダーとしての能力を他のいくつかの場面で発揮していた。七月のはじめ、彼は宣伝と視察のための大旅行に出発し、まず、彼の最初の活躍の舞台であるチューリッヒへ立ち寄った。だが深い失望感。彼は次のようにピカビアに書き送っている。「この穴ぐらのような田舎町から見ると、パリはすばらしく均衡のとれたところです。あなたのいるパリ、あなたの活動、私たちがともに過ごした時間。私の生活で最も快適だったあのパリ滞在の日々は、あなたとあなたの友情のおかげです。アルプは相変わらず非常に気のいい若さにあふれた青年《ガルソン》です。彼はたった一人で、恐ろしく退屈しています。非常にあなたに会いたがっており、パリかニューヨークへ行きたいと言っています〔……〕」

「なんと馬鹿げた土地なんでしょう。チューリッヒは何人かのお婆さんの手に握られています。ここで私が何年かいたなどと、とても考えることができません〔……〕」（〔一九二〇年〕七月十一日付未刊書簡、D・P）

最初からあまり熱意を持つことができなかったが、ツァラは、イタリア（マントヴァ、ミラノ、ヴェネチア）を鉤字型に経由して、「暗いバルカン諸国へおりて」（同前）行った。もっとも、その途中で、彼はイタリアの若い詩人芸術家ジーノ・カンタレルリ、アルド・フィオッツィ、エンリコ・プランポリーニ）の心にダダの火をともしたのであった。彼は、簡潔な葉書文で、七月二十八日にブカレストに着くまでの経路を順次知らせている。（「私はもうパリに帰ることしか望んでいません。〔……〕バルカンの国々とここの精神状態にはほとほといや気がさします。私は恐ろしく退屈です」）そしてアテネから。九月十九日にはイスタンブールから（「ほとんど三か月のあいだ、私はほんとに興味を引くものはなにも聞きも見もしていません」）二十五日ナポリから、ローマから、フィレンツェから。そして最後に、十月八日ふたたびチューリッヒから。彼はそこで間近にせまったパリ復帰を告げている。

だから、ダダイストたちが一九二〇年の秋に首都へもどったとき、彼らは喜びを隠そうとはしなかった。ピカビアはそのあいだも決して活動を中断してはいず、計画をかかえていた。そのうち、最も重要と言えないにしても、最も差しせまったものはベルギーの詩人クレマン・パンセルスが彼に示唆したものであった。パンセルスは七月にパリへきてレ・グラン・ゾム・ホテルに住んでいたが、ブルトンの助言で、八月八日に訪問を申し入れた。生まれつきの熱狂的性格は、ピカビアの精力旺盛なスペイン人気質にあおられて、八月中ごろ行なわれた二人の出会いの過程で極限に達した。彼は九月十一日にブリュッセルへ帰るが、その大筋を次のように要約している。

「先日お訪ねしたときの続きとして、次のことをもう一度確認していただきたいと思います――

(一) 今から適当な部屋とその他のものを準備しなければなりませんので、あなたが相変わらず原則として十一月から十二月にかけてブリュッセルへおいでになると決心されているかどうか、ということと、

(二) まだ私たち――ダダイスト――のための出版社の計画と、一種の「株式会社」[6] つまり定期的な拠金によって参加するという興味を持つものの利益団体の計画、をお考えになっておられるかどうか、ということです。」（ピカビア宛未刊書簡、D・P）

おそらく、ピカビアに相当勇気づけられていたためであろう、パンセルスはすぐスーポー、エリュアール、デルメおよびデルメ夫人、さらには、常に協力的態度を示していたコクトーとさえ、つながりを持つようになった。この奇妙な人物は、扇動され仲間に組み入れられると、すぐ壮大なプログラムをつくりあげてしまった。それによると、パリの部隊が参加するダダの宣言集会が、十二月のある土曜日に、ブリュッセルで革命を起こすことになっていた。市の中心部にあるボンボニエール劇場がそのために借りられていた。また、プログラムの代わりをする雑誌を一号発刊し、すべてこの春パリで起きたことと同じことが起きるはずであった。

この仕事はかなり進んでいた。パンセルスはダダイストの共同出版社の予備的規約を立案してもいたし、ピカビアはそれに対して財政的保証をあたえさえしていた[7]。

だが、このようにはっきりと決められていながら、なぜ計画は失敗したのであろうか。つまるところ、無報酬の活動にはよくある、推進者なら誰もがよく知っているあの現象が起きたのである。いわば善意の風化現象である。『リテラチュール』グループのメンバーをはじめとして、ダダイストたちは一人また一人と、いろいろな理由でブリュッセルへは行けないと告げてきた。エリュアールとアラゴンはそこで読む草稿を送るだけにとどまった。ブルトンは、アルベール＝ビロやルヴェルディやコクトーやジャコブなども同じように招かれている宣言集会にはかかわることができない、とはっきり拒絶した。そして、ピカビアが引き合いに出したのも、この最後の理由（あるいは口実）であり、彼もまた十二月十日ついに身を引いた。そして、屈辱的に見捨てられて怒り狂う、この哀れなパンセルスの激しい叱責を浴びたのであった。

ベルギー遠征を放棄したあとも、ダダイストたちには別のところで力を発揮する場があった。ピカビアはツァラの支持で意を強め、ツァラの復帰後すぐ『三九一』の第十四号を刊行し、また、その年の終わりに予定している彼の作品展の準備にとりかかった。この積極的態度は、一九二一年に行なわれたダダのもろもろの活動にとって、いわばポーカーの新しい賭け金の役割を果たすことになった。

十一月の『三九一』（第十四号）は、基本的には、『カンニバル（食人種）』と同じ性格を示していた。もっとも、この『カンニバル』はわれわれの眼にふれるものとしてはただ一つの号しか残っていない。ブルトン、スーポーおよびアラゴンを除いて、ダダイストの部隊はそこにほぼ完全に姿をあらわしていた。ゼルナー[8]、アルプ、ニューヨークから帰ってきたクロッティ、シャルシューヌ、マルグリット・ビュッフェ、マリ・ド・ラ・イールらもそこに含まれ、ジャン・コクトーさえも、本人の知らぬ間に入っていた。表紙にはピカビアの二つの「レディー・メイド」が載っていた。一つは「ダダのデッサン」と題したもので、シュヴィッタース流に利用した一枚のたんなる場外馬券でできていた。もう一つは、デュシャンの「加工したレディー・メイド」に類似のもので、アングルの肉筆の署名、ただしその前にピカビアの名前フランシスを書き加えたもの、であった。

しかし、最も特筆すべきものは（第四頁で行なった）ツァラの貢献である。そこには「脂ぎったチェスの一夜」と題する、ダダイストたちの数多くの出版物のための広告欄が掲載されていた、それは印刷術に関するあらゆる規則に反したけれども――あるいは反したために――非常にすばらしい一頁の構成を作り出したのであった。

この号は、そのほか、十二月十日から二十五日までの、ボナパルト通り十三番地のシーブル画廊で行なわれることになる、「フランシス・ピカビアによる絵画展覧会」をも予告していた。しかしなぜ、五月に「サン・パレイユ」書店では半ば失敗したにもかかわらず、このような新しい試みをしたのであろうか。

想像されることは、ピカビアとツァラが、ブルトンやその友人たちの関心が別の問題に向けられているのを感じて、自分たちでふたたびイニシアティヴをとろうと決心した、ということであろう。この二人は夏のあいだ連絡をとりあっていて、ピカビアは自分のこの冬の計画に対してツァラの無条件の賛同を得ていたのであった。[9]

この仮定は、ツァラのブルトンへの書簡に見える意図的な言い落とし、『三九一』第十四号の目次には『リテラチュール』グループが不在であるということ、ピカビア展の前日内示展覧会にこのグループが表面に出ていないこと、一九二一年春のダダイストたちの示威運動の準備と実行にピカビアが明らかに冷ややかな態度をとったこと、そして最後に、数多くの証言、中でも、ツァラによれば最も信用のおける、アラゴンの比較的最近の証言、などによって立証される。もっとも、このアラゴンの証言は不幸にしてドゥーセ蔵書の「非公開」の資料に含まれているようである。

ブルトン・グループの方ではピカビアへの不満を隠しはしなかった。[10]しかも、充分想像されることだが、ピカビアは、ダダイストの宣言集会に慣れた者をも驚ろかすに足るあらゆる性質のものを、その前日内示展で披露しようと配慮していたであろうし、特に『リテラチュール』の「純粋派」をいら立たせるような配慮をしていたであろう。彼は、それによって、決定した行動プログラムに拘束されるのをはっきりと拒否するということ、また自分としてはダダイスム独自の方式を見出したということを、示そうとしていたのである。

この方式は、その上、彼の持ち前の傾向に従うものであった。つまり、あらゆる代償を払っても人を驚ろかし、突飛なもの、予見できぬもの、思いもかけぬものを生みだすことであった。

おそらくまた、ピカビアは生まれてはじめて一人の女性に手綱をとられていたのであろう。マリ・デッペ・ド・ラ・イールが特に魅力的だったわけではない。むしろ、彼女は社交界の女性であり、また知性の人であって、十九世紀末にコルモン[11]のところで仲間だった男性について、評論を一つ書きたいという固定観念にとらわれていたのである。最近著名になったこの画家は、かなり青踏派《バ・ブルー》である[12]彼女に強い影響をあたえていたらしい。彼女は一九二〇年五月十九日（彼らの学校時代から二十年のち）折り入っての対談を申し入れ、そのあと、お茶とお菓子で個人的な話しをしたのであった。計画していた評論は伝記的作品となり、そのテキストはこの果敢な婦人によってひと月で書きあげられた。ピカビアは、そこではおそらく、だが遺憾の念をこめて、機械主義的なダダの、当時としては途方もない絵を描く画家としてあらわされており、マリ・ド・ラ・イールは、この偉大な「印象派の」画家には絶望すべきではない、と言外に述べていた。弱さからか、高度な手管からか、ピカビアは言いなりになっていた。出版社を見つけなければならなかった。マダム・ド・ラ・イールは、かつての社交界の女性としての経験を利用して、七月にエミール・オージエ通りでベルナール・グラッセのために晩餐会を催し、画家とその女友だちジェルメーヌ・エヴェルランとを連れていった。デザートのとき、彼女が原稿をとりだすと、グラッセはいやがりもせずしまいこんだ。それを見ていたピカビア夫人は、自分の方も、たまたまハンド・バッグに入れてあった夫の草稿を思いだし、その一部分を読んで聞かせた。それは『山師イエス＝キリスト』であった。

グラッセは、この種のサロンのかけ引きには老練で、なにも約束せずにうまくかわしてしまった。しかしながら、彼はピカビアの作品には強い興味を示し、七月十五日、会食の主人への手紙の中でそのことを知らせた。マリ・ド・ラ・イールの希望する仮とじ本に対しては厳しかったが（「この種の伝記作品には、読者はその画家のファンしかいません」（未刊、D・P））、彼は、むしろ、『山師イエス＝キリスト』の出版を考え、いくつかの修正を条件に出してきていた。「もし宗教的秩序に関するいくつかの問題点で原稿を少し和らげることに同意していただけましたら、ご意向に添うことができるでしょう。」（同前）ピカビアは、激しやすい作家であり、気性の激しいスペイン人であり、またとりわけ衝撃的なダダイストであったから、自分の原稿に句読点一つ変えられるところがあると考えるだけで、シラノのように、おそらく血が凍るのを感じたにちがいない、と人は考えるかもしれない。だが、それではこの人物の性格を誤解することになるであろう。

原稿は、要求どおりうまく和らげられ、グラッセのところへふたたび送られた。しかし、しばらくして、あの会食の最後の効果が薄れたのか、グラッセはまた意見を変えてきた。「いろいろと検討しました。そして、修正することになった部分がほんとうに全体と密につながっていることもよくわかりました。〔……〕こういうわけで、非常に残念ですが、あなたの出版者になることはあきらめざるをえません。」（ピカビア宛未刊書簡、一九二〇年七月二十七日、D・P）

出版社を求める二人の作者はそのとき同じ立場になった。座長に昇格したマリ・ド・ラ・イールは原稿をアルバン・ミシェルへ、ついで「サン・パレイユ」のルネ・イルサムへ持っていった。が、二人とも出版の光栄を辞退した。ダダの出版元であるイルサムの拒絶はピカビアに深い怨みを抱かせた。彼はただちにそれをブルトンに打ち明けた。ブルトンは「サン・パレイユ」の商業主義を嘆いていたので、もちろん友人の喧嘩にひと口のった。『リテラチュール』の主宰者の激しい交渉の結果、イルサムは公の謝罪を行ない、『山師イエス＝キリスト』の出版を決心した。マダム・ド・ラ・イールの『フランシス・ピカビア』は、出版社についてははかばかしい解決案が残されていなかった。マリは、その後も、使徒のような、あるいは退屈した中年女のような尽きることのないエネルギーで、仲介をたのみ、弁護し、くりかえし原稿を差しだした。彼女は、最後に、ロシア人の出版者ジャック・ポヴォロズキーを罠にかけた。「あの人は非常に満足のようでした〔……〕そして、私の見方にすっかり考えを改めてくれました。つまり、あなたをある運動からすっかり切り離して考えるという見方です。たぶん興味のある運動でしょうけれど、明日の若い才能のある人々にはまだまだ試練をつまなければなりませんもの。それに比べて、あなたの過去は本当の芸術家なら誰でも喜ばせました。仮とじ本と展覧会は平行してはかどるでしょう。そして、あなたの本にも広告をだすことになるでしょう。」（ド・ラ・イール、ピカビア宛未刊書簡、一九二〇年十月六日、D・P）

　というわけで、基本的には、一九二〇年十二月の展覧会はなによりも二冊の本を売るための宣伝集会として企てられたのである。

　こうして、パリのゴシップ記者たちがあげつらおうと待ちかまえていたスキャンダラスな夜会の代わりに、ピカビアは例の世俗的な前日内示展の完全な戯画を彼の友人や対立者たちに提供したのである。つまりは、パリ社交界《トゥー・パリ》がウィスキーとゴシップを口にするため、どこかの狭い画廊に集まって、高いかもいのところに並べてある絵にはあまり眼もやらないで、もっとも見てもわからないのだが、ひしめいているような、例の会と同じであった。

　人々の困惑に輪をかけたことには、当の画家があらゆる領域の人を招くという意地の悪い楽しみを持ったことである。しかも、そのほとんどはダダに対して敵意はないにせよ、少なくともきわめて理解のない人たちであった。そして、日頃の付き合いのよさのためか、彼らは来たのである。この十二月九日、夜八時をすぎるとボナパルト通りは大夜会の雑踏でいっぱいになった。タクシー、運転手つきのリムジン、そこから降りてくるかずかずの著名なシルエット。そこには、ミュラ公爵夫人、デランド男爵夫人、マリ・ド・ラ・イール、キューバの大臣、ボーモン伯爵などとともに、社交界全体があった。また、マックス・ジャコブ、レオン＝ポール・ファルグ、ギー・アルヌー、アンドレ・ジェルマン、ヴァランティーヌとジャン・ユゴー夫妻、アメリカの詩人スティーフェン・ヴィンセント・ヴェネット、『コメディア』のジョルジュ・カゼラとアステ・デスパルベスらとともに文壇があった。芸術関係では、スゴンザック、ピカソ、サティ、マリ・ローランサン、それにレイモンド・ダンカン。演劇関係では、ピエール・ベルタン、マルト・シュナル、ジャスミーヌおよびモー・ロチ。もちろん、ダダも姿を見せていた。ツァラ、ドリュ・ラ・ロシェル、クレマン・パンセルス、リブモン＝デセーニュ、エマニュエル・フェ、ガブリエル・ピカビアとマルグリット・ビュッフェ、アンドレ・ブルトンと婚約者シモーヌ・カーン、ヴァルター・ゼルナー、フィリップ・スーポー夫妻、そしてアラゴン。しかし、アラゴンは主役を演ずるどころか、主役たちの引き立て役にまわされていたのであった。ピカビアはまた、コクトーを招いて、この夜会の娯楽の部として、彼のジャズ・バンドを連れてこさせるという意地の悪い楽しみを持った。彼は『リテラチュール』グループと『屋根のうえの牝牛』の作者とのあいだの敵対意識をよく知っていた。アラゴンが名づけた呼び方をすると、この「詩人オーケストラ」は、首都の各地ですでに有名になっていた小編成(ジョルジュ・オーリックとピアノのフランシス・プーランク)の賛助出演をともなって、その夜、計算外で大奮闘したのであった。「ストーヴの煙突」をかぶり、小太鼓、大太鼓、シンバル、カスタネット、さらには、グラス、横笛、クラクション、などで構成したにわかじたての打楽器を両手でいそがしくたたきながら、コクトーは流行の曲目(『わたしの人』、『アディユ』、『ニューヨーク』、『ニューヨーク・フォックス・トロット』、オーリックの『屋根のうえの牝牛』のタンゴ)を「演奏」し、ツァラの詩論[13]を音楽にまで広げて、断続的リズムで、現代音楽の作りかたを示した。どのような演奏者でも自由に選びたまえ、彼らにポピュラーなフォックス・トロットを演奏させたまえ、それにいろいろな音を加えたまえ、詩人を指揮台にのせたまえ、するとこれが音楽なのだ、と。

ダダイストたちとコクトーのジャズ・バンドとの競合を、ピカビアは望んでいたであろうか。たぶんそうである。が、彼の希望は裏切られた。というのは、ツァラがその『弱い愛と苦い愛に関するダダ宣言[14]』を朗読するために小演壇に上がったときさえ、ダダの爆発力は、出席者たちの無感覚な巨大なかたまりに吸収されて、高揚するまでにいたらなかったからである。

このテキストは最も正真のダダ精神のきわめ付きであるが、それは、それぞれが「私はとても魅力的だ[15]」という主題のヴァリエーションで終わる十六の「歌」からできていた。ツァラはそれに、彼独自の言葉のリリスムを持つ自由な流れをあたえ、豊かなユーモアで茶化すと同時に、また正当化もしていた。

「人々は誤りをおかし続けてきた。だが、最も重大な誤りは彼らが書いた詩である。〔……〕駄弁は郵政省によって勇気づけられ、郵政省は、ああなんたることか、駄弁によってなりたっている〔……〕。だが、この駄弁を表現するフォルムが、最もしばしば、ダダなのである。」(B・201・五六頁)

このモチーフはふたたび取りあげられ、のちに、爆発的な公式となって発展した。だが幸いなことに、その爆発の及ぶ範囲はしばしばおおい隠されていた。

「言葉はもはや信ずべきではないのだろうか。いつの日から、言葉は、それを発する器官が考え望むことの逆を、あらわすようになったのか。

大きな秘密はここにある。」

「言葉は口のなかで作られる」(同、五八頁)

この教訓のあとに、次の例が示される。

ダダイスムの詩をつくるには

一枚の新聞を手にとりたまえ。

鋏《はさみ》を手にとりたまえ。

この新聞の中から、諸君の詩にあたえようと思う長さの記事を選びたまえ。

その記事を切り取りたまえ。

しかるのち、その記事をつくる一つ一つの単語を注意深く切り取り、袋の中へ入れたまえ。

しずかに揺りたまえ。

しかるのち、その単語を一つ一つ取りだしたまえ。

それを、袋からでた順番に、念入りに写したまえ。

詩は諸君に似るであろう。

かくて、諸君は、俗人には理解されないが、無限に独創的な、魅力あふれる感受性をそなえた詩人になるのである。（同、六四頁）

しかし、『弱い愛と苦い愛に関するダダ宣言』は詩的表現の問題だけを扱っていたわけではない。『山師イエス＝キリスト』と同様、それは一つの哲学的概要であり、ダダ的な生き方であって、そこには、この運動のいくつかの指導的思想だけでなく、たとえば次のような数多くの独創的で特異な純理論も、蒸溜されているのが、認められるのである。

「私はすべての慣習を保持する――それらを除去してもまた新しい慣習をつくることになるであろう。（同、五九頁）

感覚を「混乱させること」――もろもろの観念を「混乱させ」、「風俗壊乱と秩序破壊と壊滅と衝突」のすべての熱帯性の小雨を「混乱させること」、それは稲妻の一撃から身をまもるために保証され、大衆的効用として認められた行動である。（同、六〇頁）

アプリオリに、つまりなにものも見ることなく、ダダは行動する前に、そしてすべてのうえに「疑惑」をおく。**ダダ**はすべてを疑う。**ダダ**はアルマジロである。すべてはダダである。諸君、ダダを警戒したまえ。

〔……〕真のダダたちは**ダダ**に敵対する。（同、六二頁）

大きな神秘は秘密になっている。しかし、いく人かの人はそれを知っている。彼らはダダがなんであるか決して語らないであろう。いまいちど諸君を愉しませるために、私はいくらかのことを語るであろう。すなわち、

ダダは精神の専制である。あるいは、
ダダは言語の専制である。
あるいはまた、
ダダは精神の死である〔……〕（同、六七頁）

総明なるものは完全で正常な一形式となった。――われわれに欠けているもの、興味をもたらすもの、貴重な存在としての異常性を持ち、偉大な反人間の新鮮さと自由を持つゆえに、たぐいまれなるもの、それは、

白痴である。

ダダは、いたるところ白痴を確立するために、彼のすべての力によって作業する。しかし、それは意識的にである。そして、みずからが徐々に白痴になることをめざす。（同、六八頁）〔……〕ダダは利害によって急変するカメレオンである。ダダは未来に反対する。ダダは死である。ダダは白痴である。ダダ万歳。ダダは文学流派ではない。（同、七一頁）〔……〕ダダに募金の申込みをしたまえ。それはなにも利益をもたらさない唯一の公債である。」（同、七四頁）

この宣言は二百回くりかえす「吼えろ」という言葉で終わっていた。それは、ホールにいあわせたいく人かのダダイストには、遠まわしの暗示を含むものであった。彼らはこの詩に反対して大声で叫びながらも、「詩をほどよく完全なものに仕上げる役目をした」（同、五八頁）のであり、また別の面で「自分たち自身の偉大さは先刻承知だということを知らせるために、自分たちの宣言発表の日付をくりあげる」[16]（同、六七頁）ことになったのであった。

このようにして、ダダの中にひそんでいた分裂は白日のもとにあらわになった。それは、ツァラの朗読が、おのおのの「歌」のあとで、コクトーのジャズ・バンドの間奏曲で支持されればされるほど、ますます明白になった。ところで、ブルトンとその友人たちにとって、このような結託はまさしく言語道断であった。だから、彼らがピカビアの作品に対して持っている興味にもかかわらず、このぎっしりつまった世俗的な群衆に善良なしかし侮蔑的な専制君主の態度で君臨している、タキシードと黒ネクタイのダダイスム画家の振舞いの意味を理解するにはいたらなかった。

夜会が夜おそく終わったとき、主人とともにウィスキーやビスケットやレモネードを口にするためにとどめられた何人かの特別の人々は、最後に、このお祭り騒ぎの口実になっていた五十三枚の絵とデッサンをゆっくりと眺めることができた。これらの絵の選択は会の娯楽的プログラムと同じぐらい折衷的であった。というのは、そこには二十世紀初頭の印象主義的で神秘主義的な絵が三十枚もあり、それに併置して「ピカビアがたえず描き続けていた」スペイン婦人の肖像画や、最近制作した機械的形態《メカノモルフ》の絵（「気化器《キャブレター》の子供」、「聖人の中の聖人」、「山の中の小さな孤独」など）があったからである。

「サン・パレイユ」書店は、このような状況を利用して、フランスも外国も含めたダダの出版物の内容見本を展示しようと考えた。[17] その勘定の支払いのとき、イルサムとポヴォロズキーは招かれた著作者たちが丁重にもてなされているのを見たが、それも『リテラチュール』や『ユニーク・ユーニューク』が並んでいる小さなテーブルよりも、「よい」本が並んでいる書架の棚のほうに重点がおかれていた。

こうして、ピカビアはダダに対して距離をおくようになっていった。一九二一年の最初の数か月のあいだ、一方ではこの画家と、他方では——すべてではないが——何人かのダダイストたちとの関係が、しだいに悪化していくのが見られる。この危機は、ポボロツキー展のすぐあと、『ダダ』の発刊に際してブルトンとツァラが新しい主導権をとったために、急速にすすんでいった。それは一連の公の場での分裂となって爆発していった。まず最初は、一九二一年五月十一日の『コメディア』にあらわれたピカビアの記事と、その二日のちの「バレス裁判」とによって示された。

数週間、そして数か月と過ぎていくうち、ダダの宣言集会のときにかもしだされたあの熱烈な行為の記憶は、そのような行為には不可避な帰結である内部的軋轢《あつれき》のにがい側面を、ブルトンやアラゴンやスーポーや彼らの仲間の心の中から、しだいに磨滅させていった。たとえ知的なものであっても、この火薬のにおいと、パリの街路に突然流れこんだ自由の風は、そう簡単に忘れられるものではない。あらゆる表面的な対立の影や不和の種にもかかわらず、やはり、同じ陣営に属しているという確信はぬぐいがたいものであった。一九二〇年十月、ダダ主導による『リテラチュール』がしるした足跡（この雑誌はもはやいわゆる「文学的」な文章を掲載してはならなかった）は、ツァラとブルトンとの立場の接近を可能にしていた。ブルトンは、すでに、世界と個人の裁判を共同の場で執行するような討議集会の形式を追究していたので、ダダの新しい攻撃体制が組織されるのは、このような集会の場であった。この攻撃の火ぶたが切られるには、ただ口実が欠けているだけであった。

ところで、ピカビアの前日内示展をめぐって行なわれた誇大宣伝は明らかにダダイストたちの気分を害していた。この画家を取り巻く芸術家と半俗物の一派を見るにつけ、また特にジャーナリズムがピカビアにささげる悪名高い権威を見るにつけ、ダダイストたちは、ますます運動の反芸術的（あるいは非芸術的）使命を強調し、計算ずくにせよ無意識にせよ、遊びに堕していく連中をますます警戒するようになったのである。

それに、ピカビアはこれらの行動の主導権を共謀者たちにゆだねるふうがなかった。すでに、一九二〇年十一月、例の一九二〇年のサロン・デ・ザンデパンダンの大仕事を、次の年の二月にふたたび行なおうという計画をかためていた。彼は春の大宣言集会の組織者たちの瀬踏みさえしていたのである。が、一九二〇年十二月十四日、ピカビアはカルロス・レイモンから次のような通知を受け取った。

「あなたのご訪問のとき、マネチのプログラムをツァラ氏かリブモン＝デセーニュが一月十日金曜日以前に送ってくださるという約束でした。しかし、まだその期日までになにも受け取っていません。ではありますが、わたしはダダイスムの宣言集会に関するあなたの計画を委員会に話しておきました。委員会は、わたしとあなたとのあいだでとり決めた条件のもとで、オーディションのうちの一日をあなたのためにとっておくことを認めてくれました。その条件というのは次のようなものです。あらかじめプログラムを委員会に提出しておくこと、および、独立芸術家《アルチスト・ザンデパンダン》協会に（政治に関すること、協会会員への攻撃に関すること、あるいはその他の理由で）偏見をあたえるような示威運動はすべて回避すること、であります。わたしは、先日のお話にかんがみて、あなたの意図が純粋であることを、あなたに代わって保証しました。そして、そのことを後悔するはずもなかろうと存じております〔……〕」（ピカビア宛未刊書簡、D・P）

ピカビアがこれ以上かかわっていくことを拒絶したため、この宣言集会の計画は中途で終わった。だが、対抗意識がこの画家の友人たちを刺激した。

このようにして、いわば反作用によって、ダダは一九二一年一月ふたたび動きはじめた。一九二一年一月十二月の日付だが、数日のちのマリネッティの講演の際にまかれたチラシ『ダダはすべてを持ち上げる』は、のちに掲げてあるように、一九二〇年のいくつかの宣言の勇壮かつ虚無的なすばらしい脈動をふたたび見出していた。しかし、その裏面には、問題をいっそう厳密に、対象をいっそう限定して示していた。いうところの現代的なすべての流派（立体派、印象主義、同時主義《シミユルタネイスム》、未来派《フユチユリスム》、一体主義《ユナニミスム》、新古典主義《ネオ・クラシシスム》、激発主義《パロキシスム》、過激主義《ユルトライスム》、創造主義《クレアシヨニスム》、追放《オスト》主義《ラシスム》、写像主義《イマジスム》）、つまり、その唯一共通の支配的要因が新しい芸術フォルムの創造にありとするそれら諸流派に相対して、ダダは、完全に狂気の、したがって芸術には知的懐疑を介入させない唯一の運動として、立ちあがったのである。

「〔……〕**ダダはかつて正しかったことはない。**――市民諸君、仲間たち、紳士、淑女諸君、偽造を**警戒したまえ。**――**ダダ**の模倣者たちは、**ダダ**を、それが今までもったことのない**芸術的**フォルムで、諸君に示そうとしている。――市民諸君、人々はこんにち、**ダダ**が要求する**純粋な白痴**ではない卑俗で不細工な精神を、ポルノグラフのようなフォルムで諸君に示している。――だが、**それは独断的態度であり、愚かな気取りである。**」

この最後の文章は、特に、未来派に向けたものであった。ちょうどグレーズが、一九一九年から一九二〇年にかけて、立体派や「セクシオン・ドール」の死骸をよみがえらせようところみていたのと同じように、未来派の創始者たちは、第一次大戦の終わり以来、未来派の墓をあばこうとやっきになっていたのである。

イタリア・グループで最もダイナミックな詩人、F・T・マリネッティはダダの花壇へ侵入する口実として一つの講演を考えていて、そこで、触覚主義《タクティリスム》という新しい芸術の基盤を公にするつもりであった。彼はそのために、一九二一年一月十五日の午後の予定で、テアトル・ド・ルーヴルのホールを借りていた。これは勇壮なお祭り騒ぎには格好の場所だと思ったからである。マリネッティの論題は、それ自体は、ほかのものより不合理だというわけではなかった。しかも、「触覚主義」は一九一〇年のフューチュリストたちの行きすぎた考え方に比べればかなりの思慮深さを示していた。彼の公理によれば、芸術的感覚は視覚や聴覚以外の他の経路をとおって伝えられるべきであった。論者は、この証明困難な公理から出発して、一種の触覚のパレットともいうべき「触覚の段階」を打ち立てていた。そこでは、さまざまな物体《オブジェ》が、具体音楽《ミュジック・コンクレート》にやや類似して、サンド・ペーパーから絹の布にいたるまで、その固有の品質に従って類別されていた。

かなり粗雑なこの新説は、しかしながら、総体に新しい魅力的な美学を告げていた。

拳《こぶし》を、接吻を、思考の連続的伝動装置にかえる必要性〔……〕

〔宣言〕『接触的交感《コンタクチラション》』——触覚芸術に関する講演。

〔触覚的演劇〕——腰かけた観客が長い触覚ベルトに手をもたせかける。このベルトは、さまざまなリズムで触覚のハーモニーを作りだしながら、回転するであろう。これらのベルトはまた、音楽と光をともなった、小さな回転する車輪の上にもはめこまれることができるであろう。」（「主題なきヴァリエーション」、『音楽通信』、（一九二一年三月十五日、D・P））

講演の最中、マリネッティは聴衆のあいだに、その例として、「突然のパリ」と題する「触覚絵画」を回覧さえしていた。それは、下金《おろしがね》と、洗濯刷毛《ばけ》と、毛とビロードのぼろぎれとでできていて、「何十センチかの四角い布と羽毛と紙とによって、われわれの首都のすべての悲しい索漠さと、熱に浮かされたようなあらゆる快活さをあらわすものであった」（P・S〔ポール・スーディ〕、「触覚主義《タクティイリスム》」、『ル・タン』紙、一九二一年一月十七日、D・P）ダダイストたちはこの宣言集会に大挙しておしかけていた。しかし、今回は彼らにとっては立場が逆であった。というのは、いつもやじられるのは慣れていたが、やじるのは慣れていなかったからである。「触覚主義」だけでは、確かにあのような異常な興味の種をダダイストたちにまくにはいたらなかったであろう。だが、マリネッティは不幸にも、イタリアでも、またパリに着いたときでも、ダダについての考えをジャーナリズムをとおして公表していたのである。もっともな点もなくはなかったが、彼はそこで、自分自身の運動とダダイスムとのあいだに多くの類似点を見ていた。ダダは、要するに、彼にとっては未来派の非合法な末裔にすぎなかったのである。それをこの男が言ったのが問題だった。自説を補強するために政府の「干渉主義的」態度表明を引き合いに出して。二十世紀では最も非難をあびたこの男が。しかも、戦時中は、その干渉主義のおかげで、彼はイタリアの監獄の湿ったわらのうえで黴《かび》をはやしていたというのに。おまけに愛国主義者である。それらはダダイストの眼にあまるものであった。こんな無礼者は罰を加えないで置くことはできない。

講演者が壇上にあらわれるや、アラゴン、ブルトン、そして特にツァラがどなりはじめた。二百人の聴衆すなわち一般大衆と大新聞の記者は、ダダイストの予想どおり騒ぎはじめ、やじりはじめた。一方、マリネッティは、このような修羅場に慣れた古つわものであったから、場内がしずまるのを待ちながらたばこをふかしていた。やがて、場内はララ夫人とリュニェ＝ポーの仲介のおかげで静かになった。このとき、詩人は一気に、きわめて未来派的な激情と活力をこめて、草稿を朗読した。これがすばらしい技巧で行なわれたため、ダダイストたちさえもあぜんとしたのであった。(18)

この宣言発表の合い間に、ピカビアも非難の合唱に声を合わせて、マリネッティの剽窃《ひょうせつ》を批判していた。彼によれば、未来主義のリーダーが新理論として示した「触覚主義」は、大戦中にニューヨークで、クリフォード＝ウィリアムズ嬢という人物が考案したものであった。この女性はニューヨーク・ダダイストのグループに多少ともつながりのある人である。ピカビアは、証拠物件として、一九一六年マリウス・ド・ザヤスの「モダン・ギャラリ」に出品された「触覚彫刻」の、『ロンロン』に載った写真を持ちだしていた。フュチュリストたちは（アルベルト・サヴィニオのように）太西洋をこえて触手をのばしていたので、ピカビアが確言するように、マリネッティはクリフォード＝ウィリアムズ嬢の仕事を知らないはずはなかった。ましてや、それにはギヨーム・アポリネールが一九一七年十一月十三日のポール・ギヨーム画廊での講演で触れており、その内容は部分的に『メルキュール』誌に再録されもし、アヴァン・ギャルドの諸雑誌で大いに批評されもしていたのである。そして、ピカビアは次のように結論していた。「マリネッティはすべて自分が作りだしたように吹聴している。だが、それは想像妊娠にすぎない、と私は確信する。」マリネッティはその種の攻撃は予想もしていなかったので、防戦のためには、自分の無知を楯にとることを、また、一九一二年以来ボッチョーニの彫像が表面の荒さやあるいは逆になめらかさによって触覚に訴えてきたという事実を楯にとること、しかできなかった。(19) それはそうかもしれない。しかし、とピカビアは反論した。それは頭で考えた理論だけを問題にしているのであり、しかも、そんなことは浮き彫り形式の制作ならどれでも暗黙のうちに含んでいる問題ではないか。クリフォード＝ウィリアムズ嬢のほうは、逆に、触覚から未開拓のあらゆる可能性を最大限に引きだそうとしたのであって、彼女の彫刻が眼を閉じたまま触診するものとして構想されたのも、まさにこの意味からなのだ、と。論争は誰の眼にもあまり興味のあるものではなかった。そして、マリネッティの退出によって幕を閉じた。しかし、この論争はマリネッティの動きにブレーキをかけようとするダダイストたちの意図を明確にするのに役立った。「フュチュリスムは死んだ。なにによってか。**ダダ**によってである。」（パンフレット『ダダはすべてを持ち上げる』、一頁）

ダダイストたちの共同戦線は、また、コクトーに対してふたたび形成されていた。彼の熱に浮かされたような活動がダダイスムの国境まで広がってきていたからである。この「恐るべき子供[20]」は誤解を承知で演戯するのを軽蔑しはしなかった。彼が一九二〇年の終わりに、先頭に立って『パラード』を再演しようとしたとき、その計画を次のように示していた。(コクトー、「パラード」、『コメディア』一九二〇年十二月二十一日、D・P.)

「『パラード』の馬はテアトル・デ・シャンゼリゼの舞台にふたたび姿をあらわすであろう。

われわれが『パラード』を出したとき、ダダイスムはまだ知られていなかった。それが語られるのを、われわれはかつて聞いたことがなかった。大衆がわれわれの馬に悪意もなく「ダダ」を見ることは、いまや、疑いはない。

ところで、私は友人のピカビアとツァラを愛する。必要とあれば、彼らに協力もしよう。「しかし、私はダダイストではない。」おそらく、これがまたダダイストである最良のありかたであろう[21]。」

このような豹変のしかたは、ツァラの好むところでもなく、特にブルトンの好むところではなかった。サティのような、ツァラが高く評価していた人々がそれにかかわっていただけに、なおさらであった。コクトーはそのような状況に注意を払わなかった。彼は、一九二一年をとおして、たとえば六月の『エッフェル塔の花婿花嫁』のような、立場のあいまいな発表をくりかえして行なった。そして、このために、大衆は、ダダの本質をそれ以後、誤って見ていくことになったのである。

　これらのアウトサイダーたちが、必然的にダダを自己防衛させることになり、またそのために、ダダを冬眠から呼びさますことになった。ひとたびスタートを切ると、これまで消極的だったものも必死になってレースを争うようになった、と思われる。しかし、一九二一年の前半で彼らの集会の原動力になった精神は、一九二〇年のさまざまな試みにおいて支配的であった精神とは、かなり異なっていた。自分たちのまわりの人々に対するロマンチックな幻想の時期はもう過ぎさっていた。ダダイストたちのあいだでも、彼らは互いにより深く認識しあい、また、人間の心とその隠された弱さを露わにさせたさまざまな状況の中で、試練をへてきたのであった。蜜月は短く、失望は強く深かった。だが、結局は、共通の立場を分かちあうことによって結ばれた絆と、これらの過激主義者たちに否応なく同じ「活動地帯」をあたえた共通の孤立感とが、個人的な反目よりも強く働いていたのである。

　アラゴンはその雰囲気を『現代文学史』(『大いなるダダの季節一九二一年』J・D、B・91に一部引用)の一つの章で実によく伝えている。つまり当時彼らの中では、現実主義と激情とが、疑惑と行動意志とが、熱狂と洞察とが、主導権を争っていたのである。二月以降、『リテラチュール』の集会の合い間に、モンパルナスの喫茶店セルタとミショーの家で、なんどか集会が行なわれた。そして、この『リテラチュール』の集会の過程で、ダダ運動の新しい攻撃の計画が練られた。それは、かつてのように即興的なあるいは気まぐれなものではなく、慎重で綿密に検討されたものであった。この行動計画の構想にあたってブルトンとアラゴンの取った立場は容易に見分けることができる。プログラムの真面目さ、無頼と諧謔の欠如、即興性の拒否、攻撃の威嚇的な調子、それらすべてが、すでに、シュルレアリスムの前兆を示していた。だが、アラゴンの言葉に耳を傾けて見よう。

「詩的イメージの光によって、すべてがふたたび可能になり、そして、われわれは行動に移ろうと決心したのであった。われわれの中のある人々の親しんだ習慣に従って、われわれはわれわれの精神状態とフランス大革命の精神状態とを今いちど比較した。問題は恐怖政治を準備し、それを突如として布告することであった。あたかも大革命が突発し、われわれがその先頭に立っているかのように、すべてが経過していた。他方、われわれは九三年を待たないことを決めていた。ただちに一七八九年の恐怖政治をのぞんだのである。」

「このイメージは私がいま話しているプログラムを他のいかなる注釈よりもよく説明するものであり、またその口実となるもの、つまりそれを合法化するものである。[22]いま見ると、穏健で不充分で、きわめて無償的であるが、当時われわれの頭にはそのような意識はまったくなかった。これはよく理解していただきたい。われわれの計画は途方もなく大きいもので、いままでは誰も信じようとしないかもしれないが、とにかく、いま考える以上の無限の欲求を秘めていたのである。」（J・D・B・91・八九頁所収）

この驚くべき発言からすると、われわれは、その前年ダダの啓示が『リテラチュール』グループのメンバーに内的生活の方向づけとしてあたえていたものの重大さを、よく理解できる。つまり、その時から、すべてが可能になったのである。もっとも馬鹿げた希望さえも、である。きのうまでは一つの小さな文学サークルの外に知られていなかった青年たちの名前が革命の象徴として価値を持つようになったのである。「われわれの側の一つの行動がどのような反響を持つか、ということは、最後まで誰にもわからなかった。もろもろの出来事は予想もしない調子をとることもありえた。イメージから現実までは、わずか一歩の距離であった。そして、突然、われわれは最も予期しない仕方で、まったく別の局面へ移行し、世界を震撼《しんかん》させる機械を作動させえたのである。」（B・91・八九―九〇頁）

このような見方はダダイストすべてが持っていたわけではない。むしろ逆である。デルメ、リブモン＝デセーニュ、ピカビア、そしてとりわけツァラは、この美しい革命の息吹に鼓舞されていたわけではない。ちょうどそのときツールで会議を開き、フランス共産党を創設していた人々なら、それは否認しなかったであろうが。ピカビアはなによりも絵画（あるいは反絵画）に没頭していて、すでに経験ずみの手段で芸術に戦いをいどもうと考えていた。つまり、戦いを芸術と同一の場へ導き入れ、画廊やサロンで混乱の種をまいていたのである。彼は、なんとなくはっきりしない、しかも不快な救世主的理論を持つこの旗印のもとに参加しようとはせず、警戒心を強めながら、だれも異議をとなえようとしないダダの財政担当者の役割にとじこもったのである。

第十三章　「大いなる・ダダの季節《グラン・セゾン・ダダ》」

われわれは桎梏《しっこく》を解きはなちわれわれ自身の歌のうえに
呪いのストライキを打ち立てた
私は歴史の動きをつまびらかに語ることができるであろう
サン＝ジュリアン＝ル＝ポーヴルもそしてあの喜劇も
アラゴン

ダダと確執するダダ——サン＝ジュリアン＝ル＝ポーヴル訪問——マックス・エルンスト展覧会

この「一九二一年のダダの季節《セゾン・ダダ》」は評伝家たちによって体系的に価値を下落させられてきた。彼らは、必ずしも純粋と言えない理由によって、また、必ずしも源泉にまでさかのぼろうとはせず、それの持つ前期シュルレアリスム的組織的性格を強調して、これを、一九二〇年の宣言集会《マニフェスタション》の自然発生的性格に対立させたのである。

だが、これらの貶謗は当を得ていない。一九二一年のダダは全体的にとらえると、おそらくダダ運動の歴史で最も興味深い時期である。計画ができあがるやいなや、つまり一九二一年二月ごろ、人々はただちに新しい思想の船出のために集まった。彼らは友情や同一の傾向で形成したさまざまなグループを基盤にして参加していた。

『リテラチュール』のほうでは、あるものはそれに協調するために真面目な努力をしていたけれども、このダダイストたちの無頓着さには決してなじめなかったり、また、あるものはアラゴンのように「ダダの独裁」を確立する時が来たと考えたり、まちまちであったが、結局は、もはや大衆を爆笑させたり首をすくめさせたりするのではなくて、恐怖でにが笑いやつくり笑いをさせるような計画をいくつか、つくりあげたのであった。

ブルトンはまた「歴訪」の計画もひそかに持っていた。しかし、これは、彼の考えでは、歴史的記念物に限るべきではなかった。ダダは昼でも夜でも正真正銘の家宅侵入を実行する権利があると僭越《せんえつ》にも考えていたので、一般大衆より上位にあってこの種の訪問から免かれていると自任する何人かの重要人物のところへ押しかけて、彼らの行動なり著作なりの責任を追求しようとしたのであった。ダダが「告発と裁判」の口実を思いつき、控訴権も破棄請求のための上告権もない特別法廷を組織したのも、これと同じ精神によるものであった。『リテラチュール』にすでに強く定着した流れに従って、ダダイストたちは、すべてを壊乱する喜びを持つだけでなく、文学的、芸術的、倫理的価値に対する既存の尺度の代わりに別の尺度をつくりあげようとしていた。そのためには、一世紀にもなるブルジョワ社会の慣習が許容してきた判断と基準を忌避して、「人民投票」によって、なんらの中間段階もなく、最終的審判すなわち公衆による決定にたちもどるだけで充分であったのである。——だが、この意図をめぐって流されたデマは、ダダの敵対者たちから見逃されはしなかった。彼らは、「会議」という大げさな言葉が発せられるや、ただちに、ブルトンとその一派がただ自分たちの勢力範囲を広げるためにあらゆる画策をしているのだと、ふれてまわったのである。

最後に「死者の記念祭」(1)もまた計画された。これは、偉大な（あるいは矮小な）死者を讃えるという口実で「民衆を街へ引き出す」ことと、ダダが薬籠中のものとしていた例の権謀術策の一つを用いて群衆を過激行為に走らせるのを目的としていた。

以上のプログラムは部分的にしか実行されなかった。しかも、多くの場合、彼らは困難な条件でそれを行なわなければならなかった。というのも、プログラムはそもそものはじまりから、はっきりした内部対立に直面していたし、また、ダダの宣言集会に慣れてしまった大多数のメンバーの消極的態度にも直面していたからである。これらのメンバーはダダの示した新しい衝撃にまず最初に驚いた人たちであった。このプログラムでは芸術にも詩にもいささかのスペースも割《さ》かれておらず、要するに芸術表現の問題が簡単に消し去られているのに、彼らは気が付いたのである。ツァラ、ピカビア、リブモン＝デセーニュ、デルメ、およびその仲間は、なにか奇妙な異和感におそわれるのを感じていた。自分たちがその意味と内容を練りあげてきた運動が、うまうまと中味をからにされ、その代わりにまったく違ったエネルギーが「充塡《じゅうてん》」されたように思われたのである。ダダという看板だけがもとのままで、生産物はまるで違ったものとなっていた。『リテラチュール』グループは、やどかりの仕方で、ダダイスムの殼を占領してしまったのである。

そのうえ、ブルトン一派は、その行動力と組織感覚とある種の規律感覚とによって、（こののちの数年間にたびたび見られるように）平行してすすむグループや競合するグループに「浸透する」能力をそなえていた。特に、競合するグループが、内部構成や序列を完全に度外視したきわめて個人主義的なメンバーで形成されているときには、なおさらのことであった。

この状況は、あの有名な「一九二一年のダダの季節」の期間をつうじて、「純粋な」ダダイストたち、特にツァラとピカビアのとった態度を充分に理解させるものである。ブルトンの計画が予告もなしに伝えられたとき、この二人の主役は、ダダという言葉の使用と運動の主導権とが自分たちだけにあると主張もできず、(というのもごく最近まで誰もが主宰者を自負する権利を持っていたので)彼らは突然既成事実に直面し、防御にまわらざるをえなかった。

ピカビアの最初の反応は、すでに見たように、身を引くことであった。彼は、この運動の運命に深くかかわっているとは感じておらず、また性格的に単独行動をとる傾向があったので、イニシアティヴを奪われた作品の製作に端役を演じるなどということには興味がなかった。ツァラは、逆に、この痛手を深刻に受けとめていた。彼は、いくつかの理由で、その用語においても思想内容においてもダダの「創始者」を自任し、この運動のチューリッヒ時代からのベテランの一人であり、疑いもなく、「ダダ」という社名の最も合法的な権利主張者であると自負していた。ツァラによれば、ダダイスムの全活動の指導原理を作成するには、その古さにおいても経験においても、自分ほど資格のあるものは誰もいなかった。しかも、彼は、おそらく漠然とではあるが、時代に対するその驚くべき直感の力と確かさとによって、ブルトンのとった道はダダの「正統性」という観点からすれば、よい道ではないと感じていた。ツァラは、ピカビアと同様、審判者に、批評家に、つまりは司法官に昇格していくダダイスムの構想には直観的に反抗していた。

だが、どうすればよいのか。衝撃はすでにあたえられ、ブルトンが推進した機械は、ツァラとともに、あるいはツァラの意に反して、前年にダダが敷いていたレールの上を走りはじめたのである。彼にとって、最も賢明な方法は、まだグループの中心にかなり強く残っている自分自身と友人たちの影響力を行使して損害を小さくとどめ、事のなりゆきに歯止めをかけ、少なくともその性格を少しでも変えよう、ということであった。

そのために、この若い詩人は、なんどか行なわれた予備会合の過程で、かつてその激烈さにもかかわらずかなりの数のジャーナリズムと「ブルジョワ」大衆とをダダに引きつけた、あの自由奔放な気まぐれのいくつかを、この季節《セゾン》の厳格な「お祭り」興行の中に押しこむよう全力をかたむけたのである。こうして、ツァラはダダの一つの「サロン」と一つの「オペラ」を原則的に認めさせるのに成功した。[2]この二つは、ごくわずかな部分を除いて、あのガヴォー・ホールの催しを再現するはずであった。特に「サロン」の方は、ピカビアが精力的に推進したもので、画家、作家、あるいはアマチュアを含めて、すべてのダダイストたちとその同調者たちに、自分たちがよいと思うものを出品できるようになっていた。

ブルトン派とツァラ派は、こうして相互に譲歩することで、間もなく折衷的なプログラムに同意することになった。とはいえ、それは比類ない独創性を持つものになっていた。実行の段階で、遺漏や欠陥が眼につきはしたが、大まかに言えば、計画はすべて実現された。この「一九二一年ダダの季節《セゾン・ダダ》」(3)は、時間の順に従うと、次のように展開した。

四月十四日——サン゠ジュリアン゠ル゠ポーヴル「訪問」。

五月三日から六月三日まで——サン・パレイユでのマックスエルンスト展。

五月十三日——バレス裁判、サル・デ・ソシエテ・サヴァント。

六月六日から三十日まで——「ダダ・サロン」、モンテーニュ画廊。

六月十日——「ダダの夕べ」、テアトル・デ・シャンゼリゼ。

「季節《セゾン》」の開幕を告げる総合趣意書が発表された数日のち、パリのジャーナリストは次のような「広報欄」向けの追加原稿を受けとった。

「ダダイストたちを銃殺すべきか。

これは、ある雑誌(4)がそのすぐれた寄稿者たちに最近提起した問題である。今日、十五時、サン゠ジュリアン゠ル゠ポーヴル通りのサン゠ジュリアン゠ル゠ポーヴル教会の庭において（地下鉄、サン゠ミッシェル）。ダダは、パリ内の「歴訪ピクニック」を開始するにあたり、サン゠ジュリアン゠ル゠ポーヴル教会の付属諸寺院を訪問したいと思われるダダの友人諸君と敵対諸君を、無料で招待する。観光客が愛好しているこの庭にも、まだ発見すべきなにものかがあるように思われる。

諸君が予想されるであろう反教会的示威行為が問題なのではなく、むしろ、今回は芸術ではなくて人生にあたえられる新しい特性の解釈が問題なのである。」

時を同じくして、サン゠ミッシェル大通りの散歩者たちは、非常にダダ的な外観をした(5)青い趣意書を渡されていた。そこには、すでに一般の人々にもなじんできた「文体」への妥協がある一方で、次のような説明文が書かれていた。これは、それらとはまったく異なった高い調子のもので、ブルトンのペンがその起草にかかわっていると思われるものであった。

役に立たぬいかがわしい案内書やガイドの非を正すためにパリへきたダダイストは、その選ばれた場所、特に全然存在理由を持たぬ一連の場所を歴訪することになった。——人々がその景観を強調したり（ジャンソン゠ド゠サイ高等中学校《リセ》）、歴史的興味（モン゠ブラン）や情緒的価値（屍体公示所《ラ・モルグ》）を強調するのは、誤りである——これらの場所は消えてなくなるわけではないが、迅速に行動しなければならない。——この第一回の訪問に参加する目的は、人間の進歩とその過程におけるあらゆる破壊の可能性と、われわれの行動を推進する必要性とを、理解することにある。かくして、諸君は賛否を問わずあらゆる手段によって、われわれの行動を勇気づけることになるであろう。

案内者——ガブリエル・ビュッフェ、ルイ・アラゴン、アルプ、アンドレ・ブルトン、ポール・エリュアール、テオドール、フランケル、J・ユサール、バンジャマン・ペレ、フランシス・ピカビア、ジョルジュ・リブモン＝デセーニュ、フィリップ・スーポー、トリスタン・ツァラ。

趣意書に示した行動理由の説明にもかかわらず（もっとも、それはかなり難解なものではあったが）、ダダイストたちは、これらの訪問の目的とプログラムとをはっきり決めていたわけではなかった。おそらく、彼らの中のあるものは、大衆の怒りが「集団的批判」にまで高まるであろうとき、まさにその動きそのものから解決の糸口が出てくることを望んでいたのではないだろうか。

アイディアそのものは悪くなかった。というのは、毎週一回、特に学校が休みの木曜日に、人を感激させるというよりしばしば自分の方が感激する案内人兼講演者の指導で、首都の誰も知らないような場所で行なわれる、例の「パリ友の会」主催の観光案内のパロディになっていたからである。このプログラムは、ある種の伝統や歴史教育の通念を嘲弄する意図を持っていた。もっともこのようなことは以前から寄席の演《だ》しものの種にはなっていたが。

ダダイストの攻撃の最初の目標としてサン＝ジュリアン＝ル＝ポーヴルを選んだのは、ピカビアがなんと考えようとも、素朴な反教会主義を標榜しようという意図からではまったくなかった。もしそうなら、もっと観光的価値のある建築物（ノートル＝ダムとかサクレ＝クール）に対して、あるいは修道院やさらには僧職にある人物そのものに対して実力行使をした方が、より効果があったであろう。(6)

サン＝ジュリアン教会がもっと散文的な理由で選ばれたということは、当時のテキストを読めば充分考えられることである。この教会はちょうどパリの中央に位置し、その横に快適な庭園を持っており（庭はノートル＝ダム寺院に面し、パリでいちばん古い木が茂っていた）、また、かなり広く、そのうえ無料であった。内陣は、決して一般に解放されなかったが、それにもまして、当時のパリの人間には、この首都によくあるはっきりした性格を持たない建築物の典型的なタイプであった。

しかし、ダダにとっては、そういった権威主義的な場所は、当然のことながら、意味と興味がまったくないという点で共通していた。予定していた（が、実行されなかった）他の「ピクニック」には、実際、フランス芸術の隠匿所ということでダダイストの怒りの対象となったルーヴル美術館だけでなく、ビュット＝ショーモン、(7)（むしろフュチュリストたちを誘惑しなければならなかったであろう）サン＝ラザール駅、ウルク運河、(8)モン・デュ・プチ＝カドナ、(9)などの名が入り混じって挙げられていた。「ダダイストたちは、方法論的否定と意図的な秩序無視によって、一種の公平を実践する。彼らは「真に存在理由を持たぬ」場所を、すべての散策の目的として公正に選んだと自負

するのである。」（P・S〔ポール・スーディ〕、「ダダイスム」、『ル・タン』紙、一九二一年四月十五日）

　訪問は予定の時刻にはじまった。具合の悪いことに、ひどく雨が降っていたので、そこに出ていた十人から十二人のダダイストは、雨水の流れおちる傘の下で、あるいは雫のしたたるレインコートやフェルト帽に身をつつんで、古い僧院のぬかるみの中を動きまわりながら、集まってきた（五十人ほどの）体をよせあい寒そうにしている参加者を元気づけねばならなかった。四月三日に訪問の場所を下検分したときには、ダダイストたちは隣接のホテルの窓について話をしたあとは、ただ沈黙をまもるだけにし、大衆が怒りだすまで陶器の犬のように互いに顔を見交わしながら周辺を歩きまわることに決めていた。天気のよい時なら、そのアイディアもまた一興であっただろう。しかし、こんなどしゃ降りでは、話をする以外になにができたであろうか。

　というわけで、ブルトンとツァラが、そして予想もしなかったことだが、びしょぬれのトーガを着たストイックな風体のレイモンド・ダンカンさえが演説をはじめたのであった。これら即興演説については、書き写ししか残っていない。それは翌日のいくつかの新聞が掲載したもので、内容は多少とも演説にそったものであろう。

　ブルトン――

「〔……〕われわれはダダが死んだと思わせてきた。だが、それは実験にすぎなかった。諸君は、諸君の幻想に合わせてつくられる新聞の見出しになるために大挙して駆けつけてきたところを見ると、最初のダダの宣言集会の時と同じように馬鹿である。

　昨夜ならまだ、われわれがこれからなにをしようとしているか諸君に話しかねたであろうが、それでもなにが起きるかは予測していた。さて、そこでいったい諸君がわれわれになにを期待しているか、お話しいただきたい。われわれに才能があるとお考えか。あるいは、いま諸君がわれわれに与えている悪名高い成功以外のなんらかの成功がわれわれに約束されているとお考えか。

　われわれはもっとひどいことも思いつくことができる。が、諸君は常にわれわれのために弁解を見つけるであろう。だが、このことは心にとめていただきたい。つまり、われわれは決してなにもならないということ……そして諸君も同様だということ、である〔……〕」

（『コメディア』紙、一九二一年年四月十五日、アステ・デスパルベス「サン＝ジュリアン＝ル＝ポーヴル教会のダダ使徒たち」D・P）

　ツァラ――

「辻馬車、靴、帽子、キャマンベール・チーズ、ダンス・ホール、お役所、友情、情事《いろごと》、ズボン、ガスタンク、愛情、彫像、文学、メリー・ゴーランド、グルルルルル!! 嘲笑を気にしちゃいけない。生産したまえ。君はまだ八十冊の本を書く時間がある。ちょっとした身ぶりにも、しかつめらしくしたまえ。そうすれば君は大人物になるだろう。だが、ぼくはそんなものは大きらいだ。議論の中へ身を投じたまえ。単純な牡牛がラグビーの試合にはいっていくように。棺桶の木よ、規則正しい生活を送りたまえ。そして、おじいさんになりたまえ。だが、ぼくはそんなものは大きらいだ。恐怖は嫌悪すべきだ。鱈《たら》のしゃっくりよ、もう一歩すすみたまえ、そうすれば君は到達するのだ〔……〕」(同前)

レイモンド・ダンカンの方は、それらに調子を合わせていたが、ただ、ダダを称讃し、すべてのダダイストが次の選挙で候補者にあげられることを誓う、にとどまった。リブモン＝デセーニュは「分厚いラルース辞典を両手にもって案内役をつとめたこと」を回想している。「私は、その建物の柱や彫刻の前へ来たとき、辞書の中から偶然に選んだ項目を読みあげたのだった。これはその時の最もきわ立った演出だった。価値判断を問題にしていなかったからである。」(B・155・九四頁)

一時間半にわたるこのもてなしのあと、参加者はまばらになりはじめた。その時、この観衆たちはおみやげ袋を分配された。それには「いくつかの文章、写真、記念葉書、布切れ、風景画、ポルノふうのデッサン、さらには、たくさんのエロチックな図柄を描きこんだ何枚かの五フラン紙幣さえ入っていた。そのあと、ダダイストたちは、当日のことを総括するために近くの喫茶店へ集まった。全員が気落ちしていた。ブルトンが脅威的で壊乱的なものにしようと思っていた宣言集会は、やはりもとのわだちの中に落ちこんでいたからである。それは、一つには悪天候や準備不足や何人かの脱落などのせいでもあったが、また一つには、いかなる時もダダと利害をともにし続けた大衆のせいでもあった。ユニェが書いているように(B・106・八二頁)、もしブルトンの目的が「現実を試す」ことにあったならば、この現実は、独裁を熱望する人たちの攻撃に手がかりをあたえることなく、ぼかされてしまっていた。

この時、さしあたって、ダダは、つまりツァラとピカビアの、人を嘲弄し韜晦するようなダダは、集会の失敗と雨で不発に終わった爆弾とのやりきれぬ気持の中で、『リテラチュール』グループの革命騒ぎに打ち勝ったのである。しかしブルトンはただ打撃を受けているだけではなかった。というのも、もし曖昧な疑念を払拭するために白日のもとにあらわにして攻撃する必要があるならば、プログラムに予定した「告発」が彼に理想的な手段をあたえるはずであったからである。

その間、人々はマックス・エルンスト展の準備に追われていた。そして、その前日内示展は五月二日の夕刻と決められた。実のところ、ブルトンのグループが大いに広告を利用して文学と芸術に対して行なった攻撃のあと、なお、いかなる詭弁家も「芸術的」と称さざるをえない展覧会を推進したのは、まったく奇妙に思われたことであろう。俗人の眼には、パリ中を招待しようとするこの展覧会は、前年、リブモン＝デセーニュとピカビアのために組織した示威運動、とりわけアラゴンとブルトンが最も大っぴらに沈黙の態度を表明したあのポボロッキー画廊での十二月の示威運動とは、なんら異なるところはなかったのである。と同時に、一方でマックス・エルンストのために展覧会を催そうとしていながら、他方で、なぜ、ダダの「サロン」という考えそのものに対して、また「季節《セゾン》」のプログラムに「展覧会」を記入することに対して、あれほど激しく反対したのであろうか。

　このドイツ画家の作品の価値を問題にすることとは別に、そしてまた、精神的兄弟——といっても、彼がドイツ国籍であることや、さらには、彼が自国であらゆる種類の中傷を浴びてきたことのために、それも疑わしいのだが——とにかく精神的兄弟である一人の人間を防衛することによってダダが示しえた立場なども別にして、おそらく、ブルトンとその友人たちに前言をひるがえさせた深い理由は、他の面に求めるのが妥当であろう。その理由の一つがピカビアを排除しようとする多少とも意識的なねらいにあった、と想像される。ピカビアは、その時までダダ運動に引かれた唯一の画家(10)であったが、彼は文学者たちには一種の眼のうえのこぶのような存在として、広く公認された領域で大領主のごとく君臨していたからである。(11)

　そしてこのとき、ピカビアと同じ方向で作品をつくる背くらべの相手があらわれたのである。機械形態《メカノフォルム》のダダの絵を描くこの画工は、一種独特の北欧的気質を持っていたが、ピカビアほど揶揄《やゆ》的ではなく、またピカビアより形而上的な、別の傾向の絵画の表現様式を追求していて、ブルトンの好みにはいっそう適合していた。ブルトンは、一九一九年以来ケルンにいたマックス・エルンストと一連の文通を行なっていたが、このドイツ画家の最初のコラージュを見たとき、『ダダ宣言一九一八年』を読んだときに感じたのと同じ衝撃を感じたのであった。『リテラチュール』の主宰者はこの画家の中にもう一人の精神的同胞を見出したと信じていた。それは彼がツァラにかけていた大きすぎる期待から生じた幻滅の埋め合わせをするはずであった。

　いずれにしても、アラゴン、ブルトン、シモーヌ・カーン、ペレ、およびリゴーたちは、異常とも言える熱の入れかたで、展覧会の準備にとりかかった。クレベール通りのイルサム書店がさしあたって借りられた。そして若い人々は、ドランブル街のデ・ゼコール・ホテルにあるブルトンの部屋で、枠組みの仕事を自分たちで行なった。ピカビアはこんどは財布のひもを締めていたし、『リテラチュール』の若いグループには相変わらず金がなかったので中古の額を買わねばならなった。

『リテラチュール』の第十九号（一九二一年五月の日付であ

るが、出たのは四月の末）は、その下準備につかわれていた。マックス・エルンストは、アルプに関する評論と「毛糸で編んだレリーフ」を掲載してそれに協力していた。また、ダダの最も純粋な文体で書かれた宣伝文が次のように広告していた。「船員用ウィスキーの下に出品された展覧会はカーキ色のクリームと五つの解剖学とによってつくられている。諸君はまだ子供なのだ——ご婦人がたは持ち合わせの宝石を全部身につけてご来訪されたし——殿方をお一人同伴されるのも可——これはまったく本当の話。」

友人やジャーナリストたちに送った招待状には、次のように書かれていた。

ダダはマックス・エルンスト展覧会の前日内示展に小〇〇
（宛名）君を招待する。
二十二時、カンガルー
二十二時三十分、高周波
二十三時、おみやげ贈呈
二十三時三十分以後、懇親

このようなきわめて風変わりなやりかたは新聞と一般大衆の注意を引くためのものであった。ピンク色の趣意書（「ダダの季節《セゾン・ダダ》」の開幕を告げるチラシの裏面）は、次のような、半ば意味不明で半ば嘲弄的な文句で綴られていた。「ポケットに手をつっこんで、入場自由——絵を腕にかかえて、退場厳禁。」マックス・エルンストを「絵画のアインシュタイン」と形容した気違いじみた公式声明は方々の編集室にあふれた。だが、このような努力は充分むくわれた。というのは、前日内示展当日の夕刻までに、グランジュ姉妹の小さなホールは客たちであふれていたからである。かつて「十時」という声でオレオが窓から、遅れてきた人々に急ぐよう呼びかけていたように、衣装箪笥に身をひそめた一人のダダイストが有名人の似顔絵（アンドレ・ジード、ヴァン・ドンゲン、ルイ・ヴォーセルなど）の上に名前を書きこみ、それを謎めいた言葉で汚していた。「ロジェ・アラールは全部入れ歯になった」、「カルパンチエの娘がタクシーでくる」、「気をつけろ。イサドラ・ダンカンが来た」、等々。ピカビアの前日内示展の時と同様、パリの社交界は、気晴らしに事欠いていたので、やはりこの内示展にも出馬あそばしたのである。ジョアシャム・ミュラ公爵、フラション男爵夫人など。そしてダダの共感者たち、ルネ・クレール、マルク・アレグレ、マルセル・エラン、ジャック・ポレル、マルタン・デュ・ガール、ジャンおよびシュザンヌのクロッティ夫妻。アンドレ・ジードは、ロマンチックな大きなケープに身をつつんで、青年たちを鼓舞するために来ていた。ヴァン・ドンゲンは、当時そのスキャンダルでダダイストの兄弟のように見られていたが、彼も、マックス・エルンストの絵のまえで、青い毛のマフラーとパイプの煙をなびかせていた。

この観客（百名から二百名）は全員一つの演《だ》しものを見るた

め案内された。『コメディア』誌の記者アステ・デスパルベスはその光景を次のように報告している。

「ダダたちは、その特徴である悪趣味を発揮して、こんどは、恐ろしい馬鹿騒ぎをはじめた。舞台は地下室で、倉庫の中は全部電気が消されていた。床の揚戸《あげど》からは肝を冷やすようなうめき声と議論するつぶやき声が聞こえていた。が、その断片さえも聞きとることはできなかった。

もうひと言いえば、君は三段論法を完成する――詩は一つの仮死である――知性の戦いで勝つのはいつも裸の女だ――枢機卿の内臓の上においた玉突き台（「手術台」の意もある）、等々。〔……〕

ダダたちは、ネクタイもせず、白い手袋をはめて、行ったり来たりしていた。アンドレ・ブルトンはマッチ棒をかじっており、ジョルジュ・リブモン＝デセーニュはたえず「頭骸骨の上に雨が降る」と叫び続けていた。アラゴンは猫の鳴き声をまねてうなり、フィリップ・スーポーはトリスタン・ツァラと隠れんぼうをしており、一方、バンジャマン・ペレとシャドゥールヌは握手をくりかえしていた。そして、謎の微笑をうかべたマネキン人形が立っている敷居のところで、ジャック・リゴーが大声で自動車の数と女性客たちの真珠の数をかぞえていた。[12]」

（『コメディア』、一九二一年五月七日、D・P）

「カンガルー」（地下室でアラゴンが発したうなり声のこと）と「高周波」（ただ一人アンドレ・ジードだけが賛意を表した詩）のあと、エリュアールのおみやげと冷たい飲みものが出された。のどの渇いた客たちがそれに殺到し、かわきをいやそうとしていたとき、ツァラは椅子にとびのって、グラスの中の一つに強い下剤を「仕込んで」ある、と発表した。

作品そのものについていえば、これらは、バスの切符のように番号がついており、「機械造形的《メカノプラスチック》、可塑造形的《プラストプラスチック》デッサン、および、整形術的《アナプラスチック》、解剖学的《アナトミック》、反酵素的《アンチジミック》、噴霧器式《アエログラフィック》、油絵的絵画、および、防水的、共和国的、交誦聖歌集《アンチフオネール》（展覧会「趣意書」より、D・P）のごとき種類を含むものと説明され、またそれらは、「絵画をこえた」ものとして位置づけられていた。これらはスノッブ大衆を驚かせるに充分であったが、彼らはみずから判断をくだすことができず、新聞の評価に従って一笑に付すことを選んだのであった。

実際、マックス・エルンストがもたらしたものの独創性をただちに理解したものは、批評家の中でもまれであった。というのも、この画家の前歴については、まったくのところ、ほとんど知らされていなかったからである。ケルンでの彼の活動、少なくとも新聞に載ったものは、純粋にスキャンダルに関する暴露記事だけであった。そのキリコ風の初期作品についても、アルプやバールゲルトと協力してつくった作品（ファタガガ）についても、なにも述べられてはいなかった。

そのうえ、「サン・パレイユ」書店に出品したものは全体として統一性に欠けていた。機械の形態から暗示を得た「機械造《メカノプラ》形的《スチック》」作品、多種多様な物体《オブジェ》、油絵とデッサン、そして特に「コラージュ」などが、入り混じっていたのである。コラージュという用語は、具合の悪いことに、キュビストたちが流行させたあの芸術形式と混同されがちであった。キュビストにとって、「コラージュ」とは、「現実的」で非芸術的とみなされる諸要素（新聞、ポスター、切手など）を用いることによって、絵の鑑賞者に、さらに大きな現実感をあたえることを可能にするものであった。マックス・エルンストの手法はまさにその逆である。「貼られた」諸要素は、詩的刺激として動き、夢幻の深層から、つまり超現実《シュルムアリスム》(13)の前段階から巧みに交感を喚び起こす視覚的メタファーとして働いたのである。思うに、マックス・エルンストの「コラージュ」は――ラウル・オスマンのモンタージュに親近性を持ちながら、クルト・シュヴィッターズの当時の「メルツ絵画」とは異なったものであるというのも、そのためであるが――「形象」で眼と精神をだますためにしばしば用いられていながら、そのころはやはり、まだ「形象的」であったのである。そこに描かれる物体《オブジェ》の真の素材は、最も注意深い吟味の眼からもまぬがれるものであった。つまり、競馬場の柵はレース布地を写真に撮ったものでできており、漠然と人間の形をしたシルエットは（デュシャンの「九つの男性の鋳型」(14)に似て）、モードのカタログから切り取った、女性帽の型紙から生まれたものであった（ここでは、人間をつくるのは帽子である）。また、その他の五十ばかりの作品も、ほぼそれに似たものであった。

　これらの絵やデッサンの製作には想像もつかぬほど多くのさまざまな物品《オブジェ》がはめこまれていた。辞書や解剖学書の挿絵、写真、機械関係の設計図、広告用のステロ版などで、これらはマックス・エルンスト自身の手で、贋金づくりの綿密さと巧緻さでもって、修正され、改良され、何十回となく拡大され、あるいは縮少されて、偽造されたものであった。

　しかしながら、ブルトンにとっては、この幻覚主義的画家は詩人と二重映しになっていた。実際、マックス・エルンストは、それ自体ピカビアやデュシャンを模倣しながら、自分の絵には、対位法的価値を持つ反注釈的なタイトルをあたえていた。造形と知性とを融和させようとするこの努力は、『磁場』の作者を無関心でいさせるはずはなかった。カタログに示された表現（「小さな涙管瘻《るいかんろう》」、「包皮の検乳器」、「馬はやや病んで」「エスキモーたちのヴィーナス」、「ダダのドガ」など）は、最も渋い顔をしたダダイストをも、喜ばせるに充分だったであろう。しかし、それらのタイトルは、多くの場合、フランス語やドイツ語や英語で書いた本当の散文詩ともいうべきもっと長い題名を縮約したものにすぎず、その長い題名は時には、絵にとっては不可欠なものでさえあった。そのうえ、これらの「詩」は、その構成方法からして、真の「言葉のコラージュ」ともいうべきものであった。「溶解性の家の蝸牛《かたつむり》と前進する軽い刈取機の心臓」、「殻にこもった蝸牛ナンバー5渡り鳥ナンバー8合計弦上にナンバー13」、あるいは「ローエングリンが（はじめて）愛人を見捨てたのはもう二十二回である。そこで、大地は四つのヴァイオリンに表皮を張った。われわれはふたたび会うことはないだろう。われわれは決して天使たちとは争わないだろう。白鳥はまったく静かである。白鳥はレダの家へいきつくために全力で脚をかいている」などである。

これらの章句は、その発想と作風において、『リテラチュール』グループの指導者たち自身が練りあげたものときわめて類似していたところから見ると、それはこのグループの中でマックス・エルンストの位置を強めるのに役立たなかったはずはないであろう、と思われる。

実のところ、この画家はケルンですでにダダイスムの主要な散文家ではあったが、彼の芸術作品もまた非常に独特な性格によってきわだったものであった。——いくつかのオブジェを使って他のオブジェの形をつくりだす方法、常に失われない芸術的配慮、きわめてドイツ的な、自発性の欠如にまでむすびつく綿密な制作態度、そして、繊細さや恐怖や幻想に訴える愉快な、時として単調な手段——こういったものは、充分、シュルレアリストたちとのつながりを正当化するものと言えるであろう。

第十四章　「バレス裁判」

モーリス・バレス、大耕作農夫、もろもろの葬儀の護衛者。ぼくは君を、暗愚なリリスムと熱狂的混乱によってみずからの無能を大いなる権力ととり違え流布したかどにより、告発する。

ジョルジュ・リブモン＝デセーニュ

ダダイストたちの思想の発展は、マックス・エルンスト展まではほとんど感じられなかったが、その次の宣言集会《マニフェスタシヨン》の機会ににわかに明確になった。それは「ダダの告発」の枠にそって組織され、のちに「バレス裁判」という名称でつたえられたものである。マックス・エルンストの前日内示展にはすべてのダダイストが多少の差はあれ同意を示し、そこで行なわれた冒険の愉快な性質が彼らの意図の深刻さをつつみかくしていた。ただ、ピカビアだけが意志を表明していなかった。彼はまだ耐えていたのである。

逆に、「モーリス・バレスの告発と裁判」は、正しい見地から見れば、ブルトンの言うように、

「ほとんど完全な視点の変化を必要とするものであった。ポスターやプログラムでは、相変わらず「ダダ」が活動の中心になっていたし、また、「裁判」の演出にあたっていくらかのこまかい譲歩がダダに対してなされたけれども〔……〕実際には、この企画の主導権はダダからはずされていた〔……〕。そこで提起された問題は、要するに倫理上のものであって、これは個別的に考えた場合、おそらく、われわれの中の多くの人たちの興味を引くものであった。ところが、ダダは、公にしていた無関心という立場の名をかりて、それにはまったくなにものも見ようとはしなかったのである。」（B・46・六七頁）

「一方ではブルトンとアラゴンが、他方ではツァラの友人たちが、それぞれ演じた役割の相違はきわめて微妙なものであって、最近のテキストでつとめて図式化しようとしているかに見える『対談』の著者ブルトンの言い分ばかり聞いているわけにはいかない。しかしながら、この件に関する発案がブルトンから出たことは議論の余地はない。彼がそれを提案したとき、異議なく賛成されはしないだろうということは、最初からわかっ

ていた。彼はまず、自分の意図について、特にモーリス・バレスについて、このときすでに意図的に無視しようとしていたツァラに対して、趣旨の説明をしなければならなかった。というのは、何人かの証人によれば、このダダの創始者はそのころモーリス・バレスについてはまったく名前しか知らなかった、ということになっている。「ある夜、われわれ何人かがモンパルナス大通りの喫茶店に集まって、その週に起きた事件や窃盗や犯罪について話していた。突然、バレスをめぐって非常に活発な議論が起きた。誰もバレスの側に立つものはなかった。そして、ただちに論争を広げ、法廷を設定しようということが決められた。」(『リテラチュール』誌、一九二一年八月、二十号、一頁)

実を言えば、バレスを嘲弄の対象に選んだことは、大方の意表をつくものと言えたかもしれない。それは、この人物が批評に身をさらすような人でなかったから、というわけではない。逆に、バレスは、告発をすれば世論にごうごうたる非難をまき起こすような、大人物ではなかったからである(1)。当時、左翼陣営は再編成の過程にあったが、この元ブーランジストには激しい憎悪の念を表明していたため、裁判が発表されたときには、それがこの巨匠自身の陰謀であると発表したほどである。平和主義者たちや各方面の多くの知識人も、彼の戦時中の頑迷固陋な国家主義的態度と「徹底抗戦主義」を非難していた。『N・R・F』誌もジャック・リヴィエールとジャン・シュランベルジェの二人の代弁者をとおして――もっとも「この二人も戦争に参加していた」のだが――バレスが祖国の大黒柱を自任していたことに、あからさまに遺憾の意をあらわしていた。これは、ジードがこののしあがってくるスター――ということはとりもなおさず自分にとって脅威的になってくる存在ということだが――を横眼でにらんでいただけに、なおさらのことであった。評論の講演でバレスが示す口調の激しさそのものが、また、彼がくだす判定や断罪の熱狂的な厳しさが、ごく親しい人人のあいだにさえ、多くの敵をつくらせていたのである。とりわけ、彼は、その耽美主義的側面において、ある種のカトリック陣営からも激しく攻撃されていた。

バレス問題は、大衆の眼から見れば、明確さに欠けていた。それに、ダダイストの中で、だれもその意味の曖昧さを払拭しようとするものはなかった。もっとも、この曖昧さは『リテラチュール』の謎を秘めた指導者がおそらく望んでいたことかもしれない。ダダが訴訟をはじめると知ったとき、ほとんどのジャーナリズムはこの訴訟に笑いを期待していた。そこでは、ブルジョワたちは、その生活と作品が多くの戯画の種を提供してくれるひとりの人間をやり玉にあげて、安上がりの娯楽を得ることができるはずであった。要するに、ダダイストは小唄の作者と同一視されていたのである。

しかし、いうまでもないことだが、ブルトンやその仲間にとって、またツァラにとってさえ、この企図はまったく別の面にあった。彼ら（特にブルトンとアラゴン）にとって、これが個人的な報復の手段であったなどと決めつけては、事態は理解できない。青年たちが自分の少年時代の巨匠[2]に対して抱いてきた古い怨念、つまり、昔の尊敬と愛情が大きかっただけにますますつのるあの怨念をこの際晴らそう、などというのではないのである。くりかえし強調したいのだが、この突然の価値の変化、文学参加に関するほとんどマニ教的なこの理念は、すべて、ブルトンの性格の一つの特徴をなすものであった。アラゴンも、おそらく、この道に従うことに満足していた。しかも熱烈に。

思うに、同世代に属するこの二人の青年に対して、バレスはかなりの影響をおよぼしていたのである。これは、文学経歴における四十年の古さと、膨大で魅力ある作品の持つ、いわば家父長的影響力のしからしむるところであった。

われわれのまわりに今だに見かけることだが、誰も熱情を傾けずしてバレス崇拝者になることはできないのである。もっとも、その熱狂の源泉はさまざまではあるが（たとえば、『霊感の丘』における抒情家バレス、大地と死者たちの招魂者バレス、『兵士へ訴える』のナショナリスト・バレス、などである。）

しかし、アラゴンとブルトンの世代にとっては、バレスはなによりも解放者のイメージそのものに見えていた。彼の初期三部作（『夷狄《いてき》たちの眼の下に』一八八〇年、『自由人』一八八九年、『ベレニスの園』一八九一年）を読んだとき、彼らは、その七、八年のちに書かれた『地の糧』に接したときに身の内をかけめぐったにちがいない、あの同じ希望と歓喜を感じていたのである。

そして最後に、彼は、アラゴンやブルトンより前に、個人の束縛の恐怖を感じ、社会構造の破綻を告発した一つの人間像を示していた。それは、「自我」への熱烈な礼讃をとおして、ロマン主義的革命の流れを復活させるものであったし、一八九三年の『法の敵』において、既成秩序への反抗を体系的にうちだしたものであった。要するに、この人間像は、青春のもろもろの不安を理解し、青春に文学と言葉を越えた解決の領域を教えたのである。――大いなる出発。「夷狄たち」から逃れよ。みずからのうしろにある橋を砕け。梯子を焼け。野営せよ。他者から引き継いだすべての所与を拒否せよ、言語活動さえも。「愛」以外のなにものにも価値をあたえるな。だが、その時は徹底的に献身せよ――「生を愛に献げること《ヴィータム・インペンデーレ・アモーリ》」。バレスは、『ベレニスの園』の中で、ルナンに次のように言わせたことによって、なんらかの形でダダに道を開かなかったであろうか。

「私は、世の中に不満をとなえながら社会に入ってこないような青年が多くいるとは思わない。二十歳で大いに否定すること、それは将来の豊かさのしるしである。青年が彼らの先人たちのつくったものをぜんぶ認めるとすれば、それは、彼らがこの世界に来たことが無意味であるということを、暗黙のうちに認めることではないだろうか。」（プロン版、八頁）

若いときには、人は感情的裏切りを容易に許さない。思うに、ここで問題になるのはまさにこのことである。ブルトンははっきりとそう書いている。それは、六十年の月日の流れすら忘却をもたらさなかったことを感じさせる。「権力意志によって、青春時代の思想とはまったく逆の体制的思想の闘士になりあがったひとりの人間が、いかに断罪されるべきかを知ること、それが問題なのである。「補足的問題」――『自由人』の作者は、いかに、『パリの谺《こだま》』のような宣伝主義者《プロパガンディスト》になりえたのであるか。[3]裏切りがあるとすれば、その報酬はいかなるものでありえたか。また、裏切りに対する報復手段はなにか。」(B46・六七―六八頁)

この「裏切り」は――かなり古いことではあろうが――いつ、いかにして、ブルトンとアラゴンにこのように突然に感じられるようになったのであろうか。そのごく近くまで、ブルトンとアラゴンはバレスに対してわずかながらも信頼と尊敬の念を持っていた。というのは、一九一九年七月二十九日、つまりジャック・ヴァシェの『戦場からの手紙』を出版しようとしたとき、ブルトンは次のようにツァラに書き送っているからである。「ぼくたちはこの手紙に序文を書いてもらうためモーリス・バレスにたのみました。君もおわかりのように、ぼくたちはなにも疑ってはいませんでした。バレスはほぼ引き受けてくれそうでした。」[4](C・T)

また、ブルトンが『リテラチュール』の中で、「かなりの数の青年たちが知的活動の源泉をバレスに見出していると考えると、なにか意外なことのように思える」(『リテラチュール』、一九二一年八月、二十号、二頁)と述べるとき、彼の態度は、一般大衆は言うにおよばず彼の友人たちの眼にも、いっそう意外に思われたにちがいない。

ツァラにして見れば、自分にとって痛くもかゆくもない人間であり、その重要さには関係がなくもないが、それもまったく別の領域にあるような人間に対する喧嘩で、なぜ、ブルトンの肩をもたねばならないのか、わからなかった。しかし、結局のところ、この企画は最後にはダダの重要な関心事になったのである。少なくとも、企画はダダの権威において、なんのためらいもなくすすめられていった。

裁判組織の問題は、しかし、やみ取引といわないまでも、ブルトンの多数派とツァラの分派とを満足させるために、いくつかの調整がなされた。ツァラ派は、太鼓を叩き自分独自のやり方で事をすすめようと決めつけているブルトンの決意をもう変えることができないと察知して、一種の消極的で揶揄《やゆ》的な反対の立場に逃れたが、この立場は、敵対する同志たちを激怒させることにもなり、また、その後数年にわたってブルトンの非難の対象ともなった。ツァラにとって、冒険がなんらかの予期しない花火を作りだすことはいたしかたないとしても、それが誰であれ人の断罪に加担するということは、彼のダダに対する理念が許さなかったのである。彼はそのことや、また、ブルトンの態度がつまるところダダを否定することになるということを、人々に理解させようとしたが、結局はむだに終わった。リブモン＝デセーニュは、ツァラやその友人ピカビアと同じ気持であったが、団体行動の必要性の方を重視していた。「私はと言えば、バレスの件にかかわるのはほとんど気にならなかった。バレスは、過去がなんであれ、虫が好かなかったし、文字どおり不愉快に感じていた。一方、私はまだこの共通の戦いにおいて友人や仲間から離れるつもりはなかった。で、私があのとき論告文を書いたのは、まったくの「状況」の産物である。いま思い出しても、あのときはできるだけ激しく書かねばならないと考えていたのである。」（B・155・九六頁）

アラゴンとブルトンの熾烈さをおしとどめるような障害は、だから、なにもなかった。四月のはじめに配布された趣意書は、疑いもなく、ブルトンの見識高い儀礼的なしかも攻撃的な筆によるものであったが、それは少なくともその影響の及ぶ範囲を知っている人々には心胆を寒からしめるものがあった。

「法廷」は次のように構成されることになっていた。裁判長の席は異議なくブルトンにあたえられ、その両側でテオドール・フランケルとピエール・ドゥヴァルとが陪席判事として補佐することになった。リブモン＝デセーニュは、不承不承ではあったが、すでに見てきたように告発者の役をあたえられた。彼は、被告に対する嫌悪と憎悪において、唯一ともいえる適役者であった。一見してさらに驚くべきことは、アラゴンが（フィリップ・スーポーの補佐とともに）モーリス・バレスの弁護役を買って出たことである。これは彼の思いやりのある性質の一端を吐露するものであった。証人たちのリストにはトリスタン・ツァラが最初に名をつらねていたが、このリストはかなり雑多な構成[5]であった。若いダダイスト（ジャック・リゴー、バンジャマン・ペレ、マルグリッド・ビュッフェ、ピエール・ドリュ・ラ・ロシェル）のほかに、あらゆる領域の人々、要するにダダとは関係のない人々が加わっていた。これらは、かなり曖昧な理由でブルトンが方々から集めてきた人たちであった。だが、バレス裁判を企画したのは、やはりダダではなかったか。思うに、「パリ会議」の未来の演出者ブルトンは、このときすでに、「普遍主義《ユニヴェルサリスム》」の精神にうごかされていたのであろう。これが一時的にせよ、ダダを現実と文学の陽の当たる場所へ向かわせたものである。証人の中にはルネ・デュナン、ルイ・ド・ゴンザグ＝フリック、そしてとりわけラシルドといった当時名の知れた批評家や文人が入っていた。――このラシルドという女性は、『コメディア』誌の民間寄稿者で、かつてはダダの猛烈な反対論者だったが、最近ピカビアによって「改宗」させられ、その改心の弁を公にしたばかりであった――というわけで、彼らの存在はダダに関する上述の推測にある程度の真憑性をあたえている。しかしまた、裁判の短い時間のあいだもっともらしい舞台をつくりあげようとしたために、やや手薄な配役を水増ししなければならなかった、と簡単に考えることもできる。要するに、ブルトンにはかなり謀略的な思惑があったことは確かである。ツァラの方から起こされるだろうと予期していた妨害は（そして、実際には彼ひとりだったが）大勢ののんきな参加者たちの中に「埋没して」効果を失っていた。参加者たちと言えば、ただ、自分の役どころを楽しんでいただけである。結局、最近のブルトンの述懐を信じるならば、それはブルトンのかち得た結果であった。

「〔……〕唯一の不協和者がツァラから起きた。彼は「証人」として出廷したとき、滑稽な問題に固執して、愚にもつかぬことを言いはじめた。だが、あの時に、彼の態度がどれだけ無視され、また、どれだけわれわれのあいだで孤立していたかを知るには、『リテラチュール』に掲載した総括[8]を参照するだけで充分であろう。」（B・46・六八頁）

最初の集会のあと、ブルトンは容赦ない、油のよく利いた機械装置をフル回転させた。「二週間のあいだ、証人が集められた。いく人かの人が出頭を拒否した。被告は査問委員会に召喚された。バレスはただちにパリを離れ、メッスとエックス・アン・プロヴァンスへ向かった。彼はそこで『大戦時のフランス精神』について講演することになっていたのである[7]。五月七日、査問委員会はその作業の最後の部分に着手した。すなわち、結論の作成である。」（『リテラチュール』、一九二一年八月、二十号、一頁）

裁判は、このようにして、一九二一年五月十三日二〇時三〇分、セルパント通りの学会会館《ソシエテ・サヴァント》の陰気なホールで開かれた。グレコ・ゴシック様式刷りの壁紙を貼りめぐらした腰石には、時あたかも長い横断幕がかかげてあり、そこにはバンジャマン・ペレの発案による「誰もダダを知らないとはみなされない」という文句が書いてあった。

裁判官たちは二一時三〇分に入廷した。彼らはありあわせの制服を身につけていた。それは、事実しばらく前までブルトン、アラゴン、それにフランケルが着ていた医学生の服で、肘《ひじ》までしか袖のない白衣であった。裁判官と次席検事リブモン＝デセーニュとは深紅の角帽をかぶり、弁護人のアラゴンとスーポーも同じような縁なし帽をかぶっていた。だが、こちらの方は黒であった。不在の被告の代わりに、マネキン人形が椅子を占めていたが、それが被告に似ているかどうかは、もとより、議論の外であった。裁判官と被告のベンチには見台が置かれ、証人たちの柵のところには譜面台が置かれていた。

弁論そのものについては、その報告者が『リテラチュール』グループに属するか、ツァラ―ピカビア―リブモン＝デセーニュ陣営に属するか、あるいは新聞に属するかに従って、それぞれきわめて矛盾した報告が伝えられている。『リテラチュール』グループについては、総括は肯定的である。「裁判は全体的に」、ツァラの突飛な振舞いにもかかわらず、「かなり真面目な議論の中で展開した。」（B・46・六八頁）リブモン＝デセーニュの方では逆に、「ダダはもはやその場面には存在していなかった。ダダは犯罪者や、臆病者や、掠奪者や、強盗になりえたかもしれない。しかし、決して裁判官にはなることはなかった。この最初の告発にあたって、われわれは口が重く、苛立たしい気持であった。」（B・155・九六―九七頁）新聞はその政治的傾向や記者の性質に従って、それぞれこの事件を報道した。あるものは、気がきいたといわないまでも、楽しい宵をダダに期待していたが、死ぬほど退屈だったと書いている。他のものは（まれなケースであるが）何人かの証人の才気と皮肉を評価していて、時おりその訊問を妨げる出席者の激しいやじを残念がっていた。また、いかにラシルドが、羽根のついた大きな灰色の帽子の下で怒りに頬を染めて、圧殺されかかっているダダを救うために、しまいには舞台の上までとびあがっていったか、そして、いかに、嵐のような拍手とバルコニー原産のえんどう豆の雨の下で、反対者を大胆な言葉で罵倒したか、また、いかにドリュ・ラ・ロシェルが、もうこのようなことにかかわるまいとして、「口先に煙草を加えて」裁判官の質問に答えたか、そしてまた、ローマから家族全部を引きつれてきたダンカンが、いかに熱烈に歓迎されたか、などについて語っていた。

　しかしながら、ジャーナリストたちは共通して、弁論の途中で、証人という名目で「正体不明の兵士」を導き入れるという、裁判の組織者たちがとったやりかたについて、いち早く異論をとなえていた。この兵士は、バンジャマン・ペレの風貌をしていたが、ドイツ兵の制服を身につけ、顔をガス・マスクでかくし、膝を曲げない軍隊式の歩きかたであらわれた。これは一瞬ホール全体に冷水をあびせる格好になったが、やがて、激しい反撥の声がまき起こった。三十人ばかりの愛国者たちが『ラ・マルセイエーズ』を大合唱し、舞台の上へ歩みよったため、人々はあわてて幕を引かなければならなかった。ピカビアは、バレス裁判を承認していなかったが、それでもこの見世物には出席していた。しかし、彼はこれらの出来事のなりゆきを眼にして、憤然として席をけったのである。これが、ピカビアがダダの宣言集会に参加した最後の機会であった。続く数日間、新聞では、ダダイスム誹謗の波がまき起こった。そのとばっちりが国会の席にまで及んだほどである。

　裁判そのものの雰囲気を客観的にあとづけることは困難だとしても、そこで述べられた言葉をかなり正確に想像することは可能である。というのは、その記録が、全面特集の形で、『リテラチュール』の次の号に載せられたからである。

　ブルトンが起草し読みあげた「起訴状」は、法律的というより哲学的な論調の文書であったが、これはそのいずれもが瞠目《どうもく》すべき八つの部分に分かれていた。バレスを「詐欺」罪とみなしている告発理由の開陳のあと、ブルトンは、一方ではランボーとロートレアモンの、他方ではバレスの典型的な生き方を対照的に例示し、バレスを今日流行の意図的「人心惑乱」罪の嫌疑に問うていた。「〔……〕バレス氏の思想は生命を賭けるような要素は決して持っていない。彼の文章は混乱して理解しがたいがために無害なものにさえなっていないのだが、バレスはその一つ一つに、それを読めば一歩前進できるという錯覚さえ起こさせないような性質の倹約をとくとくとして励行しているのである。」（『リテラチュール』、一九二二年八月、二〇号、七頁）

このテキストが、『リテラチュール』に再録されたものとまったく同じ形で、読みあげられたかどうか不明である。もしそうだとすれば、楽しむために、あるいは意志表示をするためにやって来た大衆が、そこからなにを得ることができたかということは問題になろう。このテキストは、軽罪裁判所の罪状判定書のように冷ややかで技巧的であり、ことさらに文学的であろうとしながらも、アンドレ・ブルトンの文章を常に魅力的にしているあの詩的感覚が欠落していて、明確さを欠くという明らかな欠点を持っていた。これは、弁論の出発点ともなり、また、さまざまに拡散していく立場を統括して述べねばならない巻頭言にしては、効力を失するという欠陥があった。

幸い、ブルトンは裁判長の役割をしていたので、自分の考えを明らかにし発展させる時間的余裕があった。この役割は全体の共通した意見によって決められたものであったが、彼はそれを見事に演じ、証人たちがダダイストたちの例の冗談と無秩序な言動の方向にすすんでいくのを執拗に本来の意図した道へ引きもどしたのであった。証人たちのあるもの、たとえばセルジュ・ロモフなどは、事態の推移にすっかり圧倒されて、自分たちの証言をダダイストたちに口述するだけで満足していた。弁論は、しかしながら、すでにバレスに関するやりとりの次元を越えて進行していた。裁判官側と、時には弁護人側から出される質問は、証人たちの個人的で、ある時には私的な行動さえ問題にしたのであり、しまいには、「真実に関するゲーム」と称しながら、一種の耐えられぬほどの戯画を作りだしていた。バレスに対するジャック・リゴーの気持について語りながら、ブルトンが次のような対話をリゴーと交わすにいたったのも、そのような雰囲気の中である。これは、この青年の運命[8]についてよく知っているものにとってはひどい話であったであろう。

問（ブルトン）——あなたの考えによれば、可能なものはなにもない。あなたは生きるためにはどうするのですか。なぜ自殺をしなかったのですか。

答（リゴー）——可能なものはなにもありません。自殺さえそうです。〔……〕自殺は、人がなんと言おうと、絶望の行為、あるいは尊厳な行為です。自己を殺すこと、それは恐るべき障害、恐怖を感じるようなもの、あるいはたんに懸念しなければならないものがあるということを認めることです。

問——あなたの考えでは、自殺というのはやむをえない行為なんですね。

答——そのとおりです。そして、職業や道徳に比べれば、い

くらかでも嫌悪感の少ない、「やむをえない行為」です〔……〕（『リテラチュール』、一九二二年八月、二〇号、二〇頁）

このような宗教裁判的な尋問方法とそれから引き出される告白とが、あらかじめぜんぜん知らされていなかった聴衆をいかに困惑させたか、想像にあまりある。しかも、それが証人全体に及んだときには、なおさらであった。

この窒息しそうな雰囲気の中に吹きこまれた一陣の涼風、つまり、このような一連の単調な議事の進行と無駄な口論の中を吹きぬけた唯一の純粋に詩的な息吹、というのが、つまりは、人々が期待していたトリスタン・ツァラの登場であった。再録した議事録を読めば、なぜブルトンがこの瞬間を恐れていたか容易に理解できる。実際、問答のイニシアティヴはブルトンから離れ、彼が慣例化したと思っている尋問方式は明らかに効力を失っていったからである。ツァラは、「あなたは真実を語ることを誓いますか」という問いに「ノン」と答え、ブルトン独特の巧妙な論理の罠にはまることを拒絶したのであった。ツァラは矛盾を許容し、また好んでそれを求めさえした。彼は、弁護人の席のみならず検事席の中まで活発に歩きまわり、この尋問を存分に楽しんだのである。

「〔……〕私は裁判というものを少しも信用していません。たとえこの裁判がダダによってなされていてもです。裁判長殿、あなたはわたしと同じように認めるでしょう。つまり、われわれはみんな無法の徒だということを。そして、無法の度合いが大であれ小であれ要するに、あまり大した差はないのだということを〔……〕」

問——なぜあなたが証言するために呼ばれたか、知っていますか。

答——もちろん。私がトリスタン・ツァラだからです。といっても、この理由は充分に確信は持てませんが。

問——トリスタン・ツァラとはいったいなにものですか。

答——それはモーリス・バレスとはまったく逆の人間です。

問——（スーポー）——弁護側は、証人が被告の運命をうらやんでいると考え、証人がそれを告白するかどうかを要求します。

答——証人にとって、弁護人などくそっくらえ、と言いましょう。

問——モーリス・バレスのほかに、あなたはまだ何人か悪党の名を挙げることができますか。

答——もちろん。アンドレ・ブルトン、テオドール・フランケル、ピエール・ドゥヴァル、ジョルジュ・リブモン＝デセーニュ、ルイ・アラゴン、フィリップ・スーポー、ジャック・リゴー、ピエール・ドリュ・ラ・ロシェル、バンジャマン・ペレ、セルジュ・シャルシューヌ。

問——証人は、モーリス・バレスが、あなたの友人、つまりいま名前を挙げた悪党と同じぐらい共感が持てる、と言いたいわけですね。

答――とんでもない。私が話したのは悪党のことであって、共感うんぬんではないのです。私の友人は私には共感を持っている。それに対して、私はバレスが大嫌いです〔……〕

問――証人は完全な無能者としておしとおそうとするつもりですか、それとも、監禁してもらいたいと思っているのですか。

答――ええ、私は完全な無能者としておしとおそうとしています。しかし、私は、自分が一生を過ごす隠れ家から抜けだそうとは思っていません。

問――ところで、あなたはヴェルダンで負傷しましたか。

答――私はどのような流言蜚語をも恐れはしません。で、もちろん、そうだと答えます。ただし、ダダイスムのヴェルダンでです。裁判長殿は知っているでしょうが、私はかなり臆病なので、本質的にあまり私の興味を引かない話で皮膚を傷つけたくはないのです。

同――あなたはモーリス・バレスと個人的に知り合いになりたいと思いますか。

答――彼とは一九一二年に知り合いになりました。しかし、女性の件で喧嘩別れしました。

問――弁護側は、証人が割当ての時間を冗談でごまかしてしまった、と指摘しています〔……〕

答――〔……〕私は裁くことはしません。なにものも裁くことはしません。私は常に自分を裁いています。そして、自分の中に、けちな厭わしい男を見出しています。それはモーリスが持っているようなものと同じです、が、いずれにしても程度の問題です。このようなことは相対的なものです。（『リテラチュール』、一九二〇年八月、二十号、一〇―一四頁）

ツァラは、自分の「演出」を終えるにあたって、彼独自の意図でのちに有名になった三節の『ダダ小唄』を歌いはじめた。

　心臓にダダを持つ
　エレベーターは歌をうたい
　心臓にダダを持つ
　そのモーターは疲れはてた（同、一五頁）

こうして、彼はブルトン裁判長に対して完全に信望を失ったのである。

『リテラチュール』第二十号は、起訴状の原文と六名ほどの証人の陳述を全紙にわたって収録していた。そのカバーには、論告と口頭弁論とは「次号（二十一号）」に掲載されるであろうという予告が書きこまれていた。しかし、『リテラチュール』の第一シリーズが二十号で終わっているところを見ると、裁判のその他の資料が散逸したのではないかという臆測も可能であった。

しかし、幸いに、この臆測はあたってはいない。われわれはブルトンのこの雑誌の第二十一号の最終校をトリスタン・ツァラのコレクションの中に発見した。二十一号はできあがっていたが、校正刷りの状態のままだったのである。これはリブモン＝デセーニュの論告とスーポーの口頭弁論を収載していた。(9)

リブモン＝デセーニュの論告はおそらくこの件に関する書類の中でもっとも興味ぶかいものであった。告発者は、裁判官も証人も、また傍聴人さえも忌避したあとで（「諸君の中に、なんびとかマルクス・アウレリウス風の賢人、すなわち絹の肌をし鉱泉の水のような眼をした純粋人がいることは認めよう。しかし、われわれ、つまり諸君と私はともに、人間の法廷ではなんの役にも立たぬ冷たい体液は別のところで醱酵してもらうよう、彼にたのもうではないか」（リブモン＝デセーニュの論告より））、告発者は、ブルジョワ・バレスの肖像をおおざっぱに素描していた。つまり、裕福で尊敬を集め、『愛国者連盟』の会長であり、愛の歌い手である彼の肖像である。といっても、それは断罪するためではなかった。なぜなら「ダダは、このような寄生的存在、このような出世した出世主義者の偽善に対しては、むしろ愛想よくほほえみかけるであろうからである〔……〕もしバレスの資質が諸君の感覚にかなっていて、誠実なものであったとすれば、われわれはことさらに彼を裁判しようなどとはしないであろう。たんに強制執行するだけで充分だったであろう。」（同）ブルトンが期待していた辛辣な攻撃の代わりに、聴衆はリブモン＝デセーニュによる一連のダダイスムの定義を聞かされていたのである。

「愛、感性、死、詩、芸術、伝統と自由、個人と社会、倫理、民族、祖国。だが、これらの美しい対象についてダダはどう考えるのか。バレスを裁くダダは。諸君、ダダは考えない。ダダはなにも考えない。しかしながら、ダダはなにを考えないかということは知っている。すなわち、なにも考えないのである〔……〕ダダは芸術を侮蔑し、そして芸術をなす。ダダは天につばをし、そして諸君の眼に落ちてくるものが、諸君の瞼を濡らす芸術なのである。諸君、諸君はなんと幸せであるか。そして私はなんと諸君を愛することか。〔……〕ダダは大いに世界を愛する。それがダダの立場である。世界をたべるために。〔……〕民族、死者たち、祖国、それらはともし火であって、太陽ではない。明敏な感覚、洗練された趣味、フランス的な透徹した才気、なんという茶番だ。しかも、演じそこなった茶番。諸君の死者たち。死ぬすべをわきまえていたというすばらしい誇り。モーリス・バレスは蛆虫たちの上を歩くのがお気に入りのようである。ただし、それも旗の上で楽しむという条件で。彼は文明の代表選手である〔……〕諸君、わたしはこの薄ぎたない老いぼれを諸君に引きわたす。それを、死刑執行人の手にわたすか、牢番の手にわたすか、あるいは淫売宿のおかみの手にわたすか、いずれがよいか判断するのは諸君の自由である。」（同）

続いて行なわれたスーポーの弁護は「口頭弁論」といっても名ばかりのものであった。実際、それはリブモン＝デセーニュのダダイスト的な茶化しとは違った、激しい攻撃の調子をおびていた。というのは、彼は徹底的にこの被告を裁こうとしていたからである。人は、愛国者「バレスⅡ」を、「自由人、バレスⅠ」で「ない」からといって、遺憾に思うことができたであろうか。「私は思うに」とスーポーは結論する。「精神の安全は、モーリス・バレスの権力によっても誰の権力によっても、侵害されるものではない。いかなる行為もいかなる思想も、また矛盾する行為にせよ思想にせよ、それをなし、それを考える人間の精神を侵害することはできないし、いわんや、精神一般を、さらには、その影響を受ける恐れのあるもろもろの個人の精神を侵害することは、なおさらできないのである。」（スーポーの口頭弁論）

この二つの未刊の資料を読むとき、『リテラチュール』第二十号で発表されたテキストだけがあたえる印象はかなり修正される。次席検事は要請を拒否したであろうか。また、口頭弁論は論告をなぞっただけであっただろうか。そうではなかった。しかも、ブルトンがそのきまじめさを強調していた弁論には、疑いもなく、ダダ固有のある種の非論理的ユーモアが欠けてはいなかったし、すでに周知のように、ツァラは、『対談』で述べられているように「孤立」していたどころか、彼の「否定」の理念がかなり広く受け入れられているのを眼のあたりにしていたのである。この裁判の意味や組織者たちの意図は大部分の出演者や聴衆には正しく受け取られなかったように思われる。スーポーは口頭弁論の終わりに、いみじくも次のような疑問をなげかけていた。「裁判長殿、陪席判事殿、私はあなたがたに少々おたずねしたい。この弁論をつうじて、ただ一つの言葉がたった一度だけでも、あなたがたの頭脳の底で震えながら深く眠っている犯罪についての考えを、呼びさましたことがありますか。」（同）

明らかに、否、である。なんとなれば、ブルトンなら当然のこととして期待していたであろう死刑の判決と全員一致の評決の代わりに、陪審員たちは欠席した被告にひかえめな刑罰を課しただけで満足したからである。すなわち、二十年間の強制労働である。その上、彼らは閉廷の時間をくりあげねばならなかった。実際、アラゴンが彼の口頭弁論を読むために立ち上がったとき、ホールの半数ほどがそれにならって、帰りはじめたからである。演説者は激怒したが、それでも、騒音の中で、身ぶりで補いながら、聞きとることができない言葉を急いでしゃべり続けていた。

こうして、ダダはまた復讐に成功した。アラゴンとブルトンが、一人の人間を、しかし彼をとおして、一つの態度を、一つの生き方を、一つの時代全体を論難しようと企てた裁判は、熱狂も憎悪も、理解さえもよび起こすことができなかった。というのも、大衆にしてみれば、彼らは一つの企画で演じているダダイスムの新しい仮面行列しか見ることができなかったからである。しかも、この企画たるや、実にダダの弔鐘を鳴らすものであった。

主役たちは、もちろん、彼らの失敗のほどを理解していた。自分たちが考えていたその他の「告発」は、どれも陽の目を見なかったからである。

第十五章　ピカビア、ダダと決別

われわれの頭が丸いのは、思考の方向転換を自由にするためである。

フランシス・ピカビア

仲たがいの歴史――『リテラチュール』のアンケート――シャドとゼルナーの手紙――財布事件

すでに述べたように激しい態度でバレス裁判の席をけったあと、ピカビアはすぐ自分の机に向かい、一息で一つの評論を書きあげた。それは『エスプリ・ヌーヴォー』の近刊号（九号、一九二一年六月、一〇五九―一〇六〇頁）にデルメが掲載することになっていたものである。「フランシス・ピカビアとダダ」と題するこの評論はダダ運動内部の軋轢についてなまなましい光をなげかけていた。学会会館《ソシエテ・サヴァント》のホールでの見せ物は、このスキャンダルの巨匠を激怒させもし、つつしみも忘れさせたのであった。「今や、ダダは法廷を持ち弁護士を持っている。やがては憲兵もデブレ氏のごときものも持つであろう〔……〕」（同、一〇六〇頁）その時、彼は突然新しい方向、つまりブルトンがダダにあたえようと意図している新しい「方式」に気がついた。「私はある種のダダたちから離れた。彼らの中にいると息がつまりそうになり、日ごとに不愉快になり、恐ろしく退屈するようになったからである。むしろネロ皇帝の闘技場のまわりで生きた方がましである。ダダイストの陰謀の場である喫茶店セルタのテーブルのまわりで暮らすことは私にはできない。」（同、一〇五九頁）このあと、文章はダダ運動の歴史的流れを簡単に述べていた。それはあまり正常な書きかたではなかったが、しかし不正確なものとは思われなかった。

「ダダ精神は実際には三、四年のあいだしか存在しなかった。それは一九一二年の終わりごろマルセル・デュシャンと私が示したものであった〔……〕その成功と一種の遊戯のおもしろさとが、一九一八年に、ダダといっても名ばかりのなん人かの人人の心を引いた。それ以来、私のまわりではすべてが変わった。私は、ダダがキュビスムのように理解のある弟子たちを持つだろうと感じたので、もう、これらの人たちを忘れて、できるだけ遠くへ逃れようということしか考えなくなった。しかし、確かに、こういう考えがしばらくのあいだ私をおもしろがらせた。私のほうでは、高みの見物で、彼らが自分たちの便宜主義をそろそろと利用しながらまじめな人々や『N・R・F』に、迎合するのを見ていたのであった。」(同一〇五九頁)

この謎めいた非難の対象は評論の終わりにはっきりと示されていた。「[……]私は売名というものを好まない。そして『リテラチュール』の指導者たちは売名家以外のなにものでもなかった。」(同、一〇六〇頁)

ピカビアが遠ざかろうとしたのは、決してダダからではない。アラゴンやブルトンやスーポーやその友人たちのダダに対する方向づけからであった。だから、彼の立場はツァラの立場に近かった。もしダダが自由への大いなる冒険であるのをやめるとすれば、結局のところ、ダダが消えてなくなった方がましであろう……「今のところ、ブルジョワたちは無限の相を示している。もしダダがあまり長続きしすぎると、やはり同じことになるであろう。」(同、一〇六〇頁)

ダダ運動にとって最大の中心人物の一人であるピカビアが、なぜ、このように決別を公表することになったのか。この行動は実際には徐々にうごきつつあった進展の一つの到達点と言えるのだが、それを理解するには、数か月前まで、正確に言えば一九二〇年の終わりまでさかのぼる必要がある。つまり、ポボロツキー画廊でピカビア展があったときである。当時すでに、一方ではツァラとピカビア、他方では『リテラチュール』グループの、二つのグループへの分裂が、特に展覧会の宣言集会のプログラムに『リテラチュール』グループの名前が落ちていたことによって、はっきりあらわれていたことが思い出される。

不和の発端は一九二〇年の春に置くことができる。事実、ピカビアは、七月三日のツァラへの手紙で、すでに激しい言葉で怒りをぶちまけていた。「あなたにこのような手紙を認《したた》めるのは一時的な気まぐれのせいではなく、なんども、反省し吟味した結果なのです。——『リテラチュール』はわれわれを馬鹿にしています。「サン・パレイユ」書店は私たちの本や定期刊行物を隠しているのです。とうとう、私は事実をつきとめました。」しかし、その最初の徴候は、数週間前に、喫茶店セルタの集会の中であらわれていた。ピカビアは、パリのダダが発足した当時、自分のアパルトマンをアジトにつかっていたこともあって、グループの活動の中心をオペラ通りへ移したときには内心おもしろくなかった。この移転は、グループの便宜と独立をはかるという理由で、しかも当座のあいだだけということであったが、一九二〇年の最初の「季節《セゾン》」の終わりにはすでに固定化していた。このため、ピカビアは運動の自由を得たけれども、逆に影響力は失ったのである。主導権は他の人々に移っていた。リブモン＝デセーニュは、その時以来この画家の気持を動かした心理のあやを、次のように鋭く洞察している。

「ピカビアはダダから利益を得ることができるあいだはダダをささえた。しかし、ダダに退屈しか感じなくなると、つまりそこで主役を演じられなくなると、ダダに背を向けたのである。同時に、彼の仲間たちは彼の敵になった。友情などというものはなんの役にも立たなかった。」（B・155・八九頁）

しかしながら、次のことはピカビアの弁護のために書いておかねばならない。すなわち、参加者たち自身の告白によっても、「セルタ」での会合はブルトンが主宰するようになってから、その特徴を一変したということである。和気靄々《あいあい》として各自が自発的に議論をたたかわせるといった会合の初期の性格が基本的に変化したのである。それが研究グループ、あるいは「ゼミナール」グループの様相をおびるようになり、中でも特に強烈な性格の人たちが、ある場合は正面から、そして、多くの場合は集団的に、対立しあうようになったのである。というのも、ブルトンは「きわめて特殊な、秘密結社あるいは神秘的行動に相通じるような精神状態」（B・155・七九頁）をグループ全体にみなぎらせるすぐれた能力を持ち合わせていたからである。ブルトンの「神秘なもの」や多義的《エキボック》表現や遠まわしの隠喩法や巧みな語彙の使用などに対する好み、情熱的な告白や友情の吐露を奨励する傾向、また他人の下意識をせんさくするややいきすぎた性向、これらがその会合を通じて一般的底流となっていた。と同時に、行動の荘重さ、会話の重々しさ、討論の方法論、倫理的ないし知的問題を吟味する厳しさ、などに対する自然の傾きもまた日増しに強められていた。こうして、ブルトンは、ピカビアの嫉妬心をかりたてたことにもなるのだが、自分のまわりのものに否定しようのない影響力を及ぼし、抗することのできない一種の磁力を全身から発散していたのである。そこにはすでに、未来のシュルレアリストたちの集団が、ひな型として存在していた。

会合への出席を至上命令と考えていたブルトンの考え方に反して、ピカビアはしだいに出席しないようになった。彼は、その雰囲気やそこで吹聴されるうわさ話や集団的自己崇拝と病的懐疑との入り混じった精神状態などに我慢ができなかったし、また、官僚的でダダ精神とは相入れない形式の調書作成にまで発展したのだが、彼らを熱中させた「仕事」の性格には我慢ができなかったのである。この調書はしばしば『リテラチュール』の掲載記事を対象とした。そして、作成中の号の概要が特に調書の話題の種になっていたツァラやピカビアの意向からすれば、なんども審議をかさね、審査会の厳粛な議に導かれ、果てしのない投票によって得票が記入される、このような決定のしかたほど奇異なものはなかった。しかしながら、これらの決定は、時として、部分的にしか実効性を持たなかったし、また、ブルトンが、非のうちどころのない詭弁を弄して、その決定の有効性をあらかじめ完全に封殺してもいたのである。「(審査会は) 審査の効果についてはいかなる幻想もいだいていない。そのメンバーの誰も、投票の原理はもとより、演劇などで行なうあの脚本審査会の原理も許してはいない。われわれは一つの実験を目的としているのである。」(「調書」、筆者名なし、『リテラチュール』十七号、一九二〇年十二月、四頁)

もう一つの「実験」——その重要性は途方もなく誇張されていたように思えるのだが——これもまた、ダダイストたちの「深層心理の中に深くはいりこむこと」(『リテラチュール』、新シリーズ一号、一九二二年三月、一頁)を目的とし、「すべての栄光と縁を切って」(『リテラチュール』十八号、一九二一年三月、一頁) 彼らをモルモットのレベルに昇格させようとしたものであった(がしかし、実際には栄光というものを求めたい誘惑には抗することができなかった)。このようにして、ブルトンは、一八〇人の著名人のリストをつくり、彼らの一人一人にマイナス25からプラス25までの(ゼロは「完全な無関心」をあらわす)点をつけるように審査会(アラゴン、ガブリエル・ビュッフェ、ドリュ・ラ・ロシェル、エリュアール、フランケル、ペレ、リブモン・デセーニュ、スーポー、ツァラ、およびブルトン自身で構成)に求める、という考えを持った。そのリストは、現代から(ボノ[1]、フォッシュ[2]、ランドリュ[3]、ミスタンゲット[4])、古代から(マルクス・アウレリウス、ホメロス、イエス＝キリスト)、文学から(モリエール、ユゴー、ミュッセ)、そして抜け目なくダダからも集めてきたものであった。この調査が現代の世論調査などで常識となっている客観性と科学的厳密さによって導かれていたならば、平均値をだして、ダダイストたちのグループの精神状態について興味ある結果を得ることもできたであろう。しかし、この試みは、ダダイスムの色眼鏡で見たものであって、人為的なものにしかなりえなかった。実際、ブルトンやエリュアールやあるいはスーポーがそれぞれの気持のニュアンスに従って各自の採点法を取り入れるように努力したとしても、ツァラとリブモン＝デセーニュは、馬鹿げた遊びだと思っているようなものの規則には最初から従いはしなかったのである。ツァラは、神のごとく、可否を決めない態度をとり、また、普遍的「無差別」というダダの原理に従って、これら著名人のほとんどに最少点をあたえていた。リブモン＝デセーニュと言えば、彼は点数の選びかたを偶然にまかせていた。だから、このようにして得た分類・評価は、全般にあてにならないものであって、必要な修正を行なわない限り、これまであまりにしばしばなされてきたように、これを真面目な心理分析の出発点として用いることは慎まねばならない。ブルトンとダダのグループが、社会構成員の中で相互の称讃に基づくあの人気投票を先がけて行なったという事実そのものは、たとえそれが資料の段階にとどまるものとしても、彼らの冒険から興味をそいでしまうものである。とはいえ、これらの評価点数は、いつか思いがけないときに、ある特定の人たちの内面世界を明るみにだすこともありえよう。このような活動に対するピカビアの気持はリブモン＝デセーニュと同じであったが、ブルトンは、彼らの気持に対してはあまり注意をはらってはいなかった。われわれは『今は昔《デジャ・ジャディス》』の中に興味深い数ページを読むであろう。そこで、『唖のカナリア』の著者（リブモン＝デセーニュ）はブルトンが喫茶店セルタで対話者の欠陥と矛盾をねちねちとつきながら徹底的にやりこめていくあの手口を暴露している。

しかしながら、もしピカビアに我慢の緒を切らせるような他の不快の原因がなかったとすれば、おそらく、彼はあれほどきっぱりと『リテラチュール』とは縁を切らなかったであろう。まず第一は、おそらく彼の痛ましい精神状態である。というのは、一九二一年の春のはじめごろ、彼は眼に帯状疱疹ができていた。これは、彼のような頑健な体質に恵まれていて突然襲ってくる病気に根気づよく耐えるということができない人間にとって、特に苦しい疾患であった。当時の彼の文章はすべて、数週間前には風俗壊乱のつわものとして通っていた人とは思えない、まったく新しい鬱病の影が見られるのである。また、一九二〇年三月に起きた匿名の手紙事件がある。これをめぐって起きた小さな陰謀の悪臭が彼を悩ませ、ダダのサークルに足を運ぶのを耐えがたくさせていたのである。サークルを支配していた重苦しい雰囲気は、とてもありえないようなうわささえ広がらせ、まったく不確かな疑いさえ次々に生みだしたのである。仲間の倫理的公正さに対してブルトンが行なった過大評価にもかかわらず――あるいはそのために――不信感が増大した。シャド事件と、たまたま起きた財布事件の二つの出来事がそれを証明している。

一九二〇年の冬を通じて、ジェルメーヌ・エヴェルランのサロンの常連の一人は芸術家であり写真家であるクリスチャン・シャドであった。彼はドイツ出身であるが、チューリッヒ・ダダイスムのメンバーに名をつらねた人である。ところが、ある日、なんの連絡もなく、この青年が姿を消した。みんなはなにかのいたずらだろうと思っていた。しかし、スイスのダダイスト、ヴァルター・ゼルナーがパリへ来たにもかかわらず注意深くエミール＝オージエ通りを避けるのを見たとき、ピカビアはなにか隠しごとかあるのではないかと予感した。実際、一月から四月にかけて、彼はシャドとゼルナーから交互に発信されている一連の奇妙な手紙を受け取ったのである。「〔……〕私はいまいちどあなたに対する強い共感を申し述べます（たぶん信用されないでしょうが）。そしてまた、私があなたの家を避けざるをえなくなったのは、あなたの人柄とはまったく関係のない事情のため、ということも」（一九二一年一月三十一日付未刊書簡、D・P）とゼルナーは書いている。シャドの方は、ツァラに対しては『ダダグローブ』に書いた原稿を、ピカビアに対しては『三九一』に書いた原稿を返送するよう、簡潔だが強い調子で述べるにとどまっていた。ピカビアは当惑して、しばらく友人たちに理由をいろいろ聞いてみた。が、それでもはっきりしないので、意を決して当事者自身に説明を求めた。とうとう彼はナポリから分厚い手紙を受け取った。シャドはその中で数週間前からの自分の行動について弁解しようと試みていた。「私はダダのときにチューリッヒにいました」と彼は単刀直入に書いている。「ツァラはダダ創始者の名を簒奪しているのです。彼はダダという言葉の発明者でさえありません。ツァラの署名で『ダダ3』に発表された『ダダ宣言一九一八年』は、そののちのドイツ・ダダイスムの出発点となったのですが、執筆者はゼルナーなのです。ゼルナーはこの冬パリへ来て、ツァラがここで演じている役割を見て啞然としました。そのあと、彼は気分が悪くなり、無用な争いを避けるためにスイスへもどって行ったのです。」（一九二一年四月二十五日付未刊書簡より、D・P）

このような「暴露」を、シャドとゼルナーはパリのダダ・グループの他のメンバーにもしたにちがいない。充分な根拠を求めようとはせずに、[5] 人々はこのうわさをツァラの友人や関係者のそばで、ツァラの悪口を言うために利用した。これは確かに、ある人々がツァラに関して流した簒奪者という風評、特に一九二二年の「パリ会議」のときの風評のもとになるものであった。

ここでは、それらの日付を比較考察することが重要である。シャドの手紙は四月二十五日ごろピカビアに届いた。ところで、のちに見るように、ピカビアとダダとの絶縁の評論は五月十一日『コメディア』に発表された。ここに原因と結果の一つの関係を導きだすことができるように思える。「私はダダと決別した。私は幸福を信じ、嘔吐を恐れるからである。そして、台所の悪臭はきわめて不快な印象を私にあたえる。」（フランシス・ピカビア、「フランシス・ピカビアとダダ」、『エスプリ・ヌーヴォー』誌、九号、一九二一年六月、一〇六〇頁）ピカビアはしかし、それほど不快に思いながらも、論争に加わることはさしひかえた。「ヒュルゼンベック、ツァラ、あるいはバルは」と彼は書いている。「［……］一九一六年にダダという珠玉のごとき名称を発見した。」（同、一〇五九頁）しかし、ゼルナーについてもシャドについてもなんら言及していないのである。

この同じ四月二十五日の月曜日、喫茶店セルタでは、もう一つの決定的な事件が展開していた。それは、「財布事件」として知られ、そののちもなんども話題になった出来事である。事実を簡単に回想しよう。喫茶店のボーイがかなりの金額の入った財布をダダイストたちが占めている座席に置き忘れたのであった（ちょうど日暮れどきのことである）。これをどうすべきか。財布は返すべきか。あるものが発言した。ボーイはかわいそうなプロレタリアであって、神のおぼしめしでこうむった損失でも自分の日銭で弁償しなければならないだろう。――いや、喫茶店のボーイはプロレタリアではない。軽蔑すべき奴隷なのだ。また別の意見もあった。ダダはなにものも信じない。

倫理さえ信じないのだ。金持から金をとることがなにか精神を高揚させることになるのか、価値のあることになるのか。ダダの真の行動は貧しいものを攻撃することなのだ。人々はあらゆる途方もない形式論理を展開し、営利的喫茶店について論戦をくり広げた。ダダイストたちは、この暇つぶしの討論を終わりまで続けるために、別の喫茶店へ――その大金を持って――移った。そのあとも、いくつかのもっともらしい議論がかわされた。なぜ財布を盗むのか。「無償の行為[6]」のためか。だが、このようにして、いったい金をどうするのか。飲んでしまうか。下水の中に捨ててしまうか。雑誌を一号出すのに利用するか。

　よい解決も浮かばず、夜もおそくなっていったので、みんなは翌日また会うことにし、件の財布はその夜だけエリュアールにあずけることにした。しかしそのあいだに、エリュアールは独断で財布を包み、名をかくしてもとの持主に返すことにしたのである。いかなる動機が彼にそのような行動をとらせたのか。それは今もってわからないが、感受性が強く、ダダたちの中で最もダダイスト的でなく、また最も裕福なダダイストのひとりであったので、おそらくエリュアールは、ごく単純に、誠実さへの基本的な本能に動かされたのであろうし、でなければ、これ以上この事件のまきぞえになりたくないという気持に動かされていたのであろう。この行動のために、エリュアールはブルトンを筆頭とする彼の友人たちに最底の恥辱で報われることになったのである。

　ピカビアは病気だったので喫茶店にはいなかった。しかし、彼の家へ出入りしていたベルギー人クレマン・パンセルスが彼のところへやって来て細大もらさず話して聞かせ、自分はこの運動から身を引くつもりだと告げた。詭弁の中であれこれ理屈をつけるダダイストたちの会話の不愉快な詳細を聞いて、『山師イエス＝キリスト』の作者はにがにがしさで胸がいっぱいになったにちがいない。彼がパンセルスに倣ってダダを離れる決心をしたのは、この時である。パンセルスは、こうして、気がつかないうちに、ダダの崩壊をみちびく連鎖反応の口火を切っていたのである。

　というわけで、五月十一日、ピカビアがダダを「離れる」決意を知らせたのは『コメディア』の第一頁においてであった。内容から言えば、この評論は、二日のちに『エスプリ・ヌーヴォー』のために書いたのと、同じものであった。つまり、ピカビアが残念ながら何人かの友人を見捨てたのは、彼らがダダの成功を利害に結びつけようとしたからであり、また、彼らがあまりに真面目になりすぎたからである。ところで「ダダは、諸君も承知のように、真面目なものではない。それがために、ダダは、点々とまいた火薬のように、人々の心をとらえたのである。」（ピカビア、「ピカビア氏ダダから離脱」、『コメディア』、一九二一年五月十一日、一頁）ダダは一つの流儀をつくりつつあった。ところで「一人の人間が流儀を持つというのは、彼が他人の流儀を持つときに、そういうのである[7]。」

ピカビアの動機は、すでに見たように、それほど単純でもなく、それほど透明でもなかった。そして、彼に近しい人たちは、そのはなばなしい決心を決して悲劇的に考えすぎてはいけない、ということを知っていた。この人物は、友情でも恋愛でも、うつり気であった。彼と固いつながりを持つために、一見最も確かに見える彼の憎悪や嫌悪を判断基準にしていた人も、いつかは、茶番の主役にされる危険性が大いにあったからである。五月十一日の評論がなんらかのアヴァン・ギャルドの文学誌に掲載されていたとしたら、ダダイストたちのグループの中にある程度の動揺を呼び起こすだけでとどまっていたであろう。しかし、彼がそれを行なったのはバレス裁判の前日であった。それは宣言集会に対するまごうかたなき否認状であり、公衆の面前でブルトンの顔に吹きかけた煙草の煙であった。しかも、それが掲載されたのは発行部数の多い文学日刊紙であった。

スキャンダルは完璧であった。ピカビアが、当時、パリのいたるところでピカソやコクトーにも比すべき名声を博していただけに、なおさらであった。その上、ピカビアはダダに対する自分の立場を引き続き明確にし、人間にとって永久変化という同一テーマで断続的に評論を発表し続けたのである。(8)

第十六章　「サロン・ダダ」をめぐって

大衆は時としてわれわれにいくらかの興感をあたえることもある。

F・T・マリネッティ

「擬音コンサート」――『エッフェル塔の花婿花嫁』――ダダ展覧会――デュシャンの回避――ダダの夕べ――ジャック・エベルト猛威をふるう

ピカビアに離れられ、上昇するブルトンと『リテラチュール』グループの勢力に直面して、ツァラは孤軍奮闘の状態で、あの「一九二一年の季節《セゾン》」という唯一の懸案を成功させるためがんばっていた。つまり、ダダの「サロン」と「オペラ」で、彼はこれだけに執心していたのである。

ダダイスト各人がそれぞれ一つの作品を出すことを、依頼はしないが、なかば義務づけるという形で、芝居をつくったり集団的展覧会を催したりする考えが、この一九二〇年から一九二一年の冬にかけて、くりかえし提案されていた。デュシャンとピカビアは賛成で、ブルトンは異論があったが、ツァラは、ジャンルの混合は不可能としても、芸術の混合は可能だと考えていた。つまり、彼は文学者たちの絵を展覧する試みが、画家たち（アルプ、エルンスト、ヤンコ、ピカビア……）の詩を自分の雑誌に発表するのと同様に、愉快なことだと思ったのである。「ベルギー遠征[1]」の失敗以来、ツァラはピカビアの別の企画に熱心に参画していた。これには、他のダダイストたちの中でリブモン＝デセーニュだけが関係していたと思われる。すなわち、一九二一年二月のある金曜日に、アンデパンダンの展覧会を利用して、宣言集会《マニフェスタシヨン》を組織すると同時に異端派ダダによる「サロン・ダダ」を催すということであった。交渉はかなりすんだ段階に達していた。しかし、すでに述べたように、アンデパンダン協会の役員たちは前年ひどい目に合わされていたので、許可する代わりに非常に厳しい条件を付けてきた。このため、ピカビアは開催取り消しを宣言しなければならなかった。

だから、「一九二一年の季節《セゾン》」の枠の中でサロン・ダダなるものを組織する機会が示されたときには、ピカビアは（のちにはそれに参加することはきっぱり拒否するのであるが）むしろ乗り気であった、と考えることができる。事実、エベルトがパリにあるすべての国際的芸術グループと前衛的結社に、テアトル・デ・シャンゼリゼのホールを開放する用意があるということを、デュシャン＝ヴィヨン(2)夫人(3)から知らされたとき、ピカビアは急拠ダダの座長になり、一九二一年一月になって、当時エベルトの秘書であった「男爵」ジャン・モレに借用を申し出ていた。

ピカビアとツァラが立てたプログラムは（『リテラチュール』グループのメンバーは大した興味も示さなかったようであるが）(4)、三つの発表集会と全期間を通じての固定した展覧会で構成されるはずであった。この展覧会（「サロン・ダダ」）は、一九二一年六月六日から三十日までのあいだ、その名もはなばなしく「ギャルリ・モンテーニュ」と名づけたスチュジオ・デ・シャンゼリゼ（モンテーニュ通りの建物の最上階）のホールで行なわれることになっていた。

また三回の発表集会は、六月十日金曜日のソワレと、六月十八日土曜日と六月三十日木曜日のマチネ、いずれも午後三時半からであった。しかし、その間ジャック・エベルトの二つのホールは当然のことだが完全にあいているというわけではなかった。六月十七日金曜日の夕刻はマリネッティとイタリア・フュチュリストたちが組織した「擬音コンサート」のために予約されていたし、十八日は、同じ舞台でコクトーの『エッフェル塔の花婿花嫁』の第一回上演が予定されていた。

アヴァンギャルドのいくつかの宣言集会が同じ場所で同時に行なわれるというのは、予告なしに既成事実として並べられてみると、ダダにとってはまったく破滅にも等しいことであった。実際、大衆、特に日ごと入れかわる大衆や予告を受けてない観客つまり有料入場者たちにとっては、コクトーもマリネッティもダダも微妙な違いしかない、同じような風変わりで面白いテーマの演《だ》しものを見せるものにすぎなかった。ところで、かりに『エッフェル塔の花婿花嫁』の作者と『フュチュリスム宣言』の作者とが大して不愉快とも思わず、しかも安上がりの宣伝を互いに増幅させながら、一種の混同状態をつくりだすことになれば、ダダは逆にみずからの行動の特異性を強調しなければならないであろう。この競合した宣言集会の期間を通じてダダイストたちが取った攻撃的な態度は、このような配慮があったと考えれば、充分説明がつく。

「サロン・ダダ」の前日内示展は六月六日の午後行なわれた。ホールへつづく百段の階段と七つの階のいちばん下には、次のような案内が親切に招待客に示されていた。「鏡をごらんになりましたか」、「みなさんの肺のことをお忘れなく。敬白」。そして、古典的スタイルの招待状がたっぷり配られていた。(5)

上のほう、スチュジオのホールと部屋には、信じられないような奇妙きてれつな物体《オブジェ》が拡げられていた。天井からは、開いた傘、ソフト帽、使いものにならなくなったパイプの山、白いネクタイを巻いたチュロ……等々がぶらさがっていた。ネクタイはそのほかにもたくさんつるされていたが、大部分は一本の紐にそって万国旗のように飾りつけられ、このお祭り騒ぎに、田舎びた風変わりな感じを添えていた。「彫刻」（ほとんどが部屋そのものの中につくりつけられたもの）や壁にかけた「絵画」について言えば、それらの多様さと突飛さとで、大いに発想の新鮮さをあらわしていた。おそらく、ダダはこれまで矛盾した表現の中でこれほどの統一性をかちえたことはなかったであろう。要するに、若い画家や詩人がダダ運動の解放のエネルギーをこれほど雄弁に示したことはないであろう。

アルプの手になる等身大の「トリスタン・ツァラの肖像」はアラゴンの「テオドール・フランケルの肖像」（「動く宝石、指の美徳」のうちの一つ）と対をなしていた。マックス・エルンストはじめて彼の有名な「鈴をつけた芝草の自転車」を出品し、トリスタン・ツァラは「わたしの《モン》」「親しい《シェール》」、「友人《アミ》」というように次々に名を付けた三つの作品を出品した。また、ジャック・リゴーの制作はカタログには次のような言葉で記入されていた。「62、何が」、「63、誰が」、「64、いつ」。マン・レイのものは「53、女」、「54、男」であり、ヴァシュのものは、「78、わが兄、司祭。わが妹、やさしい娼婦」、「79、支払額と残額の戦い」であった。

くるみ割り器とスポンジをあらわしたバンジャマン・ペレの一枚の絵は「死せる美女」と題されていた。もう一枚の絵では、ミロのヴィーナスが肩のうえに髪を剃り落した男の顔をのせていた。ちょうど眼の高さのところには、ガスでふくらませた子供の風船を一つつけ、模様で飾った鏡があり、これがいやおうなく通行人の視線をとらえていた。通行人たちは自分の顔を見て満足したあとで、そこに貼ってある札の方へ身をかがめると、「見知らぬ男の肖像」という題名を読むことができる、というしくみであった。このスーポーの作品と並んで「はるかなる都市」と題したもう一つの作品があって、これはたんなる枠の中にアスファルトのかけらが揺れているだけであった。スーポーはまた、「統計学」、「フィリップ・スーポーの肖像」、「栗商人」、「クララ・タンブール嬢の肖像」「私の帽子の庭」、「酸化した共感」、「ボンジュール・ムッシュー」なども出品していた。いたるところ、ビラや掲示が貼ってあった。「この夏、象たちは髭をはやすだろう……諸君はどうか」。並べてぶらさげたネクタイの下には「諸君はここにネクタイを見る。ヴァイオリンは見ない」。また、エレヴェーターの箱の中には「ダダは今世紀最大の詐欺である」とあった。

ツァラはカタログを考案したのであったが、彼は旧来の構成方法を打破しようとつとめていた。ダダイスムの詩人たちが画家にまじって自分たちの「作品」をサロンの絵の列に展示したのと同様に、パンフレットの編集にも区別なく協力し、印刷した造形的表示の真の対位法を現出していた。総合的に見れば、このプログラムは、おそらく、ダダがその典型的表現様式においてほとんど完成点に達した時期の一つを示すものである。ブルトンの棄権にもかかわらず、この「サロン・ダダ」の冒険は独創性と独立性と、さらには均質性さえも勝ち得たものであり、シュルレアリスムの主要素も容易に見出すことができるものであった。シュルレアリスム運動の到来より二年以上も前に、ツァラ一人の指導のもとに刊行されたこのカタログは、部数の少なさゆえにあまりにも論議の対象となる機会が少なかったけれども、あえて言えば、一九二一年以来、すでに未来への方向づけが宣せられたと言わないまでも、はっきりとうちだされた、ということを示しており、また、ダダがもし望んだなら文学と芸術において豊かな将来を手に入れることができたであろう、ということも示している。突飛さや諧謔や偶然や幻想などの手段でダダに辱められた詩は、きわめて詩的になっており、見事にダダの意図に報復しているのである。カタログで各ページの上部には作者不明の警句がのっていて、これがまた巧まずして神秘と突飛さの雰囲気をかもしだしていた。

「不可能なるものはダダではない——諸君が死のうと望むなら、望み続けたまえ——ダダの状態の中の一つの状態、それはダダの中のダダである。——恒等式は大文字のないベルトである——ギャルソン！　祖国《パトリ》を一つとヒステリー発作を一つたのむ。——現行法規に従って、辻公園の植物には禁止される——完全な無能にならねばならない——明日のために鉄と銅のすばらしいベッドのコレクションを許すこと——イエス（56×76）は一ふさのブドー（50×65）である。それはたいへん美しい——偶然の機会というものはうまくできている（ミスターAa）——ダダは神経組織の外套かけである。」

出品した二十人ばかりのダダイストは大部分がパリのグループに属していた（アラゴン、シャルシューヌ、エリュアール、フランケル、ペレ、リブモン＝デセーニュ、リゴー、スーポー、ツァラ、それにヴァシェも加わっていた）。だが、この催しにあたえられた「国際展覧会」という名称が正当であることを示すには、ドイツからはヨハンネス・バールゲルト、マックス・エルンスト、ヴァルター・メーリングが、イタリアからはジーノ・カンタレルリ、アルド・フィオツィ、ギュリオ・エヴォラが、アメリカからはジョゼフ・ステラとマン・レイが、スイスからはアルプが代表して参加していたというだけで充分であろう。

展覧会には多くのダダイストが出品していなかった。そして、とりわけ三人の不在が注目を引いた。まず第一にブルトンの不在である。彼は最初から、このような種類の芸術的企画には内心否定的に受け取っており、そのため、バレス裁判のときツァラがそうであったように、一人だけ孤立していたのであった。[6] 第二にピカビアの不在である。彼はこの企画の推進者のひとりであったが、五月十一日の評論以来、新聞紙上であまりにもはっきりと反ダダの立場を明らかにしたために、公に「サロン」の出品者たちとかかわることができなかった。

デュシャンの場合はもっと複雑であった。つまり、ピカビアが、このニューヨークの友人の参加が得られるものと思いこんで、カタログの中に相談もしないで名前をのせていた。ところが、六月半ばになってもなにも送ってこないし、また、ピカビアがもう協力しようとしないので、ツァラはデュシャンの義弟ジャン・クロッティにたのんで、協力を要請するようふたたび手紙を書いてもらった。返事は待っていたがなかなか来ない。五月三十日になって、クロッティは電話をかけた。だが翌日彼は、拒否の手紙と電報を同時に受け取った。(7) そしてすぐそれをツァラに知らせた。不幸にして、カタログ（デュシャンのためにとってあった第二十八番と第三十番とは白紙のまま）と展覧会場のスペースを今から変えることは不可能であった。こうして、上述の二作品を架けることになっている場所には、作品のない額だけが置かれたままであった。

人はデュシャンのこの態度を、あるいはツァラに対する不信のしるしと解釈しようとし、あるいはピカビアへの連帯の表示と解釈しようとした。だが、当時の資料を見れば、このような仮説はまったく受け入れることができない。一九二二年の春は、ツァラとデュシャンは申し分のない関係にあった。デュシャンの求めに応じて、ツァラは「認可」状をマン・レイに送り、それが英訳され、『ニューヨーク・ダダ』誌の巻頭に掲載されたばかりであった。他方、デュシャンが求められたときに「サロン」に参加する意志があったとすれば、その場合、ピカビアの決別（五月十一日）のうわさは絵の発送より前に彼のところに伝わるはずはなかったであろう。六月六日に到着するには、絵は一か月以上も前に発送されていなければならなかっただろうからである。説明はもっと簡単につく。拒否の手紙の言葉の中にそれを求めねばならない。「[……]私は出品するものをなにも持っていません[……]、出品という言葉は結婚という言葉に似ています。」実際、デュシャンが絵を捨てチェスに専念しようと決心したのは、一九二二年のはじめである。「私の野心はチェスの専門家（あるいはリヨネルの尻《アンチフェス・リヨネル》(8)あてになることです」と一九二二年二月八日ピカビアに書き送っている（D・P）。たとえそれがダダイストのものであっても、展覧会というものには参加すまいという態度は、彼の新たな行動方針と完全に一致していたのである。

最初のダダの「夕べ《ソワレ》」は新聞の報道をとおして、経済的であると同時になんども経験をへた手段で、一般大衆に知らされた。六月十日金曜日の日刊紙は次のような一文を載せていた。

「ある人たちは紙でコーヒーに味付けをする。他のある人たちはアコーデオンをひきながらパイプをくゆらす。また他の人たちは「サロン・ダダ」に出かけることをこのむ。この人たちは、その中でも最も数多いのであるが、今日六月十日午後九時ギャルリー・モンテーニュのホールに集まり、当日ダダイストたちが演じる芝居を見ることになっている。劇が一篇（『ガスで動く心臓』）、ダンス曲が一曲（『奇蹟のにわとり』）、その他数曲の演奏、リベリア共和国大統領の幻影、その他あっと驚くいくつかのアトラクション、などが予告されている。

周知のように、オーケストラは、パリ第六区の陶器修理屋ジョリボワ氏によって指揮されるであろう。[9]」

数百人の人がこの興味をそそる招待にこたえるためにそれぞれ十フラン支払った。舞台は二つの段に分かれていた。下の方には、一枚の鏡と一台のピアノが褐色のかこいの中にかくされていた。上の方には、石段でのぼるようになっている。小さなバルコニーがあり、夜会服を着たマネキン人形がそれによりかかっていた。

この簡素で謎めいた舞台装置の中で、九時ごろ、お祭り騒ぎがはじまった。[10]ピアノがダダ風に「アレンジ」したポピュラー曲を前奏曲として弾き、一人の女性歌手がカタログにのっている作品を、それに付したさまざまな注釈に合わせて、「歌って」いった。やや長たらしいこの説明のために生じた退屈をまぎらすために、ツァラはジョリボワ氏を舞台の上におしあげた。彼がその「夕べ」の呼び物であろうとは、この親爺さん自身も知らなかったし、ダダイストたちもなおのこと知らなかった。

「それは見えすいた大根役者の変装などではまったくなかった、と目撃者の一人は語っている。ジョリボワ氏はありのままで本人そのものであった。これはまさしく、木製の小さいミュゼットパイプでありふれた曲を鳴らしながら街を流す、本物の瀬戸物修繕屋であった。ジョリボワはやにわにオペラをやりはじめた。そして、ひどい高音で歌いはじめ、調子はずれの金切声をしぼりだしていた。だが、それでよかったのである。人々は喝采をあびせ、ある人は彼の名を呼び、またある人はアンコールを要求した。この年老いた行商人は、満面に喜びをみなぎらせ、小さな眼を茶目気と淫猥さにかがやかせて、思いもかけない人気を恍惚として味わっていたのであった。」（ジャン・ジャックモン、『ル・プチ・アーヴル』、一九二一年六月十四日、D・P）

この音楽による導入部の終わりに、ホールの奥で大きなざわめきが起こった。そして、ジャケットと同じくらい黒い顔をした「リベリア共和国大統領」が、名の知れたダダイストたちに護衛されて、入場して来た。フィリップ・スーポーは――というのも彼がその人であったので――顔を被い、赤いネクタイをし、前日内示展に招待されたおえら方の格好を大げさに真似ながら、絵を――いくつかの疑問符をあらわしたもの、ろう製の耳、一対のズボン吊り、その他壁にかけた芸術作品――を見ていった。そして、感嘆の念を隠そうとせず、だれかれとなく握手をし、お祝いの言葉を述べ、最後にはおどけた意味のわからない演説をぶったのであった。彼は、満足の気持を示すために、一人一人のダダイストに、メタルではなくて、一本のろうそくをあたえ、それに「マッチ箱」（これもスケッチの題名であったが）をつかって火をつけ、すぐまた消して、ふたたび自分のポケットにしまいこむのであった。そして、このお人好しの大統領は笑い興じている参会者たちにマッチ棒ののこりを配るのであった。これこそダダの最たるものであった。

それに続いて行なわれたルイ・アラゴンの演出はスーポーほどは成功しなかった。彼はバルコニーにあらわれ、ビリー・サンデー式の[11]『激烈な福音史家』のパロディの一つを熱演し、大きな身ぶりと情熱的な声をつかって完全に意味不明の台本を読んでいった。しかし、彼の意図した諷刺も明らかに観客たちの頭の上を通りすぎていた。彼らは三拍子の足踏みに合わせて「ジョリボワ、ジョリボワ」と要求していたのである。するとまた根っからの芝居ずきのジョリボワはいそいそと壇上に上がってくるのであった。

彼が舞台から消えると、次に一人の踊り手があらわれた。ヴァランタン・パルナックである。パルナックは『奇蹟の家禽』と題した演《だ》し物を演ずるために作業用の梯子をとおって「天井桟敷」から下りてきた。彼はその場に合わせて象徴的で簡単な衣装を身につけていた。だぶだぶのワイシャツ、度はずれに大きい袖口、そして背中には鶏の翼をあらわす二つのテニス・シューズ。また右の腕には、昔、足の治療師のショーウィンドーに飾ってあったような、巨大な金属性の足を一つ縛りつけていた。パルナック氏は、この足をたたきながら、ピアニストが弾く当世流行の曲のリズムに合わせて、驚嘆すべきヴァリエーションをつくりだし、またそのヴァリエーションがすばらしい回転ダンスのリズムとなっていた。

テルプシコーラ（踊りや合唱をつかさどるミューズ）とポルムニア（無言劇や歴史をつかさどるミューズ）のあと、リブモン＝デセーニュが長い単調な糞尿譚《スカトロジック》風の詩「王様たちの本」を読みはじめた。彼はその中で天使ガブリエルとジャンヌ・ダルクとマダム・サン＝ジェーヌ[12]（図々しい夫人）との同時合体をもくろんでいた。エリュアールは、その「夕べ」に出席できなかったので、ツァラに自分の原稿「そよ風の頸を通って」を託していた。そしてバンジャマン・ペレが、作者の指示に従って、「身動き一つせず、最も意味に反するイントネーションを付けて」、それを朗読した。

ホールの連中は自分たちに対するこの挑発をただ我慢しているだけではなかった。リブモン＝デセーニュは、やじられ、ののしられ、十回も中断しなければならなかった。しかし、彼はそれにもかかわらず、反撃するという安易な楽しみにおちいることなく、同じような平静な調子で、苦心の朗読を続けたのであった。しかし、日ごろの鬱憤をぶちまけるために来ていた参会者たちは、こんなにその望みを抑えられてばかりいるのは我慢できなかった。それで、第一部の「終わり」を口実にして、朗読を終わらせたのである。このあたりの状況を一人の新聞記者は次のように書いている。
「〔……〕『いたずら芝居』と題する演《だ》し物を演ずるために、ダダの一連隊が二階に集合し、聴衆をあげつらっているようである。一方、ダダの一人は「低い声でぶつぶつ朗読してもしようがない。しかし、誰もわかってはくれないのだから、もう読むのをやめるだろう」と叫んでいる。
そのとき大騒ぎが起こった。ばか、まぬけ、ちくしょう！ ホール全体が悪ふざけの連中の方へ殺到しようとした。が、その時ついにジョリボワ氏があらわれた。この新しい冥界のオルフェウスは、すばらしく音程の狂った楽しい歌で、いらだつケルベロスたちを魅了したのであった。」（ジャン・ジャックモン、『ル・プチ・アーヴル』、一九二一年六月十四日、D・P）
幕間の休みのあと、呼び物の劇であるトリスタン・ツァラの『ガスで動く心臓』が上演された。これは嘲弄的な意味で「戯曲」という形容詞が付けられていたが、実際にはダダ「演劇」のすぐれた例であった。[13] しかしながら、作者がひどく訛ったフランス語……らしきもので前口上を読みあげ、その中で『ガスで動く心臓』が傑作の一つであると宣言するやいなや、観客たちはまたしてもそれを笑って受けつけず、しまいには大挙して外へ出はじめたため、戯曲の上演があやうくなった。しかしながら、俳優たちは、すべてダダイストであったが、その屈辱に耐えて最後まで演じたのであった。

そしてまた、最後の言葉、というよりは最後の歌をうたったのは、結局ジョリボワであった。というのも、彼は『ラ・マルセイエーズ』の音頭をとり、これに参会者たちが合唱で従い、宣言集会の閉会となったからである。
ダダ展覧会は、六月十八日金曜日、つまり「サロン・ダダ」のプログラムに記入された二回の「マチネ」のうちの第一回の日まで、一般大衆に公開された。恒例の公式声明は次のように作成されていた。「〔……〕六月十八日三時三〇分、講演会が催される。そこにおいて、ダダイストたちは彼らの苦心の作と称するものについて説明を加えるであろう。」
「ダダイスムの宣言集会の常連諸君は、来たる土曜日、全世界に盛名をとどろかせたこれらの催しのすべての真相に関する卓言に接する希望をもって、ご参集いただきたい。」（『パリ・ミディ』、一九二一年六月十七日、D・P）
午後二時になると、およそ百人ばかりがほんとにモンテーニュ通りに集まった。しかし、そのあとで企画者側がやって来たとき、玄関が閉ざされていた。ジャック・エベルトは、押し問答の危険を察知して、玄関の鉄格子は自分が閉めさせたのだといち早く知らせた。スーポーが守衛のところへ再度要請しに行ったが、守衛はダダイストたちが講演会を開くのはむりであることと、エベルトの拒絶についてはひとことも説明できないことを再度答えただけであった。

このようにして宣言集会は開かれなかった。そしてダダは、このギャラリーが六月三十日まで合法的に借用している以上、契約破棄の理由により訴訟を起こす意図があることを公にした。

翌日、新聞はダダイストたちに対して嘲弄の記事をのせた。法律には関知しないとかつて宣言した彼らが法律にうったえ、エベルトの行動の動機をあばこうとした、という主旨である。「講演会」の前日(六月十七日木曜日)、ダダ・グループの何人かのメンバーが、その中にツァラもいたが、芸術的傾向を持った演奏なら阻止してやろうという決意をもって、ルッソロの「騒音コンサート」へ出かけて行った。具合の悪いことに、マリネッティは、すでにダダといざこざを起こしたことのある一月の「触覚主義《タクテイリスム》」講演会の件をまだおぼえていて、あらかじめ用心していた。ダダの趣意書がホールの中を飛びはじめ、ツァラが口笛をならし、擬音主義者とその支持者たちの意図を罵倒しはじめるやいなや、エベルトその人が彼の所へ来て黙るようにという命令を通告した。ツァラが拒否すると、こんどは外へ出るよう申しわたした。彼がふたたび拒否したとき、エベルトは警官をこの反抗者のそばにすわらせ、ダダ・サロンの即時閉鎖を宣告したのである。この劇場の支配人は次のように新聞に語った。「まず悪童どもがホールを混乱させるのを防がねばなりませんし、次に展覧会を彼らからとりあげることによって仕置きをしなければならない、と考えていたのです。」(D・P)

この決定は、ダダにとって、物質面と同時に精神面で、非常に厳しい一撃となった。エベルトに支払った金は実際戻ってこなかった。そして、いきどおりの気持がおさまって見ると、ツァラと友人たちには、喧嘩の相手を官憲に訴えるなどというおかしなことはダダにはとてもできない、ということがわかったのである。というわけで、訴訟という考えはひそかに放棄された。

その代わりに、彼らは、同じ六月十八日の夜、ジャン・コクトーと「六人組」の『エッフェル塔の花婿花嫁』の第一回上演を、計画的に妨害することに決めた。この作品はジャン・ボランとスウェーデン・バレー団によってテアトル・デ・シャンゼリゼで演じられた。ダダは、こんどは失うものはなにもなかったので、大がかりな妨害作戦にうってでた。上演のあいだ中、ホールのあらゆる場所でたえまなく立ったり坐ったりして、「ダダ万歳」を叫ぶのであった。こういうわけで、批評家たちも納得のいく報告を書くだけの充分な台詞も音楽も聞きとることができなかった。彼らは、やむをえず、イレーヌ・ラギュの舞台装置とジャン・ユゴーの舞台衣装とに大幅に紙面をついやさざるをえなかったのである。

ピカビアはその権謀術策をさらにおしすすめ、この上演ののち自分の家で社交界的な夜会を催すことまでしたのであった。そこには、ダダイスト、フュチュリスト、『エッフェル塔の花婿花嫁』の一団、それにパリ社交界《トゥ・パリ》の友人がごちゃまぜに招かれていた。これは前代未聞の爆発物の混合であった。夜会は、しかしながら、喧嘩さわぎも起こさずに終わった。だが、そのおもおもしい雰囲気はダダにのしかかる暗雲をはらいのけるのには役立たなかった。

第十七章　不和と紛糾（一九二一年夏―秋）

署名、著者の名前、それは作品の中で最も重要な部分であり、生の実感の形象化であり、鍵である。

ロベール・デスノス

一九二一年夏――チロルの休暇――『戸外に出たダダ』――『ピラウ＝チバウ』――「タビュー」――サロン・ドートーヌにおけるピカビアの新たなスキャンダル――「熱い眼」――「カコジル酸塩の眼」――ヴァン・ドンゲンとの確執

前年の夏と同様、一九二一年の夏もダダイストたちの活動は休止状態を呈した。しかし、この休止の時期は彼らの結合を強める代わりに、拡散を助長し、それぞれの立場を固くし、新しい戦いを準備することだけに費やされた。

七月、「サロン・ダダ」の終了直後、ピカビアは『ピラウ・チバウ』と題した『三九一』の特別号（とはいえ他の号と似たものであった）を刊行した。理論的にはダダに拘束されたものではなかったが、それでも、この号はきわめてダダ的な意匠と精神を持つパンフレットになっていた。そこでは、ツァラのようなダダ運動の正統の支持者や、ブルトンのような反対派だけでなく、ある種の人たち――一時的ではあるが、ただピカビアの気に入らないというだけで敵視されていた人たち――もまた、それぞれの立場を主張していた。

ツァラとブルトンは、ピカビアの行なう皮肉たっぷりな、そしてしばしば的はずれの批判を読んでひどく腹を立てていたので、しばらくのあいだ、自分たちの確執を忘れた。

ピカビアが女優マルト・シュナルといっしょに、この女優がヴィレール・シュル・メールに持っている所有地「僧院《ル・クロワートル》」で過ごす社交界的ヴァカンスを、大新聞がことこまかに伝えている一方で、ブルトン、ツァラ、アルプ、エルンスト、および彼らの夫人あるいは女友だち（シモーヌ・カーン、マヤ・クルーゼック、ゾフィ・トイバー、ローザ）は、数週間の予定で、静かで経済的な地方に行くことを考えていた。彼らがチロルを選んだのは、おそらく、この経済的理由からであった。為替レートが有利だったからである。それにまた、エルンストにとっては、ドイツあるいはオーストリアだけが、お互いの出合いに適していた。というのは、ドイツ政府は、ケルンのダダ展覧会以来、彼にはフランス行きのパスポートを執拗に拒否し続けていたからである。

　ツァラは七月二十日、まず最初に、パリを出発した。マヤ・クルーゼックとともにチェコスロヴァキアに滞在したあとで、彼は八月の終わりにインスブルックに着き、最初はイン渓谷の小さな村イムストを滞在地に選んだ。しかし、最後に決まったのは、そこから数キロメートル離れた保養地、タレンツ村であった。アルプがやがてあとを追って到着し、次にエルンストもおとずれ、はじめてま近かにツァラと会うことができた。彼らはガスタウス・ゾンナ館に落ちついた。最初の数日は、花の咲き乱れる別荘村と芳香をただよわせる樅の木々の中で、歓喜の雰囲気につつまれて過ぎた。この高地から見ると、これまでの論争が実はどのような意味を持っていたかがよく理解され、かつ、ダダはその本来の意味と使命をふたたび見出したのである。それはつまり、青春の爆発であり、生きる喜びであり解放された都会人の狂気の笑いであった。

　この幸福な共同生活を記念碑にとどめるには、雑誌の一つの号を共同でつくりあげること以上に有意義なものはない、と三人は考えた。ツァラはすぐにそれを『ダダ』誌の系列に加えることに決め、『戸外に出たダダ』と名づけた。マヤ・クルーゼックはそれに『チロルの歌合戦《ゼンガー・クリーク・イン・チロル》』という別名をつけた。そしてアルプはそれに「一八八六年—一九二一年九月十六日」という誕生日をあたえた。[1] このことは重要な意味を持っている。つまり、『戸外にでたダダ』が、しばしば誤って述べられているように、ブルトンとエリュアールの積極的な協力があったのではなくて、ただアルプとエルンストとツァラだけによって編集されたということを、それは示しているからである。

　それに、ブルトンとエリュアールははじめはオーストリアへ行くことを考えてはいなかった。しかし、ツァラとアルプとエルンストは世界のあらゆる部分へ、ダダが足跡をしるしたところへはどこでも、誘惑的な絵葉書をおしみなくばらまいた。そのうちの二通がブルトンとエリュアールにも届いた。葉書は、要するに、次のように述べていた。「ここはとてもすばらしい。われわれといっしょにヴァカンスを過ごしに来たまえ。」ところで、ブルトンはそのころ結婚問題で将来の計画をいろいろと考えていた。結婚の相手はストラスブールの輸入商の娘で、当時パリに住んでいる女性であった。彼女とは一九二〇年の七月、テオドール・フランケルの世話でリュクサンブール公園で出会ったのであった。そして、九月半ばに式をあげることになっていた。チロルは新婚旅行の格好の目的地のように思えた。九月十七日、リブモン＝デセーニュは、結婚式の前日ダダのグループを支配していた牧歌的な雰囲気を、次のようにツァラに伝えている。「ぼくは、（イギリスに行っているアラゴンを除いて、カフェ・セルタでみんなに会いました。彼らはみんな和気あいあいでした。いらだちも、陰謀もありませんでした〔……〕結婚というものがしばらくのあいだ陰気な空気を払ってくれたわけで、ブルトンは始終にこやかでした。エリュアールと奥さんも来ていました。二人とも魅力的です。チロルへ出発する準備をしているようです。」（未刊書簡、C・T）

シモーヌとアンドレ・ブルトンは、実際には、九月二十日ごろタレンツに着いた。これはエリュアールとガラよりほんの数日早かっただけである。ブルトンが遅くついたということは、おそらく、本質的には物理的理由で説明されることができる。が、タレンツでツァラといっしょに滞在するのをできるだけ短くしようとする配慮も計算の中にはいっていた、と考えられないこともない。事実、ツァラはフランスへの帰国を九月二十六日に決めていたし、十月のはじめまで待ってくれるようにというエリュアールの手紙を受け取ったときには、もう出発の準備をしていた。(2) 彼のビザは九月二十五日に切れるので、二十六日にミュンヘンのフランス領事館まで一とびしたが、十月一日以降の延期は得られなかった。この状況をみて、彼はやむなく十月一日にフランスへ帰る決心をしたのであったが、その時、『戸外に出たダダ』の割付を持って行ったのであった。(3)

ポールとガラ・エリュアールはいちばん最後に、イムストに着いたが、彼らは、そういうわけで、ブルトン夫妻にしか会わなかった。エルンストとアルプはその地を離れねばならなかった時期であったからである。ポールは、いちばん会いたいと思っているエルンストがいなかったので、失望の気持を隠さなかった。ブルトンはそこで、チロルでの滞在を短く切りつめるため、二つの小旅行をしようと提案した。一つはウィーン、もう一つはケルンである。つまり、ケルンではマックス・エルンストに、ウィーンではジグムント・フロイト博士に会うことを特に目当てにしていた。フロイトに対しては、ブルトンはかなり前からいちど訪ねて見たいと思っていたのであった。実際、二組の夫婦は一週間後オーストリアの主都に来ていた。ブルトンはそこでこの精神分析の創始者と期待はずれの会見をすることになる。この時のことはのちに『リテラチュール』に述べられる。（第二シリーズの一号、一九二二年三月、一九頁）十日ごろイムストへ帰ってから、彼はそこで穏やかな十月の日々を送った。十一月一日、今度は決定的にオーストリアを離れた。ミュンヘンに少し立ち寄ってから、彼らは十一月四日ケルンに着いた。エリュアールはそこで、やっとのことで、マックス・エルンストと相識ることができたのである。エルンストは彼らを十一月十日まで引きとめた。しかし、十二日の夕方には、ツァラ、エリュアール、ブルトンはセルタで再会していた。

その間、『戸外にでたダダ』の出版は、アヴァン・ギャルドたちのあいだに広く知れわたり、大きな反響をまき起こしていた。実際、それはピカビアに対する激しい攻撃文を載せていた。そして、そのピカビアはちょうどそのときサロン・ドートーヌのおえら方たちと、毎年恒例となった論争を行なっているところであった。これらの不愉快なあてこすりの文章には、確かに、ツァラの署名だけが付されていたが、この号の目次には、エルンスト、エリュアール、バールゲルト、アルプ、リブモン＝デセーニュ、スーポーなどの名前も並んでいた。このため、ピカビアは、これら協力者たちのまったく詩人的な性質は考えもしないで、この出版を自分に対する一斉攻撃と受け取ったのである。

　しかしながら、彼はそんなことに驚くべき筋合いはまったくなかった。ツァラのほこ先は八月に研《と》がれたが、それも七月に『ピラウ＝チバウ』がダダに加えた切先《きっさき》に対する返礼でしかなかったからである。あの時ピカビアはゼルナー、シャド、ヒュルゼンベックらが触れ歩くうわさをそのままおうむがえしに書きうつしたので、おかげでツァラはダダの父権をまるで詐称したかのようにあげつらわれたのであった。これらのうわさ[4]に対する処理、特に横柄な調子で決めつけたピカビアの態度は、すべてのダダイストたちに不快感をあたえていた。七月二十五日にスーポーは次のようにツァラに書き送っている。「『ピラウ＝チバウ』が出ました。しかし、ピカビアは私以外には誰にも送ってきませんでした。なぜだかわかりません。ブルトンは憤懣やるかたない様子であり、デュシャンは首をすくめていました。この『三九一』はまったくおかしいといわねばなりません。」（ツァラ宛未刊書簡、C・T）ツァラはと言えば、彼は自分自身の作品を傷つけられたので、陣営を誇示するとともに攻撃を加えることによって、反攻に転じたのであった。しかし彼は、この不毛な論戦の第一ラウンドを真剣に受け取らないという誤りをおかした。というのは、それは以後恒久化し、最初の記録を間違ったまま、その後も継続していったからである。

　彼は、防御のためにジャン・アルプの善意に依存した。アルプは世話ずきであったし、いたずらずきでもあったので、今日ではよく知られているあの『宣言』を宿のテーブルで書いたのであった。

「私は、トリスタン・ツァラが一九一六年二月八日、夕刻六時、ダダという言葉を見出したことを証明する。ツァラがこの言葉をはじめて口にしたとき、わたしは十二人の悪童たちとともに、そこに居合わせた。この言葉は当然のごとくわれわれに激しい熱狂を呼び起こした。それはチューリッヒのカフェ・テラスで起きた出来事であり、わたしは左の鼻孔にブリオーシュを詰めていた。この言葉にはなんの重要性もないこと、また、日付に興味を持つのは馬鹿とスペインの教授[5]どもだけだということを、私は確信する。われわれに興味があるのはダダの精神である。そして、われわれはすべてダダの存在以前にダダであった。私が最初の何枚かの聖母像[6]を描いたのは一八八六年のことであるが、当時、私は生まれて数か月のころで、図形的模様に小便をたれておもしろがっていたのである。馬鹿どもの倫理や、彼らの天才信仰は、私にはもうたくさんである。

イムスト、タレンツ湖にて

一九二一年九月六日」（『戸外に出たダダ』、二頁）

ダダイスム的文体で書きくだされたこの証明書は、確かに、証明力がなかった。最初はピカビアが、そして数か月のちにはブルトンが遠慮なくその弱点をついた。アルプ自身ものちにこの証明書を「ダダ的態度」で取り扱うことになる。しかし、当分のあいだは、反撃に転じたツァラにとって得点となっていた。ピカビアは『ピラウ＝チバウ』の中で（B・248・三頁）「ダダイスムはマルセル・デュシャンとフランシス・ピカビアによって創始された。――ダダという言葉を見出したのはヒュルゼンベックかあるいはツァラである（この「あるいは」という言葉には毒がこめられている）――そして、ダダイスムはパリとベルリンのものになった」と書いていたが、これに対して、ツァラは次のように反駁していた。「ファニー・ガイ(7)は一八九九年にダダイスムを創始し、一八七〇年にキュビスムを創始し、一八六七年にフュチュリスムを創始し、一八五六年に印象主義を創始した。一八六七年にはニーチェに出会い、一九〇二年には、自分が孔子の偽名以外のなにものでもないことを明らかにした(8)。そして、一九一〇年には人々は彼のために記念物、チェコスロバキアのコンコルド広場(9)を建造した。思うに、彼は天才(10)の存在と幸福の恩恵とをかたく信じていたのである。」（『戸外に出たダダ』、一頁）さらに、「ダダ」の社名を「盗んだ」と告発されたツァラは、今度は、「ニューヨークの友人」（同前）の証言に根拠をおいて、ピカビアを「文学的掏摸《すり》(11)」（同前）として扱っていた。

このような挑発は返礼なしにすませることはできなかった。一九二一年のヴァカンス明けに、雑誌やパンフレットの小戦争が前よりもいっそう激しく再開された。ピカビアは、『戸外に出たダダ』の掲載内容を識るやいなや、サロン・ドートーヌの期日が切迫してきたことを口実に、ツァラの揶揄を語気するどく反駁する、招待状をかねたパンフレットを五千部刷ってばらまいた。これは、チロルから出た雑誌を注意ぶかく読まなかったものにはわかりにくい資料であるが、印刷術的には（すべてが大文字で刷られ）きわめて美しい外観のものであった。

混乱をますます大きくしたことには、ジャン・クロッティとその妻シュザンヌ・デュシャンとがサロン・ドートーヌの開幕を選んで、彼らが前年の春から設立してきた革命的芸術運動を公に発表したのである。これは、ダダと競合しようという唯一のしかもさし迫った目的を持って、ピカビアとの共謀で、そしておそらくはピカビアの扇動で、行なわれたものであった。この運動は『ピラウ＝チバウ』の一評論においてはじめて言及されたものであった。「〔……〕しかもダダはもはやなんの重要性も持たない。なぜなら、わたしはタビュー・ダダ・あるいはダダ・タビューだからである。」（ジャン・クロッティ『言外の意味』、B・248・三頁）しかし、「タビューイスト」たちのプログラムは、十一月一日グラン・パレの訪問者たちにジャン・クロッティが配った黄色いパンフレットから判断する限り、ダダのプログラムよりもはるかに平凡なものであった。[12]

クロッティとピカビアはほんの一瞬でもこの企ての成功を信じたであろうか。おそらく、そうではない。なぜなら、新しいメンバーを募るための努力はなに一つしていなかったからである。しかし、思いかえせば、ダダも当初はそのゲームで一枚の切札も持ってはいなかった。だから、「タビュー」の創始者たちの気持の中にも、おそらく第二の奇蹟を期待するところがなくはなかったであろうことは想像できる。

不幸にして、新しい運動のイデオロギー内容はあまりにも実体が欠けていたために、感覚の麻痺した大衆の想像力を燃えあがらせるにはいたらなかったのである。同様に、ダダイストたち、あるいは前ダダイストたちの誰もが、そのような試みには心を引かれなかった。それは、よく言えばせいぜい韜晦趣味の広告、悪く言えば場当りな気晴らしの道具、のように見えたからである。

サロン・ドートーヌはすでに反伝統の傾向を充分確立していたが、ピカビアはその傾向に呼応して一九二一年のサロンに二枚の絵を送った。[13] 彼は、それによって、聖像破壊者の不動の名声を確かなものにしようと望んだのである。実際、彼らの途方もない願望をはるかに越えて、それは成功したのであった。新聞は、センセーションを起こす「記事」種をこれまでありがたく提供してくれていた男と暗黙の共謀関係にあったので、この二枚のうちの一つが「爆発的」なもののようだという風評を流した。この言葉の曖昧さと、画家の満足気な沈黙とが相乗した効果を発揮して、十月三十一日午前十時に、サロン・ドートーヌの代表者ポール・レオンとフランツ＝ジュールダンが美術局長および文部大臣レオン・ベローを迎えたときに、額のうしろに隠した爆竹が轟音を発するのではないか、と人々は考えさえしていた。奇妙な偶然の一致から、三日前に美術館のシャンデリアが壊れていたので、批評家たちや大臣の警備員たちは色めきたち、市の保健所に助けを求める始末であった。このため館長フランツ＝ジュールダンは、ダダのもの笑いの的になるのを承知の上で、決然と、次のようなコミュニケを新聞に載せざるをえなかった。

「［……］ピカビアの爆発的絵画には懸念すべきものがなにもない、ということを公衆に周知せしめる労をとられれば、私は諸君に感謝するであろう。

すべての絵は綿密に点検され、疑わしいものはなにもないように見えた。したがって、参会者諸氏はきわめて安全にわれわれのサロンで行なわれる前日内示展に出席することができよう。」（『アントランジジャン』、一九二一年十月十三日、D・P）

上述の絵の成功のためには、もうこれ以上のものは必要なかったように思われる。絵は長く暗い画廊のすみに追いやられていたが、それは観客たちがまず最初に見たいと思ったものであった。しかし、彼らがそれを見たとき、いっせいに不満の声が上がった。「熱い眼」と題したその絵は筆舌につくしがたいものであった。それでも、ある真面目な記者は次のような説明を加えている。

「子供の輪投げ遊びの標的が描かれ、これが絵の右上を占めている。この標的は一方が他方に内接する二つの円からなり、小さい方の円は、どの標的にもあるように、「黒塗り」になっている。この標的から一本の曲がった接線が下降し、その先端が左下で一つの手に把まれている。また、この接線に重なるようにして、第三の小さな円が描かれ、これには水平の一本の尾が装飾的についている。――つまり、あお向けになったQの字である。次に、いたるところに、なんらかの文字が記入されている。上の方、標的の横には「熱い眼」。標的の中には、中心の黒塗りから出発して「フランツ＝ジュールダンにささげる」。Qの尾の上には「風の作用」。次に、絵の左には「サロン・ドートーヌに感謝」、右には「玉葱が威力を発揮」というように。」（ルイ・マルソロー、『エクレール』紙、一九二一年十一月十日、D・P）

しかしこの絵がこれ以上の解説を喚起したり、情熱をかきたてたりしたのは、まれであった。そして、批評家の一人が十一月九日の『マタン』紙で、「熱い眼」は一九二〇年七月に、ある科学雑誌ですでに発表された「空気タービンの速度調整器の図式に彩色をほどこした模写以外のなにものでもない」と暴露したとき、批評家たちの怒りは最高潮に達した。この「失敗作」は剽窃の対象を横においての引き写しであった。

『マタン』紙の記事に恐縮した被告は、答弁の権利を行使するだけにとどめ、翌日次のような文章を掲載させた。

「私は、作品の秘密を発見したのみならず、その秘密を理解した『マタン』紙に讃辞を呈したい。」

十一月二十九日、彼は『コメディア』の巻頭論文で次のように自己の立場を弁護している。「ピカビアはなにも創造しなかった。彼は模写したのである。確かにその通りである。しかし、彼はリンゴを模写するかわりに、技師の設計図を模写したのである。」

「リンゴを模写するのは、誰もが納得する。だが、タービンを模写するのは、馬鹿げたことになる。思うに、もっと馬鹿げたことは、きのう許しがたいものであった「熱い眼」が今や、一つの流儀をあらわしているという理由で、誰にも完全に理解できる絵になっている、ということである。」（F・ピカビア、「カコジル酸塩の眼」、『コメディア』、一九二一年十一月二十九日、一頁、D・P）

おそらく、誰もこの事物による教訓の痛烈な皮肉を重要視しはしなかった。ただ、おそらくは「剽窃とポルノの詩人」と称される誠実なファギュだけが例外であった。彼はピカビアに次のように書いている。

「ムッシュー、あなたはいみじくもこのように述べられました。「もし他人の作品が私の夢をあらわしているなら、その人の作品はわたしの作品なのだ」と。あなたの絵がそれを証明しています。つまり、あなたが機械の図形に加えた手が、たちまちにして、それを花にかえてしまうのです。」（一九二一年十一月二十三日付未刊書簡、D・P）

サロン・ドートーヌに出品した二つ目の作品は、これまた、多くのインクを流させた。それは、一九二一年のはじめに制作した、基本的には非常に形象的な一つの眼を構成していた。当時、この画家は帯状疱疹（まさに眼にできた疱疹）を患っていて、その治療に、カコジル酸塩を投与されていたのであった。この魅惑的な眼のまわりには、五十人ばかりの友人の署名が書き込まれていた。これは、その年のはじめからずっと、この芸術家のアトリエを訪れたりサロンで会合したりした機会に書き加えていったもので、多くのサイン帳が短文で飾られるように、そこにはしばしば、意味のない警句めいた文章が添え書きされていた。「カコジル酸塩の眼」は、絵としてはその形骸しか示していなかったため、激しい揶揄の対象となったのも、また当然である。「〔……〕ピカビア氏は、真実を吐きだす公衆便所の内面を、さらけだしている。」（『ル・カナール・デシェネ』紙、D・P）

ピカビアの意図ははっきりしているように見えた。大衆や画商の眼には、署名というものが一枚の絵にそのすべての価値をあたえるものであってみれば、彼は、できる限り多くの有名な署名を持った作品を制作しようとしたのであろう。ただそれだけのことであった。彼はそれについて、『コメディア』で次のように説明している。「画家は選択する。しかるのち、その選択したものを模写する。そして、この模写の過程における変形が芸術を構成するのである。だが、芸術家は、この選択したものの前で顔をしかめるまえに、なぜすぐさまそれに署名しないのだろうか。非常に多くの絵が山積みされただけになっている。が、もし芸術家たちの称賛を示す署名があれば、それもただ称賛を示すだけの署名であっても、現代の商業主義を目ざす芸術作品には新しい価値になるであろう〔……〕。この絵（「カコジル酸塩の眼」）はその上にもうなにも描くところがなくなったときに完成したのである。そして、私はこの絵を非常に美しい、非常に見て楽しい、そしてすばらしい調和のとれたものと思っている。それはたぶん私の友人たちがみな、いくらか芸術家であるからであろう。人は、私が危険を犯そうとしており、また友人たちを巻き込もうとしている、と言った。また人は、それは絵ではない、とも言った。わたしは、おそらくは危険なことに巻き込れることもないが、あったとしても、なにも危いことはない、と考えている〔……〕。こういうわけで、額にはめ、壁にかけて人に見てもらうようにつくった私の絵は、一枚の絵以外のなにものでもありえないのである。」（フランシス・ピカビア、「カコジル酸塩の眼」、『コメディア』、一九二一年十一月二十九日、一頁、D・P）

最後の仕上げとして、ピカビアはコルネリウス・ヴァン・ドンゲンと論争をかまえるという方法を考えだした。この人もサロン・ドートーヌの会員であり、またスキャンダル常習者でもあった（彼は、独特の病的な色調で描いたアナトール・フランスの肖像をアンデパンダンに出品していた）。そして、あたかも、サロンに三枚目の絵を拒絶されて、栄光の頂点に達したばかりであった。くやしさのために、あるいは逆に計略のために、彼はピカビアが審査委員会に対してひそかに圧力を加えていた、と公に非難した。何人かの画家が彼の肩を持ち、自分たちの絵を引き上げるといっておどした。しかしピカビアはこれに反論して、むしろ多くの人の賛同を得た。彼は、ヴァン・ドンゲンのその拒絶された肖像画は残酷なもので、モデル（若いイタリア女性、マリア・リコッチ）の名誉を毀損するものであり、破棄するに値するものだ、と主張した。

ピカビアは、サロンの開催中、他の出品者たちを全部合わせたぐらい、語られ、また書かれた。当時最良の作品さえわずかにひとこと言及されるにすぎなかったのに対して、「カコジル酸塩の眼」と「熱い眼」はいくつものコラムを占め、すぐれた記者たちの注意を引いたのであった。つまり、この二枚の絵は、「ダダ」という標識はもうつけていず、ダダ運動から認可を受けていなかったが、その運動の精神を見事に具現化していたため、内部的葛藤については無縁な一般大衆は、ピカビアのきわめて明白な宣言にもかかわらず、彼をダダイスムの生きた象徴として受け入れていたのであった。

第十八章　ダダ、流派をなす

マン・レイ、過去の視界への羅針操者にして予見されたものの難船掠奪者。

アンドレ・ブルトン

マン・レイ、パリへくる——「カコジル酸塩の大晦日の夜食会《レヴェイヨン》」——モンパルナスのロシア・ダダイスム——イリヤ・ズダネヴィッチと「四十一度」——セルジュ・シャルシューヌと喫茶店「カメレオン」

ダダイストたちがうわべだけの統一をふたたびとりもどして、一九二一年十二月、マン・レイの作品展を開催したのは、おそらく、遍在的ピカビアのまわりにくり広げられるはなばなしい宣伝に対抗するためであった。マン・レイはデュシャンのあとを追うようにしてニューヨークを離れ、七月十四日、ル・アーブルにつき、アメリカの多くの芸術家の例にならって、パリに本拠をおいていた。デュシャンは駅まで出迎えに来ていたが、彼のためにブーランヴィリエ街のホテルに部屋を取っていたのだった。これはツァラがチロルへ出発する前に住んでいたところである。彼が落ちつくとすぐ、デュシャンはセルタへつれていった。そこでは、ダダイストの例会が開かれていた。ブルトン、リゴー、アラゴン、エリュアール、ガラ、スーポーおよびフランケルらである。言葉の障害にもかかわらず、デュシャンの破格の扱いを受けているこの若いアメリカ人芸術家に、みんなは最上の歓迎を示した。街中での狂ったような一夜がフランスとアメリカのダダイストのこの結合を記念し、相互理解を完全に合一させた。その力は以後数年にわたって証明されていくことになる。

ほどなく、マン・レイはアメリカから持ってきた絵やさまざまなオブジェを税関から運びだしてきて、新しい友人たちに見せた。そこにはツァラも加わっていた。これらの作品はダダ以外のところで制作されたものだが、その疑いもなくダダイスム的な性格は彼らの心をとらえ、熱狂させずにはおかなかった。彼の展覧会を後援しようと決定したのは、その時である。スーポーがちょうど妻のために、アンヴァリッドからさほど遠くないローエンダル通りとデュケーヌ通りとの交わる角に、書店の営業権を買ったばかりだったので、彼はその場所を画廊として利用するようマン・レイに申し出た。

準備は円滑にすすみ、十二月一日、いくつかの日刊紙は次のようなちらしの文面を転載していた。

「われわれは、雑誌や新聞でしばしば、ダダは死んでひさしい、という文句を読む。人々がこの存在を埋葬しようとする迅速さは、ダダがいかに邪魔でやっかいなものであったかを、決定的かつ興味深い仕方で示すものである。文学者としての、画家としての、あるいは音楽家としての、そのささやかな良き生活を送ることはもはや不可能である。芸術は、かつての閑職から、ダダのおかげで地獄となった。この恐るべき子供《アンファン・テリーブル》の糾問と鋭敏さと叫びとが誠実で良識あるすべての芸術家たちを不安におとしいれた。

しかしながら、ダダが真にそして決定的に死んだかどうか、あるいは、ただたんに戦術をかえただけなのかどうか、知る必要があろう。

われわれは今日、ダダイストたちがその展覧会をパリで十七、スペインで十四、ロンドンで十二、ドイツで二十七、イタリアで九、ユーゴスラヴィアで三、スウェーデンで七、合衆国で二十九も開催していることを知っている。(1) そして唯一の映画も、アメリカで、そして、次にフランスで上映されるであろう。(2)

つまり、ダダ運動は、かつてなかったような強力さで、今や全世界に広がっているように思えるのである。

そして、今冬最初のダダイストの宣言集会は、陸軍学校近くのローエンダル通り五番の一書店で開かれる、アメリカ人画家マン・レイの展覧会となるであろう。この展覧会の前日内示展は十二月三日土曜日に行なわれるが、必ずやセンセーションを巻き起こすであろう。」（D・P）

招待状は三角形の黄色い紙に印刷されていて、そこには次のような文句が書かれていた。「朗報〔……〕花でなく、花環でなく、雨傘でなく、秘蹟でなく、聖堂でなく、絨緞でなく、衝《つい》立《たて》でなく、メートル法でなく、スペイン人でなく、薔薇でなく、酒場でなく、火事でなく、ボンボンでもない。」

そのカタログは、カーボン紙によく似た艶のある黒い紙の表に刷られていたが、匿名の手による奇矯な序文ではじまっていた。その序文は次のように書かれている。

「マン・レイ氏がどこで生まれたか、もはや誰も知らない。石炭商となり、いくたびか百万長者になり、さらにはチューインガム企業の社長になったあと、氏はダダイストたちの招待に応じ、最近の絵をパリで展覧しようと決心した。

宴会のあと、何人かの彼の友人は決定的な言葉を述べなければならない、と思った。それらの言葉を、マン・レイのヨーロッパでの最初の展覧会のカタログに収録することは、必要欠くべからざることと思われる。」

こうして、そのあとに、アラゴン、アルプ、エリュアール、マン・レイ、リブモン＝デセーニュ、スーポー、ツァラが署名した、支離滅裂であるとともに称讃の意にあふれた短い宣言文が並べられていた。

展覧会そのものは、一九一四年から一九二一年までに制作した、三十五の作品を集めたものであった。そして、そのうちの多くは、今日、「ポップ・アーチスト」たちの想像力に訴えかけた、まぎれもない典型となっている。たとえば、油を入れてその中に（ベアリング用の）鋼鉄のボールをいくつか漬け、貧乏な芸術家に「なにか食べものが中にある」ような錯覚をあたえるのを目的とした、あの貯蔵壜。あるいは、ピカビアがすでに二年前に『三九一』に複製を掲載したことのある、あの「エアブラシ画」による「映画用小オーケストラ讃美」。あるいはまた、展覧会の期間に制作した、普通のアイロンの底に靴釘を貼りつけた「おくりもの」。

（展覧会）はピカビア抜きで、そしておそらくはピカビアに対立するかたちで組織されたのであったが、ピカビアは（この展覧会の）会場を訪れた最初のひとりであり、したがって、昔のニューヨークの冒険の仲間と旧交を暖めにきた最初のひとりでもあった。しかし、彼は折りたたみ式天蓋のついた豪華な車ドラージュに乗って前日内示展を訪れ、会場では、ただマン・レイだけを伴い、他のダダイストたちの存在を無視するふうをよそおいながら、出品した絵の前を歩いたのであった。

ダダイストとその仲間は、全部でおよそ五十人ほどいたが、彼らもまた驚くふうを見せなかった。最初の気づまりな瞬間がすぎたとき、彼らは「前日内示展」にとりかからねばならなかった。ローエンダル通りの小さなホールは、しばしのあいだ、さまざまな色どりの風船の束をささえるロープがはりめぐらされていて、それが、展示した作品だけでなく出席者の姿をも隠していた。合図がくだされると、若い人たちがいっせいに火のついた煙草の先で風船を破裂させた。そして陽気な喚声が、やっとヴェールをとった一連の作品を迎えたのであった。

展覧会は一九二一年十二月三十一日まで続き、かなりの大衆の眼を引いた。しかし、新聞はピカビアのときよりもひかえ目であった。どの作品にも買手がつかなかった。マン・レイは手持ちの作品をさばくつもりで、きわめて妥当な値段をつけていたが、やはり失望の気持はかくしえなかった。そして、できるだけ早く収入源を確保せざるをえなくなり、一時的に絵をすてようと決心した。数年前ニューヨークでしたように、彼はそのとき写真に転じたのであった。カンパーニュ＝プルミエール通りの小さなホテルに機械をすえて、彼は、友人たちの写真や、友人のそのまた友人たちの写真を撮りはじめた。これが、両大戦間の文学と芸術を知るうえで比類ないコレクションとなったもののつつましい出発点であり、また、身を守るために写真家となり、この半世紀のあいだナダール[3]の再来となっていく画家の、つつましい出発点でもあった[4]。

サン・シルヴェストルの日（十二月三十一日）の夕方、ちょうどマン・レイ展の絵をみんながはずしているとき、女歌手マルト・シュナルがクールセル通りに持っている豪華な私邸では、盛大なお祭り騒ぎがたけなわであった。彼女がこのレヴェイヨン（大晦日の真夜中の会食）を組織するよう頼んだ相手は、ピカビアであった。この儀式の主催者に擬せられた元ダダイストは、すぐさま、サロン・ドートーヌに出品した悪名高い絵にちなんで、これに「カコジル酸塩のレヴェイヨン」という即興の名を冠した。

ここで、亡命ロシア人のグループが組織したパリのダダイスム活動に多かれ少なかれ密接につながりのある、いくつかの宣言集会についても、念のために言及しておきたい。彼らは、イリア・ズダネヴィッチ（のちにイリアッズと短縮）という名の画家兼詩人のまわりに集まった人たちであった。彼はトビリシの出身で一八九四年に生まれた。一九一一年にペトログラードの大学に入り、そこで、マヤコフスキー、クルーチョネック、テレンチエフ、フレブニコフ、ラリオーノフ（「レイヨニスム」[5]の創始者）といったロシアの「未来派」グループのメンバーと知り合い、彼らとともに、ダダ精神のあふれた大衆的示威運動を展開し、その結果、警察当局の警戒と過度に興奮した大衆のこぜりあいまで巻き起こした、という経験を持っていた。

一九一四年になって、第一次大戦がこのような楽しみに終止符を打った。ズダネヴィッチは思想を転換し、さまざまな知識の吸収のために時間を割き、また、一九一七年にソヴィエト政権が確立されるまで、戦争特派員となった。のち、彼はケレンスキーの陣営で陽の当たる場所にあったが、ケレンスキーの運命が周知のように急速に転変していったとき、詩人は政治をすて、しばらく考古学の研究に専念することになった。のち、コンスタンチノープルへ派遣されたが、仕事が一段落すると、そこから故郷のグルジアへもどった。そこは当時の混乱した政情の中にあってペトログラードやモスクワよりもずっと静かであった。

一九一八年、ズダネヴィッチが詩の冒険にふたたび身を投じたのは、トビリシの地である。彼は粗末な大工小屋を文学的居酒屋に改良して、超前衛的な芝居を上演した。彼はまた、新しい言語様式「ザウム」を創始した。これは「一見ロシア語の言語様式であるが、単語や擬音語《オノマトペ》が、類似の発音をもつ他のいくつかの語の意味を規定していく仕組みになっている〔……〕ザウムでは、だから、それぞれの単語は、具象的であれ抽象的であれ、特殊であれ、普遍であれ、異なった系統と側面とに関係するいくつかの意味を多少とも同時にあわせもつのである。」（彼の作品『灯台、歯の生えたもの《ルダンチュ・ルファール》』に付されたリブモン＝デセーニュの序文（B・107・〔三〕頁））コーカサスの大衆に「ザウム」をなじませるため、ズダネヴィッチは出版社を設立した。「四十一度」というその社名は、詩人や友人たちの創造への熱意が到達したまさに極点を示していた。こうして、一九一七年から一九二〇年にかけて、およそ六点の作品が生みだされた。それは、詩集や戯曲であったが、形式においても内容においても、なんらの偏見もなくダダに結びつけられるものである。

一九二〇年、ボルシェヴィキの軍隊がトビリシに進軍して来たとき、そこを避難しなければならなかった。ズダネヴィッチはコンスタンチノープルへもどり、長年の夢、つまりパリに住むという夢をかなえてくれるはずのビザを待って、そこで一年過ごした。そして、いよいよ一九二一年のはじめ、かの悪名高いダダの勝ちどきの声がまだ首都になりひびいているとき、この若い詩人はモンパルナスに居を定めたのであった。

先輩たちがそうであったように、彼もまた生まれながらの組織指導者であった。というわけで、彼は、たゆまず努力して、革命の動乱のためにパリへ逃れ散らばっていたロシアの知識人たちを自分のまわりに集めることに成功した。一九二一年以降、彼は、モンパルナス大通り一四六番にある喫茶店「カメレオン」に、その名も豪華な「四十一度大学——ロシア学部」という名称のもとに復活したグルジア人グループの本拠を打ち立てた。ソルボンヌのような総合大学よりもさらに汎学問的な単科大学の流れをくむこの「大学」の基盤に立って、ズダネヴィッチは、亡命の同胞たちに、現代ロシアの文学・芸術の状況を伝えようと試みた。集会は毎月第二と第四の金曜日に催され、講義と討論がロシア語で行なわれた。同時に、この青年はスラブ文字も扱えるし誤植ページの校正に必要な忍耐力も持った印刷屋を見つけてもいたので、出版活動もふたたびはじめていたのであった。こうして、二年のあいだに、「四十一度」の出版カタログの中で書名をおよそ十点ほどにのばしていた。(その中で最も著名なのは、彼自身の「ザウム言語様式で書いた詩劇」『灯台、歯の生えたもの《ルダンチュ・ルファール》』である。)

ズダネヴィッチの道が、セルジュ・シャルシューヌというもうひとりの亡命ロシア人の道と交わるのは、不可避であった。実際、この二人は一九二一年にそれぞれのこれまでの努力を一つに合わせることになったのである。シャルシューヌは、十月二十一日、喫茶店「カメレオン」で夜の集会を催した。その基本精神は、フランス・ダダイストたちによる当世風宣言集会の「王太子の事蹟にならった《アド・ウースム・デルフィーニ》」模写たるべきものであった……。『不動の大衆』の著者はみずから万端とり仕切っていたが、そのほかに、ピアニストのマルグリット・ビュッフェや、サロン・ダダのとき『奇蹟の鶏』のダンスで一躍有名になった詩人兼舞踏演出家のヴァランタン・パルナークや、このガリー船へなにをしにきたのか誰にもわからなかったが、マン・レイなどの協力も得ていた。人々は、はじめに、アラゴン、ブルトン、エリュアール、フランケル、リブモン＝デセーニュ、リゴー、スーポー、そして当然のことながらセルジュ・シャルシューヌの作品を読んでいった。それから、チューリッヒの「キャバレ・ヴォルテール」の初期の催しのときと非常によく似た酒場の雰囲気の中で、九つの小劇がくりひろげられた。「カメレオン」の仲間とダダイストたちとのあいだには、疑いもなく、太いつながりがあった。「既成思想やあらゆる慣習の破壊、人が最も好むものの破滅、そういったものへの志向が四十一度とダダとに共通した特性の一つである。」（同前、四頁）だが、イリアッズとシャルシューヌが、フランス語が不得意なために、同国人だけの数少ない聴衆に満足しなければならなかったことや、彼らがパリ・ダダイスムの旋風に巻き込まれて自らの運動の独自性を大衆に感じさせることができなかったこと、などは別にしても、みんながダダに対して公然と要請もし、ここでも彼らの思想表示の中に見出そうとした創意の精神は、残念ながら稀薄であった。そして、シャルシューヌの執拗な努力にもかかわらず、この冒険には明日がなかった。

第十九章　ダダの出版物（第二期）

ダダイストの銘句は、そののち、早く走るものたちよりも遠くへ私は行くであろう、となる。

ポール・エリュアール

グループから個人へ——雑誌『リテラチュール』——『三九一』、『ピラウ＝チバウ』——『プロヴェルブ』（第六号）——『ダダグローブ』——小説『アニセ』——劇『シナの皇帝』、『唖のカナリア』——詩『生の必要事と夢の結末』——『大西洋航路の船客』

この年は、終わって見ると、人がしばしば指摘するほどダダにとって不毛な年ではなかった。ピカビアの引退という出来事をめぐって運動が失ったものを個人的な探究という面でふたたび取りかえしていたからである。青年たちはそれぞれ、前よりもいっそう個人的才能にたよらざるをえなくなり、ダダの中でさらにいっそう独自の鉱脈を発掘する方向へ導かれていった。一九二〇年が集団的、一枚岩的実践の年であったとすれば、一九二一年は彼らの気質と芸術手段に従ってかなり多様化した、数多くの独創性を開花させた年である。といっても、そのすべてが同じ、ダダイスムという否定しがたい精神につらなっていたことはもちろんである。その上、彼らは何か月も続けて、ダダ精神の性質を「自覚」するためにティーチ・インを行なったりもした。ダダ精神というのは、ダダ初期においては、（ツァラを除いて）すべての人にとって直観的に受け取られていたのであった。こうして、ダダイストの作品や行動の性格は、正確になりはじめ、ようやく明白に説明されうるようになる。美徳、権力、「スキャンダル」の哲学的意味などが、ちょうど疑惑というものがデカルトによって方法論的に扱われたように、方法論的に扱われ、評価されるのである。そして彼らは「挙動《ジェスト》」というものを研究する。これは個人的、集団的感覚状態の無償かつ直接の表現であって、「行動《アクション》」とは相反するものである。というのは「行動」とは指導的方向、つまり目的によってあらかじめ予謀され、定められた内容を持つからである[1]。ある人たちは格子窓を開いて、まさに、そこに広がる一定の領域を認める。しかし、それは彼らにとって「不条理」の領域であり、二つの異なる世代の文学者や芸術家はその限界をひとしく再認するにはいたらないであろう。

しかし、青春期からやっとぬけでたばかりのこれらの若い人人にとってはとりわけ重要であった一つの見習期間というものを考慮に入れなければ、ダダに関するすべての判断は間違ったものになるであろう。それはつまり、偉大さへの、隷属への、頽廃した友情への見習期間である。ダダが決して持たなかったもの、つまり文学的党派や日和見《ひよりみ》的集団や実利的協同組合など――そして、ダダが持っていたもの、つまり言葉の最も強い意味での「グループ」、言いかえれば個人がその中で溶解し、ふたたび自己を見出し、自己を超克するところの坩堝《るつぼ》――を理解するには、これら一握りの数の才能ある芸術家や詩人が一九二〇年ごろにとりかわした、活力と熱気にみちた書簡を読まなければならない。この坩堝《るつぼ》は、熱烈な感情構築をさらに完成させるために日ごと専念し、他者からは多くのものを要求するとともにみずからも驚嘆すべき鋭敏な精神を持った人々の、苛烈な人間関係の幾何学的な場であった。ダダは、つまるところ、その可視的形態にすぎなかった。要するに、彼らは、共同行動への要請にかられるとともに外部への憎悪という圧力におされて、ますます親密な関係へと結ばれていったのである。「シュルレアリスムは」とアラゴンは書いている。

「シュルレアリスムは、最初は、われわれのようないく人かの青年と、もろもろの事物について共通の見方をする友人たちが、外部から受け取ったたんなる名称であって、われわれがそれに他の内容をあたえるときまで続いた〔……〕。シュルレアリスムの価値は、当時「ダダ」という名で行なわれていた議論が一定の論争点に達したとき、つまりダダの否定的活動が一定の論争点に達したとき、詩的領域の拡がりが過去にも現在にもあるということを宣言したことであり、この領域にふたたび光を投げかけ、忘却と怠慢と無理解と無知の中に埋没しようとしている作品と人間とに、新しい投光器を向けたことである。」（B・16・一六―一七頁）

この「論争点」は青年たちの下意識の中で到達されたものであろうか。それはともかく、一九二一年は、議論の余地なく、各「グループ」の中心部で感情的連帯が弛みはじめた年であり、「個人」の個別的価値が復活しはじめた年である。ジロドゥは葛藤のために疲れはてた二人の恋人の別離のあとにくるあの解放感というものを描写している。そこでは、絆が結ばれていたときには、恋人のためにあれほど軽蔑していた外部世界が、今度は、きらめくダイヤモンドのように、あらゆる方向から、その火で、その誘惑で、新たに手にした無尽蔵な喜びで、復讐するのである。ダダの末期もそのようなものであった。フィリップ・スーポーは、それを（いみじくも）「友情の断末魔」にたとえた。しかし、この断末魔は、少なくとも何人かの中心人物にとっては、復活の感情を伴うものであった。

このようににダダイストたちがしだいに個別化していったこ

とは、当り前のことだが、まず、彼らの雑誌にあらわれてきた。それらの雑誌はあまり粉飾もしないで当時の出来事を書きうつしている。前の年には、ダダイストの出版物がその数を倍化し、しかも実際にはどれを取っても同じに見えるほど似かよっていたのに対して、一九二一年の「波」は、数の減少と内容の多様化という傾向をはっきりと示している。

『リテラチュール』は、これまでアヴァン・ギャルドの刊行物としては異常に規則的に出されていたが、その定期性も一九二〇年の秋以後変化を見せはじめた。ブルトンはこの雑誌に少しずつ興味を失っていったように思える。その上、いつも重くのしかかってくる経費の支払期限のために借金で苦しんでいたようでもある。十月に雑誌の協力者たち（ピカビア、ツァラ、リブモン＝デセーニュを除く）がファヴァール通りのレストラン「プラン」に集まって、文学的傾向の作品はもう出版しないという決定をしたが、その決定は、実際、第十七号（一九二〇年十二月）において実行されていた。しかし、次号（第十八号、一九二一年三月）以降は、この取り決めは明らかに全面的には守られていなかった。レオン・ダンコンニュという人[2]の「世界における石油」と題する技術論文のかたわらに、事実、リゴー、ブルトン、ツァラ、ドリュ・ラ・ロシェルなどの、より「知的な」寄稿も掲載されていた。実を言うと雑誌の方針決定のとき、ある種の不一致が表面化していた。それは、「大いなるダダの季節」の際、混乱を引き起こすまで悪化したのであった。第十九号（一九二一年五月）はマックス・エルンスト展の序文の役割をしていたが、そこにはスーポーの軽い詩的読みものである十三節の「標的と王たちのシャンソン」や、リブモン＝デセーニュ、アルプ、アラゴン、エリュアール、パンセルスおよびマックス・エルンストの作品や挿画が載っていた。『リテラチュール』は、ふたたびもとの轍《わだち》に、ブルトンが恐れていた「月並み」に、もどっていたのである。

しかしながら、バレス裁判が『リテラチュール』第一シリーズに決定的な一撃を加えたのであった。ブルトンとアラゴンはスーポーとともにこの雑誌の共同主宰者であったが、第二十号の印刷関係の仕事をスーポーに委ねていた。第二十号は裁判の議事録に当てられたもので、七月に予定されていた。さらに、第二十一号（八月）と第二十二号（十月）も続いて予定されていた。ところで、すでに見たように、第二十号が実際に刊行されたとき（それは、やや遅延して八月であったが）そこに予告されていた第二十一号は、まだ校正刷りの段階にとどまっていた。二十二号について言えばその原稿はスーポーが苦労して集めたものであった（彼はひと夏をそのむなしい仕事に費やした）が、結局、ライノタイプ印刷所まで持っていけなかった。それは、ブルトンがダダイストたちの一時的な混乱を口実にして、雑誌の出版を決定的に中断しようと考えたから、というわけではなかった。彼は、一度この失望の時期が過ぎてしまえば、ヴァカンスの一時的休止のあとみんながパリへ戻ってきたときには、たぶん再出発できるものと見こんでいたのである。[3]だが、運命はまったく別の方向に向かった。……というより、もはや刊行に耐えられなくなっていたのかもしれない。アヴァン・ギャルドの定期刊行物の主宰者で意図的に出版を中断する者はごく少ない。彼らはむしろ出版することを忘れてしまうものなのである……。

『三九一』についても同様であった。第十四号（一九二〇年十一月）はこの雑誌で最も成功した号の一つであったが、この号のあと、ピカビアはもうこれ以上、定期刊行物の規則的出版というものが要求する慣例につとめて従うことができなくなっていた。もっとも、その物理的作業は、「主幹」リブモン＝デセーニュの担当であり、その企画の利益はさほどピカビアの関心事ではなかったけれども。むしろ、上に述べたいくつかの出来事、つまり、健康状態もさることながら、ダダとの決別にかかわるいくつかの前兆が、一九二一年の前半において、大きく彼に影響を与えたのである。

だが、六月になって、眼の帯状疱疹がなおり、ふたたび攻勢に転じようとしたとき、彼は『三九一』の挿画入り別巻の出版を企て、それに『ピラウ＝チバウ』というおもしろい題をつけた。これは十六頁のパンフレットで、そのすべての、あるいはほとんどの作品は論戦的意図で統一されていた。この画家は、ブルトンもツァラも敵にまわした論戦に参加してやろうというすべての人を、自分のまわりに集めていた。ポール・デルメとセリーヌ・アルノー、マルセル・デュシャン（たぶん本人の知らないことであったが）、ジョルジュ・オーリック、ピエール・ド・マッソ、クレマン・パンセルス、ガブリエル・ビュッフェ、エドガール・ヴァレーズ、およびツァラの告発者であるクリスチャン・シャドとヴァルター・ゼルナーがそれであった。

『ピラウ＝チバウ』は一九二一年七月十日、つまりサロン・ダダの閉会予定日のすぐのちに発刊されたが、そこには毒を含んだ文章がいっぱい詰め込まれていて、その毒を蒸溜したあとには、ピカビアが大家として浮かびあがるという具合になっていた。その上、彼は論争ではまったく自在にふるまって、自分の雑誌にファニー・ガイという見えすいた仮名で署名した、いくつかの指導的立場《プロ・ドーモ》を示す長い口頭弁論を発表していた。エリック・サティは、印刷されるのを見越して、大いに喜び、突飛な二つの警句《アフォリズム》を送っていた。ジャン・クロッティは「タビュー」を賞揚していた。ギエルモ・デ・トーレはスペイン・ダダイスムの一人、バンドの演奏者であったが、執拗な努力の甲斐あって、詩のコーナーを占めるのに成功していた。コクトーもまた、ピカビアのもとに許されて、ダダという病いに対する自分たちの共通の治療法をほめたたえていた。

「長い回復期ののち、ピカビアは治った。私はそれを祝福する。そして、私はほんとに彼の眼からダダが去ったのを見たのである。

ピカビアは伝染性の人種に属している。彼は自分の病気を人にうつす。が、他人の病気には感染しない〔……〕。」
コクトーのこの文章のあとには、ツァラに対する激しい毒を含んだ酷評と、さらにはブルトンに対する山ほどのあてこすりが続いていた。

「だまりたまえ！　だまろう！　とダダは喧伝していた。今度は、私が話す番だからだまりたまえ。私が、ニーチェのようにパスカルのように、ギュスターヴ・エルヴェのように、サラ・ベルナールのように、話すのだから。ダダは埃をまきあげて駆けていった。悪童どもはその尻馬にのり、馬をほめそやし、砂糖をあたえ、目隠し革をつけ、手綱を右へ引いた。あわれな野生のダダよ、おまえはマダム通りへ来てしまった！　マダムは眼をさます。マダムは小窓を開く。マダムは顔を出す。(4)マダムは眼を伏せ、マダムは顔をあからめる。彼女はあえてなにもしない。

ふるえるマダムは扉を開く。マダムと種馬とはまごうかたなく蜜月をはじめる。

だが、あわれなことに、種馬は亀ではない。ダダは死ぬ。ダダは死んだ。マダムには馬引きの若者たちしか残っていない。」
(『ピカビアの回復』、B・248・一一頁)

このような文章のために、当のジャン・コクトーが、他の協力者たち、さらにはピカビアによってさえ、同じ号の中で非難された、というのもいたしかたのないことであった。

しかし、『ピラウ＝チバウ』の新しい主幹ピエール・ド・マッソの、歴史的に見て最も重要な新機軸は、エズラ・パウンドの『キャントーズ』の抜粋を大幅に掲載したことである。これは、のちに述べることになるであろうが、ある謎めいた「クリスチャン」という人物によって、はじめてフランス語に翻訳されたものである

この『三九一』の特別号はきわめて読みづらい印象をあたえる。こんにち、ピカビアが悪魔的才能を駆使して織りこんだ、あのほのめかしや虚偽やでっちあげたうわさなどの絡み模様の中から、ことの真実を見分けることは明らかに困難だからである。しかし、彼の狙った目的は明白である。それは、ある種の権謀術策にたけた錬金術師のやり方にならって混乱をまき散らすということ、つまり、いいかげんに種々の液体を混ぜ合わせ、どのような爆発が起きるか、どのような未知の花火がつくりだされるかを見てみよう、ということである。

一九二一年七月一日に『プロヴェルブ』の第六号を刊行したポール・エリュアールの意図は、それよりさらにわかりにくいものであった。正確に間隔をおいて五つの分冊を出してから、ちょうど一年間放置してあった小雑誌の出版を、しかもただ一号だけ、この詩人に再刊させるようになった理由については、臆測の及ばないところである。エリュアールは、人も知るように、「大いなるダダの季節《グラン・セゾン・ダダ》、一九二一年」の活動には部分的にしか参加していなかった。病いがちだったとか(5)、新しい住居が

遠かった[6]とか、要するに物理的理由でグループから離れていたのである。喫茶店セルタの集会にも不規則に出席していただけである。

彼が、新しい『プロヴェルブ』に掲載する作品や文章を、例の入念さで書きはじめたのは、もてあますほどの暇をうめるためだったのであろうか。この仮説は是認すべきである。というのは、一九二〇年の秋以降、トリスタン・ツァラとの往復書簡の中で、このような意向の痕跡が見られるからである。それに、この号の作成におけるツァラの役割は決定的なものであった。

『アンヴァンシオン発明第一号およびプロヴェルブ第六号』という合成したタイトルは、のちになって、『プロヴェルブ』のかわりに付けられたものである。まだ、一九二一年七月には、エリュアールは『プロヴェルブ』というタイトルしか考えていなかった。変更の意味については、資料がまったく欠けているため、われわれはまたしても仮説によらなければならない。ただ言いうることは、『アンヴァンシオン』というのが第三号に収載されたエリュアールの詩の題名であり、その詩に手を加えたときの日付がほぼサロン・ダダの日付と一致するということである。『アンヴァンシオン』第一号の内容が全体において、はっきりと、ツァラ色が濃いところを見ると、エリュアールは、前年の数号に比べて、紙面の新しい方向をはっきりと示そうとした、と想像できる。しかしながら、この雑誌の指導精神は発展しなかった。エリュアールは相変わらず、文章構成法や語彙や表現の簡素化の問題に、基本的に専念していたからである。イギリスのイマジストたちの作品にも比較できるような、当時の彼の創造のすべてが、確かにそれを証明している。

『ダダ』の号は『ダダフォーヌ』（第七号、一九二〇年三月）以来まったくあらわれなかったが、トリスタン・ツァラの方ではなにもしていなかったわけではない。事実、彼は壮大な計画をずっと秘めていたのであって、『ダダフォーヌ』はその試験台の役割をしていたのであった。それは、『ダダグローブ』という名のもとに全世界のダダイストの作品を一つにまとめる、詩華集の計画である。ツァラの未刊のノートが次のような内容を明らかにしている。

「一巻、一六〇頁から二二〇頁（一巻が十六頁の倍数）。タイトル、ダダグローブ。サブタイトルはあとで付ける。協力者は各国の外国人作家。それぞれ母国語で書いた詩を一篇。印刷部数、一万部。判型……パーセンテージ（一五パーセント）。本の値段……。三〇部は豪華本。五部は超豪華本。一部は極超豪華本。印刷方法——毎週十六頁分準備し、われわれの方から印刷にまわす。印刷は即刻行なう。彩色紙をとじ込み用紙としてつから。全詩人の肖像を掲載。」（C・T、『ダダグローブ』資料）

そして、これらの詩人の一人一人が作品（詩、文章、または版画などの原板）、写真、および関連する他の資料を送付しなければならないことになっていた。計画は幸先よく出発した。ツァラはパリの友人たちの援助を得て、十二か国に所属する五十人以上のダダイスト（あるいはダダイストとみなされる人）から協力の保証を取りつけ、彼らの原稿を掲載することを約束した。エディション・ド・シレーヌ社から『ダダグローブ』を出版するという広告が一九二一年のはじめ、いくつかの雑誌に載せられた。そして七月、ツァラは強力で興味深い一巻をつくりあげるに充分な材料を手にしていた。

『ダダグローブ』は、このように非常に進んだ段階に達していたが、結局陽の目を見なかった。われわれにはこの流産の理由がまったくわからない。最も妥当な理由は出版社の変心であろう。ふんだんに挿絵の入った数百頁の本を出版するに必要な資金を集めることができなかったであろうし、その商業的算段もはっきり目途がたたなかったからであろう。

ダダイストたちは、最初はダダという名の実体を構成する無名のメンバーとしてしか大衆に知られていなかったが、しだいに、それぞれの個性に従って独自の輝きを確立しはじめていた。また、あるものは各方面の新聞や雑誌から誘われ、その誘惑にかられていった。こうして、デルメはその『エスプリ・ヌーヴォー』にアラゴンやリブモン＝デセーニュやピカビアを迎えた。とりわけ、ピカビアは『コメディア』のような発行部数の多い、しかも文学的意図のない日刊紙に愛着を示していただけに、特筆に値する。ジャック・リゴーはローラン・フェルスの「哲学と芸術の手帖」である『アクシオン』に、アラゴンはジャック・エベルトの『パリ＝ジュルナル』に、協力することになるであろう。「高級文学芸術の総合雑誌」である『ヴィー・デ・レットル（文学生活）』の主宰者ニコラ・ボードワンは次のようにピカビアに書き送っている。「私は、他の運動の中で最も活発で最も行動的であるダダ運動に、こころよく雑誌の門戸を開きます。この運動は一つの流れであり、流派ではありません。それは世界的流れであり、すべての世代を動かすでしょう。私の予言を信じてください。」（ピカビア宛未刊書簡、一九二一年一月三日および十九日、D・P）ピカビアとツァラはこの申し出をこころよく受けた。人々はこのようにダダイストたちと当時の大小ジャーナリズムとのあいだの結託の例をいくつも挙げることができるであろう。こうした対話がなされたということだけでも、これまで均質で非妥協的であった運動内部に急旋回が起こりはじめていたことが、如実に示されるであろう。

しかしながら、ダダの庇護のもとに一九二一年代に出版された諸作品は、その多様さからしても、運動メンバーの各人をかりたてたあの個人的表現への要請力というものを、雄弁に物語っている。

一九二一年三月に出た『アニセ』によって、ルイ・アラゴンはダダに最初の小説をあたえた。大衆に対すると同様、当時の友人たちに対しても、この功績は重要な刺激の役割を果たしていた。ダダのエネルギーは芸術や文学のあらゆる表現形式に対する苛責ない戦いに集中していたが、かりに、このダダが、せいぜいのところ、しかも身を守るために、言語活動と造形規範の既成の立場を内部から破壊するという目的においてのみ、詩と絵画の実践を許容したとしても、小説だけは嫌悪すべきものであった。それはすべてのジャンルの中で侮蔑すべきものであり、アンドレ・ジードによってもジョルジュ・デュアメルによっても悲しくも言いあらわされた「鉄道の文学」であったからである。

　アラゴンがまだ自分の属している運動の精神そのものに明らかに反するような作品を、いっときでも発表しようと考えたことは、こうした文脈においては、どうして許すことができるだろうか。

　さらに恐るべきことは、それが『N・R・F』のきも入りで出されたことである（原稿をガストン・ガリマールに推薦したのはアンドレ・ジードと思われる）。いったい、もし『N・R・F』がその作品に文学的興味がないと判断していたら、おそらく出版はしなかったであろう[7]。

　問題は一見して見てとられるほど単純ではない。なによりもまず、ここで、上述のような知的解放の過程を考えあわせる必要があろう。アラゴンはもともと批判的で独立不羈の性質を持っていたが、この場合も、自己の知的安定と友情関係を犠牲にしながらも、ダダイスト・グループの唯中にあって文学の道を求めた最初の一人であった。

　『アニセ』はシュルレアリスム以前に、ダダ運動の時期に書かれた。それはちょうど、小説を非難することがグループのモラルであるような、一つのグループに私が属していたときである。私にとって、小説を書くということは、決然とした、しかもかなり危険な意志表示であった。私は、きわめて意識的にそれに固執していたので、本の表題には『アニセまたはパノラマ』とは書かず、『アニセまたはパノラマ――小説《ロマン》』と書いたのである。それはおそらく表題の語句に畳韻法《アリテラシヨン》をふませる面白さもあったが、それだけでなく、当時私を取り巻いていた（ダダイストの）「世論」に逆らって、小説に対する私の志向を強調するためでもあったのである。」（B・16・四五頁）

　次に、われわれは以下のことも指摘できるであろう。すなわち、『アニセ』は伝統的な散文の書と同様に構想され、パラグラフと章に分けられ、文法的にも文章論的にも正確な文体で書かれてはいるが、その大部分が夢の世界を描いたものであり、かけ値なしに小説と呼ぶにふさわしいものとは同一視できないだろう、ということである。ロジェ・ガロディは述べている。

「『アニセ』は当時の支配的小説概念に対する宣戦布告である〔……〕。「心理的」小説の特権的立場に対して、筋書きという既成の構成規格に対して、それは、一つの断絶点を示そうと試み、主題と登場人物たちとを同時に解体し、放恣と無秩序を導入し、それによって、公認の文学が神聖化していた人間と人間存在に関する単純で図式的な理念をうちやぶろうと試みたものである。」(B・91・九八頁)

第三に、『アニセ』は、ダダイストのなんらかの宣言集会のために、あるいはその機会に、一挙に書かれたような、衝動的作品ではない。この小説は、はっきりと、二つの時期に執筆されたものである。第一期(一章と二章)は第一次大戦のあいだ(あるいはすぐあと)、要するに一九一八年である。第二期は、ドゥーセの資料によれば、一九二〇年の二月か三月である。ちょうど、フランス東部の二人の友人(ブルトンとフランケルか?)とよく長ばなしを交わしていたときである。フランス東部はこの二人にとって身近な地方であったが、アラゴンはそれによって風景のくわしい模様を知ろうとしたのであろう。脈絡を完全に無視したこの夢幻劇の展開を統一づける唯一の、しかも強力な鎖、それは作者の個性である。この個性は、豊かで繊細な、明晰でロマンチックな、絵画的で古典的な文体によって、はからずも、鮮明にそしてみごとに示しだされている。今日、われわれはその文体がアラゴンの人間そのものであったことを知っている。こう見ると、『アニセ』は、(アポリネールやピカビアやツァラやブルトンの作品、つまり『磁場』のような作品におけるように)それまで詩的表現のみに適用された、あの自動筆記《テクスト・オートマチック》の原理を「小説」にまで拡張した好個の例と考えることができる。「ヌーヴォー・ロマン」より四十年前に、アラゴンは、連続的記述のより広範であると同時により厳密な枠に、この技法を自然に適用していたのである。

人々はこの多形態《ポリモルフ》に変化する作品の解釈方法を把握しえた、と一時は考えた。アラゴンも、事実、ジャック・ドゥーセの意志にこたえて、『アニセの鍵』を書いた。アラゴンによると、主人公は彼の友人ピエール・メゾンであった。この人は一九一八年十月十八日に「フランスのために死んだばかりであった、と言われている」。次に、第四章以降はアラゴン自身が主人公である。登場する中心人場たちは、ランボー(アルチュール)、コクトー(アンジュ・ミラークル)、ブルトン(バティスト・アジャメ)、チャーリー・チャップリン(ポル)、ヴァレリー(オム)、ピカソ(ブルー)、ジャコブ(「シプリアン」からとったシープル)、ヴァシェ(ハリー・ジェームズ)、デュカス(本名どおり)……などであった。土地についても綿密に描かれているが、これは現実のもので、ただ地理的に名前をおきかえただけである。

ところが、最近になってアラゴンは、ドゥーセの要求にせきたてられて書いたこの「鍵」は多くの問題を避けており、要するに「それは有効ではない」といっている。(B・16・四三—四七頁)つまり、アニセはアラゴンだけではなく、同時にあるいは連続的に彼の友人の一人一人をあらわしているというのである。すなわち、一つの限定された世代(一八九五年次兵の世代）に属し、しかもオーレリアン同様、社会に自己の立場を見出しえない、大戦のかつての兵士の象徴なのである。女主人公ミラベルについて言えば、彼女は実在する女性ではなくて、近代的美の理想をあらわしていたのである。彼女に対する熱愛者（ピカソ、コクトー……）にもかかわらず、ミラベルはまったく架空の人物で、ボーム通り（ローザンベール画廊のある所）に住んでいて、画商の典型と見られうるペドロ・ゴンザレスという人物との結婚を承諾するのである。こう見ると、近代的美は画商の手に落ちる、という象徴はややおおげさである。

『アニセ』の真の性質については今後も、おそらく、議論されるであろう。ある種の要素は十八世紀の哲学的コントを想起させるし[8]、他の要素は『オーレリア』や『モーヌの大将』といった後期ロマン主義を想起させるが、また他の要素は『ナジャ』のシュルレアリスムや、あるいは『パリの農夫』の現代的で都会的な幻想譚を予告している。

しかしアラゴンのこの作品に価値と単一性をあたえるものは、これら諸要素を異様で不安な一つの塊りにまとめた合成力なのである。疑いもなく超現実的な、しかし巧まずして詩的になった一つの詩が、日々の現実の変質化によって、生まれ出てくる。民衆主義的神話（パール・ホワイト[8]の『ニック・カーター』や『ファントマ』）から引き出した映像、あるいは、すでにランボーの心を引きつけていたあの土俗産物の持つ異国趣味（インディアンや「アメリカ大陸もの」）から引き出した映像、それらは不条理のかなたでしか新しい意味を持たないのである。だが、それはまさにダダイスムの歩みの出発点ではなかったか。

この意味で、『アニセ』は最初はかなり抵抗を感じるが、しばらく読むと、これは実に豊かな内容を持っていることがわかる。人物と事物が同一の面で展開していくこの小宇宙には、批評家たちが好んでシュルレアリスムの発見ときめつけようとしている、数多くの要素や手法や処理が凝縮しているのである。そして、とりわけ、そこには深いニヒリスムの精神状態が示しだされている。これは、みずからの独白の声を聞いて心を和らげるある種の老婦人にも似て、否定の極に達したあとで、ふたたび、みずからを肯定するためにみずからの表現にたちもどったものである。「若い詩人アニセはデカルトのようにすべてを清算する。しかし、彼は「私は考える。それゆえ、私は存在する」と書くかわりに、「私は書く。それゆえ、私は存在する」というだけで満足しているように思える。」（ジョルジュ・ル・カルドネル、「新しい派」、『ルヴュ・ユニヴェルセル』誌所収。これは『アニセ』が出版されたときに発表された数少ない適切な文章のうちの一つである。）

小説『アニセ』の数週間のち、ダダは最初のいくつかの戯曲を世に送った。事実、一九二一年四月、「サン・パレイユ」はダダ叢書の中で、ジョルジュ・リブモン＝デセーニュの『シナの皇帝』とそれに続いて『啞のカナリア』を出版していた。この二つのうちの最初のものは、しかし、一九一六年にさかのぼる。このことは語るに値する。というのは、「ダダがまだスイスで準備されていて、トリスタン・ツァラにもリブモン＝デセーニュにもまったく未知の状態であったときに、『シナの皇帝』が、ダダ作品全体の一部をなすような、前ダダ期の最初の証拠の一つであった」（B・155・五一―五二頁）からである。

『シナの皇帝』を証認することにより、ダダは重い遺産を背負うことになった。この戯曲は、実際、詩で書かれていたが（散文詩だが詩にはかわりはない）、当時有名になっていたいくつかの先駆的作品に多くの影響を受けていた。筋書きはきわめて特異であったが、一貫性は失っておらず、『ユビュ王』の筋書きを思わせる点が確かにあった。舞台上では、三幕の場景が観衆の注意を引き、大いに喝采を博した。ひとことで言えば、それは申し分のない舞台作品であった。

演劇に対するダダのこのような寛大さは、それが大衆との接触や交流を前提とする点でもっとも活発な芸術形式、つまり壊乱の目的に最も利用しやすい形式であったため、驚くにはあたらないであろう。また、ツァラやその仲間が、詩のような彼らの眼にはもっとうさんくさい他の表現方式よりも、むしろ、この方式を選んだのを見ても、驚くことはないであろう。

事実、一九二〇年にダダと合流して以来、『リテラチュール』グループのメンバーは、伝統的言葉の意味での詩的様式のあらゆる活動に対する対立の姿勢をしだいに公然と示していった。この一九二一年に出た作品は、それまでに書いたものや、さらにはそれまでに発表したものの版であった。まったく、この奇妙な沈黙は数か月続いた。もちろん、ダダイストやその関係の雑誌のところで、なんらかの詩形式の作品を読むことはできた。スーポーも『リテラチュール』誌に「標的と王たちのシャンソン」を確かに発表していたからである。そして、この気どりのないスーポーの「器楽部」は、多少とも即興的に書きあげられた他の「苦心の作」の中にあって、古めかしいがアイロニカルで感動的ななにものかを感じさせていた。

ポール・エリュアールだけが泰然として詩の道をすすんでいた。彼は、みずから好んで、あるいは事のなりゆきで、運動の周辺に即かず離れず身を処していたが、それとは別に、孤独を守りながら、たえず個人的な探究に専念していた。『プロヴェルブ』の中に見られるのがその片鱗である。

これらの実験に対するダダの影響は、一九二〇年に出た詩集『動物たちとその人間』にはほとんど感じ取れないが、一九二一年二月十五日にイルサムが出版した『生の必要事と夢の結果』にはいっそうはっきりとあらわれていた。この小冊子にはジャン・ポーランの説明がついている。ポーランはすでに述べたように、エリュアールに言葉の神秘を伝授した人であるが、彼の理論は『プロヴェルブ』や、新しくは『リテラチュール』の中で説明されていたため、ダダの一般読者にはよく知られていた。その理論を顕揚するため、エリュアールは『リテラチュール』の第十五号（一九二〇年七月―八月）で一連の範例を発表さえしていた（これはふたたび『生の必要事』の巻頭に見出される）。

一九二一年をつうじて、エリュアールの唯一の関心事は発見の領域を広げることと、その意味を掘りさげることであった。情緒や言葉のあやや音韻の効果や外部的なリズムなどの助けを借りず、最少限の言葉から最大の効果を引き出すことであり、ジャン・アルプの探究を想起させずにはおかない、基本的純粋さと原初的言語活動を求める厳しい探究であった。この傾向は、エリュアールの初期の詩にも、潜在的にそしてひかえめに存在した。ダダがそれを一挙に強烈な力として働かせることになったのである。大胆な試みが習慣となり、分断した語句が一般通貨となる。そして、それは（化学で言う）発生機状態において巧みにとらえた詩の不透明な光の中に、常に存在するのである。

真昼間

ガラ・エリュアールへ

来たまえ、のぼりたまえ。空気の潜水夫よ、やがて最も軽やかな掌が君のうなじをつかむだろう。

大地は必要なものしか生み出さない。君の美しい、ほほえみという小鳥たちしか生み出さない。君の悲しみの場所では、愛のうしろの陰のように、風景がすべてをおおう。

急いで来たまえ、走りたまえ。君の体は君の思いより早くすむだろう。だが、なにも、君にわかるだろうか、なにも君を追いこすことができないことを。（B・80・六〇―六一頁）

シュルレアリスム形式期においてエリュアールの果たした役割を研究することは、本書の枠の中に入っていない。とはいえ、次のことは指摘しても間違いではあるまい。つまり、一九二一年以後『プロヴェルブ』の主宰者が一挙に成熟期に達したこと、および、彼のダダイスムの出版物への貢献が、その独特の性質に色濃く染められてはいるが、やはり本質において当時の友人たちのものとはなんら異なるところがないということである。ここでもまた、われわれは不定形でかつ多形式にわたるダダという運動が、独創的で限りなく多産な精神の開花を許容し、その発展を助けたことを確認せざるをえないのである。

もう一つの詩集がダダの後援で一九二一年五月に出た。それはごく新しくダダに入ったバンジャマン・ペレの最初の本で、したがって、詩の小冊子をあえて出したことも大目に見られた。この詩集『大西洋航路の船客』にはいくつかの影響が見られるが、中でも、ダダイストたちの影響が最も強く見られる。奇妙な擬態現象によって、ペレは、文章の簡潔さにおいてエリュアールに、言葉の自動性という魅力的な投企においてツァラに、『言語のない思考』のピカビアに、『ウエストウイゴー』の冒頭のスーポーに、交互にあるいは同時に、同化していた。しかし、『大西洋航路の船客』にはまた、ジャコブやルヴェルディやとりわけアポリネールなどの、より古いよりオーソドックスな、作品や作家の残像も見られる。このアポリネールには、ペレはこののちも長く熱烈な尊敬の念を注ぐことになる。

これらの影響の混在のために、この詩集は奇妙な模倣画と無償性の印象を発散させている。特にその模倣は、ピカビアやリブモン＝デセーニュの散逸したいくつかの詩から生まれたものさえある。

バンジャマン・ペレは、その人柄と作品のうちに、呪われた詩人の、永久に理解されない、あらゆるロマンチックな性格を持っている。それがあったために、彼は一挙にシュルレアリストたちによって受け入れられたのである。しかし、一方では当時まだ詩才が成熟期に達していなかったこともあり、他方ではダダが彼に充分な枠をあたえなかったこともあり、バンジャマン・ペレの人間像はダダ運動の歴史において二流の位置しか占めないのである。

第二十章 「パリ会議」

消え去ること、それは成功することだ。
ポール・エリュアール

事件の経過

一九二二年一月三日 『コメディア』紙にはじめて会議の予告が掲載される。
一九二二年二月三日 トリスタン・ツァラの参加拒否。
一九二二年二月七月 ツァラに関する組織委員会の公式声明が新聞に発表される。
一九二二年二月八日 ツァラ『コメディア』紙で反論。
一九二二年二月十日 オザンファンの調停作業開始。ブルトン、「ツァラの件」について委員会に報告（公開されず）。
一九二二年二月十三日 パリ会議に対するリラの遊園地での抗議集会が招集される。
一九二二年二月十七日 抗議集会。公式声明と非難動議。ピカビアの『松かさ』刊行を告げるブルトンへの手紙。
一九二二年二月二十七日『N・R・F』が会議の委員会から脱退するむねを告げる、ジャック・リヴィエール署名の手紙。
一九二二年三月二日 ブルトンの論文「ダダの後」、『コメディア』に発表。
一九二二年三月五日 『松かさ』、パリで販布される。
一九二二年三月七日 「ダダの後」に対する反論として、ツァラの論文「ダダの裏側」、『コメディア』に発表。
一九二二年三月中旬 ブルトン、ツァラの論文に対する再反論を書くが、発表しない。
一九二二年三月十五日 ツァラが行なった釈明要求に対し、オザンファンが長文の見解によって答える（未発表）。
一九二二年四月一日 『リテラチュール』第二号にブルトンの「すべてを捨てよ」。
一九二二年四月四日 ツァラ・グループが編集した雑誌『ひげの生えた心臓』刊行。
一九二二年四月五日 パリ会議の計画の失敗を告げる、オザンファンからブルトンへの手紙。

ジャーナリズムはダダをめぐってにぎやかな宣伝をしていたが、パリの文学界や芸術界はこの若い運動をまじめに受け取ることは頑強に拒んでいた。すぐれた批評家の特質であるあの第六感を持った何人かの観察者を除けば、誰も、当時のこれら青年トルコ党の若者たちが発見した、いくつかの中心思想の重要性を感じてはいなかった。これら青年たちのあるものは、この評価拒否によって、もっと平たく言えば発表の場の欠如によって悩んでいた。ここから欲求不満の気持が起きてくる。それは、あるものには漠然としたほとんど意識されないものであったが、他のものにははっきりと感じられていた。特に『リテラチュール』のメンバーは、自分たちの壊乱的な仕事を、より高い、したがってより一般的な面におきかえようという気持があっただけに、それが強かった。

一九二一年以後、いくつかのダダイストの徒党が拡散しはじめ、もはや旧態に復することが不可能になったとき、ブルトンは共同行動の黄金律がすべてのものにそして一人一人に課していた拘束を、乗り越えねばならないと考えたように思える。実のところ、ダダの唯一の顧客になっていた知識人や芸術家の小さなクラブを大事にしなければならないという義務感が、明らかに彼を窮屈にさせ、まったく拘束服のようにまでなっていた。彼は、貴重な支点だけはゆるがせにしないで、もっと高くもっと遠くを見ようと望んでいた。こうして『リテラチュール』は、その短いしかし光輝にみちた期間のあいだ、二つの極に誘引されてたえず揺れうごいていた。つまり、一方ではダダの革新力が、あらゆる妥協を狂暴なまでに拒否する立場をかたくなに守っていた（したがって、集会や個人的雑誌をもっぱら拠点としていた）のであり、他方では実益のある行動や文学的成功や幅広い聴衆などへの（したがって、当然のことながら、本来の腐蝕力を弱めることになる）魅惑的展望があった。

一九二一年の「大いなるダダの季節」は、すでに見たように、ブルトンにその「普遍主義的」思想の有効性を確かめる機会をあたえた。だが、サロン・ダダが引き起こした論争やピカビアの離脱が、大衆とダダイストたち自身の気持の中に、混乱をまき散らし、あるいは醸成していた。ダダイストたちはサン＝ジュリアン＝ル＝ポーヴル訪問や「バレス裁判」がもたらした新しい要素の重要さを理解していなかった。むしろ、それをダダ精神に反するものと判断して、できるだけ除去しようとつとめていたのである。ツァラの友人たちは、ときには騒々しいほどのある種の態度表明にもかかわらず、気分的には、仲間のダダイストたちとの狭い人間関係に満足する傾向があった。上述の理由から（第十九章参照）、決定的に敵対するこの外部世界への戦いにおいて、共同戦線はぜひとも必要であると彼らは考えていたのである。しかも厳しい徴兵検査の時期を除いては、彼らの戦列には新兵はほとんど許されなかった。

こうして見ると、一九二二年のはじめにブルトンが行なった決定、つまりもう一つの冒険にのりだしていくという決定は、いっそうよく理解される。「私としては、ダダがなんらかの樹液を求めるためには、最近増大しているセクト主義を捨て、より広い流れの中で洗いなおさなければならない、また、レトルト的密閉的政策には終止符を打つ時期がきている、と確信するにいたった。」(B・46・六九頁) そして、彼の計画(パリ会議)が失敗した数か月後には、次のように言う。「私に関して言えば、もうこれ以上ダダに固執することができなくなった。ダダは外部への反抗に総力を傾けるときには有効であったが、闘争の規模を自己制御しえなくなったときには、もはやすべての存在理由を失っていたのである。」(B・42・二〇八頁)

ダダの支配から逃れ、よかれあしかれ最も自由な精神を引きつけてきたあの魅力を拒み、ダダイスム聖堂のよどんだ雰囲気以外の空気を吸うためにはいかなる手段にも訴えたい、というこの心理的欲求を考慮に入れなければ、ブルトンの刷新への意図を理解するのは、実のところ、困難であろう。おそらく、他の要因もそれに加わっていた。自分自身の船を進め、「バレス裁判」の半ば失敗した状態をつぐなうために別の土地を求め、はなばなしい企画の成功によって、前年彼に従わなかった態度不決定の分子を自分の方へ引きつけたい、といった野心がそれである。おそらくまた、ブルトンの多産な経歴の中で、その時以来、われわれが見慣れるようになった、あの高遠なテーマのいくつかもその動機であろう。

「数多くの作品を通して〔……〕、私はごくわずかの共通した確認事項を見出そうと考えていた。私は、自分自身のために、その中から一定の法則性を抽きだそうと熱望していた。だが、おそらく方法の乏しさのため、また基盤の弱さもあいまって、なにも証明できなかった。たぶん、あのダダのすべての頭脳も同じ欲求にかられていたにちがいない。彼らはもはや自分を見失わない地点にまで達していたであろう。」(B・42・一八六—一八七頁)

しかし、この種の宣言集会《マニフェスタション》(パリ会議)の思想自体は、ダダが考え、述べ、生きたすべてのものとはきわめて異質のものであって、ただ肯定的な考え方からだけでは生まれてくるものではなかった。なによりも過去を否定し、そこから抜けだし、そしてそのために、新しいものを発見しなければならなかった。

こうして「パリ会議」の着想が具体化した。その中では、ダダはもちろん表面に出されるであろう。だが、その方向づけはアンドレ・ブルトンによってなされたために、それもただ「現代的精神」の幾多の傾向の一つとしてであった。

「会議」の提案が一九二二年一月になされたとき、ダダイストたちは「バレス裁判」の失敗をまだ記憶に持っていたので、それを熱狂的には受け入れなかった。「この考えは最初は誰からもにがにがしい気持で受け入れられた。〔……〕というのは、要するに、「現代的精神」とはなにかを決めようというのであったからである。まるで、誰もそれを知らないかのように。」（B・155・一〇一頁）しかし、無頓着だったこともあり、また団体精神のためということもあって、彼らはブルトンの計画に従った。ブルトンが考えたタイトル（「現代精神の綱領決定と擁護のための会議」）はあまりにも一般的すぎ、また、かなりまずい字句構成でもあり、要するに明確な意味を示すものではなかった。しかし、これらの字句の無感覚な仮面のうしろには、非常にはっきりとした思想がかくされていた。それは、ブルトン自身が、事が終わったあとで明白にすることになるものであった。

「〔……〕立体派《キュビスム》、未来派《フュチュリスム》、そしてダダは、すべてを考え合わせれば、三つの異なった運動ではなく、そのいずれも、われわれがまだその意味も領域も正確には知っていない、より総体的な運動に属すものである、と私は思う。〔……〕立体派、未来派、ダダを連続的に考えていくと、われわれは一つの思想の飛躍のあとを跡づけることができるのである。それは現在ではある一定の高さにあって、さらに、みずからにあたえられた曲線を描き続けるために新しい衝撃をひたすら待っている思想である。」（B・42・一九二頁）

この観点はブルトンにとって三重の利点を示していた。つまり、ダダを他の二つのもはや死滅した流派と同一視することにより、彼は事実上《イプソファクト》ダダ運動の弔辞を述べたのであり、次に、ダダを文学史の流れの中に組み入れることにより、彼は公平な観察者であるとともに清算人の役割をみずからにあたえていたのである。しかもこの役割は有名な「会議」の主宰者にみずからを擬すものであったであろう。第三に、彼は、この四半世紀の展開で一つの頂点ともなるべき、はるかに広範で、したがってはるかに重要な思想運動の予言者として振舞っていたのであり、このようにして、驚くべき洞察力をもって、シュルレアリスムの大いなる冒険への土壌を準備していたのである。

もしダダが、みずからの性質とその目的について述べられたこの判断をそのとき知っていたならば、激しく拒否したであろうことは、言うまでもない。この判断は、二十世紀初頭の芸術諸運動の流れの中にダダを統括することによって、ダダの歴史的位置の特異性を無視しようとしたかに見えるからである。「現代主義《モデルニスム》はまったく私の興味を引かない」とツァラは数か月のちに宣言するであろう。

「しかも、ダダイスム、立体派、未来派が共通の基盤に立つものである、と誤って語られるのを私は見る。立体派と未来派の二つの傾向は、特に、技法的知的完成を目ざす思想に依って立っていたのである。一方、ダダイスムはかつていかなる理論にも依拠したことはなく、常に一つの抗議以外のなにものでもなかったのである。」（「悪徳を修めようとするツァラ」、R・ヴィトラックのインタビュー、『ル・ジュルナル・デュ・プープル』紙、一九二二年四月十四日）

その上、立体派（セクシオン・ドール）や未来派（マリネッティの「擬音主義《ブリュイティスム》」や「騒覚主義《タクティリスム》」）といった後衛芸術に対してダダイストたちが頻繁にしかけた争い、ダダ運動諸雑誌をにぎわせたあらゆる傾向流派に対する侮蔑的言辞、それらは、ブルトンの立論を否定するには充分、雄弁に物語っていた。しかし、ブルトンは、この際も、意地悪く疑いの眼で見られるということはなかった。だが、実際は、『信心の山《モン・ド・ピエテ》』（本来は『質屋』。ただしここでは従来の邦訳に従う。）の作者が、ダダとの協力期間を通じて、秘教的文学の伝統にみずからの作品を結びつけるのを最大の関心事としてきたことは確かのようである。また、ダダの方法の深い独自性、つまり体系的に先人や先駆者を否定すること――ダダイストにとって、ダダはそれ自体が目的であって、なにものにも依拠せず、なにものにも到達すべきものではなかった――を、ブルトンは時として忘れていたことは確かのようである。

こうして見ると、「パリ会議」が提案されてから、その推進者とツァラの友人たちとのあいだには基本的な誤解がつくりあげられた、と考えられる。この誤解は、「バレス裁判」のときに表面化したものと同じ性質のものであり、これがブルトンの新しい計画をまたしても確実に失敗へと導いていくことになるのである。ダダにとって、この計画は、できるだけ多くの文学芸術関係の人間がいっしょになって共謀できるような、「巨大な」茶番劇に、さらに望むらくは、壮大な詐欺に転換されるのでなければ意味がなかった。思いかえせば、このようなものがまた、「バレス裁判」に対する希望だったのである。その時も、ツァラと何人かの仲間の組織的妨害があったため、それがあまりにも深刻な革命裁判所のパロディにならなくてすんだのであった。

このみじめな先例にもかかわらず、ツァラとダダイストたちのほとんどは、まだ、ブルトンへの友情を保っていて（アラゴンだけがいくらかの保留を示していた）、もう一度ブルトンに賭けたのであった。

「人々は文学芸術活動の装置がそびえ立つのを見るであろう。そしてこの記念碑がうちたてられると、おそらくダダは……諮問領域、諮問を受ける人々や委員会そのものに参画する人々の数と資格、等に関するブルトンの野心が実現すれば、いかなる希望もかなえられるであろう。ダダはまだ指導者の役割を果たすことができる。」（B・155・一〇一頁）

実のところ、本質的に懐疑的傾向が強く、しかもアンドレ・ブルトンの性格と過去を身近に知っている人リブモン＝デセーニュが、このような希望を持ちえたということは、さらにまた驚くべきことである。その時まで、ブルトンは、手紙や会話の中で謎めいた言葉でさかんに言いふらしていたが、その壊乱的地下活動の約束事を実行にうつしえたことはかつてなかったからである。それは『リテラチュール』一つ取って見ても理解されることであった。この雑誌は、主宰者たちの言に従えば、フランス文学のトロイの木馬となり、その高名な大御所ジードとヴァレリーを将来にわたって巻き込んでいくことになっていたが、実際には『N・R・F』に対する左翼的ライバルとしてしか行動できなかった。

しかし、ブルトンの人柄がいかに魅惑的であれ、その弁証法がいかに説得的であれ、その手段と方法がいかに測り知れぬものであれ、また、その決心がいかに不抜のものであれ、彼の計画の程度はそのようなものであったので、決定的に、この「パリ会議」が現実に展開していくもの以外にはなりえないということがはっきりわかったときには、もう遅すぎたのである。ダダは、よかれあしかれ、ガリー船に乗せられていたのである。

「会議」のニュースが公にされたのは、一九二二年一月三日の新聞である。『コメディア』は、組織者たちの顔を組み合わせた写真の下に、実際はブルトンが起草したものだが、組織者たちが集団的に署名した一文を載せていた。その文章は、ブルトンという高名なダダイストにまだ恐れを抱くような一般大衆を安心させ、そうしてすべての人々の参加をうながすような、かなり曖昧な言葉で書かれていた。

「この記事の署名者たちは、個人的特性を超えて、すなわち、芸術上の例としては印象主義《アンプレショニスム》、象徴主義《サンボリスム》、一体主義《ユナニミスム》、フォヴィスム、キュビスム、同時主義《シミュルタネイスム》、キュビスム、神秘主義《オルフィスム》、フューチュリスム、表現主義《エクスプレショニスム》、純粋主義《ピュリスム》、ダダ、などで示されるようなグループや流派を越えて、新しい知的集団をつくりあげようとしたり、多くの人が無意味だと思っているような人間関係を結ぼうとする意図は、毛頭持っていない。〔……〕七人の組織委員会のメンバーは、なんびとかによって資格をあたえられた受託者とは自負せず、ただ、あまりにも多様化し、それゆえ相互に理解することが疑わしくなってきた諸思想について、特にいくらかの人々のために現代精神とはなにかを規定するために、意見を述べようとするものである。彼らの意見対立は公開される。彼らのあいだに誤解が支配的になったとしても、それは、「会議」における彼らの公平無私な態度の所産である。「会議」は、しかしながら、この試みを痲痺させないために必要な、最少限の一致点を存続させるものである。」(「パリ会議以前」、『コメディア』、一九二二年一月三日、一頁)

各人の独自性はこのようにあまりオーソドックスでない仕方で保証されていたが、そのほかに、この文章はまた計画に関するきわめて漠然とした大綱をも明らかにしていた。

「この問題に興味を持つすべての人の協力によって、新しい諸価値の対比作業を行ない、また、そこではじめて現存の諸勢力の評価を行ない、しかるのち必要とあれば、それらの関係図式を明確化すること〔……〕それだけで充分である。」(同前)

会議の具体的進行に関する構想は、さらに不明確であった。のちに解決策を再提案したものの、ブルトンは、アプリオリに、「科学的会議の方法」（同前）と意見交換や回想の紹介とを区別してはいなかった。いずれにしても、この記事の論調からすると、なにものも偶然にはまかせず、組織者たちが厳密な規則を正しく守るようにつとめるであろうことが、読みとられた。

だが、この「組織委員」とはどのような人であったか。それは、三人の画家、すなわち、キュビストでありエッフェル塔の讃美者であるロベール・ドローネー、その友人のキュビストであり「機械技師」であるフェルナン・レジェ、および、純粋主義《ピュリスム》の創設者で、かつ雑誌『エラン』の元主宰者であり『エスプリ・ヌーヴォー』の大御所であるアメデ・オザンファン。三人の文学者、すなわち、『N・R・F』の事務局長ジャン・ポーラン、すでに古くなり廃刊に近づいていた雑誌『アヴァンチュール』の若い主宰者ロジェ・ヴィトラック、およびブルトン自身であった。最後に、会の構成進行係として、ジェルメーヌ・エヴェルランのサロンの常連で、「六人組」とダダとの非公式の連絡係であるジョルジュ・オーリックが加わっていた。

ブルトンはまた、「この事業を完遂させるために」、めぼしい批評家や論説家に手紙を送り、「パリ会議」に読者たちの注目を集めてくれるようたのんだ。

「行動において過去の保護を求めないすべての人は、どうか名乗りをあげて来られたい。われわれは一つになって互いに論じ合うであろう。

もろもろの思想を規定するために、会議は数多くの問題の中から、以下の二つを検討することになるであろう。すなわち

——いわゆる現代的精神は常に存在したか？

いわゆる現代的事物の中で、シルクハットは蒸気機関車よりも現代的であるか、否か？」（『エスプリ・モデルヌ』、一九二二年一月一七日の『ルーヴル』に載ったG・ド・ラ・フシャルデールの「オードブル」、その他当時の多くの新聞雑誌に引用）

会議のテーマは、この種の簡潔な公式に凝縮されて、具体化していき、またそれにつれて、ダダイストたちの眼には、しだいに興味のない内容を明らかにしていった。ブルトンの意図のまわりにゆらめいていた神秘の霧がひとたび晴れたとき、いったいなにがあらわれたであろうか。それは、古代派と現代派の新しい手前勝手な対話の光景、ギヨーム・アポリネールが詩と愛の中ですでに解決していた「伝統と発明の」空虚で「長い論争」（G・アポリネール、『美しき赤毛の女』、B・3・三一三頁）の光景ではなかったか。

予想されたことだが、新聞に報じられた呼びかけには、反応がないはずはなかった。そして、ブルトン宛の郵便物の中には手紙がたまりはじめた。それはどのような出版社にもよく来る

タイプのもので、名を挙げようと必死になっている詩人たちや、創作に呻吟している小説家たちや、その他さまざまな文人や、独学の哲学者たちや、ベルギー、フランスの田舎、あるいはサロンなどの同人雑誌の主宰者、などから送られてきたもので、彼らの理想は、おそらく、レイモンド・ダンカンの人物像と彼の『アカデミア』とがきわめて正確に象徴するごときものであった。彼らはみんな、ブルトンの、ひとことで言えば扇動的で巧妙な散文に心底から感動し、彼に次のように述べていたのであった。「あなたこそすべての新しいものに深い理解力を持つ旗手であると思いますので、私も参加させていただけるでしょうか。」（バルキスなる者からの手紙の抜粋C・P）彼らの大部分にとって、「会議」の目的は、理解されない現代芸術家を擁護して、いかんともしがたい無知のために自分たちを鼻であしらっていたような画商、出版社、さらには作家協会をも含めた、要するにすべての軽蔑すべき商業主義者たちに立ち向かうことに限定すべきであった。あるものはまた、組織委員たちが前面にかかげている、と思われるようなものとはきわめて異なった、同業組合的形式の集団さえ勧奨していた。組織委員たちはただちにキャンペーンを拡大しようと試みた。

「会議の目的は思考の永続的運動について全世界を教化することにあろう、と七人のうちの一人は私に言った。アイルランドは代表団を送るであろう。レーニンは一人の代表を送るであろう。フロイトは自身で参加するであろう。精神に関する内閣をつくることが問題となろう。」（ジョルジュ・ガボリー、『N・R・F』、C・P）

しかし、会議の理念が滲透するにつれて、もっと真面目な参加者もあらわれてきた。ジードは、「（彼の言によれば）芸術作品の大量生産を研究しようとするような会議に加わること」（B・42・一八七頁）を潔しとせず、これを拒否したが、その代わりに、『アクシオン』誌の一連隊（ポール・デルメ、フローラン・フェルス、ジョルジュ・ガボリ、ロベール・モルチエおよびアンドレ・マルロー）を当てにすることができ、また、レイモン・アロン、フランツ・ヘレンス、頑強なフュチュリストであるマリネッティ、オランダの『デ・スティール』の主宰者テオ・ヴァン・ドゥースブルグなどや、「亡命」アメリカ人マシュー・ジョゼフソンとスレイター・ブラウンなども当てにすることができた。日ごろの「親友」たち、マックス・モリーズ、ピエール・ド・マッソ、アラゴン、それに、ピカビアのきも入りでサン＝ラファエル通りに集まったジャン・クロッティとその夫人のシュザンヌ・デュシャン、および書店主クリスチャン、などは言うまでもなかった。

ダダの宣言集会と同じように、「パリ会議」も、同じ喫茶店セルタやその付近の建物の中で委員会が主宰する夜の会合の過程で、練りあげられていった。そこでまず最初に確認されたことは、会議の物理的組織の問題が最も緊急だ、ということであった。ダダイストたちが広漠とした「神々のたそがれ」の機会に会議とともに自爆しようという考えを練っているという風説を聞いて、何人かの組織委員は、「いかに些細なサボタージュでもその芽のうちに摘発するためのきわめて厳格な規定」を単純多数決で票決させた。つまり「発言権の厳密な規制、意図的に混乱が起こされた場合の警官の導入、一冊の分量に達するであろう速記等々」（B・155・一〇一頁）である。

　こうして、計画された宣言集会はダダイストたちの意向になんら答えていないだけでなく、不吉な前兆のもとにおかれる運命にさえあった。たとえブルトンが、彼個人としては、事態のおもむく方向を否認したとしても、彼自身が構成した委員会のメンバーによって力を半減させられていたのである。一人ヴィトラックだけが、ブルトンの側に立って、革命的姿勢を擁護しうる可能性があった(1)。

　ほとんどのダダイストはブルトンが入り込んでいこうとする袋小路をすばやく見てとった。あるものは個人的な雑談のおりに「危い！」と叫んでいた。ピカビアはと言えば、彼は個人的にはなんら介入する理由がなかったので、『コメディア』のいつもの論壇で歯に衣を着せずに意見を述べていた。そして、事態の深刻な展開が、彼の眼には、かつての軋轢をふたたびくりかえすように見えたので、今度は直観的にダダの側に立った。

「たぶん、この「パリ会議」と称するものは、私の気に入らぬものにはならないかもしれない。それも、もし、私の友人アンドレ・ブルトンが今日のすべての「現代的有名人」を試練にかけ、その結果、至高の純金を手に入れ、それにアンドレ・ブルトンと署名して小さな荷車にのせてみずからが牽いていくようになれば、の話である。不幸にして、ブルトン自身も「自然石」ではない。というわけで、彼はその企図に成功しないのではないか、また、ある種の彫金術の醜悪さをさらに悪化させるだけではないか、と私は恐れるのである〔……〕。」（「ジェリコーのトランペット」、『コメディア』、一九二二年一月十九日、一頁、D・P）

　ツァラはそれまで控え目な態度をとり、また故意に沈黙を守りながら、事件の成りゆきを見守っていたが、その時になって、はじめて自分は、このような事態の展開にあたってはもう自分の立場を維持することができないであろう、とブルトンに知らせた。ブルトンは、このダダの指導者が会議の計画に直接的に参与しなかったことを恨んでこのような態度をとったのだと考えて、彼に委員会の中枢に入るよう申し出た。この提案は満場一致の意見として出されていた。これもまた不幸な配慮であった。ツァラは二月三日、次のような手紙によって答える。

親愛なる友よ

　パリ会議の委員会に入るようにというご提案については、よく考慮しました。しかし、次のようにお答えしなければならないのはまったく残念なことです。会議の理念に対して私がとってきた保留の態度は、かりに私がそれに参加したとしても変わるものではなく、したがって、たいへん心苦しいことですが、お申し越しの件についてはお断わりするしかありません。といっても、これは、あなたや委員会の他のメンバーに対する個人的次元の問題ではないということ、また、すべての傾向を満足させようとするあなたのご希望や、私に示してくださったご配慮についてはよく理解できました、ということはどうか信じてください。しかし、諸傾向の混合、ジャンルの混乱、グループの個人化の現象などに起因する現今の沈滞した状態は、反動よりもなお危険なものだと考えます。これらのことに私自身どれだけ悩んだか、よくご承知のとおりです。

　こういうしだいで、私のあまりにも愛しているこの「新しいものへの探究」にとって有害と思われるような行動に加担するよりも、たとえそれが外見上無関心に見えようとも、私はむしろ沈黙を守っていたいと思います。

　どうかこの文面のありのままをお受け取りください。そして私の心からの友情を信じてください。（C・P）

　この拒絶の意図は、誠実に、礼儀正しく、むしろ親愛感さえもって書かれていて、客観的に読む人には、なんら刺激的な内容は含んでいなかった。しかしブルトンは、そこに読みとった含みのある内容や、ツァラが自分に対して企んでいる（と彼が思った）策謀のために激怒し、逆上して、さらに新しい「失策」[2]を犯すはめになった。翌々日（二月五日）に開かれた会合の際、新聞向けの公式声明の文章を会議の委員会（七人のうち五人だけが出席していた）に採択させた。それは次のように起草されていた。

「パリ会議の委員会は〔……〕その作業を精力的に遂行している。会議で討議されることになる全質問文を刷った招待状は、今後も関係諸氏に衝撃をあたえ続けるであろう。しかし、下記署名者、すなわち組織委員会のメンバーは、今からただちに、チューリッヒから来たある「運動」、という以外に表現しようのない、しかも「今日もはやいかなる現実にも即応しない」運動の推進者として知られる人物の策動に対して、世論を防衛しなければならないと考える。委員会はこの機会を利用して、ある種の悪意に満ちた策動を封じると同時に、委員会におけるあらゆる行動の自由を新たに各人に保証するものである。委員会においては、われわれの名指す人物が誇示しようとする傾向をも含めて、最も極端なあらゆる傾向もひとしく尊重されるであろう。許しがたいことは、ただ、みずからの宣伝に汲々とした詐欺師の打算によって、この企画の運命が左右されることである。

　フェルナン・レジェ、ドローネー、アンドレ・ブルトン、ジョルジュ・オーリック、オザンファン、ロジェ・ヴィトラック。

なお、フランシス・ピカビアがパリ会議に讃意を表したこと

を付記する。[3]」(C・P)

このように予告なしに名指しで公訴されて見れば、今度はツァラが激怒する番であった。ブルトンの公式声明は二月二日の『コメディア』に載せられた。その同じ日に、ツァラは翌日の号に公開書簡を発表することを要求し、それに成功した。彼はその中で事件の詳細を明らかにし、次のように結論していた。

「数日前には、私はまだ宣伝に汲々とした詐欺師ではなかった。というのは、そのときはあの高貴な教皇選挙会議に出席する資格があったからである〔……〕。

おそれ多くも、会議の委員会が私の人柄についてこれほど熱心にあげつらってくださるのを見れば、私はただただシルクハットを脱いで蒸気機関車の上に置くばかりである。機関車は全速力で批評の未知の国へと走り去るであろう。[4]」(C・P)

同時に、ツァラは、この件に関して全貌を明らかにするよう委員会に要求する手紙を、オザンファン宛に出していた。『エスプリ・ヌーヴォー』の主宰者は和解の方策を提案した。ブルトンは、このように、非常に微妙な状況のもとで世論とパリ会議の賛同者大衆に直面して、自己の正当化をはかろうとした。オザンファンの指示に従って、彼は四頁からなる調書を起草し、何人かの友人に連名で署名させた。[5]彼は、それによって、「ツァラ事件」の釈明を委員会に行なったのである。この重要文書の要点は以下にあげたごとくである。これは、なによりも、ツァラの予測した矛盾だらけの報告とは、似ても似つかぬものになっていた。

「一九二二年二月二日、ブルトン氏は、パリ会議には参加できないとするツァラ氏の件を、委員会にかけた。同氏が委員会に出頭しなかったからである。(われわれは以下のことを指摘したい。すなわち、七人の委員の役割はすべての傾向の会議を「組織実現する」ことだけに限られているので、彼らだけがすべての傾向を代表するなどということは、組織者としては決して考えたことはなかった、ということである。この原理に従って、彼らは、類似の傾向を持つ個人からなる一定数の「小委員会」を組織し、それら個人が会議に提案すべきであると考える問題をそこで検討せしめること、を決定したのである。きわめて多様な観点もこのようにして互いに認識されることが可能であった。ブルトン氏は、たとえば、とりわけピカビアとツァラの両氏が参加できると思われる小委員会を想定していた。この計画は二月一日アラゴン、ブルトン、エリュアール、フランケル、リゴー、スーポー、およびヴィトラック諸氏の出席した場で討議されたが、その過程でツァラ氏はピカビア氏が自己のグループに入ることは絶対にこのましくないと断定した。かくて、ブルトン氏は一つではなく、二つの小委員会を想定することを余儀なくされた。氏は、承認された理由なくしてなんびとに対しても拒否権を行使することは認めず、また特に、このような行為は氏が理解しているごとき「ダダ」精神に反するものであると判断して、ピカビア氏が参加する小委員会は氏の所属する小委員会とし、一方ツァラ氏はもう一つの小委員会を組織すべきであろう、と宣言した。このとき、ツァラ氏は、組織委員会においてはもはや自分を代表してくれるものがいるとは考えられなくなったとして遺憾の意を表明し、はじめて、この企画への参加保留の態度を示したのである。）

広く公正な精神によって、と同時に、組織委員会がツァラ氏の傾向をも含めたある種の傾向に対立しているという風評が流布されるのを避けるため、委員会は、二月二日の会合で、ツァラ氏を同委員会の委員として招請することにより同氏を満足させることを、出席者（オーリック氏とポーラン氏を除く、七名中五名）の全員一致の意見で決定した。その上、ツァラ氏は前日、右に述べた討議の過程で、氏が要求する傾向の委員会、つまりブルトン氏のものとは異なると氏が判断する傾向の委員会を代表することの方が、パリ会議に参加することよりも優先する、と述べていた。

組織委員会は、この機会を利用し、また、その行動手段をできる限り広げるために、氏のほかに、『新作品《エクリ・ヌーヴォー》』の創設者ジェルマン氏と『ノール＝シュッド』の創設者ルヴェルディ氏の参加を求めることを決定した。

ブルトン氏は翌日、ツァラ氏の委員の資格が組織委員会で認められたこと、および、ジェルマン、ルヴェルディ両氏の参加要請も決定されたこと、をツァラ氏に伝えた。このとき、ツァラ氏は最初はこの決定にきわめて満足の意を表し、ブルトン氏の公平な態度を称讃した。しかし、氏はその回答を翌夕まで保留し、同夕五時三十分、アラゴン、スーポー両氏の同席する場で、ブルトン氏と会見を行なった。そしてその中で、氏は、氏の傾向に属さないあらゆる傾向に対して純粋で単純な妨害手段をとるよう、ブルトン氏にすすめようとした。ブルトン氏がかかる策謀の承認を拒否したとき、ツァラ氏はブルトン氏への友情を再確認したあとで、口頭での回答は拒否し、ブルトン氏と別れてから数分のちに、次のような内容の速達を同氏宛てに配達させた。（二月三日付のツァラの手紙、前掲）

この手紙を書いたあと、ツァラ氏はすぐにピカビア氏に電話し、パリ会議に悪感情を持つよう吹き込み、この企画を挫折させることを目的とする行動——ジャーナリズムでの宣伝、別の劇場での反対の示威運動——を協調して行なうよう提案したのである。ピカビア氏はそれに同意しなかった。これらのことがらは、二月三日の夕刻、ピカビア氏自身がアラゴン、オーリック、バロン、ブルトン、モリーズ、リゴー、ヴィトラック諸氏に述べたものである。

翌日、ツァラ氏は、彼が行なったと見られるこれらの提案は実はピカビア氏の発案であり、また、自分は今回は意志表示をひかえるだけで充分であると判断しているので、これらの提案は拒絶した、との旨をドローネー、ヴィトラック両氏に信じさせようと企てた。この陳述は、同夕、ブルトン、ドローネー、エリュアール、ド・マッソ、ヴィトラック諸氏の前で行なわれたツァラ氏とピカビア氏との対決によって、その虚偽がはっきりと証明された。ツァラ氏の虚偽と二枚舌はそこにおいて証明された。氏はこのサボタージュの企ての張本人と認められたのである。

パリ、一九二二年二月十日

フランケル氏はこの報告書の第一頁に副署するとともに、次のことを指摘している。つまり、きわめて真剣な仕方で提起されたこの会議の理念に対して、ツァラ氏がなんらかの興味を示したとは決して見えなかった、ということである。他方、また、フランケル氏の見るところでは、文書による論争といった動きはごくわずかなものもなかったようである。ツァラ氏が論戦武器として使用しえたのは、この手段ほどの効果を持たないある威嚇手段であった。」(C・P)

この資料は疑う余地なく重要なものであり、これは当然広く読者の眼に公表してしかるべきであろう。しかし、人はおそらくこの事件の全貌を正確に知ることとは決してないであろう。ツァラもブルトンも互いに熱狂し、しかも互いに対照的な情熱[8]をふりかざして公衆の前で対立していたその時には、事件の全貌はまったく複雑化していたのである。だが、少なくとも、この文書は二人の敵対者をへだてる溝の深さを浮き彫りにするものであろう。最初の出会いから二年のち、この二人はすでに同じ言葉を持っていなかった。彼らは二つの異なった面の上を発展していたのである。ブルトンの関与するところはもはやダダの音域にはなかった。不協和音はしだいに増幅していった。

ピカビアの動きに眼を転じるならば、それはブルトンの文章が断定しているような、立場のはっきりしたものとはほど遠かった。ツァラが、電話一本で、全体にはっきりしない、したがって裏切られる可能性のある話を、ピカビアに持ちこんだなどということは信じがたい(それに、彼はピカビアのダダに対する感情をあまりにも知りすぎていた)。むしろ、この画家は、二人の人物、そのいずれも彼の眼には、一九二一年五月に彼がはなばなしく決別したこの同じダダ運動の具現者として映っていたのだが、この二人の人物の確執に油を注ぐことに意地悪い喜びを感じていた、と考える方が妥当であろう。それはともあれ、ピカビアはどうやら後めたさは感じたらしい。なにしろ、彼は突然コート・ダジュールで「休息をとる」ために出発したからである。

ブルトンの調書は公表されなかった。ツァラは自分のものを作成しはしなかったし、オザンファンの「調停」も短期間に終わった。実際は、「詐欺師」に対する組織委員会の警戒の文書(二月七日)へのツァラの反論(二月八日)が出る前に、二月七日の委員会の文書はアヴァン・ギャルドたちのあいだでは激しい憤りを呼び起こしていた。そして、それはツァラ派の人たちに巧みに利用された。彼らの中で、最も憤慨したのはエリュアールとリブモン＝デセーニュで、この二人はただちに会議の組織委員会に対して協力拒否を通告し、二月十三日、文学・芸術界で最も著名な人々に向けた信書を起草した。これは二月十四日『コメディア』やその他の新聞に掲載された。

拝啓

現代芸術の領域規定を目ざす大会議の官僚的で滑稽な準備、およびその無責任な過大宣伝は、すでにその成果を示し、組織者たちの真意、すなわちすべての生けるものを否定しようとする意図とあらゆる領域での反動を暴露するさまざまな矛盾に縫着しております。そのために彼らはチューリッヒからきた某氏を非難するまでにいたっております。あらゆる個人的問題は別にしても、われわれはこれら法皇たちの虚言を沈黙させ、われわれの自由を守るべき時が来たと考えます。われわれは諸氏がこの問題について深く思いをいたすことを切望し、二月十七日リラの遊園地にご参集くださるようお願いいたします。

ポール・エリュアール、G・リブモン＝デセーニュ、エリック・サティ、トリスタン・ツァラ（C・T）

二月十七日、この有名なリラの遊園地の周辺にはかなりの群衆が集まっていた。ここは十九世紀末以来数多く著名な文学的集会が行なわれた場所であった。ブルトンは、友人のために熱烈な闘争心をもやしていたアラゴンに付き添われて、自分の告発者たちの前に出頭し、二月十日の調書の主要点をくりかえし、特にツァラ事件の責任を否定して、自己の弁解をはじめた。彼はその証人として何人かの友人、特に重要証人であるピカビアを引き合いに出した。しかし、ピカビアはその間に慎重を期して姿を隠していたため、ブルトンは立ち会った人たちに自分の意図を全面的に納得させるにはいたらなかった。非難宣言の動議が常に人の良い笑顔を失わぬ議長エリック・サティによって提起され、投票に付された。そしてこの動議は居合わせた五十人ばかりの芸術家たちによって採択された。彼らは必ずしもダダの創始者を弁護していたわけではなかったが、二月七日の会議組織委員会の名で公表された文書でブルトンが行なったやり口とそこに使った言葉に対して、これは断罪すべきだと考えていたのである。そのあと、二通の文書がジャーナリズムに渡され、二月十八日以降発表された。最初のものは次のように簡潔に書かれていた。

「ダダ運動の一中心人物にとってきわめて不当なパリ会議組織委員会の公式声明の当然の結果として、抗議集会がリラの遊園地で開かれた。組織委員会のメンバー、アンドレ・ブルトン氏は、ロベール・モルチエ、エリック・サティ、トリスタン・ツァラ、ポール・エリュアール、ザッキン、テオドール・フランケル、マン・レイ、ジャック・リゴー、ヴィセンテ・ウイドブロ、メッジス、ジャン・メッツァンジェ、セルジュ・シャルシューヌ、等の諸氏の前で、次のことを認めるにいたった。すなわち、同氏が上記公式声明の唯一の教唆者であること、また、同氏が「チューリッヒから来た」および「宣伝に汲々とした詐欺師」という言葉を用いたのは、ただに、会議に敵対する当該人物の行動を妨害するためだけであって、これら不当な非難にはなんらの証拠もあげえなかったということである。」

もう一つの文書は非難動議をありのまま再録したものである。

決議文

リラの遊園地に集合した芸術家は、二月十七日八時三〇分、組織委員会の公式声明が、

一、なんびとかを外国人であるがゆえに非難するという意図のあるなしは別として、「チューリッヒから来た」という言葉によって嫌悪すべき印象をあたえた、ということ、

二、「組織委員会」という名によってみずからに与えた制約を越えて、一傾向に対する批判的判断、会議の場においてしか表明できない判断をみずから行なった、ということ、

三、組織委員会は、ある人物が要求しなかったにもかかわらず組織委員会のメンバーに入ることを提案し、しかもその三日後に、その人物を「宣伝に汲々とした詐欺師」という言葉で表現した、ということ、等を確認したあと、

署名した組織委員会の中で三人のメンバーがこれら不当な言葉には責任を負わないということを勘案し、また、組織委員会が性急な仕方で行動し、その権限を逸脱したということを勘案し、また、それら個人的な行為が会議そのものに誤った方向性をあたえているということを勘案して、

パリ会議の組織委員会から、それが現行の形態である限り、また組織委員会である限りにおいて、その信任を剝奪することを宣言する。[7]（C・P）

このようにして、まったく迂曲した、しかも予想しがたい道程をへて、ダダは、初期の意図に忠実に、だがさしたる抵抗もなく、パリ会議を挫折させたのであった。事実、非難決議の発表をさかいにして、パリ会議の立脚点は急速に崩れはじめ、ブルトンは、実際には彼だけが、かつての戦列にあった仲間のほとんどから見捨てられていった。オザンファンは、事がすんでからリラの遊園地での集会のニュースを聞き、準備していた調停案を引っ込めた。そして、二月二十七日、ジャック・リヴィエールの手紙が、パリ会議にはもはや参加しないという『N・R・F』誌の決定を、彼にまわりくどい表現で知らせていた。ジャン・ポーランを組織委員会から脱退させるにいたった意図は、明らかに、『N・R・F』の事務局長が、ツァラを断罪するブルトンの告発文の採択の折には不在であったが、みずからの気持に反して、やはり他の署名者たちとひとしくその責を負わねばならなかった、という事実からきていた。しかし、リヴィエールの挙げた理由は別の種類のものであった。

「今日私どもの持った会合で、ポーランがパリ会議で扱おうとしている問題を読みあげましたところ、やや不都合な印象を受けました。これらの問題が貴下の当初のプログラムにうまく一致するかどうか疑問に思われました。そして、私どもは次のような結論に達しました。この決定には私も加わっていることは申し添えねばなりませんが、それはつまり、それらの問題を討議しても、現代精神の積極的な規定を導きだすことはできないであろう、ということであります。」（C・P）

これらの理由だけでは、『N・R・F』の穏健な人たちの突然の方針変更を説明することはできなかったであろう、と思われる。そしてブルトンはこのような理由づけにはだまされなかった。この不信の表明は彼を深く傷つけた。彼は、凋落の流れをせきとめるためには、攻勢に転じた方がよいと考えた。三月二日、『コメディア』に、今日ではよく知られている非常に美しい文章「ダダの後に」がひそかに掲載された。これは悲痛なしかも諦観した憂愁の情が深く刻まれたもので、そこではツァラが強い激しい非難の対象となっていた。

「ツァラ氏は「ダダ」という言葉の発見になんの功績もない。大戦中チューリッヒにいた氏の仲間たち、シャドやヒュルゼンベックの手紙が証明しているとおりである。この手紙はいつでも公表する用意がある。また、ツァラ氏は、われわれの氏に対する歓迎と信頼を決定的にしたところの、あの『ダダ宣言一九一八年』の編集にあたっても、おそらく、ほとんどなんの役割も果たしていないのである。

この宣言の原作は、いずれにしても、疑う余地なく、スイス在住の哲学博士ヴァル・ゼルナー（ママ）に帰せられるべきものである。ゼルナーの宣言は一九一八年以前にドイツ語で書かれていたが、フランス語には翻訳されていなかったのである。他方、フランシス・ピカビアとマルセル・デュシャンの戦前からの発展の帰結が、一九一七年にジャック・ヴァシェの理念と融合し、ゼルナーの宣言がなくとも、おのずとわれわれを導いてきた、ということは人も知るとおりである。私はこれまでツァラ氏の不誠実を暴くことは心よしとせず、氏が他人のしかも不在の人々からはぎ取ってきた権力を罰せられずして身にまとうのを、放置してきた。しかし、今日、氏が最も公平無私な企画の一つを偽造だと主張することにより、自己を宣伝する最後の機会を手にしようとしているとき、氏を沈黙させることは私のあえて異としないところである。[8]」（B・42・一二三―一二四頁）

ブルトンはこのようにダダの重要性とツァラの役割を矮少化するだけでは満足せず、数週間前まではダダ運動の活動力を声高く喧伝していたにもかかわらず、突然それが死滅したものであり、復活の望みなく埋葬されたものだと宣言するまでになっていた。

「ダダは、きわめて幸いなことに、もはや議論の対象とはならなくなった。そして、一九二一年五月ごろ、その葬儀はほとんど群集の眼を引かなかった。ごく少数の人からなる葬列は、キュビスムとフュチュリスムの葬列に続いて、美術学校の生徒たちの手でその人形《ひとがた》をセーヌ河に沈められていった。ダダは、人の言うように、高名な一時期を持ちはしたが、一片の哀惜の念も人に残さなかった。つまるところ、その絶対権力と専制とが耐えがたいものになっていたからである。」(B・42・一二四頁)

同時に、この奇妙な悼辞の作者はピカビアとのあいだにわだかまっていた係争を解消しようと試み、ツァラを犠牲にしてピカビアを立役者に仕立てることにより、連合活動の糸口としていた。

「ルイ・アラゴン、ピエール・ド・マッソ、ジャック・リゴー、ロジェ・ヴィトラック、および私は、ピカビアが範例を示し、そして幸福にもわれわれがいま確認している、あのすべてのものからの素晴らしい超脱には、長いあいだ気がつかないでいることができなかった。」(B・42・一二五頁)

ツァラ派の人々が離反のきざしを示しはじめたときからブルトンはサン＝ラファエルに休んでいたピカビアに不安の気持を訴えていた。ピカビアの行動はパリ会議の一件が終わるまでまったく驚くべき変わり身の早さを見せていた。最初は、煮え切らず、わざと言葉をそらせたりして、その時のダダイストたちが共通してとった控え目な態度を、誰よりも先に明らかにしていた。数か月このかた自分をおおっぴらに足蹴にしていた『リテラチュール』の主宰者に対して、ダダイストたちが策謀を企てるのは、彼にとっても不愉快なはずはなかった、と考えても間違いではない。彼がブルトンを弁護するためには、言うところの反パリ会議の陰謀事件にツァラが直接自分を巻き込むことが必要であった。というのも、彼は、ブルトンの最終的意図がパリ会議とその協力者をダダの天啓へと導くことにあると、いかなる時も疑ってはいなかったように思えるからである。彼の支持を懇請するブルトンに、二月十七日サン＝ラファエルから書いた長い手紙の内容からしても、そのことは判断できる。

「私たちは、あなたに対して、私たちの望むすべてのものになりうるこの「パリ会議」に対して、眼を向けているものです。(私たちはこれらすべての人々に次のように言うことができるでしょう。すなわち、私たちが彼らを集めたのは、集められるということがいかに無意味かを彼らに示すためだ、ということです。)(C・P)」

また、同じように、ピエール・ブノワ、ロラン・ドルジュレス、アンリ・バルビュスといった「真面目な」文学者をも、この冒険に巻き込むことが考えられていたということも付記しておこう。

パリ会議は行なわれなかったので、ブルトンを遠まきにして蠢動していたピカビアの希望が実現されたかどうかは、誰にもわからないであろう。彼自身は、しかしながら、手紙の相手に真面目ともとれぬ質問を投げかけることで満足していた。それが「現代精神の決定」のために役立つものでないことは、もちろん誰の眼にも明らかであった。

「理性のほかに認識はありうるか。
音は主観的なものであるか。
輝きの第一条件はなにか。
太陽と月との違いはなにか。
宗教の真の意味はなにか。
言葉のない判断はありうるか。
触角は最も身近な感覚であるか。」（C・P）

それ以外に、彼はパリ会議への共鳴をはっきり示すため、『松かさ』と題する小冊子をサン＝ラファエルで出そうとしていた。これはツァラ、リブモン＝デセーニュ、サティ、およびその他のいく人かのものへの攻撃を目的としたもので、その「さして文学的でない」内容は、ある種の「公衆便所」を想起させ、俗悪な感じをあたえかねないものであった。

この「公衆便所」という評語は、ほとんどのダダイストの雑誌にあてはまるものだったかもしれないが、実際、二月末サン＝ラファエルで発行されたこの四頁を、特に適切に言いあらわしていた。『松かさ』は固有の意味での作品も論説も収載しておらず、『三九一』の主宰者に特有の気まぐれと折衷主義によって、全頁にわたって、あらゆる意味合いを含んだ数多くの箴言や警句で埋められていた。これら全文を統一するライトモチーフとして、協力者たちのそれぞれの名前のあとに「パリ会議」という言葉がくりかえされていた。『松かさ』発行の考えは、刊行予定の人々の一般的認識やチラシ広告が示すように、パリ会議以前にピカビアにはあったけれども、それら諷刺文のほとんどははっきりとツァラとその友人たちに向けられていた。ブルトンの企画に対する『松かさ』の立場がいくつかの評伝で明快に説明されえなかったのは、この影につつまれた事件の秘密が充分知られていなかったためで、これはやむをえないことである。この段階では、ピカビアははっきりとブルトンに組みしており、彼のパリ復帰以後の戦いの武器としてこのパンフレットを使うつもりであった。だからこそ、次に挙げるような毒を含んだ攻撃がなされたのである。「ナイトキャップのトリスタンはいまでもチューリッヒに住んでいるつもりだ」、「キュビスムは糞尿の聖堂である」、「リブモン＝デセーニュは、ある日、裸でいたとき、蒸気機関車を真似てシルクハットを被った。その結果は哀れであった。ヴォーセルはそれを毛の生えた管だといった――だがそんなものではない。諸君、女陰そのものに相似たり、だったのだ」等々。

『松かさ』の内容があの便所の落書きのようなものだけなら、

資料文献を待ちかまえる収集家にしか興味をあたえなかったであろう。だが、この出版物全体はこの種の一時的刊行物のすばらしい典型を示しており、その内容が当時の偶発的出来事に限られるとしても、われわれのより広い評価を妨げることはない。これはダダがその頂点に達したことを示すものである。ピカビアのすべての定期刊行物と同じように、ここにおいても、彼の個性が全面をおおっていて、他の協力者たち（クロッティ、クリスチャン、シュザンヌ・デュシャン、およびピエール・ド・マッソン）はその周辺で色あせていた。ここに、そのパンチのきいた文句、才気渙発の箴言を例示しよう。芸術におけるこの手の付けようのない無政府主義者の面目躍如たるものがある。「ほとんど絶対とも言えるものは一つしかない。それは自由意志《リーブル・アルビートル》である」、「われわれの頭は丸い。それは思考の方向を自由に変えさせるためである」、「サン＝ラファエルの安物市――思想の大安売――季節おくれのいくつかの思想――本物の中古品――前代未聞の値段」、「ピカビアは有名病眩暈患者のために頭脳用ジャイロスコープを開発した」、「死は存在しない。解体があるだけである」、「われわれは自分たちの行なったことに責任はない。なぜなら、われわれには行為が完成するときにしかその行為がわからないからである」、「人間は人を救うときより殺すときに、より多くの想像力をはたらかせる」、そして次の一文。

　道程
フレジュスへ行くには――乗合バス。カンヌへ行くには――崖ぶちの道
あなたの所へ行くには――エレヴェーター
それより向こうへ行くには――人生　等々

『松かさ』のほかに、クリスチャンはチラシを刷らせていた。それはパリでもコート・ダジュールでも広くまかれていた。

「もはやキュビスムはない。キュビスムは商業的投機以外のなにものでもない――アマチュア諸君、警戒したまえ。

もはやダダイスムはない。ダダイスムは政治的思惑の場になろうとしている――スノッブ諸君、警戒したまえ。

もはや……しかない。」


その裏面には、長方形が描かれていて、それが（ピカビアによる）善玉と悪玉を分ける枠になっていた。枠の中には、活字の大きさはまったくでたらめで、順序などもなんら意図的配慮もなく、まぜこぜに、「選ばれた人々」の名前が書き込まれていた。コクトー、ヒュルゼンベック、アラゴン、マッソン、シュザンヌおよびマルセル・デュシャン、クリスチャン、パンセルス、ゼルナー、ピカソ、マルグリットおよびガブリエル・ビュッフェ、ヴァレーズ、リゴー、ピカビア、オーリック、アイゼン、シュヴァルツ、クロッティ、スティーグリッツ、シャド、ヴィトラック、ブランクーシ、デルメ、パウンド、ブルトン、ストラヴィンスキー、セリーヌ・アルノー、ルコント・デュ・ヌイ

である。[10]その外側には「恥辱を受けた者たち」の名が麗々しく並べられていた。ラシルド、アンリ・ド・レニエ、ブールジェ、バタイユ、シュアレス、ジェロームおよびジャン・タロー、ドルジュレス、スーデー、ブノワ、バルビュス、プルースト、クローデル、デュアメル、ピエール・アンプ、ブーランジェ、コレット、ジード、バレスである。

二月の終わりには、パリ会議の反対派と賛成派はかなりはっきり識別される二陣営に分かれていた。一方で、リラの遊園地の抗議派は二月十七日の決議を旗印にし、他方で、パリ会議賛成派はブルトンのもとに結集していた。この両派とも支持者のリストをふくらませるために、その数を加えていた。しかし、誰の眼にも明らかだったが、この戦いは畢竟ブルトンとツァラの私闘だったのである。

ツァラは、ブルトンの評論『ダダの後に』によってふたたび係争の場に引き出され、また『松かさ』とその関連文書によって正面から挑発されて、心ならずも、自己の父権が否認されている運動の起源に関して、論争を公の場に持ちださざるをえなくなっていた。彼は「ダダの裏側」と題する評論でこれを行なった。この評論は、一九二二年三月七日『コメディア』に掲載されたものだが、反論の相手のものほど引き合いに出されなかったために、それほど知られなかったものである。敵対者の論点を一つ一つ取り上げながら、彼は次のことを確証していた。

一、ダダという言葉を発見したのは自分である。[11]

二、ブルトンが集めた証拠（「〔……〕いつでも発表する用意があるシャドとヒュルゼンベックの手紙」）は存在しない、あるいは存在しても価値のないものである。

この主張をもとにして、彼はアルプやバーダーやゼルナーやヒュルゼンベックの、彼によれば決定的な、証言を提出した。彼はブルトンに挑戦して、これらの「証拠」を公的に有効なものとしようとし、激しい言葉で次のように結論を下していた。

「私がダダと私の全作品を重視していないことも事実であれば、また、ブルトン氏がダダによってしか存在しないし、今後とも存在しないであろうことも事実である。

「ブルトンは申し分のない喜劇役者である。彼は、人々が靴[12]を取りかえるように、自分の役柄をとりかえる」と、ある友人は私に書いてきたことがある。私はまったくそのとおりだとは考えない。というのは、ブルトン氏はある種の知性を持っており、それが倫理面での偽りの苦悩によって、また、私のよく知っている彼のいろいろな意味での病的誇張癖の例によって、不幸にも責めさいなまれている、と思われるからである。私は憐憫の情しか持たない。これが私の彼に対する批判のすべてを要約する。私にはまだ待つ時間がある。というのは、夫婦生活の不幸がどこから来るか、私は知っているからである。いつの日か、人は知るであろう。ダダの前に、ダダの後に、ダダのないときに、ダダの方へ向かって、ダダのために、ダダに敵対して、ダダとともに、ダダにもかかわらず、それが常にダダである、ということを。とはいえ、そのようなすべてのこともなんら重要ではないのである。」(C・P)

ブルトンは即座に反撃に転じようとした。しかし、彼は「シャドとヒュルゼンベックの手紙」を公表すると言いだしたことが、いかにも不注意であったことを知ったのである。実際には、これらの手紙はピカビア宛てのもので、ピカビアはそれをブルトンに知らせはしていたが、ずっと身近から離さなかった。そもそも、この画家のサン＝ラファエル滞在は長びいていたし、その上、彼は手紙の公表を承諾するであろうか。

そうこうするうちに、ブルトンは面目を失わないために、引き延ばしのための反論を書かざるをえなくなった。これは『リテラチュール』に掲載されることになったもので、想像するにいろいろと考えたあげく「すべてを捨てよ」(『リテラチュール』二号(新シリーズ)、一九二二年四月、八―一〇頁。B・42・一二九―一三二頁に再録)という表題があたえられたものである。この作品のヴァリアントは興味深いものがあるが、その一つは国立図書館の「パリ会議」の資料の中に収められている。それは、完全無欠で平静不動の、あのいつものブルトンの文章とは奇妙な対比をなして、訂正個所や逡巡した書き方などが方方に見え、書き手のいつもと違った神経の使い具合があらわれたものである。

この評論を全体的に見ると、ブルトンは論争を次の段階に高めようとしていた。ダダはそれ自体で目的ではない、と彼は要約していた。「私のすべての失敗と欠陥にもかかわらず私は再出発の希望を失ってはいない。〔……〕一九二一年になり、祝祭でにぎわうこの美しいモンマルトルで、私は自分がこれからなにになりうるかを考えているのであった。」彼は、この雄弁な意識の検討書をしめくくるにあたって、ピカビアなら承服しなかったであろうような転身への擁護論を熱心に説いていた。

「ダダイスムは、他の多くの物事と同様、ある者にとっては、たんなる腰をおろす一流儀にすぎなかった〔……〕。ダダにせよ、いま私が追究しているものにせよ、一つの思想に命をかけることは、大いなる知的貧困によってしか示されえないものであろう〔……〕。次のように考えるのを許していただきたい。つまり、私は、蔦と違って、一つのものに固着すれば死んでしまうのだ、と。この言葉に従って、私は友情礼讃というものを忌避する。それは、ビネ＝ヴァルメール氏のやや過大な表現によれば、祖国礼讃の基盤となるからである。」

国立図書館の資料では、固有の意味での評論はここで終わっている。しかし、それには「あとがき」があって(『リテラチュール』には掲載されなかった)、ブルトンに通有の才気あふれる論戦家の一面が縦横に躍動していた。彼は、精妙な論法と明快な文体によって、手紙の非公開というやっかいな問題を、ついに握りつぶしてしまったのである。この手紙は、パリ会議の扇動者のすべての論拠となっていただけに、きわめて重要なものであったのだが。

　彼は、今度は攻勢に立って、リヒャルト・ヒュルゼンベックの本『ダダは見た』（B・103）から巧みに選び出した抜粋を利用して、ツァラに手ひどい仕返しをしていた。それによると、チューリッヒにおけるツァラのライバル（のちにベルリン・ダダイストの最も活動的人物の一人となった）ヒュルゼンベックは、ダダという言葉の発見をフーゴー・バルと自分自身の功績だとしていた。ヒュルゼンベックは、数年前から忘恩と不正を――むなしく――叫び続けていたが、突然自分の証言を援用しようと考える人があらわれたので有頂天になり、どういう理由で突然パリ会議の組織者たちにこのような興味を起こさせたのか、ということについてはあまりせんさくしなかった。彼の文章は、ツァラにとって見ればきわめて厳しいもので、彼を「ダダのなんでも屋」、「運動の吟遊詩人」、宣伝に汲々とした者、慢性的便宜主義者などという表現で描いていた。今日では、資料の不充分さのために二世代にわたるゴシップ記者が競って油を注いだこの不幸な論争について、いかに考えねばならないかを人々は知っている。しかし、このような経過は、それがどんなに悪趣味なものであったとしても、やはり消し去ることのできぬ事実なのである。

　ブルトンはまた別の点でも攻撃していた。そしてその切っ先をかわすことは不可能であった。つまり、彼は、ツァラが、「ダダ」発見に関するアルプの言及を削除し、そうすることによってダダから幻想的性格を取り去ったとして非難していた。この削除は確かに事実であって、明快さを求めるという確たる理由で行なわれたけれども、やはり遺憾なことであった。「この文章を利用したツァラ氏のやり口は氏の悪意のほどを示すに充分であろう」とブルトンは結論を下していた。

　ブルトンは、この事実を足がかりにして、その後は大っぴらに、敵対者の書いた資料全般にわたって、同じような嫌疑を拡大適用し、すべてを疑わしいものと見なしたのである。

　そして最後に、自身の「チューリッヒから来た一運動の〔……〕」という言葉が呼び起こした外国人嫌いという非難から身を守るために（あまり説得的な方法ではなかったが）、ブルトンは一見もっともらしい論法を用いていた。

「〔……〕もしそれが本当だったとしたら、われわれはその運動をポントワーズやチュール（いずれもフランスの都市名）から来させることになんらの不都合も感じなかったであろう。このような表現のためにパリ会議に罪をかぶせることはかなり愉快なことではないか。また、それをパリ会議の精神状態とはまったく逆の精神状態の表現と見なそうとするのも、かなり「興味深い」ことではないか。」（C・T）

　この一文は、ブルトンとパリ会議を申し分なく弁護するものとなったであろう。が、それは公表されなかった。幸いにも、『リテラチュール』では、その代わりに有名な、あの才気にあふれた「旅へのいざない」が入れられていた。そのジード風の口調は、ほとんどの研究者が認めるであろうが、十八か月のちにシュルレアリスムに到達することになる、オデュッセウスの出発点をしるすものである。

すべてを捨てよ
ダダを捨てよ
諸君の妻を捨てよ、諸君の恋人を捨てよ
諸君の望みと諸君の怖れを捨てよ
諸君の子供たちを森の片隅に振り落とせ
水に映った影を見て、くわえた獲物を捨てよ
必要とあれば、いまの安逸な生活も、未来の幸福のために与えられたすべてのものをも、捨てよ
もろもろの道で旅立てよ

このテキスト入れかえの理由はわかっていない。ことの成り行きで、ツァラの評論（三月七日）と『リテラチュール』の次号発刊（四月一日）とのあいだの三週間の開きが、ブルトンに反省の機会をあたえ、テキストをもっと落ちつきのあるものにさせたのであろうか。シャドからピカビアに宛てた手紙をじっくり読みなおした結果、自分の有利な立場をこれ以上押しすすめない方が得策だと考えたからであろうか。あるいはまた、当時のきわめて危機的状況に満ちていた現実それ自体が、これらの要するにあまり重要ではない事件を押し流してしまうだろう、と判断したからであろうか。真実はおそらく別のところにある。しかも、もっと単純なものである。つまり、大きな倦怠感がこの青年と、他方ではその敵対者とを捉えていたからだ、と考えるのが実際、当時のすべての状況にかなっている。ピカビアの支持もポーランの用意周到な離反を補うには充分ではなかったし、この公の収支決算を前にして、数多くの友人が敵意を示したり、あるいは少なくとも故意に沈黙したりしたことが、彼には無視できなかった。彼は大きな希望の翌日に大きな失望が残していったこの苦い灰の味を、今度は自分が味わっていたのである。

ツァラの方では、永続化しつつあるこの確執をできるだけうまく解決するために、オザンファンと新たな書簡交渉を試みていた。『エスプリ・ヌーヴォー』の主宰者は三月十五日、一通の長い返事を書き、過去の議論をもういちどとりあげ、そのところどころで、ツァラにはいちども知らされたことのない二月十日のブルトンの調書内容を引き合いに出していた。彼は次のように書き加えていた。

「［……］あなたは、「チューリッヒからきた外国人」といった、われわれの公式声明の中のある種の言葉に立腹されまし

た。あなたはこの言葉に軽蔑的意味を見出し、排他主義だとして非難されました。ある人たちはあなたの言を信じました。あなたは一枚の抗議書を持って喫茶店やアトリエを駆けまわり、それに署名をしてもらいました。しかし、「外国人」という言葉を含んだあの書面の下に書き入れた私の署名だけでも、この「外国人」という言葉がなんら軽蔑的意味を持つはずがないことを充分に証明するものであった、と私はひそかに信じています。私は「詐欺師」という言葉にも署名しました。それは、この用語が、正当な理由なくみずからの行動を組織委員会の行動にとってかわらせようとする人物を形容するに、充分ふさわしいものだと考えたからです。そののちブルトン氏はこの言葉に別の意味をあたえ、あなたをダダ運動の詐欺師として告発したのです。この問題は私にはかかわりはありません。はっきり述べておかねばなりませんが、もし詐欺師という言葉がのちに加えられた意味で受け取られなければならないとすれば、私はあの公式声名には決して署名しなかったでありましょう。〔……〕

人々が面白がって、しかもある種の策を弄してまで、この件を紛糾させようとしていることは、残念ながら認めなければなりません。これを正当に解決することはきわめて簡単なことでした。しかし、あなたの方が、まだ、すでに納得されたはずの明快な処理に異議を申し立て、事を荒立てようとなさっているのです。」（ツァラ宛未刊書簡、一九二二年五月十五日、C・T）

オザンファンの非妥協的態度はツァラとその友人たちにふたたび直接行動に訴える以外の道を残さなかった。彼らはパリで『松かさ』が刊行されるやいなや、やや遅れて、自分たちも同じ種類の小冊子を出すことによって、反ピカビア活動をはじめていた。こうして『毛の生えた眼』の着想が生まれた。これはやがて『ひげの生えた心臓、透明な新聞』と改題されたが、実際、その内容は表題が示す比喩と同じぐらい見え透いたものであった。パンフレットは八頁立てで一九二二年四月初旬に発刊された。それは、ピンク色の紙に刷ったもので、それぞれの教訓的作品に対して、マックス・エルンスト考案の技法によって渦巻模様の飾り縁《ぶち》が描かれていた。その目録には、エリュアール、フランケル、ウイドブロ、ジョゼフソン、ペレ、リブモン＝デセーニュ、サティ、ゼルナー、デュシャン（ローズ・セラヴィ）、スーポー、およびツァラの名前が集められていた。「この第一巻に協力した」という表現を用いているところを見ると、それには続きの号も予定されていたと想像できる。この仮説は「心臓を生やすために」と題するエリュアールの編集後記（エリュアール、リブモン＝デセーニュ、およびツァラが署名）によって確証される。小雑誌の価値評価は第一号の出たあとに最高に達する場合が多いという一般法則があるが、事件に密接に関係のあるダダイスムの定期刊行物にとって、それは特にあてはまることである。パリ会議から生まれた『ひげの生えた心臓』は、その戦いが闘士の不足によって終熄したときに、発刊をやめたのである。ツァラのこの小冊子の項目はそれぞれ当時の偶発事件を反映しているが、実のところ、そのためにやや難解なものになっているのである。サティ(13)の滑稽な粗描画「奉公人斡旋所」(『ひげの生えた心臓』、二頁)は「アンドレ・ブルトン氏はオザンファン氏の召使ではない(と彼は言う)」というテーマのヴァリエーションで構成されていた。『松かさ』の警句のすべて、あるいはほとんどすべてが、『ひげの生えた心臓』であげつらわれ、応酬されていた。「キュビスムを存続させようと必死になっているキュビストたちは、サラ・ベルナールに似ている」(『松かさ』、二頁)には「ピカソ、ブラック、グリスのような画家、リプシッツ、ローランスのような彫刻家がいる限り、馬鹿でなければキュビスムの死を口にはできない」(『ひげの生えた心臓』、二頁)がこたえる。「われわれの個性を増大させるものは悪を代表する。神が個性を持たないのはそのためである」(『松かさ』、三頁)というピカビアの箴言に対して、ツァラは「善を左に、悪を右に、フランシス氏は中央に〔……〕」(『ひげの生えた心臓』、七頁)というように切りかえしていた。『松かさ』の協力者たちとパリ会議の参画者たちはすべて嘲弄され、足蹴にされ、罵倒されていた。このようにして、リゴーは「見かけだおしのリゴーの大口」(ツァラ)、アラゴンは「思いよこしまなるアニス(14)」(ツァラ)、「アラゴンの心臓はブルトンの胸の中にある」(フランケル)、「アラゴンはブルトンのオレンジの花を納めたきれいなガラス玉である」(リブモン＝デセーニュ)。マリネッティは「香りのない低能、苦労を知らぬ白痴、世俗的政治的能力を過信したあの単純な針の無類の健康、それらは私のかつて及ばぬ状態である」(ツァラ)。ピエール・ド・マッソは「スペイン人になり、ペドロ・ド・マッソと署名する。しかしまた、彼はバルセロナから来たことをブルトンにとがめられるのを恐れて、尻をかくしている。尻叩かれ常習者への忠告」(リブモン＝デセーニュ)。ピカビアは「友人を日常必需品として扱う。役に立たなくなったら塵箱へ捨てる」(リブモン＝デセーニュ)。ヴィトラックは「病身もの《バトラック》である。メルクリウス(ローマ神話で雄弁・盗賊の神。また、水銀の意もある)のざれごとでも飲むがよい。それが最高の良薬だから」(リブモン＝デセーニュ)、等々。しかし、最も分量の多いのはブルトンに対する一山であった。「さも名高い会議《コングレ・ビアン・コニュ》」(フランケル)。そして会議の企画そのものに対して「パリ会議《コングレ・ド・パリ・エ・ル・シャンクル・デュ・プランタン》は春の梅毒性潰瘍」(リブモン＝デセーニュ)。「パナマのモダニスム、あるいは二大陸を結ぶ手段。オザンファンドレ・ブルトン作」(リブモン＝デセーニュ)。

往々にして難解なこれらのあてこすりや言葉の遊びは、普通の読者にとってはわけのわからぬものであった。したがって、それらを理解したのはごく少数の消息通だけで、彼らはセヴィニェ夫人の当世風書簡文として、茶飲み話にそれらを利用し、冗談の中で辛辣な攻撃材料としてつかったのであった。しかし敵対者への嘲笑がひとたびおさまってしまうと、ブルトンもツァラもふたたび孤独と袋小路の現実に直面し、二人ともその中に追いつめられなければならなかった。

一九二二年三月の終わりに相ついだ失敗と失望から生まれたこの精神的沈滞は、四月五日ブルトンに宛てた次のオザンファンの手紙の中にかなりはっきりとあらわされている。

親愛なる友よ

私は月曜日またしてもあなたとの待ち合わせにむなしく時間を過ごしました。これはあなたが要求し、私が手紙で確約したものでした。電話でお呼びしましたがそれも無駄でした。

パリ会議はもうあなたには魅力のないものになったように、残念ながら感じられます。私は私の友人たちに参加してもらうように取り決めていました。しかしあなたの方は友人たちを説得できませんでした。そのために不都合が起きたのです。陰謀はわれわれが許容しようと考えていたものよりもはるかに強力でした。しかし、それでも私を動揺させるにはいたらなかったでしょう。でも、あなたは落胆なさっているようです。私がこのように感じている今となっては、あなたの全精力をどうも期待できないような冒険を冒すことは、したくありません。

私は熟慮しました。そして私はその計画を放棄します。

しかし、今やそれは死に花ではありません。確かに、私はこの企画をあなたとともに成功に導くことができなかったことを残念に思っています。しかし、パリ会議をめぐってあなたとともに過ごした時間を後悔していないことは、私の偽りのない真の気持です。それがあったからこそあなたを識ることができたからです。そしてこれが、私にとって、パリ会議の成果になるでしょう〔……〕。（C・P）

誰もこれ以上きっぱりと失敗を認めたものもなく、これ以上明確にその深い原因を察知したものもなく、またこれ以上堂々とかの前途有望な冒険に終止符を打ったものもなかった。

パリ会議が実現しなかったことを残念に思う真面目な人々もいた。当時の状況やその推進者たちの性向を考え合わせてみれば、ダダ以外に誰がそこまで到達しえたか、大いに疑問とするところである。パリ会議の最も激烈な擁護者であるヴィトラックその人でさえ、われわれを充分説得するにはいたらなかった。

「この勇敢な企画――これはまったくのところ『ブヴァールとペキュシエ』(15)的なものではなかったか――は、拒否と辞任が相継いで、失望と拭いがたい疲労のうちに終わった。この壮大な計画の果てには、あちこちに、いくらかの趣意書や新聞記事の山だけが残された。まったく残念なことである。機会は絶好であったのだが。ダダイスムは、あえて言えば、勝利にみちた敗北の道を意気揚々と全うしようとしていた。運動の頂点は極められて頭打ちになり、混乱は広がり、敵対者はいたるところにあり、裏切りはほとんどわれわれの戦列の中にまで及んでいた。立憲会議がそのあとを収束しなければならなかった。そして、おそらくは国民公会が、そして公安委員会[16]がこの大事業を完成させたかどうか、誰が知ろうか。もしそれが成就されていたとすれば、「装飾芸術」展覧会のかわりに、「現代最高の精神の祝祭」のただなかで新しい祭式を確立するのを、誰が妨げることができたであろうか。まことに無念である。かくも多く流されたインクの中で、何も、ただ一つの定義さえも、残されなかったのである。」(「近代精神」、『アントランジジャン』誌、一九三一年三月十七日)

われわれの見るところ、ジャック＝エミール・ブランシュもまた、事件全体を冷静に要約したそのすぐれた評論の中で、次のようにきわめて適確に観察していた。

「〔……〕われわれのパリ会議にふたたび立ちもどり、それが行なわれたものと仮定しよう。それはいったいどういうものになったであろうか。リズム体操、(騎乗して)槍で環を突きとる《ジュ・ド・バーグ》競技、精神の遊戯の如きものになったであろう。だが、その実体はなんであろうか。われわれはパリ会議推進者たちの角ばった優雅さとドライな技巧は充分知っていたから、そこでいかなる具合に議論がすすめられたかは想像にかたくない。それは、なによりもまず、文献学者と合理主義者の高貴にして不毛な気晴らしにはなったであろう。そして、もし「バレス裁判」の折に経験したような茶番、前の年にダダイストたちが好んで求めたような道化た集会におちいることさえなければ、それは気持のよいものになりえたであろう。しかし、彼らのうちのいく人かは、この春は思慮深くなり、苦心して作成した彼らのプログラムに、聖職者ふうの壮重感を、特にあの何人かの神秘主義者にあっては、やや権威者じみた壮重感をあたえていたのである。」(『ルヴュ・エブドマデール』、一九二二年七月二十二日、四一三頁)

こうした予想の試みは常に危険をともなう。しかし、間違いないことは、ブルトンがパリ会議をまさにダダの望むような巨大な茶番劇にしてしまったという大胆な仮説に立たない限り、このパリ会議は正当な成果を示さないであろう、ということである。逆の場合、つまりダダ精神が「現代的」精神のために犠牲にされたと考えるならば、この企ては明らかに、常套句と一般的思想と寛大な解決とをつめこんだ分厚い書類を残して、尻切れとんぼで終わることになったであろう。さらに、もしそうだとすれば、フランス文学はふたたび錯誤におちいることになるであろう。というのは、当時、シュルレアリスムへと続く困難な道をすすみながら、公認されたアヴァン・ギャルド隊列の首領に昇進したブルトンを、いかに理解したらよいか、という問題が残るからである。

第二十一章　ダダの衰退と一九二二年の出版物

二つの文学と二つの面と二つの背を持つダダ（Dd）の体系は、すべての矛盾を許し、しかも矛盾というものは許さない。それは疑いもなく矛盾そのものであり、生であり死であり、死であり生であり、生であり生であり、アマチュアへの警告である。

ルイ・アラゴン

『リテラチュール』（新シリーズ）――新しい風――言葉は愛の交りをする、デュシャン＝デスノス――『アヴァンチュール』――『デ』――『ザ・リトル・レヴュー』――『レペティション』――『ウエストウイゴー』――マラルメから『三九一』へ

パリ会議の失敗を見たこの一九二二年四月は、また、「組織的」運動という観点からすれば、パリにおけるダダの終焉を告げる月でもある、と考えられる。敵対者を倒すために全力を尽したこの努力が、結局はグループの全精力をつかい果たさせ、疲弊し、活力のない本体しか残さない結果になったのである。「人も言うように、ダダの死は美しい死ではなかった」とリブモン＝デセーニュは証言している。「それは誰にでも訪れる死であり、望みどおりの死に方ではなかった。」（B・155・一一三頁）

そして、同じころ、ブルトンはその極度の疲労感を感動的な簡潔さで述べている。

「すべてが終わったあとで、誰が語るのか。アンドレ・ブルトン、それはさしたる勇気もなく、これまで取るに足らぬ行動でどうにか満足してきた一人の男にすぎない。というのも、おそらくある日、彼は、あまりにも苛酷に、おのれの望むことを永遠になしえないと感じたからなのだ。」（B・42・一二九頁）

確かに、ダダの生の躍動はあまりにも激烈であったため、ただいちどの精神的危機のためにその回転が停止させられるということはありえなかった。まだ数か月のあいだ、運動はその資産を食って生き続け、いくつかの行為によってみずからを示し

続けた。そして、そのうちのあるものは疑いもなくダダの特徴を持っていた。事実、一九二四年まで、他の名称をつかうことができないため、人々は、そのグループの中でも、またその時以来分裂していった外のものでも、きわめて多様な活動をダダの名で一括して続けるであろう。とはいえ、パリ会議とともに、基本的な原動力は破壊されていた。混乱は心情の中にも精神の中にも深く根ざしてしまっていた。ユニェはそのことを適確に観察している。

「ダダの衣を身にまとった恐るべき子供《アンファン・テリーブル》はあまりにも多くの悲劇的で危険にみちた疑問を提起していたので、それら諸問題を手段を選ばず解決する果敢なものがただちにあらわれる必要があった。だが、虚無的で壊乱を好むダダにとって、それら諸問題を巻き起こしても、すぐにまた放棄していったのである。ダダは芸術の諸規定をくつがえし、つまるところは、ブルジョワの知的牢獄から抜け出したいと願う人々に解放をもたらした。それはきわめて熱狂的に、まっしぐらに行なわれた。しかし、今や、人はどこへ行くのであろうか。突然解放され、喜びにひたっているこの闇の力はどこへ向かうのであろうか。〔……〕ダダはその代表者たちの数と質の重みの下で揺らいでいた。それはもはや現実には対応していなかった。その無頓着さもむなしい虚勢となって終わりを告げていた。」（『カイエ・ダール』誌、一九三六年、八―十号合併号、二六八頁）

この意味で、「パリ会議」はダダに対して健康回復のための「警告発砲」の音として鳴りひびいたのである。この一九二二年春の終わりには、一人ならずのダダイストが精神的外傷を受け、航行不能になり、眼を見開いたままで、しかも行先は自由という状態にもどっていた。「わたしはおのれの幻覚からさめ、このような不安定な道で知的投企を試みることは今後は決してするまいと決心したのである」（B・42・一八八頁）とブルトンは書いている。

しかし、断絶というもののあとにいつも来るように、清算すべき負債、断ち切るべき習慣……が残されていた。ブルトンが、「パリ会議」の準備をはじめたその同じときに、第二〇号（一九二一年八月）以来休刊していた『リテラチュール』誌の再刊の決意をスーポーとともに固めたのも、こうした事情による。この「新シリーズ」第一号は、「パリ会議」の危機のさなか、一九二二年三月一日に出されたが、それ以前に準備され編集されたものであった。したがって、そこに当時の状況に対するいかなる言及もなく、ツァラやリブモン＝デセーニュやスーポーといった「堅牢染め」の意志堅固なダダイストたちの名前が載っているのを見ても、驚くにはあたらないであろう。実際、版型（以前のものよりやや大き目）やバラ色の紙に絵を刷りこんだ表紙（奇術師マン・レイが『リテラチュール』という魔術的な文字を浮かびあがらせている「シルクハット」の絵）を除いては、「ダダ」と称した旧シリーズの号とはなんら区別すべきものはなかった。つまり、挑発的な「アンケート」を掲載するといった同じような趣向(「あなたはひとりでいるときなにをしますか」)、傲慢であると同時に喧嘩ずきなあの同じ調子、ダダイスムの精神につらぬかれたテキストと芸術的志向のなくはない作品とを併置するあの同じやり方である。その中で、二、三の頁がすでに無意識の表現に対するブルトンの興味をひそかに示している。『三つの夢物語』、『ナジャ』を予告するあの『エスプリ・ヌーヴォー』、そしてとりわけ注目すべき重要さを持つ評論、つまりブルトンの「ウィーンでのフロイト教授との会見」がそれである。ブルトンが前年の夏チロルでの滞在を利用して、オーストリアの首都へこの精神分析の創始者を訪ねていった、ということは記憶に新しい。会見は悲しむべき結果に終わっていた。というのは、この二人はただの一瞬も「意志疎通」しなかったからである。失敗の原因はおそらくブルトンに帰せられるであろう。彼は、ちょうどアンドレ・ジードに対してそうであったように、この有名な会見の相手に対しても、有名さというものについて若い反抗者が持つあらゆる偏見と、新しい科学について若い医学生が示すあらゆる無知とを、遺恨をこめてぶっつけていったからである。思うに、くりかえして言えば、かのウィーンの医師に対して公然と対立していたババンスキのような神経科医が大戦中にブルトンにあたえた素養は、フロイトが熱心に世界に広めようとしている精神医学の巨大な発展の幅の広さを、彼には充分に評価させるにはいたらなかったのである。(1)

彼のフロイトとの「会見」は次のことを確証するに充分である。つまり、一九二一年すなわち訪問の時期においても、また一九二二年三月すなわち評論発表の時期においてさえ、ブルトンがまだ無意識領域の詩的探究のために精神分析を理論的に応用しようとは夢にも思っていなかったことは明らかだ、ということである。彼がのちに意見を変えたとしても、また、評論の基調を「ダダ精神への惜しむべき犠牲」のせいにしたとしても、やはりそこに見られる言葉そのものの曖昧さは否定しえない。

「この冬の流行が精神分析なので、現代的山師の最も繁昌している代理店の一つ、つまり兎を帽子に変えるもろもろの器具や、あらゆる吸取紙に合う青い決定論をそなえたフロイト教授の研究室を想像する必要のある若い人や空想的精神を持った人に、こんにち最も偉大な心理学者がウィーンのさびれた街の平凡な外観をした家に住んでいることを、喜んでお教えしよう。〔……〕私は特徴のない小柄な老人の前にいる。彼はその町医者のみすぼらしい診察室に私を招じ入れたのだ。」

「パリ会議」への最初の言及が評論「すべてを捨てよ」によってなされるのは、一九二二年春に出た『リテラチュール』の三つの号のうちの二番目の号(四月一日)である。ツァラ、リブモン＝デセーニュ、エリュアール、およびその信奉者たちの名は目次から姿を消していたが、ただ、巻頭のアンケート「われわれの周囲のある種のものにわれわれが抱く偏愛の仕方」に対するリブモン＝デセーニュとエリュアールの回答はまだ見られた。このようなダダイストたちの強制的な撤退の最初の結果として、ブルトンの作品と「粛清」によって数の減った友人たち（アラゴン、リゴー、ヴィトラック、およびバロン）の作品との、発想の類縁性が突然あらわになった。このような現象は、ダダの激動と鉱滓《からみ》のためにそれまで眼につかなかったものであり、のちになってはじめて全貌を明らかにしたものであった。

五月の号では、その印象はより明確に認められる。新しい執筆陣は、統一性への配慮というよりもそれぞれの志向の結果として、ダダイスムの軽快さや茶番好みからできる限り離れた作品の方向へ向かっていた。彼らは陰欝な清澄さを基調として、文学と日常的幻想の極限まですすんでいた。ただ、ペレの作品、「第一部はセックスをする前、第二部はそのあと」という証明を付記した「《空飛ぶ尻》の宿屋」だけが、その詩的錯乱のたけだけしさとなまなましさによって、まわりの意図せざる穏健さからきわだって見えた。

夏が来た。そして一年の休止の時期が来た。ブルトンは、変転にみちたこの前半期の総決算をし、未来の指標を立てることができるような状態にまで回復していた。ところで、『リテラチュール』新シリーズの開いた道は一つの袋小路に向かっている、ということもはっきりしてきていた。

「〔……〕フィリップ・スーポーと私は、大して成功もしなかったが、気晴らしをしようとしたのであった。シルクハットの号がそれである。しかしわれわれは、自分たちが妥協の上で生きているということを、すぐさま理解したのであった。」（ブルトン、「明瞭に」、『リテラチュール』（新シリーズ）四号、一九二二年、一頁）

パリ会議に続く数週間は、だから、ブルトンの発展にとっても、そしてまた当然のことながら彼の雑誌の発展にとっても、きわめて重要に思われる。最近の危機的状況のあいだスーポーがとった態度は曖昧であったので、それ以後は彼を当てにしないで事がすすめられるようになった。「ある種の後悔やある種の感情的な弱さとはきっぱりと縁を切る時がきた。そして『リテラチュール』新シリーズは私一人の主宰で再刊する。」（B・46・七〇頁）

九月一日付の第四号によってはじまった『リテラチュール』のこの曲り角は、その外観によっても示された。版型は同じ（やや縮小した第四号だけは例外）であるが、表紙のばら色の紙とマン・レイのシルクハットにとってかわって、もっと強い白い厚紙がつかわれ、そこに、ピカビアが、一九二四年まで、きわめて特殊なしかも毎回趣きを異にした線描のデッサンで飾っていくことになったのである。

だが、その一九二二年夏の数週間の全作品が示すように、刷新は外観だけに限らなかった。予言者のような直感を生来持っていたブルトンは突然の霊感、詩的啓示の到来を待っていたのである。

「ピカビア、デュシャン、ピカソはわれわれの側に残っている。変わることのない私の親友諸君、ルイ・アラゴン、フィリップ・スーポー、私は諸君の手を握る。諸君は、ギヨーム・アポリネールとピエール・ルヴェルディを思いだすだろうか。われわれの力のいくらかは彼らのおかげだ、というのは真実ではないか。だが、すでに、ジャック・バロン、ロベール・デスノス、マックス・モリーズ、ピエール・ド・マッソがわれわれを待っている。ダダイスムは、われわれが現在生きているこの完全な自由の状態を保持すること以外にも役に立つとは言えないであろう。今や、われわれはこの状態から離れ、明哲な精神を持って、われわれに告知されるものの方へすすんでいくのだ。」(「明瞭に」、『リテラチュール』四号、一九二二年九月、二頁)

このようにして、『リテラチュール』の「シュルレアリスム的な」第一号の緒言は終わっていた。実り豊かな未来へのこの盲目の信頼が、疑う余地なく、ブルトンにとっては思想的基盤の代わりをしていたとしても、それはたいしたことではない。その信頼は充分報われたからである。思うに、当時ブルトンがひたっていた情緒的高揚状態はブルトンのすべての協力者たちに感染していたように思える。どの頁でも、彼らは貸借対照表を立て、大いなる出発への期待に心を開いていた。そこには、いかなる後悔の念も傷心の情もなかった。

まず、アラゴンが『現代文学史』の概要を明らかにしていた。これはジャック・ドゥーセの叢書のためにはじめた仕事であった。次に、ヒュルゼンベックがダダの歴史に終止符を打ち、チューリッヒ時代について長く冗漫な説明を行なっていた。そこでは、誰もが予測するように、ツァラは中心人物として扱われてはいなかった。最後に、いくつかの「遺憾の表明」(『忘れないでね』のテキスト)および前日の裏切りものたちの最新作に対する激しい批判(スーポーの『ウエストウイゴー』、コクトーの『語彙』、エルンストとエリュアールの『不滅のものたちの不幸』、それにツァラの全作品を一まとめにしたもの)である。第五号(全十三頁)にペレはダダの死亡記事を発表していた。そこには一抹のノスタルジアがなくもなかったが、やはりダダとのかけ橋を決然と破壊していた。

「〔……〕十、私はダダの眼鏡をはずし、旅立つ準備をしている。私はどこから風が来るかを見ている。だが、その風がどのようなものになるか、私をどこへ導いていくのか、ということは知ろうとも思わない。」

この新しい風、それは『リテラチュール』の次の号(一九二二年十一月一日にでた第六号)であった。この号は風の源と方向を明示するものであった。ブルトンは、明らかに精神のきわめて高揚した状態の中で書いた『霊媒登場』と題する巻頭論文で彼の最近の驚くべき発見について報告していた。

「まったく無感覚な状態で十日間過ごしたあと、われわれの中でも最も意識の安定したものでさえ混乱状態になり、自己の再認と恐怖とで震えていた。奇蹟に直面して動転した、ともいうべきものであった。」（ブルトン、「霊媒登場」、『リテラチュール』（新シリーズ）六号、一九二二年十一月一日、一―一六頁）

『霊媒登場』は今日では古典になっており、またシュルレアリスムの歴史に属するものでもあるから、ここで長々と論ずることはさしひかえよう。ただ、次のことだけは指摘しておきたい。つまり、問題になっている「奇蹟」とは、無意識下の心的活動である予期せざる詩的潜在能力の開示、ということである。ここで、その無意識下の心的活動とは、交霊術による催眠状態によって人為的に開示されるものであった。しかし、この発見は、今日考えられているほど、突然のものではない。事実、大戦の終わりごろから、パリでは交霊術は大いに話題になっていた。シャルル・リシェ教授は、一九一二年以来もろもろの神秘現象を科学的研究の対象にしようと試みていたが、ついに、その努力に実を結ばせたのであった。すなわち、心霊学研究所が一九二〇年に設立され、彼の最初のいくつかの仕事が大衆の中にかなりの興味を喚起しはじめていたからである。新聞は方々でなされた体験を報道し、超自然に対する読者のひそかな興味を満足させていた。一九二三年に刊行されたリシェの『心霊学論』はこの交霊術の実践を完全に流行させてしまった。

このジャーナリズムの地ならしにもかかわらず、また、ダダイストたちの突飛なものを好む性向にもかかわらず、彼らは、もしルネ・クルヴェルが介在していなかったら、おそらくこのような危険な場で冒険を試みることはなかったであろう。クルヴェルこそ、みずから霊媒能力を持つと信じて、一九二二年九月、ブルトンや友人たちにこっくりの神秘を伝授した人物であった。しかし、クルヴェルも当時の彼の友人たちも心霊体の顕現とかその他のいかがわしい効験の罠には決して落ちなかった、ということは間違いなく言える。デスノスやエリュアールやモリーズやペレが集まっていた交霊術の会では、クルヴェルはただ、眠りに落ちて、脈絡のない、しかしある種の詩的価値のなくはない言葉を発するだけにとどまっていた。この新しい無意識探究の手法は、主題を変えて方法的に応用し、また条件を限定しさえすれば、ブルトンが前から考えていた他の二つの「解決」に供するものとなることができたのである。つまり、一つは「自動記述《エクリチュール・オートマチック》」であり、もう一つは夢の語り《レシ》である。実際、自動記述が約束したものはすでに実《じつ》のないものとして知られていた。『磁場』には明日はなかった。それはおそらく、作者の意識がひとたび醒《さ》めれば、作者の心的動きに対して、より厳しい観察力を及ぼしたからである。「そのあとはもはや不可能であった。われわれが、狭い目的へはめこもうとする意図を持って、この無意識のつぶやきを湧きたたせたとき、それはもうわれわれの望むようには動かなかったのである。」（同前、二頁）夢の語りについては、彼らは記憶の助けを借りていた。「だが記憶は限りなく衰弱するものであり、一般的に言って、信用のおけないもの」（同前、三頁）であった。

逆に、催眠状態での記述は、深い「自我」の表現において、あらゆる意識の干渉を排除するという疑う余地のない利点を持っていた。

その時まで、どのような新しい思想でダダを引き継ぐべきかをまだ充分につかんでいなかったブルトンは、自分の基本的関心事と過去の経験の延長線上にぴったりと当てはまる、一つの方法に熱狂的に取り組んでいった、と想像される。一時的な興奮のあまり、彼は、ダダイスムの初期の攻勢のとき肩を組んでいた三人、つまりアラゴン、スーポー、およびツァラを、この新しい「出発」に参加させようと思ったほどである。

しかし、スーポーとツァラは少なくとも、パリ会議の血なまぐさい白兵戦のわずか数か月のちに突然示された、このようなだしぬけの寛大さや全面的な無罪宣告を評価するとは思えなかった。事実、その後も長年にわたって、事態はそのままの状態ですすんでいったのである。

そのとき以来、『リテラチュール』は、しだいにはっきりと、ブルトン一派の心霊学実験だけの専用広場になっていった。このため、ダダの研究者はそこではもはや大した資料を求めないであろう。しかし、二つの特異な事柄が注意を引く。一つは、「超現実化していく」合唱の中での、ピカビアの不協和音の存在である。もう一つは、最も魅惑的な前期シュルレアリスム作品の一つの作成に対する、マルセル・デュシャンの基本的にダダイスム的な思考様式があたえた影響である。

『リテラチュール』の最後のシリーズは実際『山師イエス＝キリスト』の作者の存在によって支配されている。ブルトンは、最後の九つの号の各概要に、当時の最大の友人であるピカビアの一つまたはいくつかの評論名を記載していた。これらの作品が完全にそして継続的にダダの発想に基づいていたとしても、それは大して驚くべきことではなかったであろう。その内容は、ほとんどの場合、『三九一』や『カンニバル』の頁を飾っていたものとすべての点で同類の、格言やゴシップや中傷的な警句であった。明らかに混乱を巻き起こし大気を汚染させることを目的としたこの辛辣で否定的な主題と、その周囲を取り巻く「シュルレアリスム」のより高度な静澄さとの対照は、誰の眼にも明らかである。だから、ブルトンがそれを知っていたかどうか、それとも、当時最も貴重だった友情に眼をおおわれて、ピカビアの行動が自分自身や自分の協力者たちに課せられていた行動とはまったく異質のものであるということに気がつかなかったのかどうか、われわれは考えなければならない。第一の仮説は、ブルトンの性格と聡明さを考慮に入れた最も信憑性のあるものであるが、それは、彼がピカビアに対して驚くべき寛容さを示したという事実は認めねばならない、ということを意味する。この寛容さはおそらく、常に裏切られながらも、ピカビアを改宗させようとする不可能なしかし執拗な希望によって、さらに強められていた。事実、「シュルレアリスム」の音域に入りこむためにピカビアがいくつかの作品で(2)行なったかなりの努力も、一九一七年から一九一八年ごろの詩集や『三九一』のスペインとニューヨークで出た号の作品を練りあげるときに用いた詩作方法を、ふたたび作品に適用することにしかならなかった。彼の直観と志向とは、明らかに、この縁起のよい日々にあっては、よりダイナミックな、より快活な、より生気のある文学創造の形式へ彼を向けていたのである。

ピカビアにとって、この変化への慢性的要請は、ブルトンの熱心な訪問によって常に課せられてきた感情上の拘束ともあいまって、しばらくのあいだ、彼を『リテラチュール』への特権的協力者の位置に不安定なままおいていたにちがいない。しかし、一九二三年ごろから徐々に、この二人を結んでいた絆がゆるみはじめた。『リテラチュール』の詞華集号（第十一、十二号合併号、一九二三年十月十五日）にはまだピカビアのいくつかの詩が姿を見せていたが、次の分冊、つまりこのシリーズの最後の号（そこでは象徴的に、ふたたびランボー、アポリネール、ヴィトラック、デスノス、バロン、アラゴン、およびブルトンに立ちかえっている）では、『山師イエス＝キリスト』の作者の名前は書かれてさえいない。彼は、その間に、シュルレアリスムのブルトン的解釈に対して激しく対立してしまっていたのである。

デュシャンの影響はもっと強くもっと広かった。『リテラチュール』五号（一九二二年十月）の中で、ブルトンは、マルセル・デュシャンがニューヨークから送ってきた「乳白色《オパラン》の、おお、わたしの羊毛《マ・レーヌ》よ」といった具合の精妙な言葉の遊びを用いて、いくらかの空白部分を飾っていた。これらは一九二一年に「ローズ・セラヴィ」と改名した画家のこの神秘な変身によって書かれたものと称されていたものである。ブルトン自身にとっても、彼の若い仲間たちにとっても、これらのコントルペトリ（文字や綴りを入れかえて言葉をつくりかえる技法）は、新しい熱狂の火をかきたてるものであった。（その号全体がローズ・セラヴィの表象に支配されていたほどである。）それは「次のような非常にはっきりした二つの特徴から生じたものである。一つは数学的厳密さ（単語内での文字の置き換え、二つの単語間の綴りの交換、等）であり、もう一つは一般にこのジャンルに内在すると考えられ、そのジャンルの価値低下の働きをさせる、あの滑稽の要素がないということである。それは、わたしの見る限り、ずっと昔から詩においてつくりだされた最も注目すべきものである」（「皺のない言葉」、『リテラチュール』（新シリーズ）七号、一九二二年十二月、一三頁）とブルトンは書いている。しかしながら、『リテラチュール』の主宰者たちは、相変わらず他の新しい実験を求めていたため、おそらく、ロベール・デスノスがそれを高く評価し、催眠術の会の最中にそれを利用しなかったとすれば、こうした言葉のアクロバットは一時的な評価しかあたえられなかったであろう。

当時ニューヨークにいたデュシャンと彼の若い弟子とのテレパシーの交換と称するものの神秘について、ブルトンが不思議に思いつつ書いた次の文章は、なんと美しい文章であろうか。

「これから読もうとする文章、しかもローズ・セラヴィがまたその主人公である文章を、誰が眠っているデスノスに口述するのであろうか。デスノスの頭脳は、彼が言うように、デュシャンの頭脳とつながっているのであろうか。まるでローズ・セラヴィは、デュシャンが眼を見開いて語るかのように、彼に語るのである。それは、この問題の現状においては、私には解明できないことである。付け加えておかねばならないのは、デスノスが眼をさましたとき、われわれすべてと同じように、その一連の「言葉の遊び」を暗誦できなかったということである。かなり長いあいだ努力して見たが、やはりできなかった。」（同前、一一三―一一四頁）

今日、人々はこのような「二次的」状態の表示を偽装、つまりはトリックだと考えている。デスノスの行動を正しく判断するためには、彼の作話癖の傾向や、また、彼がすべてにおいてすぐれているということをすべての者に、特にブルトンに示そうとした強い欲求や、さらには、シュルレアリスムと称される彼のすぐれた創造において阿片の果たした役割、などを考慮に入れる必要がある。マルセル・デュシャン自身は、すぐのちにデスノスの実験のことを知ったときも、この事件全体に対してきわめて慎重な態度をとり続けていた。しかしながら、デュシャンはかなり無礼なこのやり方に表立って怒りを示めすということはなかったようである。考えて見れば、デスノスのこのやり方は、デュシャンが見出した表現様式を催眠術の名を借りて横取りするものであり、周知の中で「ローズ・セラヴィ」の名前からくる著名度を利用するものであったからである。(3) デュシャンの功績の模範的性格をほんのわずかでも考慮に入れるならば、この時期のコントルペトリ集を同じ表題で発表するなどということは、権利の簒奪としてしか解釈できないであろう。

だが、あらかじめいろいろ配慮していても、現象の同一性を生み出すことにはならない。しかも、形式上の類似に惑わされないことが肝要であろう。デュシャンの「言葉の遊び」とデスノスのそれとは明らかに異なった性質を示しているからである。『肉体と富』の作者は、より抒情的であり、よりはなやかであり、より機智に富み、語呂合わせ《アリテラシヨン》の音楽的ないしリズム的価値にはより敏感である。一方、『その独身者たちに裸にされた花嫁、さえも』の考案者は、より寡黙であり、より間接的にしか理解しがたく、平易さとか言葉の手品とか低次元のユーモアとかいったものは拒んでいる。しかし、いまわれわれの問題にとって興味のあることは、デスノスとブルトンが、数年前にデュシャンが創始した言葉の遊びの技法を自分たちの独自な目的のためにふたたびとりあげることによって、きわめてダダ的な方法をシュルレアリスムの目的に利用し、決然として言葉を分解し、そこから伝統的内容を抜き去ることにあった、ということである。文明のはじまりから、すべての人種において、言葉とたわむれ、言葉を追いこし、最初は意志交換の道具でしかなかったものを変質させていく、といった傾向が見られるものである。しかし、これらの言葉の遊びが無意味なものではありえないということを予見したのは、おそらくブルトンが最初である。

「〔……〕そこに賭けられているのはわれわれのもっとも確かな存在理由である。しかも、言葉は遊ぶのをやめたのである。言葉は愛の交わりをするのである。」（「皺のない言葉」、『リテラチュール』七号、一九二二年十二月、一四頁）

『リテラチュール』（新シリーズ）の定期性はしだいに乱れ、間があくようになり、しまいに、ブルトンは、この意味のなくなった義務に倦み疲れて、純粋にそして簡単に、そこからみずからを解放したのであった。実を言うと、第七号（一九二二年十二月）のあと、ブルトンとその友人たちは雑誌に対してはっきりと愛想をつかしていた。終わりの数号の内容は、ある種の混乱と、空虚さと避けがたい反復とによる単調さと、努力を向ける方向に関する主宰者たちの自信のなさを反映している。

ダダのまわりに集まっていた若い新兵たちや『リテラチュール』がすすんで隊列に迎えていたものたちは、一九二一年の終わりから、独自でみずからをためそうと試み、先輩たちと拮抗して大衆の眼に認められようと試みていた。

こうして、ロジェ・ヴィトラック、ジャック・バロン、マルセル・アルラン、マックス・モリーズ、およびルネ・クルヴェルらは『リテラチュール』（第一シリーズ）の企画を想起させなくはない一つの企画にのりだしていた。ピエール・マッコルラン、ポール・ヴァレリー、マックス・ジャコブ、ジャン・ポーラン、ブレーズ・サンドラルスといった名前の――宣伝用の――保証を得たあとで、彼らは、一九二一年十一月、『アヴァンチュール』というかなり素直な題をつけた月刊小雑誌の第一号を出すために力を合わせていた[4]。今や有名になっていたダダイストたちも、そこでは、上席におかれていた。アラゴンと――ユーモアに関するアンケートという名目の――ツァラとデルメである。

『アヴァンチュール』は、その外観や目次に出た上述の名前にもかかわらず、「ダダ運動とはあまり関係がなく」、「新しいフランス文学の最も現代的な傾向を代表し表現しよう」（『ユニヴェルシテ・ド・パリ』誌、一九二一年十月二五日、筆者名なし）と試みていた。クリカノワやヴィトラックやランブールやアルランの作品の眼ざめたばかりのような新鮮さ、バロンの詩の象徴主義的な美しさ、いたるところに眼につく文学的配慮、さらには詩的冒険における個人的価値の肯定、それらはヴィトラックとアルランのこの雑誌を『三九一』や『ダダ』のかたわらに並べることを拒むものである。この雑誌はいずれにしてもきわめて美しい詩篇を含んでおり、検討に値するが、その検討は「それ自体を対象として」あるいはシュルレリスムの展望の中においておそらくなされるべきものであろう。第三のそして最後の号は[5]、実際、前二号よりもいっそう均質で、ジャン・コクトーやポール・モランやラウル・デュフィらが脱退して、疑いもなく超現実の領域へふたたび向かっていた。その雰囲気は風がわりで、適度に幻想的で、ブルトンの二篇の散文詩がツァラの若いころの長詩「宇宙的現実、ヴァニラ煙草」と隣りあわせになっている。一九一九年日付の、つまり「前ダダ期の」ツァラのこの十九節の詩は、奇妙なことに、この雑誌の他の作品の中にあって異和感を感じさせていない。まるで、生まれ来る「シュルレアリスム」がサンボリスムの亡霊によって一つの混沌状態にねりあげられたかのように見えた。

石は
踊る踊れ《ダンスダンス》殿下《セニュール》
熱は考える《パンス》一本の花は
踊る踊れ《ダンスダンス》石のうえで
暑い組紐《トレス》よ
闇《オプスキュリテ》のために不協和音《デイソナンス》でふたたび始め《ルコマンス》よ、私の
妹《スール》
　　私の
　　　妹《スール》?
(『アヴァンチュール』三号、一九二二年一月、一二頁)

不幸にして、パリ会議がこの将来性豊かな出発を早ばやと終わらせることになった。ブルトン、ツァラ両氏の平和共存は長続きできず、『アヴァンチュール』の協力者たちも事件がいやおうなしにつくりだした断層にそって左右に別れた。ヴィトラックは、『アヴァンチュール』の主宰者という資格でブルトンらと並んでパリ会議の組織メンバーに昇進していたが、たちまちにして武器を失い、にがにがしい恥さらしの立場におかれた。それでも、瀕死の雑誌を背負い、あらゆる希望を失いながらも、まだそこからいくらかの息を吐かせることを期待していた。

「われわれは三つの号を刊行した。われわれは誤っていた。これからも誤るであろう。われわれは誤ることしか求めない。人人はあまりにも踏みならされた道を難行している。わたしはまだおいぼれではない。それをわたしは利用する。」(『ユニヴェルシテ・ド・パリ』誌、一九二二年一月五日、八頁)

だがすでに、昨日の協力者たちは彼にも彼の雑誌にも背を向けていた。

『アヴァンチュール』の冒険家たちは冒険主義者にすぎない。この冒険主義者たちの特徴はおもしろくもおかしくもない冒険を行なったことである。」(T・ツァラ、『二等切符』、B・224・七頁)

失敗の原因は、一つには当時の状勢にあり、一つにはヴィトラックが犯した政治的不手際にあった。つまり、雑誌創刊のおり、ヴィトラックとクルヴェルとアルランは次のことを合意していた。それは、主宰は合議ですること、クルヴェルが企画の「管理」を引き受けること、しかし、三人全員が高度な仕事も雑用も分担して行なうこと、であった。だが、一月に、ヴィトラックがブルトン側に立とうとしたとき、アルランとクルヴェルは彼に従うのを拒否した。そこで、この青年はまっこうから押し切って自分が雑誌の唯一の主宰者だと宣言したのである。それに対して、他の協力者たちはアルランのまわりにふたたび集まり、別の表題で『アヴァンチュール』の刊行を続けようとした。こうして、一九二二年四月に『デ(骰子)』が誕生した。その体裁は『アヴァンチュール』の体裁とまったく同じで、同じ版型、同じ組み方、同じ活字、同じピエール・マッコルランによる同じような巻頭評論であった。だが、この類似性はうわべだけであった。というのは、『アヴァンチュール』の最終号から発散していた魅力はすでに消え去っていて、悪い予感をあたえるある種の幻滅感がアルランの序言の中を貫いていたからである。

「そのとき、われわれの誤りは、青年たちが、個性を犠牲にすることなく、また各人の才能を導くあの多少とも柔軟なエゴイスムを犠牲にすることなく、同じ傾向に従って動く一つのグループを形成できるものだ、と信じたことである。

われわれは、各人に共通し、しかも効果のある唯一の傾向というのは出世主義である、ということを体験した。それは、人によって、ダダと呼ばれ、古典主義と呼ばれ、あるいは「パリ会議」と呼ばれる。

何人かの仲間がこの雑誌を創刊するために私を援助してくれたが、誰もそこに統一性を求めてはいない。この雑誌には、いくつかの試みといくつかの矛盾しか見出されないであろう。」(『デ』誌、B・229・一二頁、C・T)

確かに、『デ』の目次は、なんら共通分母のない、表題の寄せ集めである。ツァラ(「反哲学者、Aa氏」)、エリュアールの詩、リブモン＝デセーニュ、ランブール、クルヴェル、クリカノワ、およびアルランの作品、アンドレ・マルローという名の若い「変人」の「フランス式庭園の中の空気うさぎたち」である。ヴィトラックやブルトンについても、また当時の出来事についても、そこではなんら言及されていなかったが、目的も魂もない無脊椎の雑誌『デ』は、ダダと同じように、パリ会議に対して加えようとしていた打撃によって、みずから死んでしまった。(6) ひとたび敵が倒されてしまうと、協力者たちを互いに結び合わせていた力は、突然用のないものになってしまったからである。

『ザ・リトル・レヴュー』は、歴史的データを掘り起こさなければ、ダダイスムの出版リストの中に加えることができないであろう。が、そうすればさらに、マーガレット・C・アンダーソンが一九一四年にシカゴで創刊したこの定期刊行物が、どういう状況によってダダに肩入れするようになり、一九二二年ごろには運動そのものの発光体と見なされたまでになったか、ということを分析せずにはすまされなくなる。

『ザ・リトル・レヴュー』の主宰者は、頭脳と精神の女性であったが、彼女はいつの日かダダイスムの吉報を受け取るべく運命づけられていた。この雑誌の最初の数号では「修正アナーキスム」と「生の光輝への献身」とが基本思想であった」が、そこにおいて、彼女は、すばらしい混沌状態の中で、当時流行のすべての運動とすべての人間に没頭していたのであった。つまり、フロイト、ベルグソン、ニーチェ、フェミニスム、アナーキスムなどである。一九一七年、「外国人編集者」と称するエズラ・パウンドが、ロンドンからきて、この定期刊行物の編集方針を深刻なものに変えてしまった。というのは、一九一八年から一九二一年にかけてジェームズ・ジョイスの小説『ユリシーズ』のすばらしい原稿を掲載したために、警察と郵政省の検閲とを相手にまわさなければならなかったからである。四度にわたって『ザ・リトル・レヴュー』は押収された。結局、マーガレット・アンダーソンは、一九二〇年十二月の号のあと、雑誌の刊行を中断し、アメリカにいや気のさした一群の作家についてヨーロッパへ行くことに決めた。彼女はロンドンで事務所を開き、(デュピュイトラン街で「シェイクスピア・アンド・カンパニー」という書店を持っていた) シルヴィア・ビーチからパリとの連絡役を引き受けてもよいという約束をとりつけ、また、女流詩人ジェーン・ヒープの協力も得られることになった。一九二一年五月、新聞は雑誌の誕生を告げた。今度は季刊誌になっていた。第一号は秋の刊行を予定していたが、それは、大西洋の向こうで『ユリシーズ』が発禁になったことに対する両大陸の若い作家たちが発する激烈な抗議の声を掲載するものになっていた。それゆえ、『ザ・リトル・レヴュー』は、当時好戦的な熱気にひたっているダダイストたち自身にとっても、はじめから、戦闘の手段といった形であらわれたのである。

エズラ・パウンドの仲介で、マーガレット・アンダーソンはダダと関係を持つようになった。一九二一年四月十二日、パリへ来ていたこのアメリカ詩人は次のようにピカビアに書いている。「あなたがアメリカのあるとてつもない雑誌に協力してくださるかどうか私にはわかりません。——非常に活動力のない雑誌です。が、希望は――」（未刊書簡、D・P）なぜピカビアに書いたのか。それは、マーガレット・アンダーソンが一九一七年のニューヨーク・ダダイストの行動をまだ覚えていたからで、その中にこの画家の名前もまじっていたからである。[7] ピカビアはアメリカの生活様式もよく知っていたし、パリの前衛グループにも顔が利いたので、この雑誌にとってこの上なく有利な存在になるはずであった。ピカビアはこの申し出をこころよく受け入れた。そして、ついに待望の号が八月中旬に発売されたとき、ツァラやブルトンが驚いたことには、彼らの友人の名前が、マーガレット・アンダーソン、エズラ・パウンド、「jh」（ジェーン・ヒープの略記）らの名前と並んで、発行者名の欄に書かれており、その上、恥ずかしげもなく彼の詩がポール・モランやコクトー（『喜望峰』の翻訳）のテキストにまじって掲載されていた。ピカビアは、このように、パウンドと同様「外国人編集者」の地位に（アラゴンがにがにがしげに書いているところによると（B・8）「ジュール・ロマンの身代わりとして」）昇格してしまうと、今度は、もう『ピカビア号』を準備することしか念頭になかった。実際、それは一九二二年春に刊行された。この号は全面的にダダに属するもので、ピカビアの機械主義的《トワル・メカニスト》絵画の複製十六枚と、ツァラ、リブモン・デセーニュ、クロッティ、クリスチャン、jh、そしてもちろんピカビア自身の作品を掲載していた。ただ、二つの散文詩「コクトー、ツァラに敬意を表す」と「コクトー、ピカビアに敬意を表す」、およびアポリネールの『審美的瞑想』の英訳は、節操堅固なダダイストたちを切歯扼腕させるにたるものであった。

次の二年間（ピカビアが支配した期間）やさらにはそののちも、『ザ・リトル・レヴュー』のほとんどの評論や挿画はダダの影響を受けていた。協力者たちは、全員がその死に瀕した運動に属していたとは言えないが、彼らはみんな当時のダダの行動機能に従っていたのである。このようにして、これら数号の目次には、すでに挙げた名前のほか、次のように絢爛たる名前が並んでいた。パンセルス、エルザ・フォン・フライターク＝ローリンゴーヴェン、ブルトン、マン・レイ、マッソ、エリュアール、アルプ、アラゴン、バロン、スーポー、ペレ、クルヴェル、メーゼンス、リゴー、アルラン、ヴァレーズ、シュヴィッタース、ヴァン・ドゥースブルグ、シャルシューヌ、ジョゼフソン、ランブール……らである。ジェーン・ヒープとマーガレット・アンダーソン自身は、ダダ運動とダダイスムの思想がヨーロッパとアメリカで激しい攻撃にさらされるたびごとに、決然としてダダ弁護の立場に立ったのであった。

こうした興味の中心の拡散は、パリ会議を契機に広がった動揺と相まって、ダダイストたちの個人的創造活動にとってある意味で有害なものになった。だが、一九二二年の前半期に出された作品だけは、前年の終わりにつくられたものであった。

その例はポール・エリュアールの『反復』である。これは、前年の夏ケルンで手がけた、エリュアールとマックス・エルンストとの実り豊かな共同作業の最初の産物である。奇妙な滲透と擬態の現象によって、この二人の芸術家は、冒すことのできない共通の主題によって、まさに等質の造形作品（十一のコラージュ）と詩作品（四十九篇の詩）を生み出すにいたったのである。人は、そのいずれをもどちらかの「挿画」とも「解説」とも名づけることはできないであろうし、「反復」とはいっそう言えないであろう。できるとすれば、むしろ、奇蹟的な交感とでもいうべきであろう。エリュアールは、ものに動ずることもなく、自分自身と、『生の必要事』以来わがものとした詩的完成とに忠実に従ってきたが、ここでも、流行の上を、あるいは流行の横を行っているのである。

川

私が言葉の下にもつ川、
人が想像もしない水、私の小船、そして、おろされたカーテン、語ろう。

（B・82・一八頁）

三月十八日にパリで刷り終えたこの作品は四月一日発売された。そのすぐあと、『ひげの生えた心臓』は次のように称讃していた。「もはや簡潔だというだけではすまされない。ポール・エリュアールは完成されたということを認めねばならない。これは、われわれのもっと危険な詩人たちの世評と存在さえも危うくさせるものともなるであろう。」（B・224・一八頁）

教か月のち、エルンストとエリュアールはチロルで夏の休暇を過ごしたあと、三部作(8)の第二部『不滅のものたちの不幸』を出そうとしていた。彼らはそこで、さらにいっそう、共同作業を押しすすめようとしていた。というのも、その中の詩篇は、今度は、共通の詩想によって結実され、以前からダダが経験してきた技法に従って構成されるべきものであったからである。

三月三十一日、ほとんど時を同じくして、スーポーは妻が経営していたシス書店から『ウエストウイゴー』(9)を出版していた。これは、一九一七年に病院のベッドではじめた、長い詩的瞑想である。実を言うと、この美しい旅への誘いは、アポリネールの残像と『ニューヨークの謝肉祭』のサンドラルスの調子とがないまぜになっていて、主題においても形式においてもダダイスムと結びつくものではなかった。ダダはすでにメランコリーの光背でふちどられ、スーポーの思い出の納屋の中で、流浪の夢とテームズ河畔の長いロマンチックな散策とに溶けこんでいたのである。

奇妙な旅行者　荷物を持たぬ旅行者
私は決してパリを離れなかった
私の記憶は私の靴跡から離れなかった

（B・182・一五頁）

私はニューヨークへあるいはブエノスアイレスへ行くこ

とを望んだ
モスコーの雪を味わいたいと望んだ
マダガスカルへあるいは上海へ向けて
ある夜客船に乗って旅立ちたいと望んだ
ミシシッピーを溯りたいと望んだ〔……〕(同、一五頁)
数多くの物事が私の前で踊り
私の仲間たちは四方に眠っている
彼らとはまた明日会うだろう
惑星の眼の色をしたアンドレ
ジャック、ルイ、テオドール
偉大なるポール、わが親しい樹よ
そしてトリスタン、その笑いは大孔雀
君たちは生きている
私は君たちの身ぶりも本当の声も忘れてしまった
だがこの夜私は一人である　私はフィリップ・スーポー
　なのだ
私はサン＝ミッシェル通りをゆるやかに降りていく。
(同、一七―一八頁)

これらの夢想にしみこんでいる甘い悲しみは、詩人の感情生活の中から生まれたものであると同時に、美しいダダの冒険がその果てに達した、というべき直観の中から生まれたものでもある。

一九二二年十一月の『テレマックの冒険』の発表がアラゴンにとって意味したものは、また、ダダへの決別であった。とはいえ、この作品は、形式においても、また調子においてさえ、まだ堅牢染めのダダイストたちの同期の作品と密接につながっていた。事実、散漫な説明はされているが、明確な秩序もなく語られる断片といった形式、しかも大部分は不合理な形式のもとに描かれていて、人々はそこに、『アニセ』以来書かれ、発表され、あるいは読まれてきたある種の作品や宣言と類似のものを見出すのである。だが、そこに含まれるリリスム、エリュアールに献呈された愛に関するあの果てしなく変形しつつ拡散していく文体のきらめきなどはこの現代のテレマック[10]がもう一人の師傅《メントール》を求めて旅立ったことを、如実に物語るものであった。

パリのダダイスムに関する最初の批評作品はこの運動のメンバーの手によって、一九二二年のはじめに出された。これは『三九一』に掲載された『マラルメから三九一まで』で、ピエール・ド・マッソが一九二一年七月から十一月にかけて書いた一四〇頁ばかりの小さな本であった。この「若い田舎者」は、お金がなくなったためポンシャラの故郷の村に引きこもっていたが、前年の冬ダダイストたちの戦陣で過ごした熱狂的な日々を回想して、自分と運動との関係を文書に書きとどめようと決心したのであった。これを聞きつけたピカビアは、作者を勇気づけるとともに、その出版なら問題はなかろうと、やや軽い気持で保証をあたえた。マッソは夜に日をついで仕事に打ちこんだ。その仕事はしだいに現代のアヴァン・ギャルド文学史の形をとっていった。この研究はところどころ素朴で稚拙なところもあったが、文学に関するすぐれた認識や生き生きとした感受性や書く喜びへの疑うべくもない献身的態度などは、それをおぎなってあまりあるほどに、充分示されていた。また、この種の多くの作品と同様、さまざまな作家に対する称讃がふんだんにまきちらされていた。彼らの共通の価値はピエール・ド・マッソの眼窩の中を一度でも通りぬけたということにあった。こうして、マラルメとキュビストたちとアポリネールは、コクトー、マックス・ジャコブ、ルヴェルディ、サンドラルス、デルメ、サルモン、モラン、ドリュ・ラ・ロシェル、リゴー、そしてとりわけダダとピカビアにいち早く席をゆずっていた。ピカビアは、作者の知らぬまに、この作品を財政的に援助していたのであった。マッソはおそらくこの作品に向けられるであろう好ましくない批評を予測して、序文で次のように書いていた。

「この書物は誠実なものであろうか。いや、そう思わない方が好ましい。大戦中、外国の軍隊がパリの城壁をうちこわしていたとき、わが軍の成功を告げる通信には、いつも「軍用」というしるしがついてはいなかっただろうか。」（B・122・〔五〕頁）

この悪い洒落はこの作品の価値について誤った考えを示している。というのは、この若いダダイストは、すぐれた理解力によって、ダダ運動の詳細な経緯をありのままに分析することができたからである。しかもそれは、事物を明確に見ることに一定の価値がある時期においてである。当時、すぐれた批評家さえも日ごろこの事件から距離をおいて見ることは、残念ながら、できなかったからである。

十一月四日、マッソはピカビアの家へ移ってきた。彼はそこでこの作品の校正をした。それは一九二二年一月のはじめについに出版された。パリ会議の最初のこぜりあいがはじまったときである。それはすでに数週間前に編集され、したがってパリ会議のあらゆる陰謀の影響からまぬがれていたが、彼がピカビアにささげたあからさまな讃辞やダダ全体に対して述べられた「鎮魂曲」は、それ自体、作者をブルトンの陣営に属させるものであった。

しかし、その後ダダについて書かれたすべての研究書の原型となるこの作品の出版を助けたにもかかわらず、なお、ピカビアの真の意図がどこにあったかわからない。それはたんに、新しい才能の開花を助けることによって、自分への心底からの忠誠に報いただけだっただろうか。クリスチャンの一つの手記がこの疑問をさらに強めている。

「〔……〕とりわけ、この本は真面目で批判的な、教化的で、緩和的で、宥和的なものとして受け取られています。〔……〕また、世の中の人も、マッソのおかげで、背理の論理があることも知らされました。しかし私は、ただ、多くの人が深い失望におちいるのではないかと考えるだけで、身ぶるいがするのです。私たちはこれらの人を「瞞着する」ことにもなるでしょう。親愛なるピカビア、あなたのもくろみにはひどく悪魔的なものがあります。人はあなたに言うでしょう。いったいなんの必要があって、穏やかな人たちに、彼らが信じていたことが間違いであることを知らせ、彼らから休息を奪うのですか、と。」（クリスチャン、ピカビア宛未刊書簡、一九二二年十二月六日、D・P）

しかし、爆弾は——もし爆弾があればの話だが——パリ会議によって、信管がはずされた。そして、マッソの最初の本も、実際には、それを扱った芸術家や詩人の小グループを除いては誰にも気づかれぬまま過ぎていった。

第二十二章　シュルレアリスムへの道

ダダはもろもろの事物の上に人工のやさしさをおく。奇術師の頭蓋から出る蝶の雪をおく。ダダは不動のものであり、情念を知らない。

トリスタン・ツァラ

チロル一九二二年——ベルリンの構成主義者《コンストリュクティヴィスト》会議——ピカビアの発展——バルセロナの展覧会と講演会——『孤独なる土地《ロクス・ソルス》』——「眠り」——ロジェ・ヴィトラックの二つの会見記——「ひげの生えた心臓の夕べ」——青い紙——ツァラ、文学へもどる——シュルレアリスムへの道

一九二一年にチロルで過ごしたヴァカンスのすばらしい思い出が、ツァラに一九二二年にもまたこの体験を新たにし、今いちどダダイスムの戦士たちをオーストリア側アルプスのどこか日当たりのよい山荘に集めようという気持を起こさせた。しかし、彼の発案もぜんぜん興味を呼び起こさなかった。リブモン＝デセーニュは、「なにかしたいという欲求に駆られながらも」[1]（ツァラ宛未刊書簡、十月十八日、C・T）、やっかいな金銭上の問題と家庭の事情にとらわれて、モンフォール＝ラモリー（パリ南方セーヌ＝エ＝オワーズ県の郡都）近くのウーヴォにある家にとじこもっていた。マン・レイも誘いを受けたが「一文なしの状態だ」と答えてきた。結局、ツァラは六月末に一人で出発することに決心した。しかし、ガラとポール・エリュアールは彼より先にイムストへ旅立っていて、そこでマックス・エルンストに会う約束をしていたし、また、アメリカの「亡命」作家マシュー・ジョゼフソンもそこへ行っていた。これは当時ハロルド・A・リヨブ、アルフレッド・クレンボーグらと、通信によって、国際的雑誌『ブルーム』を主宰していた人である。マックス・エルンストは妻と赤ちゃんウルリッヒといっしょにタレンツ湖のほとりのこわれかけの別荘で暮らしていた。ツァラはジョゼフソン一家の泊っているホテル「ガストホーフ・ポスト」に投宿した。数日のち、アルプと妻のゾフィ・トイバーもチューリッヒを発って、そこへ合流してきた。

このダダイストたちのはなばなしいチームが集結するやいな

や、まず最初に考えたのは、あの『戸外に出たダダ』の武勲を再現し、同じ系統の一枚刷りの刊行物を準備することであった。文章の部分はエリュアールとツァラとアルプが引き受け、アルプとエルンストはふんだんに挿絵をつける仕事にまわった。

不幸にして、このすばらしい計画は放棄せざるをえなかった。というのも、マックス・エルンストがエリュアールに抱いていた友情が、やがて、エリュアール夫人に向けられたからである。そして、夫人も、カールした髪の毛と山の湖の青さをたたえる眼をした、この大柄で快活な人物の男性的魅力には無関心でいられなかった。それはやがて、ダダイスト部落の公衆の面前で、古典的な三角関係へと発展していった。われを失ったエリュアールは、ガラへの愛情もあいまって、この新しい状況をまったく通俗的なものにしてしまった。その結果、大騒動と大議論が巻き起こった。それは、たとえダダの定期刊行物とはいえ、企画には必要な懐胎期をそこなうものであった。マシュー・ジョゼフソンはこの出来事を次のようにおもしろく書いている。

「ツァラはこのもめごとと全体に対してきわめて不愉快な態度を示していて、私と二人きりになったとき、こんな不平をこぼしていた。「もちろん、ぼくたちは彼らが何をしようと、誰が誰と寝ようと、問題にはしない。しかし、なんだってあのガラ・エリュアールは事をドストエフスキー流のドラマにしなきゃならないのかね。まったく不愉快で、我慢ならない、前代未聞だよ。

ツァラ自身も、もっと穏やかな性質の女性をつれてきていた。そして、最近のパリでの抗争（パリ会議）にもかかわらず、まったくの上気嫌であった。彼は、ブルトンのライバルになろうとは夢にも思っていなかったし、パリのアヴァン・ギャルドの合唱団の指導権を争おうなどとは考えてもいなかった。彼はダダ運動のなりゆきには「根っから無関心だ」とさえ告白していた。そしてもっぱら擬似感情的スタイルの、あらゆる神秘性を排除した詩を書いていた。」（B・111・一七九頁。〔原文は英語、著者仏訳――訳注〕）

感傷的な言いかたをすれば、この波乱にとんだヴァカンスは八月の終わりまで続いた。エルンストはタレンツを離れ、妻と子供をケルンへ連れもどったあと、ふたたびサン＝ブリッスにいるエリュアール夫妻と合流した。そしてそこで、数か月のあいだ腰をすえた。ツァラとアルプはジョゼフソン一家とアメリカの友人たちをチロルに残して、ベルリン行きの、ついでワイマール行きの汽車に乗った。そこでは、『デ・スティール』グループの推進者テオ・ヴァン・ドゥースブルグの主宰で、一大構成主義者《コンストリュクティヴィスト》会議が催されることになっていた。ドゥースブルグは、仲間の知らないうちに、一人で、しかもきわめて強烈にダダイスムに心酔していたので、このもう一つの「パリ会議」になるだろうと考えていたものにツァラとアルプを招いていたのであった。この会議を通じて、さまざまな傾向が競い合うことになっていたからである。構成主義者たち（エリーザー・リシツキー、マックス・ブルヒャルト、コルネリウス・ヴァン・エーシュテーレン、アルフレッド・ケメニー、モホリ＝ナギー、さらにはハンス・リヒターさえ）は、このような既成事実に直面して、一気に硬直した態度をとった。ダダの悪名の高さを知っていて、自分たちの会議のすばらしい組織がまさにこの扇動者たちによってひっかきまわされるのではないかと恐れ、彼らの追放を要求したのであった。ドゥースブルグは初心を貫き、ダダイストたちを他の参加者たちのグループにおしこんだ。とたんに、そのグループの最も臆病な連中は姿を消してしまった。ツァラ、ドゥースブルグ、リヒター、およびアルプの経験豊かな扇動で、会議はたちまちにしてダダの輝かしい舞台へと堕落した。何枚かの写真がその記録を永遠にとどめている。

　一九二二年夏の終わり、アラゴンが舞いこんだのもベルリンである。彼もまたオーストリアでヴァカンスを過ごしたのであった。が、母と妹を連れていた。彼は何とか機会を見つけると、家族への義務はほうりだして、すぐジョゼフソンに会いに出かけた。戦後の騒々しい、悲惨で、無秩序なベルリンへのこの短い旅について、アラゴンは『リテラチュール』（第二シリーズ）六号（一九二二年十一月一日）と『夜のパリ、あるいは首都の快楽』という小品で、手記をのこしている。後者は翌年になって発表されたものである。

　一方、フランシス・ピカビアの方は、パリ会議のおかげでブルトンに接近するようになり、誰もが認めるように、一つはブルトンへの畏敬の念から、また一つは『リテラチュール』（新シリーズ）の中心人物ということから、彼はしだいに輝かしい位置をしめるようになった。とはいっても、そのために、並行していくつかのはなばなしい評論を大新聞に出し続けることをさまたげはしなかった。彼はその中で、一九二〇年とまったく同じようなダダイスムの傾向を表明していた。一九二二年のサロン・デ・ザンデパンダン[2]とサロン・ドートーヌ[3]への出品の際、彼の作品をむかえた批評の大合唱は、疑いもなく、潜在的破壊力を無疵のまま保持しようとする彼の意志を裏書きするものであった。もっとも、その方法は彼のインスピレーションに従って変化していたことも確かである。一九二二年は、実際、彼にとって、絵におけるダダイスム固有の実験期間であった。少なくとも、「メカニック」と称される油絵や「ダダ」と称されるコラージュと、ダダ運動のまっただなかにいたピカビアの活動とを不可分のものと考えるならば、それは間違いなく言えることである。われわれの感覚では、『スペインの夜』のようなタイプの作品は、形象への回帰をわずかに見せてはいるが、やはり、造形的な美に対しても大衆の健全な好みに対しても、露骨な軽視の念を示す一つの証拠となっている。

　この画家は、今度は、家具一式を備え「バラ色の家」と名を変えたトランブレ＝シュル＝モールドル（セーヌ＝エ＝オワーズ県）の小さな別荘に、ジェルメーヌ・エヴェルランと居をかまえていたが、相変わらず熱心に、社交界に出入りする生活を続けていた。そこにはブルトンも交っているのが見えたが、それは一つには画家との個人的な関係からでもあり、また一つには洋装店主で文芸擁護者のジャック・ドゥーセから、ピカビアの資料と絵画のコレクションをつくるために、この画家に打診するよう頼まれた「図書館長」としてでもあった。

ダダの墓の上に立つブルトンとピカビアのこの固い友情は一九二二年十一月に絶頂期に達した。それは、ジョゼ・ダルマウがピカビアの最新の絵の展覧会をバルセロナの画廊で開くことに決めた日付である。

思いかえせば、五年前ピカビアと亡命の友人グループが『三九一』の第一号を刊行したのが、プエルタフェリーザ街十八番のこの同じ店であった。ピカビアは、自分の初期の武勲劇をもういちど見たいという欲求にかられ、また慢性化した旅行癖も手伝って、ダルマウの招待を受けることにし、展覧会の前日内示展にみずから出席することにした。彼はブルトンに自分といっしょに自動車で行こうと提案し、この機会を利用して、フランスの詩と芸術の現状についてバルセロナで講演するようたのんだ。ブルトンは快諾し、カタログに序文を書くことさえ申し出た。

こうして二人は十一月のはじめピカビアの「メルセール」に乗って出発し、途中マルセイユへ寄り道したあと、十六日にカタロニアの首都に到着した。十七日、つまり開催の前日、ブルトンは「アテネオ・バルセローネ」ホールで「現代的発展の性格とそれを支えるもの」（B・42・一八一—二二二頁）と題する講演を行なった。

彼は、パリ会議の中心思想をふたたび取りあげ、ある一定の時期の創造者たちを未知の、しかし確かな方向へ宿命的に導いていくように思われる、この流れの源泉と性質とを分析しようと試みていた。「人間をつくりあげるのは運動というものではないとしても、これらの人間の中で最もすぐれたものが運動と無縁でいるということはまれである。そこには、服従というもののあずかり知らぬ、きわめて神秘的だと言えるほどの、一つの力がある。私は、この服従というものには、ある時期においては、なんらの精神の救いも見出さないのである。」（B・42・一九一頁）この力が、一定数の人間（ピカビア、デュシャン、ピカソ、キリコ、エルンスト、マン・レイ、ロートレアモン、ヌーヴォー、ランボー、ジャリ、アポリネール、ルヴェルディ、クラヴァン、ツァラ、スーポー、アラゴン、エリュアール、ペレ、バロン、およびデスノス）によって具現化し、ブルトンによれば、さらに、これまでその力を結集してきた運動そのものをこえて、人々を遠くへ導くことになるのであった。

「〔……〕キュビスム、フュチュリスム、そしてダダを連続的に見ると、一つの思想の飛翔を跡づけることができる。この思想は現時点では一定の高さにあるが、それはさらに、既定の曲線を描き続けるために新しい衝撃を期待しているのである。」（B・42・一九二頁）

このテキストの最も興味深い部分は、間違いなく、ブルトンが自分とダダとの関係を規定しようとした部分である。彼は、自分の生活でまだ唯一の実質的要素として残っている一つの運動に対して、距離をおくことに明らかに非常な困難を感じていた。ツァラをはじめとする自分を裏切った許すべからざる昔の冒険の仲間たちへの倦怠感、嫌悪、幻滅、そして怒りすらが当時の詩人を支配する感情であった。しかし、バルセロナの講演で、それに代わるべきいかなる解決策も出さなかったということも、強調すべき重要事項である。しかもそれは、この一九二二年夏には、不定形な欲求と壮大な希望にふくらんだ彼の精神が、その後、彼の名前と結びついていくことになる魔術的な用語――「シュルレアリスム」――を、すでに浮かびあがらせていたにもかかわらず、である。

このつながりの固さは理性面よりもむしろ感情面に起因していたため、彼がその絆から抜け出すのはいかにも困難であった。それはカタログの序文の中にいっそうはっきりとあらわれている。そもそも展覧会自体、ピカビアの四十七点の作品を収めていたが、そのほとんどすべてが「メカニック」（排気管、給油ポンプ、コイル装置、発電機、等々）、つまりダダイスムの時代と美学に属するものであった。ブルトンは、ダダ運動からの決別を宣言すると同時に、当然否定しなければならなかったであろう作品を、このようにして、称讃せざるをえない立場におかれていたのである。

このころまた、ブルトンは、レーモン・ルーセル擁護のために、ダダイスム形式の宣言文を配布した。この劇作家は一九一二年以来一篇も上演されなかったが、(4)（一九一三年十月付の）『孤独なる土地《ロークス・ソルス》』の長いテキストを上演用に脚色させようと考えていた。ピエール・フロンデは、テアトル・アントワーヌで上演されているきわめて大衆的な芝居『私娼《アンスーミーズ》』の作者であったが、そのころ経済的に困窮していて、このむなしい仕事を引き受けたのであった。が、そのため、彼は金持の変人ということで一般に通っているその人物から莫大な金額（七万五千フラン、しかも即金で）支払われたのである。舞台装置は、当時のすべての前衛劇がそうであったようにキュビスム風であったが、これはエミール・ベルタンに委託された。そして衣装はポール・ポワレに、音楽はモーリス・フーレという人物に委託された。すべてが、もちろん、作者の費用で行なわれた。この上演用の翻案の結果は三幕六場の戯曲となったが、それらは一般大衆の良識には挑発的なものになると同時に、ダダイストたちの眼にはダダ精神の永続性を新たに証明するものになっていた。主人公カンタレルは、そのはしばしで、革命的発明をまきちらしていた。いわく、いかにして「ひき潮のときにコンサートが開催できるように、おおむの舌を移植して魚たちをしゃべらせるか」。いわく「生きた黒人たちで火薬を製造する方法」。いわく、いかにして女の髪の毛を音楽にしうるか。いわく、堅くなったソーテルヌ葡萄酒で小さい金魚鉢をつくること。いわく、書記たちの垢を落とす魔法の水、等々。『孤独なる土地』が醸しだす一般的印象は、批評家ピエール・シーズが初日の翌日に読者に示した次のような分析（B・28に引用）によって判断することができる。

一、毛皮を着た男たちの登場。
二、冷たい水での死体処理。
三、シニョレの演ずるカンタレルが踊りながら登場。
四、「ダントンの頭」の幕間狂言および骸骨たちと栄光の女神のバレー。
五、裁判官たちのバレー。
六、復活と「輝く水《アクワ・ミーカンス》」のすばらしい効果。
七、魚たちに歌うことを学ばせるために、いかにしてそれらを塩ぬきにするか。
八、いかにして、コルセットの針金でできた電車は仔牛の肺でできたレールの上を走るか（これまでにほとんど見てこられたもの）。
九、平凡で和音的効果を出す騒動。
十、客席の場景。観客も含めての全員による騒々しい混乱。
十一、そして俳優たちは、もうたくさんだと告白する。
十二、そして観衆たちがそれに拍手喝采する。
十三、大づめ。シニョレが針金の先にぶらさがって昇天。

『私娼』は『孤独なる土地』のために上演を中断していたが、その顧客たちは、明らかに、ルーセルのこの傑作の秘教的な輝きを充分評価しなかったように思われる。一九二二年十二月七日に予定されていた初日は実際には八日にのびたが、その翌日、批評家たちはこの芝居に腹を立てることさえしなかった。彼らは首をすくめるだけで満足したのである。

ルーセルは、機械の故障——本当か嘘かわからないが——を口実に、十二月九日と十日を休演し、台本の一部で重要な差し変えを行なった。[5] 劇場の支配人の方ではこのようにして大衆を引きつけ、予測していた赤字をできるだけ少なくしようと考えていたこともあり、劇作家自身の方では無理解な大衆をいかに軽蔑しているかを示したかったこともあって、その「大づめ」をきわめて劇的な一幕におきかえさせたのであった。これは、ガブリエル・チモリとフェリックス・ガリポーによる『スリッパをはいた戦争』と題する、極端に愛国主義的でブールヴァール演劇風のものであった。演出はガリポー氏自身が行なったが、彼はその上「ガストン」の役も演じ、女友だちのシュザンヌ・ゴールドシュタインにも「ユゲット」の役を演じさせた。つまりは、このプログラム全部を引き受けたわけである。

このなりゆきを見て、またブルトンの提案もあって、ダダイストたちは、ルーセルのために示威運動をしようとして、一般公開の第一日（十二月十一日）の夕刻を期して、大挙して劇場へのりこむことに決めた。彼らのうち十人ばかりのもの（ブルトン、アラゴン、ピカビア、デスノス、ヴィトラック、オーリック、ジョゼフソン、など）は優待券を利用して客席の中に散らばり、適当な合図に従って介入することになっていた。

実際、『孤独なる土地』の上演中、ダダイストたちは、たえまなく喝采し、大声で解説し、作家の才能をほめそやし、その合い間に感嘆おくあたわざる調子で意味不明の会話を交わしたものであった。観客たちはしばらくあっけにとられていたが、やがていらいらしてきて、この邪魔者たちを非難しはじめた。そこで起きた次のような事件は一般に知られている。つまり、デスノスが隣りに坐っている男から「さくら」の仲間だと罵倒されたとき、「そうだ、私はさくら《クラック》（「平手打ち」（クラック）の意味とかけて）だ。そしてあなたは頬っぺただ」と言いかえして、自分の言い分を力をこめた一発の平手打ちで証明して見せた、というものである。

だが混乱状態は、幕間のあと、『スリッパをはいた戦争』の上演中、最高潮に達した。ダダイストたちはそれまで無遠慮な讃辞を述べたてていたが、突然容赦ない非難へと転じた。まったくのところ、台本は月並みと誇張に満ちたひどいもので、このような動きを巻き起こすには充分であった。それは、ただ、口笛や挑発的な絶妙な間合いで発せられる感投詞（「ばか！」、「なんとまあ！」、「嘘だっ！」等々）だけであった。祖国愛を示す数多くの台詞の一つ一つに対して、「フランスを倒せ！ドイツ万歳！」といういかにもなまなましい言葉が受けて立った。また、沈黙の中で「それで？」と問いかける役者に対して、アラゴンは「それで、くそくらえ」という決定版をバルコニーから投げかけたのであった。

ダダの初期の宣言集会のときと同様、劇場の支配人は最後には上演を中止させ、警察を呼んだ。俳優たちは群衆といっしょになって扇動者たちに襲いかかった。ブルトンと夫人は逮捕された。が、彼の激しい抗議と『孤独なる土地』の美しさについて書いた彼の詩的解説と『スリッパをはいた戦争』の愚劣さに対する彼の断固とした判断のおかげで、勇敢な憲兵たちの信念もぐらつき、ダダイストたちは軍旗を敵に渡すことなく撤退することができた。

この出陣はふしぎに一九二一年一月のマリネッティの「触覚《タクティ》主義《リスム》」講演の際に行なわれたそれを想起させるものであった。直接行動に出たこと、大衆がいっせいに立ち向かってきたことなどは確かにダダの脈絡につながるものであった。しかし、ダダイストは運動としてははじめて、公然としかも自分たちの部族には属していない作者の立場に立って、肯定的な行動にでたのである。

「眠り」

このように、ダダの臨終はながびいていた。ブルトンは、パリ会議の失敗によって非難の声を浴びせられたあと、しばらく忘却のために慰安となる場所を求めるだろう、と考えられたかもしれない。しかし逆に、これらの事件の圧力と彼を孤立へと追いやった状況とは興奮剤の働きをし、意志力の奮起を刺激し、彼の創造的想像力を激昂させ、そして、この想像力を詩的高揚の永続的状態の中に浸していったのである。それは『リテラチュール』新シリーズの諸作品にしみでており、おそらくは、いわゆる「眠り」の時期の到来とは無縁ではないものである。

ブルトンの新しい発意に対するダダイストたちの態度はどうであったか。彼らの最初の反応は暇つぶしへの期待感によって示された。『霊媒登場』のかけ声はむなしくひびき、ツァラの取り巻きのあいだでは、それらこっくり遊びや、呼びだされて家具などを叩く霊魂や、霊媒から発する心霊体や、デスノスの霊媒に関する手柄話などを、公然と揶揄しはじめた。ピカビアはと言えば、集会の席に来たときも、自分でやってみることはさしひかえ、そういうことを決して真面目に受け取らなかった。モンパルナスに居留していたアメリカの芸術家や詩人は一つの実験を興味深くすすめていたが、それは彼らにとっては新しい魅力とはならなかった。というのは、ニューヨークの知識人たちのあいだでは、戦争の終わりごろから終戦直後にかけて、交霊術やフロイトがすでにまったくの最高潮に達していたからである。当時ダダイストたちのところへ熱心に出入してマシュー・ジョゼフソンは、アラゴンやエリュアールといった何人かのダダイストとつながりを持ち、また、自動記述の会にも出席していたが、これらの「シュルレアリスムの」さまざまな活動（自動記述、夢の語り《レシ》、催眠状態）を、その回想録（B・111・二一五—二二九頁参照）の中に面白く書いている。一九二二年、集団精神分析の会が催されることになっているエリュアールの家へ連れていこうとしたアラゴンに対して、彼は大笑いしながら次のように答えた。「でも、それは、グリニッチ・ヴィレジやニューヨークでは、六、七年前から、みんながしたり——してもらったり——していることですよ。」（B・111・二一四頁〔原文英語、著者仏訳—訳注〕）また、一九二二年十月、ツァラが、安っぽい霊媒のまわりに集まって昔の友人たちが示す悲痛な光景を見て、啞然とした様を、ジョゼフソンに打ち明けたとき、彼はベルリンから次のように書き送ってきたのであった。

「最近、神秘学がフランスに持ち込まれたことには驚きはしません。この百年来、フランスはアメリカで起きたことを十年か二十年おくれて採り入れています。ポーのあとで、フランスではパルナス派が来ます。ホイットマン（一八六〇—七〇）のあとで、フランスでは「エネルジスム」[6]が来ます。また、メアリー・ベイカー・エディ[7]のあとで、この神秘主義です。これは、まったくの老嬢たちの遊びじゃないでしょうか。私は、みんながユーモア精神でそれをやっているのだと思います。

でも、あまり深くお嘆きにならないように。彼らも、いつか

は大人になるでしょう。」（M・ジョゼフソン、ツァラ宛未刊書簡、一九二二年十月二十六日、C・T）

こうした気持は、おそらく、他の人々も持っていたであろうし、また、ブルトンに近い人の中にもそのような人はいたであろう。が、ブルトンの確信と個人的な磁力は、まだ初歩的でいかなる発見をすることになるかその先導者にもわからないような、この理論の不充分さを、補ってあまりあるようであった。固有の意味でのシュルレアリスム運動の出発（一九二四年十二月）に対して前奏曲の働きをしてこの二年のあいだ、これらの催眠状態や交霊術に関するいわば番外の研究は、たえず信奉者の数をふやしていった。そこには、ダダイストの若い世代（クルヴェル、デスノス、モリーズ、バロン、ヴィトラック、ペレ）や当時の無条件の親友（アラゴンとピカビア）だけでなく、エリュアールやエルンストのような、一時パリ会議によって「迷いの生じた」往年の親衛隊なども参加していた。

逆に、ピカビアとリブモン＝デセーニュは断固として独自の立場を守っていた。この二人にとっては、ブルトンの言うところの「解決」も、パリ会議の失敗から衆目をそらせるための新しい手口に過ぎなかった。このような瞞着は遅かれ早かれぼろを出さずにはおられないものであった。

その上、ブルトンと友人たちの立場は、一九二三年のはじめには、はっきりと維持できないものになっていたように思われる。あまり知られていないが、『ジュルナル・デュ・プープル』紙のためにロジェ・ヴィトラックがブルトンに行なったインタビューは、この点を暴露している。質問者が「なぜあなたは書くか」という『リテラチュール』のあの有名な質問を投げかえしたとき、「私は今からしばらくのあいだなにも書かないつもりです」（B・215）とブルトンは宣言しているからである。

「たとえば、今から二か月半ほどのあいだ。そう、この決心を私にさせた動機を白日のもとに明らかにしなければならないので、私はこの猶予を自分にあたえるのです。それにこのような態度が将来ロマンチックに解釈されるのを避けたいとも思っているのです。」（同前）

しかし、これは彼一人の決心ではなくて、エリュアールやデスノスとともにとった態度であった。

「もしわれわれ三人が草案を一致して認めるならば、われわれは三人の署名をして最後の宣言を発表するでしょう。」（同前）

そのあとに、最も頑強なダダイストさえ認めないわけにはいかなかったであろうような、動機の説明が続いていた。

「私は、擁護しようとしている事物の状態が絶望的になったものと考えます。勝負は完全に負けだ、とさえ思っています。しかし、コクトーやリヴィエールやモランの作品、あるいはポール・ヴァレリーの最近の本や『ヌーヴェル・リテレール』紙などが示しているあの傷を癒すには、なにもしてはいけないのです。あの人たちに対する非難は決して充分にはできないだろう、と言ってもかまいません。〔……〕私の意見では、文学の可能性は政治の可能性ほど興味深いものではありません。自然発生的な力だけが私の興味を引くのです。一つの体系から別の体系へと替えることは、まったく私には関係がありません。〔……〕くりかえして申しますが、私はこれまで文学を破壊すること以外のことは、求めてきませんでした。〔……〕詩は？　それは、人が考えているようなところにはありません。詩は、言葉や文体といったものの外に存在するのです。というのは、私は非常にまずく書かれた本を読んでも感動させられるからなのです。情感の全体系だけが取りかえのきかぬものなのです。したがって私はどのような表現様式に対しても、いかなる価値も認めることができません。文学史というものは、最も通俗的なものの変転の成果です。私にとっては、ジェルメーヌ・ベルトンの意見はアンドレ・ジード氏の意見よりも無限に重要なのです。〔……〕『リテラチュール』誌はしだいに読者が少なくなってきており、しばらくすれば、もう二十五人にも満たなくなるでしょう。これからは、私はすべてを忘れたいのです。雑誌も、本も、新聞も、なにもかも。私は文学活動はなにもしないでしょう。『リテラチュール』はもう出ないでしょう。」（同前）

虚無的で悲観の色濃いこの文章は一般に認められた考え方、つまり、ダダからシュルレアリスムへ続く道は平坦で公然たるものであった、という考え方に反する。事実、眠りや「不可思議」にもかかわらずブルトンは、一九二三年ではなお、ダダの残した空隙を埋めうるような、一つの理論を待ち望んでいたのである。そして、こうした沈黙の反抗へと彼を追いつめたのは、この越えることのできない「壁」なのである。ここでもありありと見えるように、彼を悩ましたのは、常に、死滅した運動の亡霊であった。シュルレアリスム思想は、ダダのかずかずの業績の底にすかし模様となってひそんでいたし、またブルトンの下意識の中にも確かに存在した。しかし、シュルレアリスム思想は、彼がこの「侮蔑的な告白」をヴィトラックに漏らしたときには、まだ芽生えてはいなかったのである。

とはいえ、この同じ折衷主義者あるいはマキャヴェリストのヴィトラックが、「トリスタン・ツァラ、悪徳を培養しようとする」という題で、同じ『ジュルナル・デュ・プープル』紙に一週間のち（四月十四日）に掲載したツァラとの会見記と比べて見るならば、ブルトンの告白は奇妙な対照をなしている。問われた質問は同じものだから、読者は、ダダイスムの歴史のまだ知られていない。しかも重要な局面における、ブルトンの動きとツァラの動きとのあいだの興味深い対比図を描くことができる。

ツァラが彼の運動に残された宿命的な最期をさほど悲劇的に受け取っていなかった、ということは最初の数行からも見てとれることである。ダダ継続の問題を全面的な拒絶によって解決するようブルトンを追いつめた精神的危機に対して、彼の好敵手は生と詩に喜んで立ち向かっているのであった。

「ああ！　文学を破壊するなどというのは問題ではありません。私はむしろ、各個人が自分自身を破壊することを望みたいのです。私は、まさに書くことによって文学への志向を破壊するという、非常に巧妙な手段があることも知っています。それは、文学固有の手段をつかって、しかも文学のもろもろの制約の中で、文学と戦うことです。しかし、文学はほとんど私の興味を引きません。私に興味のあるのは、詩です。しかも、それはみなさんが考えがちな、私の詩、ではないのです。私がもう書かないということを請け合えないのは、まず、私に自信がないからであり、次に、どのような方法もその極端にまでおしすすめれば個人を拘束するようになると思えるからです。この拘束は文学の制約そのものになってしまいます。」

ヴィトラックは「あなたは立身出世主義者ですか」という質問をしていた。

「もちろん、大いにそうです。人生で私の好きなのは金と女です。しかし、私にはあまりお金がありませんし、また、恋愛にはいろいろと不幸を味わいました〔……〕」

「あなたはダダイスムを一つの目的と考えてこられましたか。ぜんぜん。それに、私はもうこの言葉を口にするまいと決めています。ダダは純粋に個人的な冒険でした。それは、もろもろのものに対する私の嫌悪感の具体化だったのです。おそらく、それにはいろいろな結果や結論がともないました。ダダ以前には、すべての現代作家はなんらかの教理や規則や統一性に固執していました。〔……〕しかし、ダダ以後では、活動的な無関心、現実問題に対する離脱主義、自然発生性、および相対性というものが生活の中に入ってきたのです。」（B・216）

逆説とユーモアはこのインタビューのあいだ大部分を占めていたが、それらを考慮に入れても、なおツァラの説く超越的立場や「活動主義」が正真のものであった、と考えることができる。これらの文章は、おそらくピカビアのような人も充分署名できるものであって、『七つのダダ宣言』執筆のときに支配的であった精神がまだ健在であることを明らかにしている。が、同時に、それは、ブルトンが決然としてみずからに詩を禁じたおりになお、きわめて内的なものではあるが、彼の詩的冒険への道をひらくものであった。

この二つの態度（「方法論的沈黙」と「活動的な無関心」）は、一見矛盾するように見え、なおかつ両者ともダダの反抗の或る種の思想に合致しており、ダダ初期の二人の態度とは交錯的に対立し合うという奇妙な面を示していた。『ダダ宣言一九一八年』の攻撃的扇動家にして即断即行の恐るべき破壊の使徒は、今や、内面的の大いなる精神的探究を説いていた。「外面的詩には疲れ果てたので、私は自分自身の中にそれを求めるのです。」（B・216）ブルトンは、逆に、一九一九年のダダの「喧伝」に驚愕していたため、今度は大向こうをうならせる拒絶によって、文学者たちの世界との絶縁を明示しようとしたのである。「コクトー、リヴィエール、モランの作品、あるいはポール・ヴァレリーの最近の本や『ヌーヴェル・リテレール』紙などが示しているあの傷を癒すには、なにもしてはいけないのです。あの人たちに対する非難は決して充分にはできないだろう、と言ってもかまいません。」（B・215）この二人が方法を変え暗黙のうちにそれぞれ自己の変転を正当化した、というのでなければ、われわれはいったいなにをそこから抽きだすことができるだろうか。さらに、ヴィトラックが展開するジャーナリズムの画面を越えて、あえて、推論するならば、われわれは基本的にはロマンチックなこの二人の気質に共通のいくつかの係数に気がつくであろう。すなわち、「自然発生性」（「自然発生的な力だけが私の興味を引く」とブルトンは言う）と「きわめて度はずれの愛」（「愛」はツァラが「極端にまでおしすすめよう」と考えた悪徳の一つ）である。

ブルトンの放棄の企ては、周知のように、その後も続けられたわけではない。が、この事件や主要人物たちの気持を分析して見ると、一般に受け取られている動機、つまり、ツァラやブルトンやエリュアールを大衆の前で互いに張り合わさせた動機も、いっそう明確にとらえることができるのである。

一九二三年のはじめ、ダダイストたちはもはや自分たちの意見を発表するためのいかなる演壇も持っていなかった。ブルトンが主宰する『リテラチュール』誌は彼らから離れていたし、ダダの他の定期刊行物もすでに消え去っていた。また、大新聞も、若い人々が乱用する宣伝行為にはうんざりして、過去の論争を呼び起こすことのできる材料を前にしながら、共謀して沈黙を守っていた。ところで、誰かの敵意や発意以上にダダが恐れていたのは、もはや大衆の意見の中に反響を呼び起こすことができないのではないか、ということであった。[8]

一九二三年七月にダダの中心人物たちが一篇の芝居『ひげの生えた心臓の夕べ』を組織しようという気持になったのも、おそらく、不確かな他のいくつかの理由にもまして、パリの舞台に自分たちの存在をふたたび誇示したいというこの欲求のためであっただろう。だが、これはダダイスムの最初の後遺症のあらわれと規定することができる。

この仕事の発議権は当然ツァラにあたえられた。彼は、また当然のことながら、一九二二年のリラの遊園地のパンフレット署名者たちを自分のまわりに集めようと考えた。一九二三年の頭初以来、彼は大観衆を収容できるような広い劇場をさがしていた。そのような観衆は、彼によれば、ダダの超宣言集会《マニフェスタション》という広告で間違いなく集められるはずであった。しかし、いくつかの障害が最初から彼の道に立ちふさがった。劇場の支配人たちは、観客や椅子や装置などの安全を心配して、この点で、一九二一年の「サロン・ダダ」の折のジャック・エベルトの態度を倣い、彼の申請に対してあまりはっきりしない理由をあげて拒否してきたからである。

そのとき幸運にも、彼はイリヤ・ズダネヴィッチから劇場使用に関する問い合わせを受けた。これは、パリで、自分の雑誌『四十一度』とも関係のある、「チェレズ」という前衛劇に熱心なロシアのアマチュア劇団を、セルジュ・ロモフとともに主宰している人であった。この「四十一度」という名称がダダに大きな利益をもたらした。というのは、それが劇場経営者に「焼かれない」という安心感をあたえたからである。そして、ズダネヴィッチは、七月六日金曜日の予定で、マチュラン通りのテアトル・ミッシェルの借用権を獲得することができた。チェレズ座の参加によって、舞台装置や衣裳さらには演出の準備といった常にやっかいな問題も解決された。これらの仕事を引き受けたのは名前が不明の何人かのロシア人とソニア・ドローネーであった。

プログラムの呼びものは(すべての不都合がこのために生じてくるのだが)当然ツァラの『ガスで動く心臓』であったが、これには二、三注目すべきことがある。まず第一に、そしてこれはダダ本来の宣言集会とこの『ひげの生えた心臓』とを区別するものだが、主要プログラムが演劇であったということである。それは——あえて言うなら極端な前衛劇だが劇にはかわりない——慣習的条件の中で、つまり比較的静かな状態で、しかも観客の同意の上で、演じたり見たり聞いたりするために構成されたものである。しかし、当時から人々が非難してきたように、ツァラは一九二〇年から一九二二年にかけての大デモンストレーションに類するものを繰りかえそうとは考えていなかった。もっとも、ダダの庇護のもとに準備[9]した戯曲を選んだことは、間違いなく混乱を引き起こすにちがいなかったし、ツァラもその混乱の種をまいたということであるていど責任を負わねばならなかったのは確かである。

さらに、このプログラムは、当時の事情に左右されて、均質というものからほど遠かった、ということである。それは、一方では、ズダネヴィッチとツァラとのたびかさなる骨の折れる取引の産物であり、他方では、ダダの眼の黒いときなら決して妥協しなかったであろうようなさまざまな組織の指導者との取引の産物であった。このうさんくさいごった煮の中にはすべてが見出された——詩、踊り、映画、「六人組」(ピカビアとオーリックの交友の時期にもかかわらず出演した、かつてのダダイスムの頭巾をかぶった嗤われもの)、彼らの歌、そして、彼らには欠かせぬ歌い手ジャン・コクトー。そしてまた、火薬に火をつけたのが、このコクトーの名前であった。というのも、まずいことに、彼の名前が、詩の部でスーポー、ツァラ、アポリネール、エリュアール、およびバロンの名前の横に並んでいたからである。ところが、一方では、当時ふたたび『リテラチュール』の軌道に引かれはじめていたスーポーとエリュアールはこのことを知らされていなかったし、他方では、コクトーに対する彼らの蔑視は広く知れわたっていた。だから、自分たちの名前がコクトーの名前と同じように並んで貼り出してあるのを見たとき、この二人は心臓に一撃を受けたように感じた。エリュアール、ブルトン、デスノスは、(人々が「奉公人《ジャン・ド・メゾン》」というように)「文筆人《ジャン・ド・レットル》」ともいうべき者に対する態度を硬化し、「文学を破滅させ」、純粋に率直に書くことを断つことを約束し合ったばかりではなかったか。また、ツァラ――「広告に対しても、成功に対しても、それらがその対立物と同様に生活の要素となっているゆえに」(B・216)反対はしない、とあえて公言していた人間――の宣言集会、それは、彼らが対立することに決定したあの非難すべき活動形式とまさに同じものになっているのではないだろうか。こういうわけで、エリュアールは、敏感な人の鼻に芥子がのぼったときのように、その夜は特に攻撃的になり、友人たち、特にアラゴンとブルトンに、ぜがひでも自分の詩の朗読は阻止するのだと伝えていた。バロン、クルヴェル、ド・マッソらの若い人は、一方ではピカビアとブルトンに対する、他方はツァラとダダの象徴に対する、二重の忠誠心に引き裂かれ、要するに、どちらの側についてよいかわからなかった。

　七月六日の夕刻、テアトル・ミッシェルの客席はやじ馬と俗物で満員になっていた。彼らにとっては、この種の演《だ》し物はまだ目新しい魅力を持っていて、シーズン・オフのパリ演劇の呼びものになっていたのである。これはまた、狼たちの互いに貧りあう情景が見られるという期待に引かれた芸術家やその関係者たちにとっても同様であった。

　第一部は音楽が中心で(ストラヴィンスキーの『やさしい連弾曲』、リブモン＝デセーニュの短いダダ演説「洟《はな》をかみ給え」、ミヨーの『シミー、柔らかいキャラメル』、マルセル・エランによるコクトー、スーポー、ツァラの詩の朗読、そしてオーリックの『フォックス・トロット』)なにごともなく進行し、静かな喝采をあびた。次に、プログラム外の飛び入りでピエール・ド・マッソの声明が述べられた。これは単調な連禱形式に集約されていた。

　アンドレ・ジードは戦死した
　パブロ・ピカソは戦死した
　フランシス・ピカビアは戦死した
　マルセル・デュシャンは消え去った　等々。

この台本は、わざと曖昧に表現した点できわめてダダ的精神を示していたが、これが扇動者たちに口実をあたえることになった。事実、ブルトンは、当日もホールに来ていたピカソに対して公然と擁護の態度をとり、ステッキを手に舞台にのぼったのである。デスノスとペレはド・マッソの両側に立ち、しっかりとりおさえ、その間、ブルトンは彼にこの場を立ち去るよう通告した。青年は反撃した。ブルトンは彼の左腕にステッキで激しい一撃を加えた。腕はそのため間違いなく骨折していた。マッソは姿を消し、ブルトンはホール全体の喚声をあびながら席にもどった。観衆は、一瞬これを示しあわせた芝居だと思っていたが、やがてこの冷酷で野蛮な仕打ちに憤り、「シュルレアリスム」の頭目をひどい目にあわせせかねない勢いになった。ツァラは、事件を予測して廊下にかたまっていた警官に、舞台の上から合図をした。巡査たちは、ブルトンを守ろうという素振りを見せたデスノスとペレといっしょに、ブルトンを場外へ追い出した。静かさが一時的にもどったので、マッソはその傷にもかかわらず、声明の朗読を終えるためにふたたび舞台にもどることができた。

しかし、雰囲気は波乱ぶくみになっていた。マルセル・メイエールによるサティの『梨の形をした断章』の演奏、ついでピエール・ベルタンによるアポリネールの「丘」の朗読がなされたが、いずれも迫力に欠けていた。そして、マルセル・エランがスーポーの詩を朗誦しにきたとき、前よりもひどい大騒ぎが起こった。エリュアールが大きなそしてはっきりとした声で、きわめて辛辣な注釈を加えていたのである。アラゴンは、タキシードと黒いワイシャツを着こんで、華麗で悪魔的な姿を見せ、エリュアールにあいづちを打っていた。

映画の部がはじまって、ホールに緩和剤的な薄暗さが広がり、一時、人々の心をしずめた。それはハンス・リヒターの抽象映画『リズム二十一』で、長方形と彩色点描模様を背景に、幾何学的構成を展開していた。ズダネヴィッチはこの機会を利用して、彼の言語学的実験を観衆に知らせていた。つまり、「ザウム」言語（第十八章参照）で書いた詩が読みあげられ、これには観客も思わず笑いを催した。次に、『理性の回帰』と題するマン・レイの短篇映画が上映された。これは、さまざまに光る螺旋状のブリキ（「ランプシェード」）をもとにして簡便につくったもので、そのゆるやかな波動と、マン・レイに引かれている恋人でモンパルナスのキキという肉づきのよい美少女の身体の波動とが、交互にあらわれる仕かけになっていた。最後の映画『ニューヨークの煙』はマン・レイやデュシャンの友人であるチャールズ・シェーラーとポール・ストランドの合作であったが、前の二つの映画のあとでは、明らかに観客を失望させるものであった。とはいっても、やはりアメリカの首都についての興味深い印象主義的なドキュメントであって、画面では機械的部分と絵画的風景とが混淆していた。だが、お客は、その時には異国情緒というようなものにはほとんど見向きもしなかった。

最後に、芝居の番が来た。『ガスで動く心臓』は、ダダイスムの幸福感のまったただ中の数日間で書かれた、攻撃的意図以外のなにものもない粗描であり、真面目な上演のための努力は払われていなかった。上演に際して、作者がその時考えていた以上の意図を見てとろうとするのは、この戯曲の意味を誤解することであろう。しかしまた、それは、チェレズ座の俳優や装飾係や演出家たちがおちいった罠でもある。ソニア・ドローネーのボール紙製の衣装は、まったくのキュビスム風の硬さを持ち、不幸にも俳優たちを動けなくしていた。演出と同様、舞台装置も無経験と素人らしさと倹約をさらけだしていた。イリアッズ（ズダネヴィッチ）が第三幕の終わりに戯曲にいくらかの変化を持たせるため「ザウム」の詩をつけ加え、リジカ・コドレアノがそれに合わせてダンスをおどったが、それも全体の奇妙な感じの中に吸収された。俳優たちはと言えば、彼らは往往にしてきわめて難解な詩的台詞をせいいっぱいたどろうとしていた。しかし、いずれにしても、観客たちは演じられるものを見てはいたのであり、ぜがひでも上演を台なしにしてやろうと決心したエリュアールがいなかったとしたら、相変わらず見つづけていたであろう[10]。

エリュアールの精神には、ダダに基づく正当な権利があったのである。

「トリスタン・ツァラ氏がこの戯曲にドローネー夫人の衣装とキュビスムの装飾を着せなければならないと考えていたとすれば、また、氏がこの戯曲をいわゆる「現代的」な著名作品のごった煮の中に入れて公表したいと考えていたなら、それは、議論の余地なく、氏のかつての友人たちが決して賛同しえない一つの芸術的目的のためである。彼らはみずからの態度を示すにはただ一つの手段しかなかった。つまり、上演を台なしにすることだけでなく、彼らの見解の相違を公にし決定的なものにすることである。その最上の手段は客席の中にダダを持ち込み、作者と役者たちを組織的に挑発することであった。そして、まさに彼らはそれを行なったのである。」（R・ヴィトラック、「待ち伏せ」、『レ・ソム・デュ・ジュール』紙、一九二三年八月四日）

幕があがるや、『反復』の作者（エリュアール）は、ブルトンの追放を非難し、ツァラにその弁解を督促するため、自分の席からやじを飛ばしていた。警察は、この壊乱者をだまらせるためにふたたび介入してきた。当面の友人たちが彼を守るために集まった。すなわち、アラゴン、ランブール、モリーズ、イヴァン・ゴル、マルセル・ノルらが警官たちに対して腕力に訴えたのである。ジャック・エベルトの権威のおかげでしばらく静かになったが、すぐ、妨害と乱闘が前よりいっそう激しくはじまった。が、こんどは観客どうしの騒動で、警官たちはただホールの入口を見張るのにせいいっぱいであった。

ツァラはついに舞台にあらわれた。ただこの瞬間だけを待っていたエリュアールは、フットライトを越えて飛びあがり、ツァラと、ついでクルヴェルの顔を叩いた。見物人たちがツァラや俳優や道具方を助けるために駆けつけた。しばらく上を下への大騒ぎが続いた。そのあいだにエリュアールはひどい目にあわされていた。彼は、ともかくも、友人たちに助けだされ、催しの終わりまで比較的穏やかな態度を保っていた。

ろうそくの火が消されたあとも[11]、テアトル・ミッシェル付近では、ツァラ派と反対派とが口論や殴り合いまでして、騒ぎを続けていた。翌七月七月土曜日に予定していた「ひげの生えた心臓の夕べ」の第二日は取り消されざるをえなかった。支配人のトレボールがこのような経験をさらに続けることを拒否したからである。

この宣言集会はツァラの権威にとってきわめて不幸なものととなったが、彼の一派は、ブルトンの道学者的視野の中で、さらにいっそう悲運な立場をとることになった。[12] 七月二十日ごろ、ツァラはあの騒動の中には個人的報復の気配があったのを見て――ダダイストではない俳優ピエール・ベルタンやマルセル・エランは攻撃されていなかった――実際に、『ガスで動く心臓』上演のあいだに生じた損害の責を負うものとして、昔の友人エリュアールに対して損害賠償を要求したのである。『反復』の詩人は、一九二三年八月二十七日、ブルトンに次のように書いた。

「私は財政的困難からぬけだすためにこれまで以上に仕事をしています〔……〕

私は、悪質なブルガリア人ツァラから、彼の要求する八千フランの負債について、パンミュフルの作成した公正証書を受け取っています。それは、観客が上演された作品を鑑賞できなかったこと、および、警視総監が二日目の上演を禁止したことが理由です。怒りで体がふるえます。」(未刊書簡、C・T)

肉弾戦から、戦いはこのようにして裁判ざたに発展した。エリュアールは弁護士に相談して、すべての非をツァラに負わせることにした。七月二十七日、ツァラの弁護士ロジェ・ルフェビュールはエリュアールの弁護人ブーラール氏から一通の論述書を受け取った。それによると、ブーラール氏の依頼人は、

「当人の関知しないあいだに、この上演に参加すべきものとして招待状に名前を掲載されており、これがためにその不当な表示に抗議しようとしたのである。一方、作者が自己の作品をみずから演じるこの種の催しの常として、依頼人が舞台にあがったとき、彼はツァラ氏に従事する道具方や演劇要員によって押し倒され殴打されたのである。」(未刊書簡、C・T)

結論として、エリュアールは、
自分に対して引き起こされた(物理的精神的)損害を理由に、すべての損害賠償を要求する
権利を留保していた。

係争は、訴訟用紙と執達吏の令状などが参考資料となるような泥道に入りこみ、ますます悪化する一方であった。事実、この事件は一年のあいだ尾を引いた。他の資料が見当たらないところを見ると、この事件は裁判まではいかなかったものと考えられる。ツァラは、三月十五日、突然エリュアールの予期しない旅立ちを知らされたとき、訴訟費用のために恐れをなしたのではないだろうか。というのは、事のなりゆき上、夫の事件を引き受けざるをえなくなったガラが支払い不可能を明らかにした場合、訴訟に関する出費は、よく見ても、破滅的な金額にな

るのは明らかだったからである。

まったく、これは、固い友情の悲しい、なんの名誉もない結末であった。この二人の人間は、真の敵対の結果というよりも、お互いに自分を操り人形だと実感していたような、この周囲の状況の中で、角を突きあわすはめになっていたのであり、だからこそ、その後の一生を通じて、彼らはこの苦しい時期のすべての思い出を忘れ去ろうと努めたのであった。

と同時に、きわめて親密につながる個々人の人間関係をあらゆる論理を越えて支配する、あの情熱的な行動を考慮に入れなければ、われわれはテアトル・ミッシェルの宣言発表集会の意味を正確にとらえることはできない。夫婦喧嘩の大騒動の中で、日ごろ鬱積していた恨みつらみが白日のもとに爆発するように、『ひげの生えた心臓』の夕べは、そのどちらもがもはや他の表現手段ではあらわせない遺恨の念の吐け口のはたらきをしたのである。言葉や行為が当の本人の意図以上のものであったとしても、やはりそれは疑うことのできぬものである。よくあることだが、自分自身の心の中で秘かにいうことさえあえてしなかったことも、公衆の前で叫びたくなるものである。シュルレアリスムは、その懐胎期から、みずからの成長の邪魔になるような「有害な」要素（この際はダダイスムの要素）を排除するために、みずから危機を求めたのである。

そのとき以来、主導権がブルトンに属することになった。『ひげの生えた心臓』は幸いにも、ダダと、翌年には『夢の波』や第一の『宣言』の発表に到達していく思想の流れとの、いまわしい混乱が大衆の精神の中に根づくのを、回避させる働きをしたのである。長いあいだ一般に考えられていたこととは逆に、ツァラもリブモン＝デセーニュも「彼らの」ダダを復活させようとは試みなかった。彼らは、大っぴらな立場はとらず、「シュルレアリスム」という社名の所有権をめぐってブルトンやデルメやイヴァン・ゴルらが争っている論争を傍観していた。

しかしながら、ツァラは地方や外国のダダイスム[13]とは重要な連絡をとり続けていた。なぜなら、ダダ運動はパリではその生涯の終わりに達していたが、直接あるいは間接に、ダダを援用するさまざまな種類の流派や雑誌はいたるところに蔓延していたからである。しかし、ツァラの個人的活動に関することから判断すれば、ツァラはダダがすでに活動を終えたものと考えていた。その証拠は彼のその後を一瞥すれば明らかで、一九二三年七月、クラ書店からの古い詩集『わが鳥たち』の刊行、一九二四年七月、ビュドリ書店からの『七つのダダ宣言』の刊行がこの時期にあるからである。後者は、その前にグラッセに持ち込んだが、運動の歴史的研究の方を望んでいたため、この書店に断られたものである。

ツァラは、さもしい、精神の低下をきたす武器や論争から開放されて、それ以来、ダダイスムのいくつかの基本的な発見を内面的次元に移すことに没頭した。「私が書きはじめたとき」

と、彼はある日ヴィトラックに告白した。

「それはむしろ、文学や芸術への反作用からでした。今、まだ続けるとすれば、もっとも、非常にまれなことですが、それは弱さのためであり、また、しばしば、外部的生活の詩に疲れ果てて、自分自身の中に詩を求めるためなのです。さらに付け加えるならば、私は私のためにしか書きません。」（B・216）

事実、彼はみずからの「公認の悪徳」を熱心に培養し、その「分秘液」を公表したのである。一九二二年夏以降に構成した新しい詩は、音をひそめはしたが分別くさいものにはなっておらず、チューリッヒ・ダダの出現とともにはじまったあのきらびやかな言葉の花火は、まだ、それを照らしていた。

ブルトンの詩的発展の結果、ツァラは一九二九年にシュルレアリスムに合流することになるのであるが[14]、それまで、彼は詩におけるあらゆる妥協を排して、自己を純粋な状態に保ち続けるであろう。当時の彼の全詩作品は、シュルレアリスムの精神と混同しないでおくことは実に困難ではあるが、やはり、ダダ精神の消し去ることのできない刻印をしるしているのである。

詩以外に、ツァラは小説と戯曲も熱心に手がけていた。これはジョルジュ・リブモン＝デセーニュもあとを追って試みたことであったが——おそらくはリブモン＝デセーニュが手ほどきをしたものと思われる——彼はセーヌ＝エ＝オワーズ県ウーヴォーに引きこもり、小説（『眼をとじた駝鳥』と『天上のユゴラン』）や音楽やバレーの筋書きなどをせっせと書いていた。ツァラは『フイユ・リーブル』誌に「終わりのない小説」『賭をせよ』の冒頭を発表した。以後それは、このマルセル・ラヴァルの雑誌の第三十一号（一九二三年四月・五月併号）から第三十六号（一九二四年五月・六月併号）まで、文芸欄に掲載された。

彼はまた戯曲『雲のハンカチ』も書いた。これは、幻想とダダイスム的諧謔にみちた、その基調と演劇観から見ればかなり驚くべき五幕の悲劇で、エチエンヌ・ド・ボーモン伯爵の「パリの夕べ」の一環として、一九二四年五月十七日、テアトル・ド・ラ・シガールで上演された。

一般に、一九二四年のピカビアの活動をダダ運動に結びつけて考えるのが慣例になっている。それは特に、この期の活動がブルトンや彼のシュルレアリスム的発言にさからって行なわれているからである。このため、一九二四年五月の『三九一』の復刊もある人たちからは遅まきのダダの再発とみなされ、また、一九二四年十二月（シュルレアリスム宣言の時期）の『休演』と『幕間』の上演も一九二〇年の大興行の再現という見地から見られた。

この観点は、しかし、研究者からは採用されえないものであろう。一方において、日付というものは絶対である。他方において、これらの宣言集会が疑いもなくダダの性格を持っていたとしても、それはただいく人かの個人の中にダダ精神が存続しているということを証明するだけである。そしてダダ精神は運動が死滅したあともなお、その命令に従って、外化し続けてきたのである。シュルレアリスムの到来によって生じた逆流がひとたび鎮まったとき、最も正統にダダを代表する人物たち（ツァラ、ピカビア、リブモン＝デセーニュ）が「簒奪者」の表明する傾向に正面から対峙して同じ陣営に集まり、彼に対して同じ不満をいだいた、と考える方がはるかに妥当である。

　このように、ダダののちも、一連の「ダダイスムの後続」が存在する。そのうち、『雲のハンカチ』と同様、『休演』と『三九一』誌（最終シリーズ）は初期の作品となるものであって、その「後続」は今日もなお続いているのである。これらの後遺症に関する記述と研究は、運動そのものの歴史に限定している本書においては、その場を持たない。が、いずれ、独立した研究によって詳しく示されるであろう。[15]

第二十三章　ダダとその大衆

誰だってこんなものぐらいできるだろう！
（ピカビア展の開会式で聞こえた言葉）

ダダと政治——ダダとシュルレアリスム——破壊へのアポロジー——ダダは生きているか

「ダダはすべての人を悩ましていた。あらゆる形態の芸術に異議を唱えたからである。たとえ、それがアヴァン・ギャルドの形態を借りたものだとしてもである。既成概念の破壊者、揺るぎない評価の転覆者、このダダの心の高ぶりのそとには、いかなる精神の満足も不可能であることが証明された。ダダにとって、その目的に適うものならなんでもよかった。広告と罵倒、混乱と笑い、鬼面人を驚かす肯定と気違いじみた否定。大衆は自分たちの言語や階級組織や、習慣が、めちゃくちゃにされるのを好まない。誰もが、勇ましい振舞いや涙といったものを尊敬することで、心を通わせ合っているのである。」（B・106・一七頁）

このジョルジュ・ユニェの観察は、ダダが当時いかにして、前時代の文学芸術諸流派が引き起こした反作用とは比べものにならない、大衆の抗議反発のいっせい蜂起を誘発しえたかを物語っている。

つまり、ダダ運動は、突き破るべき城門があるから存在理由があるような大槌に似て、まさに、その大衆によってしか、また大衆のためにしか存在しなかったのであり、大衆の抵抗によって生まれ、そして大衆に愛想をつかされて死んだのである。ツァラ、ピカビア両氏の示威運動や「見せ物」に群衆が不満を示しはじめたときに、それはよく示された。つまり、ダダイスムの激発の火は、みずから消えて行ったのである。

要するに、大衆や大衆の構成や大衆の反作用に関する研究というものは、ほかの場合には付随的要素にしかなりえないが、ここでは第一義的重要性を持つものであった。この大衆こそがある意味でダダ運動の不可欠な部分となっていたからである。ダダの推進者たちは大衆心理について生まれつきの把握感覚を持っていた。そして、彼らの納得ずくの犠牲者たちとの対話を極端にまでおしすすめ、この共謀と摩擦とから、自分たちの哲学体系の貧弱な骨組みに肉づけするのに好都合な、いくつかの中心思想を吸収し続けたのである。だから、ダダは、この点においては中世の武勲詩《シャンソン・ド・ジェスト》や「黒人霊歌」と同じで、無名の大衆が分泌し、それを新しいジャンルの一群の吟遊詩人《トルーヴェール》が巧みに発展させたものだ、とさえ言っても大した間違いではないであろう。

ところで、現代社会において、「民衆の声」《ヴォックス・ポプリ》の最も忠実な代弁者は当然のことながら新聞である。この点、ダダの研究者は特に恵まれていることを認めなければならない。なぜなら、ダダイストたちは、新聞が自分たちに興味を示し続けてくれたお返しに、新聞に対して充分関心を払ったからである。実際、ピカビアやツァラやエリュアールや彼らの仲間たちのジャーナリズムに対する細かい配慮はその一つのあらわれとして取りあげられるであろう。彼らは、ある場合は間接的に、ある場合は特殊な仲介を通して、世界中の雑誌に発表される自分たちの突飛な行動のごくわずかな反響をもとらえようとしたのである。将来の研究者たちは、まだまだ長いあいだ、これら新聞の植字工たちが後世のためにせっせと作った膨大な資料の中から、発見と考察の材料を見出すことであろう。

天の助けとも言うべきこの収穫物を読んで得られる最初の、しかも信じがたい印象は、ダダに関する批評がおおむね破産しているという印象である。書くことを職業にする人たちのペンにはふつう明徹さが期待できるものだが、このような明徹さがほんのかけらでもその筆者に認められるような記事は、百単位でかぞえて、五指に満たない。例は——数限りなく——ぞくぞくと続く。もしこの例を拡大して現代にまでその比率の原理を広げるならば、この発見はまったく悲しむべきものであり、また奇妙な結論をも引き出しかねないものとなろう。

まったく残念なことに、一見して統一のない雑然としたこの記事の山から、基調をなすいくつかの主題を抽出するのは、きわめて簡単である。今日のフランス・ラジオ放送のある種の公認哲学者と同様、当時も『フィガロ』紙の論説者と称するものがコラムを武器にして、フランス国民の大多数の代弁者を自任していた。そしてまた、毎日山となって送られてくる投書が、彼が正しいということを証明していたのである。彼はほとんど軌を一にしたこれらの賛同と、国家的利害の代弁者というお仕着せの立場に意を強くして、身についた尊大さと、わざとらしいユーモアとがありありと見える断定的口調で、伝統的秩序とフランス的良識に対するこの不具戴天の敵を断罪したのである。この点で、ダダは願ってもないスケープ・ゴートであった。あの「よそ者ども」、あの「ユダヤ人ども」に対して、さすがに「腐った芸術」とはまだ呼ばれないこの前衛芸術に対して、論説者は、フランスではすでに実験ずみの、陳腐な決まり文句に訴えることで、無尽蔵な力を抽き出せることを、充分承知していた。潜在的反ユダヤ主義、外人ぎらい（「ダダはベルリンで生まれた」）、盲目的愛国主義と軍国主義（「ダダイストは脱走兵と《動員のがれ》の寄せ集めだ」）、排他主義（「フランス、この地上で最も聡明な国民は、ダダに牛耳られるままにはなるまい」）、伝統主義（「ああ、戦前だったら！」）、そして芸術の「旧套墨守」好み（「われわれの民族の基本的美徳」）、単純な科学万能論と、真実は心得ているというぬぼれた確信、である。

大衆によるこのダダの断罪は広範な聴衆がなければ考えられもしなかったであろうが、この聴衆というのはまた、他方で、ダダ運動が社会の各階層から集めたものであった。過去数世紀の諸流派はせいぜい特殊な顧客たちしか持っていなかった。パルナス派や象徴主義《サンボリスム》はわれわれの知るところ、決して、大日刊紙の見出しにはならなかった。シュルレアリスムでも、ある時期には大衆の意見を充分揺りうごかすこともできたが、決して、ダダほどの人気を持ったとは自負できない。一九二〇年の四月ごろ、「ダダ、ダダイスム、ダダイスト」という言葉は、文字どおり誰の口にものぼっていた。われわれの読者で第一次大戦後成年に達した人ならそのことを決して否定はしないであろう。彼らは当然「誰もダダを知らないと言わせない」とつけ加えもしたであろう。

ダダのこの盛名は、新聞という名の、あの気まぐれな道具、当時まだよく知られていなかったあの反応機敏なヒドラ、を扱う術ににおいてダダイストたちが心得ていた手練のわざに、その大部分を負っている。すでにチューリッヒで、ツァラはこの新手段に慣れていて、情報の発表にこれをもっぱら利用していた。つまり、彼は、あらゆる方面の新聞だねを求めて駆けまわるゴシップ記者たちに、いつでも好きなときに、新聞用コミュニケ（あるいは思いがけず紙面の空きができたときに、穴埋めとしていつでも役立つこま切れの広報文）を提供していた。これがまた、編集者たちには、書き直したりする手間——いやな仕事！——が省けるように、巧くつくってあり、その一方では、でたらめに感づかれないで読者をおびき寄せるように、いい按配に、かなり控え目に書かれていたのである。外国の新聞社や通信社の特派員（一九二〇年にはかなり発達もし、数もふえていた）に対しても、三文雑誌の主宰者や前衛グループの指導者に対しても、郵送費や通信費を惜しまず、ふんだんな資料を規則的に送りつけていた。彼は、いわば今日のアメリカの「パブリック・リレーションズ・マン」の原型で、自分の運動と大衆の中の活動家代表とのあいだに、継続的で、しばしば親密な、ときには熱烈な関係をつくりだすことに成功したのである。

だが、ダダイストたちはまた、大新聞の販売のメカニズムほど揺さぶりやすいものはない、ということもよく知っていた。大新聞をうまく利用しながら、ダダは、報道の真実性という曖昧な概念に立脚する、このカードの城の脆さを暴露して見せたのである。この弱味は、確かに、以前から一般に感じられてはいた。新聞がまったく善意で発表しながらも、その報道は誤っていた、などということは数冊の見本にして示すこともできるであろう。がしかし、ダダは、芸術作品の一つと見なされる、あのデマ情報の体系的開発者のチャンピオンであった。例はいくらでもある。そのかずかずは本書の中でもこれまで引き合いに出してきたとおりである。しかし、次の例はかなり典型的なものであろう。一九二〇年二月、J＝E・ブランシュが『コメディア』紙で行なった公用アンケートに対して、ダダイストたちはこぞって奇想天外な回答を書き送った。新聞は、しかし突発事故を警戒していたので、ルヴェルディのものとみなされる文章だけを発表した。そこで、ツァラとピカビアは混乱を拡大するために、さらに次の悪だくみを考えだした。つまり、最初の――にせの――手紙の発表によって侮辱されたと称する人物の名前を署名した、修正要求の手紙を送ったのである。この小さな悪戯が、次々に発展して、嘘と本当が入り交じる非難の錯綜へともつれこんだ。これはまったく混み入っていたので、批評家や文芸記者はもとより、ダダイスト自身もしまいにはわけがわからなくなるほどであった。

パリに着いたとき、ツァラはただちにもう一枚の切り札を用意していた。つまり、ピカビアが社交界の方面で何人かの新聞界の大物と交わした取引である。この画家は、特に、ジョルジュ・カゼラと結びつきが強かった。これは、文芸日刊紙『コメディア』の主宰者で、彼の出現と死去がパリの舞台に、一時期のはじまりと終わりを画したほどの人物であった。ピカビアは、ジェルメーヌ・エヴェルランの気さくなサロンに、文芸記者や作家やあらゆる領域の人間を迎えていたが、ツァラの手紙を受け取る前に、すでにこの「新聞のカクテル」をつかって、義務的モニター役をしてくれるこれら客たちの好意的配慮を確保していた。というのも、彼らはたちまちサロンの主の醜聞を町中にばらまいてくれたからである。ピカビアはパリ名士《トゥ・パリ》の仲間でもあり、人間関係にも影響力があったので、人々は喜んで彼のダダイスムを許したのである。ちょうど有名なスターやクラブの定連の奇行を許すのと同じである。

この画家はしかしながら自分の名声を注意深く維持していた。大小ジャーナリストや金に困った画家や詩人、はては無名の発明家などの、口頭や手紙で申し込んでくるあらゆる種類のインタビュー、アンケート、金の無心には、多くの場合愛想よく答えていたので、個人生活の部分で、彼の危険な偶像破壊者という大方の評判をかなり薄めていたのである。ピカビアはまた、ジェルメーヌ・エヴェルランの腕の中にあったので、彼女の美貌を後光として利用することもできた。また、退屈した社交会のかずかずの催し、慈善舞踏会、お茶とレセプション、芝居の初日などの折に、奉加帳の収支リストには必ず名前を出していた。

このように、一九一九年から一九二四年（コート・ダジュールへ居を移した年）にかけて、ピカビアの名がパリではいかに有名であったかがよくわかる。当時の新聞を読むと、ピカビアの人間像のほうが、ブルトンやさらにはツァラの人間像よりも、パリの大衆がダダイストとして描いたイメージにより合致していた、ということがわかる。名前が地口に適していることもあり、人々が歌にうたってひやかしたのはピカビアであり、また、日常会話などであげつらうのもピカビアであった。しかし、そこでは、彼の名とピカソの名がごっちゃになっていた。

実際、強調すべきことであるが、なんらかのダダの夕べ《ソワレ》の罠にかかったやじ馬にとって、彼らが眼のあたりに見た光景も、また、彼らが漠然とした言葉でしかも広い意味をこめて、アヴァン・ギャルドと呼んでいるものの他の催しも、ほとんど変わりがなかった。彼らはツァラの手先が行なう悪行を、ドイツ表現主義、ルッソロの騒音主義《ブリュイティスム》、マリネッティのフュチュリスムや触覚主義《タクティリスム》、『エッフェル塔の花婿花嫁』のあのコクトーのモダニスム、六人組の馬鹿騒ぎ、ジャズ・バンドの「黒人」音楽、ロシア人プロコフィエフとハンガリー人ベラ・バルトークの「気違いざた」、イサドラ・ダンカンの舞踏、ピカソのキュビスム、はてはポール・クローデル（突飛なバレー台本『人間とその欲望』の作者）、などと好んで同一視したのであった。このように、大衆思想のあらわれの面に注目するとき、ダダは常に限りなく複雑な様相を帯びる結果になり、その固有の意味での運動は、その、きわめて小さい部分しか構成しなかったのである。語義の拡張という一般現象によって、ダダという言葉そのものも普遍的象徴的意味を持つようになり、結局、われわれにはその意味の一部しか残さなかったのである。事情に通じない大衆には、ピカソは、四つの眼や多面体の乳房を持った女を描く、神秘的で少々気の狂った画家として強く印象づけられているが、同様に、「ダダ」も、たちまちにして、例外なく、わけのわからぬ作品や、常軌を逸した振舞いや、良俗に反する態度や、既成秩序にとって脅威的教理を掲げるものになったのである。

新聞は、この新しい運動に関するすべてについて、読者大衆の貪欲な好奇心を満足させる必要を感じていたので、あらゆる記者にダダについて書かせるようにした。象徴主義《サンボリスム》の時代のように、ただ文芸記者だけがその最期の「きらめき」の時期に読者を獲得しようと動きまわったのではなく、ここでは、一般の社会欄や雑報関係の記者たちも活動したのである。彼らはセーヌ左岸の喫茶店を定期的に揺り動かす運動内部のごたごた騒ぎには精通していなかったが、その外観を面白おかしく、つまり誰にでも親しみが持てるように描写するよう特に心がけていたので、この上ない宣伝をダダのためにしてくれることになった。

その後、ダダは、ダダを理解しようとする人たちに、自分はなにも知らず、なにも望まず、要するになんでもないのだ、と宣言し、その一方で、この非存在を誰の眼にも明らか過ぎるほどの示威運動で否定していたので、批評家たちはこの逆説を解説し要約せざるをえないはめに追いやられたのである。現実は眼の前で動き続けていた。パリ全体がそれを話題にし続けていた。だから、批評家たちはどうしてもなんらかの態度をとらねばならなかった。たとえそれが決然たる沈黙という方法であってもよかった。

こうして、「いかなる」態度をとるべきかという点をめぐって、批評は、記者たちの年齢や気質、新聞の政治的方向や読者の傾向に従って、十種類は充分越える立場に分かれることになった。

攻め寄せてくるダダイスムをできるだけ早くやっかい払いする最も確実な方法は、万人の認めるところ、それにはなにも触れないことであった。こうして、ある種のおえらがた、たとえば『N・R・F』のジャン・シュランベルジェ、『ルヴュ・ド・レポック』誌のA・ツテルストヴェンス、フェルナン・ディヴォワール、とりわけ『メルキュール・ド・フランス』誌の有名な女性記者ラシルドらは、この運動のボイコットを決め、依頼してきた広告記事や活動報告を発表することは厳として受けつけなかった。しかし、この「ボイコット」という武器は、全面的に適用すると、扱いが微妙になり、多くの場合、両刃の剣になる。他の新聞が読者の読みたがっている話の種を詳しくたっぷりと提供しはじめたとき、このジャーナリズムという器官は、どんなに勇敢なものであっても、身を惜しんで報道の義務を裏切るなどということはできなかったのである。ポール・エリュアールは『プロヴェルブ』の小記事の中で当時の状況をきわめて明快に要約していた。

「ラシルド夫人はダダについて一つの記事を書いた。(「無言の微笑」、『コメディア』、一九二〇年四月一日、D・P)彼女はそこでダダについては記事を書くべきではない、と論証している。

ジョルジュ・クールトリーヌ氏はコメディアで一時間にわたってダダについて語った。氏はダダについて話すべきではない、と語ったのである。

フェルナン・ディヴォワール氏は決してダダの名を口に出さない。氏は「小供用木馬（ダダの語源の一つ）」の一派、というのである。

ダダについて語らねばならないときは、ダダについて語らねばならない。

そして、ダダについて語ってはならないときには、いっそうダダについて語らねばならなくなるのである。」(『プロヴェルブ』誌五号、三頁)

その他の批評家の中では、ダダを真面目に受け取った批評家と、ダダの現象をアトリエの茶番劇や学生の悪ふざけの延長とする批評家とが区別される。

最初のものは、一般に、在郷軍人やその他のナショナリスト活動家の中から形成されていた。彼らは、これら「外国人」や

「ボルシェヴィキ」のように見えるものたちに対して、きわめて露骨なそしてまったく真剣な表現を惜しみなく使った。「もし大いなる闇が訪れて、われわれがソヴィエト支配のもとに生きることになったら、彼らはフランシス・ピカビア氏をコメディ＝フランセーズの支配人にするだろうことは、はっきりしている」と、C・A・シャルパンチエと称する人物は『ル・ポワリュ』紙に書いている。（一九二〇年五月一日、C・T）あるいはまた「ダダ！　ダダイスム！　それは人間の知性と感情を赤色化《ボルシェヴィゼ》し、人間を根本的に白痴化することがねらいなのだ。」（『ガゼット・ド・ロック』、一九二〇年三月五日、D・T）

　他方、トリスタン・ツァラがユダヤ系のルーマニア人であり、ドイツ語系の都市チューリッヒに移住していたこともあって、ツァラがこの運動を創設したと見られる事実が、ナショナリスト得意のきまり文句、反ユダヤ主義と排外主義に口実をあたえた。すでに述べたラシルドは、ピカビアの魔法の杖と彼の魅力のために、その後ダダの熱狂的信者に改宗することになるのだが、ダダ運動がドイツ系の国で起こったことを読者大衆に暴露するだけで満足していた。もう一つの小記事は、残念ながら匿名のものだが、この種の記事の調子をかなり正確に伝えている。

　「いったい、ツァラ氏がパリでは贋物のキャラコの新生地であると断定するのに、なんのためにこんなたいそうな警戒をするのか。氏の挑発的なおしゃべりはパリの露店商人の真似をしているつもりだろうが、吊り皮売りのアラブなまりの寝言にすぎない。ツァラ氏のダダは、まったくの駄馬の類で、あらゆる種類の破産した前衛主義の大部屋に残された、あの二人の絵画の落伍者、つまりリブモン＝デセーニュ氏とピカビア氏が乗るにはもってこいのものである。」（D・P）

　フランス名を持ち、またあまり目立った訛りを持たぬ『リテラチュール』グループのメンバーは全般に手心を加えられていたが、新聞は「スペインやオランダやスイスやイタリアやルーマニアや——さらにはフランスの——莫大なあぶく銭を持ったパパたちの、何人かの息子がつくったこのダダ運動」（マルセル・ペイ、一九二〇年二月、雑誌名確認できず、C・T）の他の推進者たちは容赦しなかった。ピカビアに対しては、彼の財産とスペイン家系をやり玉にあげた。と言っても、スペイン人というのはルーマニア人よりもまだ値打ちがあったので、あまりしつっこくはなかった。ところが、ツァラに対しては、彼のフランス語のまずさは許されなかった。人々は、彼の文章から「le résultat de l'hasard（偶然の結果）」「et la harmonie（そして調和）」「diarrhée confie（砂糖漬けの下痢）」「chaque page doit exploder…（各頁は……爆発しなければならない）[1]」、等々を探しだしてあげつらった。グラン・パレの悪名高い宣言集会がはねたとき、『ファンタジオ』紙は文部大臣に次のような激烈な公開質問状を書き送った。

「ダダ運動の推進者たちは、その一連隊の頭目トリスタン・ツァラ氏がフランス人でないにもかかわらず、どのようにしてこの国家的記念物に近づけたのですか。〔……〕グラン・パレはダダにしたい放題にされているのです。この事件は重大だとわれわれは断言します。養鶏展示会の動物たちの鳴き声は耐えがたいものであり、確かに、これら紳士のいななきはそれほどではありません。しかし、なぜ、グラン・パレは彼らの領土となり、彼らの厩舎になったのでしょうか。」（『ファンタジオ』誌、一九二〇年二月、D・P）

そのほかに、多少とも卑猥な侮蔑的言辞、兵営での隠語、猥褻な言葉、多少とも技巧をこらして表現した多義的なほのめかし（「ほとんどのダダイストは信心会《コンフレリ》の仲間（同じ腹から生まれた兄弟）だ」）などもあるが、ここでは触れずにおこう。

「この連中はみんな公の広場で焼き殺さねばならないでしょう。彼らの展覧会には火をつけ、彼らの不健康など念の入った宣言集会はめちゃめちゃに壊さねばならないでしょう……このダダ運動の先頭に立っている一味は精神錯乱をばらまく商人であり、狂気の企画者なのです。」

ジョルジュ・クールトリーヌは、一九二〇年に、このように表現していた。（A・デスパルベスとの対談にて。D・P）驚くべきことかもしれないが、『八時四十七分発の列車』の作者は、街では、舞台の上と同じような滑稽のセンスを持ってはいなかった。しかし、これが、ダダイストたちの奇行に対して、特にパリで、大多数の人が示した反応だった、と思われる。パリでは、こめかみのところに指を持っていく動作（気違いのしるし）はすでに国民的な挨拶になっていたからである。マリ・ド・ラ・イールは一九二〇年に次のように説明していた。

「これらの記事や雑文は一つの運動がつくらせることができる最も分厚い笑話集を構成している。批評は、しかしそんなに種類の多いものではない。いろいろなまわりくどい表現で国粋的なことを述べたあとで、たいていは、結論として、ダダイストたちを精神病院《シャラントン》へ放り込むという希望を述べるのが落ちであった。」（B・101・二二頁）

社会学者なら、電子計算機をつかって、ダダについて書いた評論の中で乱用される、気違いに関する名詞や用語の頻度と種類を数えるのも面白かろうと思う。読者諸氏の語彙もこの領域では負けず劣らず相当なものではあろうが、それでも必ずや新しい品種の収穫を得られるにちがいない。ダダイスムのパンフレットや雑誌が出るたびに、それぞれの宣言集会についてスケッチが描かれるたびに、少々新しい発想がなされるたびに、「馬鹿な、狂った、まともでない、頭のおかしい、気が違った、精神病院向きの」などといった形容詞のいっせい射撃が行なわれるのであるが、それらはすべて、その中でも最も平凡なものにとっては、これほどはっきりした狂気という言葉も裏には、もっと複雑な内容が秘められていると考えられる。

「もしピカビア氏が馬鹿なら、家族はこんな印刷物で財産を浪費するのを許さないであろう。というのは、『ユニーク・ユーニューク』はピカビア氏の推進する「ダダ」運動の数多い刊行物の一つにすぎないからである。同氏は流派をつくろうと意図し、かずかずの雑誌を一手に握り、弟子たちを持ち、その社名も名高い「サン・パレイユ」という出版社も持ち、仮りとじ本や上製本のみならず、十五フランもする豪華版の「ダダ」詩華集さえ出版しているのである……そうだ、ピカビア氏は馬鹿ではない。彼は充分に頭を働かせているのである。彼がその運動をいかに指導しているかを見ると、非常にすぐれた頭脳の所有者であるとさえ思われる。芸術的であると同時に文学的であるこの茶番は、まるで実業家が仕組んだごときものなのである。」(ジャック・ドヴィル、『リーブル・パロール』紙、一九二〇年五月四日、D・P)

これはまた『アトリエ手帳』の記者の意見でもあった。もっとも、彼によれば、その企画に釣られているのは、ダダイストたちの顧客ではなく、彼ら自身のうちの何人かだった。

一連隊のうちでずるがしこいのは、『リテラチュール』グループのちんぴら青年、スーポー氏、アラゴン氏、等であるように見える。彼らには才能があり、この混乱や法螺やダダの誇大宣伝を利用して、名を挙げようとしているのである。そのうち、彼らはその推進者たちを冷たく見棄てるであろう。そして――もっと年をとったときには――すべての人と同じように若気のいたりから醒《さ》めるであろう……そして、落伍者たち(ピカビアとツァラ)はまたしても仲間はずれになるだろう。」(『エクリ・ド・ラ・スメーヌ』紙(?)、一九二〇年、四月四日、D・P)

このような営利と欺瞞に毒されたからいばりの非難は一般読者に対して大成功をおさめた。もっとも、読者の方ではそれをさほど辛辣には受け取ってはいなかった。このような策略は、フランスでは好んで、国家的スポーツ、あるいはサーカスの訓練と同一視されていたからである。

「狡猾なオデュッセウスの例にならって、ピカビア、ツァラ両氏とその仲間は、生きながら栄光の門に入り、彼らのダダの腹わたの中にぬくぬくと身を落ちつけようとしている。」(ジョルジュ＝アルマン・マッソン、『オピニオン』紙、一九二〇年五月八日、D・P)

歴史家にとってまったく幸いなことは、新聞のほとんどの報告が結論をあまり急がないという態度を示していることである。それらは、概して「パリっ子」の行動に伴いがちな、例の冷やかし半分の、衝動的で上っつらな調子で書かれていた。なによりもまず、騙されまいという配慮のために、首都のゴシップ記者たちは先手を打って、笑いものにされる危険を避けるために、まずダダを笑いものにすることを急いだ。こうして、人人が一般に認めている彼らの記者としての才能が遠慮なく働きはじめたのである。ツァラとその友人たちは多種多様な矢の格好の標的になった。ある傾向の専門の紙面などに見られる露骨な冗談、文学誌などに見られる鋭い諷刺、プロレタリアの側に見られる冷やかしや真面目な人々の中に見られる嘲笑、他の前衛芸術家や作家に見られる皮肉、などがそれである。不幸にして、ダダのユーモアはこれらすべての笑いの専門家たちに霊感をあたえたとは思われない。彼らの「言葉」は多くの場合悲しむべき愚鈍さに色どられていた。しかしその主題だけははなばなしい効果を生むのに役立っていた。おそらく、機智《エスプリ》は、機智と戦うのに適した武器ではないのであろう。

ダダ運動は、さらに、一九二〇年には首都のフォークロワの舞台に進出していた。そこでは、多くの人はこの運動を、危険性のない風変わりな同調者でできた面白いグループと考え、文学結社というよりもむしろ美術のオーケストラ、あるいはモンマルトルの自由共同体により近いものと考えていた。いろいろな美術サロンでピカビアがくりかえして行なった武勇伝、美術審査員や有名芸術家相手のいざこざなども、ダダイスムがへぼ絵かきの悪ふざけにすぎないという作り話を信じさせるのに大いに役立った。一九二〇年のシーズン最盛期には、旅行会社は喫茶店「セルタ」を周遊バスの名所（「ダダイスト会合の場所」）に組み込んだ。また、ダダは寄席の格好の餌食にもなった。こうして、ドミニク・ボノーとレオン＝ミッシェルのレヴューは「リュンヌ・ルース」座では『ア・ダダ』と命名された。「ペルショワール」座では、五月に、ジャン・バチスタとカルパンチエの二幕のレヴュー『やってみよう《シーッシュ》』で、マックス・ディアリー、マルグリット・ドゥヴァル、アレクサンドル・デュヴァルらに、ダダイストたちと共和国大統領とのあいだの大喧嘩を演じさせたものであった。パリのカジノはその演《だ》し物『君のピアノを隠してね』（一九二〇年五月）の中に、ドレアンが演ずる滑稽な「ダダ的な」一場面を挿入した。モーリス・イヴァンは『ワン・ステップ、ダダ』を作曲し、それを踊り子のミルカが「シガール」座ではじめて踊った。また、ポール・コリーヌは『バティニョールの牧人』の曲に合わせて歌われる、替え歌『ダダになり給え』をつくった。

読者の意見を知るため新聞が定期的に行なったアンケートや人気投票（今日のギャラップ調査のようなもの）において、人人は好んでダダを主要なあるいは補助的テーマにとりあげた。一九二〇年に『メルル・ブラン（白つぐみ）』紙が企画した「フランスで最も退屈な人間」を決めるコンクールで、ピカビアは、バレス、モーラス、スーリー神父、ボルドー、バザン、ボトレル、アンドレ・ド・フーキエールと並んで「ベスト・テン」に名を連ねていた。（D・P）同年五月『ウッフ・デュール（堅ゆで卵)』誌が企画した「現代文学で最も陳腐なものはなにか」というアンケートの入賞者リストにも、同様にピカビアの名があった。(D・P)『エポック』誌は「ダダイストたちは銃殺すべきか」という問いを読者に投げかけ、山をなす返信を受け取った。(D・P)が、四月号に発表された二十ばかりの回答のうち、特に新しい解釈にいどんだものは一つもなかった。ほとんどが偏狭な保守主義の枠の中にあることを示していた。ある人はこの号の本質を次のように要約していた。

「質問を受けたすべての人は肯定的結論を出すか、あるいは、せいぜい真面目な態度をとるにとどまっていた。ジョルジュ・デュボワ氏は、アラゴンとピカビアを血が出るまで鞭打つために頑健な青年団を結成しなければならない、と言っている。エマニュエル・ブーシエ氏はダダイストたちを四つ裂きの刑に処すよう望んでいる。ムロ・デュ・ディ氏は彼らを拷問台にかける。ルネ・デュナン夫人は折衷派で、いろいろな方法を提案している。もちろん銃殺だが、そのほかに、絞首刑、車裂き、王水(硝酸と塩酸の混合液)漬け、である。が、最も恐ろしいのはセバスチャン・ヴォワロル氏とポルティ氏で、ヴォワロル氏はダダたちに親指をしゃぶらせる罰を課し、ポルティ氏は彼らにインクとペンを与える、というのである。しかし、偽らざる真実は、おそらくジャン・ドロー氏で、彼は次のように書いてそれを示している。「ダダイスムの巨匠は、実は、トロツキーと称するユダヤ人ブラオンシュタインである。ダダイストたちの運命に関するテーマで、私が意見をさしひかえるのは、このためである。トロツキーは最後には銃殺されるであろうか、それとも絞首刑に処せられるであろうか。弟子たちは師の運命に従わねばならないからである。」(D・P)

この雑誌の巻頭言では、アンドレ・ジードのような「純情な年寄りたち」をもあげつらっていた。ジードは「自分の小さな膀胱に息を吹きこむ技《わざ》にはたけていて、ある小説にまったくくだらない背徳主義とやらいうのをつめ込むのに精を出している。が、その背徳主義も実際は本の表題(『背徳者』(一九〇二年に対する言及)だけなのである。」(『ルヴュ・ド・レポック』誌、七七二頁、D・P)

三文詩人や模倣作家たちの方はと言えば、彼らこそダダをあげつらいながら時事的な宣伝をしてくれたのであった。

ピカビアの文体で
私は私のダダを描き出し
活発なペンさばきで
清廉の士エリオを歌うであろう

そして私は望む、フランス全土で
私の詩句の調子にあわせて

ピカビアの最も純粋な文体で書いた
このリフレーンを誰もが歌うことを
ダダだ！　ダダだ！　ダダだ！（ヴィクトル・オルテール、「少しの韻律としかるべき理由」、Ｄ・Ｐ）

ダダ運動の死は、常に告げられ、そしてすぐまた否定されてきたが、それはいくつかの驚くべき追悼歌のテーマになった。

そうだ、かの有名なダダ運動が
あの世へみまかった《デセダ》のは昨日のこと
いたましい腐った《オリファ・ボドリーダ》オリーヴ
その焼け焦げる厭《アッサ・フォエティーダ》わしい臭いに
われわれはいたく不快を催《アンコモダ》した。
人々はその葬式にとりかか《プロセダ》った
だが一粒の涙もあふれなかった《イノンダ》
それどころかみんなはやっと気が晴れ《シ・デリダ》たのだ、
なぜならわれわれのパリで、そうだ《ウイ・ダ》
おまえは長く生きすぎたからだ、ダダよ。
（ドミニック・ボノー、『ラ・リベルテ』紙、一九二〇年五月三十日、Ｄ・Ｐ）

ミゲール・ザマコイス自身、一九二一年五月二十六日の『ル・ゴーロワ』の中で、『五月の夜』のパロディをつくるなどということを仕出かしていた。義務でもあり（またいささか悪趣味でもあるが）、われわれにその二十四節の最初の一節を引用しなければならない。

詩人

われわれの感覚痲痺を焼き直そう！
ダダよ、私のミューズ、ダダよ！
ダダイスムがたくらんだのは
一時的退場であった！
そうだ、ダダの一群は旅立たなかった、
人々が望んでいたように、いやいやそうではないのだ！
一群はもっと大胆になってふたたびあらわれた、
その謎の言葉を復活させて
エリック、エリック、エリック、サティ！
エ、ピック、エ、ピック、エ、ピカビア！

ダダイスムの真の流行は、文学外の領域に大成功のうちに確立され、拡大した。大衆的ダンス、戯画、音楽、印刷術、などである。野心のある剽窃者たちや剽軽者たちは、ダダの精神の流れを汲んで、多くの根の浅い一時的な運動をかつぎ出そうとした。そのうちのいくつかだけを例に挙げるなら、次のような運動を見ることができる。ファダ（マルセイユで生まれたもの）、トゥトゥ、ガガ、デュデュ、ヌーヌー、絶叫派《ユルルール》、ニューヨークでピエール・シャプカ＝ボニエールがつくったセマンティスム（語義主義）、アアイスム（ア・ア主義）、無定形主義《アモルフィスム》、等々である。「人々は青二才主義《メクトウミスム》の出現を告げており、また、われわれは動物主義《アニマリスム》に脅かされている」とある批評家は感嘆の声をあげていた。（ポール・ブリュラ、『ラ・フランス・アクティヴ』誌、一九二〇年六月、D・P）また、シャルル・デレンヌという文芸記者は、パラ＝ダダイスム流派の創設者のエルコール・ピカドレフと称する人物が出版した本『汎感覚主義《サンサシヨニスム・マジュール》』を受け取ったと報告していた。この流派の中では、作者と作品はたんなる数字であらわされることになっていた。創設者はもちろんナンバー・1で、出版物の表題も「自動車のナンバー・プレートのように、文字と数字の兼ね合わせ」であらわされていた。したがって、ナンバー・1の最初の感覚主義作品は『100 W-C』と書かれた。

「それは表紙が木の八折判の本で、恐ろしく肥大した内側には精妙な機械が装備されていた。つまり、番号を付けた何枚かのボール紙で、正確に回転するようになっていた。最初のボール紙には、ボードレールの詩が単語の順を逆にして書きこんであった。また別のボール紙には、透明な紙に包んだ平たいボンボンが一つと、製菓会社の住所があって、片隅にていねいにピンで留めてあるチケットを送れば、新しいボンボンを送ってもらえる仕組みになっていた。私は頁をめくった。すると、香水の香りが鼻をついた（香水会社の住所も書きこんであった）。もう一つの頁は眼に見えないオルゴールになっていて、エリック・サティの一楽節が流れた。もう一つの頁には各国語で書いたキャンブロンヌ[2]の言葉が載っていた。これは大いに勉強になる。もう一つの頁をめくると、小さなロケットが飛びだして、あやうく片目になるところであった〔……〕（「新美学派」、『アンフォルマシオン』紙、一九二一年五月二十四日、D・P）

こうして見ると、ダダがあらゆるものの源泉になっていたことがわかる。その二音節の言葉は、ダダとはなんら関係のない作品にも、宣伝的効果をあたえさえしたのである。

数限りない小雑誌もダダの音域の中にあり、この意味で、ツァラとピカビアは間接的にも、現代アヴァン・ギャルドの全領域に活性剤的影響をあたえ、新しい使命を喚起し、新参者たちが一挙に自分たちと繋りがもてる素地をつくりだしたのである。たとえば、コクトーの『おんどり』が書かれたとき、それが当時のダダの出版物に範を求めた、ということは疑いのないことである。同様に、「五人組」（マチアス・リュベック、ベルフェゴール・ドーヌー、ジョルジュ・デュヴォ、レスリー・フリント、アラン・ルガル）が一九二一年五月に『ウッフ・デュール（堅ゆで卵）』の発刊を決めたとき、彼らは文学的舞台にそびえるダダの存在を考慮に入れねばならなかった。

『ウッフ・デュール』は抒情的で当世風《モデルニスム》なものになるであろう。が、未来派的にはならないであろう。この雑誌はアンリ・

ボルドー氏やピカビア氏からは距離を保つことになる。ボルドー氏は過度に評価はできないようであるし、ピカビア氏は得るところが少ないように見えるからである。
公式主義でもなく、ダダでもない。ウッフ・デュールである。」[3]（D・P）

パリは、決して揚げ足をとられないことを哲学とする衒学者や物識り連中にはこと欠かない。彼らがやむなくダダに意味を与えたときも、「陽の下に新しきものなし《ニル・ノーヴェ・スブ・ソーレ》」を確信し、ダダの祖先を百科辞典の中で血眼《ちまなこ》になって捜すことで満足した。この血眼《ちまなこ》の結果には、かの善良なギヨーム・アポリネールなら大喜びしたであろう。彼らは自分たちの歴史調査のでたらめさはあまり気にかけないで、ダダイスムの哲学をヘーゲルの哲学に結びつけたり、ローマの頽廃詩人や十五世紀の大押韻派詩人から拾ってきた、いくつかの難解な詩の例を掲げたりした。こうして、彼らは、全詩句が論理的脈絡のない言葉と感嘆符と句読点だけでできた神秘的な詩『高潔な放蕩者』を書いた、一人の愉快な道化者を掘りだしたのである。

『ラ・ルネッサンス』誌は、大戦前あるいは大戦後に、ルイ・フォレが書いたいくつかの詩を掲載した。これはスノッブたちの好評を博し、『ジュルナル・デ・デバ』紙でも専門的分析が行なわれた。

「――Brouïssef《ブルイセフ》 あそこで chicher《シッシェ》 しよう、ねえ君――だめ！
ここはざらざらした木の葉で mouic《ムイック》 よ
だめだ！　もっと向こうへ行こう。君の gazouille《ガズイユ》 と la brouïssef《ブルイセフ》 を風になびかせたまえ、愛しておくれ。
木の下で、愛し、あるいは種を蒔く！　一方が煙草を吸うところで、他方は種を蒔き、愛し、
そして樹液は――ほら――木の上にまでのぼっていく。なんと結構な！
Brouïssef《ブルイセフ》、あそこで chicher《シッシェ》 しよう！[4]

一九二〇年六月十二日の『ル・ゴーロワ』紙で、A・ド・ベルソークルは次のようなことを指摘していた。つまり、一七四〇年ごろ、ヴェネチアで、一群の芸術家、詩人、学者たちが、アカデミックな連中を笑いものにするために、ダダ的形式の結社を創設した、というのである。この結社は「グラネレッシ」という名称であるが、その陣営には少なくとも二人の「グラネッリ（馬鹿者）」を持つ人たちで構成されていて、白痴と自称するジョゼフ・セッケルラーリを会長にいただいた。そして彼は「馬鹿の大将《アルキグラネローネ》」の称号を得た。

『アンデパンダン・ベルジック』紙は、これら一連の事件においてかなり積極的な役割を果たしたが、「至高の詩人エテルレッド・ヴァジー」のためにダダの父権を要求した。（一九二〇年五月二日、D・T）いくつかの彼の詩は一八九三年に『ラ・ジュヌ・ベルジック』誌に発表されていた。キエヴラン（フラ

ンス国境近くのベルギーの村）のかなたの編集者は、次のように皮肉まじりに語っている。

「知性と心情のこの若返りを、ヴァジーはできる限り遠くへおしすすめた。人類の幼年期まで、思考と言葉の最初のかたことの時期まで、おそらくは野獣のような、しかしきわめて純粋で猿のように無邪気な唇の上に、人間の言葉がまさに生まれようとする時にまで、である。それは文明を受け入れながら、美徳を放棄するものである。」

そして彼は次のような詩句を引用している。

おお　プワ　プワ　タペ＝テ
アルザウン、アルザウン、ラウラ、太鼓《バンブーラ》だ
おまえ　ブーン、ゴーン！
アルザウン、ラウラ、アルザウン
森　ブーン　ブーン！
風　アルザウン。
おまえ　大詩人、
プワ＝プワ　タペ＝テ。（D・T）

われわれは、シャルル・クロスやジャン・モレアスやローラン・タイヤードらが出入りした「無関心主義者《ジユーチスト》」たちの木造の家を思い出す。また、十九世紀末に組織された、あの「無秩序のサ《サロン・デ・ザン》ロン《コエラン》」を思い出す。そこでは、日によって五十サンチームから五フランまで変動する入場料をはじめとして、実際、なにもかもが無秩序であった。「印象主義の作品、意図主義《アンタンシヨナリスム》の作品、書きなぐり主義《バルブイイスム》の作品、でたらめ主義《クワクススワイスム》の作品。空《から》の額の中ではなく、額縁に描いたM・デルピイの倹約した風景画、スパイス入りのパンでつくった浅浮彫《バ・ルリエフ》「後宮の番人」（複製禁止）。コクラン弟の「雲のない空と空のない雲」つまり、鳴きわめく蛙がいっぱい入った金魚鉢。アルフォンス・アレーの豪華な額に入れた一枚の赤い紙、題して「卒中性枢機卿による紅海沿岸のトマトの収穫」――レオン十三世御聖体にささぐ「……」」（「ジャン・ピエール」、『デペッシュ・ド・ブレスト』紙、一九二一年十一月十五日、D・P）

「ボロナーリ」(5)式のあらゆる悪ふざけは、戦前では、文芸欄をにぎわせていたが、ここではもちろん、ダダの独創性を否定するために引き合いに出されたのであった。多くの流行作家も、自分自身が若気のいたりで書いた昔の雑誌を引っぱり出した。人々は、一八八九年にジードの初期のいくつかの詩が掲載された「学生同人雑誌」から、ピエール・ルイスのわけのわからぬ詩句を掘りだしていた。

町で、四輪馬車の奥に乗って、下種《げす》な泥棒の臭いを匂ぎ
　にいったならば
彼女はシクラメンの心《アーム》を持っていた

……………
泥棒はロバ《アーヌ》を見た。そして二輪車にそれを結びつける。
アーメン。

アンドレ・ヴァルノは、その文芸欄記事の中で、フェルナン・ヴァンデランの主張を真面目にとりあげて論じていた。というのは、この主張によると、ダダの種馬は他の人々が「精神動物学」の作者ウージェーヌ・ムートンと称する人としているのに対して、アベル・フェーヴルとセム(6)であろう、と言っていたからである。ダダ運動の付帯現象に満足しなかった人はまれであったが、またダダのさまざまな表明の中に深い意味を探りだそうと試みた人もまれであった。

しかし、そういう人も確かにいたのである。アンドレ・ジードとジャック・リヴィエールである。ブルトンとその『リテラチュール』の仲間は、おそらく、あまり認めたがってはいないが、この二人には負うところが多かった。運動の初期に彼らが介入していたことは、運動ののちの発展に対して、眼には見えないが決定的な作用を及ぼしたのである。セバスチャン・ヴォワロルのようなすぐれた批評家は、ダダイストの反抗の中で、一時的なものと永続的なものとを見分けることができた。彼は、影響力のある同業者たちの批評の中で、感情に立脚するものを峻別して、その弱点を明快に指摘した。すでに見てきたように、ラシルドはダダの中にフランス芸術壊乱の巧妙な企図があることを暴いて見せたが、ヴォワロルはそれに対して、次のように反論していた。

「ドイツのダダイストもドイツ芸術を混乱させている、と言わざるをえない。つまり、この小さな出来事にはたんに一国家内での政略といったものはないのである。」(『コメディア・イリュストレ』、一九二〇年四月、D・P)

また、ジャン・ルフランは、「この知的衰弱が堕落したものをさらに堕落させ、馬鹿をさらに馬鹿にしかねね」(同前)なかったあの大戦に起因している、というのであるが、これに対して、ヴォワロルはごく簡単に答えていた。

「明らかになんの意味もない仮説である。『ル・タン』の記者がグレーズやメッツァンジェやセヴェリーニの絵を戦前にどう考えていたのか、知りたいものである。」(同前)

また、ジョルジュ・クールトリーヌは、彼の言葉によれば、ダダから立ちのぼる商業的料理の悪臭、を告発していたが、それに対して、この批評家は礼儀正しくボールを投げ返していた。

「これらの青年たちが多少とも、立身出世主義者であるとしても、彼らは流行作家の発行部数と肩を並べようなどとは夢にも考えることはできない。それは、口にするのも馬鹿馬鹿しい

ほどはっきりした理由のためである。」（同前）
ヴォワロルはまたH＝R・ルノルマンをも攻撃していたが、今度はあまりうまい具合にはいかなかった。ルノルマンは『コメディア』紙（一九二〇年三月二十三日、発刊第十年、一六五四号、D・P）に「ダダイスムと心理学」と題する一面トップ記事を発表していたが、これは、はじめてダダイスムの現象を当時開発された精神分析の光に当てて解釈しようとしたものであっただけに、歴史的にも重要な評論であった。が、この種の試みがアマチュアや、さらには専門的な人々によって行なわれたときでさえそうであるように、その解釈は概略的で単純なものであった。だが、要するに、真実を突く所はなくもなかったが当時ではまだ、全体に魅力的であると同時にいいかげんな、いくつかの結論で満足せざるをえなかったのである。ルノルマンは、ダダイストたちのすべてをゼロからやり直そうとする欲求を、性本能の抑圧に起因するあの「幼児期への退行」現象で説明した。このような現象はまた、ある種の宗教団体の秘儀にも見られるものであった。が、この批評家が指摘するところによると「ヒステリーや精神神経症や早発性痴呆症の初期症状にもこの現象が発見される」のであった。ここまでくれば、ダダにフロイト理論を適用し、したがって、ツァラやピカビアやブルトンや彼らの戦友たちを精神病患者（または偽装者）と見なすのはあと一歩であり、その一歩をルノルマンは喜び勇んで踏みだすのであった。かくして、彼は次のように付け加えるのである。「もし少しでも早発性痴呆症の機能を思い浮かべるならば、その機能とダダイスムの作品の機能との類似性を指摘せざるをえなくなる。精神病患者が話したり書いたりするときに使う奇妙な言葉づかい、単語のごったまぜ、「舌語り」などは、ダダイスム文学ととり違えてもおかしくないものである。」（『コメディア』、一頁）
評論というものの枠の中で、しかも専門的知識を盛りこんで書くとき、このような似而非精神分析的概念は問題の筋をゆがめるのが必定であった。しかし、H＝R・ルノルマンは、おそらく無意識であろうが、次の問題、すなわち創造行為の本質的性質という問題の少なくとも存在そのものは予感していた。それは、ダダがまさに最後になって提起することを許した問題である。「なにものも勝手につくりだせない、というのが人間の頭脳の偉大さ——あるいは不運——なのである。頭脳が記憶をし、連想をし、強調するときも、やはり、心の秘かな傾向の発露力に押されて、そうしているのである。」（同前）精神分析と文学批評の二つの道が交わる地点はほとんど未踏のまま残されている。そのどちらもが疑いもなく豊かな鉱脈をさらに開発しようとしなかったのは、驚くべきことである。
われわれが問題としている面だけから言えば、要するに、作品分析によって次のことが示されている。すなわち、一九二〇年以後、無意識という資源に対する評価が文学的見地においてもあたえうる興味を、ある程度の範囲で、大衆は知っていたということである。もし、これらの観察が各方面の注釈者たちによって、まさにダダだけのケースに、あるいは典型的なダダイストの出版物（ピカビアとツァラの詩作品）にはっきりと適用されていたならば、それは本書が提起する命題、つまり、シュルレアリスムの「独自の所有地」も主たるダダイストたちによって、すでに充分承知の上で開発されていたという命題、を支えるのに貢献するものになるはずである。

ダダイストたちの挑発に対してパリの大衆や批評家が示した反応に関するこの分析は、あまり続けては読者を退屈させることになるであろう。それに、その中でもすぐれた資料は、本書の論述の過程でそこここに挿入してきた。しかしながら、それらとは別に、当時の最も権威あるペンで書かれた、きわめて明晰な一定数の評釈家の言を参照するのも、興味深いであろう。たとえば、アンリ・ビドゥ、クレマン・ヴォーテル、ジョルジュ・シャランソル、ジャック＝エミール・ブランシュ、ギュスターヴ・ランソン、およびその他の何人かである。

それらを読めば、おそらく、中味のない幾百ものゴシップや小記事やインタヴューを忘れさせるであろう。これらの雑文などでは、ダダは、新聞社や記者や批評家のあいだで貸し借りの清算に利用されたり、時事や政治への反省材料に使われたり、昔の、しばしば胸の悪くなるような怨恨に対する（膿の）吸い取り剤の役目をさせられているのである。

だから、一九二〇年代のジャーナリスト連中にはあまり寛大な態度を見せないようにすべきである。今日、文学史上のなんらかの運動に「結果論的に」重要な位置を与えることは、われわれにとって、いかにも簡単なことである。ダダが、その時間や空間への拡大によって、比類ない影響を及ぼしたことはわれわれの知るところである。だが、この認識はまだ新しいのである。

ところが、一九二〇年の批評家や新聞記者はアヴァン・ギャルド運動のあまりにも壮大なパノラマを眼のあたりにしていた。そして、その目的も方法も、しばしばその人物たちも、ほとんど差異のないものであった。だから、そのうちどれとどれが、他のどれを犠牲にして発展するか、などと予測するのは、良識を働かしたり文学史の教訓を活用したりすることよりも、むしろ手相術に頼るようなことであっただろう。誰が、一九二〇年に、ダダの運命を予測しえたであろうか。そして、シュルレアリスムにかかわる運命は、おそらく、法外なものと見なされたであろう。今日も、しかし、状況は同じである。周囲の文学生活に対する公平無私な観察も、眼の下で形成されては崩壊していくこれらすべてのグループや思想の中で、重要なものはどれであるかを見きわめることができずに、恐れをなしているのである。

ダダは大衆を持った。それはダダが望んだものであり、かつ、ダダに値したものであった。あらゆる芸術作品の創造と流布とを支配する、もろもろの基準や規制をのりこえようと願いながら、ダダは職業的批評家の判断と支持を侮蔑的に拒んだ。ダダは「街へ降りた」。雑報記事やスポーツの報告記事や政治の報道記事の中へ、である。そしてまた、観客や読者はまず最初に、この角度からダダを見たのであった。ダダは、みずからと同じように騒々しく、みずからと同じように予測しがたく、みずからと同じようにその日限りの、あの新聞という道具、貪り読まれ、そしてすぐあとで溝に捨てられ、それと同時に忘れ去られる紙切れによって、見事に名を挙げたのであった。

第二十四章　結論と総決算

人はおそらく、われわれの考えを少々強く受け取るであろう。だが、それでもかまわない。われわれはすべてを語る権利を獲得したではないか。

マルキ・ド・サド

パリにおけるダダの支配は短かった。一九一九年にピカビアが首都へ来たときにはじまり、一九二三年に数か月の末期症状ののち、それは終わっていた。実際、この運動の権威が、一九二〇年、一九二一年および二三年の、それぞれ冒頭に毎年弱まっていく発熱で自己を顕示しながらも、三年間以上続かなかったことは、議論の余地はない。宣言集会《マニフェスタシヨン》の性格そのものも徐々に変化していた。すなわち、最初は集団的で一体化したものであったが、グループ自体の中に逆流やさらには意見の拡散が生じてくるに従って、しだいにはっきりと分裂した行動形式を取るようになっていたのである。

とはいえ、このつかの間の存在期間の過程で、ダダの介在によって、パリの文学生活には深い変貌がもたらされた。が、ただちにその変貌の重要性と範囲を評価することは不可能であった。なぜなら、心理的外傷の明らかな徴候はしばしば何年かのちにならなければあらわれないからである。必要な一定の距りがおかれて、はじめて、貸借対照表を立てようとする試みが可能なのである。

世界的脈絡全体に対するダダ運動の研究から導きだされる一般的結論に対して、フランス分派の特殊ケースに関するいくつかの考察、つまりこの分派の発展と方向に独自の性格をあたえた地理的条件や文学的芸術的事情といったものの考察を、つけ加える必要がある。

ダダをパリに根づかせた過程は、二、三のことを除けば、われわれがその展開をすでに見ることができたように、ニューヨークやチューリッヒやベルリンにおけるダダ樹立の際の過程と同じものであった。つまり、外国産の茎が、きわめて根強いアヴァン・ギャルドの要素で形成した土着の幹の上に接ぎ木されてきたのである（スイスからパリとベルリンへ、フランスからニューヨークへ)。一般に考えられていることとは逆に、この接ぎ枝は寄生的に活動したのではなく、むしろ、原木の発芽の発展を容易にしたのであり、最後にはみずからは衰弱し、枯れ落ちていったのである。

パリのダダイスムにこの簡単な象徴的図式をあてはめて見るとき、われわれは、一九一四年から一九一八年の暗い年月のあいだ身をひそめていたアヴァン・ギャルドの数多くの革命的流れが、ふたたび、第一次大戦の休戦宣言とともに新しい力をもって勢いよく現われてきた、ということを改ためて観察するのである。つまり、ダダを受け入れるにはきわめて好都合な革命的土壌がこのようにすでに存在していたのである。もしデュシャンとピカビアが、アメリカではすでに著名になっていて「拡声器」の働きをしてくれた一定数のグループや個人の助けを借りることができなかったとしたら、彼らは決してニューヨークに自分たちの運動を根づかせることはできなかったであろう。それと同様に、もし一方ではピカビア、デルメ、リブモン＝デセーニュが、他方ではブルトン、アラゴン、スーポー、フランケルが、さらにはルヴェルディやアルベール＝ビロが個人的に、あるいは彼らの雑誌(『三九一』、『リテラチュール』、『シック』、『ノール＝シュッド』等々)で、さらには彼らの若いエネルギーで援助の手をさしのべなかったとしたら、一九二〇年にパリへきたツァラの声は人気のない街の中に消え去ってしまったであろう。

だが、おそらく、これら先駆者の諸グループの目標と多かれ少なかれ意識的なダダの目標とを関連させるところまではいくべきではないであろう。確かにそれらはしばしば突出した、一定の方向を持ったものではあったが、『ノール＝シュッド』も『シック』も強固な文学的伝統からかけ離れたものではなく、本質においては保守的なものであった。アルベール＝ビロやルヴェルディのグループの知的精神的財産はすべてロマン主義や、象徴主義や、さらには彼ら以前にこれらとつながりを持っていた芸術諸流派から相続したものである。『リテラチュール』の創設者自身も、あまり抵抗なく、それらと同じ詩想の源泉に満足していた。その点、これら青年たちの国家的な、あるいはむしろパリ的な独自性というものは強調してもしすぎることはないであろう。世界的動乱が終わったとき、疑いもなく、それは彼らの反抗に有利に働いたであろう。が、同時代の外国の文学的表示にまで好奇心を拡げることはまったくなかった。たとえば、アラゴンの『現代文学史案』(『リテラチュール』誌所収)は一九一三年から一九二二年までのパリにおけるアヴァン・ギャルド活動のかなり狭い範囲の年代記ということになるが、そこには、フランス国境のかなたでも展開しえた同様の流派や理論に対する驚くべき無知や、予想もできない軽蔑感があらわされている、ということに気づくであろう。のちに、指導的ブルジョワ階級の国粋主義、排他主義、保守主義に向かって激しく立ち上がるその同じ彼らが、明らかに同じような罪を犯していたのである。

ちょうどこのとき、ダダが、外国への窓を開き、暗闇の中で衰弱現象におそわれはじめていたフランス文学に激しい気流を起こさせることを可能にしたのである。パリに本拠をおくやいなや、ダダ運動はただちにその国際的な性格を立証した。有名な青い用箋の頭書きに、人々は次のように読むことができた。「ダダ運動。ベルリン、ジュネーヴ、マドリッド、ニューヨーク、チューリッヒ、パリ」。この事件がなかったとしたら、このような不測の事態がなかったとしたら、キュビスムやフュチュリスムから生まれた諸流派がどうなっていたかわからないし、また、それらが、『エスプリ・ヌーヴォーと詩人たち』でアポリネールの示した台紙にあわせた一つの「シュルレアリスム」を経過して、ごく簡単に、ふたたび輝かしいが、しかしその後は不毛な伝統にむすびつかなかったかどうかわからないのである。

したがって、ダダはパリでは手ごわい相手に直面した。それは、方々で、ときにはその推進者たちのところでも見られた公然の対立（きわめて効果的な刺激剤の働きをした、ある場合には肉親の相打つような争い）といったものだけではなく、むしろ、パリの文学界の頑強に組み立てられた組織であった。その動脈硬化症や慣性的抵抗、さらには、ある種の生活・思考の習慣への、またサロンやクラブやカフェといったあの時代錯誤的構造へのブルジョワ的執着、こういったものはすでに周知のとおりである。パリのダダイスムの最も注目すべき特徴の一つは、アメリカではダダイスムの展開がとりわけ芸術面で行なわれ、ドイツでは政治面で行なわれたのに対して、その性向がほとんど文学だけに向けられていたことである。ピカビアとデュシャンの絵やデッサンは主としてアメリカで構想されたものであり、マン・レイの写真やオブジェもまた大西洋のかなたで生まれたものであり、のちに割り込んできたアルプとマックス・エルンストのコラージュもチューリッヒとケルンから持ち込まれたものであって、これらを除けば、パリの運動はリブモン＝デセーニュのような文学者の造形的作品以外にほとんどなにも産出しなかったのである。このグループの活動は決して特殊な芸術形式（ニューヨークで生まれた「レディー・メイド」やベルリンで生まれた「フォト・モンタージュ」など）も、また、芸術問題に対する独創的な態度さえも創りだしはしなかったのである。当時の芸術家社会の中で、ダダイストたちはまぎれもなく「陶片追放」の対象となり、また、許可を求めたときも往々にしてはっきりと拒絶されたのであり（たとえば「セクシオン・ドール」の事件）、彼らは、この芸術家社会の構成の複雑な仕組みに介入することができずに、当時のすべての造形美術家を罵倒することと、モンパルナス精神の最も「大衆的な」表示（サロン・デ・ザンデパンダン、サロン・ドートーヌ、等）に攻撃をしかけることだけにとどまっていた。

逆に、『リテラチュール』グループの影響のもとに、文学的言語学的創造に対して最も明確な態度をとったのは、ダダのパリ分派である。他の土地よりも洗練されて気むづかしい、知性の重い伝統を受けついだ、そして、当時のあらゆる文学的表示の中にある詩的な糧で日ごろ養われている文学通の大衆に真面して、ツァラとピカビアはあまりにも粗雑ないくつかの方法を捨てざるをえず、特に彼らの仲間に対しては自分たちの独創性を限定せざるをえなかった。というのも、この仲間たち、つまり若い詩人や画家たちは尊敬すべきアヴァン・ギャルドの旗手であり、同時に、彼らを大革命から『メルキュール・ド・フランス』誌にまで当然のごとく続く浮薄な芝居を、巨匠見習いとして巧みに演ずる才能を持っていたからである。ツァラやピカビアのこの限定は、経験的に、あるいはむしろ実存的に行なわれたものであり、一九二〇年の活動の頭初には、誰も明確な形でそれを理論化することはできなかった。

　しかし、一つのことは確かである。すなわち、ダダが新しい文学流派と同じように扱われることを強力に否定した、ということである。「ダダイスム」という言葉は、統一的体系の概念を多かれ少なかれ明確に示唆するものであるが、ツァラとその友人たちはこの言葉を彼らの用語から常にはずしていて、そのかわりに「ダダ運動《ムーヴマン・ダダ》」あるいは「ダダ」という表現を意図的につかっていた。それらの表現は、一世紀このかた一連の美学的運動に標識を立てる役割を果たしてきたあらゆる「主義《イスム》」から区別して、彼らを「事実において《イプソ・ファクト》」まったく別の範疇に属させようとするものであった。

　ツァラのパリ到着のころには、ダダイスム活動の指導原理は比較的単純であった。つまり、反抗的感情をできるだけはっきりと表明する、ということであった。そしてその過激さが、いかなる慣習も尊重せず誰にも遠慮しないことを、人々に要請したのである。これは、ツァラのような、若い、金のない、道中で足を引っぱるようになるかもしれない習慣や伝統を知らぬ外国人にとって、いかにも考えつきやすい構想であった。だがこれは、ピカビアのような、相当な財産と、画家としての評判と、友人や人間関係とに恵まれ、四十歳にもなれば当然身を落ちつけることを考えてもよさそうな、申し分のない人物の場合には、逆に、むしろ驚くべきことであった。ダダがその痛烈さを最高度に発揮しえたのは、おそらく、この二つの反抗タイプの結合によるものである（一方は、野生的で妥協を知らぬ、障害や迷惑はまったく意に介さない青年のタイプであり、他方は、パリのサロンや前日内示展覧会で打ち倒すべき獲物を充分に心得ている、選択眼もあり権謀術策にもつうじたタイプである）。

　『リテラチュール』グループの中では、ダダは天啓の稲妻となった。ブルトン、アラゴン、スーポーは、ツァラ同様、潜在的反逆者であり、内包する行動への欲求で煮えたぎっていたが、一定の思考様式と感情的文学的拘束と因襲化した技法にとらわれていて、探求をこころざす他の多くの人々と同様に、アポリネールやルヴェルディやジードが印した標識のあとを追い、ヴァレリーやマラルメの詩を新しい時代に融合させようとする最新の知識のあとを追わざるをえなかったのである。彼らは、多くの肉体と、多くの希望と、生きる理由とがむなしく崩壊していった先人たちの闘いの最後にいたって、この美学的探究はもしかすると突飛な結果になるかもしれない、と漠然と感じていた。これらを考えあわせれば、ダダは――この場合は『ダダ宣言一九一八年』とツァラという人物をさすのであるが――自分たちの反抗に形をあたえることができないで絶望しているこれらの青年たちに、化学で触媒と名づけられている物質、つまりそれ自体は変化せずに化学反応を容易にする働きを持つ物質の仕方で、作用したのである。こうして、まったく突然に、彼らは変貌した。彼らはみずからの戦いと武器とを見出したのである。

この異変が誤解に基づくものであったとしても、また、ブルトンが想像していたツァラつまり世界を清める黒い悪魔の像が、新しいラスチニャック[1]となってパリに挑戦するため、ある日スイスの田舎からでてきたこの神経と炎で固まった小男と、なんの共通点がなかったとしても、それは問題ではなかった。彼の華奢な肩に人々が法外の望みを負わせたとしても、また、彼が豊かに持っていると思われていた繊細な感情に彼自身は無関心であり、従おうとしなかったとしても、それは問題ではなかった。あと戻りできない反応が起きたのである。それ以後、『リテラチュール』グループは、ダダとともに、あるいはダダを離れて、あるいはダダに反して別の面へ展開していった。が、いずれにしてもダダとの関連ですすんでいったのである。

しかしながら、その本来のダダはその後の新しい冒険によっていささかも変化を受けなかった。ツァラもピカビアも、自分たちが当時の従者たちに生じさせた突然の変化というものを、即座には理解しなかった。そして、彼らを一方ではチューリッヒで他方ではニューヨークで駆りたてた霊気は、前よりも強く、しかも同じ方向に、吹き続けたのである。ダダの創始者(ツァラとピカビア)は、一挙に、すべてを発明したのであり、彼らの見出したものは他の影響を受けるものでもなければ、発展していくものでもなかった。ガヴォー・ホールでの宣言発表集会はチューリッヒのカオフロイテンのそれにつながるものであり、また、『三九一』のパリの号には、三年前のバルセロナの号と同じ調子が支配していた。

以上の考察は、しかし、ダダがパリ進出によってもなんら得るところがなかった、ということを意味するものではない。ダダは、パリではなんらの新しい活動も行なわなかったが、その方法と策略については確信を得たのである。その時まで胚胎状態であったいくつかの創意も、フランス的特質である組織精神のおかげで、めざましい思いがけない発展をとげていった。とりわけ、それらの外部への効果は倍化した。片田舎の小グループは、いくら大声を出しても、一九一六年のチューリッヒでは、大砲の音を凌駕することはできなかったであろうし、おそらくは消え去る運命にあったであろう。事実、運動は大戦の終わりごろはチューリッヒでは瀕死の状態であったし、また、数年のちにかつての武勲の地へもどって来たとき、ツァラは、どうしてここでうまく生きることができたのか、と自問するほどであった。天祐ともいうべき分房手段によって、ダダは、ツァラによってパリに、ヒュルゼンベックによってベルリンに、そしてそれらから全世界に、新しい青春期を見出していった。一九二〇年に再出発した新しい不死鳥は消えかかった灰から立ちあがり、思いがけない幸運に浴していった。拡散するというただ一つの能力しか持たぬフランスの首都は、このチューリッヒの爆竹のために共鳴箱の働きをし、その反響を拡大していったのである。

ダダの世評は、その騒々しい、また曖昧な性格のために、あまりにも長いあいだ、人々の視野から真の姿をかくしてきた。われわれが、今日、一九二〇年のパリのダダイスト・グループを構成する人材の異常な集団を正当に評価できるようになるまでには、長年にわたる蒸溜作用がぜひとも必要であった。それは、今日も印刷され続け、日を追ってますます強い調子でくりかえされている名前だけを挙げただけでも、ルイ・アラゴン、フィリップ・スーポー、アンドレ・ブルトン、ポール・エリュアール、トリスタン・ツァラ、フランシス・ピカビア、マックス・エルンスト、マルセル・デュシャン、ロベール・デスノス、マン・レイがある。もし、ここに、ある一定期間遠くであるいは近くで、ダダの花火の中にいくらかの火矢をうちあげた人々(バンジャマン・ペレ、ピエール・ドリュ・ラ・ロシェル、ジャック・リゴー、テオドール・フランケル、マックス・モリーズ、ジョルジュ・ランブール、ジャン・コクトー、エリック・サティ、ジョルジュ・オーリック、エズラ・パウンド)を加えるならば、そして最後に、不当にも一時的忘却の犠牲になった何人かの人々(クレマン・パンセルス、ジャック・バロン、ジョルジュ・リブモン＝デセーニュ、セルジュ・シャルシューヌ、イリアッズ、ピエール・ド・マッソ)にいくらかの興味を示そうと考えるならば、これらの人が今日の感性に及ぼした影響に比較して、ダダイスムが残していった廃棄物はいかにも取るに足らないものである、ということがわかるであろう。ロマン主義からシュルレアリスムにいたるフランス文学史で、これほど多くの傑出したメンバーを集めた運動は、この二つの運動を入れてもなお、見当たらないであろう。ダダ運動全体についてもこの事実は言えようが、おそらく、フランス分派の特殊ケースではさらにいっそう顕著になるであろう。大学人にとってユルム通り(2)を通ったことがあるというのと同様、詩人や画家にとってダダに加わったことがあるというのは一般的尊敬の対象となる資格を持つことになるであろう。そして、上昇する知的世代さえ気がつかぬあいだに、ダダが創始したものやダダが普及ぼさせたものは、現実に、彼らのあらゆる活動分野に浸透してきているのである。

これらの影響の多様性は、ダダイストたちの性向や関心や専門的分野の多様性による。けだし、ダダはすべてに関わっていたのである。この運動を――方法論的解明にあまりにも拘泥しすぎるある種の批評家たちに従って――一枚岩的構成として考えるならば、実際、それは間違いであろう。戦争という馬鹿げたこと、伝統的芸術の頽廃、ブルジョワ社会の倫理態度、などに対する共通の反抗によって結集し、また内面的にも精神の基本的類縁性によって結ばれていたが、ダダイストたちは、慢性的な個人主義者であり、この反抗を常に極端に非妥協的な、しかし往々にして根本的に異なった態度であらわしたのである。基本的ではあるが、自己を「個人的に」主張しようとする共通の意志からくる関係というものでなければ、いったい、ツァラの擬声音的叫びとエリュアールの綿密な言葉の解剖とのあいだに、また、アルプのフォルムの穏やかな明るさとマックス・エルンストの不安げなコラージュとのあいだに、どのような関係を立てればよいであろうか。われわれはそこに、フェルナン・ヴァンデランのような人たちが、ダダイスムの性質そのものについて、いかに嘆かわしい誤解をあたえ続けてきたかを見るのである。彼らは「そのグループ全体は、もっとも、すべての否定的教理に共通することだが、かなり強固な教理を説いていた」（R・N、『パリ・ミディ』紙、一九二二年十二月九日、「文学の鏡」所収、D・P）と確言しているからである。

人々は、おそらく、次のことを観察してきたであろう。すなわち、政治問題は一九二〇年前後は数多くフランス民衆に提起されていたにもかかわらず、ダダはパリでの活動期間中いかなるときもこれらの問題に介入しようと考えなかった、ということである。たとえば、共産党設立のおりフランスの社会主義者たちを揺りうごかしたイデオロギー論争[3]において、なんらかの立場をとるという考えは、ツァラやピカビアはもとより、後年いかに確信を持って共産党に加担していったかは周知のとおりである、あの『リテラチュール』グループの何人かのメンバーでさえ、ほんのわずかでも持ったようには思われないのである。アラゴンの例がこの考えを確証している。ガロディは次のように書いている。（B・91・一六六頁）「一九二五年まで、政治的には、〔……〕ブルトンの方がアラゴンより進んでいた。」アラゴンが何度かくりかえして政治参加をしようという気になったことは確かであるが、それは内的な熟慮の結果というよりも、むしろブルジョワ青年の気まぐれによるものであった。『聖週間』の中で、彼は、冬のあいだザールブリュッケンの炭坑ストライキの光景を見て感じた心理的ショックのことを、みずから物語っていた。（『N・R・F』、一九五八年、三二三―三二六頁）しかし、この感情面での衝撃は彼のその後の行動になんら反映しなかった。同様に、彼がその数週間後ブルトンといっしょに「公の行動」に出ようと考えたときも、問題は『リテラチュール』刊行の件だけに限られていた。最後に、「眼と記憶」の章（『N・R・F』、一九五五年、一八〇―一八二頁）（もっとも、この執筆は最近であるが）は、彼が、クララ・ツェトキンと警察との紛争に触発された若い情熱の高まりのあまり、いかにして入党を申し込み、また、いかにしてパリの社会主義連合の活動家から思いとどまるよう説得されたか、を述べている。くりかえしになるがこれらの意志は「回想」で語られたものであり、当時の文章にはその跡をとどめていないのであって、アラゴンの行動の顕著な変化によって事実として示されたものではない。「この反抗は彼をそれほど遠くへは導かなかった」とガロディ氏は正当に結論をくだしている。

一九二三年『放縦』の序文で宣言した彼のジャコビニスムへの共感は、彼を、急進社会党の政治思想を越えて進ませることは決してできなかった。彼に欠けていたのは社会的事件に対する対応感覚だけではない。一九一七年十月のロシア革命、一九一九年のヨーロッパの革命諸運動、一九二〇年フランス全土で打たれたストライキ、それらすべてを彼らは知らなかったのである。（B・91・一六八―一六九頁）

ブルトン、エリュアール、スーポーについて証明しようと考えれば、それはさらに明白に立証されるであろう。要するに、当時のダダイストの資料の中には、あらゆる政治活動家に向けられた冷たい侮蔑以外に、政治についてはなにも見出されないのである。このような無関心は、若いダダイストたちの革命的で平和主義的な激烈な宣言に比べればかなり奇異な感じもするが、それは、パリの運動をベルリンの同族とははっきり区別するものである。というのは、ベルリンでの活動は、逆に、一九一四年―一八年の大戦終末期を画したもろもろの政治的事件によって引き起こされたからである。政治の問題は、また、ダダとシュルレアリスムとの差異を示すものである。もっとも、「バレス裁判」や「パリ会議」の事件によって、ブルトンには、すでに、その傾向があったことは指摘できるが、シュルレアリスムの不変数の一つはまさにこの大衆的事件へ介入しようとする欲求であろう。

ダダのこの没政治性を正当化するためにすぐ頭に浮かぶ説明は――しかもそれは評論家たちが常套的に主張することであるが――その原因を、パリ・グループのメンバーが属する社会的環境、つまり中産階級に求めることである。スーポーと同様、フランケルと同様、ブルトンやアラゴンも、あらゆる社会的変動への策動を嫌うあの伝統的偏見を、彼らの家族から受けついでいた。「政治」という言葉はそこでは軽蔑的意味合いで受け取られていたし、「賄賂」とか「策略」とか「組合」とか、さらには「普通選挙」とかいった言葉も、同じ脈絡で受け取られていた。青年たちも無意識のうちに政治というものを軽蔑の対象に入れていた。大戦中と終戦直後に恥ずかしげもなく横行した政治という言葉とその実態が、いずれの側に属するにせよ、政治的人間との接触によって手を汚すまいとする彼らの意志を強めていた。この点で、彼らは、政治問題を決して持ちださないピカビアや、革命的傾向をまだ具体化していなかったツァラには、抵抗なく結合したのである。

しかし、ダダイストたちの政治的無関心の基本的理由は、彼らがみずからに課していた不服従という概念にある。それは、形而上的と称しても決して言いすぎではない一つの平面にあった。具体的問題の解決に政治を持ちだそうと考えでもしたら、彼らには、それが直観的に堕落だと考えられたことであろう。詩的参加（シュルレアリスム）あるいは政治、人々はそこにダダの「超克」を見ようとするが、当時の彼らにはそれは「たわ《ノン・》ごと《サンス》」として映ったであろう。なぜなら、ダダを「超克する」ことは、キリスト教信者が神を超克することと同じぐらい、彼らには不可能に見えたからである。彼らが組織的な政治革命へそして詩的変革の統一的組織へと方針を転換していくには、そののちようやく表面化する深い失望感、疲労と倦怠の結果を待たなければならなかった。それはちょうど、初期の激烈さが醒《さ》めてくるのを感じはじめた神秘主義者が、慈善事業の中に名誉ある出口を見出すようなものなのである。

ダダとシュルレアリスム

このように、パリの運動は、その一般的基調によって、また、その文学的没政治的方向性によって、世界的なダダイスムの歴史の中で際立った位置を占めている。だが、研究者たちの眼に映るその独創性と付随的興味は、特に、それが受け持ったシュルレアリスム形成という役割からくるものである。

ダダの年代記作家はここでダヴィッド[4]の役割を充分意識して演じることになる。実際、輝かしい出来事にみちたその四十年間のために、アンドレ・ブルトンのような人々の権威と現実的立場が巨大になり、そのため、人々は、すでに伝説化したダダの歴史にほんのわずかでも手をつけるのをためらうのである。シュルレアリスム運動は、今世紀において、ちょうど十九世紀にロマン主義が占めていた位置と類似の位置を占め、ダダに大きな翳をなげかけているのである。ダダは、今日われわれに示されているように、数か月の青年たちの馬鹿さわぎと、いち早く敵方にまわった指導者たちと、影も形も見せぬ作品と、よくわからないいくつかの原理とともに、まったくもって、みすぼらしい姿を見せているのである。

このような嘆かわしい立場は、ダダをめぐる出来事にほとんどの芸術史家と文学史家があたえたいくつかの解釈に、とりわけ起因している。それらの解釈は、その明快さのゆえに、たやすく学校等の解説書に採用されてきたが、確かに、概略的には歴史的事実に依拠していないわけではない。その大筋は次のように図式化し要約することができる。ダダ、スイス起源で虚無的傾向を持つ文学芸術運動。一九二〇年にフランスの首都にいたり、時代錯誤的諸価値を清算する「焚刑」の烽火をあげることになる。このようにして、障害物を一掃したあと、それはもう一つの運動、シュルレアリスムという名の創造的運動にその場をゆずることになる。「旧弊一掃は、次に、再建を要求したのである。」(B・220・五六頁)すべての百科辞典で、シュルレアリスムに当てられた項目が何行かの走り書きでダダにふれる一節ではじまるのも、こうした理由からである。そして、人々はクレベール・エダンスとともに、次のように結論をくだす。「ダダはいかなる文学的重要性も持たなかった。」(B・99・四四一頁)

このようないかにも簡単な説明に対して、シュルレアリストたちは独自の解釈を対立させた。「シュルレアリスムをダダから出た運動として説明すること、あるいは、構成面でそれをダダの換骨奪胎と見ることは、〔……〕不正確であり、年代的に言って誤りである。固有の意味でのダダの雑誌における同様『リテラチュール』においても、シュルレアリスム作品とダダ作品とはたえず交互にあらわれるだろう、というのが真実である」(B・46・五六―五七頁)とブルトンは書いているからである。

ところで、われわれがこれまでの頁で客観的に追求しようと試みてきた、日付と作品に関する厳密な研究は、事実がもっと複雑であることを示している。しかも、それは深く根ざしたいくつかの偏見にぶつからざるをえないものである。この事実は次のように要約されうる。すなわち、(ブルトンの定式はきわめて事実に近いように思われるが[5])シュルレアリスムはダダの「換骨奪胎」でもなければ、ダダと並行した運動でもない、ということである。シュルレアリスムは、ただたんに、ダダの数多くの化身の一つであり、疑いもなく最も輝かしい、そして最も美しい未来を約束された化身である。が、シュルレアリスムは、大戦中と戦後に、ほとんど全世界において文学と芸術を揺り動かした広範な壊乱運動、かりにダダと命名された運動の唯一の化身ではないのである。もっと極端に縮約すれば、われわれは次のような定式で満足できるかもしれない、ように思われる。すなわち、「シュルレアリスムはダダのフランス的形態であった」ということである。この命題に立って展開される議論は、当然、多種多様である。しかし、われわれはそれを次の六つの項目まとめることができる。

一、年代的に言ってダダがシュルレアリスムより古い、ということは誰も真面目に反論することはできないであろう。ダダ運動は一九一六年二月に創設され、一九一七年[6]にチューリッヒでその最高潮に達していた。

二、のちにシュルレアリストたちが探求することになる思想や概念はダダイストたちにおいてすでに存在したことも明白である。リブモン＝デセーニュが一つの口頭弁論の中で、自己弁《プロ・ドー》護《モ》として、しかしそれにもかかわらずきわめて明晰に書いているように、

「シュルレアリスムにおける、自由や反抗や受け入れ拒否といったものの領域に属するすべてのことは、ダダにおいて、さらにはダダの懐胎期においてさえ、考えられていたことである[1]。」(B・155・八一頁)

アラゴンの『アニセ』の例は、このシュルレアリスムの「小説」が伝統的形式とダダの発見した技法との巧妙な調合であることを、示している。これらの新しい思想の豊富さは（ダダの基本的反ドグマ主義の態度やその存在期間の短さを考えあわすならば）ダダがそれらのうちの数多くを萌芽状態のままで残していたことを説明づけるものである。一方、無意識世界の富の発掘といった他の思想も、ダダイストたちの関心事として常に考えられてはいた。が、ツァラもピカビアもその富が無尽蔵であるとは一瞬たりとも考えてはいなかった。いったい、なぜそれを組織的に探求しようなどと考えるのか。なぜ、また、富の根源を掘りだそうと躍起になり、そのあげく金の卵を生む鶏を殺すような危険を冒すのか。さらにまた、次のこともつけ加えなければならない。つまり、一九二三年以前に、ブルトンとスーポーは『磁場』を書き、アラゴンは『アニセ』と『テレマックの冒険』を書き、エリュアールは『生の必要事……』を書き、ツァラは『シネマ・カレンダー……』を書き、そしてピカビアは『山師イエス＝キリスト』を書いた、ということであり、さらに、アルプ、エルンスト、マン・レイもそれぞれ独自のものを表わしていたということである。要するに、競技は一九二三年以降に行なわれたが、ダダはその通路を整備した、ということができるのである。

三、未来のパリ・シュルレアリストたちにおけるこれらの概念は、ダダと接触しはじめるまでは、散漫な状態でしか認められない。彼らが非常に早くから、スキャンダルや破壊といった、反抗への激しい欲求に動かされていたとしても、次のことは疑う余地がない。またそれは、ジャック・ヴァシェの行動——ダダがチューリッヒで猖獗《しょうけつ》をきわめていたとき、この欲求はヴァシェにはすでに高まっていた——が証明するとおりである。すなわち、周囲の情勢のために、このような動乱や変革への大きな要求は終戦まできわめて秘めやかなものであったが、当時の青年たちの重要な部分では確かに抱かれていたことだけは観察されるだろう、ということである。シュルレアリスム精神の存在を正当化するためにこれを過大に評価するならば、のちに伝統的枠組みの中にふたたびおちいっていく多くの作家や芸術家にも、この特徴をあたえることにもなりかねないであろう。

他方、一九一九年初頭のツァラと『リテラチュール』グルー

プとの最初の書簡交流の日付を、パリにおけるダダ運動の出発点と考えるならば、この日付以前にブルトンやアラゴンやスーポーが書いていたすべての作品は象徴主義あるいは「キュビスム」の美学に基づいており、『シック』や『ノール＝シュッド』のような前衛雑誌に発表された同時代の詩人たちの作品とさほど異なってはいなかった、ということがわかるのである。

四、ダダ運動がパリで爆発するずっと前から、未来のシュルレアリストたちはチューリッヒのダダイストたちと直接に接触していた。ツァラの雑誌とピカビアの雑誌は、その創刊のすぐあと、つまり一九一六年と一九一七年に、パリに届いていた。ツァラのダダの詩は一九一七年にパリで出版された。一九一八年以降、熱っぽいそして連続的な手紙の交換が、一方ではブルトンとその友人たちのあいだで、他方ではダダの推進者たちのあいだで確立されていた。国境を越えて交換された作品は数多かったが、それ以上に、その文通は、初期のダダ宣言や詩やデッサンが当時『リテラチュール』誌を創刊しようとしていたグループのメンバーの精神と心情に及ぼした強い共感を物語っている。

要するに、単純な年代によって、パリにおけるダダの影響のはじまりを一九二〇年におくのは、いかにも便宜的なものに思われるのである。

五、ダダの作品とシュルレアリスムの作品とのあいだには否定しがたい精神的類縁関係がある。もし区別しようとすれば、それはただ、強度、程度、あるいは方法に関してのみなされるべきであろう。おそらく、二つの運動の源流となる二つの文学的伝統を弁証法的に対立させることが適当であろう。ダダはかなり明白にロマン主義の美学から出てきている。ロマン主義の圧倒的激情、極度の喧騒好み、露骨な反抗といったものを継承したのである。「ジュヌ・フランス」や「ブーザンゴ」[8]の態度と同様、ツァラの仲間たちの態度もはっきりしていて、曖昧なところはなかった。正面攻撃。敵に対しても、日和見《ひよりみ》に対しても、時には自分自身に対しても仕かける容赦ない戦い。それらは、大衆への挑発、金切り声での侮辱、芝居がかった韜晦的趣向によって示されたのであった。

シュルレアリスムの方は、ブルトンが言うように「歴史的立場からすれば、それに対立するのは避けえないことであった」(B・46・一一頁)にもかかわらず、象徴主義の延長線上に登録される。実のところ、シュルレアリスムの起源は、この二つの流派の作品に共通の晦渋さゆえに、大衆の心の中では象徴主義の最後の発展形式と混同された、と言う方がより正確かもしれない。すでに『磁場』について述べたときに見たように、象徴主義の後期の詩行とシュルレアリスムの初期の「詩」の難解さは、きわめて異なった技法を経ながらも、同一のものとして感じとられてきた。というのも、それはおそらくはサン＝ポル・ルー、ヴィエレ＝グリファン、ルネ・ギル、マラルメ、ヴァレリーなどの同じ作品を読んで形成された人々から生み出されたものだからである。青年ブルトンとエリュアールは、微妙なニュアンス、内的探求、語調の抑制、そして記述の「凝縮」へと抗しがたく導かれ、当然のことながら、彼らの先輩たちと同様、短調で表現する[9]よう導かれていったのである。だが、このように自制しながらも、彼らの反抗はダダイストたちの反抗と同様に強烈であった。しかし、『リテラチュール』グループは本能的にダダイストよりも秘めやかな手段を用いることを好んだ。徐々に掘りくずし壊乱する作業、巧妙に導く陰の策略、敵の隊列にまで戦いを持ち込むための秘密の「抵抗運動」。これが、あの会議と称するものの、あの秘密集会と称するものの、あの裁判と称するものの、あの匿名の手紙と称するものの、あの集団的つまり没個性的宣言と称するものの意味である。

　しかしながら、一見矛盾して見えるこれらの態度も実は一枚の貨幣の両面のように補いあうものであり、ダダイストとシュルレアリストのすべての活動が連続的にあるいは同時に両者を互いに発揚させたのだ、ということを誰が見ないであろうか。人々はここで、シュルレアリスムという言葉の罠におちいっているのである。それは、実は、ダダのシュルレアリスム的様相であり、シュルレアリスムのダダ的様相なのである。そして、ブルトンが『リテラチュール』時代のダダとシュルレアリスムの思想の共存を指摘するとき、彼は確かに客観的な観察者として書いてはいるが、当然のことながら、その分析の範囲をダダ時代だけには限定せず、シュルレアリスム運動全体にまで拡張しなければならなかったのである。そしてこのシュルレアリスム運動というのが、探求や掩蔽《えんぺい》や屈折の瞑想的局面と、鋭敏で長いあいだ抑制された精神だけが知っているような、明らかにダダの性格を持った激烈な攻撃の局面とを、交互に経たものであった。

　シュルレアリスムは、創設時には、[10]「根本的に」新しい貢献要素はなにももたらさなかった。その理由は、ダダとシュルレアリスムの根が同一の土壌に、つまりこの場合は、長いあいだ時代の中に拡散してきて最後に一九一六年になって突然に「ダダ」という魔術的言葉のまわりに結晶した同一の「新しい精神」というものに、根ざしていたということである。この言葉がかなり漠然としたものであったため、運動はすぐのちにスペインで絶好の宿り場となり、人々はそこにこの運動がもたらすものを見出したのである。このようにして、みずからダダと称するものがきわめて多様な傾向を持っていた理由が説明される。事実、その唯一の支配的共通項目は、反抗への基本的意志であった。同じ樹液を養分とし同じ幹に寄生する、この繁茂した植物の中で、フランス・シュルレアリスムの枝はいくつかの他のものに比べて、ずっと強靭なあるいは早熟なものであったが、やはり同じ葉と同じ果実をつけたのである。ブルトンやツァラやアラゴンや彼らの友人たちが、まだ地面のすぐ上のところで活動していたときには、彼ら自身すこしも認めず、激しく否定していたけれども、この類縁関係はきわめて容易に理解しうるものである。そして、われわれにとって、最後に森を見るようになるには、半世紀の時間が必要であった。

同様に、この二つの運動の目的も同一のものであった。ブルトンにとってもツァラにとっても、それが画家であれ詩人であれあるいはたんに「呼吸する人」（デュシャンの言葉。ミシェル・サヌイエとの対談、「マルセル・デュシャンのアトリエにて」、『ヌーヴェール・リテレール』、一九五四年十二月十六日、五頁）であれ、創造する者に全的自由の状態に到達する手段をあたえることが問題だったのではないだろうか。公の場でダダが行なった大っぴらな反抗にせよ、社会的構築物の基盤を掘り崩すためにシュルレアリストたちが用いた無意識という手段にせよ、いずれ劣らぬ手段であり、ほとんどの青年たちは、それぞれの性質に従って、連続的にあるいは同時に、そのいずれかの手段に訴えたのである。

シュルレアリスムの独創性は儀式や秘伝の重要性を強調したことである。しかし、こっくりや「催眠」といったかなり子供っぽい道具立てが、詩想の根源において、あるいは個人の社会的行動において、それがなんであれ変化をあたえた、と本当に考えることができるであろうか。一九二〇年におけると同様、一九二四年においても、シュルレアリスム・グループの中とその周辺においては、人々は相変わらずダダが確立した基準に従っていたのである。

日常活動の面では、シュルレアリスムはかつてのダダの敵対者をダダから引きついでいた。つまり、すでに時代おくれになった文学芸術諸流派、フュチュリスムとキュビスム、金もうけ主義、倫理的頽廃、スノッブやいわゆる知識的ブルジョワジーの世界には不可欠な偽善、コクトー的パリ流儀と社交界的ディレッタンティスム、老文人や出世主義の青年や十九世紀末的サロンの常連や教養全般につうじた玄人などがうごめくあの醜い小世界、などである。

今われわれが描いているこの等角投影図の中で考えたとき、人物や作品や、もっと正確に言えば、生と芸術に対するその基本的で変わることのない態度を通して、この二つの運動を結び合わせるものは、その二つを分け隔てるものよりも、はるかに重要である。ダダとシュルレアリスムは、一九一九年から一九二三年にかけては、互いにきわめて深く入りくんでおり、それらを分離させようとすれば必ずそれらの手足を切断し、それらの本質と意味とを抜きとってしまう結果になるがごときものになっており、この二つの運動は、時代への不安と、部分的解決では満足しないきわめて要求の厳しい精神に特徴的な自由意志とを、最高度にそして複雑にあらわすものであった。これらの反抗的精神はすべて、それぞれが他の行動を理解できないほどに独自の行動に専念していたが、結果としては同一の目標を目ざしていた。すなわち、芸術の破壊、あるいは少なくとも、ある種の芸術概念の破壊である。

六、ダダの領域はシュルレアリスムの領域を含むが、さらにこの領域を大幅に逸脱している。ブルトンが彼のシュルレアリスム運動を「創設した」時期には、ダダという名称は、同一の反抗的非妥協的精神に導かれる、いくつかの類似の傾向を包括していた。が、これらの傾向は、その後、ある場合はすべての流派の外であらわれるようになり、またある場合には、つまりダダ固有の冒険の終わりには「掩蔽《えんぺい》される」ようになり、そしてそのいくつかは、のちに、シュルレアリスムそのものの中にふたたび姿をあらわすようになった。

実のところ、シュルレアリスムの到来は、ダダの大波が爆発したあと、フランスで強く感じられた再整備への、再組織への、解明への、おそらくは無意識の深い欲求に応えるものであったように思われる。これは、あらゆる差異を考慮に入れた上でのことだが、プレイヤード派のあとマレルブの到来によって満たされた、必要であると同時に残念な欲求と類似のものであった。ブルトンがこの馴致しがたい波をせき止め、ダダイスム思想の解きほぐしがたい錯綜から知的に理解しうる理論を引き出したことに、人々は満足したのである。

しかしながら、この剪定作業はダダイストたちには彼らの教理の矮少化として、さらには貧困化として映ったことは、疑いを入れる余地はない(11)。ツァラは、事実、ダダイスムはそのいくつかの側面しかパリの大衆に示されることができなかったことを指摘しているが、それは、一つにはダダの支配期間の短さのゆえであり、一つには外国から持ち込まれたダダイスムの概念に対してこの同じ大衆が持った抵抗感のゆえであった。

チューリッヒの宣言集会の精神を直接受けついだ、一九二〇年の宣言集会の激しさと無秩序と奇怪さとがひたすらパリの気質に反感を起こさせるように、事態は推移した。他の土地で投与されていた丸薬もここではまったく消化吸収されなかった。その合成量を修正し、有害すぎる成分はそこから抜き取らなければならなかった。このようにして、ダダのフランス版が生まれた。それは、ツァラやブルトンやその仲間たちが経験に従ってつくりあげたものであるが、その後、精選され純化され、最後にはシュルレアリスムへと開花していくものであった。

ドイツの大衆は不定形なこの「運動」を好んで受け入れていた。が、その理論上の矛盾や欠点も、ある種の盲目の熱意や、抒情的な力や、ときには叙事詩にも達する激烈な反抗の雰囲気によって、充分償われていた。パリでは逆に、人々はダダがその意図と手段について釈明することを求めていた。言葉と理屈がフランスの特質をなすことは周知のとおりだが、この二つが機能しはじめ、いち早く、言うならばダダイスムの悪魔から悪霊払いをしてしまったのである。みずからを表現し、みずからを広く周知させようとして、結局、ブルトンの方法論的拒否は、その腐蝕性と暴力を失っていく結果になったのである。

生まれてくるシュルレアリスムを断罪するためにダダイストたちが依拠したのはこの面である。ダダイストたちが決して採ろうとしなかった方向を選び、また、魅惑的だが簡略化した諸要素から詩的反抗の原理を編みだすことで、ブルトンがダダの戯画を「普及させる」のに、どの程度まで貢献できるかを彼らは考えたのである。そのように非合理を合理化することで、ダダイスムの爆弾を不発にする危険を冒してはいなかったか。別の言葉で言えば、シュルレアリスムはダダを去勢し、ダダ独特の美学思想を「文学的」文学（ツァラとの対談、一九五九年七月七日）の幸福な伝統の中に組み入れられるのを許していったのではないかということである。もし、ダダイスムの炎症がパリでシュルレアリスムの膿瘍に固定していかなかったとしたら、おそらく、現代芸術に対する大がかりな外科的療法を必要としたであろう。「アヴァン・ギャルド」に対しても「反動」に対してもそれぞれ部分的解決の手段を提供することによって、シュルレアリスムは、つまるところ、ツァラに言わせれば、芸術と生との関係の真の問題を避けて通ったのではなかったか。

これまで見てきたように、過去の世界にさかのぼっていくと、年代や運動や流派が巨視的眺望の中で互いに入り組みあっているのがわかる。そのとき、われわれの心は自問するのである。シャトーブリアンはロマン派の理論を知らずにほんとに『ルネ』を書くことができたであろうか。そしてまた、われわれは『磁場』をその五年もあとになる『第一の宣言』から分離することができるであろうか、と。しかしながら、一九一九年の若い詩人たち、つまりツァラやピカビアと同様『リテラチュール』の詩人たちにとって、彼らの思考と彼らの地平線を占めるのはダダでありダダのみであった、という事実は厳然と残っている。シュルレアリスムはまだ存在していなかったばかりでなく、シュルレアリスム「発明」の偶然の可能性さえも彼らにあったかどうか疑わしいのである。

不幸なことは（もちろん歴史家にとってのことであるが）、パリにおいて、何人かのダダイストたち、しかも最も名の知れたダダイストたちがその後、シュルレアリスムの傘下に集まったということであり、さらに、彼らの作品も、あらゆる人間の肉体的知的倫理的成長をともなう正常な発展以外の発展を示さなかったということである。ブルトンはいつダダイストからシュルレアリストになったのか。エリュアールはいつなのか。アラゴン、マン・レイ、アルプ、エルンストらはいつなのか。テキストの内容に対する分析批評だけでは満足な解答を出すのに不充分である。

しかし、この境界線の不明確さゆえに、われわれの命題が支えられてきたのではないか。一九二四年ごろにダダとシュルレアリスムとの断絶を設定しようとした考えを誤りとし、ブルトンの大変革を彼とダダとの最初の接触があったあの一九一九年にまでさかのぼらせることによって、われわれはそれを説明できないであろうか。実際、この瞬間から彼の新しい道が開かれてきたことを、すべての事柄が集中的に示唆しているのである。なぜなら、おそらく誰も、彼以上に堂々と、ダダイスムの冒険を試みたものはないからである。彼は、一九二〇年には、運動の思想内容を、あるいは、少なくとも個人的につくりあげた概念を、全身に背負っていたのである。スーポーのように、フランケルやエリュアールのように、またアラゴンのようにブルトンは、彼が今日認めるかどうかは別として、ダダを外部世界に対立させたあの告発の一部をになっていた。つまり、彼ら同様、彼もわれわれのよく知っている合成肖像画にみずからのひと刷毛を加えたのである。

彼がのちに演じるにいたった役割を説明するには、なんらかの突然の変容というものを介入させる必要はまったくない。人間を見るだけで充分である。あの悲劇的偉大さ、さまざまな出来事に勝ち抜いてきたあの決断力、伝染力を持ったあの確信、戦術のあの巧妙さ、などを見るだけで充分である。この人物像はまさしく、彼が具現化していく運動のイメージとその範囲を示していた。ただ、ダダの広範な潜在能力を感じさせるツァラに対しては、ブルトンは一九二一年にはじめて、グループ内部で自己の観点の優越性を示そうとした（「バレス裁判」、「訪問」、「パリ会議」）。包囲に失敗して、実際には自分の方を孤立状態にさせたこの試みのあと、相手方有利のうちに第一ラウンドを失ったこの青年は勢力争いを別の面に持ち込んだ。すなわち、ダダ運動とは距離を保ちながら、しばらくは単独行動をとり、次に体勢をたてなおし、仲間の無関心や分裂や疲労を利用して、ダダの中心思想のいくつかを独自の立場でふたたび取りあげ、それをもう一つの社名のもとに開発していったのである。このような頑強さが周知のような多くの果実を生むことになったのである。列車はふたたび出発した。そして、徐々に、おなじ人たちが乗りこんできたのである……

破壊への弁明

まだ、ダダがパリではもっぱら破壊的役割を演じた、という命題を吟味する仕事が残されている。当時ブルトンが書いていたように（「次のことは正当に評価しなければならない。つまり、ダダがその力を十全に発揮しえたとしたら、「徹底的に」破壊することしか求めなかったであろう、ということである」[12]（『リテラチュール』五号、第二シリーズ、一九二二年十月、一四頁））、確かに、ツァラとピカビアの友人たちの初期の目的は、かなり概括的な虚無哲学をすべての事物とすべての人間に拡張することであった。だが、このような検証から早まった結論を引き出さない方が好ましい。われわれが調べた数千のさまざまな資料は、ダダがその進行過程でたんなる思い出や焼け跡といったもの以上のものを残したことを、有弁に物語っているからである。いつか編纂されるであろう画集も、平行して、ダダの芸術的遺産の重要性を確立させるであろう。後世の人がこれらの絵画や文章にあたえる価値を今から予測するわけにはいかないが、人はすでに今日、ダダの貸借対照表が結果としては肯定的なものであることを、認めることができるのである。

　しかし、この事実は、ここでは、そこからでた結果ほどは重要ではない。なにものも、ダダイストほど、この壊乱の道を遠くへすすんだものはないからである。が、すべてを問いに付し、完全に破壊するという彼らの公然の意志にもかかわらず、彼らは、その反抗の極限への旅によって、発見者である彼ら自身にも思いもかけない重大な発見を、われわれにもたらしているのである。すなわち、完全な虚無というものは、芸術においても詩においても、存在しないということである。いかなる「否定」も同時に一つの「肯定」をともない、いかなる破壊も建設をともなうのである。[13] 人間精神のいかなる活動においても、「肯定」の極と「否定」の極とは電流と同様に分離しえないものである。一方は他方なしに存在できない。「アラゴン、ブルトン、エリュアール、スーポーのグループにとって、ツァラの有効な否定は、原初的肯定つまり詩の肯定の裏面にすぎない」とロジェ・ガロディはいみじくも書いている。[14]（B・91・一一二頁）。一見して自明の理に見えるかもしれぬものを、さらに近くから観察しようとするならば、人はそのいくつかのいささか心配な必然的帰結を認めるであろう。たとえば、今日あるがごとき肉体構成を持つ「ホモ・サピエンス」は創造をしないことはできないのである。サン＝テグジュペリの好んで用いたイマージュを借りれば、「人間は、常にひとたびなされればいかにそれを望んだところで完全に無にはなりえないさまざまな行為と「自分自身とを交換し」続けているのである。

　すでに十九世紀ロマン主義の芸術愛好趣味《ディレッタンティスム》によって強く揺りうごかされてきた「芸術とは困難なものである」というかつての古典的概念にかわって、「創造しないことは不可能である」という対立命題がおかれ、そしてそこから重大な結果が生まれるのである。すなわち、ツァラは言葉を粉に砕く。すると詩が生まれる。ピカビアはインク瓶を壊す、すると一枚の絵ができる。現代のシーザーは自動車を圧縮機にかける、すると一個の彫刻が出てくるのである。デュシャンが創造行為の全的破壊を目ざし、描くことと表現することをやめたとしても、それでかえって、彼は神話をつくりだしたのである。なにものも破壊されない。すべては変形するだけである。ここで、破壊の局面は建設の局面に先立つものではなく、あたかも影が光に付随するように、この建設の局面に付随する、ということを指摘しておきたい。ツァラが一九二三年にパリにおけるダダの一章に終止符を打ったとき、彼はどの程度まで、みずからの冒険を失敗に終わらせたこの基本原理を認識していなかったであろうか。彼をとらえた容赦ない論理の歯車に従って、はかばかしい目標を失いもはや存在理由を持たなくなった運動を地上から消し去らねばならなくなった、ということを彼はすでに感知してはいなかっただろうか。そうすることによって、彼は先に述べた原理、つまり、運動のこの自己崩壊はまさに運動を導いてきた精神の存続を保証する、という原理の正当性をふたたび確かめていたはずである。

このような展望の中に置きかえて見ると、ダダが示したすべての行為はまったく別の様相を持つ。すなわち、手本としてのそれらの価値が、それらを引き起こした破壊への意図に比例して増大するということである。ダダが新しい印刷術の基礎をうちたてたとしても、それは、『スティール』の探究のように造形的ないし技術的探究の過程で行なわれたのではまったくなく、アナーキストのユリウス・ホイバーガーの活字を、印刷術の権威を侵害しようという信念でもって、でたらめに混ぜあわせた結果なのである。

しかし、逆の定理（すなわち、すべての肯定は自動的に一定の否定をともなうという定理）も、われわれの定理自体ほど豊かな教訓を持たない、というわけではない(15)。これを本質的に肯定的運動として常に示されてきたシュルレアリスムのケースに適用するならば、特にそうである。創造の苦しみの中で一日でも生きたことのある作家や芸術家なら、誰でも、芸術はなによりも「選択」であり、創造者は一つのフォルムを選ぶことによって、「事実上」、表現すべき思想なり夢なりが身にまとう可能性のある千と一つの他のフォルムを拒否してしまう、ということを体験から知っている。ロマン主義は観念内容と表現とのあの「乖離」を、そして、（言葉の本来の意味における）詩人は、彼が内部に持っている理想的作品の、いかにも的はずれな、近似的様相とか細部とか外観とかいったもの以上のものを書き写すことはできないということを、かなりはっきり示した。「すべての構成は完成へと収斂する。だがそれは興味を引かない」（B・201、二一頁）というツァラの観点に対して、ギュスターヴ・ティボンのはるかに説得的な観点が答える。「いかなるフォルムも一つの完成体であると同時に限界である。」（『人間の運命』、デクレ、ド・ブルーヴェール、一九四一年、五九頁）しかし、創造者は創造したフォルムの完成に酔うよりも、むしろ、彼がその限界のそとにのこさねばならないものによって、しばしば引き裂かれるのであり、また、紙や画布の上に生み出され描き出されて、やっとまとまった矮小な作品があたえるささやかな満足感よりも、むしろ、彼が選択のときに圧殺しなければならない不定形で多様な要求によって引き裂かれるのである。

ロマン主義の例がいくたびとなく引き合いに出されるのは偶然ではまったくない。なぜなら、過去の数世紀のもろもろの運動の中で、ロマン主義だけが、当時効力を持っていたあらゆる種類の規則を、ダダ同様に、総括的に問いなおそうと専念していたからである。また、ロマン主義だけが、最初は芸術創造の諸問題に対して、しかしのちにはさらに広範な生活や倫理や、哲学と芸術との関係から提起される諸問題に対して、ダダ同様の根本的態度の変革を、その信奉者たちに要請していたからである。

ツァラ、ブルトン、そしてピカビアの運動は、こうして、この半世紀でおそらく最も際立った現象となるところの、この知的大衆の再組織化に貢献した。『リテラチュール』の「あなたはなぜ書くか」という問いはその成果をもたらした。芸術と文学における指導性は、それまでまだ立法力を持っていた一握りの専門家や経験豊かなアマチュアの手から離れた。頃あたかも大衆的コミュニケーションの手段の発展に支えられて（ラジオ、映画、色刷りの複製、広告）、ダダの基本的諸概念は、精神的事象には最も無関心な人々にまで労せずして道を開いた。

しかし、その定式化において、その思想普及において、『リテラチュール』グループとのちのシュルレアリスム運動が果たした役割はきわめて重要であるように見える。ダダがめざましい宣言集会によって集めてきた大衆を、シュルレアリスムは、統一性を持たぬ一つの理論に統一性の外見を「帰納的に」あたえることにより、論理的体系の魅力で引きつけていったのである。

こうして見ると、フランス・ダダについて描きえた映像が、なぜ、シュルレアリスムの視点によってきわめてしばしば変質させられてきたか、容易に理解できる。ダダ運動がパリで主役を占めた数か月のあいだを除いては、一般大衆は決して、その原理もその目標もさらにはその行動手段も、正確には知らされていなかったからである。たとえば、フランスでは反響を起こさなかったダダの印刷技術上の革新が、アメリカとドイツでは、一世代全体の視覚的言語活動を変形し改革した、ということは一般に知られていない。マラルメの『骰子一擲』やアポリネールの表象文字といった、実用的ないし美学的目的で考案された技法は、いまだに、きわめて多くの版下書き者にとって、印刷技法上の最良の手本を示しており、また、装飾文字であるがひどく時代おくれになってしまったペニョ風の文字が相変わらず、アヴァン・ギャルドの先端を示している。両大戦間のわが国の印刷関係の保守主義も、最近になってやっと、この遅れの重要さに気づき、それを埋めはじめているのである。シュルレアリスムの責任はここにもかかわっている。シュルレアリスムはダダが導入した壊乱運動を無条件に断罪し、そこに「技巧」と「媚態」（B・46・五五頁）しか見ようとせず、また、それしか見ることができなかったからである。

同様に、残念なことは、ダダの現実活動の側面が一九二四年から四四年までのあいだ、批評家や歴史家の注意を引かなかった、ということであろう。シュルレアリスムは、その本性に従って、秘教に向かった。現実面、特に政治面に立脚しようとするあらゆる試みは手厳しい失敗によって報われた。ブルトンの運動の中にあっては、人々は決して、あの勿体ぶった自尊の念から、あの計算ずくの控え目な態度から、そしてまた秘密結社というものに特異性とエネルギーを補給するあの秘伝的儀式への固執から、離れることはなかった。ダダは、逆に、みずからを広く世界に開き、元気旺盛で自由な態度を示し、大衆との共同行動に対しては羞恥心も遠慮もなく、いやおうなく熱狂をかりたて、生ぬるい態度を一蹴していったのである。ツァラの宣言は、活力と、熱と、そして特に恥ずかしさを知らぬ歓喜の、異常な印象をあたえるが、ブルトンの宣言にはそういったものはほとんど見られない。「笑いというのは人間のよい特質である」（『ギョーム・アポリネール』、B・201・九二頁）とツァラは書いている。シュルレアリスムとは、まさに、笑いのないダダである。

ところが、ダダが持ちえた自然発生的で原初的な、ダイナミックで粗野な、要するに新奇で非合理なものは、両大戦間の知識人には知られていなかったように思われる。一世代が、ということは、まさにシュルレアリストたちの世代が、生きてきた諸原理の改鋳をぜひとも必要なものと実感させるには、新しいそして恐るべき壊乱活動が必要だったであろう。第二次大戦から生まれた最初の哲学流派、実存主義[16]がダダ同様、人間行為の価値づけに基礎を置いていた、ということを観察するのはなるほど意味深いことではあるまいか。

したがって、そのとき以来、ほとんど全世界でダダイスムの思想が再評価されはじめたことは、驚くにはあたらないであろう。ダダの行状や怒りの声や解放のための急襲は、使い古された超現実というものに長らく飢餓感を味わってきた上昇諸世代にとって、反抗のあらゆる弁証法にもまして、復権要求と本質的不安感とをあらわすものであった。

久しく地下に隠れていたこのダダイスムの活動力の泉に、今日の創造者たちはしだいに頻繁に活力を求めに訪れている。ダダの眼をいたるところに見るある種の人々のような愚におちいることがなければ、現代思想のいくつかの流れと、一九二〇年前後、「セルタ」のグループが持った思想の流れとが示す類似によって、驚かざるをえないであろう。

レトリストたちは、勝負はつまるところ語彙の問題をめぐって争われると理解し、ダダの言葉の分解と詩的コラージュとを、幸いにも互いに矛盾したさまざまな方向で追求している。「ヌーヴォー・ロマン」の作者たちは、自分たちの主人公をアニセや反哲学者Aa氏と従兄弟関係として扱っているが、彼らはダダイスムの範例としての価値は決して否定できないであろう。そして、最近ではジャン＝ポール・サルトルも、『言葉《レ・モ》』において、その価値の及ぶ範囲をあますところなく示しているのである。

「不条理の演劇」について言えば、（最も著名な劇作家だけを挙げるが）イヨネスコ、ベケット、アダモフらの戯曲の数多くは、シュルレアリスムを越えて、直接、ツァラ、ブルトン、リブモン＝デセーニュ、ヴィトラックの寸劇に結びつけることができる。「ヌーヴェル・ヴァーグ」の演出者たちは、観客に一貫したシナリオを提示することよりも、偶然とカメラとの戯れがつくりだす驚異の世界を観客にわかちあたえることの方をより重視しているが、彼らのほとんどが、長いあいだフィルム・ライブラリーで、今では古典的になったピカビア、リヒター、マン・レイやエッゲリングらのフィルムを研究してきたのである。すでに一九二〇年に、ルイ・デリュックは、ダダの解放運動の影響を受けて映画にもたらされた、めざましい変化に驚いていた。「一本の雨傘が空をよこぎって軽々と人間をはこんでいく。たちの悪い噴水が空間と雲と通行人たちに水を吹きかける。警察、警察、電話、自動車、ボート、電車。辛辣な濡れ場、辛辣な純真さ、辛辣な錯乱。私の子供のころには、アメリカの軽業師もこれよりずっと穏やかであった。戦争が来て、次に『リテラチュール』が来て、さらに「ダダ商会」が来て、人の心を狂わせる映画が今度は本気で狂ってしまったのである。[17]」（「物悲しきこと、ダダ映画について」、『アクシオン』紙、一九二〇年五月二十七日、D・P）われわれの外部と内部の世界の写真表現において、ダダによって発展を方向づけられた一握りのすぐれたカメラマン（スティーグリッツ、シャド、リヒター、エッゲリング、ハウスマン、ハンナ・ヘーヒ、マン・レイ）に負っている負債を、誰が正当に評価するであろうか。

　ゴーチエのようなシュルレアリストたちが軽視していた音楽も、ダダのもとでは、意志強固な達人たちを持った。サティやヴァレーズは一世代を通して作曲家たちに影響をあたえた。[18]芸術においては、パリの画廊や世界中のどこの美術館でもほんの少し回って見れば、最も疑い深い人でも考えを改めるであろう。タシスムの最初の作品はおそらくピカビアの「聖母」であろう。常に嘲弄的な眼を持つアルプはダダをユネスコ本部に持ちこんでいる。ヴェネチアのビエンナーレは、サン・パレイユ書店で最初の展覧会を開こうとしてビザを発行されなかったことの同じマックス・エルンストに、名誉の王冠をあたえている。そしてラウシェンバーグが彼のあとを継いでいる。ポップ・アートやアクション・ペインティングはわれわれのまわりにあふれている。そして、デュシャンの残像もある。引き合いに出すべき名前は二十にも達するが、これらはすべて、われわれの若い画家の創造力を息づかせる霊感の永続性と活力との証人である。

　結果や未来を常に拒んできた運動について述べるとき、ダダイスムの後遺症に関するこの図式は、それがどれだけ驚くべきものであっても、やはりまだ不完全である。ダダの最も突飛な発明の中にも、確かに、ここに書き漏らしたものもあろうし、おそらくはまた、経営者を求める特許状のような状態でおかれているきわめて将来性のある発明もある。特に、ダダイストたちは、歴史家や批評家たちが昔からその周辺をさまよい、しかも決して到達することも、また言葉であらわすことさえもできなかった基本的問題、つまり創造行為の起源や性質や発展過程は正確に言えばいかなるものであるかを知る問題、に経験的に指を触れてきたように、われわれには思われるのである。おそらくは、悪性細胞やその無秩序な増殖に対する研究が、いつの日か生命の起源の秘密をわれわれに教えてくれるのと同様に、ダダイストたちの異常な行為や、言葉の意味や常識的態度への違反を注意深く吟味することにより、人間の創造機能に関する感激的眺望がわれわれに開かれるのである。「人間はすべて創造する。みずからは知らず——呼吸をするように。」シャイヨー宮の正面に刻まれたポール・ヴァレリーのこの言葉はダダの第一の教訓をかなり適確に要約している。ヴァレリーはつけ加える、「だが、芸術家はみずからが創造することを感じる」。そして、ダダが承認を拒むのは、まさにこの芸術家と人間との差別に対してである。デュシャンは、たとえ制限された大衆であろうと芸術を受け入れる大衆が存在するという必要かつ充分な条件があれば、「呼吸者」がその手でふれるすべてのもの（「詩」）や、その精神で増殖するすべてのものは芸術作品に変貌する、ということを示した。創造はコミュニケーションによってはじまる。創造は創造するものと受け取るものとの積極的で対等の参加を要求する。伝統的に画家や詩人だけに限られていて、芸術や文学の消費者にはそれまで受け身の役割しかあたえられていなかったが、この「誰も《ウオモ・クワルンクエ》」が積極的創造機能に参画するということは、重大な結果をはらんでいるのである。そして、その最も直接の結果は、美学的実験と表現に関する技法上の問題のある種の「普遍化」なのである。アポリネールは一九一三年以来その発展を予感しており、デュシャンの中に「芸術と大衆を融和させる」（『美学瞑想録』、パリ、フィギエール刊、一九一三年、七六頁）任務を負わされた人間を見ていた。

　創造行為のこの普遍性のもう一つの帰結は次のこと、つまり、詩はこれまで閉じ込められていた情緒的主観的枠を越えてしだいに広がり、創造的能力が活動するあらゆる領域で足場となり刺激となるであろう、ということである。ダダにとっても研究者にとっても、精神は存在するものしか認識しえない。つまり、精神が認識するものはすべて存在し、あるいは存在するであろう、ということである。アヴァン・ギャルドの詩はこのように、言葉と映像との、思想と感覚との思いがけない連結によって、常に、学問的創造を予見しているのである。あるいは、必要とあれば、それを刺激している、と言ってもよいのである。

　したがって、ダダ運動の全経過を想起しその重要性を確認する、なんらかの新しい機会が明日の研究者たちにあたえられるであろうことは、容易に予測できるところである。だが、さしあたっては、常に激動し、常に人間の知性と感性とによっておしすすめられる最前線で、ダダイストたちがわれわれに代わって、しかも多大な危険を冒して、あの探求を行なったことに、感謝の意を表するにとどめたい。「いったい、どこまでやったらやりすぎというのかね」とアングロ・サクソンはよく言う。しかし、ダダのあとでは、次の答えが必ず返ってくる。「人が考えるよりもずっとずっとさ」と。

パリのダダ　注

序論

（1）二八頁　アンリ・ギルボーは、自分の雑誌『ドゥマン』（一九一六年六月号）で何度も、ダダイストを「この帝国主義戦争が典型的に示している腐敗した社会をまさしく代表するもの」として、またさらに、「私がドイツの手先であるという作り話を最初に広めた連中たち」（B・98・一一七—一一八頁）として激しく攻撃している。

（2）二八頁　レーニンはキャバレー・ヴォルテールのあるシュピーゲルガッセ通りに住んでいて、カフェ・ド・ラ・テラスは、社会主義的傾向の強い表現主義者たちの集合場所となっていた。

（3）三六頁　正しく言えば、双方の交流は一九一六年以来行なわれてはいた（たとえばツァラとザヤスのあいだの手紙）。しかしそれは深くは進まなかった。

（4）四七頁　この見かけ上の容易さと、大衆の心の中に広まっている、ダダイストの造型上の奇矯さと「グロテスク芸術」との混同とが土壌となって一連の模造が生まれたが、これらは一様性が著しく欠け、ダダの作品には加えがたい。

（5）五一頁　この技法は、構造化された絵画総体において芸術家の手腕というものが決定的な位置を占めるキュビスムの「パピエ・コレ」とは異なっていることがわかる。

（6）五六頁　ティゲはのちにプラハで別の二つの雑誌『スタヴバ（建築）』（一九二四年）、『ディスク（レコード）』（一九二三—二四年）を刊行し、同じく、一九三〇年にはダダイスムに関して知られている最初の研究の一つ（『世界はいい香りがする』、プラハ、オデオン社刊、一九三〇、二三九頁）を発表した。

（7）五六頁　たとえば、一九二一年三月十五日号にはアルプとヒュルゼンベック、同四月二十五日号にはイヴァン・ゴル、フランツ・ユング、エリック・ミューザム、アルキペンコ、同八月一日号にはエッゲリングとリヒターらが加わっている。一九二二年にカサーク・ラヨスは、ダダイストがかなりの部分を占めるアントロジー・スタイルの『新しき芸術家集』（ウィーン、MA社刊、一九二二年）をラディスラス・モホリ＝ナギーと共作で書いた。

（8）六四頁　ブルトン自身はチューリッヒ・タイプの宣言集会がフランスで「当たる」とは考えていなかった。『ウーヴル』誌のある記事で第八回ダダの夕べ〔チューリッヒ、一九一九年四月十九日」がどのように行なわれたかを知った。それはとてもすばらしいが一時のものでしかないのではないか。パリでは公衆はすべてを受けとめてしまうように思われる。」（ツァラ宛未刊書簡、一九一九年六月十二日、C・T）

第一章

（1） 六九頁 この「裏切り」をブルトン以上に気にしていたものはいなかったと思われる。彼の『対談集』（B・46）一六一一七頁参照。

（2） 六九頁 『法王庁の抜け穴』の主人公。無償の行為の実行者。〔訳注〕

（3） 六九頁 ダダが常に先駆者と見なしているアルチュール・クラヴァンはジードのやり口を見破っていた。彼の手ひどい文章「アンドレ・ジード」（『マントナン』誌一九一三年七月、一―七頁）参照。

（4） 七一頁 アラゴンも同様に、アポリネールが「不幸にも砲弾やロケットを強いて幻想に変えた」ことを嘆くようになる（「カリグラム」、『エスプリ・ヌーヴォー』誌一号、一九二〇年十月、一〇六頁）。

（5） 七二頁 周知のように、一九一七年六月二十四日に『ティレシアスの乳房』の上演が組織されたのは『シック』誌の後援のもとであった。アポリネールが死んだとき、『シック』は追悼号を出し（三十四号、一九一八年十一月）、一九一九年二月には有名なアポリネール特集号（三十七・三十八・三十九号合併号）が出された。また、アポリネールの方は「予言序言詩」を書いてアルベール＝ビロの『三十一のポケット詩篇』の序文としている。

（6） 七三頁 しかし全部というわけではない。とりわけ、エリュアール、フランケル、ブルトン（アラゴンと共作の詩一つを除いて）、リブモン＝デセーニュらが欠けていることに気づく。

（7） 七四頁 「文学誌」という副題付き。この雑誌のタイトルは、伝統的に芸術家と作家が集まっているパリの二区域、モンマルトルとモンパルナスを結ぶ地下鉄線（現在では十二番）の名からとられたものである。

（8） 七七頁 いずれにしても、ダダイスムの以後の発展に照らし合わせてみて、パリのダダ運動の主役となっていった者の誰もが戦争に対して公然と反対をしなかったのはかなり驚くべきことである。一九一五年以後は彼らは、一九一四年八月に社会党指導者によって裏切られたと考えていた極左的反戦少数派に加わることもできたであろう。一九一五年八月十五日には、金属労働組合代表員のメレームとブールドロンが、「この戦争はわれわれの戦争ではない」という内容が宣せられている少数派の決議を通していたのである。

　また、ブルトン、スーポー、アラゴン、エリュアールはツィンメルヴァルト会議（一九一五年九月）もキンタール会議（一九一六年四月）も知らなかったようにみえるし、そうでないとしても少なくとも何の言及もしておらず、一九一七年のロシア革命についても事情は同様である。アラゴンはこの点について最近の『フランシス・クレミューとの対談』で次のように説明している（B16、二七―三二頁）。「〔……〕私は、戦争に反対して戦うためであっても、戦争について云々することは戦争の宣伝をすることである（明らかに少々子供じみた考えではあるが結局それが私の考えだった）と考えていた人間の一人であった。」しかしこの説明は満足させるものからはほど遠い。ブルトンの方はもっと率直に、自分たちには「社会的意識」が欠けていたと認めている。（B・46・四〇頁）

（9）七七頁　ミュジドラは本名ジャンヌ・ロック、一八八九年に芸術家を両親としてパリに生まれた。一九一四年に彼女はルイ・フイヤードに見出されて、当時すでにはじまっていた「吸血鬼」の女主人公の役を与えられ、彼女の黒いタイツと頭巾付き外套はよく知られるようになった。フイヤードはその後「ジュデックス」シリーズにミュジドラを出演させた。

（10）七八頁　パルマンティエ。一七三八―一八一三。フランスにじゃがいもの栽培を広めた農学者。〔訳注〕

（11）七八頁　周知のように、『パラード』はローマでディアギレフ、コクトー、サティ、ピカソ、マシーヌによって準備され、一九一七年五月十八日（戦争が最も激しかった時期）にシャトレ座で上演されて大喝采をもって迎えられた。ジャン・コクトーの「パラードの共同製作」、『ノール＝シュッド』誌、四・五号合併号、一九一七年六・七月、二九―三〇頁参照。

（12）七八頁　アンリ・コレがのちに「六人組」と名づけることになる若い音楽家グループに与えられた最初の名。

（13）七八頁　前にコメディー・フランセーズ正座員であったルイーズ・ララと彼の夫オータンが主宰する演劇団体。戦争中は、演劇技術の講義とパリの劇場が、戦争の都合でばらばらになった若い芸術家たちの集合場所の役を果たしていた。

第三章

（1）八〇頁　特にポール・ギヨームとレオンス・ローザンベールの画廊はまさに知的・芸術的活動の中心となっていた。

（2）八一頁　アドリエンヌ・モニエが書店を開いたのは一

九一五年十一月で、ブルトンはしたがって、開いて間もない最初の客の一人であった。

(3) 八一頁 マラルメに対するブルトンの意見はのちに微妙に変化していくが、それはもっとずっとあとのことである。ダダとヴァレリーの関係についてはB・148、一五三―一六九頁参照。

(4) 八一頁 マラルメのこと。彼の有名なソネ、「処女であり、生気にあふれ、美しい 今日という……」から来ている。〔訳注〕

(5) 八三頁 このテキストはヴァシェの英国風偽名である「ハリー・ジェームズ」と署名されている。これは阿片飲用者によく知られた人格の二重性という現象を示すものである。さらにこれが書かれた時期(一九一八年十一月二十六日)は、ヴァシェが阿片で中毒死するほんの数週間前である。

(6) 八四頁 ジャック・ヴァシェが死んだのは一九一九年一月六日であるから、この手紙は次の二つの事実を示している。すなわち、第一には、スーポーは一月十七日にはまだこの「事件」を知らなかったこと(ブルトン自身もこれを知ったのは数日後であった)、第二には、この宣言をヴァシェに読んだのは少なくとも約二週間前にさかのぼることである。

(7) 八四頁 一九一八年十二月の雑誌『ダダ』三号に発表された『ダダ宣言一九一八年』のこと。(B・226)

(8) 八四頁 実のところ、ブルトンは、スーポーが述べていることが本当にあったかどうかについてはわれわれに疑問を呈し、いずれにしても自分としては思い出せないと語っている。しかしながら、この点を踏まえた上でこの資料自身から――これ自体を認めないというわけにはいかない――引き出せる二つの解釈とは、スーポーが事実を故意に包み隠したか(しかしなんの目的で?)、あるいは、スーポーが宣言を読んだというのが、集まってきた三人の友人を前にして全員が集合してただ一度行なわれたのではなく、二度ないし三度別々に行なわれたか、のいずれかである。後者であるとすれば、ヴァシェがブルトンの知らぬ間にツァラのテキストを知ったということもありうるであろう。

(9) 八四頁 一九一八年十二月十九日の手紙。B・208a・〔八〇―八一頁〕。

(10) 八五頁 「イギリスの将校が一人、前の方の席で大騒ぎを引き起こしている。それは彼にちがいなかった。破廉恥な上演ぶりに彼はひどく興奮していたのだ。挙銃を手にして場内に入っていた彼は、観客に向けてぶっぱなすぞと口にしていた。(A・ブルトン「侮蔑的告白」、B・208a・〔二四〕頁) この事件はしかしブルトンとアラゴンが想像をたくましくして著しく肥大化していると考える必要がある。『シック』(十八号、一九一七年六月、二―四頁）に載った『ティレシアスの乳房』の上演の報告にはこのことについて一言も述べられておらず、次号（十九・二十号合併号、一九一七年七・八月、二―八頁）に収められているあらゆる新聞の抜粋でも、どれもヴァシェには言及していないからである。『シック』のあとの号でただ一つアラゴンの文章だけがこのことに触れている。「高名となった私の友人ジャック・ヴァシェは観客に向かって実際に撃つつもりであった。」（二十七号、一九一八年三月、六頁）

(11) 八五頁　アラゴン、フランケル（ヴァシェは彼を「ポーランド国民」と呼んでいた）、その他数人が彼とわずかな数の手紙をやりとりしていた。しかしわれわれが調べることができたものからは関心を引きうるようなことは得られなかった。アラゴンが『リテラチュール』誌（八号、一九一九年十月）に書いた『戦争書簡』の書評は、ヴァシェの死後に出た資料である。

(12) 八六頁　ヴァシェは「食料品業での成功」について語っていた。「君は僕がいなくなって、死んだと思い込むだろう。しかしある日――どんなことでも起こるのさ――君は、ジャック・ヴァシェとかいう男がノルマンディーのどこかで隠棲していることを知るだろう。この男は牧畜に精を出しているというわけだ。彼は君に奥さんを紹介する、この奥さんはあどけなくてなかなか可愛いい娘《こ》で、彼女は自分が冒した危険などは思ってもみないというしだいさ。」（B・208 a・〔二四〕頁）ぎりぎりのところで仮定して、ヴァシェがダダイストであるとは考えられても、彼がシュルレアリスム運動のメンバーになるとは想像しがたい。「シュルレアリスムは人にふんだんに信用貸しをするが、ヴァシェは最小限すらも拒む。シュルレアリスムは最も遠い彼方のものも含めて未来を約束するが、ヴァシェは現在しか考慮せず、自らを殺して未来を殺してしまった。最後に、シュルレアリスムは神秘の中に、「開かれた扉」を見出すが、ヴァシェは反対にすべての扉を閉じてしまう。彼は呼吸したいのではなく窒息を求めている。遅かれ早かれ、ヴァシェの道とブルトンの道は分かれてしまったであろう。ブルトンの真の師はジャック・ヴァシェではなく、それはロートレアモンである。」（B・56・四三頁）言うまでもなく、ここに述べられていることを保留なしにすべて受け入れることはできない。とくに、方法は好きにはなれなかったが、ツァラのダダイスムにのちに服したように、ブルトンが、ヴァシェというまさに自己の人格を補う人格に抗いがたく引かれたのは明らかである。

(13) 八六頁　ラマルチーヌは二十六歳のとき、エクス・レ・バンで老物理学者の若い妻エルヴィールと知り合い、そ

の死の悲しみから『瞑想詩集』を生んだという。〔訳注〕

(14) 八七頁　最後のテキスト(有名な「コルセット玄義《ミステール》」)だけが他の詩篇全体と好対照をなしている。しかし、これは最後になって加えられたものにちがいなく、最初は一九一九年六月一日——ヴァシェが死んでから六か月経ている——の『リテラチュール』誌に発表されたものである。それより少し前に書かれた散文詩は、トリスタン・ツァラに献じられたものではあるが、模範的なほどに節度がきいている。これらの作品の制作については一九二四年の『シュルレアリスム宣言』の核心的ページ参照のこと。(B・45・二〇頁)

(15) 八八頁　八月六日に、クーヴレルで彼は銀の星のついた軍功十字章を得ている。十五日付の師団令による彼の表彰は次のとおり。「軍でひとりの医者のみが数多くの負傷兵の撤収を確かなものとし、困難かつ危険な状況において、あらゆる称讃にまさる献身と犠牲を示した。署名、パッセリュー。」ブルトンはこのためにアラゴンに対し不満を抱くようになる。「当時、彼には、反抗というものはほとんどなかった。壊乱に対する趣味をむしろコケットリーな気持から言いふらしてはいたが、実際にあったのは戦争と職業(医者)指導の強制で、彼はこれに快活に耐え、戦線では軍功十字章をもらった。彼は「インターン問題」をいつも他の者より少しよけいに「猛勉強」しておくように手はずを整えていた。」(B・46・三九頁)

(16) 八九頁　「ぼくは誘惑することに対する嗜好に浸りきっている。どんな時でもそのことがぼくをとらえる。ぼくは自分の限界を測深しなければならない。すべてがぼくをなぜか新しい冒険へと駆り立てる。誘惑し、さらに誘惑せねばならない。ぼくは経験に対する熱情的な嗜好を他人に伝える。(「無限の擁護」、J・D。B・91・四三頁に引用)一方、ブルトンは次のように語っている。「極端に熱っぽく、留保なしに友情に没入する。アラゴンが冒す唯一の危険は、気に入られたいという欲望が余りに大きすぎることだ。きらめくほどに……。」(B・46・三九頁)

(17) 八九頁　明らかにマルクス主義的弁証法の諸原理に基づいて進められたロジェ・ガロディの試み(B・91)は、遺憾ながら拡大解釈へとひきずられる誤りをおかしている。当時の(アラゴンの)テキストだけに基づいて考えれば(彼がよくやるように、ずっとのちの引用によってそれらを「訂正」せずに)、「シュルレアリスムの最初の計画は、神のかわりに人間を置くこと、すなわち、創造の絶体的自由、人間の、全体的人間の実現であった」(五七頁)とは証明しがたいであろう。

(18) 八九頁　アポリネール『アルコール』の中で、「ロン

ドンの半ば霧に覆われた夕……」ではじまる詩。〔訳注〕

(19) 九〇頁　彼の最初の妻ミックの姓。

(20) 九一頁「どこでも――たとえばカフェで、時が来ると彼は「ボーイさん、なにか書くものをくれないか」と頼む――彼は詩の求めに応じることができた。詩は外部の邪魔が入ると終わっていた。言ってみれば猫が落っこちてきて足で立つように。このような方法、あるいは方法の欠除から生じたものは大いに真実性ある興味を帯び、少なくとも自由と新鮮さという角度からみて常に価値あるものであった。」（ブルトン、B・46・三七頁）

(21) 九一頁　ここでブルトンはこの一九一七年の秋にアラゴンと知り合うことになる。アラゴン自身も、この書店の「女主人」の一人の妹、シプリアンによってオデオン通りに引き寄せられていたのである。

(22) 九三頁　特に次のものを挙げておきたい。『トロワ・ローズ』（グルノーブル）、『エヴァンタイユ』（ジュネーヴ）、スペイン人ペレス＝ホルバがパリで出した『アンスタン』、一時ブルトンにくっついていたアンドレ・ジェルマンが主宰する『ドゥーブル・バンケ』と『エクリ・ヌーヴォー』、ほかに『オージュルデュイ』、『ソルスティス』、『トゥルビヨン』、H・クリカノワの『ジュンヌ・レットル』、『ディヴァン』、『プレスキール』、『カルネ・アルティスティック』、『カルネ・ド・ラ・スメーヌ』、等。B・114参照。

(23) 九八頁　ツァラとアポリネールの関係についてはB・170参照。

(24) 九八頁『対談集』（B・46・五二頁）で彼は次のように述べている。「私はアポリネールの家で『ダダ』の最初の二つの号を見つけた。アポリネールは、その雑誌の編集者のある者が自分たちの国の軍当局の規定に従っていないのではないかと嫌疑をかけて、それらを悪意のこもった眼で見ており、郵便を通してそのような出版物を受け取ることは自分を危険な状態に陥れるのではないかと恐れるまでになっていた。」ブルトンが『ダダ』一号より一年前の『キャバレー・ヴォルテール』について語っていないことに注意すべきである。

(25) 九八頁　人も知るように、アポリネールは自分の雑誌をふたたび出す計画を抱いていた。

(26) 九八頁　この感情は今日そう見えるほど奇異なものではなかった。一九一七―一八年ごろは、ドイツとつながりのあるものはすべて、大部分のフランス人に敵意を引き起こすのが普通であった。ツァラはこのことをしっかり心得ていて、『ダダ』の次号（『ダダ』四・五号合併号、『アントロジー・ダダ』、チューリッヒ、一九一九年五月）はほとんど同一の二つの版が出され、一つはパリでさばくために全体がフランス語で書かれていて、もう一方の版はスイスとドイツ向けに半分フランス語、半分ドイツ語でできていた。また、アポリネールが戦線から戻って就いていた検閲の公的職が、愛国心の問題に対する彼の強硬な態度を強めずにおかなかった。

(27) 九九頁　アポリネールがダダイストだったというピカビアの断言(『エスプリ・ヌーヴォー』誌二十六号、一九二四年十月、〔六〇〕頁)は、根拠なきものか、むしろ昔の思い出(彼らが共にした一九一二―一三年のいくつかの小旅行)に基づいたものである。彼らは一九一四年以来はお互いに会ったことはなく、それぞれの歩んだ道が彼らをわけ隔ててしまった。その上、アポリネールに対するピカビアの感情は、個人的なレベルでは熱のこもったものだったが、「仕事」の面でははるかに冷めていた。また、ある短評でツァラが亜流アポリネール風に振舞っていることで非難されたとき、ピカビアはこう書いている。「アポリネールは私の友人だが、いずれにしても旧套主義者だ。君はまったく彼に影響されてはいない。この文章を書いたのは誰だか知らないが、大した間抜けだ。フランシス・ピカビア。」(C・T)

(28) 九九頁「それ〔ダダ宣言一九一八年〕は、芸術が論理と手を切ること、「達成すべき否定の大事業」の必要性を宣し、自発性を称揚していた。そこで述べられていることよりもさらにずっと私にとって重要だったのは、その宣言から発散してくる激越であると同時に精力的なもの、挑発的で遠く離れているようで、詩的でもあるもの、これだった。少しのちにツァラは、「私は職業として書くのではないし、私には文学的野心はない。もし私に、退屈しないというあのただ一つの功績を実現する体力とたくましい耐久力があったならば、私は大いなる振舞いと洗練された身ぶりを具えた冒険家になっていただろう」と言うようになるが、当時彼が私の関心をかくも激しく引いたのは、まさしくこのような響きだった。」(ブルトン、B・46・五二頁)

(29) 九九頁「こうした態度が彼〔ツァラ〕をジャック・ヴァシェに緊密に結び合わせるようになったのは明らかで、こうして私は、ヴァシェに抱いていた信頼と期待の多大の部分をツァラに託し移すようになった。『リテラチュール』誌はそのことからかなり深く方向を転換した。」(B・46・五三頁)

(30) 一〇〇頁　アポリネールとシュルレアリスムの形成との関係については、B・74(T・Ⅱ)、B・32参照。

第三章

(1) 一〇二頁　この連絡のさし迫った性格は、再度、ブルトンの反応の唐突さをよく証明しているように見える。

これは、この一九一九年はじめで最も目を引く彼の経験、すなわち、ヴァシェの死と『ダダ宣言一九一八年』を通して、ツァラがそのヴァシェの「再化身」として映ったことのためであるとしか考えられない。

(2) 一〇五頁　『N・R・F』誌が、強固な財政基盤にたって再組織され、強力な商業的骨組に支えられて一九一九年六月に再刊されたとき、一時は、『リテラチュール』誌で、『N・R・F』が重大な競争相手になるのではないかと懸念されたことがある。『リテラチュール』がダダの影響のもとでのちに方向を転じていくことがなかったならば、こうした事態も生じたであろう。読者たちはこの点について間違ってはいなかった。ポール・ヴァレリー自身、あるサロンで「『リテラチュール』は『N・R・F』のユーモラスな付録だ」という言葉を吐いており、ジャック＝エミール・ブランシュは『コメディア』紙でこの言葉に重きを置いている。

(3) 一〇五頁　『N・R・F』のこと。〔訳注〕

(4) 一〇六頁　「メゾン・フレイク」と題され『リテラチュール』にあらわれるツァラの最初の詩は、次のような凱旋的書き出しではじまっている。

ラッパ手たちよ広大で透明な報告を開始せよ船便の動物たち
飛行船を操縦する林務官存在するものはみな光のギャロップで生に跨がる……

(『リテラチュール』二号、一九一九年四月、一六頁)

しかし次にはこれは、比較的慎ましく、『磁場』と読み比べてみるにふさわしい印象主義的詩へと変ずる。

雷光の管を通るいかなる蒸気が
われわれの蒸気を永遠なる多型の帆に駆り立てるのか
ここでは人はテラスの男たちを暗殺しない
彼らは緩慢さの内的継起に彩色されている (同)

(5) 一〇六頁　結局、エリュアールの詩は載らなかった。スーポーの詩はマリー・ローランサンに献じられた「ティー・タイム」に代わり、続いてベルナール・ファイが文芸批評家としてスタンダール論を書いてアラゴンに連なり、アラゴンは著者の名には触れずに、コクトーの『雄鶏とアルルカン』の書評を見事にやってのけている。アポリネールの『動物詩集』については詩を一篇引用するにとどめている。

(6) 一〇六頁　実際は、彼女はこの号が出る前に雑誌評の担当をやめた。しかし、A・モニエの書店は七号まで『リテラチュール』の公式の委託店であった。

第四章

(1) 一〇九頁　ドゥーセ文庫のピカビア資料集に収められ

ていて（第四巻および第六巻）、おそらくガブリエル・ビュッフェが書いたと思われるタイプ打ちの四つの掲載依頼記事によると、ピカビアと彼の妻はこの『言葉なき思考』の深く刷新的な性格をはっきりと意識していたことがわかる。「ピカビアにとって、語は、辞書の閉じられた絶対的な意味をいささかも持っていない。それらは画家の頭脳の中で、感じられ、絵と詩の境界的接触に従って変じていくイマージュへと変化している。動きに満ちたこの光景のヴィジョンは、最初は混乱していても、少しずつしだいしだいに、熱意と柔軟な感受性を持つ魂をとらえる、とも言っておくべきだろう。」

（2）一一〇頁　この和解はツァラの仲介を通して実現する。ブルトンは六月十二日にはツァラに次のように書くことができた。「君は私にピカビアが好きになるようにしてくれた。私は彼と知り合うことを望んでいたし、彼は君のことも話してくれると思っていた。」十一月八日には、「大分前から私はフランシス・ピカビアと知り合いたいと思っている。彼にそのことを言ってもらえないだろうか。私は『言葉なき思考』を大変愛しているし、心の底から、君がそれについて言っていることに同意している」と伝え、最後に、ピカビアと会ったのちに、一九二〇年一月十四日には次のように書いている。「私は二つの点からほとんど彼としか会っていない。彼とのあいだには誤解はなくなったし、彼は君とともにおそらく私が隠し立てなく話せるただ一人の人間であるということなのだ。私は週に平均して二回は彼の家で晩を過ごしていて、それがたぶん私の最も楽しい時となっている。」（C・T）

（3）一一一頁「当時の詩は不幸にも特別な出来事があってすべてなくなってしまった。私がそのことを残念に思うのは、私は自分に合った形をいっぺんに見つけていたからで、私はシンタックスを削り落として、そこにかなり新奇な単純さを付与し、そこからすべてのリリスムが失われてしまうということはなく、ある奇妙な詩が生まれていた。（B・155・五一頁）

（4）一一一頁　リブモン＝デセーニュがチューリッヒの活動を知ったのは、ずっとのちになって、ピカビアが彼にダダ参加を求めてきた手紙によってである。

（5）一一一頁　草稿が陸軍省の頭書のついた緑色の紙片と用紙からなっていることから、この点については疑問の余地はない。

（6）一一二頁　歯科医の方はそれを受け取ってもなにも損はしなかった。デュシャンはあとで、自分がこの小切手を他人に売るために、それを彼からよい値段で買いとったからである。

（7）一一三頁　ピカビアがこの時にこのサロンの会長宛て

に出した抗議の手紙をどの新聞も掲載した。『リテラチュール』は自らの控え目な態度を捨て、まだピカビアとは接触はしていなかったが、ピカビアを擁護した。実際、十月号（一九一九年十二月）に次のように書かれてある。「〔……〕出品しなかった者――…………………………出品した者――ピカビア、ヴラマンク、マチス、モディリアニ、グレーズ、ザッキンの各氏」。この分類リストから『リテラチュール』に支配的であった、「モデルニスム」の混乱が判断できる。ダダにとって、マチスは「古くさい渋面」をしており、モディリアニは「まったく味気ない代物でしかない」（リブモン＝デセーニュ、「サロン・ドートーヌ」、『三九一』誌、九号、二頁）ものであった。

(8)　一一三頁　一九一七年の機械形態《メカノモルフ》の絵「恋のパレード」、および「輝く筋肉」。

(9)　一一四頁　このチラシと「コルセット玄義《ミステール》」の比較はそれ自体が示唆的である。後者の方のタイポグラフィーは、イタリックの使用、太字の精妙な対称、表意文字的な重心決定によって優雅になっている。これに反して前者はダダ「芸術」の典型的なもので、魅惑するというよりもむしろ衝撃を与えることをねらった大きな文字が並んである。

(10)　一一四頁　この無署名の記事は、フランスの新聞雑誌が、その後数年のあいだ、ダダ運動について書く記事の範となるものであった。「われわれの諸雑誌の最も活発なるものの一つ〔『リテラチュール』誌〕の広告頁に次のような広告が載っている〔いろいろな形で一九一九年七月の五号以来掲載されていた〕。

雑誌ダダ
一・二・三・四・五号
編集　トリスタン・ツァラ
連絡先
ダダ運動、チューリッヒ、ゼーホフ、
シフランデ、二八番地

ベルリンから直接われわれのもとへ来るこの種のくだらない話がパリでもてはやされるように見えるのは困ったことである。去年の夏にドイツの新聞雑誌は、ダダ運動とこの新しいエコールの信者たちが「ダダ、ダダ、ダダ」なる神秘風な音節を際限なくくりかえしていた朗唱会をいく度となく取りあげていた。一九一八年の九月にベルリンの第一選挙区で補欠選挙が行なわれ、「クラブ・ダダ」はメンバーの「オーベル・ダダ」（ヨハンネス・バーダーのこと――訳注）を立候補させた。このダダ長官の立候補は真面目にうけとられなかったようで、新聞は彼の得票数を伝えるのを忘れてしまった。われわれも、ベルリンの第一選挙区選挙民と同様に、馬鹿な真似はやめようではないか。」

(11) 一一六頁　しかしながら、ピカビアと会った直後に、ブルトンには、『リテラチュール』誌を全面的に刷新しようという気持が生まれたようである。一九二〇年二月十五日に彼は、「私を退屈にさせていたシリーズの最後の号となる『リテラチュール』を送る。次号はダダを特集するつもりで、私にとってももっと興味深いものとなるだろう。」(D・P) 一方、ツァラはその前日（一九二〇年二月十四日）に、そのころ南仏にいたピカビアに次のように書き送っている。「『リテラチュール』はダダの機関誌になろうと望んでいる。彼らは馬鹿者どもの寄稿を除外するようだ。」(D・P) 最後に、大きな新聞雑誌の全体が、おそらく掲載依頼記事によって知らされたものと思われるが、このことを同じような言葉でもって確認し、『リテラチュール』が雑誌名を、みずから認める上からも方針の上からも、これまでとは別の『反《アンチ》リテラチュール』に変えることを伝えている。この企ては実現されはしなかったが、ブルトンが自身の方向を修正し、のちにシュルレアリスムを「革命に奉仕」させたように、自分の雑誌を「ダダに奉仕」させることに満足を見出すようになったことが結論できる。

第五章

(1) 一一八頁　確かにブルトンは、『磁場』は発表される数か月前にすでにできあがっていたと書いている。われわれが知っているところでは、アラゴンは一九一九年六月の休暇の時にその最初の部分を読んでいる。さまざまな事実をいろいろつきあわせてみると、『磁場』のより正確な執筆時期が得られる。ブルトンは七月二十九日にツァラに宛てて、「私がフィリップ・スーポーとともに書き終えて間もない、およそ一〇〇頁の散文と韻文とからなる『磁場』」と書いているが（未刊書簡、C・T）、この「私が書き終えて間もない」という部分は、この作品が書き終えられているということと同時に、その執筆がその時点からみてつい最近であることを示している。一方、『磁場』が書かれたのは、ブルトンとスーポーのあいだが最も親密だった時期、すなわち、ブルトンが、ヴァル＝ド＝グラースに動員されていながらも偉人ホテル《オテル・デ・グラン・ゾム》に住み、グルネル通りのガソリン石油事務局に勤めていたスーポーと毎日会っていた時期で、この時期とは一九一九年の春のことである。したがってこの作品の執筆時をこの時期より前にさかのぼらせるのはむずかしい。われわれとしてはその執筆を六月に位置づけるのが適当と考える。ブルトンはこの時期以前に「オートマチスム」のテキストを書いたことがあるといっているが、われわれの知っている限りではそれを跡づけるものは一つも見出されなかった。

(2)　一一八頁　この頁は、ツァラとピカビアが同じ紙に同時にオートマチスムで書いた二つのテキストからなっている。『三九一』誌（八号、チューリッヒ、一九一九年二月、六頁）で、両者のテキストが頭をつきあわせて反対に並べられているのはこうした事情による。

(3)　一一九頁「シュルレアリスムをダダから生まれた運動として説明したり、あるいは、シュルレアリスムに建設的な面からのダダの再編成をみるのは、したがって、不正確である上に年代的にみても誤ったものである。本当のところは、いわゆるダダ雑誌においても『リテラチュール』誌においても、シュルレアリスム的テキストとダダ的テキストは絶えず交互にあらわれていたのである。〔……〕ダダとシュルレアリスムが――シュルレアリスムはまだ潜在的ではあったが――理解されうるのは、それぞれが交互にもう一方をおおってゆく二つの波のような、相互連関性においてである。」（ブルトン、B・46・五六―五七頁）確かにダダの諸雑誌には、他のダダイストの精神と同じ精神からしばしば生まれ、ごく自然に形態によって時には彼らとは異なった、ブルトン、スーポー、アラゴン、エリュアールの署名のついた文章が載っている。しかしそれらの文章をシュルレアリスムと呼ぶのは「誤った」ものであろう。ダダが支配していた数年間には数え切れない諸傾向はあったが、それらは、しかるべく存在していた唯一の運動としてのダダにおおわれていたのである。ここで展開した論は本書の結論部で再びとりあげるつもりである。

(4)　一一九頁　そうかと言ってここで、「自動記述」を生み出したのがダダであると主張するつもりはない。多少とも類似した技法はすでに何年も前から用いられており、「自発的芸術」ないし「詩的コラージュ」（「パリの大いなる嘆き節」、「白き散文」）のようなラフォルグのテキストやアポリネール（アラゴンとブルトンが讃嘆していた「夢占い」）、未来派詩人（「パローレ・イン・リベルタ」、さらにレーモン・ルーセル、等のいくつかのテキスト）の前史がまさに存在するのである。それを新たに構成し直すのも時宜に適したものであろう。

(5)　一二〇頁　ブルトンは、アドリエンヌ・モニエにこの詩を読んだあとで、彼女に、「スーポーと自分は、自分たちの世代の『地の糧』を作り出したと思っている」と言ったようである。（B・127・一一九頁）

(6)　一二一頁　『磁場』についてのこの詳細な記述と複写一部は、ガフェ・コレクシオンのカタログに収められている（B・261、二十七号、一八―一九頁）。〔訳注〕――

ここで述べられているブルトンのテキストと書き込みメモは、雑誌『シャンジュ』七号（一九七〇年、九―二九頁）に、「磁場の余白に」と題されて収録されている。）

第六章

（1）一三〇頁「神の雷鳴」には「畜生！」という意味もある。〔訳注〕

（2）一三一頁　ツァラのパリ到着日について決め手となる資料は、おそらく、パリ警視庁が一九二〇年七月一日にツァラに交付した身分証明書一七五七四七号の番号のもとにツァラに交付した身分証明である。これには「最初の入国日、一九二〇年一月十七日」と記載されている。

（3）一三三頁　理由の一つは技術的かつ商業的なものであった。『リテラチュール』誌で「勇名を馳せて」いたツァラは、前衛サークルの好奇心をいたくあおっていて、組織する側の方もそうすることで首尾よく会場を観客で満たす確信を持ちえたのである。これは俗っぽくはあったが絶対欠かすことのできぬ考慮だった。（ブルトン、B・46・六五頁）もう一つの理由は、自分のなまりを意識しているツァラ自身からの留保であった。ツァラは、舞台に出ることを受け入れる条件として、公衆に知らせないこと、自分は新聞の断篇しか読まず、自分の言うことが聞かれないために呼鈴を鳴らすこと、を挙げたのである。あらゆる外国なまりはゲルマン系とされ、戦争によって激化した憎しみの感情は消え去るにはほど遠かった点からみて、とどのつまり、ツァラの危惧は根拠のあるものだった。メゾン・ド・ルーヴルでの示威集会で、はっきりとは聞きとれないにしても大きな声で宣言を思い切って読みあげたツァラは「ベルリンに帰れ、チューリッヒに帰れ」という叫びに迎えられ、この時、彼はこのことを痛感するはめとなったのである。

（4）一三三頁　ラディゲは間際になって声がひどくしゃがれてしまい、出場を取り消さざるをえなかった。

（5）一三四頁　プログラムはアポリネールのテキスト（「映画の前に」）を含んでいて、次のように作成されていた。「（Ⅰ）アンドレ・サルモンの講演「為替相場の危機」。（Ⅱ）詩の朗読、詩、マックス・ジャコブ、アンドレ・サルモン、ピエール・ルヴェルディ、ブレーズ・サンドラルス、モリス・レイナル各氏、朗読者、ピエール・ベルタン、マルセル・エラン、ジャン・コクトー、ピエール・ドリュ・ラ・ロシェル各氏。（Ⅲ）作品展示、ホワン・グリス、G・リブモン＝デセーニュ、ジョルジオ・デ・キリコ、フェルナン・レジェ、フランシス・ピカビア（以上絵画）、ジャック・リプシッツ（彫刻）。（Ⅳ）詩の朗読、詩、フランシス・ピカビア、ルイ・アラゴン、トリスタン・ツァラ、アンドレ・ブルトン、ジャン・コクトー各氏、朗読者、ピエール・ベルタン、マルセル・エラン、T・フランケル、ルイ・アラゴン、トリスタン・ツァラ、アンドレ・ブルトン、ピエール・ドリュ・ラ・ロシェル各氏。(V) 音楽、作品、エリック・サティ、ジョルジュ・オーリック、ダリウス・ミヨー、フランシス・プーランク、アンリ・クリッケ各氏、ピアノ、マルセル・メイエ嬢と作曲者。(VI) 詩の朗読、詩、G・リブモン＝デセーニュ、フィリップ・スーポー、ピエール・ドリュ・ラ・ロシェル、ポール・デルメ、ピエール・アルベール＝ビロ各氏、朗読者、ピエール・ベルタン、マルセル・エラン、ルイ・アラゴン、アンドレ・ブルトン、ジャン・コクトー、ピエール・ドリュ・ラ・ロシェル、T・フランケル、(ピアノ、ガヴォー)。」B・315参照。

(6)　一三五頁　この「文字遊び」――文字遊びは大古の昔から行なわれていた――はここではじめて公衆の前にあらわれた。この文字は、『三九一』誌(十二号、一九二〇年三月、一頁、B・168参照)に収められてある、デュシャンの髭のはえた「ジョコンダ」(ここに載っているものは実際にはピカビアがほぼ同じに複製したもの)の下に記されている。ルベルによるとこの文字は「マムネジー」(M'amenez-y)と同様、デュシャンが創作したものとされているが、ルベルはこの点について確固たる証拠を挙げているわけではない。どちらかが借用したという可能性ももちろん除外はできないが、しかし、実際問題として一九一九年にデュシャンがピカビア宅に住み、また、二つの作品(デュシャンの「ジョコンダ」とピカビアの「二重の世界」)がまさしく同時期のものである点を考えると、両者のうちのどちらがもう一方に影響を与えたのかは確定しがたい。周知のように、一九一三年の最初の機械形態の絵画がどちらによって先にはじめられたかという点についても、この問題はすでに出されていた。先に述べた二つの絵が、同じ題から同時に制作されたという可能性もある(「ローマ賞」スタイルの競作)。いずれにしても、デュシャンがオリジナルに制作した「レディー・メード」の公の展覧会が最初に開かれたのは、一九三〇年のことである(「挑戦の絵画」展、パリ)。

(7)　一三五頁　フランス語のアルファベットで読むと「エラ・ショ・オ・キュ」(彼女は尻が熱い)となる。なお英語で読むと Look(見よ)である。〔訳注〕

(8)　一三五頁　ピカビア自身はなんの犠牲も払ってないことに気がつくだろう。名前がプログラムに載っていたにもかかわらず、彼は、のちのダダ集会でも、「クラブ・デュ・フォーブール」にも「テアトル・ド・ルーヴル」にも顔を見せなかった。

(9)　一三五頁　ツァラ自身が次のような興味深い証言をしている。「この行為を未来派的に解釈しようとする試みもなされたが、私が伝えたいと思っていたことはただたんに、私が舞台に立ち、私の顔と身ぶりをみせることが人々の好奇心を満足させることになり、私が述べることはどれも実際にはなんの重要さもないということであった。」（B・221、三〇四頁、原文英語――訳注）

(10)　一三六頁　ピカビアはブルトンより十七歳年長である。

(11)　一三六頁　ピカビアとリブモン＝デセーニュの二人だけが欠席していた。意味深くかつ注目される欠席である。

(12)　一三七頁　『ダダ通信』はダダ運動の国際的性格を確立した。ツァラは、「すべての者がダダ運動の指導者である」と換起したあとで、およそ八十名の「議長および女性議長」のリストをアルファベット順に掲げている。ここには、ドイツ、フランス、スイス、ベルギー、アメリカの各国で知られているほとんどすべてのダダイストの名前が含まれている。したがって、各国の支部のあいだに明確な関係が確立してダダが全体性を獲得したのは、一九一九年一月からであると主張することができる。

(13)　一三七頁　すなわち、アナーキーの普遍化――「真のダダイストはダダに反対する」、「すべての者がダダ運動の指導者である」、体系的懐疑――「ア・プリオリに、すなわち眼を閉じて、ダダは、行為の前に、またすべてのものの上に、懐疑を置く。ダダは一切《トゥー》を疑う。ダダはアルマジロ《タトゥー》である。一切がダダである。ダダに用心せよ」（『ダダ』三号――チューリッヒ、一九一八年――の表紙を貫いて刷り込まれている「私以前に人間がいたかどうか知りたいとすら思わない」というデカルトの文章参照）、理性および頭脳的知性の否定――「諸君はわれわれのしていることがわからないだろう。ところで親愛なる友人諸君、われわれの方はもっとわからないのだ。何という幸福か？　諸君は正しい。私はもう一度法王と寝たいものだ、わからないのか？　私にもわからない、なんと悲しいことだ」、ダダの自己讃美、過去と手を切ること――「妾たち《コンキュビーヌ》とコンキュビストたち万歳」（「コン」は間抜けの意――訳注）等々。

(14)　一三八頁　「ワインを水で割る」（出費を切りつめる、自制するの意）という言葉にかけたものか。〔訳注〕

(15)　一三八頁　明らかに、ルイ・ヴォーセルと、一九一九年のサロン・ドートーヌの際の、彼とピカビアおよびリブモン＝デセーニュとの争いを指す。

第七章

（1）　一四〇頁　このプログラムは以下のとおり。「フランシス・ピカビア、十名が読み上げる宣言。ジョルジュ・リブモン＝デセーニュ、九名が読み上げる宣言。アンドレ・ブルトン、八名が読み上げる宣言。ポール・デルメ、七名が読み上げる宣言。ポール・エリュアール、六名が読み上げる宣言。ルイ・アラゴン、五名が読み上げる宣言。トリスタン・ツァラ、四名と一名の記者が読み上げる宣言。」（『ダダ通信』、一頁）

（2）　一四一頁　ダダイストとシュルレアリストの中で演劇の問題を自覚したものはみな（リブモン＝デセーニュ、ツァラ、ヴィトラック、アルトー）、演劇のプリミティヴな交感作用が再確立される第一条件として、観客の側の態度の変化の必要を主張していた。受動的で従順な観客が、反感を抱き、作者と俳優の挑発によって絶えず痛撃される参加者へと変貌していかねばならなかったのである。

（3）　一四一頁　これらの宣言は『リテラチュール』十三号（一九二〇年三月）に収められた。ただ、宣言の掲載順序はくじ引きによって決められ、集会で発表された時の順序とは一致していない。

（4）　一四二頁　パリにある有名な墓地の名。〔訳注〕

（5）　一四二頁　やかまし親父の意。〔訳注〕

（6）　一四二頁　M・ビュイッソンのこと。

（7）　一四三頁　この二つの示威集会はしばしば混同されている。（B・106、七四—七五頁）これはおそらく、「クラブ・デュ・フォーブール」、「ユニヴェルシテ・ポピュレール・デュ・フォーブール・サン＝タントワーヌ」という集会のタイトルに由来するものだろう。

（8）　一四四頁　アメリカの唯美主義者、レイモンド・ダンカンは、ピカビアと関係のあったイサドラ・ダンカンの兄。

（9）　一四六頁　南仏マルセイユに近いベール湖畔の漁港。〔訳注〕

（10）　一四六頁　ピカビアのこのテキストから、ブルトンに対するピカビアの影響がダダの初期に顕著だったように、ピカビア自身の方もブルトンから影響を受けていたことがよくわかる。ブルトンは、テキストからも、献辞からも、ピカビアのこの文章に強く心を動かされた。

第八章

（1）　一四九頁　スイスの画家、挿画画家。

（2）　一四九頁　Tormoylener という名をフランス語

読みすると、Tords-moi le nez（「おれの鼻をねじれ」の意）の地口となる。〔訳注〕

（3） 一五〇頁 プログラムの骨子は以下のとおり。「第一部――(1)マックロッバー、「ダダイスト紹介」。(2)ポール・デルメの一幕物道化芝居「調子外れの腹話術師」。(3)G・リブモン＝デセーニュ、「ちぢれきくじしゃのステップ」、ピアノ演奏、マルグリット・ビュッフェ嬢。(4)トリスタン・ツァラ、「ダダフォーヌ」、第二部――(1)「暗闇の中の人喰い人種《カンニバル》宣言」、文と音楽、フランシス・ピカビア、朗読、アンドレ・ブルトン、ピアノ伴奏、マルグリット・ビュッフェ。(2)ルイ・アラゴン、「奇術」。(3)ミュジドラ、「ダダの最新創作」。(4)フィリップ・スーポー、「宣言」。(5)リブモン＝デセーニュの一幕劇「唖のカナリア」、出演、ブルトン、スーポー、ルイーズ・バークレー嬢、第三部――(1)アンドレ・ブルトン、フィリップ・スーポーの共作自演喜劇「お気に召すなら」、出演、ブルトン、スーポー、ドワイヨン嬢、ポール・エリュアール、ガラ・エリュアール、テオドール・フランケル、アンリ・クリカノワ、リブモン＝デセーニュ。(2)ポール・エリュアール、「手本」。(3)リブモン＝デセーニュ、「油彩宣言」。(4)フランシス・ピカビア、「絵画」。(5)ツァラ、「アンティピリーヌ氏の最初の天上冒険」、二重の四人語り《カドラローグ》、出演、ツァラ（自分みずからの役）、スーポー、アラゴン、エリュアール、ブルトン、リブモン＝デセーニュ、フランケル、およびハニア・ルーチン嬢の歌う宣言。――入場料、3―20フラン。」

（4） 一五〇頁 プロはミュジドラだけであった。

（5） 一五二頁 四幕からなるこの劇は、そのうちの三つが『リテラチュール』十六号（一九二〇年九・十月、一〇―三二頁）に収められている。文体は素晴らしいもので、ロマンチスム的輝きに彩られているが、シュルレアリスム的なきらめきも散りばめられていて、これは時にクローデルを思わせ、統一性を欠いた行為が、一方で、演劇的な面白さをもたらしている。

（6） 一五二頁 「アンティピリーヌ」は強力な解熱剤で、伝えられるところによると、ツァラはひどい頭痛がするとこれをよく用いていたという。イギリスやアメリカで出た訳の多くでは、「アンティピリーヌ、アア氏」は、語源的に間違ってとられて「消火器、アア氏」と訳されている。

（7） 一五二頁 リュニエ＝ポーはこの最初の上演のときに、ダダ的な身ごなしの演劇的価値をおぼろげに感じとった。実際、彼は、このとき演じられた劇に対する大新聞、雑誌の意見に与しなかったばかりでなく、それらの劇の作者たちに、自分の劇場で上演しうる他の原稿を自分に渡すようにすすめた。ただリブモン＝デセーニュだけがこの誘いにのって一幕劇『ジジ・ド・ダダ』を作ったが、これは今日では失われてしまい上演の運びにならなかった。ただ第一場は『サ・イラ』誌の十六号（一九二一年十一月、アントワープ、「ダダの誕生と生涯と死」特集号、一〇九頁）に掲載された。

(8)　一五二頁　装置と衣装はピカビアがデザインし、その下絵が、数週間後にサン・パレイユ書店で開かれたピカビア展（一五五頁参照）で展示された。「衣装は人を驚かせるもので、不意をつくと同時に滑稽なものだった。それらはまさしく狂人たちによって想像されたデッサンを呼び起こさせ、トリスタン・ツァラ氏の突飛なテキストと完全に照応していた。舞台装置は役者の後にではなく前に置かれ、この透明装置は、自転車の車輪、舞台を横切っている張り綱、不可解な文が書かれたパネル〔「中風症は英智のはじまりである」、「諸君が腕を差し出すと諸君の友人がそれらを切り落とすだろう」等々〕からなっていて、見事に全体をつくりあげていた。」（G・C〔ジョルジュ・シャランソル〕、『コメディア』紙、一九二〇年三月二十九日、二頁）

(9)　一五二頁　「静物」(Natures mortes) は、「死んだ本性」、「死んだもの」の意ともなる。〔訳注〕なお、「活人画」というタイトルにあわせてピカビアははじめ正真正銘の猿を使用しようと考えたが見つからなかった。〔原注〕

(10)　一五三頁　混乱にまぎれて、ルネ・エドム、アンドレ・デュ・ビエフ署名の反ダダ・パンフレット『否《ノン》』が場内にまかれた。したがって少なくとも観客の一部は自分たちを待ち受けていたものを知っていたこと、また、ダダが、パリで開始されて数週間そこそこで、みずからに対立するいわゆる現代的《モデルヌ》な見解を持つグループを有したことがわかる。

(11)　一五三頁　ブルトンが「ダダイスムにもたらした本質的なものとは、モラルに対する熱情的な愛であったろう。」（ヴィクトル・クラストル、B・56、五二頁）

(12)　一五四頁　「類のない店」の意。〔訳注〕

(13)　一五六頁　たとえば、「大陸」（『三九一』九号、一九一九年十一月、一頁）、「探査」、「アントルメ」、「下心なき美しき眼」等々。

第九章

(1)　一五七頁　第一部――(1)「ダダのセックス」。(2)「痛くない撲り合い」、ポール・デルメ。(3)「有名な魔術師フィリップ・スーポー」。(4)「強いやり方」、ポール・エリュアール。(5)「あやしげな臍《へそ》」、リブモン＝デセーニュの音楽、演奏、マルグリット・ビュッフェ。(6)「老眼フェスティヴァル宣言」、フランシス・ピカビア、出演、アンドレ・ブルトン、アンリ・ウーリー。⑺「回廊」、ゼルナー博士。⑻「山師」、アンドレ・ブルトン。⑼「広大オペラ」、ポール・ドロール〔エリュアール〕。⑽「アンティピリーヌ、アア氏の第二の天上冒険」、トリスタン・ツァラ、出演、エリュアール、ブルトン、マルグリット・ビュッフェ嬢、リブモン＝デセーニュ、フランケル、アラゴン。第二部――⑾「あなたは私を忘れるでしょう」、アンドレ・ブルトン、フィリップ・スーポーの寸劇、出演、スーポー、ブルトン、ベルト・テッシエ「リブモン＝デセーニュに交代」。⑿「アメリカ人の乳母」、フランシス・ピカビアによる男色音楽、演奏、ビュッフェ嬢。⒀「バカラ宣言」、リブモン＝デセーニュ、出演、ブルトン、リブモン＝デセーニュ、ツァラ、スーポー。⒁「チェス・ゲーム」、セリーヌ・アルノー。⒂「国境のダンス」、G・リブモン＝デセーニュ。⒃「システムDD」、ルイ・アラゴン。⒄「私はジャヴァ人たち」、フランシス・ピカビア。⒅「公共の重み」、ポール・エリュアール、出演、エリュアール、エリュアール夫人〔ガラ〕、スーポー。⒆「交響楽的ワセリン」、トリスタン・ツァラ、二十名で演奏。

（2）　一五八頁　近年のブルトンの次のような証言にはおそらく真実味がこめられていよう。「ダダの言宣集会が――もちろん、このような集会にあきることないツァラによって――予定されるたびごとに、ピカビアは自分の家のサロンにわれわれを集め、その宣言集会に対して着想を出すように、われわれを次から次へと督促するのである。結局、それでは大して案は集まらず、プログラムの主要部分には、どうしても、トリスタン・ツァラがつくって仲間が演ずる最初の、ないしは第二の、あるいは第何番目かの「アンティピリーヌ氏の冒険」がなってしまうのであった〔……〕（チューリッヒの連中は、策に窮して――これが彼らのお気に入りの「考え」だ――これに感嘆してみせていたのだろう。」（B・46、五八頁）

（3）　一五八頁　『ル・シッド』の成功以来十八世紀まで、フランスでは舞台のわきに特別席が設けられ、洒落者の貴族がそこに座って観劇した。〔訳注〕

（4）　一五九頁　このタイプの衣装は、チューリッヒで、キャバレー・ヴォルテールでの催し物のために、フーゴー・バルによって考案、あるいは少なくとも実用化されていた。

（5）　一五九頁　コクトーは雑誌『ル・コック』の一号を刊行してダダから公式に離れたばかりであった。

（6）　一六〇頁　しかしながら、それは著名人士が多勢いる群衆であった。そこには、ジード、ロマン、ヴィルドラック、デュアメル、ヴァレリー、リヴィエール、コポー、アラール、ラシルド、バルザン、ドルジュレス、ルブー、ブランクーシ、グレーズ、レジェ、メッツァンジェ、マルト・シュナル、リュニエ＝ポー（彼は前日の『コメディア』紙に載せた記事、「ダダゾーフ、トリスタン・ツァラ氏への公開書簡」の中でダダに激励を惜しまなかった）、さらに、「社交界に名がとおり、かつて「五時の文学の会《ファイヴ・オクロック・リテレール》」に通ったりロベール・ド・モンテスキウー伯爵の多彩に輝く詩を聴きに行ったりしていた婦人たちとまったく同じような、多数の美しき婦人たち」（J＝M・フォール＝ビゲ、「ダダ、あるいは見るべきもののない凱旋」、『エコー・ド・パリ』紙、一九二〇年五月二十七日）がいた。

また、観客の中にいて、ダダイストとともに舞台に出ていたわけではないが、バンジャマン・ペレが人前にはじめて姿をあらわしたのも、このガヴォー・ホールでの宣言集会の際であった。彼は場内から「フランスと揚げポテト万歳」と大声で叫んで俳優たちの注意を引いた。

（7）　一六〇頁　ここでも新聞は事実を歪めていた。スーポーは、J・ガルティエ＝ボワッシエール率いる「臼砲《クラプイヨ》」集団が大声を張り上げている二階正面桟敷席へ上がって、彼らに舞台上で意見を述べるよう求めただけである。彼らがそれを拒否したので、スーポーは彼らに出ていってほしいと言うと、彼らはそれ以上抗議もせずに出ていった。

（8）　一六四頁　ブランシュはR・イルサムと意見を同じくしており、リゴーが自殺してほどなく、V・クラストルに宛てて次のように書いている。「私が思うには、君たちはリゴーについてある伝説をつくりあげている。彼は羨望と屈辱のコンプレックスに苛まれた、みじめで傲慢な男だ。私は彼がアメリカで、どのような環境で生きてきたか知っている。彼がつき合っていた女たちとは、大富豪で、耽美主義で、男色家に愛されているレスビアンの女たちだった。そんな連中の好きな男がJ・ヴァシェ的なところなど一つも持ち合わせていないことは私は正当さをもって君たちに言うことができると信じている。われわれのジャック・リゴーは絶えず退屈している淫蕩な男で、あくびをし、しかも、優美なやさしさ、善良さ、純粋さが同時に自分にあることを鼻にかけている奴だった。」（B・55）

（9）　一六四頁　弾の入った銃は発射しなかったのである。友人たちがさまざまなテキストに記しているような（B・185、B・70）、リゴーの死との戯れは、ルイ・マルの映画『鬼火』（一九六三年）の題材となった。V・クラストルとともに、「彼の自殺の決意は、自分がはまりこんでいた不可能性、つまり、ダダイスムを越えることとニ十年代の精神から逃れることの不可能性によってうながされた」(B・55)と認めるとしても、シャトネーの精神療養所で一九二九年十一月六日に自殺を遂げるまでのリゴーの人生の最後部分は、シュルレアリスムの歴史に属するものである。

(10) 一六六頁 ヴィトラックは、今日では失われてしまったダダ性格の劇『貪婪な窓』を一九二〇年に書き、カルチエ・ド・ラ・トゥール＝モブール座で上演している。

(11) 一六七頁 十九世紀、イタリア統一を目ざしたいわゆる炭焼党員。〔訳注〕

(12) 一七一頁 ツァラがのちに筆者に語ったところによると(一九六三年十二月五日のパリでの対談)、それは次のようなものである。コクトーは、『三九一』誌に発表してもらう目的で、いく度もピカビアに詩を差し出していた。ピカビアの方も追いつめられて、とうとうそのうちの三つを『三九一』誌の春の号のどれか(十一号、十二号、十三号)に出すために受けとることにした。それから数日後に、コクトーはピカビア宅に校正刷りを訂正しにくるように誘われた。コクトーはそれを済ませ、やっと自分が『三九一』に印刷されることになったことに喜んで、ツァラとピカビアの友人をレストランのプリュニエに夕食に連れていった。ところが、盛りだくさんの食事を終えたあと、ピカビアとツァラの二人は帰宅するとすぐに、その校正刷りを引き裂いてしまったのである。例の三つの詩は結局発表されずじまいで、コクトーはそのことについて一言も口にしなかった。しかし、彼はダダと離別する手紙を出し(次注参照)、そのすぐあとで雑誌『ル・コック』を発刊した。

(13) 一七一頁 『カンニバル』誌一号、一〇頁。この手紙には次のようなピカビアの皮肉たっぷりの「紹介記事」が付されていた。「ジャン・コクトーの一作品を掲載することを心から望み、また、彼から渡されながらも前回はスペースの関係で入れることのできなかった三篇の詩を失してしまった上からも、私の手元に残っている著者の唯一の原稿である次の手紙を読者諸氏に伝えることができるのは幸いである。」

(14) 一七二頁 新聞雑誌はダダとコクトーの立場の差を識別せず、コクトーがしばしばダダ運動の首領として引き合いに出されるほどであった。

(15) 一七三頁 多くのものがそうほのめかしているほどは均質のものではないとしても、長い時間を経て形成された『リテラチュール』グループは、もちろん別扱いにしなければならない。

第十章

（1）　一七七頁　引用は数多く挙げられ、特にピカビアのものは多い。「『N・R・F』は、療養者が、死なないとすれば馬鹿者となって退院してくる精神療養所を私に思わせる」（『カンニバル』一号、〔十一〕頁）、〔ダダイストたちに〕「君たちはだまされるだろう、『N・R・F』は溺死体だ、これを生き返らせうるのは輸血ではない」（B・89・一六九頁）、さらに、コクトーの一九二〇年九月二十一日付ピカビア宛未刊書簡には、「今では『N・R・F』がダダなのだから、われわれはいっしょにもっと笑うようになるだろう」（D・P）とある。

（2）　一七七頁　一九一九年の再刊に際して『N・R・F』は一枚岩のブロックを形成してはいなかったことを喚起しておくのは無駄ではない。『N・R・F』内には競合する二つの傾向があった。一つは、ジード、とりわけリヴィエールによって導かれていた自由な流れで、監禁状態から脱け出たリヴィエールは特に戦争から生まれる偶発事を越えて進むことを望んでいた。もう一つは、ゲオンとシュランベルジュの「硬派」の流れで、この二人は、戦争前のからっぽで無償的な状況に性急に戻ることは欲していなかった。彼らは、自分たちが四年間にわたって、戦線に対するそのような状況の贖罪的犠牲であったと考えていたのである。雑誌の主幹はジードがなるはずであったが、クローデルがこうした後援のもとでなにかを発表させてゆくのを拒み、主幹のポストは、かつて編集書記を務めていたリヴィエールに与えられた。『N・R・F』内の二グループの立場は、ダダに対する態度を通して明確なものとなっていった。

（3）　一七八頁　『アストレ』の主人公の羊飼い、内気な恋人。〔訳注〕

（4）　一七九頁　ブルトンについてはとりわけそうであり、彼はそのうちこの出版社の常連となった。実際、彼は経済上の必要に迫られて、ここで校正係のポストを引き受けることとなった。ヴァレリーとジードの保証でマダム通りに勤めることとなったブルトンは、わずかな報酬で一日八時間、プルーストの綿密な筆で百回も手を加えられた『ゲルマントの方』の錯綜した校正刷りの中で格闘していたのである。しかし彼は数週間でここを辞め、ジャック・ドゥーセの書籍絵画購入「顧問」となった。収入の方はいっそう少ない仕事だったが、ブルトンははるかに多くの時間的余裕を持てるようになった。

（5）　一七九頁　一九二〇年八月一日号。この八十三号にブルトンの「ダダのために」（二〇八―二一五頁）とリヴィエールの「ダダへの感謝」が発表された。

（6）　一八〇頁　ブルトンは、詩的内容を持ったある「活動」を特質づけるために（おそらくはじめて）用いられたこの「超現実的」というアポリネール的形容詞を、この時期から自らの手に引き受けるつもりであったのだろうか。同じパラグラフに「無意識の体系的開拓」という表現があることから、そのように考えるのは正当性がある。いずれにせよ、ブルトンがこのような意味でこの語を用いたのは、これが——最初のものではないとしても——最初の部類に属しており、新しい教理がふたたびあらわれて明確化するのはそれから二年以上ののちである。確かに一九二〇年八月の時点での精神分析に対するブルトンの立場は（同テキスト、二二一—二二三頁に要約されている）、まだ非常に控え目なものである。

（7）一八一頁　この文章（およびそれに続く「シュルレアリスム」の定義）はわれわれの見るところでは最も重要なもので、これは、歴史的に見て、アポリネールによって作り出された語を、ブルトンが一九二三年にこの語に付与する意味と類似した意味において、最初に解釈したものである。ブルトンがこれをリヴィエールに吹き込んだか、あるいはその反対に、ブルトンの中で潜在状態にあった考えをリヴィエールが明晰に言い表わし、このことが、みずからの運動に名前をあたえる時期が来たときに、シュルレアリスムという語を採用するようにブルトンを導いたか、この二つの考えのいずれも成り立つ。

（8）一八二頁　ピルスズキ（一八六七—一九三五）。ポーランドの陸軍元帥、政治家。一九一八年から二二年まで大統領。〔訳注〕

（9）一八二頁　フランスの将軍、フォッシュの参謀。一九二〇年ポーランド派遣。〔訳注〕

第十一章

（1）一八四頁「L・H・O・O・Q」と題したマルセル・デュシャンの絵。この絵は一種の「レディー・メイド」で「モナリザ」（ジョコンダ）の顔に口髭をつけただけのものであった。〔訳注〕

（2）一八五頁「友人の一人にピカソの消息をたずねたところ、その友人は、ピカソは自分の書斎にいると答えたが、これはおそらく本当だろう。」（『カンニバル』誌、一号、〔十一〕頁）「ピカソよ、ダダイストであるためにはなによりもまずキュビストであることをやめる必要があると思わないか、私には君がこの流派の奇蹟であると思われるのだが。」（同〔五〕頁）

（3）一八五頁　アラゴンはモデル小説の『オーレリアン』（B・15・一七六頁）の中に、自身をやたらにピカソやドランにたとえる画家ザモラ〔ピカビア〕を登場させている。「彼は著名人階層に身を置いていた。彼は自分が並の者であったり、いささか端役であることは決して認めようとはしなかった。彼は自分が他の画家より知性があると自認しており、最後には、才能とは知性の問題であると言っていた。」

（4）一八七頁　原題 M'amenez-y（私をそこに連れて行ってくれ）は「（私の）健忘症（m'）amnésie.」の同音異義の語呂合わせ。〔訳注〕

（5）一八八頁　一九二〇年一月十二日にブルトンに宛てたメモによると、エリュアールはヴァレリーに『プロヴェルブ』誌への寄稿を頼んだが、うまくいかなかった。「ヴァレリーは断りの返事をよこしたがこれは今度の号だけのものと思う。」（未刊、A・ブルトン・コレクシオン）

（6）一八八頁　しかし確かに一致と言ってよいものか。デュシャンがパリのダダイストと接触を持つのはちょうど一九二〇年一月のことである。彼がエリュアールと意義深い話をしたのは充分考えられる。

（7）一八九頁　デュシャンが自作の絵「その独身者たちに裸にされた花嫁、さえも」に加えたノート。〔訳注〕

（8）一八九頁　エリュアールの作品『生の必要事と夢の結果』。〔訳注〕

（9）一九〇頁　モリエールの喜劇『町人貴族』の中心人物。〔訳注〕

（10）一九一頁　最終号にあたる六号は、『アンヴァンシオン一号およびプロヴェルブ六号合併号』と名づけられ、一年以上のちの一九二一年七月に刊行されることになっていた。刊行が見送られた謎の六号については二七九頁注参照のこと。

（11）一九一頁　エリュアールの友人には、『プロヴェルブ』の独創性を認めず、この刊行を時を得ぬ重複的なものと考える者もいたようである。ポーランはエリュアールの刊行計画を知って彼に次のようにたずねている。「あなたは『リテラチュール』誌についてどう考えているのか。『リテラチュール』に対して何を非難するのか。あなたの『プロヴェルブ』からはそのことが除外されることになるそうだが。」（未刊、日付なし〔一九二〇年〕、B・238所収）。四月五日にはスーポーが同様の風説について語っている。「ブルトンが知らせてくれたところによると、私が「『プロヴェルブ』はわれわれに害をもたらす」と言ったとかいうことだが、私はこのことにたいそう驚いている。私は『プロヴェルブ』が大変好きだし、『プロヴェルブ』が『リテラチュール』にどんな害を及ぼすかなどとは私には見当もつかないし、これは『リテラチュール』が『プロヴェルブ』に対して持つ関係についても同じである。」（未刊、B・238）

（12）一九一頁　エリュアールは刊行しうる以上のテキストを受け取っており、『プロヴェルブ』誌に予定されていた未刊テキストは種々の資料の中に残ったままとなっている。

(13) 一九一頁 広告記事がやたらと多いこの大部の雑誌は、金の芳香とモデルニスムの寄り集まりの臭いがする。これは『Z』誌や『プロジェクトゥール』誌の切りつめた冊子とは正反対のものである。「美学国際誌」という副題は、最も影響力の強かった協力者で画家のアメデ・オザンファンとシャルル＝エドゥアール・ジャンヌレが提案したもので、この二人はのちにデルメに代わって編集者となり、雑誌は『現代的活動の挿画入り国際誌』と改名された。『エスプリ・ヌーヴォー』誌が、『N・R・F』誌タイプの大きな規模の文学定期刊行物をモデルとして企画されるようになってから、ダダとこの雑誌の関係はもはや寄稿者（アラゴン、リブモン＝デセーニュ、ピカビア、ツァラ、セリーヌ・アルノー、また当然ながらポール・デルメ自身）というだけのほんのわずかな結びつきでしかなく、彼らはおそらく取るに足らぬ報酬の餌でひかれたものと思われるが、その上、この寄稿者たちは、デルメがこの雑誌の読者に対して大々的に約束したあらゆる傾向のおよそ百二十五名の文学者の大群の中に埋没してしまっていた。

(14) 一九二頁 「来月に出る雑誌『プロヴェルブ』と『ムーヴマン』に、われわれ（スーポー、アラゴン、ピカビア、それに私）と一緒に参加することを受け入れてくれないか。雑誌の方はそれぞれ、エリュアール（パリ）とエミエ（ボルドー）が担当することになっている。」（ブルトン、ツァラ宛未刊書簡、一九一九月十二月二十六日、C・T）

(15) 一九二頁 標高七一四五メートルのヒマラヤ山系の高峰。〔訳注〕

(16) 一九三頁 パスカルの『パンセ』にある一文。「人間の悲惨」の章、「矛盾」の項。〔訳注〕

(17) 一九四頁 本の題の「ラスタクエール」という語は、ラルース辞典によると（この語はリトレ辞典には載っていない）、「豪勢な暮らしをし、どのように生活費を得ているかわからない人、特に外国人」を指す。ところでピカビアは一九一七年以来、次のように書いていた。「赤かろうと青かろうと、素裸で、抜け目のない漁師の音楽を口ずさみ、祭りのために極限に備えて人生を渡らねばならない。」（「金で金めっきされた理想」、『三九一』誌、五号、二頁）

(18) 一九六頁 ツァラがチューリッヒからパリへ登場したのは一九二〇年一月上旬である。ポスターはこれを予告したものと思われる。〔訳注〕

(19) 一九六頁 これはキュビスムや未来主義と同様だが、ダダにおいては目的が異なっていた。

(20) 一九七頁 エリュアールがこれらの蝶のテキストを

チューリッヒに送り、ツァラがそこでこれらを印刷させたのであろう。この仮定はエリュアールの別の手紙によって確証される。エリュアールはこの手紙で、「著名加入者」を彼らの知らぬ間に載せたチラシを撒布することを提案している。

(21)　一九七頁　頭部に MoUvEmEnT DADA と刷り込んだ青い便箋は近代的タイポグラフィーの美しい見本であり、これは一万部印刷されて文字どおり世を駈けめぐった。

(22)　一九八頁　これはピカビアの偽名。

第十二章

(1)　一九九頁　ブルトンのテキストとリヴィエールのダダ論を載せた一九二〇年八月の有名な『N・R・F』八十三号は、実際、ブルトンの出発直前の七月二十五日頃に出ていた。

(2)　二〇〇頁　未刊、D・P。夏のあいだにピカビア宛てに書かれた別の手紙にも、この罪悪感が認められる。たとえば、ブルトンは、『山師イエス＝キリスト』を出版するために持たれたピカビアとグラッセとの交渉が失敗したことを喜んでいるが、これは、彼としては、ピカビアの方が少しでも譲歩することは認めることができなかったからである。(一九二〇年八月三日および十一日の手紙参照、D・P所収)

(3)　二〇〇頁　エルネスト・ルナン(一八二三―一八九二)。哲学者、宗教史家。代表作に『キリスト教起源史』がある。〔訳注〕

(4)　二〇〇頁　テオドール・ボトレル(一八六八―一九二五)。第一次大戦中の有名なシャンソン作者、唄い手。〔訳注〕

(5)　二〇〇頁　ガブリエル・ヴィケール(一八四八―一九〇〇)。故郷ブレス地方(フランス東部)の自然を歌った田園詩人。〔訳注〕

(6)　二〇一頁　おそらく、ニューヨークでのマルセル・デュシャンとキャサリン・ドライヤーの「株式会社」を倣ったものであろう。

(7)　二〇一頁　この計画にピカビアが関心を抱いたのは、おそらく、自身の『山師イエス＝キリスト』がグラッセとイルサムによって出版が断わられたためであろう。イルサムが決定を翻したすぐあとにピカビアはこの計画を放棄した。

(8)　二〇二頁　このチューリッヒの元ダダイストはダダの全出版物を通じて辛辣な言い回しの感覚によって際立っており、このことからゼルナーはツァラにたいそう近い存在である。ツァラの「私の詩はすべて正誤表の形態をした詩である」と、ゼルナーの「シェイクスピアを読まねばならぬ／それは実に愚者であった／しかしフランシス・ピカビアを読んでみよ／リブモン＝デセーニュを読め／トリスタン・ツァラを読め／そうすれば諸君はもう読まなくなるだろう」とを比較してみよ。(『三九一』誌、十四号、一頁)

(9) 二〇三頁「友よ、当然ながら、あなたはあらゆる面で私を当てにしてくれて結構です。どんなことでも私の名で決めてもかまいません。」(ツァラ、ピカビア宛未刊書簡、D・P)

(10) 二〇三頁 これらの不満の中で、アラゴンは『コメディア』紙に発表されたピカビアのテキストを、前記の資料草稿（一九二二―二三）で言及しているようである。ピカビアの文がこの大文学日刊紙に載ったのは一九二一年の五月以降であるから、アラゴンはなにか感違いしているのではないかと思われる。

(11) 二〇三頁 コルモン（一八四五―一九二四）。本名フェルナン・ピエストル。国立高等美術学校教授のかたわら、聖書に題材をとった壁画などを描いた。ピカビアの師。〔訳注〕

(12) 二〇三頁 彼女は小説を数篇ものしているが、そのタイトルにはかなり明白なものがみえる。――『ロザン神父の姪』、『裸のモデル』、『許しのドラマ』等々。また、詩に「夕べの庭……」というのがある。

(13) 二〇六頁 ツァラの詩論。いわゆる「帽子の中の詩」という言葉で知られるダダの作詩法。この頁の「ダダイスムの詩をつくるには」参照。〔訳注〕

(14) 二〇六頁 この宣言は最後になってプログラムに書き加えられた。最初の招待状には、ただ、「……オーリック、コクトー、プーランクの奏するパリ・ジャズ・バンド。ウィスキー、茶、水。礼服着用のこと」と書かれてあったが、二度目のものにはツァラの宣言読み上げの知らせがつけ加えて印刷されている。

(15) 二〇六頁 この宣言の付録となっている「私はどのようにして魅力的で、感じよく、かつ優美となったか」は、数日後の十二月十七日金曜日の午後四時に、リブモン＝デセーニュも加わって、ポヴォロズキー画廊での展覧会の延長としてピカビアが開いたマチネの際に、ツァラによって読み上げられた（「芸術について言ってはならぬことについての談議」）。

(16) 二〇八頁 教師たちの参考のために次のような悪口を加えておこう。「説明する連中がいるのは学ぶ連中がいるからだ。彼らを抹殺せよ、ダダしか残っていないのだ。」(同六六頁)

(17) 二〇八頁 ツァラがこの時に構成した『三九一』誌、十四号の広告ページ（四頁）に載っている出版物リスト参照。

（18） 二一二頁　このテキストは「触覚主義（タクティリスム）」として一九二一年一月十六日の『コメディア』紙に載っている。（D・P所収）

（19） 二一二頁　この件の「書類」（ピカビアとアンドレ・ビイの声明、マリネッティの回答）は、一九二一年三月の『エスプリ・ヌーヴォー』誌に集められている。（D・P所収）

（20） 二一三頁　「恐るべき子供」。コクトーの小説に『恐るべき子供たち』（一九二九）がある。〔訳注〕

（21） 二一三頁　自分がダダ・グループの中に入っていることを新聞で書かれて、コクトーが記事内容の修正を申し入れたときもこれとほとんど同じ言葉使いであった。一方、ダダイストたちの方は、はるかに強い調子で次のような記事を載せている。ここにはブルトンの流儀がはっきりと顔を出している。「マリネッティの講演に出席したダダイストのうち、貴紙はコクトー、オーリック、プーランクの三氏を挙げておられますが、ダダの方ではこの三人は仲間とは認めておらず、例の示威行動に参加したダダイストは、L・アラゴン、A・ブルトン、ガブリエル・ビュッフェ、B・ペレ、F・ピカビア、G・リブモン＝デセーニュ、ジャック・リゴー、トリスタン・ツァラの各氏であったと伝え直していただきたいと思います。――アンドレ・ブルトン、ルイ・アラゴン、トリスタン・ツァラ、フィリップ・スーポー。」（D・P所収）

（22） 二一四頁　このテキストが書かれた一九二三年のこと。

第十三章

（1） 二一七頁　このダダの計画も実行はされなかった。

（2） 二一八頁　ダダ・オペラはオペラという語の厳格な意味においては明らかに一度も存在したことはない。ツァラは、オペラという語がダダと結びついて生じるおかしなコントラストのためにこの語を選んだだけである。

（3） 二一九頁　一九二一年二月はじめに配布されたパンフレットの正確なテキストは次のとおり。『一九二一年四月十四日――大いなるダダの季節の開幕』。

（4） 二一九頁　デルメの『エスプリ・ヌーヴォー』誌（一九二〇年三月、六号）が、「ルーヴル美術館を燃やすべきか」というテーマに関してアンケートを出した際に、J・ポヴォロズキーが出版し、マルセロ＝ファブリが文学を担当している『ルヴュ・ド・レポック』誌は、実際、一九二一年の二月号で読者に次のような質問を掲げてこれに応じている、「ダダイストを銃殺すべきか」。

（5） 二一九頁　活字のヴァラエティー、インク量の配分、色の組み合わせ等によって、この資料はダダ・タイポグラフィーの最も巧みな成功の一つとなっている。

(6) 二二〇頁　何人かの証人の弁を伝えておくと、のちに自らの生きるスタイルとなった反聖職主義にすでに忠実であったバンジャマン・ペレは、示威行動が教会内部で行なわれることを主張したという。

(7) 二二〇頁　ビュット・ショーモン。パリ東北の丘にあるイギリス風公園。一八六七年の万国博のおりに開園された。〔訳注〕

(8) 二二〇頁　ウルク運河。パリ北東のウルク河とセーヌ河とを結ぶ一〇八キロメートルにわたる運河。一八二二年開通。〔訳注〕

(9) 二二〇頁　モン・デュ・プチ＝カドナ。パリにある小丘の名か。不詳。〔訳注〕

(10) 二二三頁　デュシャンとアルプはまだ実際にはパリでは知られておらず、リブモン＝デセーニュはただのアマチュアとしてピカビアのあとについていた。

(11) 二二三頁　ピカビアは、サロン、画廊、雑誌、ゴシップ記者等のパリの芸術大衆にとっては、ダダを「体現」している画家であった。

(12) 二二五頁　マックス・エルンスト自身はビザの問題でドイツを離れられず欠席していた。

(13) 二二六頁　ブルトンがはじめてシュルレアリスムの主導的原理を定式化するようになったのは、このマックス・エルンストの展覧会の際である。「〔……〕ダダは自らを現代的《モデルヌ》であるとは考えてはいない〔……〕。ダダはその本性からして、言葉に酔ったり、わずかながらでも物質に執着したりしはしないのである。しかし、われわれの経験範囲内にあって、不可思議な能力が目下のところダダを支えている。その能力とは、相隔たった二つの現実に到達する能力、それらの接近から閃光を引き出す能力、他の表象と同じような強さと際立ちを約束されているはずの抽象的表象のかずかずをわれわれの感覚下におく能力、そして、われわれから対象指示的体系を奪って、われわれをわれわれ自らの想起作用中に迷わせ《デペイゼ》てしまう能力である。」（展覧会カタログ、B・129、一四四頁に所収）B・100、四五頁に収められている「コラージュ」の発見についてのエルンスト自身による言葉と比較せよ。

(14) 二二六頁　「九つの男性の鋳型」。マルセル・デュシャンのガラスに描いた大作「その独身者たちに裸にされた花嫁、さえも」の一部分を構成するモチーフ。この九人の独身者は具体的相貌をもたず、ただ型で示される。〔訳注〕

第十四章

（1）二二九頁　アナトール・フランスを攻撃するとき（一九二四年十月「死骸」事件）、シュルレアリストたちはこの経験を考慮に入れることとなる。

（2）二三〇頁　精神分析学者は疑いもなく、ここに、父親に対する解放過程の避けることのできぬ最終地点をみてとることであろう。幼年時代の偶像は公衆の面前で生贄《いけにえ》にされており、ダダはその手段と同時にそのための判断基準になっているというわけである。

（3）二三一頁　起訴状にあらわれるバレスの横顔は次のとおり。「モーリス・バレス、『自我礼拝』と題された三巻の書、『法の敵』、『ルナン氏宅での一週間』の著者、頽廃的作家、ロマン語詩派の教宣者、『根こぎにされた人人』、『コレット・ボードーシュ』、『大戦通信』とかの著者、かつての社会主義者、代議士、無神論者、ブーランジスムの柱の一人、ポール・デルレードの代理官の一人、ドレフュス事件扇動者の一人、パナマ告発者の一人、国家主義者、死者礼拝の使徒、愛国者同盟議長、アカデミー・フランセーズ会員、『エコー・ド・パリ』編集者、俗衆受け講演者、『フランス教会の惨状』の著者、報復信奉者、ストラスブールを偶像とする男、ライン河左岸併合を目ざす男、ジャンヌ・ダルクを崇拝する男、一七五の慈善協会の名誉会長。モーリス・バレスは、今日、いっさいの深い調査、いっさいの批判、いっさいの制裁から彼を保護する、天才という名声を得ている。」（『リテラチュール』、二十号、一九二一年八月、二頁）

（4）二三一頁　この行為を、『リテラチュール』刊行時にブルトンが抱いた意図に基づく妥協の試みとして解釈するのは当然許される。明らかにバレスはだまされなかったようで、ブルトンとアラゴンが直接攻撃に移る決心をしたのはこの失敗から説明されよう。

（5）二三二頁　証人のメンバーは次のとおり。トリスタン・ツァラ、ジャック・リゴー、バンジャマン・ペレ、マルグリット・ビュッフェ、ピエール・ドリュ・ラ・ロシェル、ルネ・デュナン（欠席）、ルイ・ド・ゴンザグ＝フリック、アンリ・エルツ、アシル・ルロワ、ジョルジュ・ピオック（欠席）、ラシルド、セルジュ・ロモフ、マルセル・ソヴァージュ、ジュゼッペ・ウンガレッティ。あとプログラムには入っていないが、セルジュ・シャルシューヌがいた。

（6）二三三頁　二三六頁～二三七頁参照。

（7）二三三頁　バレスは裁判の前後かその最中に、この一件のことを風の便りで知っただろうか。この件が新聞を大いににぎわしたことからみて、知らなかったとは考えにくい。しかし、普段は饒舌であったこの作家からは、いかなる立場選択も意見表明もコメントも発表されてはいない。これは、彼が、すぐれた政治感覚を発揮して、よけいなことを言ってかえって火に油をそそぐことのないようにすべきことをよく心得えていて、沈黙を通したと考えるべきだろう。『法の敵』の著書はしかし「断罪」を受けてから長くは生きていなかった。彼は一九二三年に死んだ。

(8) 二三五頁　ジャック・リゴーは一九二九年に自殺する。

(9) 二三八頁　この二つの資料は原著書巻末に収められているが、訳書からは割愛した。〔訳注〕

第十五章

(1) 二四四頁　ジュール・ジョゼフ・ボノ(一八七六―一九一二)。アナーキスト・グループの指導者。何度か銀行襲撃を企て、最後に射殺された。〔訳注〕

(2) 二四四頁　フェルディナン・フォッシュ(一八五一―一九二九)。第一次大戦で活躍した将軍。〔訳注〕

(3) 二四四頁　ランドリュ。十人の婦人と一人の少年を次次に別荘で殺し、消滅させた事件の犯人。一九二二年に処刑された。〔訳注〕

(4) 二四四頁　ミスタンゲット(一八七五―一九五六)。ミュージックホール、舞台、映画のスター女優。〔訳注〕

(5) 二四六頁　チューリッヒのダダ運動の歴史に関する資料を能うかぎり調べてみても――特にツァラとシャドのあいだの手紙――シャドの暴露が信頼のおけるものであるとは認められない。それとは反対に、これからそのつど述べていくように、多くの論拠が、少なくとも『ダダ宣言一九一八年』がツァラの筆になるものであることに関しては、ツァラの主張の正当性を証している。

(6) 二四七頁　「無償の行為」。アンドレ・ジードが『法王庁の抜け穴』の主人公ラフカディオによって示した思想。理由も目的もない犯罪行為。〔訳注〕

(7) 二四七頁　マルセル・デュシャンの「同じことを長くくりかえしていれば、そのことは良き趣味《グー》となる」(B・167・一五六頁)、という言葉と比較せよ。

(8) 二四八頁　「なぜわれわれは気がふさいでいるか」(『コメディア』、一九二一年六月二十三日)、「結核に対する戦い」(同、一九二一年八月三日)、「精神的幸福と肉体的幸福」(『サ・イラ』誌、十六号、一九二一年十一月)等参照。

第十六章

(1) 二四九頁　二〇一頁～二〇二頁参照。

(2) 二五〇頁　レイモン・デュシャン＝ヴィヨン(一八七六―一九一八)。彫刻家。マルセル・デュシャンの兄。

〔訳注〕

（3）　二五〇頁　彼女は画廊を探していたシュザンヌ・デュシャンとジャン・クロッティの名で交渉していたのである。

（4）　二五〇頁　気が付かれるであろうと思うが、「サロン・ダダ」のことはブルトンの『対談集』（B・46）ではなにも言及されていない。

（5）　二五〇頁　裏には次のような重要な指摘が書かれている。「混同するな、／ダダは、地方にも、イタリアにも、鉱山にも憐憫にもいかなる支部も持っていない。／混同するな、雷雨の砂糖《シュクル・ド・ラージュ》を大麦糖《シュクル・ドルジュ》と。学士院をトルコ風呂と。／混同するな、／ダダだけが人格の病気、美徳とその他の頭皮に対する愛情に対してあらゆる保証を提供する。／棄権するな。」（C・T）

（6）　二五二頁　ブルトンはしかしフランケルがファタガガ式の、「フラントンとブレーケル」と署名された共同作品「シベール氏の奇妙な自殺」を展示することを認めた。

（7）　二五三頁　「〔……〕きみもよく知っているように、私には出展するものはなにもないのです。――出展する（エクスポゼ）という言葉は結婚する（エプゼ）という言葉に似ている。だから待っていてくれる必要はありません。いずれにしても私のことを気にかけてくれてありがとう。〔……〕」（未刊、C・T）

（8）　二五三頁　アンチフェス・リヨネル（リヨネルの尻当て）。antifesse Lionel は Professionnel（専門家）のたんなる洒落。anti（↔pro.）fess〔e L〕ionel→professionnel.〔訳注〕

（9）　二五四頁　彼はサン＝ジュリアン＝ル＝ポーヴルの「訪問」に参加する予定であったが、なにかわからぬ理由のために欠席した。

（10）　二五四頁　プログラムは以下のとおり。(1)「展覧会のカタログの歌」、ピアノ、E・ビュゴー夫人。(2)「マッチ箱」、リベリア共和国大統領の展覧会訪問、フィリップ・スーポー。(3)「福音書に」、ルイ・アラゴン。(4)「奇跡的家禽」、ヴァランタン・パルナック創作のダンス。(5)「王様たちの本」、ジョルジュ・リブモン＝デセーニュ。(6)「そよ風の頸を通って」、ポール・エリュアール。(7)「組織された飛行」、回転翼式航空機システム、バンジャマン・ペレ。(8)「小悪魔」、フィリップ・スーポー、ピアノ、ピルーエル夫人とエミール・サブ氏。(9)「ガスで動く心臓」、トリスタン・ツァラ。（D・P所収）

（11）　二五五頁　ビリー・サンデー（一八八三―一九六〇）。アメリカのキリスト教伝道師。はじめナショナル・リーグの野球選手。のちシカゴのＹＭＣＡに所属。〔訳注〕

（12）　二五五頁　マダム・サン＝ジェーヌ。フランス大革命時の将軍ルフェーヴル元帥の夫人。もと洗濯女であっ

た。のちサルドゥーの芝居『マダム・サン＝ジェーヌ』で誇張して表現された。〔訳注〕

（13）二五六頁　この劇のテキストは何度か出版されている。配役は次のとおり。——耳、スーポー、口、リブモン＝デセーニュ、鼻、フランケル、眼、アラゴン、首、ペレ、眉、ツァラ、ダンサー、ヴァランタン・パルナック（幕間のダンス）。二度目の上演は二年後にミッシェル座で行なわれた。

第十七章

（1）二六〇頁　アルプは一八八七年九月十六日生まれ。一年の違いは誤植によるものであろう。

（2）二六一頁「僕たちは十月一日ごろ、二日前か、十月一日か二日にターレンツに着く予定です。アルプとエルンストと一緒に待っていてください。僕たちは彼らにもぜひ会いたいと思っています。〔……〕」（エリュアール、ツァラ宛未刊書簡、一九二一年九月二十二日、C・T）

（3）二六一頁「ブーランヴィリエ通り十二番、パリ十六区」（ツァラのパリの住所）という記載（一頁）が示すように、この号はパリで組まれ印刷されて、サン・パレイユに販売委託された。

（4）二六二頁　これらのうわさは、一九二二年のパリ会議のときに、ブルトンがツァラを攻撃する根拠となった。三〇二頁およびブルトンの「ダダの後に」（B・42・一二三—一二七頁）参照。

（5）二六二頁　ピカビア家の出身に対する暗示。

（6）二六二頁『三九一』誌（十二号、三頁）に載っている「聖母像」に対する暗示。

（7）二六三頁　これは、ピカビアが『ピラウ・チバウ』の中で用いている偽名、ファニー・ガイ（Funny Guy、「おどけ者」の意）をもじったもの。

（8）二六三頁『ピラウ・チバウ』にある（九頁）ファニー・ガイ署名の手紙、「親愛なる孔子よ」に対する暗示。

（9）二六三頁　ピカビアの絵、「コンコルド広場」への暗示。

（10）二六三頁　同じくファニー・ガイ署名のテキスト、「傑作」（『ピラウ・チバウ』五頁）に対する暗示。

（11）二六三頁　おそらくマルセル・デュシャンのことであろう。両当事者は同時に彼の保証を求めているのである。

（12）二六四頁　全文は次のとおり。

タビュは芸術における
新しき思考である
新しき表現である
新しき信仰である

肉欲は**もう沢山だ**
　唯物論も
　自然主義も
　変形も**もう沢山だ**

われわれは｛神秘を／見ることのできぬものを／触れることのできぬものを｝表現すること
を欲する

いたるところで神秘がわれわれを取りまいている
いたるところで未知の不可視なるものがわれわれの好奇心をそそる

　われわれは無限自身を表現しようとするのだから行動範囲は無限だ

タビュは群衆には話しかけない
　人間的ではない
　社会的ではない
　ペストには関知しない
　梅毒にも
　貧困にも
　戦争にも
　平和にも関知しない

タビュは**神秘**である
そして神秘を表現することを欲している

タビュの最初の造型の試みは
ジャン・クロッティによる
サロン・ドートーヌにおける
鎖**のない神秘**である

追記　われわれは次のことを、思考するエリートの熟考に委ねる。**タビュ**はすでにもう新しくはない。

ジャン・クロッティ

(13) 二六四頁　思い出される人も多いと思うが、ピカビアは印象主義の時代からサロン・ドートーヌの正会員で、審査を受けることなく自分が選んだ二点の作品を出展する権利を有していた。

第十八章

(1) 二六九頁　意図的に水増しされたように思われるこの数字は、しかし、「開催している」という言葉を過去形に置きかえるならば正確なものである。この中にスイスが入っていないのは意外である。アメリカの二十九という数はおそらくスティーグリッツとソシエテ・アノニムのものを含んでいるのであろう。

(2) 二六九頁　「貧血症の映画《アネミック・シネマ》」のこと。

(3) 二七〇頁　ナダール（一八二〇―一九一〇）。写真家、画家、作家。とくに『パンテオン・ナダール』の題で刊

行した著名人写真集は有名。〔訳注〕
(4) 二七〇頁　ダダイストが、一九二〇年代はじめに、フランスに活動の場を求めてやって来たアメリカの数多い作家、芸術家の幾名かと知り合うようになったのは、マン・レイを通してである。名前を挙げてみると以下のとおり。ハロルド・スターンズ、デュナ・バーンズ、ベレニス・アボット（マン・レイのアシスタント）、エズラ・パウンド、アーネスト・ヘミングウェイ、シルヴィア・ビーチ（オデオン通りに居を持つアドリエンヌ・モニエの友人かつ競争相手）、スレーター・ブラウン、E・E・カミングズ、ゴーハム・B・マンソン、マシュー・ジョゼフソン、アーサーおよびフロレンス・モス（グリニッチ・ヴィレッジの『クイル』誌の元編集者）、ルイス・ガランティエール、ロバート・マッカルモン、ローレンス・ヴェール、フランシス・ミルトン・マンスフィールド（ピカビアの友人）、ロバート・M・コーツ等々。このような結びつきをもたらしたのは、パリやヨーロッパで刊行されていた多くのアメリカ「国際」前衛雑誌（『ブルーム』、『セセッション』等）と、ジェーン・ヒープとマーガレット・アンダーソン刊行『リトル・レヴュー』誌へのピカビアの協力であった。『リトル・レヴュー』誌は一九二〇年から二四年にかけて内容的にダダ出版物に接近した（たとえば、「外国人編集者」となったピカビアを特集した一九二二年春季号）。（B・240参照）
(5) 二七一頁　レイヨニスム。光線主義。光の構成を絵画化する立場。立体派、未来派、オルフィスムを結合したもの。一九一三年、ミハイル・ラヴィオノフが提唱。〔訳注〕

第十九章

(1) 二七四頁　ダダとシュルレアリスムの立場は、この挙動／行動という選択の対比において最も簡潔に表わされる。
(2) 二七六頁「ダンコンニュ」というのはスーポーの母方先祖の名。
(3) 二七七頁「私の雑誌の必要性はだんだん強く感じられるのですが、題名がないので前に進むのは見合わせています。」（ブルトン、ツァラ宛て未刊書簡、一九二一年七月二十九日、C・T）
(4) 二七八頁　当時、マダム通りにあった『N・R・F』とブルトンの「いちゃつき」に対する暗示。
(5) 二七八頁　エリュアールは激しい熱の発作をよく起こし、一九二一年の四月二十八日に手術を受けている。
(6) 二七八頁　セーヌ・エ・オワーズ県のサン・グリス・スー・フォレ。

（7）二八一頁　『アニセ』の最初の二章は『N・R・F』にかなりのページにわたって収められている（八十四号、一九二〇年九月一日、三四六―三八二頁）。この号はブルトンとリヴィエールのテキストを載せた号のすぐあとのものである。こうしてみるとわかるように、マダム通りに足を運ぶようになって、ブルトンは後悔したにもかかわらず、ブルトンとリヴィエールのテキストを通して実現したコンタクトは断たれていなかった。

（8）二八三頁　特に、アラゴンがパリでダダに接触する前に書かれた最初の二章について言える。

（9）二八三頁　パール・ホワイト（一八八九―一九三八）。アメリカの映画女優。のちフランスで活躍。当時、活動的で大胆で率直なアメリカ少女のシンボルとなっていた。〔訳注〕

第二十章

（1）二九五頁　大義名分の必要からその重要性が過大にみられていたが、ヴィトラックはまだ若く、フェルナン・レジェ、ロベール・ドローネー、ジャン・ポーランらと「対等にわたり合う」にはほど遠かった。

（2）二九六頁　この言葉は彼自身が『対談集』（B・46・六九―七〇頁）で用いているものである。

（3）二九七頁　この「追記」は外見よりは深い意味を持つ。ブルトンはいまやピカビアのやり口を演じようとしているのであり、自らの昨日の敵の好意を得んがために、彼は公然と、一九二一年五月にダダから離脱する際にピカビアが援用した手、つまり、ツァラの歴史的重要性を過小化する提題――「ダダ精神が真に存在したのは、三、四年のあいだで、それは一九一二年の終わりにマルセル・デュシャンと私によって表現をあたえられた。ヒュルゼンベック、ツァラ、バルは、一九一六年にダダという「珠玉のごとき名称」を見出したのである。」（『エスプリ・ヌーヴォー』誌、九号、一九二一年六月、一〇五九頁）――をとり入れたのである。ピカビアのこの解釈法は『松かさ』の中でも暗号めいた語で再びとり上げられ（「キュビスム、一九〇八年―一四年。ダダイスム、一九一二年―一七年。L・B、L・A、A・B、F・P、P・M、J・C、S・D、P・V、G・A、等々、一九一七―二二年」、四頁）、ブルトンはパリ会議の際にこのやり方を幾度もくりかえし用いている。たとえば「ダダの後に」（B・42・一二四―一二五頁所収）参照。

（4）二九七頁　他の新聞雑誌には、次のような文を含む異なったテキストを載せているもの（たとえば『シエークル』、C・P）もある。――「ある者を外国人であるからといって非難する「国際」会議には存在する理がない。……」

（5） 二九七頁　ルイ・アラゴン、ロジェ・ヴィトラック、ジャック・バロン、ジョルジュ・オーリック、ロベール・ドローネー、マックス・モリーズ、ピエール・ド・マッソ、テオドール・フランケル。

（6） 二九九頁　こうした論争は、双方の人間がお互いに、冷めることのないような選ばれた友情を抱いていただけにいっそう感慨深い。一九三四年にまだブルトンはフランケルに次のように書いている。「……ツァラのような人間に対して私がむっとした感情を持つことはあっても（私にあってはそれがしばしば激しい表現をとることはあっても）、私が彼に対して抱いている非常に深い尊重の念と愛情を損うことはない。」（一九三四年十二月二十日付未刊書簡、C・T）

（7） 三〇一頁　このテキストは別のカフェで示威行動のあとに「ブルトンが好む文体で誇張した文章を選ぶこと」（B・111・一五〇頁、原文は英語、著者による仏訳――訳注）に意地の悪い喜びを抱いたサティの主宰のもとで、ツァラ、エリュアール、ドローネー、ジョゼフソンによって書き上げられた。

（8） 三〇二頁　覚えておられるように、ヴァルター・ゼルナーとクリスチャン・シャドの「暴露」は、一九二一年五月のピカビアのダダ離別の原因となったものである。（二四五頁―二四六頁参照）

（9） 三〇四頁　たとえばユニエの『ダダの冒険』。（B・106・九二頁）

（10） 三〇六頁　このリストからはダダと「正統」ダダイスト、またパリ会議委員会の「反動的」メンバー（ドローネー、オザンファン、レジェ、ポーラン）が無条件に除外されていることに気づく。

（11） 三〇六頁　「本当のところは、それだからといって過度に傲慢になるつもりなどないが、私はダダという語を偶然見つけたのである。この言葉は私と私の友人によって熱意をもって受け入れられたが、自分たち自身の行動すべてに対してと同様に、われわれはこのことに大して重要性を置いてはいなかった。」（同テキストより）

（12） 三〇六頁　「友人」というのはピカビアである。

（13） 三一一頁　サティは、一九一四年から一九一八年までの大戦の直前から、小雑誌に心楽しく中傷的な寸評を発表していた。これらは一九二〇年ごろに、『健忘症患者の回想』、『ある哺乳動物の手記』等の題の本に集められた。

（14） 三一一頁　思いよこしまなるアニス。原文 Anice qui mal y pense. は Honni soit qui mal y pense.（思いよこしまなる者に災いあれ）の地口。〔訳注〕

（15） 三一二頁　『ブヴァールとペキュシェ』。フロベールの未完の作品名。二名の書記が遺産を手に農園に入り、最新の科学や文化の知識を応用して生活と経営との実験探究を試みる。しかしその試みは失敗し、元の筆耕にもどる。〔訳注〕

(16)　三一三頁　立憲会議（一七八九）、国民公会（一七九二―九五）、公安委員会（一七九三―九五）。フランス大革命勃発からその恐怖政治最高潮にいたる五年間にできた中心的組織名。〔訳注〕

第二十一章

(1)　三一六頁　ブルトンのツァラ宛ての手紙（一九一九年四月四日）にある、「クレペリンとフロイトは私にたいへん強い感動をもたらしました」という文章は大いに示唆的である。この文から実際わかるように、ブルトンは、精神分析の父フロイトと、伝統的精神医学の擁護者のひとりであるクレペリンを同一面においていたのである。

(2)　三二一頁　たとえば、「見るということの歴史」（六号、一九二二年十一月、一七頁）、「エレクトラルゴル」（九号、一九二三年二・三月、一四頁）等々。これらのテキストは見事なもので、ピカビアが果たした先駆的役割をはっきり示している。

(3)　三二二頁　マルセル・デュシャンがわれわれに語ったところでは、デスノスの言葉遊びに対してブルトンが引用テキストで示唆しているような解釈には信を置くべきではないという。デュシャンによれば（われわれも同意見であるが）、『肉体と幸福』を書いた詩人（デスノス――訳注）は、自身の内部に、必要かつ十分なインスピレーションを見出すことができたのだということである。

(4)　三二三頁　『アヴァンチュール』誌の成立については、この『ユニヴェルシテ・ド・パリ』誌（当時はマルセル・アルラン主宰）の一九二一年十月二十五日（四頁）および十一月二十五日（一二頁）の号を参照のこと。

(5)　三二四頁　一九二二年一月の号。四号（挿画入りの特別号）は出版されずじまいであった。

(6)　三二六頁　『デ』の二号は準備されていたが出版されなかった。

(7)　三二七頁　デュシャン、ピカビア、アレンスバーグのグループのメンバー数名が、発刊以来、『リトル・レヴュー』誌に寄稿している。特に、奇矯な女伯爵エルザ・フォン・フレイターク＝ローリングホーフェン、イマジスムの女流詩人で故アルチュール・クラヴァンの不幸な妻ミナ・ロイは挙げておくべきだろう。

(8)　三二八頁　三つの目のもの（『沈黙の代わりに』、一九二五年）は、エルンストによる二十一の肖像画とエリュアールの二十一の詩篇からなるガラへのオードである。

（9）　三二八頁　『ウエストウイゴー』（Westwego）は「われわれは西方へ行く」の意。

（10）　三二九頁　テレマック。ギリシア名テレマコス。トロイ戦争から帰らぬ父オデュッセウスを求めて、メントールの導きで旅立つ。フェヌロンの『テレマックの冒険』はこれをフランス風に書いたもの。〔訳注〕

第二十二章

（1）　三三二頁　「事態を荒げなくてはいけない。ブルトンとピカビアの側が厄介なことになりはじめてきているからだ。」（ツァラ宛同未刊書簡）

（2）　三三四頁　出品作品、「喜びの寡婦」、「聖ギイの舞踊」、「麦わら帽」。

（3）　三三四頁　同、「スペインの夜」、「葡萄の葉」。

（4）　三三六頁　『アフリカの印象』は一九一四年の大戦前に、まず一九一一年六月に内輪の形で演じられたが、次には一九一一年九月三十日から一週間フェミナ座で、のちに、版が改訂されて、一九一二年五月十一日から六月十日までアントワーヌ座で上演された。

（5）　三三七頁　一九二二年十二月三十日の『レ・ゾム・デュ・ジュール』紙に載った無署名〔ロジェ・ヴィトラック〕の記事参照のこと。（D・P）ここで述べられていることによると、ルーセルはシニョレの非難にあって第三幕の詩的で美しい部分を削除し、かわりに登場人物が意図的に観客を罵るダダ的な場面を入れたという。

（6）　三三九頁　「エネルジスム」。十九世紀末ドイツの哲学者ポールセンが命名した学説。至上の幸福は行動的生活にありとする。〔訳注〕

（7）　三三九頁　メアリー・ベイカー・エディ（一八二一—一九一〇）。キリスト教による精神療法の創始者。一八八三年に『クリスチャン・サイエンス・ジャーナル』誌を創刊。〔訳注〕

（8）　三四三頁　これに反して、ブルトンと彼の仲間は、『リテラチュール』誌（売れる部数はもはや非常に少なくなっていたとはいえ）だけでなく、ピカビアが自由に書くことができた『コメディア』紙、またエベルトが一九二三年のはじめに買い取り、『コメディア』紙と『ヌーヴェール・リテレール』紙と競合するために文学週刊紙にしようとしていた『パリ・ジュルナル』誌にも書くことができた。

（9）　三四四頁　『ガスで動く心臓』は一九二二年六月十日の「ダダの夕べ」の際に、シャンゼリゼ座で演じられている（二五六頁参照）。

（10）三四七頁　この執拗なまでの反感には驚かずにはおられない。エリュアールは一年もなるかならぬか前には、きわめて熱情的かつ誠実に結ばれていた友情をツァラに表明していたのである。しかしながらこの結びつきは、一九二三年のはじめの「大いなる決心」ののちには、少少ゆるんだようである。エリュアールがツァラに宛てた書簡（一九二三年二月十日、C・T）には、ビュリエのところでのロシア芸術家の舞踏会に参加することで、両者のあいだにいさかいの起きたことがうかがえる。エリュアールは次のように書いている。「われわれが一緒にとってきた行動ゆえに私を当てにするのはもうやめて欲しい。」

（11）三四七頁　この表現は文字どおりに受け取るべきである。フットライトの電球は割れてしまっていた。

（12）三四八頁　ツァラが警官を呼んだことはブルトンにとって消し去ることのできぬ恥辱のしるしとなるものであった。一年後に『失われた足跡』が出たときに、ブルトンは次のような献辞を付したこの作品の一部冊をツァラに送って、この言語道断な行為に汚名をきせた。「トリスタン・ツァラに、一九二四年の小説家に、あらゆる流儀を身につけた詐欺師に、年老いたオウムに、警察の密告者に。」（C・T）

（13）三四九頁　ここで記憶にとどめておくべきものに、エミール・マレスピーヌが中心となったリヨンのグループがある。マレスピーヌは、明白にダダの保護下にあったわけではなかったが、一九二二年の九月から、ダダ的傾向の強い雑誌『マノメートル』（B・242）を数号出した。

（14）三五〇頁　『シュルレアリスム革命』誌十二号（一九二九年十二月）参照。

（15）三五一頁　『三九一』誌と「休演」については、B・168とその詳細なノート参照。

第二十三章

（1）三五八頁　ツァラの用いた語句で、le résultat *de l'hasard* は le résultat *du hasard*、et *la harmonie* は et *l'harmonie*、diarrhée *confie* は diarrhée *confite*、chaque page doit *exploder* は chaque page doit *exploser* がそれぞれ正しい用法である。〔訳注〕

（2）三六四頁　ピエール・キャンブロンヌ（一七七〇—一八四二）のことか。ナポレオンの麾下で将軍となり、とくにワーテルローの戦いで活躍。その勇猛な言辞で知られた。〔訳注〕

（3）三六五頁　ダダと『ウッフ・デュール』誌との関係についてはツァラとフランシス・ジュラールとの重要な往復書簡を参照のこと。（C・T）『ウッフ・デュール』誌グループについては、B・166、六四―六八頁を見よ。
(4) 三六五頁 Brouïssef, chicher, mouic, gazouille はすべて造語。〔訳注〕
(5) 三六六頁 思い出される方もいると思われるが、この語は次のような話に由来している。一九一〇年ごろ、イタリアの美術流派の一つであった「過度主義」の大言壮語的な綱領が発表されたが、その派の中心人物でボロナーリとか称する者がアンデパンダン展に「アドリア海の夕陽」という作品を送ってきた。この絵は抽象画で多くの人の讃辞を得たのだが、あとで判明したところによると、それは実はロバの尻尾に付けた絵筆で描かれたものであった(ボロナーリ Boronali はロバ Aliboron のアナグラムである)。
(6) 三六七頁 アベル・フェーヴル(一八六七―一九四五)。諷刺画家。第一次大戦中おおくの新聞に諷刺画を描いた。
セム(一八六三―一九三四)。諷刺画家。文壇、演劇界、社交界を題材にした。本名ジョルジュ・グールサ。〔訳注〕

第二十四章

(1) 三七五頁 ラスチニャック。バルザック『ゴリオ爺さん』の主人公。ゴリオ老人の埋葬のあとパリへの挑戦を誓う。〔訳注〕
(2) 三七六頁 ユルム通り。パリのパンテオン正面の通り。パリ大学、エコール・ノルマル・シュペリエールなどが付近にある。〔訳注〕
(3) 三七七頁 一九二〇年十二月のトゥール会議。この会議ではフランス社会党の少数派(ブルム、ロンゲ、フォール、ルノーデル)と第三インタナショナル加盟支持者(ロスメール、スーヴァリーヌ、ヴァイヤン=クーチュリエ、モナット)が対立した。
(4) 三七九頁 ルイ・ダビィド(一七四八―一八二五)。画家。みずからも参加したフランス大革命の情景を描き、のちナポレオン皇帝の公認画家として皇帝に関する多数の絵を描いた。〔訳注〕
(5) 三八〇頁 さらには次のようなスーポーの言葉がある。「シュルレアリスムは〔……〕余りにも多く書かれているようにダダの結果だったのではなく、ダダと平行してあった一つの必然性であった。」(「ダダ」、『ジャルダン・デ・ザール』誌、八十九号、一九六二年四月)
(6) 三八〇頁 「シュルレアリスム」という語はしたがってアポリネールによってまだ「創り出されて」(あるいは、少なくとも、広められて)はいなかった。『ティレシアスの乳房』が上演されたのは一九一七年六月二十四日のことだからである。しかも、その「シュルレアリスム」なる語は、アポリネールが自分の劇に最初は「超自然的《シュルナチュラリスト》」と副題をつけるつもりであったことと、彼が「超現実的《シュルレアリスト》」という形容詞を用いることに決めたのは、たんにこの語が、「少なくとも、いかなる信条も、文学的芸術的ないかなる主張も決して定式化したことはなかった」ためであったことからみれば、発見されてから（「パラード、レアリスム的バレー」によって暗示を受けたものか？）まだ月日が浅いものでしかなかった（『ティレシアスの乳房』序文参照、B・3・八六五頁）。したがって、アポリネールのこの「シュルレアリスム」とブルトンの「シュルレアリスム」の結びつきが薄いことからして、ここでは論争はアカデミックなものである。この点についてはB・74、第二巻、二二三―二五〇頁を参照のこと。

（7）　三八〇頁　ただリブモン＝デセーニュの立場にも曖昧なところがあり、同書（B・155・九〇頁）で次のように書いている。「真実のところ、ブルトンにはおそらくダダなるものはまったくなにもなかったし、彼はダダを利用してその表層部から苦労してシュルレアリスムについての不明瞭な思考を引き出し、その後に、意識的で組織されたグループの首領として登場したのである。」こうしてみると、すべては用語の問題となることがわかる。

（8）　三八二頁　「ジュヌ・フランス」や「ブーザンゴ」。いずれも一八三〇年の七月革命後にできた文学・芸術青年の反政府的革新運動グループ。ただ、前者が文学と芸術の領域だけにとどまっていたのに対して、後者はパリ市街にバリケードを築いたりして政治闘争も行なった。〔訳注〕

（9）　三八三頁　「私にとって彼らの沈黙は彼らの声と同じ価値があった」（B・46・十二頁）。

（10）　三八三頁　この保留が必要なのはシュルレアリスム理論の変化（および――おそらくシュルレアリスムの創立者たちにとっても予期せぬものであったと思われるような――後年の豊かな発展）によるものである。われわれがここで「シュルレアリスム」によって意味しているものは、ブルトンが最初の『宣言』で行なう次のような定義（ここでそのすべてを掲げるには余りにも知られているものであるが）、すなわち、「理性によって行使されるいかなる統御も受けず、美学上ないし道徳上のいかなる配慮からも離れた思考の書取り」（B・44・二四頁）、という定義に適合するあらゆる作品あるいは振舞い《ジェスト》である。こうしてみると、ピカビアが一九一四年から一九一八年のあいだにバルセロナとローザンヌで書いて出版した完全にダダ的な詩集（B・136、B・137、B・138、B・139）が、どうして以上のように定義された「シュルレアリスム」の特質から除かれてしまうのか理解しがたい。しかしそれらの作品をシュルレアリスムと結びつけようとすることは（シュルレアリスムのテーゼの擁護者がそうするように）、物事の順序をあべこべにしてしまうことであり、自己の方式のみに固執する考えにみだりに身を任せて、意図的に歴史の流れをひっくりかえしてしまうことである。

(11) 三八五頁「ある者は冒険を最後までやり抜くのがよいと考え、他の者はさらにもう一つの運動を創り出して活動を引きのばそうと思った。この運動はいかに魅了的なものであるとはいえ、言語と感性の源泉の拡大によっていかに豊かな結実をもたらすものであるとはいえ、非常に限定されたものであることに変わりはなかった。」（B・155・八一頁）

(12) 三八七頁　ピカビアの次のような記事に答えて。この記事の中でピカビアははじめて「二相的な」主張を述べている。「私は〔ダダに〕「障害物の一掃」しかみない、のちにはこれが、より力強く、より興味深く、より浄化された開花を可能にするのである。……」（アンケート「芸術家の休暇」、『フィガロ』紙一九二二年八月二十日、『リテラチュール』誌に引用）

(13) 三八八頁　ハンス・クライトラー、「ダダイスムの心理学」を参照のこと。B・213・七九―八一頁所収。

(14) 三八八頁　ダダとシュルレアリスムの相補的性格はこれ以上適切に表現できない。

(15) 三八九頁　この考えは次のようなブラックの最近の言葉でも確かめられる。「私が絵を描きはじめると、すべては、カンヴァスというあの白い埃でただ覆われた、別の側からやってくるように私には思える。私は埃を払うだけでよい。小さなブラシで掃除して青を出し、別ので緑とか黄を出す。でもそれらのブラシは私の絵筆である。すべてが清掃されたら絵はでき上がっている。（ミシェル・ガルのインタビュー、『パリ・マッチ』誌、七六三号、一九六三年九月十四日、四〇頁）

(61) 三九一頁　ヒュルゼンベック、「ダダと実存主義」を参照のこと。B・213・五〇―六三頁所収。

(17) 三九二頁　映画に対するダダの影響についてはリヒター「ダダと映画」（B・213・六四―七三頁所収）および、A・キルー『映画とシュルレアリスム』（B・113・一六九―一七六頁）を見よ。

(18) 三九二頁　ルドルフ・クライン、クルト・ブラオコップフ、「ダダと音楽」（B・213・八八―九七頁）を見よ。

訳者あとがき

ここに訳出したのは、Michel Sanouillet : DADA à Paris, 1965, Jean-Jacques Pauvert Editeur, Paris の本文四百頁余である。原書は六百頁を越える大著で、本文のほかにアンドレ・ブルトンとトリスタン・ツァラ、トリスタン・ツァラとフランシス・ピカビア、アンドレ・ブルトンとフランシス・ピカビアの往復書簡が約百六十通、アポリネール、コクトー、デュシャン、エリュアール、スーポー等の書簡が六十五通、そのほか数篇のテキストと『リテラチュール』二十一号の校正刷やアンケートによる採点表（本書二四四頁）の草稿の写真版などが補遺として付せられている。また、本文中にもほとんど各頁に注があり、それが頁の半ばを越すこともしばしばである。これらの補遺や注は資料として興味深いものばかりだが、訳書では紙数の関係で補遺の全部と注の一部を、原著者の了解を得て、割愛せざるをえなかった。

原著者ミッシェル・サヌイエ氏は一九二四年、南仏ドローム県のモンテリマールに生まれ、ソルボンヌに学んで四七年に卒業、四九年から六九年まで、カナダのトロント大学の仏文学の教授をつとめた。その間に、一九六五年、本書によって博士号を受けている。以後、バッファロー、モントリオールの大学にも客員教授として教鞭を取ったのち、現在はニース大学におられる。業績の中心をなすのは本書であるが、そのほかに、叢書「三九一」を編集し、デュシャンの『塩商人』（五八年）、ピカビアの『三九一』復刻版（六〇年）を刊行したり、『三九一』の研究書（『ピカビアと《三九一》』六六年）をあらわし、また、「ダダ・シュルレアリスム研究のための国際協会」を組織し、その会長となって、機関誌『ダダ運動協会誌』第一号（六五年）、『カイエ・ダダ・シュルレアリスム』第一号―第四号（六六年―七〇年）も出版している。なお、原著者の著書・編書についての詳細は、本訳書の書誌を参照されたい。

原書が出版されてからすでに十四年が過ぎている。その点を考慮して、参考文献には原書にはない六五年以降出版の主な研究書も書き加えておいた。それでもわかるように、この分野での新しい研究も次第に積み重ねられている。それらの中にあって、本書の特色は、ほぼ次の二点に集約されよう。第一に、パリのダダの歴史を豊かな資料を駆使して、綿密に集大成した点であり（その点では、補遺にあるブルトン、ツァラ、ピカビアの往復書簡を訳書に収めることができなかったのは特に残念であるが）、第二に、それまでの通説、すなわち、ダダはシュルレアリスムの一前史にすぎないという説を逆転して、シュルレアリスムはダダのフランス的形態であると規定した原著者の独特の結論である。「日本語版への序」で著者自身も述べているように、この第二の点についてはブルトン支持者たちから激しい反論も投げかけられている。本書の言う「ヴァシェ神話」や『磁場』の見方についての反発（F・アルキエ編『シュルレアリスム対話』一九六八年、ムートン社刊やM・A・コーズ『ダダ・シュルレアリスムの詩』一九七〇年、プリンストン大学出版刊など）、また、『アンドレ・ブルトン――シュルレアリスムの冒険の誕生』（一九七五年、ジョゼ・コルティ社刊）によるM・ボネの全面的反論などがある。しかし、本書がそのような問題提起を行なったこと自体が大きな功績であるし、パリのダダの歴史を厳密な実証的研究の対象とした意義は認めなければならない。今後、研究者たちが、ダダやその周辺を論ずるに当たって一度は通らなければならない基本文献の一つとして、特にわが国に類書の少ないことを考慮して、あえて翻訳を試みた次第である。

翻訳は「まえがき」から第十章までを安堂が、「日本語版への序」と第十一章から第二十四章までを浜田が、また注と書誌と索引を大平がそれぞれ受け持ち、互いに第一稿を交換して訳語や表記の統一をはかった。数多くの固有名詞については、それでもなお、読みの不正確な点や、表記の不適当なものがあるかもしれない。識者の御叱正をいただければ幸いである。

数年ごしの作業に、白水社の千代忠央氏には一方ならぬお世話になった。ここにあらためて感謝の意を表したい。

一九七九年六月

訳者一同（文責、安堂）

今橋映子

〈パリ写真〉の世紀

二十世紀を代表する写真家が、同時代の作家や詩人たちといかに共同し、パリという都市を表現していったのか。当時の文化史的な文脈から〈パリ写真〉を捉え直す画期的な論考。

A5判／630頁■定価6090円

今橋映子

ブラッサイ パリの越境者

「夜のパリ」や落書きの写真で有名なブラッサイは、写真だけでなく、デッサン、版画、彫刻、舞台芸術、文学など、さまざまな表現手段を試みた。彼がめざしたものは何だったのか。

A5判／408頁（カラー含む）■定価4725円

ジャン・ピエロ　渡辺義愛訳

デカダンスの想像力

神話、伝説、夢、麻薬……ロマン主義を源としシュールレアリスムを準備したデカダンスの想像力。フランス十九世紀末を特徴づける世界観や美学を解き明かす名著。

四六判／446頁■定価5880円

アンドレ・ブルトン　巖谷國士訳

ナジャ【白水*u*ブックス78】

「私とは誰か？」現実の町パリで、詩人は偶然に、しかし宿命的に幾度も妖精ナジャに出会う。シュルレアリスムの大天使ブルトンにおいて達成し得た比類ない真の生のドキュメント。

新書判／190頁■定価914円

定価は 5%税込価格です.
重版にあたり価格が変更になることがありますので，ご了承下さい.　（2007 年 6 月現在）

訳者略歴

安堂信也（あんどう　しんや）
一九二七―二〇〇〇年
現代フランス演出史専攻、早稲田大学名誉教授
主要訳書　ベケット「ゴドーを待ちながら」「モロイ」ほか、アルトー「演劇とその分身」、ジャン=ルイ・ブロー「アントナン・アルトー」

浜田　明（はまだ　あきら）
一九三五年生、一九五八年京都大学卒
フランス文学専攻、静岡大学名誉教授
主要著書「トリスタン・ツァラの夢の詩学」、「ダダ・シュルレアリスムを学ぶ人のために」（共著）
主要訳書　トリスタン・ツァラ「トリスタン・ツァラの仕事Ｉ――批評」、アンリ・ベアール／ミシェル・カラスー「シュルレアリスム証言集」（共訳）

大平具彦（おおひら　ともひこ）
一九四五年生、一九七一年東京外語大学卒
一九七八年都立大学大学院博士課程中退
フランス文学専攻、北海道大学教授
主要著書「トリスタン・ツァラ――言葉の四次元への越境者」、「モダニズムの越境」（共編著）
主要訳書　トリスタン・ツァラ「トリスタン・ツァラの仕事Ⅱ――詩篇」（共訳）、アンリ・ベアール／ミシェル・カラスー「シュルレアリスム証言集」（共訳）

本書は一九七九年刊行当時の紙型を使用して印刷しているため、まれに文字が欠けていたり、かすれていることがあります。

パリのダダ《新装復刊》

二〇〇七年五月二〇日印刷
二〇〇七年六月一〇日発行

訳者© 安堂信也
浜田明
大平具彦
発行者　川村雅之
印刷所　株式会社三陽社
発行所　株式会社白水社
東京都千代田区神田小川町三の二四
電話　営業部〇三（三二九一）七八一一
編集部〇三（三二九一）七八二一
振替　〇〇一九〇―五―三三二二八
郵便番号一〇一―〇〇五二
http://www.hakusuisha.co.jp
乱丁・落丁本は、送料小社負担にてお取り替えいたします。

松岳社（株）青木製本所

ISBN978-4-560-02714-1
Printed in Japan

人名索引

ほぼ全頁にわたって頻出する次の7人の人名は，この索引から削除した。ルイ・アラゴン（Louis Aragon），ポール・エリュアール（Paul Eluard），フィリップ・スーポー（Philippe Soupault），トリスタン・ツァラ（Tristan Tzara），フランシス・ピカビア（Francis Picabia），アンドレ・ブルトン（André Breton），ジョルジュ・リブモン＝デセーニュ（Georges Ribemont-Dessaignes）。

ア行

アイゼン（Aisen, M.） 305
アインシュタイン，カルル（Einstein, Carl） 45
アダモフ（Adamov, A.） 152, 391
アポリネール，ギヨーム（Apollinaire, Guillaume） 29, 57, 65, 71, 72, 74, 75, 80, 81, 82, 87, 89, 90, 91, 97, 98, 99, 100, 106, 114, 124, 125, 134, 135, 162, 165, 168, 179, 181, 188, 212, 282, 285, 293, 318, 321, 327, 328, 330, 335, 344, 346, 365, 373, 374, 390, 393
アラール，ロジェ（Allard, Roger） 76, 80, 93, 178, 224
アルキペンコ（Archipenko, A.） 147
アルヌー，ギー（Arnoux, Guy） 205
アルノー，セリーヌ（デルメ夫人）（Arnauld, Céline） 142, 147, 185, 186, 187, 191, 192, 201, 277, 305
アルプ，ハンス〔Jean〕（Arp, Hans〔Jean〕） 23, 25, 28, 30, 47, 48, 49, 52, 142, 149, 161, 186, 200, 202, 219, 223, 225, 249, 251, 252, 259, 260, 261, 262, 263, 270, 308, 327, 333, 373, 377, 381, 386, 392
アルベール＝ビロ，ジェルメーヌ（Albert-Birot, Germaine） 73, 110
アルベール＝ビロ，ピエール（Albert-Birot, Pierre） 27, 29, 58, 59, 72, 73, 76, 78, 90, 97, 123, 125, 126, 127, 134, 136, 202, 372
アルラン，マルセル（Arland, Marcel） 166, 323, 324, 325, 327
アレー，アルフォンス（Allais, Alphonse） 366
アレクシッチ，ドラガン（Aleksitch, Dragan） 55
アレグレ，マルク（Allégret, Marc） 224
アレンスバーグ，ウォルター・コンラッド（Arensberg, Walter Conrad） 31, 32, 33, 34, 36, 37, 112, 118, 142
アロン，レイモン（Aron, Raymond） 294
アンダーソン，マーガレット（Anderson, Margaret） 37, 326, 327
アンプ，ピエール（Hamp, Pierre） 306
イヴァン，モリス（Yvain, Maurice） 151, 361
イエール，ミッシェル（Yell, Michel） 105
イヨネスコ，ユジェーヌ（Ionesco, Eugène） 152, 391
イリアッズ（Iliadzd） 273, 347, 376（→ズダネヴィッチ）
イリブ，ポール（Iribe, Paul） 70
イール，マリー・ド・ラ（Hire, Marie de la） 199, 202, 203, 204, 205, 359
イルサム，ルネ（Hilsum, René） 55, 80, 134, 154, 155, 193, 204, 208, 284

イレール＝エルランジェ，イレーヌ（Hillel-Erlanger, Irène） 113
ヴァシェ，ジャック（Vaché, Jacques） 80, 82, 83, 85, 86, 87, 101, 102, 107, 120, 123, 130, 131, 133, 141, 163, 179, 193, 251, 252, 282, 302, 381
ヴァルデン，ヘルヴァルト（Walden, Herwarth） 39, 44, 51
ヴァルノ，アンドレ（Warnod, André） 367
ヴァレーズ，エドガー（Varèse, Edgar） 32, 151, 277, 305, 327, 392
ヴァレリー，ポール（Valéry, Paul） 69, 80, 81, 82, 86, 89, 94, 97, 100, 103, 104, 116, 120, 144, 176, 179, 188, 282, 292, 323, 340, 343, 382, 393
ヴァンデラン，フェルナン（Vandérem, Fernand） 377
ヴィエレ＝グリファン，フランシス（Vielé-Griffin, Francis） 94, 382
ウイドブロ，ビセンテ（Huidobro, Vicente） 59, 74, 75, 126, 300, 310
ヴィトラック，ロジェ（Vitrac, Roger） 157, 165, 166, 293, 295, 296, 297, 298, 299, 303, 305, 311, 312, 317, 321, 323, 324, 325, 338, 340, 341, 342, 343, 349, 391
ヴィネア，イオン（Vinea, Ion） 56
ウインクラー，コンラッド（Winkler, Konrad） 57
ヴェイガン（Weygand, M. Général） 182
ヴェトイエン，オットー・フォン（Wätjen, Otto Von） 35
ヴェネット，スティーフェン・ヴィンセント（Benèt, Stephen Vincent） 205
ヴェルクマン（Werkman） 55
ヴェルハーレン（Verhaeren） 168
ヴェルレーヌ，ポール（Verlaine, Paul） 74, 88, 101, 103
ヴォーセル，ルイ（Vauxcelles, Louis） 113, 115, 224, 304
ヴォーテル，クレマン（Vautel, Clément） 369
ヴォワロル，セバスチアン（Voirol, Sébastien） 362, 367, 368
ヴォルデンベルゲ＝ギルデヴァルト，フリッツ（Vordenberge-Gildenwart, Fritz） 55
ウォルフ，アドルフ（Wolff, Adolph） 36
ヴォロンカ，イラリー（Voronca, Ilarie） 56
ウッド，ベアトリス（Wood, Béatrice） 36
ウンガレッティ，ジュゼッペ（Ungaretti, Giuseppe） 113
エヴェルラン，ジェルメーヌ（Everling, Germaine） 108, 123, 124, 131, 160, 166, 204, 245, 293, 335, 355
エヴォーラ，ジュリオ（Evola, Giulio） 58, 186, 252
エカール，ジャン（Aicard, Jean） 68
エーシュテーレン，コルネリウス・ヴァン（Eesteren, Cornélius Van） 334
エダンス，クレベール（Haedens, Kléber） 380
エッゲリング（Eggeling, V.） 28, 391, 392
エッシェ，モーリス・ヴァン（Essche, Maurice Van） 54
エッティンゲン男爵夫人（Oettingen, Baronne d'） 74, 78
エディ，メアリ・ベーカー（Eddy, Mary Baker） 339
エドワール，ジャック（Edwards, Jacques） 59, 186
エベルト，ジャック（Hébertot, Jacques） 250, 256, 280, 343, 347
エラン，マルセル（Herrand, Marcel） 133, 224, 345, 346, 348
エランス，フランツ（Hellens, Frantz） 294
エリアッド（Eliade, S.） 56

エリュアール，ガラ(Eluard, Gala) 261, 268, 285, 332, 333
エーリング，リヒャルト (Oehring, Richard) 39
エルビエ，クリスチャン(Herbier, Christian) 305
エルンスト，オイゲン (Ernst, Eugen) 43
エルンスト，マックス(Ernst, Max) 47, 48, 49, 50, 58, 161, 222, 223, 224, 225, 226, 227, 249, 251, 252, 259, 260, 261, 262, 276, 310, 318, 328, 332, 333, 335, 340, 373, 376, 377, 381, 386, 392
エルンスト＝メイヤー，アニェス (Ernst-Meyer, Agnès) 32
オキーフ，ジョルジア (O' Keeffe, Georgia) 36
オザンファン，アメデ (Ozenfant, Amédée) 70, 287, 293, 296, 297, 299, 301, 310, 311, 312
オップノ，アンリ (Hoppenot, Henri) 113
オーリック，ジョルジュ (Auric, Georges) 106, 114, 133, 172, 206, 277, 293, 296, 298, 305, 338, 345, 376
オルタ，ホアキム(Horta, Joaquim) 58
オレル夫人 (Aurel, Mme Alfred Mortier) 78

カ行

ガヴォー夫人 (Gaveau, Mme) 159
カザボン，ソレール (Casabon, Soler) 133
ガシェーヴ (Gachève, L. de la) 165
ガスパール＝ミシェル，アレクサンドル (Gaspard-Michel, Alexandre) 105
カゼラ，ジョルジュ (Casella, Georges) 205, 355
カータ，エルナンデス (Cata, A. Hernandez) 59
カーター，ニック (Carter, Nick) 77
ガッド，ロタル・シ (Gad, Lotar si) 56
ガボー，ナウム (Gabo, Naum) 44
ガボリ，ジョルジュ (Gabory, Georges) 294
ガリポー，フェリックス (Galipeaux, Félix) 337
カリマキ，スカルラット(Calimachi, S.) 56
ガリマール，ガストン (Gallimard, Gaston) 281
カルコ (Carco, F) 71
カルパンティエ (Carpentier, G.) 152, 224, 361
カルラ (Carra, C.) 57
ガロディ，ロジェ (Garaudy, Roger) 119, 281, 377, 378, 388
カーン，シモーヌ(Kahn, Simone) 205, 223, 259, 261
カンジウロ (Cangiullo, F.) 57
カンシノス＝アセンス，ラファエル (Cansinos-Assens, Rafael) 59
カンタレルリ，ジーノ(Cantaralli, Gino) 58, 200, 252
カンディンスキー (Kandinsky, W.) 25, 39, 48
キスリング (Kisling, M.) 70
ギヨーム，ポール (Guillaume, Paul) 29, 123, 125
キリコ (Chirico, Georges de) 38, 57, 134, 225, 335
ギル，ルネ (Ghil, René) 94, 382
グアラルト，アウグスト (Guallart, Augusto) 54
クノーブラウホ，アルフレート(Knoblauch, Alfred) 43
クーパー (Kuepper, C. E. M.) 54 (→ドゥースブルグ)
クラヴァン，アルチュール (Cravan, Arthur) 22, 32, 35, 91, 133, 138, 169, 335
グラウザー，フリードリッヒ (Glauser, Friedrich) 43

グラッケンズ，ウィリアム（Glackens, William） 34
グラッセ，ベルナール（Grasset, Bernard） 204
グラーフ，オスカー・マリア（Graf, Oskar Maria） 42
グランジュ姉妹，ジェルメーヌ（Granjux, Germaine） 154, 224 マルセル（Marcelle） 154, 224
クリカノワ，アンリ（Cliquennois, Henry） 102, 103, 323, 325
グリス，ホアン（Gris, Juan） 135, 311
クリスチャン（Christian） 305, 327, 330（→エルビエ）
クリフォード＝ウィリアムズ（Cliford-Williams, Miss） 212
クルヴェル，ルネ（Crevel, René） 157, 165, 319, 323, 325, 327, 340, 345, 347
クルーゼック，マヤ（Chrusecz, Maya） 259, 260
クルーチョネック（Kloutchionek） 271
クールトリーヌ，ジョルジュ（Courteline, Georges） 357, 359, 367
グランヴァルト，アルフレート（Grunwald, A.） 48
クレー，ポール（Klee, Paul） 48, 51
グレイ，ロック（Grey, R.） 74
クレインボーグ，アルフレッド（Kreymborg, Alfred） 34, 37, 332
グレーズ，アルベール（Gleizes, Albert） 32, 34, 35, 147, 169, 186, 210, 367
クレマンソー（Clemenceau, G.） 159
クレール，ルネ（Clair, René） 224
クロス，シャルル（Cros, Charles） 366
グロッス，オットー（Grosz, Otto） 39, 40
グロッス，ゲオルグ（Grosz, G,） 41, 42, 43, 45, 46
グロッティ，ジャン（Crotti, Jean） 32, 33, 112, 202, 224, 253, 263, 264, 277, 294, 305, 327
クロッティ，シュザンヌ（Crotti, Suzanne） 224, 263
クローデル，ポール（Claudel, Paul） 66, 69, 114, 179, 306, 356
グロービウス（Gropius, W） 44
クロムランク（Crommlynck, F.） 171
ゲオン，アンリ（Ghéon, Henri） 177, 182
ゲーマンス（Gœmans, C.） 54
ケメニー，アルフレッド（Kemeny, Alfred） 334
ケレンスキー（Kerensky, A. F.） 271
ケンプ，ロベール（Kemp, R.） 158
コヴァート，ジョン（Covert, John） 32, 34, 37
コクトー，ジャン（Cocteau, Jean） 29, 69, 70, 77, 78, 80, 104, 105, 106, 107, 110, 126, 127, 134, 157, 162, 168, 170, 171, 172, 174, 185, 201, 202, 206, 208, 212, 213, 248, 250, 257, 277, 278, 282, 305, 318, 324, 327, 330, 340, 343, 344, 345, 356, 364, 376
コクラン（Coquelin, Cadet） 366
コスタン，ジャック（Costin, Jacques） 56
ゴーチエ（Gautier, T.） 392
ゴーチエ，マクシミリアン（Gauthier, Maximilien） 35
コドレアノ，リジカ（Codoréano, Lizica） 347
コーベ，ゲオルク（Kobbe, Georg） 43
ゴメラ・デラ・セルナ，ラモン（Gomez de la Serna, Ramon） 59, 113
ゴリシェフ，イエフィム（Golyscheff, Jefim） 43
コリーヌ，ポール（Colline, Paul） 361
ゴル，イヴァン（Goll, Ivan） 347, 349
コルサ（Corsa, F.） 56
ゴールドシュタイン，シュザンヌ（Goldstein, Suzanne） 337
コルモン（Cormon, F. A.） 203
コレット（Colette, Gabriell Colette dite） 306

ゴンザグ＝フリック，ルイ・ド（Gonzague-Frick, Louis de） 76, 93, 114, 133, 168, 232

サ行

ザイヴェルト，フランク（Seiwert, Frank. W.） 49
サヴィニオ（Savinio, A.） 57
ザッキン（Zadkine, O.） 300
サティ，エリック（Satie, Erik） 22, 78, 80, 103, 104, 151, 157, 162, 171, 172, 176, 205, 213, 277, 300, 304, 310, 311, 346, 363, 364, 376, 392
サド（Sade, Marquis de） 129, 371
ザマコイス，ミゲル（Zamacoïs, Miguel） 363
ザヤス，ジョルジュ・ド（Zayas, Georges de） 111
ザヤス，マリウス・デ（Zayas, Marius de） 32, 125, 212
サルトル，ジャン＝ポール（Sartre, Jean-Paul） 391
サルモン，アンドレ（Salmon, André） 70, 78, 103, 104, 105, 114, 134, 135, 170, 184, 330
サン＝テグジュペリ（Saint-Exupéry, A. de） 388
サンドラルス（Cendrars, B） 78, 90, 91, 103, 104, 114, 134, 168, 193, 323, 328, 330
サン＝ポル・ルー（Saint-Pol Roux） 94, 382
シェイクスピア（Shakespeare, W.） 179
ジェラメック，コレット（Jéramec, C.） 165
シェールバルト，パウル（Scheerbart, Paul） 40
ジェルマン，アンドレ（Germain, André） 80, 205, 298
シェーンベルク（Schœnberg, A.） 151
シーズ，ピエール（Scize, Pierre） 337
ジード，アンドレ（Gide, André） 69, 78, 104, 105, 114, 116, 120, 144, 176, 177, 179, 182, 183, 224, 225, 281, 292, 294, 306, 316, 341, 362, 366, 367, 374
シトロエン，ポール（Citroen, Paul） 55
シーベルフート，ハンス・ハインリヒ（Schiebelhut, Hans Heinrich） 52
ジム，リオ（Jim, Rio） 77
ジャコブ，マックス（Jacob, Max） 70, 71, 74, 75, 80, 91, 103, 104, 105, 125, 126, 134, 169, 170, 202, 205, 282, 285, 323, 330
ジャコメッティ（Giacometti, A.） 28, 92
シャド，クリスチャン（Schad, Christian） 26, 149, 245, 246, 262, 277, 302, 305, 306, 307, 309, 392
シャドゥールヌ（Chadourne, M.） 114, 225
シャトーブリアン（Chateaubriand, F-R de） 120, 386
シャプカ＝ボニエール，ピエール（Chapka-Bonnière, Pierre） 363
シャランソル，ジョルジュ（Charensol, Georges） 154, 369
ジャリ，アルフレッド（Jarry, Alfred） 22, 97, 101, 106, 335
シャルシューヌ，セルジュ（Charchoune, Serge） 43, 157, 169, 202, 236, 252, 272, 273, 300, 327, 376
シャンバーグ，モートン（Schampberg, Morton） 32, 33, 38
シャルパンチエ（Charpentier, C. A.） 358
シュアレス（Suarès, A.） 306
シュヴァルツ（Schwartz） 305
シュヴィッタース，クルト（Schwitters, Kurt） 44, 50, 51, 52, 55, 56, 226, 327
シュテーゲマン，パウル（Steegemann, Paul） 52
シュテルン，アナトール（Stern, Anatol） 57

シュトラム，アウグスト（Stramm, August） 50
シュナル，マルト（Marthe, Chenal） 160, 205, 259, 271
シュペンゲマン，クリストフ（Spengeman, Christoph） 51, 52
シュマールハウゼン，オットー（Schmalhausen, Otto） 43
シュランベルジェ，ジャン（Schlumberger, Jean） 177, 178, 182, 183, 229, 357
シュリヒター，マックス（Schlichter, Max） 43
シュリヒター，ルドルフ（Schlichter, Rudolph） 43
シュルヴァージュ（Survage. L.） 147
ジョイス，ジェームズ（Joyce, James） 326
ジョゼフソン，マシュー（Josephson, Matthew） 37, 294, 310, 327, 332, 333, 334, 338, 339
ジョリボワ（Jolibois） 254, 256
ジョレス（Jaurès, J.） 68
シーラー，チャールズ（Sheeler, Charles） 346
ジロドゥ，ジャン（Girodoux, Jean） 105, 275
シンクレア，アプトン（Sinclair, Upton） 42
スゴンザック（Segonzac） 205
ズダネヴィッチ，イリヤ（Zdanévitch, Ilia） 271, 272, 273, 344, 346, 347 (→イリアッズ)
スタンダール（Stendhal, H. Beyle） 87
スーデー，ポール（Souday, Paul） 306
スティーグリッツ，アルフレッド（Stieglitz, Alfred） 31, 32, 33, 35, 36, 37, 305, 392
ステラ，ジョゼフ（Stella, Joseph） 37, 252
ストラヴィンスキー，イゴール（Stravinski, Igor） 113, 305, 345
ストラゼフスキ，ヘンリック（Strazewsky, Henryk） 57
ストランド，ポール（Strand, Paul） 346
スピール，アンドレ（Spire, André） 105, 114
スーフォール，ミッシェル（Seuphor, Michel） 54
スーリー神父（Soury, Abbé） 361
セヴェリーニ，ジーノ（Severini, Gino） 367
セッケルラーリ，ジョゼフ（Secchellari, Joseph） 365
セネット，マック（Sennette, Mack） 77
セム（Sem, G. Goursat, dit） 367
ゼルナー，ヴァルター（Serner, Walter） 23, 30, 58, 149, 161, 186, 202, 205, 245, 246, 262, 277, 302, 305, 306, 310
セルニッチ，カルチアン（Cernitch, Cartian） 56
ソフィツィ（Soffici, A.） 57
ソーニエ夫人（Saulnier, Mme） 161

タ行

タイヤード，ローラン（Tailhade, Laurent） 366
タウト（Taut, M.） 43
タトリン（Tatlin, V.） 44
ダヌンツィオ，ガブリエーレ（Annunzio, Gabrele d'） 140
ダルマウ，ジョゼ（Dalmau, José） 335
ダレッツォ，マリア（Arezzo, Maria d'） 57
タロー，ジェローム（Tharaud, Jérome） 306
タロー，ジャン（Tharaud, Jean） 306
ダンカン，イサドラ（Duncan, Isadora） 224, 356
ダンカン，レイモンド（Duncan, Raymond） 144, 145, 205, 221, 222, 234, 294
ダンコニェ，レオン（Dancongnée, Léon） 276
チゼンスキ，ティトゥス（Cyzenski, Ti-

tus) 57
チャップリン，チャーリー (Chaplin, Charlie) 77, 140, 282
ツァンク博士，ダニエル(Tzanck, Daniel Dr) 112, 159, 185
ツェトキン，クララ(Zetkin, Clara) 377
ツテルストヴェンス(T'Slerstevens, A.) 357
ディヴォワール，フェルナン (Divoire, Fernand) 357
テイシエ，ヴァランティヌ (Teyssier, Valentine) 133
ディックス，オットー (Dix, Otto) 43
ティボン，ギュスターヴ (Thibon, Gustave) 389
ティモリ，ガブリエル (Timmory, Gabriel) 337
テーゲ，カルル (Teige, Karl) 56
デノスス，ロベール (Desnos, Robert) 157, 165, 166, 259, 318, 320, 321, 322, 323, 335, 338, 339, 340, 345, 346, 376
デスパルベス，アステ (Esparbes, Asté d') 205, 224
デーマン，カルル (Doehmann, Carl) 43
デュアメル，ジョルジュ (Duhamel, Georges) 281, 306
デュアルム，エミール(Duharme, Emile) 140
デュヴァル，アレクサンドル (Duval, Alexandre) 361
デュヴォ，ジョルジュ (Duvau, Georges) 364
デュカス，イジドール(Ducasse, I.) 106, 282 (→ロートレアモン)
デュシャン，シュザンヌ(Duchamp, Susanne) 263, 294, 305 (→クロッティ，シュザンヌ)
デュシャン，マルセル (Duchamp, Marcel) 7, 8, 22, 23, 27, 31, 32, 33, 34, 35, 36, 37, 38, 52, 60, 111, 112, 124, 133, 137, 152, 161, 162, 163, 184, 185, 188, 189, 226, 241, 249, 253, 262, 263, 268, 277, 302, 305, 310, 318, 320, 321, 322, 335, 346, 372, 373, 376, 384, 388, 392, 393
デュシャン＝ヴィヨン夫人 (Duchamp-Villon, Mme R.) 250
デュナン夫人，ルネ (Dunan, Mme Renée) 191, 232, 362
デュパルク (Duparc, H.) 152
デュピュイ，ピエール (Dupuis, Pierre) 54
デュフィ，ラウル (Dufy, Raoul) 324
デュボワ，ジョルジュ (Dubois, Georges) 262
デュルタン，リュック (Durtain, Luc) 105
デランド男爵夫人 (Deslandes, Baronne) 205
デリュック，ルイ (Delluc, Louis) 391
デルピイ (Delpy, M.) 366
デルメ，ポール(Dermée Paul) 29, 57, 71, 73, 74, 75, 93, 110, 111, 114, 123, 125, 126, 134, 138, 142, 145, 147, 152, 177, 185, 186, 187, 191, 192, 201, 214, 217, 241, 277, 280, 294, 305, 323, 330, 372
デルレード，ポール (Déroulède, Paul) 68, 70
テレンチエフ (Terentieff) 271
トイバー，ゾフィ (Taeuber, Sophie) 25, 259, 332
ドアルリー，マックス (Dearly, Max) 361
ドーヴ，アーサー (Dove, Arthur) 32, 37
ドゥヴァル，マルグリット(Deval, Marguerite) 361
ドゥヴァル，ピエール (Deval, Pierre) 232, 236
ドゥースブルグ，テオ・ヴァン (Doesburg, Théo Van) 44, 54, 55, 294, 327, 333, 334
ドゥーセ，ジャック (Doucet, Jacques) 282, 318, 335
ドゥックス，フーゴー(Dux, Hugo) 56

ドストエフスキー (Dostoïevski) 144
ドーデ, レオン (Daudet, Léon) 135
ドニ, モリス (Denis, Maurice) 113
ドーヌー, ベルフェゴール(Daunou, Belphégor) 364
ドビュッシー (Debussy, C.) 70
ドライヤー, キャサリン(Dreier, Katherine) 36, 37, 38, 52
ドリュ・ラ・ロシェル, ピエール(Drieu la Rochelle, Pierre) 73, 113, 133, 157, 164, 165, 205, 232, 234, 236, 244, 276, 330, 376
ドルジュレス, ロラン (Dorgelès, Roland) 303, 306
トーレ, ギレルモ・デ(Torre, Guillermo de) 59, 277
ドレアン (Dréan) 361
トレボール (Trébor) 348
ドレンヌ, シャルル(Derenne, Charles) 364
ドロー, ジャン (Drault, Jean) 362
ドローネー, ソニア (Delaunay, Sonia) 344, 346, 347
ドローネー, ロベール (Delaunay, Robert) 293, 296, 298, 299
ドンゲン, コルネリウス・ヴァン (Dongen, Cornélius Van) 224, 267

ナ行

ナダール, ピエール(Nadar, Pierre) 270
ニーチェ (Nietzche, F.) 123, 124, 194, 195, 326
ヌイ, ルコント・デュ (Nouy, J. Lecomte du) 306
ヌーヴォー, ジェルマン(Nouveau, Germain) 129, 335
ヌージェ (Neugé P.) 54
ヌーユイス, ポール(Neuhuys, Paul) 53
ノアイユ夫人(Noailles, A. de) 68, 189
ノスケ, グスタフ (Noske, Gustav) 41
ノートン, アレン (Norton, Allen) 34
ノートン, ルイーズ(Norton, Louise) 34
ノル, マルセル (Noll, Marcel) 347

ハ行

ハヴィランド, ポール(Haviland, Paul) 32
ハウスマン, ラウル(Hausmann, Raoul) 22, 39, 40, 41, 42, 43, 45, 46, 47, 52, 55, 56, 226, 392
パウンド, エズラ (Pound, Ezra) 79, 186, 278, 305, 326, 327, 376
バクーニン (Bakounine. M.) 24
バザン (Bazin, H.) 361
パスカル, ブレーズ(Pascal, Blaise) 193
バスティア, ジャン(Bastia, Jean) 361
バーダー, ヨハンネス (Baader, Johannes) 42, 45, 46, 56, 306
バタイユ (Bataille, H.) 306
パッチ, ウォルター(Pach, Walter) 32, 34
ハートフィールド (Heartfield, J.) 41, 42, 45, 46
パトラスク, ミリタ (Patrascu, Milita) 56
バトーリ夫人 (Bathori, Mme J.) 78
バーネー夫人 (Barney, Mrs.) 97
ババンスキ (Babinski, J.) 316
パピーニ (Papini, G.) 57
ハムスン, クヌート (Hamsun, Knut) 117
バル, フーゴー(Ball, Hugo) 22, 23, 24, 25, 26, 28, 29, 40, 59, 97, 246, 308
バールゲルト, ヨハンネス・テオドール (Baargeld, Johannes Theodor) 48, 49, 50, 225, 252, 262
バルッツィ兄弟 (Baruzzi, Frères) 111
バルトーク, ベラ (Bartok, Bela) 356
パルナック, ヴァランタン(Parnak, Valentin) 255, 272
バルビュス, アンリ (Barbusse, Henri) 23, 144, 303, 306
バルラ (Balla, G.) 7
バレス, モーリス (Barrès, Maurice)

68, 228～240, 306, 361
バロン，ジャック(Baron, Jacques) 157, 165, 166, 298, 317, 318, 321, 323, 324, 327, 335, 340, 344, 345, 376
パンセルス，クレマン (Pansaers, Clément) 53, 54, 161, 174, 201, 202, 205, 247, 276, 277, 305, 327, 376
バンド＝ビラール，ルサオクデル・デル (Vando-Villar, Lsaocdel del) 59
ボンヌフォン，ジャン・ド(Bonnefon, J. de) 165
ビイ，アンドレ (Billy, André) 111
ピオック，ジョルジュ(Pioch, Georges) 145
ピカドレフ，エルコール (Picadoreff, Ercole) 364
ピカソ，パヴロ (Picasso, Pavro) 57, 71, 162, 185, 205, 248, 282, 305, 311, 318, 335, 345, 356
ビーチ，シルヴィア(Beach, Sylvia) 326
ビドゥ，アンリ (Bidou, Henri) 369
ビネ＝ヴァルメール (Binet-Valmer, J.) 307
ヒープ，ジェーン(Heap, Jane) 37, 326, 327
ピュー，レオナール (Pieux, L.) 74, 75, 126 (→エッティンゲン男爵夫人)
ビュシェ，ギュスターヴ (Buchet, Gustave) 149
ビュッフェ，ガブリエル (Buffet, Gabrielle) 32, 97, 194, 219, 244, 277, 305
ビュッフェ，マルグリット (Buffet, Marguerite) 151, 158, 202, 205, 232, 272, 305
ビューテンホルツ，ヴィクトール (Bieutenholz, Victor) 54
ヒュルゼンベック，リヒャルト(Huelsenbeck, Richard) 23, 24, 29, 39, 40, 41, 44, 46, 52, 55, 56, 246, 262, 302, 305, 306, 307, 308, 318, 376
ピルスズキ (Pilsudski) 182
ファイ，ベルナール(Faÿ, Bernard) 113, 114, 205
ファギュ(Fagus, F.) 266
ファクツ，アルフレート (Factz) 30
ファルグ，レオン＝ポール(Fargue, Léon-Paul) 78, 103, 104, 109, 205
フィオッツィ，アルド (Fiozzi, Aldo) 58, 200, 252
フィック，ヴィルヘルム(Fick, Wilhelm) 49
フィッシャー，メルヒオール (Vischer, Melchior) 51, 56
フイヤード，ルイ(Feuillade, Louis) 77
プーエ，ジャン(Poueigh, Jean) 162
フェアバンクス，ダグラス (Fairbanks, Douglas) 77
フェーヴル，アベル(Faivre, Abel) 367
フェルス，フロラン(Fels, Florent) 135, 280, 294
フォーク子爵 (Faulques, Vicomte de) 185
フォラン (Forain, J.-L.) 129
フォック (Foch, F.) 152 244
フォール，ポール(Fort, Paul) 66, 69, 78
フォルゴーレ，ルキアノ(Folgore, Luciano) 57
フォレ，ルイ (Forest, Louis) 365
フーキエール，アンドレ・ド (Fouquières, André de) 361
ブーシエ，エマニュエル(Boucier, Emmanuel) 262
ブショール，モリス(Bouchor, Maurice) 152
ブッツィ (Buzzi, P.) 57
ブノワ15世 (Benoit XV) 159
ブノワ，ピエール(Benoit, Pierre) 114, 303, 306
プフェムフェルト(Phemfert, F.) 39
プライス，ゲルハルト(Preiss, Gerhard) 40, 43
フライターク＝ローリンゴーヴェン，エルザ・フォン (Freytag-Loringhoven,

Elsa von) 237
ブラウナー，ヴィクトール (Brauner, Victor) 56
ブラウン，スレイター (Brown, Slater) 294
ブラオンシュタイン (Braunstein) 362
フラーケ，オットー(Flake, Otto) 30, 43
フラション男爵夫人(Frachon, Baronne) 224
フラテルリーニ兄弟 (Fratellini, frères) 171
ブラック (Braque, G.) 311
プラトン (Platon) 162
プーランク，フランシス(Poulenc, Francis) 206
ブランクーシ (Brancusi, C.) 305
フランケル，テオドール(Frankel, Théodore) 61, 65, 80, 92, 145, 177, 219, 232, 233, 236, 244, 252, 260, 268, 272, 282, 297, 299, 300, 310, 311, 372, 376, 378, 387
フランシス，エヴ(Francis, Eve) 133
ブーランジェ (Boulenger) 306
ブランシュ，ジャック＝エミール(Blanche, Jacques-Emile) 164, 180, 313, 355, 369
フランス，アナトール(France, Anatole) 68, 267
フランツ＝ジュールダン (Frantz-Jourdain) 113, 264
プランポリーニ，エンリコ (Prampolini, Enrico) 57, 200
ブリッセ (Brisset, P.) 22
フリードレンダー (Friedländer, S. (Mynona)) 42
フリント，レスリー(Flint, Leslie) 364
ブルジェ，ポール(Bourget, Paul) 68, 306
プルースト，マルセル(Proust, Marcel) 105, 114, 306
ブルヒャルト博士，オットー(Burchard, Otto Dr) 46, 334
フルレ，フェルナン(Fleuret, Fernand) 93
フーレ，モーリス(Fouret, Maurice) 336
フレブニコフ (Khlebnikov, V.) 271
ブレゾ，ジョルジュ (Blaizot, Georges) 121
フロイト (Freud, S.) 119, 261, 316, 326
フロインリッヒ，オットー (Freunlich, Otto) 49
プロコフィエフ (Prokofiev, S.) 356
プロッケ，ポール(Proquet, Paul) 54
フロベール (Flaubert, G.) 167
ブロリオ (Broglio, M.) 57
ブロワ (Bloy, L.) 23
フロンデ，ピエール (Frondaie, Pierre) 336
フンドイアーヌ (Fundoianu, B.) 56
ペイペル，タデウス (Peipper, Thadeus) 57
ペヴスナー (Pevsner, A.) 44
ペギー，シャルル(Péguy, Charles) 68
ベケット，サミュエル(Beckett, Samuel) 152, 391
ヘーゲル (Hegel, F.) 365
ベスナー，カルル (Boesner, Carl) 43
ペタン (Pétain, P.) 159
ヘーヒ，ハンナ (Höch, Hannah) 43, 392
ベリション，パテルヌ(Berrichon, Paterne) 106
ベリング (Belling) 43
ベルクソン，アンリ (Bergson, Henri) 140, 326
ベルタン，エミール(Bertin, Emile) 336
ベルタン，ピエール(Bertin, Pierre) 80, 93, 133, 205, 346 348
ヘルツォグ (Herzog) 43
ヘルツフェルデ，ヴィーラント (Helzfelde, Wieland) 41, 42, 45
ヘルツフェルデ，ヨハンネス(Helzfelde, Johannes) 41, 42
ベルティーニ，フランチェスカ(Bertini,

Francesca) 150
ベルトン，ジェルメーヌ (Berton, Germaine) 341
ベルナール，サラ (Bernhardt, Sarah) 311
ベルネ (Börne, L.) 119
ヘルビッヒ (Helbig, W.) 28
ヘルレ，アンジェリカ (Hörle, Angelica) 49
ヘルレ，ハインリヒ (Hörle, Heinrich) 49
ペレ，バンジャマン (Péret, Benjamin) 157, 165, 166, 169, 170, 219, 223, 225, 232, 233, 234, 236, 244, 251, 252, 255, 285, 286, 310, 318, 319, 327, 335, 345, 346, 376
ペレ，ポール (Perret, Paul) 144, 340
ペレス＝ホルバ (Perez-Jorba, J.) 58
ベーレンス＝ハンゲラー，ヘルベルト (Behrens-Hangeler, Herbert) 54
ベロー，レオン (Béraud, Léon) 264
ベン，ゴットフリート (Benn, Gottfried) 50
ポー (Poe, E. A.) 339
ホイットマン (Whitemann, W.) 339
ホイバーガー，ユリウス (Heuberger, Julius) 128, 389
ポヴォロズキー，ジャック (Povolozky, Jacques) 205, 208, 209
ボッチオーニ (Boccioni, U.) 212
ボーデュワン，ニコラ (Beauduin, Nicolas) 280
ボトレル (Botrel, T.) 361
ボードレール (Beaudelaire, C.) 17, 141, 167, 364
ボノ (Bonnot) 244
ボノー，ドミニク (Bonnaud, Dominique) 361
ボーマン (Baumann, F.) 28
ボーモン伯爵，エチエンヌ (Beaumont, E. Comte de) 205, 350
ポーラン，ジャン (Paulhan, Jean) 75, 104, 107, 114, 116, 284, 293, 298, 301, 302, 309, 323
ポリニャック (Polignac, Princesse de) 162
ポリヤンスキ，ヴァレリー (Poljanski, Valerij) 55
ポリヤンスキ，ヴィルジル (Poljanski, Virgil) 55
ポルティ，ジョルジュ (Polti, Georges) 362
ポルデレ，レオ (Poldès, Léo) 143, 144
ボルドー，アンリ (Bordeaux. Henry) 361, 364
ボルヘス，ホルヘ＝ルイス (Borges, Jorge-Luis) 59
ボルラン，ジャン (Borlin, Jean) 257
ポレル，ジャック (Porel, Jacques) 224
ホワイト，パール (White, Pearl) 77, 283
ポワレ，ポール (Poiret, Paul) 336
ボーンセット (Bonset, I. K.) 54

マ行

マイヤー (Mayer) 43
マグリット，ルネ (Magritte, René) 54
マシーヌ (Massine, L.) 162
マッコルラン，ピエール (MacOrlan, Pierre) 323, 325
マッソ，ピエール・ド (Massot, Pierre de) 54, 157, 163, 167, 168, 171, 277, 278, 294, 299, 303, 305, 311, 318 327, 329, 330, 345, 346, 376
マッソン (Masson, A.) 38
マヤコフスキー (Maiakowski, V.) 57, 271
マラルメ (Mallarmé, S.) 81, 82, 94, 120, 121, 122, 168, 188, 189, 374, 382, 390
マリタン，ジャック (Maritain, Jacques) 168
マリネッティ (Marinetti, F. T.) 27, 56, 57, 72, 129, 171, 179, 210, 211, 212, 249, 250, 291, 294, 311, 338, 356

マルクス，クロード＝アンリ（Marx, Claude-Henri） 145
マルグリット，ヴィクトール（Marguerite, Victor） 68
マルタン・デュ・ガール，ロジェ（Martin du Gard, R.） 224
マルロー，アンドレ（Malraux, André） 294, 325
マレヴィッチ（Malévitch, C.） 44
マレルブ（Malherbe, F. de） 384
マン・レイ（Man Ray） 32, 33, 35, 36, 37, 161, 163, 251, 252, 253, 268, 269, 270, 272, 300, 315, 317, 327, 332, 335, 373, 376, 381, 386, 391, 392
ミシェル，アルバン（Michel, Albin） 204
ミショー，アンリ（Michaux, Henri） 54, 214
ミスタンゲット（Mistinguett） 168, 244
ミツィッチ，リュボミール（Mitsitch, Ljoubomir） 55
ミックス，トム（Mix, Tom） 77
ミュジドラ（Musidora） 77
ミュッセ，アルフレッド・ド（Musset, A. de） 244
ミュラ公爵，ジョアシャム（Murat, Joachim） 224
ミュラ公爵夫人（Murat, Princesse） 205
ミルカ（Mirka） 361
ミロ（Miró, J.） 38
ミヨー，ダリウス（Milhaud, Darius） 106, 114, 345
ムートン，ウージェーヌ（Mouton, Eugène） 367
ムロ・デュ・ディ（Melot du Dy） 362
メイエール，マルセル（Meyer, Marcelle） 346
メイヤー，アルフレート・リヒャルト（Meyer, Alfred Richard） 43
メザンス（Mesens, E. L. T.） 54, 321
メゾン，ピエール（Maison, Pierre） 282
メッジェス（Medgès） 300
メッツァンジェ，ジャン（Metzinger, Jean） 300, 367
メーテルリンク（Maeterlinck, M.） 66, 70
メリアーノ（Mériano, F.） 57
メリル，スチュアート（Merill, Stuart） 94
メーリング，ヴァルター（Mehring, Walter） 43, 45, 252
メルツァー（Melzer） 43
モスカデルリ，ニコラ（Moscardelli, Nicola） 57
モディリアーニ（Modigliani, A.） 70
モニエ，アドリエンヌ（Monnier, Adrienne） 75, 78, 81, 82, 91, 104, 127, 155
モホリ＝ナギー（Moholy-Nagy） 44, 334
モーラス（Maurras, C.） 361
モラン，ポール（Morand, Paul） 105, 109, 113, 172, 324, 327, 330, 340, 343
モリエール（Molière） 244
モリーズ，マックス（Morise, Max） 165, 166, 294, 298, 318, 319, 323, 340, 347, 376
モルゲンシュテルン，クリスチャン（Morgenstern, Christian） 40
モルザーン（Molzahn, I.） 51
モルチエ，ロベール（Mortier, Robert） 294, 300
モレ，ジャン（Mollet, Jean） 250
モレアス，ジャン（Moréas, Jean） 366
モンドリアン（Mondorien, P.） 52

ヤ行

ヤンコ，マルセル（Janco, Marcel） 23, 25, 28, 30, 40, 56, 57, 127, 249
ユゴー，ヴァランチーヌ（Hugo, Valentine） 205
ユゴー，ヴィクトル（Hugo, Victor） 189, 244
ユゴー，ジャン（Hugo, Jean） 205, 257
ユサール（Hussar, J.） 219
ユストマン，アリ（Justman, Ary） 73

ユニェ (Hugnet, G.) 222, 315, 352
ユング, フランツ (Jung, Franz) 39, 40, 41, 42, 45
ヨーステンス, ポール (Joostens, Paul) 54
ヨルク夫人 (York Mme) 78

ラ行

ラヴァル, マルセル (Raval, Marcel) 350
ラヴェル (Ravel, M.) 172
ラウシェンバーグ (Rauschenberg, R.) 392
ラギュ, イレーヌ (Lagut, Irène) 257
ラシルド夫人 (Rachilde, Mme A. Valette) 158, 159, 171, 232, 234, 306, 357, 358
ラスケル＝シェーラー, エルゼ (Lasker-Schüler, Else) 42
ラッソ・デ・ラ・ベーガ, ラファエル (Lasso de la Vega, Rafael) 59
ラディゲ, レーモン (Radiguet, Raymond) 73, 106, 107, 113, 114, 123, 126, 133, 135, 172
ラフォルグ (Laforgue, J.) 22, 24, 88, 168
ラ・フレネ (La Fresnaye, R. de) 172
ラマルチーヌ (Lamartine, A.) 129
ラミューズ (Ramuz, C. F.) 105
ラヨス, カサーク (Lajos, Kassak) 56
ララ夫人 (Lara, Mme) 171, 212
ラリオーノフ (Larionov, M.) 271
ラルボー, ヴァレリー (Larbaud, Valery) 91, 105, 113, 179, 335
ランソン, ギュスターヴ (Lanson, Gustave) 369
ランドリュ (Landru) 170, 244
ランブール, ジョルジュ (Limbour, Georges) 165, 166, 323, 325, 327, 347, 376
ランボー (Rimbaud, A.) 17, 23, 82, 86, 91, 97, 101, 106, 118, 120, 123, 129, 165, 178, 179, 193, 234, 282, 283, 321
リヴィエール, ジャック (Rivière Jacques) 115, 177, 178, 179, 180, 181, 182, 183, 199, 229, 287, 301, 340, 343, 367
リゴー, ジャック (Rigaut, Jacques) 85, 163, 223, 225, 232, 235, 236, 251, 252, 268, 276, 280, 297, 298, 300, 303, 305, 311, 317, 327, 330, 376
リシェ, シャルル (Richet, Charles) 319
リシツキー, エリザー (Lissitsky, E.) 44, 52, 334
リシュパン, ジャン (Richepin, Jean) 68
リチャードソン, ジョン (Richardson, John) 85
リノシエ, レイモンド (Linossier. Raymonde) 78, 103, 104, 106
リヒター, ハンス (Richter, Hans) 28, 43, 54, 334, 346, 391, 392
リプシッツ, ジャック (Lipschitz, Jacques) 134, 311
リープクネヒト, カルル (Liebknecht, Karl) 44
リュニエ＝ポー, オーレリアン・マリー (Lugné-Poe, Aurélien-Marie) 150, 153, 157, 212
リュベック, マチアス (Lübeck, Mathias) 364
ルイス, ピエール (Louys, Pierre) 366
ルヴェルディ, ピエール (Reverdy, Pierre) 27, 29, 59, 71, 74, 75, 76, 78, 80, 82, 89, 91, 95, 97, 101, 103, 104, 114, 118, 124, 125, 126, 132, 133, 134, 177, 202, 285, 298, 318, 330, 335, 355, 372, 374
ルガル, アラン (Legall, Allan) 364
ルクセンブルグ, ローザ (Luxemburg, Rosa) 44
ルコント (Lecompte, M.) 54
ルージェ, ギュスターヴ (Rouger, Gustave) 114
ルジューヌ (Lejeune) 78
ルーセル, レーモン (Roussel, Raymond) 22, 109, 162, 336, 337, 338
ルソー, アンリ (Rousseau, Henri) 113

ルーチン，ハニア（Routchine, Hania） 152
ルッソロ（Russolo, L.） 257, 356
ルナン（Renan, E.） 152, 230
ルネトゥール，ジャン＝ミッシェル（Renaitour, Jean-Michel） 145
ルフェーヴル，フレデリック（Lefèvre, Frédéric） 168
ル・フォコニエ（Le Fauconnier） 169
ルノルマン（Lenormand, H.-R.） 368
ルフラン，ジャン（Lefranc, Jean） 367
ルロワ博士，ラウル（Leroy, Raoul, D[r]） 97
レイナル，モリス（Raynal, Maurice） 105, 113, 189
レイモン，カルロス（Reymond, Carlos） 209
レオン，ポール（Léon, P.） 264
レオン＝ミッシェル（Léon-Michel） 361
レジェ，サン＝レジェ（Léger, S.-L.） 105
レジェ，フェルナン（Léger, Fernand） 134, 293, 296
レース，オットー・ファン（Rees, Otto Van） 43
レーダーシャイト，アントン（Räderscheit, Anton） 49
レニエ，アンリ・ド（Régnier, H. de） 306
ローエ，ミース・ファン・デル（Rohe, M. Van der） 44
ローザンベール，レオンス（Rosenberg, Léonce） 103, 107
ロスタン，エドモン（Rostand, Edmond） 68
ロチ，ジャスミーヌ（Loty, Jasmine） 205
ロチ，モー（Loty, Maud） 205
ロッシェ，アンリ＝ピエール（Roché, Henri-Pierre） 32, 34
ロッシュ，ジュリエット（Roche, Juliette） 32
ロート，アンドレ（Lhote, André） 154
ロートレアモン（Lautréamont, Comte de） 17, 22, 97, 101, 102, 113, 118, 120, 123, 124, 129, 179, 234, 235
ローブ，ハロルド・A（Loeb, Harold A.） 332
ローランス（Laurens, J.-P.） 311
ロマン，ジュール（Romains, Jules） 105, 327
ロモフ，セルジュ（Romoff, Serge） 235, 344
ロラン，ロマン（Rolland, Romain） 67, 68, 78
ローランサン，マリー（Laurencin, Marie） 35, 97, 169, 205
ロワイエール，ジャン（Royère, Jean） 94, 103, 105

ワ行

ワイルド，オスカー（Wilde, Oscar） 114, 194

書　誌

原著者ノート

書誌は本書の本文中で明白に引用されたもののタイトル一覧リストに縮めることにした．さまざまな国で展開されたダダ運動の全体にもとづく総合書誌の試みは，幾千ものタイトルを数えて優に一冊の書物を必要とし，これはのちの機会に出版するつもりである．

訳者ノート

1.　書誌は上記に述べられている原著の書誌を再録した上で，次のものを補足することとした．

(A)　原著書誌に掲げられているもので，原著書の刊行(1965年）ののちに，新版，再版等の形で再刊されたもの．

(B)　原著書誌に掲げられているもので，邦訳が出版されているもの．

(C)　原著書の刊行後にフランスその他の外国で出版されたダダに関する主な著作（単行本），およびその邦訳のあるもの，また，この邦訳以外に，日本で刊行されたダダ関係の著作（単行本）．

2.　上記の各グループについては，(A)，(B)は原著書誌の中に＊印をつけて組み入れ，(C)——邦訳は同様に＊印——は原著書誌の後にまとめて掲出することとした．

3.　原著書誌の整理番号は当著作の中で引用されている文献の書誌番号（B——で表わされている）である．なお，原著書誌に付されているものの中で，その文献の版の大きさ，総ページ数等の細部の記載は割愛した．また，出版地名なき場合はパリである．

4.　原著者サヌイエ教授がノートの中で述べている膨大なダダ・シュルレアリスム関係の総合書誌は現在その作成が進行中のことであり，早期の刊行が期待されるところである．

I　著作および雑誌等論文

（著者アルファベット順）

1. Alquié (Ferdinand). *Philosophie du Surréalisme.* Flammarion, 1956.
 * ——*Philosophie du Surréalisme.* Flammarion, coll. 《Champ philosophique》 (Livre de Poche), 1977.
 * フェルディナン・アルキエ『シュルレアリスムの哲学』，巖谷國士・内田洋訳，河出書房新社，1975.
2. Anon. 〔Richardson (John)〕. *The Dada Movement* (in : *The Times Literary Supplement*, n° 2699, 52e année, Londres, 23 octobre 1953, pp. 669～671).
3. Apollinaire (Guillaume). *Œuvres poétiques.* N. R. F., 《Bibliothèque de la Pléiade》, 1956.
 * ——*Œuvres poétiques complètes.* Nouv. Ed. N. R. F., 《Bibliothèque de la Pléiade》, 1971.
 * ——*Alcool*, suivi de *Le Bestiaire* et de *Vitam impendere amori.* Gallimard, coll. 《Poésie》.
 * ——*Calligrammes.* Gallimard, coll. 《Poésie》.
 * ——*Poèmes à Lou*, précedé de *Il y a.* Gallimard, coll. 《Poésie》.
 * ——*Le Guetteur mélancolique*, suivi de *Poèmes retrouvés.* Gallimard, coll. 《Poésie》.
 * ——*L'Enchanteur pourrissant*, suivi de *Les Mamelles de Tirésias* et de *Couleur du temps.* Gallimard, coll. 《Poésie》.
 * ギヨーム・アポリネール『アポリネール全集』. 鈴木信太郎・渡辺一民編，紀伊国屋書店，1964.
 * ——『アルコール』. 滝田文彦訳，平凡社（世界名詩集19）.
 * ——『ティレシアスの乳房』. 安堂信也訳，白水社（現代世界演劇１），1970.
 * ——『アポリネール全集』第１巻〔詩〕. 堀口，窪田，飯島，入沢他訳，青土社，1979.
 * アポリネール詩集その他数点邦訳あり.
4. ——*Lettres à André Breton*, présentées par Marguerite Bonnet. (In : *Revue des Lettres Modernes*, n° 104-107. 1964, pp. 13～37).
5. Aragon (Louis). *Feu de joie.* Au Sans Pareil, coll. de *Littérature*, 1919.
 * ——*Le Mouvement perpétuel*, précédé de *Feu de joie* et suivi de *Ecritures automatiques.* Gallimard, coll. 《Poésie》.

＊——B. 9 ＊再版参照.

＊アラゴン選集第1巻.『祝祭の火』,『永久運動』,『大はしゃぎ』,『エルザの眼』等, 大島博光, 服部伸六, 嶋岡晨訳, 飯塚書店, 1978.

6. ——*Anicet ou le Panorama*. N. R. F., 1921.

＊Œuvres romanesques croisées d'Elsa Triolet et d'Aragon. tome II, *Anicet ou le panorama, Le libertinage...*, Robert Laffont, 1964.

＊——*Anicet ou le Panorama roman*. Gallimard, coll. 《Folio》.

＊ルイ・アラゴン『アニセまたはパノラマ』. 小島輝正訳, 白水社, 1975.

7. ——*Manifestation de la rue de Puteaux*. (In : *Les Ecrits nouveaux*, B. 230, janvier 1921, pp. 61～64).

8. ——*Projet d'histoire littéraire contemporaine*. (In : *Littérature* II, n° 4, septembre 1922, pp.3～6). 〔Reprod. in : *Dada Painters and Poets*, B. 129, pp. 230～231〕.

9. ——*Les Aventures de Télémaque*. N. R. F., coll. 《Une Œuvre, un portrait》, 1922.

＊——*Feu de joie, Les Aventures de Télémaque*. L. Aragon, *L'Œuvre poétique*, tome I, Livre Club Diderot, 1974.

10. ——*Paris la nuit*. Les plaisirs de la capitale. Berlin, Louis Aragon, 1923.

＊後に B. 11 に収録.

11. ——*Le Libertinage*. N. R. F., 1924.

＊B. 6 ＊再版参照

＊——*Le Libertinage*. Gallimard, coll. 《L'Imaginaire》. 1977.

12. ——*Une Vague de rêves*. s. n. e. 〔1924〕.

＊——*L'Œuvre poétique*, tome II, Livre Club Diderot, 1974, 所収.

＊アラゴン『夢の大波』. 小島輝正訳, ユリイカ, 1976 年臨時増刊 (シュルレアリスム特集) 所収.

＊アラゴン『イレーヌのコン, 夢の波』. 江原順訳, 現代思潮社, 1977.

13. ——*Le Paysan de Paris*. N. R. F., 1926, 1961. 〔Extraits parus in : *La Revue Européenne* des juin, juillet, août, septembre 1924〕.

＊——*L'Œuvre poétique*. tome III, Livre Club Diderot, 1974, 所収.

＊——*Le Paysan de Paris*. Gallimard, coll. 《Folio》.

＊——ルイ・アラゴン『パリの神話』. 佐藤朔訳, 河出書房新社 (グリーン版世界文学全集), 1962.

14. ——*Les Beautés de la guerre*. (In : *Europe*, décembre 1935, pp, 474 et sqq).

15. ——*Aurélien*. N. R. F., 1944.

＊——*Aurélien*. Gallimard, coll. 《Folio》.

＊Œuvres romanesques croisées d'Elsa Triolet et d'Aragon, tome XIX, XX, *Aurélien*. Robert Laffont.

＊ルイ・アラゴン『オーレリアン』上・下. 生島遼一訳, 新潮社（世界文学全集), 1954.

16. ――*Entretiens avec Francis Crémieux.* N. R. F., 1964.

17. ――〔*Recueil de manuscrits autographes offert par Aragon à André Breton.* In : cat. Gaffé, B. 261, n° 15〕.

18. Arnauld (Céline). *Tournevire.* Roman. Ed. de *L'Esprit nouveau,* 1919.

19. ――*Poèmes à claires-voies.* coll. litt. de *L'Esprit nouveau,* 1920.

20. ――*Point de mire.* Povolozky, coll. 《Z》, 1921.

21. ――*Guêpier de diamants.* Poèmes. Anvers, Ed. Ça ira, 1923.

22. ――*Anthologie Céline Arnauld.* Morceaux choisis de 1919 à 1935. Les Cahiers du *Journal des Poètes,* n° 3, février 1936.

23. Balakian (Anna). *Literary Origins of Surrealism* : a new mysticism in French poetry. New York, King's Crown Press, 1947.

＊――*Literary Origins of Surrealism.* New York University Press, 1966. New Edition.

24. Ball (Hugo). *Die Flucht aus der Zeit.* I. München-Leipzig, Duncker & Humblot, 1927. II. Lucerne, Josef Stocker, 1946.

＊――*Die Kulisse Das Wort und das Bild.* Benziger Verlag, Zürich Köln, 1971.

＊フーゴー・バル『時代からの逃走――ダダ創立者の日記』. 土肥美夫・近藤公一訳, みすず書房, 1975.

25. Baron (Jacques). *L'Allure poétique.* N. R. F., 1924.

26. Bédouin (Jean-Louis). *André Breton.* Seghers, coll. 《Poètes d'Aujourd'hui》. 1950.（数版あり).

＊ジャン＝ルイ・ベドワン『アンドレ・ブルトン』. 稲田三吉・笹本孝訳, 思潮社.

27. ――*Benjamin Péret.* Seghers, coll. 《Poètes d'Aujourd'hui》. 1961.（数版あり).

28. Béhar (Henri). *La Gloire théâtrale de Raymond Roussel.*

＊――Etudes sur le théâtre dada et surréaliste. Gallimard, 1967, 所収, 邦訳アンリ・ベアール『ダダ・シュルレアリスム演劇史』安堂信也訳, 竹内書店新社, 1972.

29. ――*Roger Vitrac.* Thèse pour le Doctorat du 3e Cycle devant être présentée à la Faculté des Lettres de Paris, 1965.〔Dactylog.〕.

＊――*Roger Vitrac.* Nizet, 1966.

30. Berger (Pierre). *Robert Desnos.* Seghers, coll. 《Poètes d'Aujourd'hui》. 1949.（数版あり).

31. Bonnet (Marguerite). *A propos de 《Cortège》: Apollinaire et Picabia.* (In : *La Revue des Lettres Modernes,* nos 85–89, automne 1963, pp. 62～

75).

32. ——*Aux sources du Surréalisme: place d'Apollinaire.* (In: *Revue des Lettres modernes*, nos 104-107, 1964, pp. 38〜74).

33. Breton (André). *Mont de Piété*, 1913〜1919. Au Sans Pareil, 1919.

＊B. 40＊再版参照.

＊ブルトン『慈悲の山』. 入沢康夫訳, アンドレ・ブルトン集成第3巻所収, 人文書院, 1970.

34. ——*Vous m'oublierez.* Sketch par André Breton et Philippe Soupault. I. (in: *Cannibale*, no 1, avril 1920, pp.3〜4). II. (in: *Littérature* II, no 4, september 1922, pp. 25〜32).

＊B. 35＊再版参照.

＊ブルトン・スーポー『私なんか忘れますよ』. 豊崎光一訳, アンドレ・ブルトン集成第3巻所収, 人文書院, 1970.

35. ——*Les Champs magnétiques.* I. (extraits in: *Littérature*, nos 8, 9 et 10, oct., novembre et décembre 1919). II. Au Sans Pareil, 1920.

＊A. Breton et Ph. Soupault. *Les Champs magnétiques*, suivi de *S'il vous plaît* et de *Vous m'oublierez.* Gallimard, coll. 《Poésie》.

＊ブルトン・スーポー『磁場』. 阿部良雄訳, アンドレ・ブルトン集成第3巻所収, 人文書院. 1970.

36. ——*Pour Dada.* (In: *N. R. F.*, no 83, août 1920, pp. 208〜215). (→B. 42 所収).

37. ——*S'il vous plaît.* Pièce en trois actes. (In: *Littérature* I, no16, septembre-octobre 1920, pp. 10〜32).

＊B. 35＊再版参照.

＊ブルトン・スーポー『すみませんが』. 豊崎光一訳, アンドレ・ブルトン集成第3巻所収, 人文書院, 1970.

38. ——*Caractères de l'évolution moderne et ce qui en participe.* (In: *Les Pas perdus*, B.42, pp. 181〜212). 〔Conférence prononcée lors de l'exp. Picabia à l'*Ateneo* de Barcelone, le 17 novembre 1922〕. (→B. 42 所収).

39. ——*Préface.* (In: cat. Exposition Francis Picabia, B. 297, Barcelone, 18 novembre〜8 décembre 1922, pp. 9〜20). (→B. 42 所収).

40. ——*Clair de terre.* 〔coll. de *Littérature*, 1923〕.

＊——*Clair de terre*, précédé de *Mont de Piété*, suivi de *Le Revolver à cheveux blancs* et de *L'Air de l'eau.* Gallimard, coll. 《Poésie》.

＊ブルトン『地の光』, 入沢康夫訳, アンドレ・ブルトン集成第3巻所収, 人文書院, 1970.

41. ——*Manifeste du Surréalisme. Poisson soluble.* I. Sagittaire, 〔1924〕. 〔Plusieurs rééditions〕.

＊——*Les Manifestes du surréalisme.* (*Manifeste du surréalisme, Poisson*

soluble, Second Manifeste du surréalisme, Prolégomènes à un troisième Manifeste du surréalisme ou non, Du surréalisme en ses œuvres vives ...etc). J. J. Pauvert, 1962.

* ——*Manifestes du surréalisme* (*Manifeste du surréalisme, Second Manifeste du surréalisme, Prolégomènes à un troisième manifeste du surréalisme ou non, Du surréalisme en ses œuvres vives* etc.). Gallimard, coll. 《Idées》.

* アンドレ・ブルトン『シュルレアリスム宣言集』, 生田耕作訳, アンドレ・ブルトン集成第5巻所収, 人文書院, 1970.

* ——『シュルレアリスム宣言』. 巖谷國士訳, 学芸書林, 1974.

* ——『シュルレアリスム宣言集』. 森本和夫訳, 現代思潮社, 1975.

* ——『溶ける魚』. 大岡信訳, アンドレ・ブルトン集成第3巻所収, 人文書院, 1970.

42. ——*Les Pas perdus*. I. N. R. F., coll. 《Les Documents bleus》, 1924. 〔Plusieurs rééditions〕.

* ——*Les Pas perdus*. Gallimard, coll. 《Idées》.

* ブルトン『失われた足跡』. 巖谷國士訳, アンドレ・ブルトン集成第6巻所収, 人文書院, 1974. 上記 B. 36「ダダのために」, B. 38「近代の発展とそれを分つ者の性格」, B. 39「フランシス・ピカビア」所収.

43. ——*Nadja*. I. N. R. F., 1928. 〔Plusieurs rééditions〕.

* ——*Nadja*. (Edition entièrement revue par l'auteur). Gallimard, coll. 《Folio》.

* ブルトン『ナジャ』. 巖谷國士訳, アンドレ・ブルトン集成第1巻所収, 人文書院, 1970.

* ——『ナジャ』. 稲田三吉訳, 講談社 (世界文学全集78).

* ——『ナジャ』. 清水徹訳, 中央公論社 (新集世界の文学34).

* ——『ナジャ』. 栗田勇・峰尾雅彦訳, 現代思潮社, 1976.

* ——『ナジャ』. 巖谷國士訳, 白水社, 1976.

44. ——*Les Manifestes du Surréalisme*, suivis de *Prolégomènes à un troisième manifeste du Surréalisme ou non*. I. Sagittaire, 1946.

45. ——II. 〔Suivis de〕 *Du Surréalisme en ses œuvres vives* et d'*Ephémérides surréalistes*. Sagittaire, 1955.

* 上記二つの再版邦訳については B. 41 * 参照.

46. ——*Entretiens 1913〜1952* avec André Parinaud et Dominique Arban, J.-L. Bédouin, R. Bélance, C. Chonez, P. Demarne, J. Duché, F. Dumont, C. H. Ford, A. Patri, J.-M. Valverde. N. R. F., 《*Le Point du jour*》, 1952.

* ——*Entretiens 1913〜1952*. Gallimard, coll. 《Idées》.

* ブルトン『シュルレアリスム運動の歴史』. 大槻鉄男訳, 昭森社. (パリノーと

の対話のみ邦訳).

47. Buffet-Picabia (Gabrielle). *Aires abstraites.* Genève, P. Cailler, 1957.

48. Charchoune (Serge). *Foule immobile.* Poèmes I. Repr. du ms. à 25 ex. s. n. e. 1921. II. [Impr.] s. n. e. [1921]

49. ——*Dadaïsme.* Compilation. [En langue russe]. Europa Homéopathe, s. d. [1923].

50. Cliquennois (Henry). *Les Poèmes pour Suzy.* Ed des *Jeunes Lettres*, 1918.

51. Cocteau (Jean). *Le Cap de Bonne-Espérance.* Poèmes. La Sirène, 1919.

*——*Le Cap de Bonne-Espérance*, suivi de *Discours du Grand Sommeil.* Gallimard, coll. 《Poésie》.

52. ——*Poésies (1917〜1920).* La Sirène, 1920.

*——*Poésies 1916〜1955.* Gallimard, 1956.

*コクトー詩集邦訳数点（新潮社世界詩人全集17, 堀口大学訳, 等）あり.

53. ——*Carte blanche.* Articles parus dans *Paris-Midi* du 31 mars au 11 août 1920. La Sirène, 1920.

54. ——*Le Secret professionnel.* I. Stock, coll. 《Les Contemporains》, 1922. II. Au Sans Pareil, 1925.

55. Crastre (Victor). *Trois héros surréalistes : Vaché, Rigaut, Crevel.* (In : *La Gazette des Lettres*, n° 39, juin 1947, pp. 6〜7).

56. ——*André Breton.* Arcanes, 1952.

56a. ——*Le Drame du Surréalisme.* Ed. du Temps, coll. 《Les Documents du Temps》, 1963.

57. Crevel (René). *Détours.* N. R. F. coll. 《Une Œuvre, un portrait》, 1924.

58. Décaudin (Michel). *La Crise des valeurs symbolistes*, Vingt ans de poésie française 1895〜1914. Toulouse, Privat, coll. 《Universitas》, 1960.

59. Dermée (Paul). *Spirales.* Poèmes. Birault. 1917.

60. ——*Beautés de 1918.* Légende lyrique. Ed. de l'Esprit Nouveau. 1919.

61. ——*Films*, Contes, soliloques, duodrames. coll de *L'Esprit nouveau*, 1919.

62. ——*Le Volant d'artimon.* Poèmes. Povolozky, coll. 《Z》, [1922].

63. Desnos (Robert). *Deuil pour deuil.* Kra, 《Cahiers nouveaux》, n° 4, 1924.

64. ——*Corps et biens.* N. R. F., 1930.

*——*Corps et biens.* Gallimard, coll. 《Poésie》.

65. ——*Robert Desnos.* N° spécial de la revue *Simoun*, n°s 22-23, s. d. déc. [1955]. [Bibliographie].

66. Drieu la Rochelle (Pierre). *Interrogation.* Poèmes. N. R. F., 1917.

67. ——*Fond de cantine.* N. R. F., 1920.

68. ——*Etat-civil.* N. R. F., 1921.

69. ——*Mesure de la France.* I. Grasset, coll. 《Les Cahiers verts》, 1922. II. Grasset. 1964.

70. ——*Plainte contre inconnu*. N. R. F., 1924.
71. ——*Le Feu follet*. N. R. F., 1931.
* ——*Le Feu follet* suivi de *Adieu à Gonzague*. Gallimard. coll.《Folio》.
72. Dupuy (Henri-Jacques). *Philippe Soupault*. Seghers. coll.《Poètes d'Aujourd'hui》1957.（数版あり）
73. Duchamp (Marcel). *Marchand du sel*. Ecrits de Marcel Duchamp réunis et présentés par Michel Sanouillet. Le Terrain vague, 1964.
* ——*Duchamp du signe*. Nouvelle édition revue et augmentée. Flammarion, 1976. 〔Bibliographie〕.
* マルセル・デュシャン『表象の美学』. M. サヌイエ編, 浜田明訳, 牧神社, 1977.
74. Durry (Marie-Jeanne). *Guillaume Apollinaire. Alcools*. T. Ⅰ, S. E. D. E. S., 1956. T. Ⅱ, même éd. 1964.
75. Eigeldinger (Marc), comp. *André Breton*. Essais et témoignages. Neuchâtel, A la Baconnière, 1949, 1970.
76. Eluard (Paul). *Le Devoir et l'inquiétude*. Poèmes suivis de *Le Rire d'un autre*. A. J. Gonon, 1917.
* ポール・エリュアール『義務と不安（付）他人の笑い』. 安東次男訳, 世界名詩集大成フランスⅣ所収, 平凡社.
77. ——*Poèmes pour la paix*. 〔Mantes, Impr. du Petit Mantais, 1918〕.
78. ——*Les Animaux et leurs hommes. Les Hommes et leurs animaux*. I. Au Sans Pareil, coll. de *Littérature*, 1920.
79. —— Ⅱ. Gallimard, 〔1936〕.
80. ——*Les Nécessités de la vie et Les Conséquences des rêves*, précédé d'*Exemples*. I. Au Sans Pareil, 1921.
81. —— Ⅱ. Paris et Bruxelles, Editions Lumière, 1946.
* ——*Poésies 1913〜1926*. Gallimard, coll.《Poésie》. 上記 B. 76〜B. 81所収.
82. ——*Répétitions*. Au Sans Pareil, 1922.
* ——*Capitale de la douleur* suivi de *l'Amour la poésie*. Gallimard, coll.《Poésie》. 上記 *Répétitions* 所収.
83. ——*Les Malheurs des immortels*, révélés par Paul Eluard et Max Ernst. Librairie Six, 1922. Ⅱ. Fontaine, 〔1945〕.
* B.81 * *Poésie 1913〜1926*所収.
84. ——*Mourir de ne pas mourir*. N. R. F., 1924.
* B. 82 * *Capitale de la douleur suivi de l'Amour la poésie* 所収.
85. ——*Lettres de jeunesse* avec des poèmes inédits. Seghers 1962.
* ——*Lettres de jeunesse*. 窪田般弥・植田祐次編注, 白水社, 1973. 抄収.
86. ——*Le Poète et son ombre*. Textes inédits présentés par R. D. Valette, Seghers, 1963.

87. ——*Paul Eluard.* N° spéciale de la revue *Europe*, n°s 403–404, novembre-décembre 1962.

*——*Œuvres complètes.* T. I. 1915〜1945, T. II. 1945〜1953. Gallimard, 《Bibliothèque de la Pléiade》, 1968.

*エリュアール『エリュアール詩集』. 安東次男訳, 思潮社, 1969. エリュアール詩集邦訳その他数点あり.

88. Everling-Picabia (Germaine). *L'Anneau de Saturne.* Ms. inédit dactylographié. Chez l'auteur.

*——*L'Anneau de Saturne.* Fayard, 1970.

89. ——*C'était hier : Dada* (In : *Les Œuvres libres*, n° 109, juin 1955, pp. 119〜178).

90. Forster (Leonard). *Poetry of Significant Nonsense.* An Inaugural Lecture. Cambridge University Press, 1962.

91. Garaudy (Roger). *L'Itinéraire d'Aragon.* Du surréalisme au monde réel. Gallimard, coll. 《Vocations》, 1961.

92. Gaucheron (Jacques). *Paul Eluard au temps du Devoir.* (In : *Europe*, mai-juin 1964, pp. 151〜155).

93. Gavillet (André). *La Littérature au défi. Aragon surréaliste.* Neuchâtel, A la Baconnière, 1957.

94. Germain (André). *Ilia Zdanévitch et le Surdadaïsme russe.* (In : *Créer*, Bruxelles, 2e année n° 1, janvier-février 1923, pp. 135〜139).

95. Gide (André). *Dada* (In : *N. R. F.*, II n° 79, avril 1920, pp. 447〜481).

96. Gleizes (Albert). *L'Affaire Dada.* (In : *Action*, n° 3, avril 1920, pp. 26〜32).

*——*The Dada Case.* B. 129 所収 (英訳).

97. Goesch (Keith). *Radiguet.* La Palatine, 1955.

98. Guilbeaux (Henri). *Du Kremlin au Cherche-Midi*, Gallimard, 1933.

99. Haedens (Kléber). *Une Histoire de la littérature française.* N. R. F., Ed. Sfelt, 1949. (Grasset 版もあり).

100. Hausmann (Raoul). *Courrier Dada.* Le Terrain vague, 1958.

101. Hire (Marie de la). *Francis Picabia.* Galerie de la Cible, 1920.

102. Hoffman (Frederick), Allen (Charles). Ulrich (Carolyn). *The Little Magazine.* A History and a Bibliography. Princeton University Press, 1947.

103. Huelsenbeck (Richard). *Dada siegt* : eine Bilanz des Dadaismus. Berlin, Der Malik Verlag, 1920.

104. ——Comp. *Dada*, Eine literarische Dokumentation. Hambourg, Rowolt, 1964.

105. Hugnet (Georges). *L'Esprit Dada dans la peinture.* (In : *Cahiers d'art*,

1932 : vol. 7, n°s 1-2, pp. 57～65 ; n°s 6-7, pp. 281～285 ; n°s 8-10, pp. 358～364. 1934 : vol. 9, n°s 1-4, pp. 109～114. 1936 : vol. 11, n°s 8-10, pp. 267～272). 〔V. note rectificative de T. Tzara, in : *Cahiers d'art*, 1937, n°s 1-3, pp. 101～102〕.

＊——*The Dada Spirit in Paintings.* 上記ツァラのノートとともに B. 129 所収（英訳）.

106. ——*L'Aventure Dada (1916～1922).* Galerie de l'Institut, 1957. Nouv. éd. Seghers, 1971.

＊ジョルジュ・ユニエ『ダダの冒険』. 江原順訳, 美術出版社, 1971.

107. ILIAZD. *Ledentu le Phare.* Poème dramatique en Zaoum. Ed. du 41°, 1922.

108. JACOB (Max). *Correspondance.* T. I : Quimper-Paris, 1876～1921. Ed. de Paris, 1953. T. II : Saint-Benoît sur Loire 1921～1924, Ed. de Paris, 1955.

109. ——N° spécial d'*Europe*, avril-mai 1958, n°s 348-9.

110. JEAN (Marcel) et MEZEI (Arpad). *Histoire de la peinture surréaliste.* Ed. du Seuil, 1959 (et 1971).

111. JOSEPHSON (Matthew). *Life among the Surrealists.* New York, Holt, Rinehart & Winston, 1962.

112. JUIN (Hubert). *Aragon.* Gallimard, coll. 《La Bibliothèque idéale》, 1960.

112a. KIHM (Jean-Jacques). *Cocteau.* N. R. F., 1960.

113. KYROU (Ado). *Le Surréalisme au cinéma.* Le Terrain vague, 1963.

＊アド・キルー『映画とシュルレアリスム』上・下. 飯島耕一訳, 美術出版社, 1968.

114. LACAZE-DUTHIERS (Gérard de). *Notes sur les revues françaises pendant six ans* (1914～1920). (In : *L'Esprit nouveau*, n° 1, octobre 1920. pp. 99～102).

115. LACÔTE (René). *Tristan Tzara.* Seghers, coll. 《Poètes d'Aujourd'hui》, 1952. (数版あり).

＊R. ラコート『トリスタン・ツァラ』. 浜田明訳, 思潮社, 1969.

116. LEBEL (Robert). *Sur Marcel Duchamp.* Ed. Trianon. 1959. (英, 独, 伊語版あり).

117. LE BOT (Marc). *Dada et la guerre.* (In : *Europe*, B. 320, pp. 166～173).

118. MAN RAY. *Self Portrait.* I. *Boston-Toronto*, Little, Brown and Co., 1962.

119. —— II. Adaptatation française, *Autoportrait*, Laffont, 1964.

120. MARINETTI (Filippo Tomaso). *Les Mots en liberté futuristes.* Milan, Ed. Futuriste di *Poesia*, 1919.

121. ——*Contre tous les retours en peinture.* Manifeste futuriste. Milan, Dir du Mouvement Futuriste, 1920.

122. MASSOT (Pierre de). *De Mallarmé à* 391. Saint-Raphaël, Au Bel Exem-

plaire, 1922.
123. ——*Essai de critique théâtrale.* Impr. Ravilly, 〔1922〕.
124. ——*Mon corps, ce doux démon.* S. l. n. n. e., 〔1959〕.
125. Mille (Pierre). *Mémoires d'un dada besogneux.* Crès, 1921.
126. Moholy-Nagy (Ladislaus). *Vision in Motion.* Chicago, Paul Théobald, 1947.
127. Monnier (Adrienne). *Rue de l'Odéon,* Albin Michel, 1960.
＊アドリエンヌ・モニエ『オデオン通り』. 岩崎力訳，河出書房新社.
128. ——*Le Souvenir d'Adrienne Monnier.* N° spécial du *Mercure de France,* n° 1109, janvier 1956.
129. Motherwell (Robert). comp. *The Dada Painters and Poets,* Wittenborn, Schultz, Inc. 1951. 〔Bibliographie de Bernard Karpel〕.
130. Myers (Rollo). *Erik Satie.* I. London, Dennis Dobson, coll. 《Contemporary Composers》, 1948. II. Gallimard, 1959. 〔Trad. franç. de R. Le Masle〕.
131. Nadeau (Maurice). *Histoire du Surréalisme.* 1. Histoire du Surréalisme. 2. Documents surréalistes. Ed. du Seuil, 1945 (T. 1 2ᵉ éd. rev. 1946) et 1948 (T. 2).
＊モーリス・ナドー『シュルレアリスムの歴史』. 稲田三吉・大沢寛三訳，思潮社，1966.
132. Pastoureau (Henri). *Des influences dans la poésie présurréaliste d'André Breton.* (V. *André Breton,* B. 75, pp. 137〜173).
133. Péret (Benjamin). *Le Passager du Transatlantique.* Au Sans Pareil. coll. Dada. 1921.
＊——*Le Grand jeu.* Gallimard, coll. 《Poésie》所収.
134. ——*Au 125 du Boulevard Saint-Germain.* coll. *Littérature,* 1923.
135. ——*Immortelle maladie.* coll. *Littérature,* 1924.
＊——*Œuvres complètes.* Tome I, II. Eric Losfeld. (Tome I. 1969, Tome II. 1971.)
136. Picabia (Francis). *Poèms et dessins de la fille née sans mère.* Lausanne. Impr. Réunies S. A., 1918.
137. ——*L'Ilot du Beau-Séjour dans le Canton de Nudité.* Lausanne. s. n. e. 1918.
138. ——*L'Athlète des pompes funèbres.* Poème en cinq chants. 〔Lausanne〕, s. n. e., 1918.
139. ——*Rateliers platoniques.* Poème en deux chapitres. 〔Lausanne〕, s. n. e., 1918.
140. ——*Poésie Ron-ron.* 〔Lausanne〕, s. n. e., 1919.
141. ——*Pensées sans langage.* Poème. Figuière, 1919.

142. ——*Unique Eunuque*. Au Sans Pareil, coll. Dada, 1920.
143. ——*Jésus-Christ Rastaquouère.* Au Sans Pareil. coll. Dada, 1920.
*——*Ecrits*. Belfond, 1975. 上記 B. 136～B. 143所収.
144. Picabia (Olga). *Un Quart de siècle avec Picabia.* 〔Ms. inéd., dadtylog., rédigé entre 1950 et 1954〕.
145. Putnam (Samuel), comp. *The European Caravan*: an anthology of the new spirit in European literature. New York, Brewer, Warren & Putnam, 1931.
146. Radiguet (Raymond). *Lettres à T. Tzara. Poèmes.* T. T.
147. Raymond (Marcel). *De Baudelaire au Surréalisme* I. Corrêa, 1933.
148. —— II. José Corti, 1940.
*マルセル・レイモン『ボードレールからシュルレアリスムまで』. 平井照敏訳, 思潮社, 1974.
149. Reverdy (Pierre). *Plupart du temps.* Poèmes 1915～1922. Gallimard, 1945.
*——*Plupart du temps (1915～1922)*,Tome I, II. Gallimard, coll. 《Poésie》.
150. Ribemont-Desseignes (Georges). *L'Empereur de Chine*, suivi de *Le Serin muet.* Au Sans Pareil, coll. Dada, 1921.
*——*Théâtre.* Gallimard, 1966. 上記 2 つ所収.
151. ——*L'Autruche aux yeux clos.* Au Sans Pareil, 1924.
152. ——*Céleste Ugolin.* Sagittaire, 1926.
153. ——*Histoire de Dada.* (In : *La Nouvelle Revue Française*, n° 213, juin 1931, pp. 867～879 ; n° 214, juillet 1931, pp. 39～52).
*——*History of Dada.* B. 129 所収 (英訳).
154. ——*Avant Dada.* (In : *Les Lettres Nouvelles.* novembre et décembre 1955, n°s 32 et 33, pp. 535～548 et 733～753).
155. ——*Déjà jadis* ou du Mouvement Dada à l'espace abstrait. Julliard, 1958.
*——*Déjà jadis.* Union général d'éditions. coll. 10／18, 1973.
155a. Richter (Hans). *Dada, Kunst und Anti-Kunst.* Köln am Rhein, Verlag, Dumont-Schauberg, 1964.
*ハンス・リヒター『ダダ——芸術と反芸術』. 針生一郎訳, 美術出版社, 1966.
156. Rigaut (Jacques). *Papiers posthumes.* Au Sans Pareil, 1934.
*——*Ecrits.* Gallimard, 1970.
157. Rivière (Jacques). *Reconnaissance à Dada.* (In : *La Nouvelle Revue Française*, août 1920, pp. 216～237).
*——*Nouvelles Etudes.* Gallimard, 1947, 所収.
158. Rolland (Romain). *Au dessus de la mêlée.* s. n. e., 1915.

*——*L'Esprit libre.* Albin Michel, 所収.

*ロマン・ロラン『戦いを超えて』. 宮本正清訳, ロマン・ロラン全集第18巻所収, みすず書房.

159. Roussel (Raymond). *Impressions d'Afrique.* I. Lemerre, 1910.

160. —— II. *Pages choisies* d'Impressions d'Afrique *et de* Locus Solus. Lemerre, 1918.

*——*Impressions d'Afrique.* J.-J. Pauvert.

*——*Impressions d'Afrique.* Livre de Poche.

161. ——*Locus Solus.* I. Lemerre, 1914. II. Pages choisies (in : B. 160).

*——*Locus Solus.* J.-J. Pauvert.

*——*Locus Solus.* Gallimard, coll. 《Folio》.

162. ——*Raymond Roussel.* N° spécial de la revue *Bizarre.* 2e trim. 1964, n° 34–35.

163. Roy (Claude). *Aragon*, Seghers, coll 《Poètes d'Aujourd'hui》. 1945. (数版あり).

164. Roy (Jean). *Erik Satie.* (In : *Présences contemporaines.* Musique française. Nlles Ed. Debresse, september 1962. pp. 15〜55).

165. Saillet (Maurice). *Les Inventeurs de Maldoror.* (In : *Les Lettres Nouvelles*, nos 14, 15, 16, 17, 1954).

166. Salmon (André). *Souvenirs sans fin.* Troisième époque (1920〜1940). Gallimard, 1961.

167. Sanouillet (Michel). *Marchand du sel.* V. B. 73.

168. ——*391.* T. 1 : réédition intégrale de la revue publiée de 1917 à 1924 par Francis Picabia. Le Terrain vague, coll. 《391》, 1960. T. 2. : Thèse complémentaire pour le Doctorat ès Lettres présentée à la Faculté des Lettres de Paris. Ex. dactylogr. A paraître chez le même éditeur.

*——*Francis Picabia et 《391》.* Tome II. (上記 T. 2.) Eric Losfeld, 1966.

169. ——*Picabia.* Ed. du Temps, 1964. [Bibliographie].

170. ——*Sur trois lettres de Guillaume Apollinaire à Tristan Tzara.* (In : *Revue des Lettres Modernes* n° 104–107, 1964, pp. 5〜12).

171. Satie (Erik). *Mémoires d'un amnésique.* (In : *Revue de la S. I.M.*, avril 1912 et février 1913). [Fragments repr. in : *Erik Satie*, B. 130, pp. 135〜143].

172. ——*Cahiers d'un Mammifère.* [Série de courts textes publiés sous ce titre entre 1920 et 1924 dans diverses publications, notamment *391*, *L'Esprit nouveau*, *Création*, *Interventions*, *Le Cœur à barbe*, etc.].

173. ——*Le Piège de Méduse.* Comédie lyrique en un acte avec musique de danse du même monsieur. Galerie Simon, 1921.

174. Schinz (Albert). *Dadaïsme : poignée de documents* sur un mouvement

d'égarement de l'esprit humain après la Grande Guerre (1916～1921). (In : *Smith College Studies in Modern Languages*, Northampton, Mass., octobre 1923, vol. 5, n° 1, pp. 51～79).

175. Schlumberger (Jean). *Œuvres*. N. R. F., 1958. T. 2.

176. Seuphor (Michel). *L'Internationale Dada*. (In : *L'Œil*, Lausanne, n° 24, Noël 1956, pp. 64～75).

177. Soupault (Philippe). *Aquarium*. Poèmes. Impr. Birault, 1917.

178. —— *Rose des vents* (1917-1919). Au Sans Pareil. coll. de *Littérature*, 1919.

＊スーポー『羅針盤』. 江原順訳, 世界名詩集大成フランスⅣ所収, 平凡社.

179. ——*Les Champs magnétiques*. V. B. 35.

180. ——*S'il vous plaît. Vous m'oublierez*. V. B. 34 et 37.

181. ——*Les Chansons des buts et des rois*. 〔Ms. autog. du texte paru dans *Littérature* n° 19 mai 1921. V. B. 261〕.

182. *Westwego*. Poèmes, 1917～1922. Ed. Librairie Six, 1922.

＊——*Poèmes et poésies* (1917～1973). Grasset, 1973. 上記 B. 177, B. 178, B. 182所収.

183. ——*L'Invitation au suicide*. Impr. Birault, 1922, hors-commerce. 〔Tiré à 2 ex.〕.

184. ——*Le Bon apôtre*. Roman. Sagittaire, coll. de la Revue Européenne, 1923.

185. ——*En joue !* Roman. Grasset, 1925.

186. ——*Histoire d'un blanc*. Essai. Au Sans Pareil, 《Le Conciliabule des Trente》, 1927.

187. ——*Le Grand homme*. Roman. I. Kra, 1929.

188. —— II. Charlot, 1947.

189. ——*Charlot*. Plon, coll. 《La Grande fable》, 1931.

190. ——*Essai sur la poésie*. Eynard, 1950, 〔Extrait de la préface pour le *Chant du Prince Igor*〕.

191. ——*Profils perdus*. Mercure de France, 1963.

192. Templier (Pierre-Daniel). *Erik Satie*. Rieder, coll. 《Maîtres de la musique ancienne et moderne》, 1932.

193. Tzara (Tristan). *Vingt-cinq poèmes*. I. Zurich, coll. Dada, J. Heuberger Impr., 1918.

194. —— II. *Vingt-cinq et un poèmes*. Fontaine, coll. 《L'Age d'or》, 1946. 〔Texte de l'éd. de 1918 augmenté d'un poème inéd. de 1917〕.

195. ——*Cinéma calendrier du cœur abstrait*. Au Sans Pareil, coll. Dada, 1920.

196. ——*Le Cœur à gaz*. Pièce de théâtre en 3 actes, I. (In : *Der Sturm*, n° 3, 《*La Vraie jeune France*》, Berlin, mars 1922, pp. 33～42).

197. ——Ⅱ. G. L. M., 1946.

198. ——*Faites vos jeux.* 《Roman》. (In : *Les Feuilles libres*, nouv. série, 5 feuilletons, du n° 31, mars-avril, au n° 36, mars-juin 1924).

199. ——*De nos oiseaux.* Poèmes. Kra〔1923〕.

200. ——*Sept manifestes Dada.* I. Ed, du Diorama, Jean Budry et Cie, 〔1924〕.

201. ——Ⅱ. J.-J. Pauvert, 1963.〔Contient l'édition originale de *Lampisteries*, réunissant les écrits en prose publiés par l'auteur entre 1917 et 1922》〕.

＊トリスタン・ツァラ『ダダ宣言』(付「ランプ製造工場」). 小海永二・鈴村和成訳，竹内書店新社，1970.

＊——*Sept manifestes Dada.* J.-J. Pauvert, coll. 《Libertés nouvelles》, 1963. (Réimpression, J.-J. Pauvert, 1978).

202. ——*Mouchoir de nuages.* Tragédie en 15 actes. I. Antwerp, Ed. Sélection, 1924. Ⅱ. Galerie Simon,〔1925〕.

＊——*Œuvres complètes.* Tome. I. Flammarion, 1975. 上記 B. 193～B. 202 所収.

203. ——*L'Homme approximatif.* (Fragment). (In : *Sélection*, Antwerp, 5e année, n° 2, novembre 1925, pp. 94～99).

＊——*L'Homme approximatif.* Gallimard, coll. 《Poésie》.

＊——*Œuvres complètes.* Tome Ⅱ. Flammarion, 1977. 上記 B. 203所収.

＊トリスタン・ツァラ『近似的人間』. 浜田明訳，(講談社世界文学全集78所収).

204. ——*Le Surréalisme et l'après-guerre.* Nagel, 1947、1966.

＊トリスタン・ツァラ『ダダ・シュルレアリスム』. 浜田明訳，思潮社，1971.

205. ——*Memoirs of Dadaism.* (In : *Axel's Castle*, B. 221, pp. 304～312).

＊——*Quelques souvenirs.* (上記オリジナル，フランス語). *Œuvres complètes.* Tome I. (Flammarion, 1975) 所収.

206. ——*Documents autographes sur Dada.*〔Recueil de mss. de T. Tzara datant de l'époque Dada〕.

207. ——*Bibliographie des œuvres de Tristan Tzara* (1916～1950). Berggruen et Cie, 1951.

＊——*A Bibliography.* by Lee Harwood. London, Aloes Books, 1974.

208. VACHÉ (Jacques). *Lettres de guerre.* I. Au Sans Pareil, 1919.

208a. ——Ⅱ. K, 1949.〔Précédées de quatre préfaces d'A. Breton〕.

＊——*Lettres de guerre.* Eric Losfeld, coll. 《Désordre》, 1970

＊Arthur Cravan, Jacques Rigaut, Jacques Vaché. *Trois suicidés de la société.* Union générale d'édition, coll. 10／18. J. Vaché. *Lettres de guerre* 所収.

＊ジャック・ヴァシェ『戦場からの手紙』. 神戸仁彦訳，村松書館，1976.

209. Valéry (Paul). *La Soirée avec M. Teste.* I. Bonavalot-Jouve, 1906.
210. ——II. N. R. F., 1919.
211. ——III. N. R. F., coll. 《Une Œuvre, un portrait》, 1922.
212. ——IV. Ronald Davis, 1924.
*——*Monsieur Teste.* Gallimard, coll. 《Idées》.
*ヴァレリー『テスト氏』. 小林秀雄・中村光夫訳, ヴァレリー全集第2巻所収, 筑摩書房, 1977.
213. Verkauf (Willy). *Dada, monographie d'un mouvement.* Teufen (Suisse), Arthur Niggli, 1957. [Texte anglais, allemand, français. Bibliographie].
*——*Dada, Monograph of a Movement.* St. Marting's Press.
214. Vitrac (Roger). *La Mort au public.* (In : *Les Hommes du jour.* 30 décembre 1922, p. 11). [Sur la reprise de *Locus Solus*].
215. ——*André Breton n'écrira plus.* (In : *Journal du Peuple,* 7 avril 1923).
216. ——*Tristan Tzara va cultiver ses vices.* (In : *Journal du Peuple,* 14 avril 1923).
*——*Tristan Tzara va cultiver ses vices. Europe,* juillet-août 1975 (N° spécial T. Tzara) 所収.
217. ——*La N. R. F. champ de bataille.* (In : *Journal du Peuple,* 21 avril 1923).
218. ——*Les Mystères de l'amour.* Drame en trois actes précédés d'un prologue. N. R. F., coll. 《Une Œuvre, un portrait》, 1924.
219. ——*Dés-Lyre.* Poésies complètes, présentées par Henri Béhar. N. R. F., 1964.
220. Waldberg (Patrick). *Le Surrréalisme.* Genève, Skira, coll. 《Le Goût de notre temps》, 1962.
*パトリック・ワルドベルグ『シュルレアリスム』. 巖谷國士訳, 美術出版社, 1969.
221. Wilson (Edmund). *Axel's Castle.* A study in imaginative literature of 1870 to 1930. New York, Charles Scribner, 1932. [Plusieurs rééditions. Contient les *Mémoirs of Dadaism* de T. Tzara, B. 205].
*エドムンド・ウィルソン『アクセルの城』. 土岐恒二訳, 筑摩書房, 1972.

II 雑誌類定期刊行物

(タイトルアルファベット順)

221a. ACTION. Cahiers de philosophie et d'art. N° 1 : février 1920. N° 12 :

mars-avril 1922. Dir. Florent Fels.

*——Réimpression. Jean-Michel Place (近刊予定).

222. AVENTURE. N° 1: novembre 1921. N° 3 : janvier 1922. Dir.Roger Vitrac.

*AVENTURE, DÉS. Réimpression. Jean-Michel Place, 1975.

223. CANNIBALE. N° 1 : 25 avril 1920. N° 2 : 25 mai 1920. Dir. Francis Picabia.

224. LE CŒUR A BARBE. Journai transparent. N° 1 : avril 1922. Dir. Tristan Tzara. Gérant : Georges Ribemont-Dessaignes.

225. LE COQ. N° 1 : mai 1920. N° 2 : juin 1920. N° 3 : juillet, août, septembre 1920. N° 4 : novembre 1920. Dir. Jean Cocteau. Gérant : P. Boyer. [Apartir du n° 3, porte le titre *Le Coq parisien*].

226. DADA. Zurich, à partir du n° 6 Paris. N° 1 : juillet 1917. N° [8] : septembre 1921. Dir. Tristan Tzara.

*——Réimpression. Centre du XXe siècle, Université de Nice, 1976.

227. DADAGLOBE. Anthologie dadaïste internationale. Annoncée mais reste inédite. 1921.

*Michel Sanouillet. *Le Dossier 《Dadaglobe》*. (In : *Cahiers Dada surréalisme*. N° 1, 1966, Minard).

228. D^d O^4 H^2. 1920. Dir. G. Ribemont-Dessaignes. Annoncé mais jamais parvenu au stade de la publication.

229. DÉS. N° 1 : avril 1922. Dir. Marcel Arland. Admin. André Dhôtel. [Successeur d'*Aventure*, B. 221].

*AVENTURE, DÉS. B. 222*リプリント版参照.

230. LES ÉCRITS NOUVEAUX. n° 1 : novembre 1917. Dernier n°, décembre 1922. Réd. Paul Budry, Lausanne.

*——Fac similé. Slatkine.

231. L'ÉLAN. N° 1 : 15 avril 1915. N° 10 : 1er décembre 1916. Dir. Amédée Ozenfant.

232. L'ESPRIT NOUVEAU. N° 1 : octobre 1920. N° 28 : janvier 1925. Dir Paul Dermée, puis A. Ozenfant et Ch. E. Jeanneret.

233. L'ÉVENTAIL. Genève. N° 1 : 15 octobre 1917. N° [18] : 15 obtobre 1919. Dir. François Laya.

*——Fac similé. Slatkine.

234. LES FEUILLES LIBRES. Lettres et arts. Paraissant le 1er de chaque mois sauf en septembre et en octobre. 1918〜1928. Dir. Marcel Raval.

235. INTERVENTIONS. Gazette internationale des Lettres et des Arts modernes. N° 1 : décembre 1923. N° 2 : janvier 1924. Dir. Paul Dermée. [Les deux n^{os} ont été tirés simultanément].

236. L'INVENTION. V. Proverbe, B. 251.

237. LITTÉRATURE. N° 1 : mars 1919. N° 13 (nouv. série) : juin 1924. **1re série** : nos 1～20, mars 1919～ août 1921. Dir. L. Aragon, A. Breton, Ph. Soupault. **2e série** : nos 1～13, mars 1922～juin 1924. Dir. A. Breton et Ph. Soupault, puis (à partir du n° 4), A. Breton seul.

* ——Réimpression. Jean-Michel Place, 1978.

238. LITTÉRATURE. Exemplaire de la Bibliothèque Nationale. La coll. de *Littérature* déposée à la B. N. provient de l'anc. coll. Gaffé. Elle contient, interfoliés, de nombreux documents intéressant l'histoire de la revue : lettres et textes autog. inéd.

239. LITTÉRATURE. Exemplaire de la coll. A. Breton.

240. THE LITTLE REVIEW. A Quaterly Journal of Arts and Letters. New York, puis London. N° 1 : mars 1914. N° XII, vol. 2 : mai 1929. Dir. Margaret C. Anderson (avec Jane Heap, de 1922 à 1929). Seuls les nos des années 1920～1924 présentent un intérêt pour l'histoire de Dada à Paris, et notamment le *Picabia Number*, vol. VIII, n° 2, du printemps 1922.

241. M'AMENEZ-Y. 1920. Dir. Céline Arnauld. 〔Annoncé mais non publié〕.

242. MANOMÈTRE. Revue trimestrielle. 《Mélange les langues, enregistre les idées, indique la pression sur tous les méridiens, est polyglotte et supranational》. Lyon. N° 1 : juillet 1922. N° 9 : janvier 1928. Dir. Emile Malespine.

* ——Réimpression. Jean-Michel Place, 1977.

243. LE MOT. Journal politique et satirique. N° 1 : novembre 1914. N° 20 : juillet 1915. Dir. Paul Iribe, ass. de Jean Cocteau.

244. LE MOUVEMENT ACCÉLÉRÉ. 《Organe accélérateur de la Révolution artistique et littéraire》. N° 1 : novembre 1924. Dir. Paul Dermée.

245. NORD-SUD. Revue littéraire. N° 1 : 15 mars 1917. N° 16 : octobre 1918. Dir. Pierre Reverdy.

246. L'ŒUF DUR. Revue mensuelle. N°1 : mars 1921. N°16 : été 1924. Com. de réd. : Georges Duvau, Gérard-Rosenthal, Pierre Villoteau, Jean Albert Weil.

* ——Réimpression. Jean-Michel Place, 1975.

247. OUDAR. 《Chroniques des lettres et des arts》. En langue russe. N° 1 : février 1922. N° 4 : août 1923. Dir. Serge Romoff. Gérant : Florent Fels.

248. LE PILHAOU-THIBAOU. 《Supplément illustré de 《391》. 10 juin 1921. Dir. Francis Picabia. Gérant. Pierre de Massot. 〔Constitue le n° 15 de la coll. de *391*〕.

249. LA POMME DE PINS. Saint-Raphaël (Var). N° 1 : 25 février 1922. Dir. Francis Picabia. Gérant : Christian.

* B. 129 (pp. 268～271) 所収.

250. PROJECTEUR. N° 1 : 21 mai 1920. Dir. Céline Arnauld.

251. PROVERBE. Feuille mensuelle. N° 1 : février 1920. N° 6 (*L'Invention n° 1 et Proverbe n° 6*) : 1er juillet 1921. Dir. Paul Eluard.

＊——Réimpression Jean-Michel Place (近刊予定).

252. LA RÉVOLUTION SURRÉALISTE. N° 1 : décemdre 1924. N° 12 : décembre 1929. Dir. Pierre Naville et Benjamin Péret, puis, à partir du N° 4, juillet 1925, André Breton.

＊——Réimpression. Jean-Michel Place, 1975.

253. SECESSION. Vienne, Berlin, Reutte (Autriche), Florence, New York. N° 1 : printemps 1922. Dernier n° : avril 1924. Dir. Gorham B. Munson (avec Matthew Josephson d'août 1922 à janvier 1923, et Kenneth Burke de janvier à septembre 1923).

254. SIC. 《Sons, Idées, Couleurs, Formes》 N° 1 : janvier 1916. N° 53〜54 : décembre 1919. Mensuel, puis (à partir du n° 31, octobre 1918) bimensuel. Dir. Pierre Albert-Birot.

＊——Réimpression. Editions de la chronique des lettres françaises, 1973.

255. SURRÉALISME. N° 1 : octobre 1924. Dir. Ivan Goll.

256. TRANSBORDEUR DADA. 《Organe officiel du 3½ international》. Berlin (nos 1〜3) puis Paris. N° 1 : juin 1922. N° 13 : août 1949. Dir. et seulcoll. : Serge Charchoune. 〔La majeure partie de ces documents est rédigée en langue russe〕.

257. 391. Barcelone (nos 1〜4), New York (nos 5〜7), Zurich (n° 8), Paris (nos 9〜19). N° 1 : 25 janvier 1917. N° 19 : novembre 1924. Dir. Francis Picabia.

258. ——Réédition intégrale, présenteé par Michel Sanouillet. (B. 168 参照).

259. LES TROIS ROSES. Grenoble. N° 1 : juin 1918. N° 12 : mai 1919. Dir. Justin Frantz Simon.

260. Z. N° 1 : (polycopié), 〔février 1920〕. N° 2 : mars 1920. Dir. Paul Dermée.

Ⅲ 雑　録

(記録文書, ビラ, カタログ, ポスター等)

(アルファベット順)

261. BIBLIOTHÈQUE DE M. RENÉ GAFFÉ. Vente des 26 et 27 avril 1956, Paris. Cat. ill. édité par G. Blaizot.

262. CAEÉ CAMÉLÉON. Manifestation dadaïste russe. Paris, 21 décembre

1921. Programme.

263. CANNIBALE. Bulletin d'abonnement. Paris, Au Sans Pareil, 25 avril 1920.

264. CATALOGUE DE TABLEAUX, AQUARELLES ET DESSINS par Francis Picabia appartenant à Marcel Duchamp. Paris, Hôtel Drouot, 1926 [8 mars].

265. CINÉMA CALENDRIER DU CŒUR ABSTRAIT MAISONS. Paris, Au Sans Pareil. coll. Dada, 1920. Prospectus.

266. CLUB DU FAUBOURG. Affiche.

267. COLLECTION DE 《LITTÉRATURE》. Paris, 1921. Extrait du cat.

268. CONFÉRENCE SUR LE MOUVEMENT DADA. Voir Grande après-midi Dada, B. 310.

269. CUBISM, FUTURISM, DADAISM, EXPRESSIONISM and the Surrealist Movement in Literature and in Art. New York, Pierre Bérès, 1948. Cat. exp. N° 15. Préf. de Paul Eluard.

270. CUBISME, FUTURISME, DADA, SURRÉALISME. Paris, Librairie Nicaise, 1960. Cat. N° 10.

271. DADA SOULÈVE TOUT. Manifeste dada, Paris, 12 janvier 1921.

272. DES SURRÉALISTES ET QUELQUES AUTRES. Paris, Librairie Nicaise, s. d.

273. DOSSIER DU 《CONRGÈS DE PARIS》. Ensemble de manuscrits et imprimés se rapportant au 《Congrès sur les directives et la défense de l'esprit moderne》. Réunis par A. Breton, ces documents appartenaient à René Gaffé (ils sont décrits dans le cat. Blaizot, B. 261, N° 73 et dans le cat. Nicaise 1960, B. 270, N° 950) avant d'être acquis par la B. N. (Mss. N. A. F. 14316).

274. DOSSIER ELUARD. 1 vol. de coupures de presse recueillies par P. Eluard à l'époque Dada (1921). Musée de Saint-Denis (Seine).

275. DOSSIERS P. DE MASSOT. 5 vol. de coupures de presse et documents divers (1916~1964) et un 《cahier noir》, ms. de mémoires inédites. Coll. P. de Massot, Paris.

276. DOSSIERS PICABIA. 13 vol de coupures de presse et documents divers réunis par Francis Picabia. Déposés au Fonds Doucet sous la cote A. I. 1 (N° d'inventaire 7.164) et la vedette 《*Dossier Surréaliste*》.

277. DOSSIER OLGA PICABIA. 1 vol de photog., coupures de presse et documents divers intéressant la biographie de F. Picabia.

278. DOSSIERS TZARA. Quatre vol. de coupures de presse et documents divers recouvrant l'ensemble de la période Dada et surréaliste à Zurich, Berlin et Paris. Le quatrième tome a été complété par Paul Eluard : il

est intitulé *Après Dada*. Il existe dans la même collection un ensemble non depouillé de coupures de presse relatives à Dada.

279. EXCURSIONS ET VISITES DADA. Première visite : Eglise Saint-Julien-le-Pauvre. Paris, jeudi 14 avril 1920 à 3h. Tract-invitation.

EXPOSITIONS

(展覧会，カタログ，ポスター，招待状等．画家名によって分類，グループ展は展覧会タイトル名および時代順による)

280. ——ART OF ASSEMBLAGE (THE). New York, The Museum of Modern Art, 1961. Cat. par W. C. Seitz.

281. ——CINQUANTE ANS DE《COLLAGE》. Papiers collés, assemblages, collages, du Cubisme à nos jours. Saint-Etienne (Loire), Musée d'Art et d'Industrie, 1964. Cat. par M. Allemand.

282. ——DADA. Düsseldorf Kunsthalle, 5 semptembre〜19 octobre 1958. Cat. par E. Rathke.

283. ——DUCHAMP (Suzanne) et CROTTI (Jean). Paris, Galerie Montaigne, 4〜6 avril 1921. Cat.

284. ——ELUARD (Paul), 1895–1952. Saint-Denis, Musée Municipal d'Art et d'Histoire, 1963. Cat. Préf de J. Marcenac, prés. de C. Caubisens.

285. ——ERNST (Max). *Exposition dada*. Paris, Au Sans Pareil, 3 mai〜3 juin 1920. Cat.

286. ——MÊME EXPOSITION, Carton d'invitation.

287. ——ERNST (Max). *Ecrits et œuvre gravé*. Tours, Bibliothèque Municipale, 30 novembre〜31 décembre 1963 ; Paris, le Point Cardinal, 22 janvier〜29 février 1964. Cat. bibliog. exhaustif par Jean Hugues et Poupard-Lieussou.

288. ——MAN RAY. *L'Œuvre photographique*. Paris, Bibliothèque Nationale, 1962. Cat. par J. Adhémar et Y. Pasquet.

289. ——MAN RAY. *Exposition dada*. Paris Librairie Six. 3〜31 décembre 1921. Cat.

290. ——PICABIA (Francis). *Exposition dada*. Paris, Au Sans Pareil, 16〜30 avril 1920. Cat.

291. ——MÊME EXPOSITION. Carton d'invitation.

292. ——PICABIA (Francis). Exposition Galerie Povolozky. Paris, 17 décembre 1920. Carton d'invitation.

293. ——MÊME EXPOSISION. Billet d'entrée. 9 décembre 1920.

294. ——PICABIA (Francis). Exposition Galerie Dalpayrat. Limoges, Place de la République. 1er〜15 février 1921. Invitation-catalogue.

295. ——Picabia (Francis) Exposition Galerie Dalmau. Barcelone, novembre 1922. Affiche.

296. ——Même exposition. Prospectus.

297. ——Même exposition. Cat.

298. ——Picabia (Francis). Exposition Danthon. Paris, 14 mai 1923. Cat.

299. ——Picabia (Francis). Exposition Galerie Louis Carré. Paris, 4 novembre～4 décembre 1964. Cat.

300. ——Surréalisme (le). Paris, Galerie Charpentier, 1964. Cat. par P. Waldberg.

301. ——Ribemont-Dessaignes (Georges). Exposition dada. Paris, Au Sans Pareil. 28 mai～10 juin 1920. Cat. Prés. de T. Tzara.

302. ——Salon dada. Exposition internationale. Paris, Galerie Montaigne, 6～30 juin 1921. Cat.

303. ——Même exposition. Affiche.

304. ——Même exposition. Carton d'invitation.

305. ——Festival dada Salle Gaveau. Paris, 26 mai 1921. Affiche.

306. ——Même exposition. Programme. Mercredi 26 mai 1920 à 3h.

307. FESTIVAL ERIK SATIE. Paris, salle Erard, lundi, 7 juin 1920. Programme.

308. FUNNY GUY. Tract-manifeste de F. Picabia. Paris, Salon d'Automne, 1921.

309. GRAND BAL DADA. Genève, Salle Communale de Plainpalais, 5 mars 1920. Affiche.

310. GRANDE APRÈS-MIDI DADA. Paris Galerie Montaigne, 18 juin 1921. Prospectus.

311. INDÉPENDANTS (SALON DES). Invitation du Mouvement Dada. Paris, 5 février 1920. Prospectus.

312. INDÉPENDANTS (SALON DES). Prospectus-manifeste. Paris, 1922.

313. INVITAION PERMANENTE POUR LES TROIS MANIFESTATIONS DADA. Paris, Galerie Montaigne, 10, 18 et 30 juin 1921. Carton d'invitation.

314. LITTÉRATURE. Revue mensuelle. Prospectus, Paris, février 1920.

315. LITTÉRATURE (PREMIÈRE MATINÉE DE). Paris, janvier 1920. Programme.

316. LITTÉRATURE (PREMIER VENDREDI DE). Paris, janvier 1920. Prospectus.

317. LIVRES ET PUBLICATIONS SURRÉALISTES. Paris, José Corti [1932]. Cat.

318. MAISON DE L'ŒUVRE. Manifestation Dada. Paris, Salle Berlioz, samedi 27 mars 1920. Programme.

319. MAISON SUR LA MERE (LA). Conférence d'Ilia Zdanévitch au Café Caméléon, Paris. 16 avril 1922. Prospectus.

320. 1914. N° spécial de la revue *Europe*. Paris, juin 1964 N° 421～422.

321. MISE EN ACCUSATION ET JUGEMENT DE M. MAURICE BARRÈS. Paris, Salle des Sociétés Savantes, vendredi 13 mai 1921 à 20h. 30. Prospectus.

322. MOI, PIERRE DE MASSOT... Manifeste. Paris. octobre 1922 (Salon d'Automne).

323. MOUVEMENT DADA. Berlin, Genève, Madrid, New York, Zurich, Paris. Papier à en-tête.

324. MOUCHOIR DE NUAGES, par T. Tzara. Paris, Galerie Simon, avril 1925. Bulletin de souscription.

325. NON. Critique individualiste, anti-dada. Pamphlet-manifeste de René Edme et André du Bief. Paris, s. d. 〔mars 1920〕.

326. PAPILLONS DADA. Paris, 1919～1920. V. *supra*, pp. 219～221 (訳書196～198ページ参照)

327. PLUS DE CUBISME... Tract-manifeste. Saint-Raphaël (Var), 1922.

328. POÉSIE APRÈS LE BAIN (LA). Conf. d'Ilia Zdanévitch au Café Caméléon, Paris, 28 avril 1922. Prospectus.

329. POÉSIE CONTEMPORAINE. PICASSO ET L'ART D'AUJOURD'HUI. Paris, Jean Hugues, 1954. Cat.

330. POÉSIE. PROSE. PEINTRES GRAVEURS DE NOTRE TEMPS. Paris, Librairie Nicaise, 1964. Cat.

331. POMME DE PINS (LA). Epreuve d'un tract inédit. Paris, avril 1922.

332. PROVERBE. Paris, 1920. Prospectus.

333. 41° 〔Liste en langue russe des ouvrages publiés sous l'égide du groupe《41°》fondé par Ilia Zdanévitch〕. Paris, 1923.

334. RÉPÉTITION. Paris, Au Sans pareil, 1922. Bulletin de souscription.

335. ROUSSEL (RAYMOND). N° spécial de la revue *Bizarre*. Paris, 2e trim. 1964, N° 34～35.

336. SEPT MANIFESTES DADA, par T. Tzara. Paris, Jean Budry, 1924. Epreuve d'un bulletin de souscription inédit.

337. ――MÊME OUVRAGE. Bulletin de souscription.

338. ――MÊME OUVRAGE. Prospectus.

339. ――MÊME OUVRAGE. Prospectus. 〔Epreuve d'un avis de parution de l'ouvrage à La Sirène en 1923. Cette édition n'existe pas〕.

340. SOIRÉE DADA. Paris, Galerie Montaigne, vendredi 10 juin 1921 à 9 h.

Programme.
341. SOIRÉE DU CŒUR À BARBE. Paris, Théâtre Michel, 6 juillet 1923. Affiche.
342. ——MÊME MANIFESTATION. Prospectus-programme.
343. ——MÊME MANIFESTATION. Programme.
344. SURREALISM AND ITS AFFINITIES. Catalogue of the Mary Reynolds Collection. Chicago, The Art Institute, 1956. Hugh Edwards, comp.
345. SURRÉALISME : POÉSIE ET ART CONTEMPORAINS Cat. Paris, H. Matarasso, 1949.
346. TABU. Paris, octobre 1921. Prospectus.
347. TZARA. Paris, s. n. e. s. d. 〔1921〕. Affiche.
348. UNIQUE EUNUQUE. Paris, Au Sans Pareil, février 1920. Bulletin de souscription.

補 足 書 誌

原著書誌にあるものの新版，再版以外で，原著書刊行後に刊行されたダダ関係の主な単行本著作.

I 総 説
(著者アルファベット順)

ダダ書誌はその性格上シュルレアリスム書誌と重なり合っており，ダダについてはシュルレアリスムの著作の中でも多く語られているが，ここでは，ダダに重点が置かれているものを中心に掲げることとし，展覧会カタログ，雑誌論文等は割愛した．邦訳のあるものは＊印をつけて掲出し，以上の邦訳以外で日本で刊行されたダダ関係の著作（僅少）もつけ加えた.

Aden (Dawn). *Dada and Surrealism.* London, Thames and Hudson, 1974.
Béhar (Henri). *Études sur le théâtre dada et surréaliste.* Paris, Gallimard, 1967.
＊アンリ・ベアール『ダダ・シュルレアリスム演劇史』. 安堂信也訳，竹内書店新社，1972.
Benedict (Michael) & Wellwarth (George E.). *Modern French Theatre.* The

Avant-Garde, Dada and Surrealism. New York, Dutton & Co., Inc. 1966.
BIGSBY (C. W. E.). *Dada and Surrealism.* London, Methuen, 1972.
CAWS (Mary Ann). *The poetry of Dada and Surrealism.* Princeton, Princeton University Press, 1970.
——*The inner theater of recent French poetry.* Princeton, Princeton University Press, 1972.
—— (edit.) *About French poetry from Dada to "Tel Quel", Text and theory.* Detroit, Wayne State University Press, 1974.
COUTTS-SMITH (Kenneth). *Dada.* London, Studio Vista, 1970.
＊ケネス・クーツ＝スミス『ダダ』. 柳生不二雄訳, パルコ出版, 1976.
FAUCHEREAU (Serge). *Expressionisme, dada, surréalisme et autres ismes.* 2 vol. Paris, Denoël, 1976.
GROSSMAN (Manuel). *Dada.* Pegasus, Indianapolis, U. S. A., 1971.
HUGNET (Georges). *Dictionnaire du Dadaïsme.* Paris, Jean Claude Simoën, 1976.
LEMAITRE (Maurice). *Le Lettrisme devant Dada et les nécrophagie de Dada!* Paris, Centre de Créativité 1967.
LIPPARD (Lucy R.). *Dadas on Art.* Engelwood Cliffs, N. J., U. S. A., Prentice Hall, 1971.
MATTHEWS (J. H.) *Theater in Dada and Surrealism.* New York, Syracuse University Press, 1974.
MORTEO (Gian Renzo) & SIMONIS (Ippolite). *Teatro Dada.* Torino, Einaudi, 1969.
PHANTOMAS. N° 125〜127, *DADA AU CUbe.* Inédits de T. Tzara, C. Pansaers. P. Joostens, Dadaïstes américains, Bruxelles, s. d.
PIERRE (José). *Le Futurisme et le Dadaïsme.* Lausanne, Rencontre, 1966.
POUPARD-LIEUSSOU (Yves). (édit.) *Dada en verbe.* Choix de textes de divers auteurs, Paris, P. Horay, 1972.
PROZENC (Miklavs). *Die Dadaisten in Zürich.* Bonn, H. Bouvier u. Co, 1967.
RUBIN (William S.). (édit.) *L'Art Dada et surréaliste.* Paris, Seghers, 1975. (同著者の *Dada and Surrealist Art.* New York, Harry N. Abrams. 1969. の仏語版).
——*Dada Surrealism & their Heritage.* New York, Museum Modern Art, 1968.
SANOUILLET (Michel). *Il movimento Dada.* Milano, Fratelli Fabbri editore, 1969.
＊M. サヌイエ『ダダ運動と画家たち』. 瀧口修造訳, 平凡社, 1973.
——*Dada 1915–1923.* Paris, Fernand Hazan, 1969.
SANOUILLET (Michel) & Poupard-Lieussou (Yves). *Documents Dada.* Paris,

Weber, 1974.

TISON-BRAUN (Micheline). *Dada et le surréalisme.* Textes théoriques. Paris, Bordas, 1973.

(ダダ関係雑誌の再版)

MAINTENENANT. N° 1 : avril 1912. N° 5 : mars-avril 1915. Dir. Arthur Cravan. Paris. I. In : Arthur Cravan, Jacques Rigaut, Jacques Vaché. *Trois suicidés de la société.* Paris, coll. 10／18. II. Réimpression. Paris, Jean-Michel Place. 1977.

CABARET VOLTAIRE (N° 1 : juin 1916. Dir. Hugo Ball, Zurich).

DER DADA (N° 1 : 1919. N° 3 : 1920. Dir. Raoul Hausmann, Berlin), DER VENTILATOR (N° 1～5, 1919. Dir. O. Flake, W. Serner, T. Tzara, Zurich). Réimpression. Nendeln／Liechtenstein, Kraus Reprint, 1977.

Dada Americano : *Dada in America*

Dada Francese : *Dada in France*

Dada Germanico : *Dada in Germany*

Dada Italiano : *Dada in Italy*

Dada Svizzero : *Dada in Switzerland*

以上，各国ダダ関係雑誌収録，New York. Wittenborn. 1970.

(日本語のダダ関係著作)

江原順『見者の美学』. 弘文堂，1959.

――『私のダダ』. 弘文堂，1959.

『本の手帖』ダダ50年特集号. No. 58 1966年10月号，昭森社.

山中散生『ダダ論考』. 国文社，1975.

(ダダ運動研究雑誌)

Revue de l'Association pour l'étude du Mouvement Dada. N° 1 : octobre 1965. Eric Losfeld, Paris.

Cahiers Dada surréalisme. N° 1 : 1966. N° 2 : 1968. N° 3 : 1969. N° 4 : 1970. Association internationale pour l'étude de Dada et du surréalisme. Minard, Paris.

Dada／Surrealism. N° 1 : 1971. N° 2 : 1972. N° 3 : 1973. N° 4 : 1974. N° 5 : 1975. N° 6 : 1976. Queens College, Flushing, New York.

Le Siècle éclaté. N° 1 : 1974. N° 2 : 1978. Minard, coll.《20th l'Icosathèque 1》, Paris.

II 主な詩人・作家・画家の主要研究書，作品

(作家別アルファベット順)

ダダとの関連を中心とするが，作家によっては（テーマが本来的にシュルレアリスムその他に限定されるものは除いて）シュルレアリスムまでをも含める．各人の作品（画集は含まず）は，原著書刊行後に出版され，原著書誌の新版，再版の項目で挙げられなかったものに限ってある．

ARAGON

GINDINE (Yvette). *Aragon prosateur surréaliste.* Genève, Droz, 1966.

SUR (Jean). *Aragon.* Le réalisme de l'amour. Paris, édition du Centurion, 1966.

SADOUL (Georges). *Aragon.* Paris, Seghers, coll. 《Poètes d'aujourd'hui》, 1967.

EUROPE. Numéro spécial (N° 454〜455). Elsa Triolet et Aragon. Paris février-mars 1967.

ARAGON (Louis), ARBAN (Dominique). *Aragon parle avec Dominique Arban.* Paris, Seghers, 1968.

HURAUT (Alain). *Aragon, prisonnier politique.* Paris, Balland, 1970.

BECKER (Lucille F.). *Louis Aragon.* New York, Twayne Publishers, 1971.

LECHERBONNIER (Bernard). *Aragon.* Paris, Bordas, 1971.

—— (Prés.). *Aragon.* Paris, Garnier, coll. 《Les critiques de notre temps》, 1976.

BIBROWSKA (Sophie). *Une mise à mort.* Paris, Denoël, 1972.

BOUGNOUX (Daniel). *Blanche ou l'oubli d'Aragon.* Paris, Hachette, 1973.

FÈ (Franco). *Aragon, la vita, il pensiero, i testi esemplari.* Milano, Edizioni Accademia, 1973.

ARC. Numéro spécial (N° 53), *Aragon.* Paris, avril 1973.

小島輝正『アラゴン　シュルレアリスト』．蜘蛛出版社，1974.

RABEUX (J. L.) (Photo.). *Aragon ou les métamorphoses.* Album. Paris, Gallimard, 1977.

J. ARP

——*Jours effeuillés.* Poèmes, essais, souvenis 1920〜1965. Paris, Gallimard, 1966.

DÖHL (Reinhard). *Das Literarische Werk Hans Arp 1903-1930.* Stuttgart, Metzler verlag, 1967.

READ (Herbert). *Arp.* London, Thames and Hudson 1968.

TRIER (Eduard). *Jean Arp.* London, Thames and Hudson, 1968.

LAST (R. W.). *Arp the poet of Dadaism.* London, Wolff, 1969.

POLEY (Stefanie). *Hans Arp.* Stuttgart, Verlag Gerd Hatje, 1978.

H. BALL

STEINKE (G. E.). *The Life and work of Hugo Ball, Founder of Dadaism.* The

Hague, Mouton, 1967.

A. Breton

Soupault (Philippe). *Le Vrai André Breton.* Liège, Editions Dynamo, 1966.

Caws (Mary Ann). *Surrealism and the Literary Imagination,* A Study of Bachelard and Breton. The Hague, Mouton, 1966.

——*André Breton.* New York, Twayne Publishers, 1971.

『本の手帖』アンドレ・ブルトン追悼特集号, 1966年11月号, 昭森社.

Browder (Cliford). *André Breton, arbeiter of Surrealism.* Genève, Droz, 1967.

Massot (Pierre de). *André Breton ou le Septembriseur.* Paris, Eric Losfeld-Le Terrain Vague, 1967.

Matthews (J. H.) *André Breton.* New York, Columbia University Press, 1967.

N. R. F. Numéro spécial, *A. Breton.* Paris, avril 1967.

Duits (Charles). *André Breton a-t-il dit passe.* Paris, Denoël, 1969.

Audoin (Philippe). *André Breton.* Paris, Gallimard, 1970.

Isou (Isidore). *Réflexions sur André Breton.* Paris, Ed. Lettristes, 1970.

Balakian (Anna). *André Breton,* Magus of Surrealism. New York, Oxford University Press, 1971.

Crastre (Victor). *André Breton, Triologie surréaliste, Nadja, Les Vases communicants, L'Amour fou.* Paris, SEDES, 1971.

Albertazzi (Ferdinando). *André Breton, Un uomo attento.* Ravenna, Longo editore, 1971.

Alexandrian (Sarane). *André Breton par lui-même.* Paris, Seuil, coll. 《Ecrivains de toujours》, 1971.

Binni (Lanfranco). *Breton.* Firenze, La Nuova Italia, 1971.

Lenk (Elisabeth). *Der Springende Narziss : André Breton's poetische materialismus.* München, Rogner und Bernhard, 1971.

Pompili (Bruno). *Breton/Aragon, Problemi del surrealismo.* Bari, Sindia Editrice, 1972.

Sheringham (Michael). *André Breton, a bibliography.* 《Research Bibliography and checklists》. London, Grant & Cutler, 1972.

Bonnet (Marguerite) (Prés.) *Breton.* Paris, Garnier, coll. 《Les critiques de notre temps》, 1974.

——*André Breton. Naissance de l'aventure surréaliste.* Paris, José Corti, 1975.

Durozoi (Gérard), Lecherbonnier (Georges). *André Breton, l'écriture surréaliste.* Paris, Larousse, 1974.

Galateria (Daria). *Invito alla lettura di Breton.* Milano, Mursia.

Legrand (Gérard). *Breton.* Paris, Belfond, 1977.

——*André Breton en son temps.* Paris, Le Soleil Noir, 1976.

Rosemont (Franklin) *André Breton and the first principles of surrealism.* Pluto Press, 1978.

M. Duchamp

Hamilton (Richard). *The Bride Stripped Bare by her Bachelors Even Again.* University of Newcastle upon Tyne, 1966.

Tomkins (Calvin). *The World of Marcel Duchamp 1887～.* New York, Time Inc., Time-Life Library of Art, 1966.

＊トムキンズ『デュシャン 1887-1968』. 東野芳明訳, タイム・ライフ・インターナショナル, 1969.

ART AND ARTISTS, Special Number, *Duchamp.* N° 4, July 1966, London.

Cabanne (Pierre). *Entretiens avec Marcel Duchamp.* Paris, Belfond. 1967 (Nouv. éd 1977).

＊M. デュシャン, P. カバンヌ『デュシャンの世界』. 岩佐鉄男・小林康夫訳, 朝日出版, 1978.

Schwarz (Arturo). *The Large Glass and Related Works.* Milan, Galleria Schwarz, 1967.

——*Notes and Projects for the Large Glass.* New York, Harry N. Abrams, 1969.

——*The Complete Works of Marcel Duchamp.* New York, Harry N. Abrams, 1970.

——*Marcel Duchamp. 66 Creative Years.* I. Milan, Galleria Schwarz, 1972 ; II. Paris, Eric Losfeld, 1972.

瀧口修造『デュシャン語録』. 東京, ローズ・セラヴィー, 1968.

Paz (Octavio). *Marcel Duchamp ou le château de pureté.* Paris, Ed. Claude Givaudan, 1968.

＊O. パス『マルセル・デュシャン, あるいは純粋の城』宮川淳訳,『gq』5, 6, 7号, 1974.

——*Marcel Duchamp. l'apparence mise à nu.* Paris, Gallimard, 1977.

PHILADELPHIA MUSEAM OF ART BULLETIN. Special Number, *Duchamp.* N° 299～300., April-September 1969.

ART IN AMERICA. Special Number, *Duchamp.* No. 4, July-August 1969, New York.

Hommage à Marcel Duchamp. Alès. Ed. P. A. B., 1969.

Golding (John). *Marcel Duchamp, The Bride Stripped Bare by her Bachelors, Even.* New York. Viking, 1973.

Suquet (Jean). *Miroir de la "Mariée."* Paris, Flammarion, 1974.

——*Le guéridon et la virgule.* Paris, C. Bourgois, 1976.

OPUS. Numéro spécial, *Duchamp.* N° 49, mars 1974, Paris.

L'ARC. Numéro spécial, *M. Duchamp*. N° 59, 1974, Paris.
STUDIO INTERNATIONAL. Special Number, *Duchamp*. N° 973, January-February 1975, London.
Clair (Jean). *Marcel Duchamp ou le grand fictif*. Paris, Ed. Galilée, 1975.
——*Duchamp et la photographie*. Paris, Ed. du Chêne. 1977.
中原佑介『デュシャン』. 新潮社（新潮美術文庫), 1976.
Alexandrian (Sarane). *Marcel Duchamp*. Paris, Flammarion, 1976.
Lyotard (J.-F.). *Les transformateurs Duchamp*. Paris, Ed. Galilée, 1977.
東野芳明『マルセル・デュシャン』. 美術出版社, 1977.
Marcel Duchamp, Catalogue de l'exposition 1977. 4 vols. Paris, Flammarion, 1977.
『エピステメー』マルセル・デュシャン特集号, 1977年11月号.

P. Eluard
——*Poèmes de Jeunesse*. L. Scheler & B. Clavreuil, 1978.
Decaunes (Luc). *Paul Eluard*. Rodez, Ed. Subervie, 1965.
Jucker-Wehrli (Ursula). *La Poésie de Paul Eluard et le thème de la pureté*. Zurich, Juris-Verlag, 1965.
Eglin (Heinrich). *Liebe und Inspiration im Werk von Paul Eluard*. Bern und München, Francke Verlag, 1965.
Valette (R. D.). *Eluard*, Livre d'identité. Paris, Tchou, 1967.
Jean (Raymond). *Paul Eluard par lui-même*. Paris, Seuil, 1968.
Ségalat (R. J.). *Album Eluard*. Paris, Gallimard, 1968.
Poulin (Gabrielle). *Les Miroirs d'un poète*. Image et reflets de Paul Eluard. Montréal, Ed. Bellarmi. Paris, Desclée De Brouwer, 1969.
Vernier (Richard). *Poésie ininterrompue et la poétique de Paul Eluard*. Paris-La Haye, Mouton, 1971.
Juillard (Jean-Pierre). *Le Regard dans la pensée d'Eluard*. Paris, La Pensée universelle, 1972.
EUROPE. Numéro spécial, *P. Eluard*. N° 525, janvier 1973.
Nugent (Robert). *Paul Eluard*. New York, Twayne Publishers, 1974.
Debreuille (Jean-Yves). *Eluard ou le pouvoir du mot*. Proposition pour une lecture. Paris, Nizet, 1977.
Mingelgrum (Albert). *Essai sur l'évolution esthétique de Paul Eluard*. Lausanne, L'Age d'Homme, 1977.

M. Ernst
——*Paramythes*. Traduit de l'allemand par Robert Valançay avec le concour de l'auteur. Paris, Le Point Cardinal. 1967.

——*Ecritures*. Paris, Gallimard. 1970.

Russel (John). *Max Ernst*. Sa vie, son œuvre. Bruxelles, Ed. de la Connaissance, 1967.

Sala (Carlo). *Max Ernst et la démarche onirique*. Paris, Klincksieck, 1970.

G. Grosz

——*Heimatliche Gestalten*, Zeichnungen. Herausgegeben von Hans Sahl. Frankfurt am Main und Hamburg. Fischer Bücherei K. G., 1966.

R. Hausmann

——*Mélanographie*. Paris, 《SIC》 J. Petithory, 1968.

BORY (J. F.). *Prolégomènes à une monographie de Raoul Haussmann*. L'Herne, 1972.

R. Huelsenbeck

——*Dada Almanach*. New York, Something Else Press, 1966. (Reproduction en fac similé de l'édition originale publiée à Berlin par Erich Reiss Verlag, en 1920).

M. Janco

——*Reliefs métalliques*. Tel Aviv, Produced and Printed by United Artists Ltd., Ed. Omanime Meuhadime, 1967.

B. Péret

Courtot (Claude). *Introdaction à la lecture de Benjamin Péret*. Paris, Le Terrain Vague, 1965.

Matthews (J. H.). *Péret*. New York, Twayne Publishers, 1975.

Bailly (J. C.), *Au-delà du langage : Une étude sur Péret*. Paris, Losfeld, 1971.

F. Picabia

——*Caravansérail*. Paris, Belfond, 1975.

——*Ecrits* II. 1921～1953. Paris, Belfond, 1977.

Massot (Pierre de). *Francis Picabia*. Paris, Seghers, coll. 《Poètes d'Aujourd'hui》, 1966.

Le Bot (Marc). *Francis Picabia et la crise des valeurs figuratives 1900～1925*. Paris, Klincksieck, 1968.

G. Ribemont-Dessaignes

——*Dada, Manifestes, poèmes, articles, projets 1915～1930*. Textes présentés

par Jean-Pierre Begot. Paris, Champ Libre, 1974.

——*Dada-2, Nouvelles, articles, théâtres, chroniques littéraires 1919～1929.* Textes présentés par Jean-Pierre Begot. Paris, Champ Libre, 1978.

Jotterand (Franck). *Georges Ribemont-Dessaignes.* Paris, Seghers, coll. 《Poètes d'Aujourd'hui》. 1966.

MARGINALES. Numéro spécial, *G. Ribemont-Dessaingnes.* N° 152, avril 1973.

H. Richter

Read (Herbert). *Hans Richter.* Neuchâtel, Ed. du Griffon, 1965.

K. Schwitters

——*Augste Bolte.* Traduit de l'allemand par Robert Valançay. Paris, Jean Hugues, 1967.

——*Das literariche Werk.* (5 Bde). Köln, Du Mont Schauberg. 1975.

Schmalenbach (Werner). *Kurt Schwitters.* Köln, Verlag M. Du Mont Schauberg, 1967.

Steinitz (Kate Trauman). *Kurt Schwitters.* Berkley and Los Angels, University of California Press, 1968.

Ph. Soupault.

——*Apprendre à vivre 1897～1914,* suivi de ; *Soupault,* vie & *oeuvre* par Jacques-Marie Laffont. Marseille Rijois, 1978.

T. Tzara

——*Les Premiers poèmes.* présentés et traduits du roumain par Claude Sernet. Paris, Seghers, 1965.

Peterson (Elmer). *Tristan Tzara.* Dada and Surrational Theorist. New Brunswick (New Jersey), Rutgers University Press, 1971.

EUROPE. Numéro spécial, *T. Tzara.* N° 555～556, juillet-août 1975, Paris.

Tison-Baun (Micheline). *Tristan Tzara, inventeur de l'homme nouveau.* Paris, Nizet, 1977.

Won (Ko). *Buddhist elements in Dada, a comparison of Tristan Tzara, Takahashi Shinkichi & their fellow poets.* New York, New York University Press. 1977.

主要雑誌邦訳対照表

『　』内：訳出タイトル　（　）内：邦意

Action	『アクシオン』（行動）
Aventure	『アヴァンチュール』（冒険）
Cannibale	『カンニバル』（食人種）
Le Cœur à Barbe	『ひげの生えた心臓』
Le Coq	『ル・コック』（雄鶏）
Dada	『ダダ』
副題	nº 4–5　Anthologie Dada『アントロジー・ダダ』（ダダ詞華集）
	nº 6　Bulletin Dada『ビュルタン・ダダ』（ダダ会報）
	nº 7　Dadaphone『ダダフォーヌ』
	nº〔8〕　Dada au grand air『戸外に出たダダ』
Dadaglobe	『ダダグローブ』
$D^dO^4H^2$	『$D^dO^4H^2$』
Dés	『デ』（骰子）
Les Ecrits Nouveaux	『エクリ・ヌーヴォー』（新作品）
L'Elan	『エラン』（飛躍）
L'Esprit Nouveau	『エスプリ・ヌーヴォー』（新精神）
L'Eventail	『エヴァンタイユ』（扇）
Les Feuiles Libres	『フイユ・リーブル』（自由手帖）
Interventions	『アンテルヴァンシオン』（参加）
L'Invention	『アンヴァンシオン』（創出）
Littérature	『リテラチュール』（文学）
The Little Review	『ザ・リトル・レヴュー』（小雑誌）
M'Amenez-y	『マムネジー』（私をそこへ連れて行き給え）
Manomètre	『マノメートル』（圧力計）
Le Mot	『ル・モ』（言葉）
Le Mouvement Accéléré	『加速運動』
Nord-Sud	『ノール＝シュッド』（南北）
L'œuf Dur	『ウッフ・デュール』（堅ゆで卵）
Oudar	『ウダール』
Le Pilhaou-Thipaou	『ピラウ＝チパウ』
La Pomme de Pins	『松かさ』
Projecteur	『プロジェクトゥール』（投光器）
Proverbe	『プロヴェルブ』（箴言）
La Révolution Surréaliste	『シュルレアリスム革命』

Secession	『セセッシオン』(分離)
Sic	『シック』
Surréalisme	『シュルレアリスム』
Transbordeur Dada	『ダダ連絡船』
391	『三九一』
Les Trois Roses	『トロワ・ローズ』(三つのバラ)
Z	『Z』